W0032600

KNAUR

Von Markus Heitz sind bereits
folgende Titel erschienen:
Ritus
Sanctum
Kinder des Judas
Blutportale
Judassohn
Judastöchter
Oneiros – Tödlicher Fluch
Totenblick
Exkarnation – Krieg der Alten Seelen
Exkarnation – Seelensterben
AERA – Die Rückkehr der Götter

Über den Autor:
Markus Heitz, geboren 1971, studierte Germanistik und Geschichte. Er schrieb über 40 Romane und wurde etliche Male ausgezeichnet. Mit der Bestsellerserie um »Die Zwerge« gelang dem Saarländer der nationale und internationale Durchbruch. Dazu kamen erfolgreiche Thriller um Wandelwesen, Vampire, Seelenwanderer und andere düstere Gestalten der Urban Fantasy und Phantastik. Die Ideen gehen ihm noch lange nicht aus.

MARKUS HEITZ

Wédōra

Staub und Blut

Besuchen Sie uns im Internet:
www.knaur.de

Originalausgabe August 2016

Ein Imprint der Verlagsgruppe
Droemer Knaur GmbH und Co. KG, München

Dieses Werk wurde vermittelt durch die AVA international GmbH
Autoren und Verlagsagentur, München
www.ava-international.de
Redaktion: Hanka Jobke
Alle Karten im Buch von Heiko Jung
Covergestaltung: ZERO Werbeagentur, München
Coverabbildung: Gabriel Björk Stiernström
Covermaterial: Wibalin@Astra 300 Gramm
Satz: Daniela Schulz, Puchheim
Druck und Bindung: CPI books GmbH, Leck
ISBN 978-3-426-65403-3

2 4 5 3 1

Den Reisenden,
die den Sinn für Abenteuer haben, ganz gleich ob sie real oder in den Welten eines Buches unterwegs sind.

1. Eingeebnete Fläche
2. Loser Sand
3. Geröll
10km
Wédōra
1
2
3
4
5
4. Festung Sandwacht
5. Der Schacht
N
W
O
S
NW
NO
SW
SO
Sathoulikon
Berbēk-Reich
Burîkland
Hàmpagor
Orrigal
Tērland
Ephurivé
Thoulikon
Wédōra
Volùga
Sungàm Tasai
Iratha
Aibylos
Gisosz
Nolares
Nelethion

Dramatis Personae

In der Baronie Walfor (Königreich Telonia)

Arcurias Kelean der Vierte: König von Telonia
Cattra: Liothans Frau
Dûrus der Kaufmann: Händler
Efanus Helmar vom Stein: Baron, Herrscher der Baronie Walfor
Fano, Tynia: Liothans Kinder
Fenia von Ibenberg: Witga am Hof des Königs Kelean
Liothan der Holzfäller: gutherziger Schurke aus Leidenschaft
Otros der Kundige: Witgo am Hof des Barons vom Stein
Rolan der Schweinehirt: Liothans Schwager
Testan: Kommandant der königlichen Garnison
Tomeija: gutherzige Scīrgerēfa aus Leidenschaft

In Wédōra

Alitus: Statthalter des achten Viertels
Bemina: Betreiberin der Dampfstube
Berizsa: Schaustellerin
Cantomar, Nemea, Sutina: Karawanenwächter
Chucus: Leno und Inhaber des Theaters *Spaß und Blut*
Cegiuz: Rauschmittellieferant
Daipan: Richter der Vorstädte
Dârèmo: Herrscher über Wédōra
Déla, Pimia, Sebiana: Tänzerinnen im Theater *Spaß und Blut*

Dyar-Corron: Statthalter des Krankenviertels
Eàkina Thi Isoz: reiche Witwe
Gatimka Thi Isoz: Eàkinas Nichte
Hamátis: Statthalterin der Vorstädte
Hisofus: Erpresser und Schläger
Irian Ettras: Karawanenführer und ehemaliger Soldat
Irûsath: Goldschmied
Itaīna: Statthalterin des Vergnügungsviertels
Jenaia, Keela, Ovan, Tronk, Veijo: Verschwörer
Kardīr: Razhiv
Kasûl: Händler und Karawanenführer
Khulur, Olgin: Mitarbeiter des Theaters *Spaß und Blut*
Kilnar: Kunde von Phiilo
Kytain Dôol: ein Izozath
Leero: Statthalter des dritten Viertels
Milon: Packer und Gelegenheitsmusikant
Nonos: Schankwirt
Oltaia: Heilerin
Penka: Kaufmann
Phiilo: Rauschmittelhändler
Sarāsh: Dârèmos Botin
Thoulik der Dreizehnte: Kèhán über Thoulikon
Tilia: Beminas Tochter
Tish: Bettler
Torkan: Hamátis' Stellvertreter in der Westvorstadt

Begriffe (Telonia)

Hastus: Gott der Gerechtigkeit (Walfor)
Maìluon/ẹ: Nervus-Leitbahnen im Körper
Scīrgerēfa: Ordnungshüterin
Witga/o: Hexe/r

Begriffe (Wédōra)

Ambiaktos/ia: Bediensteter des Dârèmo
Angitila: Riesenechsen
Bhlyat: Verzehrer (Titel)
Ghefti: Rauschmittelmischer
Hakhua: Kannibale
Henket: Bier
Iatros/a: Medikus
Kèhán: Großkönig
Keijo: Wesen, die zum Aufspüren von Sandvolk-Spionen eingesetzt werden
Khubs: Fladenbrot
Kutu: Schlampe
Leno: Kuppler und Beschützer
Menaïd: höchste Daseinsstufe der Thahdrarthi
Nakib: Hauptmann der Garde (Titel)
Pajarota: Kunstvogel
Planáoma/ai: Welt/en, Planet/en
Razhiv/a: Hexe/r
Saldûn: mächtiger Zauberer
Skornida: Skorpionartige
T'Kashrâ do Sarqia: Volk des Sandmeeres
Yhadòk: ein Monster, das sich von Aas und Menschen ernährt

Zeiteinheiten (Wédōra)

ein Sandglas: eine Stunde
eine Sonne: ein Tag
ein voller Mond: eine Woche
Mâne: vier volle Monde
Siderim: zwölf Mâne
ein Siderim/ein Sternenzug: ein Jahr

PROLOG

KÖNIGREICH TELONIA, BARONIE WALFOR

»Ich bin hier, um Brennholz für den Winter zu ordern. Acht Klafter. Trocken.«

Liothan hielt mit dem schweren Vorschlaghammer in der Ausholbewegung inne, als er die Frauenstimme hörte, die direkt aus dem Dickicht hinter ihm zu kommen schien. Seine Gedanken, die um das Vorhaben in der kommenden Nacht kreisten, hatten ihn unaufmerksam werden lassen. Das Scheppern der Werkzeuge hatte seine Ohren zudem vorübergehend gegen leise Geräusche abgestumpft.

»Für dich?« Liothans Muskeln, gut auf dem freien Oberkörper zu erkennen, spannten sich unter seiner Haut. Der Hammer schlug auf den Kopf des Spalteisens, das im liegenden, entasteten Baumstamm steckte. Ein lautes Klirren, knackend riss das Holz, und der Keil rutschte tiefer. Danach drehte sich Liothan um. »Oder für deinen Herrn?«

In der Schneise zwischen den Büschen stand Tomeija, seine hochgewachsene, sehnige Freundin aus Kindertagen, die ihn um eine Fingerlänge überragte.

Insekten summten durch die warme Luft, goldenes Licht fiel durch das dichte Blattwerk. Es roch nach Wald, nach Nadeln und nassem Farn. Ein Kuckuck rief leise aus der Entfernung, Spechte hackten hörbar nach Insekten unter der Rinde.

»Für den Baron.« Tomeija steckte in einem wattierten, grauen Wappenrock, eine Hand ruhte locker auf dem Schwertgriff, die andere hielt einen rötlich gelben Apfel.

Obwohl es ein warmer Sommertag war, verzichtete sie nicht auf ihre Handschuhe. Tomeija biss ab, lächelte kühl. »Und er ist nicht mein *Herr.*«

»Du dienst ihm.«

»Ich diene dem *Gesetz.* Barone kommen und gehen.« Der Ausdruck in ihren türkisfarbenen Augen blieb freundlich. Sie kannte seine Neckereien.

»Und doch sendet er dich, um die Arbeit eines Dieners zu vollbringen.«

Tomeija kaute langsam. »Es lag auf dem Weg. Ich bin nur höflich.«

Liothan schulterte den Hammer und sprang vom Stamm auf den weichen Waldboden, streifte die langen, dunkelbraunen Haare nach der Landung aus dem verschwitzten Gesicht. »Dieser Baron ist schon zu lange im Amt, wenn du mich fragst.«

»Wie gut, dass ich das *nicht* tue. Sonst könnte dich deine Antwort in Schwierigkeiten bringen.« Sie biss mehrmals ab und kaute. Ihre langen, graugefärbten Haare lagen unter einem flachen Hut, eine vorwitzige Strähne hatte den Weg heraus gefunden und hing seitlich herab. »Acht Klafter. Trocken.«

»Ich habe es schon beim ersten Mal vernommen.«

»Gut.« Tomeija aß in Ruhe den Sommerapfel auf und warf den Stiel weg, dann kam sie zu ihm und setzte sich auf den Stamm. Nicht weit davon hatte er den Korb mit seinem Proviant abgestellt: belegte Brote mit Hirschschinken. Wie er an das Edelwild gekommen war, blieb sein Geheimnis. Sie bedeutete ihm, sich neben ihr niederzulassen.

»Ich habe zu tun. Ich muss den Baum zerlegen. Damit verdiene ich mein Geld.« Er stellte den Hammer ab, pflückte sein weißes Hemd von einem niedrig hängenden Ast und streifte es über. Es hing weit um seinen drahtigen

Leib. Eilends rollte er die hochgekrempelten Hosenbeine herab.

»So höre im Stehen zu, was ich dir zu sagen habe und weswegen ich eigentlich gekommen bin.« Tomeija schloss die Augen und atmete die kühle Waldluft ein, die rechte Hand prüfte den Sitz des Halstuchs. »Wie oft bist du einer Verurteilung entgangen?«

Liothan hörte den ruhigen Tonfall, den er sehr mochte, und setzte sich neben sie. Sie sprach von Freundin zu Freund, und dafür nahm er sich stets Zeit. Das Band existierte noch zwischen ihnen, auch wenn die Jahre es stark strapazierten. Aus verschiedenen Gründen. »Ich zähle nicht mit.«

»Elf Mal.«

»Oh. Ich hätte das zehnte Mal wohl begießen sollen?« Er fasste die Haare zu einem Zopf zusammen, bändigte sie mit einem breiten Lederband.

»Dachtest du dabei auch nur einmal an deine Familie?«

»Natürlich.« Er verschwieg, dass seine Frau Cattra und sein Schwager Rolan ihn bei den Streifzügen unterstützten. Lediglich seine Kinder Fano und Tynia ließ er außen vor. Sie waren noch zu jung. »Sie leiden sehr unter den falschen Anschuldigungen gegen mich.«

Tomeija lachte mit geschlossenen Lidern. »Deine Kinder enden im schrecklichen Waisenhaus in der Stadt, wenn es euch drei erwischt«, gab sie zurück. »Man weiß, was ihr tut. Sogar der Baron. Er wartet nur darauf, dass ich ihm Beweise bringe. Und dann wirst du hingerichtet. Du und ein jeder oder eine jede, die mit dir sind.«

»Aber ich bin unschuldig!«

»Das warst du nie, Liothan. Ebenso wenig wie unsere Väter damals. Du hattest Glück. Oder gute Menschen, die für dich logen, weil sie dich mögen.« Sie öffnete die Augen und blickte ihn an. Das Türkis strahlte im Sonnenschein, der dünn durch die Blätter leuchtete. »Niemand kann den Baron leiden. Du wirst für deinen Edelmut gefeiert, ich weiß. Als Freundin bewundere ich dich. Aber als Scīrgerēfa jage ich dich.« Sie legte ihm eine Hand auf den Unterarm. »Ich bitte dich: Bleib weg von Dûrus dem Kaufmann.«

Liothan atmete lange ein. Seine Freundin schien Gedanken lesen zu können. Er rieb das Harz an seinen Fingern zu kleinen Kügelchen und streifte sie ins Moos. »Er ist ein furchtbarer Mann.«

»Das bestreite ich nicht.«

»Er hat zwei kleine Kinder in unserem Dorf mit seiner Kutsche überfahren und getötet!«

»Und die Eltern für ihren Verlust mit Geld entschädigt«, fügte Tomeija hinzu. »Wie es das Gesetz bei einem Unfall vorsieht.«

»Es war *Absicht!*« Liothan ließ den Hammer von der Schulter auf den Boden rutschen, der schwere Metallkopf senkte sich tief ins Moos. »Dûrus ist ein Menschenschinder. Er quält seine Angestellten, er prügelt und tritt sie ebenso wie seine Tiere. Aus dämonischem Vergnügen. Und alle, mit denen er Geschäfte macht, presst er aus bis aufs Blut. Jeder, der mit ihm handelt, bereut es.« Er versetzte dem Hammer einen kleinen Stoß. »Seinen Reichtum hat er nicht verdient.«

»Versuch es nicht. Ich bitte dich. Er ist ein sehr guter Bekannter des Barons.«

Seine Lippen wurden schmal. »Ich weiß nicht, was du meinst.«

»Ich habe dich beim Spähen an seinem Anwesen gesehen.« Der Druck ihrer Finger auf seinem Arm wurde für wenige Herzschläge fester, dann ließ sie ihn los und erhob sich, strich die abgeblätterte Rinde von der Hose. »Du würdest nicht deiner alten Freundin gegenüberstehen. Mehr kann ich nicht sagen.« Tomeija umarmte ihn zum Abschied, langte in seinen Korb und nahm ein belegtes Brot heraus. »Hirsch?« Sie biss ab. »Es *ist* Hirsch. Er starb vermutlich an Altersschwäche, doch keinesfalls an einem Pfeil, nicht wahr?« Sie wandte sich ab und schritt voran.

»Tomeija!«

Sie blieb stehen. »Ja?«

»Danke.«

»Bitte, Liothan.« Sie hob die linke Hand mit dem Brot zum Gruß und setzte ihren Weg fort, verschwand durch die Hecken. »Ach ja: Deine Kaninchenfalle zwei Meilen westlich von hier habe ich konfisziert«, rief sie.

Liothan lächelte. Er schätzte Tomeija sehr und auch, dass sie ihn warnte. Aber Dûrus hatte eine Abreibung verdient.

Mehr als verdient. Liothan würde in den düsteren Bau einsteigen, den Kaufmann zusammenschlagen – und zwar auf die übelste Weise, bis die Knochen ebenso brachen wie die seiner Bediensteten und Tiere, und danach alles an Münzen, Schmuck und Kostbarkeiten mitnehmen, was er fand. Die Hälfte bekamen die Armen, der Rest ging an ihn.

Die Scīrgerēfa würde ihn davon nicht abhalten. Der Überfall auf den Widerling war längst überfällig.

Liothan nahm das übriggebliebene Brot. »In dieser Nacht«, murmelte er und zog den Hammer aus dem Moosboden. »Alles hat seine Zeit.« Er biss zu.

Noch nie hatte ihm gepökelter Hirsch so gut geschmeckt. Die Gedanken an seinen Einbruch und das überraschte Gesicht des Schinders, wenn er erbarmungslos die Prügel seines Lebens bezog, war ein besonderes Gewürz.

Liothan grinste. Der Baron bekäme natürlich acht

Klafter. Sehr feuchtes Holz. Damit es ihm die Kamine verqualmte und er hoffentlich im Rauch erstickte.

Gutgelaunt genoss er sein Essen.

Am späten Abend versteckte sich Liothan nahe dem abgelegenen Anwesen von Dûrus dem Kaufmann im Unterholz. Schwarze Kleidung ließ ihn mit der Nacht verschmelzen, sein Gesicht hatte er mit Ruß gefärbt.

Der alte Mann, der aus einer anderen Baronie stammte, wie man sich erzählte, hatte das alte Gehöft vor einigen Jahren gekauft, renovieren und zwei Scheunen anbauen lassen, in denen sich Schafe, Rinder und Bedienstete aufhielten. Dûrus selbst lebte alleine in dem riesigen Fachwerkhaus. Niemand durfte es betreten, was Liothan merkwürdig vorkam.

Er könnte sich ein Heer aus Dienstboten leisten. Ein erfolgreicher und betuchter Krämer, der sich weder Diener noch Köche hielt, litt nach Liothans Ansicht unter Verfolgungswahn oder Angst vor Diebstahl. Diese Marotte bedeutete einen unschlagbaren Vorteil für den geplanten Raubzug. Die vergitterten Fenster am Boden machten ihm keine Sorgen, er würde an der Fassade hinaufklettern und sich ins zweite Stockwerk schwingen.

Vorsichtshalber blickte er sich nach Tomeija um. Kurz beschlich ihn der Verdacht, dass die Scīrgerēfa ihn mit ihrer Warnung zum Einbruch hatte herausfordern wollen, um ihm aufzulauern. *Doch so handelt sie nicht.*

Liothans Gedanken schweiften.

Er hätte Tomeija zu gerne in seiner kleinen Bande gehabt. Ihre Väter ritten einst zu gemeinsamen Überfällen, bis der ihrige ohne ersichtlichen Grund dem Dasein als Dieb den Rücken kehrte und Liothans Vater kurz darauf verraten, geschnappt und hingerichtet wurde.

Alle im Dorf dachten, es sei Tomeijas Vater gewesen, der dem Baron den entscheidenden Hinweis gegeben hatte. Auch Liothan glaubte es eine Zeitlang.

Seine Freundin war daraufhin gegangen, um den feindseligen Blicken und der arrangierten Hochzeit zu entkommen, auf der ihre Eltern bestanden. Jahrelang war nichts von ihr zu vernehmen gewesen, bis sie vor einiger Zeit zurückgekehrt war, sich ausgerechnet auf das Amt der Scīrgerēfa beworben und die übrigen Anwärter im Zweikampf aus dem Rennen geschlagen hatte. Buchstäblich. Wäre Liothan nicht Räuber und Dieb, er hätte sich über die beste Gesetzeshüterin gefreut, welche die Baronie jemals hatte.

So aber blieb es ein zweischneidiges Schwert.

Außer Liothans Bande hatte Tomeija sämtliche gefährlichen Verbrecher mit List zur Strecke gebracht. Ihre Freundschaft hingegen blieb bestehen, nicht zuletzt weil er sich für seinen Verdacht ihrem Vater gegenüber entschuldigt hatte. Tomeija hatte sich in einigen Punkten nach ihrer Rückkehr sehr verändert. Das Lustige von einst war durch Melancholie und Ernsthaftigkeit ersetzt worden, sie grübelte und schwieg sehr viel. Manchmal blitzte der Schalk auf; für sein Empfinden viel zu selten. Sie sprach so gut wie nie über das, was sie außerhalb von Walfor in den vergangenen Jahren erlebt hatte, und beließ es bei Andeutungen.

Eine Bewegung am oberen Fenster ließ Liothan aufmerksam werden.

Dûrus zeigte sich in einem weißen Nachthemd und einer Mütze auf dem Kopf. Weder war er besonders muskulös, noch machte er mit seinen geschätzten siebzig Jahren einen gefährlichen Eindruck. Die ungewöhnliche Bräune seiner Haut hob sich von seinem Gewand deutlich ab.

Liothan grinste. *Alte Krähe. Eine junge hübsche Frau wäre schöner zum Anschauen gewesen.* Er liebte Cattra von ganzem Herzen, doch gegen ein bezauberndes Gesicht hatte er niemals etwas einzuwenden. Er genoss es gelegentlich, in der Schenke von den Damen wegen seiner heldenhaften Taten angehimmelt zu werden. Und Cattra amüsierte sich über sein gockelhaftes Gehabe.

Dûrus stand auf dem Balkon des zweiten Stockwerks, gähnte und streckte sich, atmete tief ein. Die teuren Ringe an seinen Fingern blitzten im Mondlicht.

Reicher Sklaventreiber! Ich könnte ihm die Ringe abschneiden. Liothan spürte große Lust auf Gewalt gegen den Mann, dem niemand, aber auch wirklich niemand im Dorf und in der Stadt etwas Gutes nachsagen konnte. Dûrus hatte ein geradezu unheimliches Gespür für gute Geschäfte, ging mit Skrupellosigkeit und Tücke bei den Abschlüssen vor, schüchterte Konkurrenten ein und ließ sie zusammenschlagen oder mit Gift behandeln. Zwei Unglückselige waren erstochen worden, die Waffe niemals gefunden.

Du wirst gleich von deiner eigenen Medizin zu schmecken bekommen. Liothan machte sich bereit.

Dûrus kehrte sich vom Fenster ab und ging ins Zimmer zurück – und ließ die Flügel offen stehen.

Liothan grinste, küsste seinen Talisman – einen Anhänger mit dem ringförmigen Zeichen von Hastus, dem Gott der Gerechtigkeit. *Du bist mit mir.*

Er rückte die Axt zurecht, die er in einer Halterung auf dem Rücken trug, und schlich sich an die Rückseite des Fachwerkhauses heran.

Der Aufstieg fiel ihm leicht, seine kräftigen Finger fanden spielend Halt in den breiten Rissen der Holzbalken. Auf dem Weg nach oben schaute er sich mehrmals um, ob

Tomeija mit einigen Wachen aus ihrem Versteck trat oder sich über ihm auf dem Balkon zeigte.

Nichts dergleichen geschah.

Gelegentlich löste sich Putz und rieselte raschelnd zu Boden, zweimal rutschten seine Stiefelspitzen laut über Holz, ohne dass es jemanden auf den Plan rief.

Liothan erreichte die Auskragung des Balkons und schwang sich über das Geländer, duckte sich und lauschte. Auch wenn ihm seine Kraft von Nutzen war, wünschte er sich in solchen stillen Nächten die Gabe, sich so leise wie Tomeija bewegen zu können. *Sie wiegt ja noch weniger als ich.*

Nachdem sich seine Atmung verlangsamt hatte, pirschte er sich durch die offene Tür. Er betrat nicht wie vermutet das Schlafzimmer des Kaufmanns, sondern ein Arbeitszimmer, dessen Einrichtung einem Königshaus alle Ehre machte.

Eine Petroleumlampe befand sich auf dem Tisch, der Docht war beinahe ganz heruntergedreht und die Flamme ungefährlich hinter Glas gebannt. *Sehr aufmerksam vom alten Pfeffersack.* Er nahm sie und leuchtete damit im Raum herum. *Er kehrt bestimmt zurück.*

Schwere Teppiche mit fremdartigen Mustern waren an den Wänden befestigt. Dazwischen hingen hervorragend gemalte Bilder von Wüstenlandschaften: menschenähnlich geformte Felsen, Sand in verschiedenen Farben, schroffe Gebirge mit Hohlwegen, himmelhohe Dünen. Dûrus schien jene Art von Umgebung zu mögen, die Walfor überhaupt nicht zu bieten hatte.

Goldene und silberne Trinkgefäße standen auf einem runden, niedrigen Tischchen. An der Decke waren aufwendig verzierte Stoffbahnen in Dunkelrot befestigt worden, die sich im Luftzug des geöffneten Fensters sachte bewegten. Aus einem Räuchergefäß stieg kräuselnd Rauch auf und verbreitete einen betörenden Duft.

Auf einem ausladenden Schreibtisch ruhten verschiedene Bücher, die Schrift vermochte Liothan nicht zu lesen. Das lag nicht an seiner Leseschwäche, sondern an den rätselhaften Buchstaben. Auch wenn Schreiben, Rechnen und Lesen nicht zu seinen Stärken gehörte, erkannte er den deutlichen Unterschied.

Verschlüsselte Kassenaufzeichnungen, mutmaßte er und sah sich fasziniert weiter um.

Immer wieder lauschend, ob sich der Kaufmann näherte, öffnete er die großen und kleinen Schubladen der unzähligen Kommoden und Schränke im schwachen Lampenschein.

Liothan fand verschiedene Münzen aus Gold und Silber mit unbekannter Prägung, Schrauben und Gegenstände, die er nicht einzuordnen vermochte. Dann gab es Gläser gefüllt mit Sand, mit Knochen, mit Asche und Steinchen unterschiedlicher Färbung und verschiedenen Flüssigkeiten.

Woher hat er all das? Als Räuber hatte Liothan schon manche Absonderlichkeiten in den Waren aus fremden Ländern gesehen, aber davon kannte er nichts.

Ihm fiel ein Stapel mit mannsgroßen Landkarten in die Hände, und sein Staunen endete nicht.

Wo immer sich die gezeichneten Reiche befinden sollten, sie mussten weit, weit entfernt von Walfor und Telonia liegen. *Oder sie sind erfunden.*

Liothan blätterte und entdeckte den Plan einer achteckig angelegten Stadt, mit neun Vierteln, Türmen, Wallanlagen und vier großen Vorsiedlungen an jedem Tor. *Sie muss riesig sein! Hunderttausende könnten darin leben.* Der Kaufmann hatte darüber hinaus eine eigene kleinere

Karte für jedes der Viertel; bestimmte Häuser zeigten die stets gleiche Markierung. Liothan legte die Karten beiseite und machte sich auf die Suche nach den vermuteten großen Schätzen.

Er wird sie sicherlich … Sein Blick fiel auf einen großen, schwarzlackierten Eichenschrank, der mit einem massiven Vorhängeschloss gesichert war. *… da drin haben.*

Von Neugierde und Aussicht auf Beute getrieben, betrachtete er die Sicherung, die zwei unterschiedliche Schlüssel verlangte. Eng gesetzte Eisenbänder auf dem Holz machten es unmöglich, die Türen einfach einzuschlagen. Der Lärm hätte den Kaufmann geweckt, der sicher sofort nach seinen Wachen im Gesindehaus schreien würde.

Liothan war vorbereitet.

Nicht meine größte Stärke, aber wenn es eben sein muss … Er nahm den Beutel mit dem Einbrecherwerkzeug vom Gürtel, suchte die feinen Häkchen und Dietriche heraus, um sich ruhig und schnell mit den Mechaniken zu beschäftigen.

Klickend öffnete sich alsbald das erste Schloss, und nach einer gefühlten Ewigkeit ergab sich das zweite.

Zeig, wie viel du gehortet hast, Münzenscheffler. Voller Erwartung öffnete er die gewaltigen Flügeltüren des übermannshohen Schrankes. *Danach schlage ich dich grün und blau. Das wird ein Alptraum, den du …*

Überrascht fuhr Liothan zurück. Dort, im Schrank, an einer Halterung befestigt, stand drohend eine schwarze Kriegerrüstung.

Er streckte die Hand aus und berührte die Panzerung aus ihm unbekanntem Material.

Die einzelnen Platten lagen zwar eng übereinander, doch anstatt metallisch zu reiben, erzeugten sie beim behutsamen Bewegen ein leises Geräusch, das Liothan entfernt an das Rasseln einer Waldklapperschlange erinnerte. Das Gewicht sprach gegen Eisen. Es war ein Meisterwerk eines Rüstungsmachers und mit seltsamen Gravuren und dezenten Bemalungen übersät. Der Helm zeigte eine kunstvolle Skorpionform und schimmerte in den Strahlen des Mondes. Der Schwanz mit dem Giftstachel ragte aus dem hinteren Teil des Kopfschutzes drohend nach vorne, während sich die kampflustig geöffneten Scheren dem Dieb entgegenreckten. Das vordere Ende des Helms war schräg nach unten bis über das Kinn gezogen, um das Gesicht des Trägers zu schützen. Für die Augen blieben zwei ovale Öffnungen, die mit feinem Eisendraht überspannt worden waren; auf der ganzen Fläche der Kopfbedeckung hoben sich kleine Dornen ab, deren Enden ebenso wie der Stachel feucht glänzten.

Dieser Dûrus hortet wahrlich seltsame Dinge. Liothan überlegte, ob ihm diese Panzerung passen mochte, aber sie schien für einen noch schlankeren, größeren Menschen angefertigt worden zu sein. *Tomeija würde sie tragen können.*

An der rechten Türhälfte hingen auf grünem Samthintergrund zwei verzierte Schwerter, deren Enden hakenförmig gebogen waren. Auf der anderen Seite waren vier sternförmige, ellenlange Waffen angebracht. In deren Metall entdeckte er gebohrte Löcher.

Wer schmiedet solche Klingen? Liothan nahm eine der sternförmigen Waffen heraus, fuhr mit den Fingern prüfend über die blau schimmernden Schneiden. *Und was ist das? Zum Werfen?*

Sofort sickerte ein dünner Blutfaden aus dem Mittelfinger. Er hatte sich daran geschnitten, ohne etwas davon zu spüren. Mit einem leisen Fluch steckte er den Finger in den Mund und sog das Rot auf.

Sein Einbruch sah nach einer drohenden Pleite aus. Bis auf die lumpigen Münzen aus aller Herren Länder hatte er kein Geld gefunden. Goldbarren wären ihm lieber gewesen. *Wo ist das verdammte Gold?* So spannend er die Funde fand, verspürte er kein Bedürfnis, sich durch sämtliche Räume zu wühlen. *Am besten frage ich die alte Krähe selbst.*

Heller Lichtschein fiel durch den Spalt der größeren Tür, Schritte näherten sich dem Raum.

Meine Gedanken werden ihn gerufen haben. Er klappte den Schrank zu, stellte die Lampe an ihren Platz zurück und drückte sich daneben in den Schatten. Dass der Mann von selbst zu ihm kam, um sich die Tracht Prügel seines Lebens abzuholen, war eine angenehme Wendung.

Einen Herzschlag darauf schwang der Eingang auf, und Dûrus trat mit einer Öllampe in der Rechten ein.

Ohne sich umzublicken, bewegte sich der verhasste, alte Kaufmann in seinem Schlafgewand auf den Schreibtisch zu, setzte sich und drehte den Docht der zweiten Leuchte höher. Leise murmelnd betrachtete er die Bücher, legte den Mittelfinger unter die Zeilen und las sie nacheinander. Die gebräunte Haut besaß Pergamenthaftes, als hätte der Mann sich sein bisheriges Leben lang in der Sonne aufgehalten.

Liothan erkannte einen auffälligen Siegelring, auf dem ein Skorpion eingraviert war. *Der wäre was wert.* Flach atmend löste er sich aus seinem Versteck, zog die Axt aus der Halterung.

Unerwartet stand der Krämer auf und ging, ohne seinen Besucher zur Kenntnis zu nehmen, auf den Schrank mit den vielen kleinen Schubfächern zu, zog eines auf und nahm ein Gefäß heraus mit etwas, das wie zerschlagene und gemahlene Knochen sowie Hautfetzen aussah.

Liothan hob die Axt und richtete sie am ausgestreckten Arm gegen Dûrus. »Wenn du schreist, wird es dir schlecht ergehen. Ich will dein Gold. Wo hast du es?«

»Du musst dieser Liothan sein«, erwiderte der betagte Kaufmann unerschrocken und öffnete das Gefäß, nahm eine Handvoll Gebeinstaub heraus. »Der Baron sprach von dir.« Ruhig stellte er es zurück ins Fach und öffnete eine zweite Schublade, in der sich loser, feiner Sand befand. Auch davon nahm er sich etwas. »Und er warnte mich.«

»Wer ich bin, spielt keine Rolle.« Liothan wusste, dass ihn der Ruß auf seinen Zügen unkenntlich machte. »Dein Gold, Dûrus. Auf der Stelle!«

»Du bekommst von mir nichts als einen schmerzhaften Tod, Gesindel!« Dûrus hob die Hände mit dem Sand und dem Knochenstaub.

Da sprang eine schlanke Gestalt auf den Balkon und begab sich ins Zimmer. »Im Namen des Barons: Halt!«

Tomeija wurde im Lichtschein sichtbar, gekleidet mit Wappenrock und Hut auf den langen, grauen Haaren.

Sie schüttelte leicht und vorwurfsvoll den Kopf in Richtung ihres Freundes, drehte den Docht höher, so dass es beinahe taghell im Arbeitszimmer wurde. Dann wurde sie gewahr, wie opulent und fremdartig der Raum eingerichtet war.

»Eindrucksvoll, Dûrus. Viele Mitbringsel aus anderen Ländern«, kommentierte sie und warf einen verwunderten Blick auf eine Karte mit Markierungen. Sie legte eine Hand an den Schwertgriff. »Und wer immer *du* unter der Rußschicht sein mögest«, sagte sie zu Liothan, »runter mit der Axt. Du bist festgenommen.«

»Das Auge des Gesetzes sieht selbst in der finstersten Nacht. Ihr seid aufmerksam, Tomeija.« Der Kaufmann, der die Hände geschlossen hielt, blickte zur Scīrgerēfa. Doch er wirkte nicht erleichtert. *Ganz im Gegenteil.*

Leise ächzend öffneten sich die Türen des schwarzlackierten Eichenschranks und verrieten, wo der ungebetene Gast bereits gesucht hatte.

Tomeija warf einen raschen Blick auf den Inhalt – und stutzte. »*Was* sind das für Waffen?« Sie zeigte auf die dreiarmigen Sterne. »Sieh einer an. Wenn ich mich nicht täusche, könnten die Klingen zu zwei gewaltsamen Todesfällen passen. Todesfälle Eurer Konkurrenten. Bei der Leichenschau brachten mich die äußerst ungewöhnlichen Wunden der Opfer zum Grübeln. Ihr werdet verstehen, dass ich sie zur Untersuchung mitnehme. Im besten Fall zu Eurer Entlastung, ehrenwerter Dûrus.«

»Ich muss mich korrigieren.« Dûrus lächelte gewinnend. »Ihr seid *zu* aufmerksam, Scīrgerēfa.«

»Erspart Euch, mich bestechen zu wollen.« Sie sah zu Liothan. »Ein letztes Mal: Runter mit der Axt.« Sie zog ihr Schwert, auf dem Gravuren zu sehen waren, die Spitze war abgerundet und kaum tauglich zum Stich. »Und Ihr, Dûrus: Öffnet die Hände und lasst fallen, was Ihr darin haltet.«

Liothan senkte seine Waffe. *Die Morde an seinen Widersachern.* So schnell änderte sich die Lage. Aber ein versuchter Raub blieb nicht minder ein Verbrechen. »Zwei auf einen Streich. Ein guter Abend für die Scīrgerēfa. Sofern du mich fassen kannst.«

»Ich werde nicht versuchen, Euch zu bestechen. Mir schwebt etwas anderes vor.« Dûrus drehte langsam die Fäuste und öffnete die Finger, so dass die Handflächen mit Staub und Sand zur Decke wiesen. Körnchen und graue Asche rieselten herab, trafen lautlos auf den Teppich. »Ihr und Euer Freund habt gesehen, was Ihr nicht hättet sehen dürfen. Ich fürchte, das wird keiner von Euch beiden überleben.«

Tomeija richtete das Schwert sogleich auf ihn. »Bedrohung einer Amtsperson, Dûrus? Weg mit dem Zeug!«

Er sah auffordernd zu Liothan, in den sandfarbenen Augen glitzerte Boshaftigkeit. »Du kannst sie angreifen und entkommen. *Mir* entkommen. Ich würde schweigen.«

»Nicht ohne mein Gold.«

Der Kaufmann lachte höhnisch. *»Dein* Gold? Herrlich!« Er blickte auf Tomeijas Klinge. »Euer Hinrichtungsschwert. Interessant. Sagt: Der wievielte Schlag wird es sein, den Ihr führen werdet?«

Die Scīrgerēfa machte einen Schritt auf ihn zu. »Schweigt!«

»Hat sie dir von dem Fluch erzählt, der auf ihr liegt, Liothan?« Dûrus lachte böse. »Jeder siebte Schlag, den sie tut, verlangt Blut, verlangt ein Leben. Die nette Tomeija ist eine wahre Todbringerin. Die Handschuhe werden auch etwas damit zu tun haben, nehme ich an?«

»Schweigt!«, schrie sie ihn an.

Liothan hörte derlei zum ersten Mal, und die heftige Reaktion seiner Freundin schien zu bestätigen, was Dûrus redete. *Woher weiß er davon?*

»Einerlei. Ich erlöse die Baronie von euch *beiden.* Danach widme ich mich wieder meinen Geschäften.« Er führte seine Handkanten dicht zusammen, formte ein Bett, auf dem Sand und Gebeinasche ruhten, und murmelte Silben in einer unbekannten Sprache.

Er ist ein Witgo! Liothan sprang nach vorne und riss die Axt zum Schlag hoch. »Schnell! Bevor …«

Im gleichen Moment blies Dûrus über seine Finger.

Aus dem Nichts brandete ein Funkensturm gegen den Räuber und hüllte ihn ein. Knochenhände formten sich darin, griffen in sein Fleisch und versuchten, Brocken aus seinem Leib zu reißen.

Schreiend hackte Liothan mit der Axt um sich, bekam den glühend heißen Sand in den Mund. Es roch verbrannt, seine Haare schmurgelten in der Hitze.

Durch den grauglühenden Schleier suchte Liothan nach Tomeija, der es ebenso erging wie ihm. Anstatt nach den beinernen Klauen zu schlagen, stach sie mit dem Schwert nach dem widerlich lachenden Dûrus.

Die abgerundete Klinge des Hinrichtungsschwertes drang ihm durch die Brust.

Aufkeuchend fiel er gegen den Schrank und rutschte daran herab, übriggebliebener Staub und Sand verteilten sich aus seinen Händen am Boden.

Aber der Sturm legte sich nicht. Tomeija brach im Gestöber zusammen.

Liothan spürte Schmerzen am ganzen Körper, die feinen Körnchen rieben über seine Haut, warfen sich durch Mund und Nase in seine Lunge. *Ich muss ihn töten!* So riss er die Axt hoch und packte sie am untersten Ende des Stiels, um beim Hieb bis an den Kaufmann zu reichen.

Dûrus brabbelte einen neuerlichen Spruch und schob eine Hand in eine andere Schublade, als ihm die breite Schneide durch den Magen fuhr. Mit einem Todesschrei riss er die Finger aus dem Kasten.

Goldstaub flirrte in der Luft und mischte sich unter den wütenden Wind, der um Liothan tobte und ihn ruckartig nach oben riss.

* * *

Aus dem Tagebuch von Dengara Tegis, Kauffrau aus Nelethion, 181. n. Gründung:

Wédōra ist ein Gefühl.
Ein bestimmtes Sinnesempfinden. Wie ein wilder Garten in einer Vollmondnacht nach Regen, mit schweren Blumen, und alles riecht nach Samt und Leben. Und auch ein bisschen nach Blut.
Wédōra ist Wahnsinn, ist Dasein, ist der einzige Ort, an dem ich sein will, auch wenn im Meer aus Sand ringsherum der Tod in mannigfaltiger Form auf mich wartet.
Bis zum Sonnenuntergang kannst du mehr erlebt haben, als andere jemals erleben werden, und bei Sonnenaufgang hast du vielleicht schon wieder alles vergessen.
Oder du liegst verreckt in der Gosse und landest im Verwesungsturm.
Oder du bist reich. So reich, dass du niemals alles verprassen kannst.
Das alles ist Wédōra.

Aus den Stadt-Chroniken:

In den Siderim 28 bis 35 nach der Steinlegung wurde der Grundriss erweitert, Stadtviertel und die zweiten Außenmauern und Befestigungen entstanden. Dabei starben Hunderte Sklaven durch die brutale Arbeit in sengender Hitze.
Ihre Gebeine wurden achtlos den Dünen überlassen, was die Wüstenvölker nicht guthießen. Aus Trotz nahmen sie ausgebrochene Sklaven auf und versteckten sie. Nur ein weiterer Tropfen, der das Petroleumfass zum Brennen bringen sollte.

Die Entscheidungen in der Stadt fällte damals ein Kaufmannsrat, was das Regieren nicht immer einfach machte. Ab und zu war der Rat durch ein Patt handlungsunfähig.
Doch Wédōra blühte auf, der Handel erstarkte.
Und bald wurde deutlich: Die Stadt war zu klein.

Kapitel I

Tomeija schlug bäuchlings auf weichem Boden auf, der unter ihrem Gewicht leise reibend wegrutschte und sie teppichgleich mitzog. Die Sand- und Aschereste in den Augen verhinderten, dass sie ihre Umgebung sah.

Dûrus ist ein verdammter Witgo! Sie stemmte sich mit Händen und Füßen gegen das Gleiten und kam zusammen mit dem tückischen Untergrund an dem Hang zum Ruhen. Sollte der Baron davon gewusst haben, müsste sie als Scīrgerēfa den König in Kenntnis setzen. Hexerei wurde gemäß den Reichsgesetzen Telonias nicht geduldet.

Tomeija spürte die unerwartete Kälte, die sie mit mal zarten, mal spürbaren Böen umstrich. Sie musste sich im Freien befinden, ein vielstimmiges Pfeifen und Säuseln stammte vom Wind, der sich an Kanten rieb. Das Rauschen von Blättern fehlte.

Was hat er mit uns getan? Tomeija drehte sich auf den Rücken und legte das Schwert quer über ihre Brust, blinzelte und rieb behutsam über ihre Augen, um die Fremdkörper zu entfernen. Eine Trinkflasche hatte sie nicht dabei, um die Augen zu spülen, daher halfen nur Geduld und stummes Verwünschen.

Ihr Körper schmerzte von den Attacken der Skeletthände, aber es fühlte sich nicht so an, als hätte sie eine Wunde davongetragen.

Das laute Rufen nach Liothan unterließ sie. Nur Anfänger brüllten herum, solange sie nicht imstande waren, sich zu wehren, oder wussten, wie sich ihr Umfeld gestaltete.

Die Kälte nahm zu, je länger sie lag. So frostig hatte sie die Sommernächte in Walfor nicht in Erinnerung. Das Singen des Windes endete nicht, feine Körnchen trieben unablässig gegen ihr Gesicht, als wirkte der Zauberspruch nach. Sie konnte sich an keine Stelle in der Baronie erinnern, wo es nicht einen Baum und dafür viel losen Sand gab.

Ihre Unruhe nahm zu.

Dann roch Tomeija frisches Blut und vernahm Schreie aus weiter Entfernung. *Was geht hier vor?*

Behutsam setzte sie sich auf, blickte sich zwinkernd in der nächtlichen Dunkelheit um. Ihre Ungläubigkeit stieg ins Unendliche.

Tomeija saß auf dem oberen Drittel eines gestirnbeschienenen Dünenhanges.

In hundert Schritt Entfernung unter ihr lief die Düne auf einer ebenen Fläche aus, auf der sich in unregelmäßigen Abständen hohe Felsblöcke emporstemmten. Der trockene Untergrund zeigte ein wirres Rissmuster, vereinzelt standen Dornenbüsche und Grasbüschel verloren herum und trotzten dem Wind. Das verwitterte Gestein wirkte, als sei es einst behauen worden, und zeigte halb geometrische Figuren. Es mochten Überreste einer Stadt oder monumentaler Bauwerke sein, die von der Wüste aufgefressen wurden.

Es gab keine Wüste in Tomeijas Heimat, weder in Walfor noch in Telonia noch in einem ihr sonst bekannten Reich der Umgebung.

Wohin hat mich der Witgo verbannt? Tomeija hob voller böser Ahnung den Kopf.

Ein fremder Sternenhimmel und zwei verschieden große Monde, die versetzt über ihr schwebten und Silberschein auf sie warfen, beleuchteten das Land.

»Nein, ihr Götter!«, entfuhr es ihr keuchend, und sie sprang auf die Beine, die Füße versanken bis zu den Knöcheln im weichen Sand. Mit dem Schwert stützte Tomeija sich ab, um nicht zu fallen.

Ihr kam in den Sinn, dass Dûrus einen Täuschungszauber über sie geworfen hatte, der vorgaukelte, an diesem Ort zu sein. Ihr Körper könnte sich immer noch auf dem Teppich im Haus des Kaufmanns befinden.

Warum sollte er sich diese Mühe machen? Er hätte uns töten können. Sie tastete sich ab, war tatsächlich unverletzt geblieben. In ihrem Mund schmeckte es leicht verbrannt und nach Asche. *Ob Trugbild oder nicht: Wie komme ich von hier weg?*

Erneut erklangen die Schreie aus der Ferne. Tomeija sah keine Gestalten zwischen den Steinblöcken. *Narrt mich dieses Land? Sind es die Felsen, die rufen?* Doch sie hatte Blut gerochen.

Tomeija wandte sich zum Dünenkamm um. *Von da oben sehe ich mehr.*

Sie nahm ihren Hut und schüttelte den Sand ab, setzte ihn auf und stapfte aufwärts, kämpfte gegen den rutschenden Sand, dem es zu gefallen schien, ihr den Aufstieg so beschwerlich wie möglich zu machen. Die Anstrengung half gegen die empfindliche Kälte, die durch den leicht ramponierten Wappenrock blies.

Sie wusste nichts über die Wüste, kannte vage Beschreibungen allenfalls aus Büchern. Nachts sollte es kalt sein, tagsüber glühend heiß. Ohne Wasser würde sie rasch verdurstet sein.

Den Gefallen tue ich Dûrus nicht.

Tomeija erreichte keuchend den schmalen Grat und spähte auf die andere Seite.

Dort befand sich ein Sandmeer – bis zum nächtlichen

Horizont. Düne reihte sich an Düne, die alle kleiner als jene waren, auf der sie stand. Dazwischen gab es Einbuchtungen, vergängliche Wellentäler, in denen der Wind mit den Körnern spielte und Schleier bildete.

Am Fuße des Berges aus Sand erkannte Tomeija zahlreiche liegende Gestalten, große und kleine, Menschen und Tiere. Der Untergrund hatte sich um sie schwarz gefärbt. Sie hatten Blut verloren. Viel Blut.

Daher kamen die Schreie. Die Böen trugen ihr erneut den feucht-süßlichen Kupfergeruch zu. Von den Angreifern sah sie keinen. Sie schienen blitzschnell zugeschlagen zu haben und verschwunden zu sein.

Vielleicht hatte einer von ihnen Wasser dabei? Tomeija begann vorsichtig mit dem Abstieg, rutschte und glitt auf dem Sand nach unten, der einen Wall zwischen den Wüstenregionen zu bilden schien. Sie behielt die Toten im Auge, blickte zwischendurch über die Dünen, die sich schier endlos ausbreiteten. Es hatte etwas Erhabenes, etwas Wunderschönes und zugleich Beängstigendes. Im Nachtlicht erschienen sie grau. Fahnengleich wirbelten lose Körner empor, schlängelten sich und lösten sich auf, wenn der Wind keine Lust mehr hatte, sie zu tragen.

Im Wald fand Tomeija stets etwas zu Essen und zu Trinken. Quellen, Moose, Flechten, Nüsse und Beeren. Nur Trottel verhungerten und verdursteten in einem Forst. Aber in einem Land, wo es nur Sand gab, würde es schwer werden.

Erst das Wasser, danach alles andere. Tomeija hielt ihr Schwert mit der Linken. Ihr verstorbener Gatte hatte ihr beigebracht, Waffen sowohl mit der rechten als auch der linken Hand oder beiden gleichzeitig zu führen, was in ihrem Leben vor dem Dasein als Scīrgerēfa von großem Nutzen gewesen war.

Der Sand unter ihren Stiefelsohlen raschelte leise, die Sohlen sanken kaum mehr ein. Der Untergrund wurde fester.

Behutsam näherte sich Tomeija den ersten Toten.

Es waren Menschen, die weite, helle Gewänder trugen. Das braune Zelt, in dem sie gewiss geschlafen hatten, lag zerschlitzt wie seine ehemaligen Bewohner auf dem Boden, die Plane wehte leise knatternd im Wind an den Resten des Gestänges.

Mehrere erstochene Pferde und Maultiere befanden sich einige Schritte entfernt, die Zügel führten zu einem Metallstab, der im Untergrund steckte. Wenn Tomeija die Spuren richtig deutete, fehlten weitere Tiere. Die Räuber hatten sie mitgenommen. *Seltsame Abdrücke. Klein, mit langen Krallen. Pferde waren das nicht.*

Sie betrachtete die Leichen. Keine trug Rüstung oder Waffen. Dem Anschein nach waren die Leute im Schlaf überfallen, die Bäuche und Hälse aufgeschnitten worden.

Tomeija begann ihre Suche, blickte sich dabei ständig um, falls die Angreifer zurückkehrten. Zwischen den knapp vierzig Leichen umherzustreifen, als wären sie Teil der Landschaft, machte Tomeija nichts aus. Tote verursachten keine Scherereien mehr. Vor deren Mördern blieb sie achtsam, denn einige der Toten besaßen beeindruckende Wertgegenstände. *Kein Räuber lässt Beute zurück. Es gab anscheinend zu viel zum Schleppen.*

Zu ihrer Freude fand sie viele gefüllte Wassergefäße, andere Beutel enthielten Branntwein, dem Geruch nach. Sie nahm einen großen Sack mit Trageriemen und packte ein, was sie für einen Aufenthalt in der Wüste als nützlich empfand. Fladenartiges Brot steckte sie dazu, den Schmuck ließ sie den Opfern. Dafür hatte sie keine Verwendung.

Nachdem Tomeija sich mit Vorräten eingedeckt hatte,

setzte sie sich ein wenig abseits des Gemetzels in den Sand und dachte nach; mit einer erbeuteten Decke schützte sie sich gegen den eisigen Wind und zog ihren Hut tiefer.

Wo eine Karawane rastete, kommt sicherlich noch eine vorbei. Sie blickte zu den Sternen. Sie brauchte Wissen darüber, wo sie sich befand und ob man hier jemals von ihrer Heimat gehört hatte.

Tomeija hoffte, dass jemand ihre Sprache verstehen würde. Den Gedanken an ein magisches Truggebilde hatte sie verworfen. Doch warum Dûrus sie an diesen Ort gehext hatte, wusste ausschließlich er. *Oder auch nicht.* Tomeija vermutete, dass der Zauber des Hexers misslungen war. Es wäre einfacher gewesen, sie beide zu töten und verschwinden zu lassen oder es so aussehen zu lassen, als hätten sich Räuber und Scīrgerēfa gegenseitig erledigt. *Der Witgo ergötzt sich gerade an dem Wissen, dass ich zumindest einen langen Tod sterben werde.*

Zudem blieb die Frage: *Wo steckt Liothan?*

Es konnte sein, dass Liothan in Walfor geblieben oder an einem ganz anderen Ort gelandet war. Stünde er in diesem Moment bei ihr, sie hätte ihm einen Fausthieb verpasst. Ohne ihren Jugendfreund steckte sie nicht in diesem Schlamassel.

Ich habe ihn davor gewarnt, bei Dûrus einzusteigen. Grimmig stützte sie sich mit einer Hand auf den Schwertgriff und blickte über die übel zugerichteten Leichen.

Mit diesem Ausgang des Abends hatte sie beim besten Willen nicht gerechnet. Sie atmete lange aus, griff mit einer ledergeschützten Hand in den Sand, der sich ihrem Empfinden nach überall unter ihre Kleidung geschoben hatte und auf der Haut rieb. Schon jetzt wünschte sie sich ein Bad, was in der Wüste schwer zu bewerkstelligen sein würde.

Tomeija hielt Ausschau. Und wieder wurde sie in den Bann der fremden Umgebung gezogen.

Um den größeren Mond bildete sich eine weißsilbrige Korona, aus der lange, weiche Arme herausschlugen, als wollte sie die Sterne pflücken oder anstoßen, damit sie tanzten oder vom Firmament stürzten.

Der zweite, kleinere Mond verdunkelte sich unterdessen. Er schien sich vor dem Schauspiel zu fürchten, um danach in blutigem Rot zu leuchten.

Und dann gab es noch ein kurzes, schwaches Glitzern wie von einem dritten Mond am Firmament, der sich unsichtbar gemacht hatte.

Wunderschön. Tomeija war überwältigt – bis sie das feine, anhaltende Rieseln schräg hinter sich vernahm.

Blitzschnell warf sie sich herum und hob das Schwert.

Eine Frauengestalt schob sich aus dem Versteck im Sand, das sie sich gegraben hatte. Sie spuckte den kurzen Strohhalm aus, keuchte und rang nach Luft. Sie war sehr jung und nackt bis auf reichlich Schmuck, und tat sich schwer damit, sich aus ihrer flachen Grube zu befreien. Der Körper war mit aufwendigen Bemalungen versehen, Linien und Ornamente formten sich zu Symbolen.

Als sie Tomeija sah, stieß sie ein glückliches Lachen aus und setzte sich flink zu ihr, obwohl die abgerundete Schwertspitze auf sie zeigte. Vom nachfolgenden Redeschwall verstand die Scīrgerēfa nicht eine einzige Silbe.

Wie ich befürchtet hatte.

»Langsam«, bat sie die Unbekannte und rutschte misstrauisch von ihr weg.

Die bemalte, dunkelhaarige Frau gestikulierte wirr. Sie zog eines ihrer Amulette vom Hals und reichte es Tomeija, dabei wiederholte sie unentwegt ein Wort – »Driochor, Driochor!« – und tippte gegen das Schwert.

Soll das mein Lohn sein, wenn ich sie beschütze? Als Tomeija die Gabe nicht annehmen wollte, warf es ihr die Unbekannte hin.

Die Kette verfing sich um die Schwertklinge und rutschte schleifend daran hinab bis zur Parierstange.

Plötzlich flog die Plane des zerschlitzten Zeltes in die Höhe, laute triumphierende Schreie erklangen. Mehrere Bewaffnete, nicht mehr als Schemen und Schatten, rannten mit blitzenden Klingen auf die Frauen zu.

Sie haben ihr aufgelauert. Tomeija erhob sich, das Amulett fiel von ihrer Waffe vor ihre Füße.

Ein Dutzend Angreifer stürmte heran. Den Bewegungen nach barg der weiche Sand keinen Nachteil für sie.

Die Unbekannte schrie auf und wollte aufstehen, sackte jedoch bei dem Versuch in sich zusammen. In ihrer bislang von Tomeija abgewandten Seite klaffte ein Loch, aus dem Blut floss. Es musste vom ersten Angriff auf die Karawane stammen.

Leidend blickte sie Tomeija an und wiederholte: »Driochor«, wohl um sicherzugehen, dass es verstanden worden war, dann zog sie ein kleines Messer, das sich als Anhänger in ihren Ketten getarnt hatte – und schlitzte sich die Kehle auf, ehe die Scīrgerēfa eingreifen konnte. Sprühend verteilte sich das Schwarz in der Luft und glitzerte im Gestirnschimmer leicht rubinhaft. Die Unbekannte kippte zuckend zur Seite.

Der erste Angreifer erreichte Tomeija, von dem sie nur ein weites, düsteres Gewand erkannte, das bis zu den Knien reichte. Seine Hautfarbe schien dunkel zu sein, was im Licht der Sterne täuschen konnte.

Die gegnerische Klinge schoss heran.

Tomeija parierte den ungestümen Hieb ohne Hast. Sie versetzte dem Gegner mit dem anderen Arm einen Ellbogenhieb mitten ins Gesicht, ein lautes Knacken erfolgte, und sie ließ einen Faustschlag folgen, der ihn im Rückwärtstaumeln gegen die Schläfe traf und von den Füßen holte. Ohne sich noch einmal zu bewegen, blieb er liegen.

Zwei seiner Kumpane sprangen zur Toten und rissen ihr den Schmuck hastig vom Leib, schnitten die Finger ab und steckten sie samt der blutigen Ringe ein.

Die Eile machte Tomeija stutzig. *Wo ist das Amulett?* Zu ihren Füßen lag es nicht mehr.

Der nächste Widersacher preschte heran und versuchte es mit einer ganzen Reihe von schnellen, geraden Stichen gegen sie. Damit trieb er sie auf die Düne, in den weichen Sand, in dem ihre Stiefel rasch versanken.

Tomeija wich einem Stoß aus und klemmte den Schwertarm des Gegners unter ihrer Achsel ein, drehte sich gegen die Beugerichtung des Gelenks und brach dem Mann den Ellbogen, ohne den Arm freizugeben.

Die gesplitterten Knochen stachen durch Fleisch und Kleidung, der Angreifer schrie hoch, begleitet von einem düsteren Ton, als lebten zwei Wesen in ihm. Seine Waffe landete im Sand. Schon stand Tomeija in seinem Rücken und schmetterte ihm die Faust in den Nacken, so dass er abrupt verstummte und stürzte. *Noch zehn.* Sie hob keuchend das Henkersschwert – aber die übrigen Gegner waren verschwunden.

Darauf falle ich nicht noch mal herein. Tomeija stand leicht nach vorne geneigt, sicheren Halt im Sand suchend und die Klinge halb erhoben.

Ruckartig sprang ihr erster besiegter Feind auf die Füße, zog zwei Dolche und kam auf sie zu. Den ersten schleuderte er nach ihr, als er drei Schritte gemacht hatte.

Tomeija fälschte die Klinge mit dem Schwert ab. »Feigling«, rief sie.

Im Vorbeigehen hob er einen herrenlosen Kampfstab auf und warf den zweiten Dolch, unter dem sie durchtauchte. Dann hatte er sie erreicht und ließ eine schnelle Kombination aus hohen und tiefen Angriffen erfolgen.

Tomeija kannte die Art zu kämpfen und wich aus. Für Waldbewohner waren geschnitzte Stäbe die einfachste und am leichtesten zu beschaffende Waffe.

Zur Verblüffung des Mannes steckte sie ihr Schwert in den Sand, packte seinen Stab und überdrehte ihn, trat mit dem Absatz zu und zertrümmerte den Spann des Gegners. Als er brüllend seinen Griff lockerte, entriss sie ihm den langen Stock und ließ das Ende gegen sein Kinn krachen, danach genau auf die Körpermitte.

Aufschnaufend klappte der Feind zusammen.

Hast du gedacht, ich bemerke dich nicht? Tomeija zog ihr Schwert aus der Düne, drehte sich einmal um die Achse und ging dabei auf das rechte Knie herab, schlug in einer geraden Bewegung nach dem Feind mit dem gebrochenen Ellbogen, der sich hatte anschleichen wollen.

Die Klinge fuhr dem Mann durch das Gewand und den Bauch.

Aber statt Blut und stinkender Gedärme ergoss sich dunkelrötlicher Sand aus seinem Leib.

Ansatzweise sah Tomeija so etwas wie Organe, sie schienen verkümmert und mit Dreck gefüllt zu sein. *Verflucht! Das … sind keine Menschen!*

Der Gegner löste sich auf wie eine Mumie, die an Luft und Licht zu Staub zerfiel. Er wurde zu rötlichen Körnchen und verband sich mit der Wüste, lediglich die Kleidung blieb übrig.

Ein langgestreckter Schatten fiel von hinten auf sie und den Sand.

Tomeija drehte sich schnell um.

Vor ihr standen die zehn zuvor vermissten Gegner fächerförmig aufgereiht, verschiedene Waffen in den Händen. Die Gesichter waren bemalt, an Unterkiefer und Stirn entlang, die Farben ließen die Gestalten noch düsterer und unheimlicher wirken. Einige hatten die Augenpartien, Brauen, Nasenrücken und Lippen, sogar die langen Haare übermäßig hell getüncht, was ihnen etwas Dämonisches verlieh. Der Geruch, der von ihnen ausging, ähnelte heißer Erde.

Einer reckte verlangend die Hand und sagte etwas Unverständliches.

Es geht ihnen um das Amulett.

»Ich habe es nicht«, erwiderte Tomeija in ihrer Sprache. »Verschwindet. Ihr werdet es bereuen wie eure beiden Freunde.«

Die Angreifer wechselten rasche Blicke.

»Du sprichst ein seltsames Hoch-Aibylonisch«, antwortete ihr Anführer mit starkem Akzent, ohne dass er die Hand senkte. »Woher kamst du? Aus der Dämonenstadt?«

Tomeijas Herz schlug schnell, aber sie ließ sich ihre aufkommende Angst nicht anmerken. »Jemand, der aus Sand besteht, spricht von Dämonen?«

Die Gegner lachten leise.

»Du weißt nicht, wer *wir* sind?« Der Anführer hob die übergroß gezeichneten Augenbrauen, durch die Metallringe gestochen waren; auf seiner Nasenwurzel blitzte ein Edelstein auf. »Dann hast du dein Gedächtnis verloren, oder du stammst nicht von hier.« Er zeigte auf seine Handfläche. »Her damit.«

»Ich habe es nicht.«

»Sie hat es dir zugeworfen. Ich sah es.«

»Mag sein.« Tomeija überlegte, ob sie die Düne hinaufrennen und entkommen konnte. *Es würde nicht gelingen. Sie sind das Laufen auf Sand gewohnt.*

»Lass mich dich durchsuchen. Finde ich es nicht, kannst du gehen. Es sei die Anerkennung für deine Tapferkeit«, schlug er ihr vor und grinste, wobei angefeilte Zähne zum Vorschein kamen.

Als versierte Scīrgerēfa erkannte sie eine Lüge, ganz gleich, an welchem Ort sie ausgesprochen wurde. Tomeija hob zur Antwort ihr Henkersschwert.

* * *

Liothan lag auf hartem Untergrund, ohne das Bewusstsein bei dem sturzähnlichen Gefühl verloren zu haben. Er schüttelte die Benommenheit ab, die ihm der Zauberspruch von Dûrus verschafft hatte. *Was hat er mit mir getan?*

Der Wind heulte ungebrochen gegen ihn, doch die brennenden Funken, die knochigen Klauenfinger und die Schmerzen fehlten.

Er verstand, dass die Böen nicht mehr alleine ihm galten und keineswegs magischer Natur waren. Ein Sturm braute sich zusammen, jagte seine Vorboten über das Land, auf dem er lag. Seine langen Haare und die weite Kleidung um seinen sehnigen Körper wehten, raschelten und flatterten.

Durch die Geräusche vernahm er ein anhaltendes Rufen, unverständliche Sätze, einzelne Silben sowie Gelächter von Stimmchen und Stimmen wie von winzigen und großen Kreaturen, die sich in seiner Nähe befinden mussten. Mehrmals glaubte er, seinen Namen zu hören. Er flog von sämtlichen Seiten zu ihm.

Dämonenspuk? Liothan hob den Kopf, blinzelte und hielt eine Hand schützend vor die Augen. *Eine weitere Wirkung der Hexerei?*

Im Schein der Nachtgestirne sah er undeutlich, dass er sich auf einem aufragenden abgeflachten Felsbrocken befand, wie es in der Ebene noch viele gab. Sie erinnerten an die lehmgebrannten Überreste von Bauwerken, verlassene Ruinen einer vergessenen Zivilisation auf ausgetrocknetem Boden. Die Erdkruste war durchzogen mit tiefen Rissen und klaffenden Sprüngen, nur vereinzelt machte Liothan Gras oder Buschwerk aus, das den Gegebenheiten trotzte.

Hier gedeiht nichts. Er stemmte sich gegen den anhaltend peitschenden Wind in die Höhe und blickte sich um. *Das ist nicht Walfor. Nicht mal Telonia!* Zu seiner Rechten lag eine schlangenlinienhafte Düne, die sich wie eine Mauer reckte und deren Grat, gemessen an der Größe der Ruinen, in etwa hundert Schritt Höhe lag.

Liothan wurde mulmig zumute.

Er hoffte, dass ihm Dûrus ein Truggebilde angehext hatte und er sich nicht wahrhaftig an diesem fürchterlichen Ort befand, an dem unsichtbare Kreaturen heulten, schrien und nach ihm riefen.

Mit dem Fuß hob er die Axt und nahm sie in die rechte Hand. Die Attacken der Knochenhände hatten ihm keine Wunden beschert, aber er spürte die Stellen, an denen sie gekniffen, gezogen und zugepackt hatten.

»Dûrus!«, schrie Liothan gegen das Säuseln des aufkommenden Sturmes und schob sich den Schal vor Mund und Nase. »Zeig dich, Dûrus!«

Seine Worte wurden vom Wind davongerissen und blieben weniger als einen Herzschlag lang im Rufen der Geister hörbar. Er erblickte keine Menschenseele, und eventuelle Spuren von Tomeija würden von den Böen sogleich verwischt worden sein.

Liothan drehte sich auf seinem Aussichtsposten einmal um die eigene Achse und spähte, ob es am Horizont die Silhouette einer Siedlung gab, wo er sich Wasser erhoffen durfte. *Oder Bäume. Bäume wären ein …* Ihm stockte der Atem: Auf einer viele Meilen breiten und hohen Front walzte ein Sturm heran, der graugelbe Staubmassen emporschleuderte und den Nachthimmel verschluckte. Ein Mond nach dem anderen verschwand in den brodelnden Wolken.

Zwei Monde? Auch die Sternbilder sagten Liothan nichts. *Bei den Göttern von Telonia! Wo bin ich?*

Der Anblick des heranbrausenden, vernichtenden Sturms, der Steine und Brocken aufwärtsriss und sie in seinem Inneren zu Geschossen machte, wirkte lähmend. Bläuliche und rötliche Blitze schossen aus dem Kern in den Himmel oder zuckten heraus, um Löcher in die ausgetrockneten Böden zu schlagen. Sofort wurden die umherfliegenden Stücke von dem Wirbeln eingeschlossen. Es schien, als würde im Schutz der anrückenden Wolke ein Heer aus Riesen mit Pferden und Streitwagen über die Erde streifen und wegreißen, was nicht verdient hatte zu bleiben. Die Ausläufer, die um Liothan wehten, verstärkten sich. Er musste sich gegen die Strömungen lehnen, um nicht von der Felsplattform gefegt zu werden. Hier war er ein Spielball für das Element, das sich unaufhaltsam näherte.

Er sah zur Düne. *Sie könnte wie ein Damm wirken und dem Sturm trotzen. Ich muss es auf die andere Seite schaffen.* Ohne Erfahrung mit derartigen Unwettern und Wüste, hielt er es für einen hilfreichen Gedanken.

Liothan blickte über den Rand der Plattform nach unten. *Gute dreißig Schritt.* Er hängte die Axt in die Halterung auf seinem Rücken. *Genug, um sich den Hals zu brechen.*

Der Abstieg wurde durch den Wind zu einem gefährlichen Unterfangen; auch bröckelte das Material unter seinen Fingern und Sohlen.

Schnell verstand er, dass es sich nicht um Ruinen handelte, sondern um Ton, der durch die Elemente geformt und von der Sonne gebrannt worden war. An den zahllosen Kanten entstanden die verschiedensten Melodien, auch das Rufen und Gekreisch.

Das hoffe ich zumindest. Liothan wollte nicht daran glauben, von unbekannten Gegnern umzingelt zu sein, die darauf lauerten, dass er endlich einen Fuß auf den Boden stellte. Zudem hegte er weiterhin die Hoffnung, sein Verstand befände sich in einem magisch gewobenen Trugbild, um ihn mit Furcht zu töten. *Und ich dachte, Witgos seien längst ausgerottet.*

Liothan erreichte den Boden. Die sagenhaften Hexer, die einst großes Leid über Telonia gebracht hatten, waren von einer Heldenschar gestellt und besiegt worden. Seither wurde keinerlei Magie mehr erlaubt, außer dem Hofheiler des Königs und einer weiteren Witga in der Hauptstadt. *Tomeija wird ihr Schwert gewiss schon schleifen.* Es wäre müßig, in diesem Sturm nach ihr zu suchen, der merklich an Geschwindigkeit und Kraft zugenommen hatte. Er wünschte ihr, dass sie sich in Walfor befand und Dûrus just in Scheibchen schlug.

Kaum hatte Liothan zwei, drei Schritte getan, tauchte eine gerüstete Gestalt vor ihm aus den treibenden Sandkörnchen auf. Sie trug eine Panzerung ähnlich jener, die er in Dûrus' Schrank gesehen hatte. Sie unterschied sich in den Ornamenten, und der Helm besaß zwei Skorpionstachel.

Ohne zu zögern, ging der Krieger zur Attacke über, führte in jeder Hand ein langes Schwert, deren Enden zu Haken umgebogen waren.

Verflucht! Zwar gelang es Liothan, dem ersten Hieb zu entgehen und seine Axt zu zücken, um damit den zweiten und dritten Schlag abzuwehren, aber das Tempo verbunden mit der Kraft des Gegners sagten ihm, dass er sein Heil in der Flucht suchen sollte. *Er ist überlegen.*

Hastig blickte er sich um.

Die Düne war kaum mehr durch die Staubschleier zu sehen. Das konnte ein Vorteil sein, um den Angreifer abzuhängen, der in seiner Vollrüstung sicherlich langsamer sein würde als er.

Mag er im Sturm vergehen. Liothan täuschte einen Ausfall an, wandte sich um und rannte los, genau auf den Wall aus Sand zu. Unterwegs küsste er sein Medaillon von Hastus. *Es muss gelingen.* Er machte sich keine Gedanken mehr darüber, ob er sich in einem Trugbild befand oder nicht. Der Überlebenswille überlagerte alles andere.

Keuchend hetzte Liothan die Düne hinauf. Er fluchte, rutschte mehrmals zurück, kämpfte sich voran und die Schräge aufwärts, ohne sich einmal umzublicken.

Die Oberschenkel brannten vor Anstrengung, die Lunge schien geschrumpft. Liothan hackte sogar mit der Axt in den Sandberg, um Halt zu finden und sich hochzuziehen.

Ausgepumpt und mit feurigen Kreisen vor den Augen erreichte er den schmalen Grat der Düne und wurde vom Wind das letzte Stück regelrecht hinaufgeschoben.

Geschafft! Erst jetzt wandte sich Liothan um.

Das furchteinflößende Unwetter hatte die gesamte Ebene eingenommen. Die großen Steingebilde lagen in seinem Kern, die unteren Ausläufer nahmen Anlauf, um die Düne zu erstürmen, als seien es die Mauern einer Festung, die eingenommen werden müsste. Gleißende Entladungen schossen knisternd in den Sand und verursachten Explosionen, gelbe Staubfontänen flogen auf und wurden mitgerissen. Liothan spürte die Hitze, die von ihnen ausging.

Aus diesem Gemisch aus Sturm, rötlich beigefarbenem Sand und Energie kam sein schwarz gerüsteter Verfolger und flog regelrecht die Düne hinauf.

Verflucht! Wie ... Die heftigen Böen jagten fauchend die Schräge hinauf und erfassten Liothan, wehten ihn vom Grat wie ein lästiges, winziges Blättchen und trugen ihn durch die Luft.

Nach vielen Schritten stürzte er in den Hang der sturmabgewandten Seite und kullerte abwärts. Seine Hand fand keinen Halt, die Axtklinge schlug in nachgiebigen Sand.

Irgendwann kam Liothan zum Liegen. Den Kopf voll Schwindel, stemmte er sich unverdrossen auf, um seinem Angreifer begegnen zu können oder die Flucht fortzusetzen, sofern ihm diese Zeit blieb.

»Liothan!«, hörte er Tomeijas vertraute Stimme aus einiger Entfernung. »Bist du es wirklich?«

Er sah seine Freundin umringt von einer Gruppe Bewaffneter. Einige wandten sich ihm zu und machten sich auf den Weg zu ihm. Die bemalten Gesichter flößten ihm keine Furcht ein, Räuber wie er nutzten gelegentlich die gleiche Taktik. Auch auf seinen Zügen lag noch die dünne Rußschicht.

»Ja. Warte, ich komme.« Er blickte rasch zum Dünenkamm – und sah den Verfolger.

Erhaben und königlich stand die gepanzerte Gestalt über ihnen. Sie blickte herab und hielt die Hakenschwerter leicht gesenkt neben sich. Hinter dem Krieger schleuderte der Sturm den Sand aufwärts, als wären es brechende Wellen am Ufer eines aufgepeitschten Sees.

Das Unwetter schien an dem Damm aufgehalten zu werden. Die Blitze zuckten hinüber, jagten an dem Krieger vorbei bis hinunter ins Tal, kreischend schossen die Entladungen in den Boden. Doch der Sturm wagte sich an dem

Gepanzerten nicht vorbei, um sich auf die Menschen zu stürzen.

Die Bewaffneten schrien Anweisungen hin und her.

Immerhin gehört er nicht zu ihnen. Liothan rannte über den weichen Untergrund und steuerte auf Tomeija zu, die sich rückwärts von der Gruppe wegbewegte. Das gezogene Schwert in ihrer Hand verhieß nichts Gutes; eine Gestalt lag auf dem Boden, daneben ein Bündel Kleidung, aus dem Sand rieselte.

Noch zehn Schritte.

Der gerüstete Unbekannte setzte sich in Bewegung und sprintete die Düne abwärts. Augenblicklich folgte ihm der Sturm und wühlte bei seinem Vordringen die Körnchen lawinengleich empor, so dass sie den Gepanzerten bald einhüllten. Das Letzte, was Liothan von ihm sah, war, wie er seine Hakenschwerter hob.

Ein Kampf ist kein guter Einfall. Liothan lief weiter. »Los, weg von hier!«

»Wer ist das?« Tomeija griff trotz des Schwertes einen gefüllten Sack mit einem langen Tragegurt und hängte ihn sich um.

»Kein Freund von uns.« Liothan sprintete auf die Männer mit den bemalten Gesichtern zu, deren Haut ihm erschien, als wäre sie geröstet. Sie starrten mit erhobenen Waffen in die Sandwolke und beachteten die beiden Freunde nicht.

Während Tomeija und Liothan zwischen ihnen durchhuschten, erklang das dunkle Surren von Hieben, gefolgt von brechendem Metall, sirrendem Klirren und lautem Todeskreischen. Das Abschlachten hatte begonnen.

Auch die Scīrgerēfa schrie kurz auf.

»Was ist?«

»Etwas ... hat mich im Nacken erwischt. Etwas Heißes.«

»Das sehen wir uns später an. Du lässt meine Hand nicht los«, schärfte er seiner Freundin ein und packte ihre Finger, dann wurden sie vom pfeifenden Sandsturm umschlossen, der weitaus weniger heftig ausfiel wie jenseits der Düne. Der Damm hatte das Schlimmste abgehalten.

Es reicht dennoch aus, um darin verlorenzugehen.

* * *

Tomeija hatte sich mit einem der Gurte an Liothan gebunden.

Derart gesichert, stapften sie in kleinen Schritten durch den Nachtsturm, der bald an Wucht verlor und sich nach einiger Zeit legte, ohne dass einer von beiden sagen konnte, wie lange die peitschenden Böen angedauert hatten.

Über ihnen zogen scheu die Sterne am Firmament auf, auch die zwei Monde zeigten sich, einer riesig groß und scheinbar zum Greifen nahe, der andere münzklein und beinahe verschämt. Vor ihnen breitete sich die Sandwüste aus, so weit der Blick reichte. Am Horizont wandelte sich die Schwärze zu Dunkelblau. Eine unbarmherzige, glühende Sonne kündigte ihr Kommen an.

Wäre unsere Lage nicht so verzweifelt, könnte man die Schönheit genießen. Tomeija fühlte Sand unter ihrer Kleidung, in den Schuhen, unter dem Hut, den sie dem Wind abgetrotzt hatte. Sie schüttelte Sand aus den Ohren und den Haaren. »Warte.« Erschöpft wuchtete sie den Sack vom Rücken und zerrte einen Wasserbeutel heraus. »Hier.«

Liothan nahm das Gefäß entgegen und trank einen großen Schluck. »Danke.«

Sie suchte eine kleinere Flasche heraus, schraubte sie auf und trank sie in einem Zug leer. Ohne das erquickende Wasser wäre sie keinen weiteren Schritt mehr gelaufen.

Ihr Magen schmerzte vor Hunger, sie fühlte genau, wo der Trunk in ihr entlanglief. Mit einem raschen Griff nahm sie ein Fladenbrot und brach zwei Ecken ab. *Gut, dass ich daran dachte.* Mit dem Brot in der einen Hand stand Tomeija auf, richtete fröstelnd das Halstuch. Sie war zu müde, um ihrem Freund eine geharnischte Rede wegen seines Einbruchs zu halten. Das würde sie nachholen.

»Wüste«, befand sie missmutig.

»Seine Wüste.« Liothan ließ sich das Nass in den Mund laufen, schluckte.

»Woher weißt du das?« Sie reichte ihm ein Stück Brot. »Dûrus kann uns aufs Geratewohl an diesen Ort gehext haben.«

»Ich *weiß* es nicht. Ich *befürchte* es. In seinem Arbeitszimmer fand ich Karten, auf denen eine Wüste eingezeichnet war. Und eine riesige Stadt. Mag sein, dass er uns hierhergebannt hat, damit wir qualvoll sterben.«

»Ich an seiner Stelle hätte uns einfach im Haus getötet.« Tomeija kostete von dem gewürzt riechenden Brot. Es war etwas weicher als ein Keks, der Geschmack passte zu nichts, was sie aus Walfor kannte. Es belebte die Sinne und hinterließ ein Kräuteraroma am Gaumen. *Schmackhaft.*

»Das dachte ich auch. Es wird was bei seinem Fluch schiefgelaufen sein. Ich habe ihm den Magen aufgeschlitzt, wenn ich es richtig gesehen habe. Da kann man sich als Hexer schon mal im Spruch vertun.« Er spuckte in den weichen Sand. »Verflucht sei seine Seele.«

»Dann ist er tot?«

»Natürlich.«

»*Natürlich* ist bei einem Witgo nichts.« Tomeija aß ihr Brotstück auf und suchte eine zweite Flasche, trank daraus. Ihre Beine und die Gelenke schmerzten. Das andauernde Laufen im ungewohnt weichen Sand strengte sie an. Zu gerne würde sie länger rasten. »Hast du dir einen Anhaltspunkt gemerkt, um daraus abzuleiten, in welcher Richtung sie liegen könnte?«

»Wer?«

»Nicht *wer.* Die Stadt.«

»Nein. Es ging zu schnell. Oder?« Er schloss die Augen. »Nein«, sagte er nochmals. »Bei Hastus, ich könnte im Stehen einschlafen.«

Tomeija nickte fröstelnd. Sie war sogar zu müde, ihren Jugendfreund dafür zu schlagen, dass er trotz ihrer eindeutigen Warnung bei Dûrus eingestiegen war. Auch das würde sie nachholen wie die Standpauke. »Du weißt, dass du mein Gefangener wärst, säßen wir in Walfor.«

Liothan lachte leise und ließ sich in den Sand fallen, streckte die Beine aus. »Aber ich habe dir das Leben gerettet.«

»Du?« Sie würde ihn doch gleich schlagen. Stattdessen trat sie ihn leicht in die Seite. »Wegen dir sitzen wir an diesem Ort, der uns das Fleisch von den Knochen brennen wird, wenn es stimmt, was ich über Wüsten gelesen habe.«

»Aber ich habe den Witgo erledigt. Sonst hätte er …« Liothan schien zu merken, dass er es mit seiner eigenen Fürsprache nicht besser machte.

»Erst kehren wir nach Hause zurück.«

»Und dann?«

Tomeija war zu erschöpft, um drüber nachzudenken, wie sie vorgehen wollte. Sie vermisste die Wälder. Der Anblick von unendlichem Sand, so schön die Muster darauf anzuschauen waren, gefiel ihr nicht. Der Preis, den sie dafür zahlen müsste, war zu hoch. »Wir werden sehen.« Sie kaute an einem weiteren Stück Brot. »Denkst du, er hat uns in einen Traum gezaubert?«

»Du meinst, wir liegen in einem magischen Schlaf auf dem Boden seines Arbeitszimmers?«

»Könnte doch sein.«

»Das wäre schlecht.«

»Weil?«

»Na ja.« Liothan deutete an, wie ihm Gedärme aus dem Bauch quollen. »Wer sollte uns daraus erwecken, wenn er tot ist?«

Tomeija trat ihn nochmals. »Und *du* hast ihm den Wanst aufgeschlitzt!« Sie wünschte sich, nicht in einem Truggebilde zu stecken, sondern an einem echten Ort. *Einen Ort kann man wieder verlassen, wie weit auch immer entfernt er sein mag.* »Wir werden uns auf die Suche nach dieser Stadt machen.« Sie spülte den Brocken mit Wasser die Kehle hinab. »Besser gesagt: nach irgendeiner Stadt. Wer weiß, wo wir stecken.«

»Da vorne«, rief er plötzlich und deutete auf gleichförmige Täler und Hügel, »ragt etwas heraus. Sieht aus wie ein Pfahl. Könnte eine Markierung sein.«

»Oder etwas, an dem man Opfer ankettet.«

Sie erzählte ihm von ihrer Begegnung und ihrem Kampf mit Gegnern, deren Inneres aus Sand bestand; Liothan berichtete vom Zusammentreffen mit dem gepanzerten Krieger, der sich letztlich mehr für die anderen Räuber denn für sie interessiert hatte.

»Diese Welt scheint gefährlich zu sein«, befand sie nachdenklich, eine Hand am Schwertgriff.

»Ist unsere das nicht auch?«

Sie klopfte sich andeutend gegen die Brust. »Nicht mehr. Dank mir.«

Liothan deutete eine Verbeugung an. »Natürlich. Ich vergaß, dass die beste Scīrgerēfa, die es jemals in Walfor gab, dem Verbrechen ein Ende setzte. Du hast sogar mich beseitigt.«

»Hätte ich das mal wirklich.« Wieder trat sie ihren

Freund, die Wut flammte trotz der Erschöpfung auf. »Du bist ein beschissener Narr! Liothan der Narr, so werde ich dich nennen!«

»Ich gebe zu, dass die Sache mit Dûrus kein guter Einfall war, aber ich wusste ja nicht, dass der verdammte Krämer ein Hexer ist.« Er hielt sich die getroffene Stelle. »Ich habe es verdient. Deswegen gestattete ich dir, mich zu strafen. Nun ist es jedoch genug. Du hast mir fast die Rippen gebrochen.«

Tomeija trat prompt erneut zu und sparte nicht an Kraft. Liothan wehrte die Stiefelspitze ab, aber sie schlug ihm ihre Trinkflasche gegen den Schädel. »Du wirst noch einiges hinnehmen müssen, Galgenstrick. Wenn wir zu Hause sind, stecke ich dich ins finsterste Loch. Ich sagte dir, du sollst nicht bei ihm einsteigen!«

»Du könntest behaupten, dass du mich angeheuert hast, um einen Witgo zu stellen.« Lachend warf er eine Handvoll Sand nach ihr. Dann nahm sein Gesicht einen besorgten Ausdruck an. »Was macht dein Nacken?«

»Was soll damit sein?« Sofort legte sie eine Hand auf die Stelle, an der sie das Brennen gespürt hatte. Es schmerzte leicht. Behutsam goss sie vom Wasser darüber, die Flüssigkeit kühlte. »Es ist nur eine kleine Schramme.«

»Lass mich sehen.«

»Nein, es geht schon.« Sie setzte ihm die Sohle auf die Schulter und drückte ihn mit dem Stiefel auf den Boden zurück, als er Anstalten machte, sich zu erheben. Tomeija musste verhindern, dass er einen Blick auf die Stelle warf. Dort gab es mehr zu entdecken, als ihr lieb war. »Ich bin hart im Nehmen.«

Liothan setzte zu einer Erwiderung an – dann stutzte er und sah auf ihren Schuh. »Was ist denn *das?*« Er fischte nach einer Kette mit Amulett, die sich in einer Schnalle verfangen hatte. »Schau an. Das muss nicht nur eine gefährliche, sondern auch eine reiche Gegend sein. Die Schätze liegen im Sand vergraben.«

Tomeija hörte das Wort *Driochor* in ihrem Kopf. *Das Geschenk der Unbekannten.*

»Nicht ganz.« Rasch berichtete sie, wie sie daran gekommen war und dass sie es verloren geglaubt hatte. Die seltsame Bezeichnung erwähnte sie nicht.

»Es scheint bei dir bleiben zu wollen.« Liothan entfernte die Kette von ihrem Stiefel und erhob sich laut ächzend, legte sie Tomeija um. »Behalte es. Wer weiß, warum es dir gegeben worden ist.«

Meinetwegen. Tomeija versteckte das Amulett unter ihrem Wappenrock. Solange sie nicht wusste, welche Bedeutung der Schmuck und *Driochor* hatten, würde sie ihn nicht offen tragen. Sie verstaute die halbleere Flasche und ließ die ausgetrunkene zurück. Je weniger sie zu schleppen hatten, desto besser. »Schauen wir, was es mit dem Pfahl auf sich hat.« Sie zeigte mit dem Finger auf ihren Freund. »Sollte es wirklich eine Vorrichtung zum Opfern sein, wirst *du* daran landen.«

Liothan lachte und nahm den Tragesack huckepack. »Meinetwegen.«

»Gut.« Sobald sie sich ausgeruht genug fühlte, würde sie ihrem Freund ein paar Takte sagen. *Ein Einbruch bleibt ein Einbruch.*

Schweigend stapften sie durch den Sand auf den Pfahl zu. Auch wenn Liothan gelacht hatte, war Tomeija in Versuchung, ihre Ankündigung, was die Opferung anging, wahr zu machen.

* * *

Aus den Aufzeichnungen eines Reisenden:

Normalerweise werden die Waren der umliegenden Länder, derer es fünfzehn sind, in Wédōra ausgeladen und auf Märkten verkauft.
Meistens sind es bestens organisierte Handelsfamilien, zuweilen auch Gilden oder Einzelkrämer bis hin zu Zusammenschlüssen von Dörfern oder Städten, welche die Karawanen auf den bekannten Strecken durch das Sandmeer des Todes nach Wédōra schicken.
Der Profit reizt sie, ebenso wie es einen Zwang gibt. Es existieren Abhängigkeiten ganzer Reiche von bestimmten Waren aus weit entfernten Ländern, die in Wédōra umgeschlagen werden. Dieses Bollwerk in der Wüste bedeutet damit nicht nur Wohlstand – sondern ist auch der Garant für das Überleben mancher Staaten.
(…)
Eine Ausnahme bilden die geheimnisvollen Izozath. Sie stammen nicht aus den Gebieten rund um die Wüste und geben ihre Waren niemals aus der Hand. Sie verkaufen sie stets unmittelbar selbst. Ihre mechanischen Erfindungen gehören zu den teuersten Dingen, die man in Wédōra erstehen kann.
Woher die Izozath kommen, bleibt ihr Geheimnis.
(…)
Nicht zu vergessen sind die Hasardeure und Glücksritter.
Was für ein Völkchen aus Wahnsinnigen und Wagemutigen, aus Verzweifelten und Selbstüberschätzern, unter denen sich Männer und Frauen die Waage halten!
Viele versuchen ihr Glück in der Wüste, um von Wédōra aus Jagd auf legendäre Reichtümer, versun-

kene Städte, Bodenschätze, Artefakte und vieles mehr zu machen. Manche verdingen sich gar als Eis-Händler und ziehen hinaus in die Gebirge, wo sie die Brocken gefrorenen Wassers aus den Gletschern brechen, um sie für Unsummen in Wédōra zu verkaufen. Sofern es ihnen unterwegs nicht unter den Händen wegtaut.
Andere jagen Tieren nach, wie es sie nur in der Wüste gibt, und erbeuten Felle, Horn, Häute, Fleisch, Krallen. Jemand, der sich mit einer Kette aus Fangzähnen einer riesenhaften Sandkatzenechse brüsten kann, ist ein sehr wohlhabender Mensch. Und der Jäger noch viel mehr.
Angemerkt sei: Viele davon kehren nie wieder zurück, andere kommen mit merkwürdigen Dingen wieder, und wieder andere sind für ihr Leben verändert und haben ihren Verstand verloren.
Die Wüste birgt viele Schätze.
Und noch mehr Arten, den Tod zu finden.

Kapitel 11

Liothan sah in die Morgenröte, mit dem Rücken an den blaubemalten Pfahl gelehnt. Tomeija saß auf der anderen Seite und schlief. *Die Sonne wird uns grillen. Wie dünnes Fleisch auf einem Rost über heißen Kohlen.*

Die Umgebung hatte sich nicht als Traum erwiesen, in den er und seine Freundin geraten waren. Um sie erstreckten sich nach wie vor unendliche Weiten aus hellem Sand gleich einem verkrusteten Meer, mit Hügeln und Erhebungen, Linien und Wellenmustern.

Ein sanfter Wind erhob sich wie von den Strahlen des Taggestirns gesandt und spielte mit den leichten Körnchen sowie der Kleidung der Gefährten. Überall raschelte, rieb und knisterte es. Mit der bewegten Luft kam die Wärme, welche die beißende Kälte der Nacht aus Liothans Knochen trieb. Noch fühlte es sich angenehm an.

Liothan sah die riesige Düne, über die er geklettert war, in weiter Entfernung. *Und wenn wir in die falsche Richtung gehen?* Er hatte in ungefähr hundert Schritt Entfernung zu ihrem Rastplatz einen weiteren Pfahl ausgemacht, dahinter noch einen und noch einen. Sie steckten leicht schief im Untergrund.

Solcherart Wegmarkierungen kannte er von sehr flachen, seedurchzogenen Geländen zwischen Waldstücken, damit der Wanderer im Winter die Straße unter den Schneeverwehungen fand und nicht auf eine brüchige Eisfläche geriet. Auch im Moor galt: Wer den Stäben folgte, ging nicht verloren.

Das Prinzip wird in der Wüste das gleiche sein. Liothan hatte sich damit abgefunden, von einem blaubemalten Stämmchen zum nächsten zu laufen. Das Wasser würde ein wenig vorhalten, das Brot ebenso. Er drehte den Kopf zur Sonne, die sich hoch und höher schob. *Wir sollten marschieren, bevor es zu heiß wird.* Er versetzte Tomeija einen Ellbogenrempler. »Hey, Scīrgerēfa! Es gibt Arbeit. Ein Räuber, unmittelbar hinter dir.«

Sie reagierte mit einer gemurmelten Verwünschung und suchte eine bequemere Position, was an dem blanken Pfosten nicht leicht war.

Liothan versuchte, ihren Schal im Nacken behutsam zur Seite zu ziehen, um heimlich nach ihrer Wunde zu sehen.

Sofort packte Tomeija sein Handgelenk und bog es geschickt auf eine Weise, die heißen Schmerz erzeugte, von den Fingerkuppen bis zum Ellbogen. Sie schien nicht einmal Kraft zu benötigen.

Er stöhnte laut auf.

»Wage es nicht noch einmal, dich an mich schleichen zu wollen. Nicht in solch einer Umgebung«, schärfte sie ihm ein und ließ ihn los. Sie erhob sich und streifte den trockenen Sand ab. »Die Sonne steht schon hoch.«

»Ich wollte nur nach deiner Verletzung sehen«, verteidigte er sich und massierte die Stelle rund um das Gelenk.

»Danke, aber ich sagte dir: Es ist nichts.« Sie schüttelte die graugefärbten, langen Haare aus, als fürchtete sie, dass sich Insekten über Nacht darin eingenistet hätten, ehe sie den Hut wieder aufsetzte. Sie suchte eine Wasserflasche aus dem Sack und nahm zwei lange Schlucke, warf sie ihm zu.

Liothan vermochte mit der malträtierten Hand nicht richtig fangen, sie kribbelte wie von tausend Ameisen gebissen. Mehr schlecht als recht fischte er die Flasche aus der Luft.

»Du auch nur zwei. Wir müssen sparsam sein.« Tomeija zog den wattierten Wappenrock aus und stopfte ihn in den Sack. Darunter trug sie ein weit geschnittenes weißes Leinenhemd. Sie zeigte auf die Linie aus Pfählen. »Da lang?«

»Das wäre mein Vorschlag gewesen.« Er ignorierte den tauben Arm, öffnete den Verschluss und trank. Es konnte auch sein, dass es Nachwirkungen von seiner Sturzverletzung waren, die er sich im Rücken bei einem Raubzug zugezogen hatte. Gelegentliche Lähmungserscheinungen plagten ihn seitdem. »Wir gehen, bis die Sonne am höchsten Punkt steht. Dann rasten wir.«

Tomeija nickte und zog die Handschuhe aus, um den Sand herauszuschütteln, bevor sie an ihren Platz zurückkehrten. »Frag nicht«, unterband sie sein Nachhaken im Ansatz. »Ich mag es so lieber.«

Liothan zuckte mit den Achseln und schulterte den Proviantsack. *Wenn sie meint.*

Gemeinsam gingen sie los.

Die Sohlen versanken kaum im Sand. Trotzdem war das Gehen bis zu den nächsten Pfosten beschwerlich.

Bereits nach drei Markierungen rasteten sie, die unerbittliche Sonne zwang sie in die Knie. Es war so heiß, dass der Schweiß schneller verdunstete, als er ihnen vor Anstrengung und Hitze über die Haut rinnen konnte. Jeder Tropfen verging innerhalb eines Wimpernschlags.

Liothan spürte die Schicht aus Ruß, die er sich zur Tarnung vor seinem Raubzug ins Gesicht geschmiert hatte und die er nun durch die trocknende Wirkung des Salzwassers in großen Blättchen abzupfen konnte. *Ich sehe aus wie einer der angemalten Sandräuber,* dachte er und grinste. Seine Lippen spannten.

Die gleißende Scheibe hoch am wolkenlosen, blauen Himmel sengte auf sie nieder. Die Luft flirrte, der Sand um sie wurde glühend heiß und strahlte zusätzliche Wärme ab, die vom Wind verteilt statt gelindert wurde.

Liothan und Tomeija brachten am folgenden Pfosten ein behelfsmäßiges Schattensegel aus ihren Obergewändern an, unter das sie sich flach atmend setzten.

»Das halten wir keine zwei Tage durch.« Sie suchte eine Trinkflasche heraus und gönnte sich drei Schlucke. »Es fühlt sich an, als verdampfte es auf dem Weg in meinen Magen.«

Liothan vermied es, tief einzuatmen. Die Lungen schmerzten von der Hitze. »Es kann kein Leben an einem solchen Ort geben.«

»Doch«, erwiderte Tomeija. »Es hat versucht, mich umzubringen. Das vergesse ich nicht.« Sie wischte sich über die trockene Stirn, Salzkristalle und Hautschüppchen rieselten herab. »Und Dûrus vergesse ich es auch nicht.«

Liothan schwieg, um ihren neuerlichen Zorn nicht auf sich zu ziehen.

Ungerecht behandelt empfand er sich dennoch.

Sicherlich hatte er ein Verbrechen begangen – aber dabei war eine Ungeheuerlichkeit zutage getreten. *Davon werden wir nur etwas haben, wenn wir es nach Hause schaffen.*

Ein Witgo, das lehrte die Vergangenheit, konnte zur Plage werden. Sogar der freundliche, integre Hofheiler, der zum Wohle aller von Krankheiten und Gebrechen befreite, soweit es in seiner Macht lag, stand unter ständiger Kontrolle durch den Magistrat und musste einen bewaffneten Begleiter dulden. Böse Hexerei wurde mehr gefürchtet als große Waldbrände.

Meine Axt hat ihn erledigt. »Er wusste, dass er in der Baronie niemanden fürchten musste«, grübelte er halblaut.

»Wenigstens ahne ich, woher sein Reichtum *wirklich* stammt.« Tomeija zog die Beine an, soweit es ging, zur Hälfte blieben sie im Wirkungsbereich der Sonne. Stiefel und Hosen erhitzten sich weiter. »Von Vieh alleine nicht. Er wird Gold oder dergleichen machen können.«

»Oder Dämonen in seinen Bann zwingen, die ihm Reichtümer beschaffen.« Liothan klopfte auf den Sand. »Aus Orten wie diesem. Aber das ist vorbei.«

»Ist es hoffentlich.« Sie wollte den Schlauch wieder an den Mund setzen, zügelte sich jedoch. »Der Baron wird sich fragen, wo ich stecke.«

Liothan hatte schon oft an seine Frau und die Kinder gedacht und während seines kurzen Schlummers von ihnen geträumt. »Hast du ihm vor deinem Aufbrechen gesagt, wem du nachstellst?«

Sie schüttelte den Kopf und fächelte sich mit dem Hut Luft zu, die nicht kälter war als jene, die sie umgab. »Du bist der einzige ernstzunehmende Schurke in Walfor, der mir bislang entwischen konnte. Wem sollte ich sonst auflauern? Aber dein Name fiel nicht.«

Trotz aller Ermattung und den alles lähmenden Temperaturen erwachte die Sorge in Liothan, und zwar weniger wegen des Barons.

Sondern wegen des Witgos.

Die Zweifel, die Tomeija vermutlich von Amts wegen hatte, bis sie nicht die Leiche des Krämers vor sich liegen sah, griffen auf ihn über.

Angenommen, Dûrus hätte es durch seine Hexerei geschafft, die Wunden zu überleben – dann drohte seinen Liebsten größte Gefahr. Liothans Gemahlin Cattra und sein Schwager Rolan wussten, wo der Einbruch in der Nacht stattgefunden hatte. Da Liothan nicht in das gemeinsame Haus zurückgekehrt war, würden sie sich Sorgen machen. Eine erste Suche würde nichts ergeben, kein Unfall, keine Festnahme. Rolan wäre mutig genug, um Dûrus irgendwann einen heimlichen Besuch abzustatten und dabei vielleicht ein schlimmeres Schicksal als Liothan zu erleiden.

Oder meine geliebte Cattra begleitet ihn sogar! Seine Sorge wandelte sich zu blanker Furcht um das Wohl und die Leben seiner Familie.

Was geschähe mit Fano und Tynia? Müssten sie ins Waisenhaus? Oder bringt er sie auch um? Liothan grub die Hände in den Sand. *Ich muss zurück!* »Denkst du, der Baron wird dich suchen lassen?«

Tomeija nickte und beendete das Fächeln. »Aber es wird nichts bringen. Es gibt keine Spuren, keine Nachrichten. Jemand wird ihm vielleicht zutragen, dass du beim Kaufmann einsteigen wolltest, womöglich sogar dein besorgtes Weib selbst, weil es dich nirgends zu finden vermag. Daraufhin werden sie Dûrus' Leiche finden.«

»Und wenn er noch lebt, wie du befürchtest?«

Tomeija überlegte nicht lange. »Nun, in diesem Fall wird der Baron bei seinem Freund vorfahren und läuten und eingelassen. Sie werden einen Wein trinken und über deine Frau lachen, und danach fährt der Baron großzügig beschenkt in sein Schloss zurück und lobt die Stelle der Scīrgerēfa neu aus.«

»Du gibst auf?«

»Ich zeige dir *eine* mögliche Zukunft.« Tomeija trank nun doch. »Ich habe ständig das Gefühl, verdursten zu müssen. Ich kann nicht so viel Wasser nachkippen, wie es aus mir rinnt.«

In Liothan brannte die Angst um seine Familie heißer als die Sonne vom Himmel. Unter dem schützenden Segel wurde es ihm zu stickig, zu heiß. Die Zeit verrann, ohne dass er etwas unternahm. Und währenddessen schritten Cattra und Rolan nichtsahnend zu Dûrus. *Vielleicht gerade jetzt.*

»Weiter«, knurrte er mehr, als er sprach, und stand auf, riss den Schutz gegen die heißen Strahlen herab.

»Bist du verrückt?« Tomeija blinzelte in die Helligkeit und setzte den Hut auf. »Was wird das?«

»Ich sitze nicht rum und warte, während Cattra und die Kinder in Todesgefahr schweben.«

»Dann können sie sich ja bald um dich sorgen! Du Idiot stirbst nach zwei, vielleicht drei Meilen in der prallen Sonne.« Sie kramte den Wappenrock aus dem Sack und hängte sich ihn über den Kopf und den Oberkörper.

»Du kannst mich nicht davon abbringen.« Er nahm den Tragesack und wollte den Inhalt aufteilen. »Komm mit oder bleib hier.«

»Natürlich komme ich mit.« Sie entriss ihm den großen Beutel. »Aber wisse: Bevor ich sterbend in den Sand sinke, werde ich mein Schwert durch dein Herz bohren. Als Rache.«

Liothan warf sich seine Jacke auf die gleiche Weise wie seine Freundin über und ging los, den nächsten Pfosten fest im Blick.

Ihre Anmerkung erinnerte ihn an den Satz des Witgos über Tomeijas Waffe und ihren wenig schmeichelhaften Titel. *Wie hat er sie gleich genannt?* Er sah auf ihre Handschuhe. *Todbringerin. Legt sie deshalb das schützende Leder niemals ab?*

Nach hundert Schritten durch die Hitze pumpte sein Herz in der Brust, als habe er einen meilenlangen Lauf absolviert. Liothans Gaumen fühlte sich wie trockenes Papier an, und seine Zunge schien ihm so groß wie ein aufgedunsener Schwammpilz.

Mühsam schleppte sich der Räuber weiter, die sengende Hitze stets im Nacken.

Tomeija ging an seiner Seite.

Nach zwei weiteren Pfosten trafen sie auf einen erkennbaren Pfad im Sand, der eine Vielzahl von Spuren aufwies.

»Wo eine Karawane ist, gibt es mindestens eine zweite«, sagte Tomeija zufrieden. »Wie ich es erhoffte. Mit dem Beistand der Götter werden wir gefunden.«

Liothan hörte den unterschwelligen Appell, vernünftigerweise an dieser Stelle auszuharren und abzuwarten. »Weiter«, verlangte er. Die Furcht um Frau, Kinder und Schwager ließ ihn jegliche Vorsicht und Sorge um sich selbst vergessen. Er küsste das Hastus-Amulett und verließ sich darauf, dass der Gott der Gerechtigkeit ihn nicht im Stich ließ.

Die Luft um sie herum waberte. Sie gaukelte den erschöpften Freunden Wasser vor, das es unmöglich geben konnte. Schritt um Schritt wurden die Abstände zwischen Liothans Füßen kleiner, bald schlurfte er nur noch, bis er in einer Senke zwischen den Dünen zusammenbrach.

Tomeija setzte sich neben ihn, den Wappenrock über ihn und sich haltend. »Sagte ich es dir nicht?«

»Ich darf nicht aufgeben«, erwiderte er schwach und schloss die Lider. *Ich muss weiter. Weiter zu Cattra.* Seine Finger gruben sich in den Sand.

»Um dabei zu sterben?« Sie deutete auf den Sack. »Wir haben noch ein bisschen Vorrat. Nun bleib liegen, Schwachkopf, und wir warten ...«

Liothan bemerkte trotz seiner Erschöpfung ein leichtes Beben des Untergrunds, das sich verstärkte und näher kam.

Dazu mischte sich ein dumpfes Brüllen, Gerassel von Ketten, Knarren von Leder und lautstarke Unterhaltungen vieler Menschen in einer ihm unbekannten Sprache.

Langsam rollte Liothan sich auf den Rücken und öffnete die Augen. Auch Tomeija hatte sich umgewandt, und zusammen sahen sie zwei Männer in weiter, weißer Kleidung und mit turbanumwickeltem Kopf, die über ihnen auf dem Sandhügel standen und sie ihrerseits ratlos musterten. Einer war gebräunt, die Haut des anderen trug braune und schwarze Stellen im Wechsel, die einem Muster folgten.

Ein ohrenbetäubendes Brüllen und ein mächtiger Schatten, der sich über sie legte, ließen Liothan zusammenzucken. *Hastus, stehe mir bei!*

Hinter den Unbekannten schob sich eine Echse empor, die annähernd die Höhe eines vierstöckigen Hauses hatte und knapp dreißig Schritt lang war. Über dem grau-blassgelb geschuppten Körper lag eine Decke, darüber ein Harnisch aus geflochtenen Eisendrähten, derweil der breite Kopf durch eine Art Lederhelm geschützt wurde.

Auf dem gewaltigen Reptil befand sich eine gepanzerte Kabine, die mit reichlich Gurten um den Bauch gehalten wurde. Von dort aus verliefen zwei Leinen zum Kopf der Echse, wo eine dicke Stange mit scharfen Widerhaken zur Steuerung des Wesens waagrecht durch das Maul lief.

»Sie haben sehr große Salamander«, raunte Tomeija und erhob sich, half Liothan auf die Füße.

»Ich grüße euch!«, rief sie zu den Männern.

Die beiden sprachen sich mit Blicken ab, bevor der braun-schwarz Gefleckte erwiderte: »Ich grüße dich und deinen Freund. Was führt euch zu Fuß durch die Wüste, sollte es nicht reiner Wahnsinn sein? Dem Zungenschlag nach seid ihr Hasardeure aus Aibylos?«

»Ein Überfall auf unsere Karawane«, erwiderte Tomeija. »Einige Meilen in dieser Richtung, an der großen Düne. Alle anderen sind tot.«

Die Männer berieten sich kurz, der Schweigsame kehrte zur Echse zurück und rief einige Sätze hinauf. Gleich darauf erklangen aus der Kabine mechanische Geräusche.

»Welche von den Sandbastarden haben euch niedergemacht?«, erkundigte sich der fleckenhäutige Mann besorgt. »Kommt hoch zu mir.«

Liothan hielt sich an seiner Freundin fest, spürte die brennenden Strahlen der Sonne auf seiner Haut, die er schier knistern hörte. Die Rettung kam mehr als gelegen. Vorsicht blieb dennoch angebracht.

»Es waren zwei verschiedene Gruppen«, warf er rasch ein. »Einer trug diese absonderliche schwarze Rüstung mit Skorpionhelm.«

»Die Mehrzahl gehörte zum üblichen Abschaum dieser bemalten Gesichter«, ergänzte Tomeija. »Der andere hat sie fertiggemacht.«

Nun runzelte der Mann die Stirn. »Preiset die Götter! Ihr hattet Glück, dass der Keel-Èru auftauchte. Die Thahdrarthi werden zu einem größeren Problem. Das ist schon die vierte Karawane, die sie in der Gegend vernichteten.« Er betrachtete sie. »Wenigstens seid ihr halbwegs heil davongekommen. Was hattet ihr geladen?«

»Dies und das«, blieb Tomeija vage, deren Verstand in der Hitze eindeutig schneller arbeitete als Liothans. »Nehmt ihr uns mit?«

»Sicherlich.« Der Fleckhäutige deutete eine Verbeugung an. »Kaufleute in Not müssen sich helfen. Auch wenn ihr aus Aibylos kommt. Aber ihr zwei habt Glück, dass wir keine Händler aus Nolares oder Nelethion sind. Sonst tränkte euer Blut den Sand. Ist nicht gerade Krieg?«

Ich kenne nicht ein Land davon. Liothan zuckte mit den Achseln. »Wohin reist ihr?«

»*Wohin?*« Der Mann lachte schallend. »Du warst zu lange in der Sonne, mein Freund. Wohin sollen wir schon reisen?« Er wandte sich um. »Kommt mit.«

Liothan und Tomeija wechselten einen raschen Blick, dann folgten sie dem Händler Richtung Strickleiter, die der andere Mann bereits erklomm.

»Wir warten ab, wo wir landen. Danach überlegen wir, wie es weitergeht«, wisperte Tomeija. »Das wäre mein Vorschlag.«

Liothan nickte. »Ich ahne, wohin es geht.« Ihm kam die Stadt in den Sinn, die er auf der Karte an Dûrus' Wand gesehen hatte. Da die Rüstung mit dem Skorpionhelm unzweifelhaft aus dieser Gegend stammte, fand er es wahrscheinlich, dass die Stadt das Ziel der Kaufleute sein würde.

»In die unbekannte Stadt«, pflichtete Tomeija seinen Gedanken bei.

»So wird es sein.« Er erinnerte sich an die markierten Stellen auf den Zeichnungen der Stadtviertel. *Was haben sie zu bedeuten?*

Hinter der Echse standen vier andere, gleichartige Ungetüme, versehen mit Decken in unterschiedlichen Farben und ebenso schwer gepanzert.

Tomeija betrachtete argwöhnisch die haushohen Tiere, auf deren Rücken sie reisen sollten. »Das ist sehr hoch. Und wer weiß, wie wild …«

»Wir haben keine Wahl«, unterbrach Liothan ihre Bedenkensammlung. »Wir werden als Gerippe im Sand enden, wenn wir nicht einsteigen.« Er schritt an ihr vorbei. »Ich gehe vor. Frisst mich das Biest, ist es satt, und du kannst ungefährdet mit unseren neuen Freunden von dannen ziehen.«

»Als ob du so einer riesigen Eidechse genügen würdest«, murmelte sie. »Du willst doch nur mit deinen Heldentaten vor Stadtschönheiten prahlen.«

Liothan grinste sie an.

Nacheinander stiegen sie an den wackligen Sprossen empor und gelangten durch eine Klappe ins Innere der dunklen Kabine. Hier stapelten sich Waren in Säcken bis an die Decke, so dass lediglich ein kleiner Flecken für die Insassen blieb.

Das habe ich nicht bedacht. Für Liothan bedeutete Enge eine immense Herausforderung. Kleine Kammern und Nischen ängstigten ihn seit seiner Kindheit. Es roch durchdringend nach Schwefel, was jegliche anderen Gerüche überdeckte und den Neuankömmlingen den Atem verschlug, obwohl durch Luken permanent Luft hereinstrich. Immerhin war es ohne direkte Einstrahlung der Sonne auszuhalten. An jeder Seite einer Kabine konnte eine zwei Schritt lange, vierläufige Armbrust durch eine Schießscharte gesteckt werden; bis zu ihrem Einsatz ruhten sie zusammengeklappt auf einem schwenkbaren Sockel an der Wand, die langen Bolzen lagerten griffbereit in Kästchen. Es befanden sich sechs bis an die Zähne bewaffnete Männer und Frauen in der Kabine, die sich sogleich um die Erschöpften kümmerten.

Dankbar nahmen Tomeija und Liothan das frische Wasser und die getrockneten Früchte entgegen. Auch reichte man ihnen zwei schlichte, bis an die Waden reichende Gewänder aus kühlendem Leinen.

»Hier. Falls ihr gerade keine Leute in der Stadt habt. Bezahlen könnt ihr es später.« Der Fleckhäutige deutete eine Verbeugung an. »Ich bin Kasûl aus Iratha. Ihr findet mich in der Westvorstadt. Jeder kennt dort meinen Namen.«

»Danke.« Liothan verstaute wie Tomeija die Gabe vorerst im Tragesack. Zuvor brauchte er ein Bad, und sowie er Wasser trank, schwitzte er es aus. Sein Herz klopfte rasch, er versuchte, sich zu sagen, dass es keine echte Enge war. Die Schlitze ließen Aussicht und hereinströmende Luft zu. *Verliere nicht die Beherrschung.* Er umklammerte den Griff der Axt, die er vor sich abgestellt hatte.

»Für wen seid ihr unterwegs gewesen?« Kasûl sah sie gespannt an. »Da ihr aus Aibylos kommt, schätze ich, es war Eikénos?« Die hellen und dunklen Partien auf seinem Gesicht gaben ihm den Eindruck eines sprechenden Totenkopfes, die Zähne wirkten im Dunkel der Kabine heller.

»Nein, wir sind neu. Es war unsere Karawane«, erwiderte Liothan. Seine Kräfte kehrten zurück, das Denken gelang ihm besser. Der durchdringende Geruch von Schwefel waberte aus den groben Säcken. Anscheinend transportierten sie ganze Brocken davon in die Stadt. »Hast du schon einmal von Telonia gehört?«

»Ist sie hübsch?«, warf einer der gebräunten Männer in der Kabine ein, und ein leises Lachen erklang.

Tomeijas Augenbrauen hoben sich. »Oder den Namen Walfor?«

»Nein.« Kasûl blickte neugierig zwischen ihnen hin und her. »Welche Geheimnisse verbergen sich dahinter? Neue Waren?«

»Es sind die Namen von Ländern und Baronien, die wir unterwegs aufschnappten«, antwortete Liothan und verbarg sein Entsetzen weniger gut als seine Freundin. *Wie komme ich zurück zu Cattra?* Er sah Dûrus lachend über den Leichen seiner Gemahlin sowie seines Schwagers stehen und seine Kinder als Sklaven verkaufen.

»Dann liegen sie jenseits des Meeres von Ephurivé. Von

dort kommen gelegentlich Besucher aus sehr fernen Königreichen.« Kasûl setzte den Turban ab, darunter trug er eine Glatze; ein goldener Ohrring glänzte auf der rechten Seite in einem verirrten Lichtstrahl. Er bemerkte Tomeijas Blick, der zu den Fernwaffen wanderte, und grinste. »Ganz recht. Die hätten euch vor den Thahdrarthi retten können. Die Pfeile durchschlagen Eisenplatten, die so dick wie dein Unterarm sind. Das erledigt fünf Sandfresser hintereinander.« Er gab dem Mann an der Frontluke das Zeichen zum Aufbruch.

Der Lenker, durch dessen behandschuhte Finger vier Leinen liefen, setzte das Tier durch einen geschrienen Befehl in Bewegung. Gehorsam trottete die gewaltige Echse los.

Eine Frau nahm sich einen Stock, um den Stoff gewickelt war, schwang sich durch eine Klappe auf das Dach der Kabine und schloss den Durchlass.

»Sutina wird den Ausguck besetzen«, erklärte Kasûl. »Solange wir in der Nähe eines Keel-Èru sind, kann man nicht vorsichtig genug sein.«

»Ganz genau.« Liothan tat, als habe er Ahnung, und beobachtete fasziniert durch die hinteren Schlitze, wie sich die gespaltenen, schwarz-lilafarbenen Zungen der Reptilien hin und wieder prüfend aus dem mit nadelspitzen Zähnen bestückten Maul schoben und zischend zurückfuhren. *Übergroße Eidechsen.*

Eine der gerüsteten Frauen rief Kasûl etwas Unverständliches zu, und er nickte lachend, während er zwischen Liothan und Tomeija hin und her zeigte.

»Ein Scherz auf unsere Kosten?«, erkundigte sich die Scīrgerēfa.

»Nein. Sie sagte, dass ihr keine Aibylonier seid. Und ich stimmte ihr zu.« Der Händler grinste. »Aber eure Geschichte, was den Überfall angeht, ist wahr. Das sehe ich euren Gesichtern an.« Er lehnte sich nach vorne, legte die Hände zusammen und stützte die Unterarme auf den Knien ab. »Das Sandmeer spült gelegentlich Fremde an. Keiner weiß, was sich die Götter dabei denken. Manche sind tot, bevor sie gefunden werden, mumifiziert von der Sonne, hingemetzelt von den Sandvölkern. Andere werden verrückt, weil sie nicht verstehen, was ihnen zugestoßen ist. Ihr zwei hingegen macht einen guten Eindruck. Das kann ein schöner Anfang für euch sein. Preiset die Vorsehung, dass wir uns trafen.«

»Was hat uns verraten?« Liothan spürte die beruhigende Rechte von Tomeija auf seiner Schulter. Sie wollte verhindern, dass er voreilig handelte. Seine Hände lagen um den Waffengriff.

»So ziemlich alles«, entgegnete Kasûl und ließ ein lautes Lachen folgen, in das seine Besatzung einstimmte. »Die Gewänder sind ein Geschenk. Ich rechne nicht damit, dass ihr sie bezahlt.«

Liothan nickte dankend, und Tomeija versuchte sich an einem freundlichen Lächeln. »Wie heißt die Stadt, zu der wir reisen?«

»Oh, sie hat sehr viele Bezeichnungen. Jene, unter der man sie in allen Landen rings um die Wüste kennt, lautet« – Kasûl machte eine dramatische Pause – »Wédōra.«

Liothan hatte die kleine Hoffnung gehabt, einen bekannten Namen zu vernehmen. Aber dieser sagte ihm überhaupt nichts. Er biss sich auf die ausgetrockneten Lippen und hoffte auf Hastus.

»Ich kann mir vorstellen, dass ihr viele Fragen habt.« Der Kaufmann machte eine auffordernde Geste. »Überlegt, was ihr von mir wissen wollt. Sobald wir ankommen, ist keine Zeit mehr dafür. Dann muss ich mich um meine Ladung kümmern.«

»Ich habe einen Angreifer getötet, dessen Inneres aus Sand bestand«, begann Tomeija augenblicklich. »Was hat es damit auf sich?«

Hochachtung zeigte sich auf Kasûls Miene. »Ein Menaïd der Thahdrarthi, die Gefährlichsten von ihnen. Die Sandfresser. Manche sagen, es wären Dämonen und keine T'Kashrâ do Sarqia. Letzteres bedeutet so viel wie *Volk des Sandmeeres,* und sie zerfallen in verschiedene Stämme. Einer davon sind die Thahdrarthi. Lange bevor wir unsere Routen nach Wédōra anlegten, beherrschten sie die verschiedenen Wüsten, den Wind und die Lebewesen.« Kasûl räusperte sich und verfiel in den Ton eines Geschichtenerzählers. »Irgendwann baten die Händler der verschiedenen Reiche und Staaten rings um das Sandmeer die Erlaubnis, eine Stadt zu erbauen. Es wurde ein Vertrag mit den T'Kashrâ aufgesetzt, der besagte, dass sich die Kaufleute eine Stelle aussuchen dürften, um ihre Siedlung zu errichten.«

Liothan hatte Schwierigkeiten, dem schnell sprechenden Kasûl zu folgen, zumal der Zungenschlag ungewohnt war. Die Wände der Kabine schienen erneut enger zu rücken, er atmete die Schwefelluft tief ein und aus, unterdrückte ein Husten. »Weshalb dann die Angriffe?«

Kasûl verzog das fleckige Totenschädelgesicht. »Der Platz, den man vor fast zweihundertfünfzig Siderim wählte, liegt genau über einem Heiligtum der Wüstenvölker. Doch pochten die Kaufleute auf den Vertrag und dessen Einhaltung. Das brachte uns die Feindschaft. Und den Krieg.« Er deutete auf die Waffen an der Wand. »Man lässt die T'Kashrâ nicht nach Wédōra hinein.«

»Was ist das für ein Heiligtum?«, erkundigte sich Tomeija.

Kasûls Tonfall wurde eine Spur feierlicher. »Die Grotten der Smaragdnen Wasser. Riesig, unerschöpflich und

Garant für das Leben der Einwohner und Pflanzen in Wédōra. Manche sagen dem Wasser eine heilende oder gar wunderhafte Wirkung nach. Scharlatane verkaufen es sogar als Pulver an Verzweifelte und Dumme. Wasser als Pulver! Irtho, hilf! Hätte ich bloß jenen Einfall gehabt – ich wäre reich!« Die Besatzung der Kabine lachte. »Ihr werdet bald beurteilen können, was es bei euch auslöst.«

Liothan fühlte sich keinen Deut beruhigter. Seinem dringendsten Ziel, einen Weg zurück nach Walfor zu finden, war er durch die unterhaltsamen Erklärungen nicht nähergekommen. *Es muss einen Ansatz für Tomeija und mich geben.* »Wenn öfter Fremde in der Wüste gefunden werden, wohin wenden sie sich, um Hilfe zu erhalten?«

»An eurer Stelle würde ich es zuerst bei Hamátis versuchen. Sie ist die Statthalterin der Vorstädte«, empfahl Kasûl. »Sie hört am ehesten, was sich rings um Wédōra tut, und könnte euch jemanden nennen, der zumindest von eurer Heimat hörte. Fragt im Verwaltungsgebäude nach. Ihr findet es recht leicht auf dem großen Platz.« Er blickte ihm fest in die Augen. »Solange ihr in Wédōra seid: Verschwendet niemals das Kostbarste, was es gibt: Wasser. Darauf steht die Todesstrafe!« Er sah auch kurz zu Tomeija. »Brennt es euch in euren Verstand, wenn ihr nicht auf dem Richtblock des Henkers enden wollt.«

Liothan erinnerte sich an die Karte. *Vorstädte. Vier Stück, eine an jedem der Tore.*

»Sind die Gesetze so hart in der Stadt?«, erkundigte sich die Scīrgerēfa, die unwillkürlich die Rechte an ihr Schwert legte.

»Nicht hart. Gerecht. Sonst bräche in diesem Schmelztiegel das Chaos aus. Und das«, betonte Kasûl, »wäre das Ende.«

Die Karawane der Riesenechsen lief weiter durch die

Hitze. Die Temperatur im Inneren der Kabine blieb hoch, aber das Dach schützte die Reisenden vor den glühenden Strahlen.

»Immer noch besser, als im Sand zu vertrocknen«, murmelte Liothan, während er langsam eindöste. Ob es an den Schwefeldämpfen lag oder an der Erschöpfung, vermochte er nicht zu sagen.

Liothan träumte.

Fano und Tynia trieben mit Rolan gut gelaunt die Herde struppiger Schweine in den Hain, damit sie Nüsse und Eicheln fraßen. Dabei sangen seine Kinder den Tieren ein hinreißendes Lied vom Herbst, und Liothan küsste Cattra heimlich in den kühlen Wäldern. Es roch nach Moos, nach nassem Farn, nach Pilzen und Harz.

Das Haus von Dûrus sah er beim gemeinsamen Spaziergang zerstört und in Trümmern liegen. »Es stand eines Nachts in Flammen«, sagte Cattra und fütterte ihn mit Beeren. »Niemand kam, um dem Witgo beizustehen. Die Dörfler tanzten um das brennende Anwesen. Eine solche Freude, Liothan.« Sie schlug ihn gespielt beleidigt. »Auch wenn du den Weibern wieder schöne Augen machtest.« Dann küsste sie ihn leidenschaftlich. »Du wirst uns nie mehr verlassen. Hörst du? Hörst du? Hörst …«

»… du?« Kasûl rüttelte an seiner Schulter.

Liothan schreckte aus seinem Halbschlummer auf.

Schlagartig bedrängten ihn die Enge, der Schwefelgestank, der Schweißgeruch. Er hatte es genossen, seinen Liebsten wenigstens in den Trugbildern nahe zu sein und sie in Sicherheit zu wissen.

»Kommt, ihr zwei, und betrachtet, wofür unzählige Männer und Frauen im Kampf gegen die T'Kashrâ gestorben sind.« Kasûl öffnete die Luke über ihnen. »Hinaus mit euch!« Er half ihnen beim Hochklettern.

Liothan erfreute die Freiheit. Sie standen neben Sutina, die den Stock mit dem Tuch wie ein kleines Zelt ohne Seitenwände aufgespannt hatte; der Stoff zwischen den Speichen diente ihr als Schutz vor dem Taggestirn.

Die stampferartigen Füße des Reptils mit kurzen Krallen wirbelten feinen, bräunlichen Staub auf. Die riesige Echse erklomm gemächlich die Spitze einer kleineren Düne, von der aus man einen guten Blick auf die Stadt hatte, die noch etliche Meilen von ihnen entfernt lag.

Die Sandschleier um sie herum störten Kasûl nicht. »Seht sie euch an, die Kaiserin der Städte und Herrscherin über die unendliche Wüste, und bestaunt: Wédōra!«

Starke, weiße Festungswälle in sternförmigem Muster schützten die Stadt vor Sand und Angriffen jeglicher Art; die Wehrgänge waren so breit, dass die Truppen mit Streitwagen darauf fuhren. Somit konnte bei Bedarf Nachschub an Waffen, Kriegern und Geschossen blitzschnell herbeigeschafft werden. An jedem der vier Tore gab es eine vorgelagerte Siedlung, ebenfalls umgeben von dicken Befestigungen.

Dahinter erhoben sich unzählige helle, mitunter bunte Bauten, hohe Türme und breite Straßen, die alle rechtwinklig zueinander angelegt waren. Einzelne Viertel schienen durch weitere Mauern abgetrennt zu sein, so dass im Falle eines Angriffes oder Aufstandes jedes abgeriegelt werden konnte.

Sie ist … riesig! Liothan war von dem üppigen Grün beeindruckt, das im Sonnenschein lebendig leuchtete und einen Kontrast zur planen Sandfläche bildete. Jedes Haus, jedes Dach schien bepflanzt zu sein. Die Blätter bildeten ein schattiges Dach für die Gebäude und die kleineren Gassen und Sträßchen. In der Mitte reckte sich ein riesiger Turm empor, der als Einziges weder Blumen, Schlingpflanzen, Sträucher oder Bäume trug.

»Es gibt keinen Zweifel. Das ist die Stadt von dem Plan, den ich in Dûrus' Zimmer gesehen habe«, sagte er leise zu Tomeija. »Es gab Markierungen darauf. Die könnten uns weiterhelfen.«

»Sehr gut.« Die Scīrgerēfa zog das Tuch gegen die Staubwolken vor Mund und Nase. Sie deutete auf den Berg, der in einiger Entfernung zu Wédōra stand und auf dem sich eine Festung mit drei großen Türmen befand. »Das ist die Garnison? Das wäre viel zu weit entfernt.«

»Nein. Die Spähfestung Sandwacht«, antwortete Kasûl. »Sie liegt hoch genug, um alles und jeden rechtzeitig zu erkennen, der sich der Stadt nähert. Die Gleitflieger steigen dort auf und landen auf dem höchsten der Türme. Die anderen wurden aus Mangel an Baumaterial nie zu Ende gebaut.«

»Eher wegen der Geister«, murmelte Sutina.

Geister. Liothan verzog den Mund. Das machte die Welt kaum vertrauenswürdiger.

»Nicht so wichtig. Noch mehr Truppen haben wir in der Stadt.« Kasûl deutete zum höchsten, unbewachsenen Turm im Mittelpunkt, der gleich einem toten Ast senkrecht aus der Lebendigkeit ragte. »Von dort regiert der Dârèmo, Herrscher über eine Million Menschen, wenn wir die unrechtmäßigen heimlichen Bewohner mitzählen. Innerhalb der Mauern gelten alleine seine Gesetze, ganz gleich, woher du kommst.« Er klopfte ihnen auf die Rücken. »Immer daran denken, meine Freunde.«

»Und das Loch auf der anderen Seite? Dort, in der Wüste.« Tomeijas aufmerksamen Augen entging nichts, wohingegen sich Liothan zu sehr auf die Stadt konzentriert hatte. »Es muss zwei-, dreihundert Schritte im Durchmesser haben.«

»Es ist einfach da. Es lässt sich weder zuschütten noch

nutzen«, antwortete Kasûl. »Jeder, der es wagt, dort hineinzusteigen, verschwindet, sagt man.«

»Sagt man das, oder weiß man das?«, hakte Liothan nach.

Kasûl durchschaute den Hintergrund seiner Frage. »Ich würde mich nicht darauf verlassen, dass es ein Wünsche erfüllendes Loch ist und es euch zurück in eure Heimat bringt.«

»Es würde euch verschlingen«, warf Sutina ein. »Es ist kein Durchgang. Es ist einfach nur hungrig, gemacht von Driochor, um Narren zu töten.«

Tomeija öffnete halb die Lippen, schloss sie jedoch wieder. Sie schien es nicht zu wagen, die Frage zu stellen.

Die Echse stapfte den Hügel hinab und schwenkte auf die letzten Meilen der Reise ein.

Um Wédōra zog sich eine plane Fläche. Liothan vermutete, dass es den Katapult- und Bogenschützen auf den Mauern das Zielen erleichtern sollte. Wer gegen die Stadt marschierte, musste sich ohne Deckung und mit der Festung Sandwacht im Rücken heranbegeben.

»Eine Million«, wiederholte Tomeija. »So viele Menschen gibt es in unserer gesamten Heimat Telonia. Und das ist ein Königreich.«

Kasûl nickte. »Wédōra ist es nicht minder. Über die Maßen wohlhabend und begehrt. So mancher Herrscher aus den Ländern um die Wüste wollte seine Klauen hineinschlagen und sich die Stadt aneignen. Aber keinem gelang es. Weder mit List noch mit Gewalt. Der Dârèmo ist stets auf der Hut.« Er rieb an seinem Ohrring. »Ihr könnt euch ausmalen, welche Intrigen innerhalb der Mauern stattfinden. Ein Kampf wird gelegentlich ohne Armeen geführt, nicht wahr?«

Schritt um Schritt näherten sie sich den Mauern, die aus

der Entfernung weniger hoch und wuchtig gewirkt hatten. Bald erkannten Tomeija und Liothan, dass es nichts Vergleichbares in ihrer Heimat gab. Geschätzte achtzig Schritte reichten die Wälle empor, das sternenförmige Muster erlaubte den Beschuss von vielen Seiten. Ein offener Angriff zog eine vollkommene Vernichtung nach sich und ein üppiges Geschenk für Gevatter Tod.

Banner und Fahnen wehten im Wind, das Hauptwappen der Stadt bestand aus einem stilisierten schwarzen Turm mit gläserner Kuppe, umgeben von neun smaragdfarbenen Wassertropfen auf weißem Grund. Soldaten hielten auf den überdachten Türmen Ausschau. Übergroße bemalte Statuen von Fabelwesen hielten rechts und links des Tores Wache und wirkten aufgrund der immensen Mauern klein. Dennoch mussten sie mehr als zehn Schritt hoch sein. Liothan bemerkte die Lichtsignale, mit denen sich die Festung und die Verteidiger in Wédōra austauschten. Die Karawane war längst entdeckt und angemeldet worden.

»Furchtbares Land. Nichts als Staub.« Tomeija legte eine Hand an ihren Schwertgriff. »Staub und Blut. Hoffen wir, dass wir einen Weg zurück finden.« Ihre Stimme klang gedämpft unter dem Tuch. »Ich werde hier nicht bleiben.«

»Ich auch nicht.« Liothan sah die Mauern an und wünschte sich nach Walfor, wieder und wieder. Unverzüglich. Zu seiner Familie, um sie vor Dûrus zu beschützen, sollte er überlebt haben, und den Witgo zur Rechenschaft zu ziehen.

Ohne Erfolg.

* * *

Königreich Telonia, Baronie Walfor

Cattra strich um das Gehöft von Dûrus dem Kaufmann, sammelte Tinko-Beeren im Unterholz und warf sie achtlos in den geflochtenen Korb. Die Früchte dienten lediglich zur Rechtfertigung, falls man sie entdeckte.

In Wahrheit beobachtete sie das Haus und die Scheunen, um einen Hinweis auf den Verbleib ihres Mannes zu finden. Sie hatte ein grünes Kleid mit brauner Schürze angezogen, um weniger aufzufallen, über ihren hellen Haaren lag ein farnfarbenes Kopftuch.

Den Pfad hatten Cattra und ihr Bruder geprüft. Liothans Spuren führten zu Dûrus' Anwesen, aber nicht mehr zurück. Daher vermuteten sie, dass der Einbruch bei dem eigenbrötlerischen Kaufmann einen schlechten Verlauf genommen hatte.

Cattras Blicke suchten den Boden auf der Rückseite des Fachwerkhauses nach dem Abdruck eines aufgeschlagenen Körpers und Blutspritzern im Gras ab. Liothan hatte ihr erzählt, wie und wo er den Aufstieg bewerkstelligen wollte.

Doch alles, was sie entdeckte, waren kleine Holzsplitter und Steinstaub zwischen den Halmen, die dafür sprachen, dass ihm das Klettern ohne Unfall gelungen war. Dies konnte bedeuten, dass sich Liothan nach wie vor im Haus aufhielt.

Freiwillig? Cattra schloss nicht aus, dass sich ihr Gemahl darin verbarg, vielleicht durch einen Zufall eingesperrt, vielleicht absichtlich ausharrend, bis sich eine Gelegenheit bot, ohne Aufsehen und mit fetter Beute zu verschwinden.

Sie steckte sich ein paar Beeren in den Mund, ohne ihr mannigfaltiges Aroma richtig wahrzunehmen. Aufregung, Herzklopfen, Sorge verdrängten ihren Geschmackssinn und ließen sie nur die herbe Süße der Früchte empfinden.

Es war ebenso möglich, dass Dûrus ihn bemerkt und geschnappt hatte. Aber der Kaufmann hatte Tomeija nicht angefordert. Der Einsatz der Scīrgerēfa beim Anwesen des Kaufmanns hätte sich längst in Walfor herumgesprochen, und der Baron würde es mit Pauken und Trompeten verkünden lassen, wenn der letzte Räuber auf seinem Land gefasst wäre. Das war nicht geschehen.

Anstatt also die Scīrgerēfa zu rufen, konnte er Liothan bei sich eingesperrt haben, im Keller oder in einer finsteren Kammer. *Dabei leidet er unter Platzangst.* Ihr Gemahl würde tausend Tode sterben, wenn er der Enge nicht entkommen konnte. Liothans Tod zog sie nicht in Betracht. Cattra bildete sich ein, es zu spüren, falls sein Leben erlosch.

Sie fasste den Plan, erst die Scheunen zu überprüfen. Fand sie nichts, würde sie irgendwie in das geheimnisvolle Haus gelangen, in das niemand hineindurfte, außer Dûrus. Er duldete nicht einmal Bedienstete und erledigte sämtliche Arbeiten darin selbst. Das nährte die Geschichten um sagenhafte, verborgene Reichtümer.

Ich brauche Gewissheit.

Cattra sandte ein Stoßgebet an Hastus, dann schlug sie einen Bogen und umrundete das abgelegene Gehöft, um sich ihm über die Straße zu nähern, damit ein jeder sie kommen sah. Ihr Bruder hätte ihr Vorhaben aufs schärfste verurteilt, deshalb hatte sie ihn nicht eingeweiht.

Die Hirten trieben die Tiere über die Wiesen, Rinder und Ziegen grasten auf den satten Weiden, bewacht von kräftigen, bewaffneten Männern. Dûrus hatte die besten

Tiere weit und breit. Gelegentlich wurde versucht, einige aus seinen Herden zu stehlen, doch bislang war jeder Diebstahl im Keim erstickt worden.

Cattra winkte den Leuten zu und schlenderte auf den Hof, bot den beiden Schmieden und ihren Gesellen ein paar Beeren an und ging zum Gatter mit den Jungziegen. Sie täuschte Interesse vor, betrachtete dabei genau die Scheunen, den Boden, einfach alles, ohne verräterisch den Kopf zu drehen und zu wenden. Sie war das Spähen gewohnt.

»Guten Tag«, grüßte sie eine brünette Frau, die anscheinend das gleiche Alter wie Cattra hatte. Das weiße Kleid war mit einfachen Mustern bestickt, ein Stirntuch hielt die Locken zurück. Von der Hüfte abwärts trug sie eine dicke braune Lederschürze, als würde sie mit Feuer oder scharfen Werkzeugen arbeiten. »Wie kann ich dir helfen?«

»Ich grüße dich.« Cattra zeigte auf die Zicklein. »Wir wollen unsere Herde ein wenig aufstocken und frisches Blut einkreuzen. Wie viel kostet eines davon?«

»Oh, sie sind noch zu klein«, erwiderte die Frau bedauernd. »Du wirst dich einige Wochen gedulden müssen.«

»Das weiß ich. Aber ich wollte mir schon das beste aussuchen.« Cattra hielt ihr anbietend den Korb hin, die Tinko-Beeren kullerten über die geflochtenen Weidenranken.

Die Brünette lehnte mit einer freundlichen Geste ab. »Die Besten sind für den Baron reserviert. Tut mir leid.« Sie faltete die Hände vor dem Bauch zusammen. »Kann ich sonst etwas für dich tun?«

Cattra sah nicht ein, dass ihr Plan daran scheitern sollte, den Einstieg in die Unterhaltung nicht passend gewählt zu haben. »Wie steht es mit den Kälbern?«

Wieder machte die Magd ein bedauerndes Gesicht. »Der Herr hat sie für den Markt vorgesehen. Du kommst etwas zu spät.«

»Sehr bedauerlich. Da waren die Götter nicht mit mir.«

»Es fehlte zumindest nicht viel.« Die Magd lächelte abweisend. »Melde dich in zwei Wochen wieder. Bis dahin sollten die Zicklein, die nicht für den Baron bestimmt sind, groß genug sein.« Sie wollte etwas hinzufügen, als sie erstmals einen Blick auf den Inhalt des Korbes warf. »Oh. Sind das Tinko-Beeren?«

»Ja.«

»Das trifft sich ausgezeichnet! Der Herr ist ein großer Freund davon. Er kann gar nicht genug davon haben.« Sie langte unter die Lederschürze und holte eine Geldbörse heraus. »Wie viel möchtest du dafür haben?«

Cattra lächelte. »Das beste Zicklein. Es wäre zu schade für den Baron.«

Nun lachte die Brünette. »Schlagfertig bist du.« Sie wandte sich halb zur Seite und verlangte den Korb. »Ich bringe die Beeren zu meinem Herrn und frage, was er von deinem Angebot hält.«

Das ließ sich Cattra nicht zweimal sagen und händigte das Behältnis aus.

»Gut. Warte hier.« Die Magd ging über den Hof und pochte gegen die Tür des Haupthauses.

Gespannt sah Cattra zum Eingang und wartete darauf, ob sich Dûrus zeigte. *Welch glückliche Fügung,* dachte sie und dankte im Stillen den Göttern. Ausgerechnet ihre stiefmütterlich aufgebaute Tarnung sorgte dafür, dass sie nicht unverrichteter Dinge abziehen musste.

Die Magd pochte erneut, dann betätigte sie zögernd die dünne Kette, die im Mauerwerk verschwand. Wie aus weiter Entfernung erklang das Bimmeln eines hellen Glöckchens.

Ich hoffe, er schläft nicht. Cattra wollte unbedingt die Gelegenheit bekommen, mit dem Kaufmann zu sprechen.

Näher ran. Sie setzte sich langsam in Bewegung und ging auf das Fachwerkhaus zu. Sobald Dûrus den Eingang öffnete, würde sie ihn ansprechen. Was sie sagte und wie genau, wusste sie noch nicht. *Ich werde an seinen Augen erkennen, ob er weiß, warum ich hier bin.*

»Ihr seid Cattra, die Gemahlin von Liothan dem Holzfäller?«, vernahm sie eine freundliche, knarrende Stimme hinter sich. »Was machen die Kinder?«

Ihr Herz geriet vor Schreck ins Stolpern. Auch wenn sie sich noch nie mit diesem Mann unterhalten hatte, wusste sie, dass Dûrus hinter ihr stand.

* * *

Aus den Stadt-Chroniken:

Korruption, Willkür, Krankheiten – Wédōra schien fünfzig Siderim nach ihrer Gründung bereits dem Untergang entgegenzusteuern: Es herrschten Aufruhr und Kampf in den Vierteln.

Einmal mehr waren es Stellvertreterkriege der umliegenden Länder, aber auch zwischen Arm und Reich verlief die Kampflinie.
Währenddessen wurde der ausgebaute Turm in der Stadtmitte von einer unbekannten Gruppe besetzt und eine umliegende Sperrzone ausgerufen. Katapulte wurden auf Plattformen installiert, die auf jeden Punkt der Viertel feuern konnten.
Zwei Siderim lang zogen sich die Geplänkel und Scharmützel hin. Große Teile von Wédōra zerfielen oder brannten, die stolze Stadt wurde auf dem Altar verschiedener Fehden, Intrigen und unbändiger Gier geopfert, bis es den Anschein hatte, dass sich die Kaufleute aus Volūga und Thoulikon durchsetzten.
Da begann der Turm zu schießen.
Das Morden in der Stadt endete abrupt unter dem verheerenden Beschuss, mit dem keiner mehr gerechnet hatte.
Aus dem Turm wurden Botschaften in die Stadtteile gesandt, die verkündeten, dass von diesem Moment an der Dârèmo das Sagen habe. Er werde Wédōra fortan führen.
Die Kaufleute und Menschen aus Volūga und Thoulikon widersetzten sich. Ihre Anführer fand man am nächsten Sonnenaufgang tot in ihren Betten.

Der Kaufmannsrat dankte ab und überstellte die Gewalt an den mysteriösen Dârèmo.

Damit begann der anhaltende und beständige Erfolg von Wédōra.

KAPITEL III

WÉDŌRA, WESTVORSTADT

Liothan und Tomeija bestaunten vom Dach der Kabine aus die gewaltigen, offenen Tore der Stadt, die aus mehrfach verleimten dicken Platten bestanden, über die Eisenbleche geschlagen worden waren. Die riesigen Echsen marschierten in die Schleuse dahinter und stellten sich nebeneinander auf. Hierhin mussten alle Neuankömmlinge, wie ihnen Kasûl erklärt hatte. Die Art, wie sich die Tiere vorwärtsbewegten, verhinderte ein wildes Geschaukel wie auf einem Flussschiff.

»Für die Tore brauchte man einen Rammbock von der Größe eines Hauses«, raunte Liothan, dessen Räuberaugen nicht die kleinste Schwachstelle fanden. *Nicht verwunderlich, angesichts der lauernden Gefahren.* Niemals hätte er gedacht, dass Menschenhand Derartiges errichten könnte, noch dazu an einem Ort, an den jeder Stein, jeder Balken transportiert werden musste. *Es ist ein Wunder. Oder Hexerei. Oder beides.*

Von den umliegenden Mauern richteten etliche Speerkatapulte die langen Läufe auf sie. Soldaten beobachteten die Ankommenden ohne besondere Regung. Sie verrichteten ihre Arbeit mit sichtlicher Genauigkeit. Das praktische Weiß ihrer Rüstungen reflektierte die sengenden Strahlen der Sonne, leichte Stoffüberwürfe verhinderten eine starke Erhitzung der Metallteile.

»Selbst wenn du durch das erste Tor kämst, brächte es dir nichts. Erst die Katapulte, dann das.« Tomeija wies auf die Ausgüsse, die in die Schleuse führten. »Sicherlich für heißes Wasser, Pech oder dergleichen.«

»Kein Wasser«, korrigierte Liothan, der sich an die Mahnung erinnerte, wie kostbar das Nass war. »Siedendes Öl eher.«

Auf dem Wehrgang sah er einen hölzernen, schrankähnlichen Verschlag mit zahlreichen gebohrten Löchern, aus dessen Innerem deutliches Schnüffeln und Schnauben erklang. *Ein Spürhund.*

»Nach was sucht man?«, fragte er Kasûl und zeigte zur Kiste, in die ein Mensch passte.

»Das ist ein Keijo, ein Sandvolkspürer«, erklärte der Händler. »Sie sind sehr schwer zu täuschen, und somit gelingt es den T'Kashrâ-Spionen selten, in die Stadt einzudringen.«

»Wieso hält man den Hund in einem solchen Kabuff?«, erkundigte sich Tomeija. »Es wäre sinnvoller, sie an Leinen …«

»Es ist kein Hund. Es ist eine Kreatur, gezüchtet vom Dârèmo selbst. Niemand darf sie sehen, weil ihr Anblick blankes Entsetzen auslöst.« Kasûl wies auf die Klappen. »Dadurch werden Wasser und Futter geschoben, und wenn der Keijo tot ist, kommt die Kiste mit dem Kadaver zurück zum Turm, wo der Ersatz vorgenommen wird.«

Liothan malte sich aus, wie das Wesen wohl aussah und wie es klang, wenn es einen T'Kashrâ erspürte.

Ein lauter Ruf erfolgte, um die Aufmerksamkeit der Ankömmlinge zu wecken.

Ein Lastenkran schwenkte herum, an dessen Haken eine umzäunte Plattform hing. Darauf standen ein kleiner Mann mit einem polierten Kupfersiegel um den Hals sowie eine Frau in weißen Gewändern. Er trug ein weites

Gewand in Sand- und Safranfarben, auf dem sich Schweißflecken auf Brust und Rücken abzeichneten.

Als die beiden näher schwebten, setzten sie sich geschlossene metallene Masken mit langen Schnäbeln auf, aus deren Öffnungen leichter Rauch kräuselte. Die Augen waren hinter Glaseinsätzen geschützt.

Kasûl winkte dem Duo zu, und der hölzerne Arm schwang auf ihre Kabine zu; dabei zückte der kleine Mann erwartungsvoll eine Kreidetafel. »Das ist ein Zöllner des Dârèmo, die Frau daneben ist eine Iatra, eine Heilerin, wie ihr sie wohl nennen würdet. Sie wird untersuchen, ob wir eine ansteckende Krankheit haben. In der Maske verbrennen Kräuter, die sie schützen.«

»Gut mitgedacht.« Tomeija hielt sich unter dem Schirm auf. »Wirkt der Rauch alleine denn? Welche Art von Medizin nutzen sie?«

»Was weiß ich«, gab Kasûl zurück. »Es wirkt, nehme ich an. Sonst gäbe es mehr Kranke und Tote unter den Zöllnern.«

»Und wenn wir uns weigern?«, erkundigte sich Liothan. Er wunderte sich, wieso seine Freundin Interesse an Heilkunde zeigte.

Kasûl zeigte zu den Katapulten. »Dann passiert *das.*« Er suchte verschiedene Papiere, zwei Steinplättchen und eine Münze aus der Umhängetasche, die ihm einer seiner Leute in der Zwischenzeit hinaufgegeben hatte. »Verhaltet euch ruhig.«

Er räusperte sich mehrmals und lächelte wie auf einen unhörbaren Befehl. »Irtho sei mit Euch, und möge der Dârèmo ewig leben«, grüßte er freundlich, legte die Hände auf die Brust und verneigte sich.

Der Zöllner erwiderte seine Geste nachlässig und äugte zu den übrigen Kabinen auf den Rücken der Reptilien.

»Was hast du dabei, Kaufmann?«, verlangte er zu wissen und streckte eine Hand aus. Seine Stimme klang unter der Larve heraus gedämpft, war aber gut verständlich.

»Säckeweise feinsten Schwefel, gemahlen, in Brocken und Scheiben, sowie grüne Kristallmineralien aus den Minen aus Irathas Norden, dazu noch eine Fuhre Alabaster.« Kasûl reichte ihm die Dokumente. »Alles von der Gilde in Irathina beglaubigt und auf beste Beschaffenheit geprüft.«

Der Zöllner kritzelte auf die Tafel, sichtete die Papiere und öffnete das Geländer der Plattform, um mit einem Sprung auf das Kabinendach zu gelangen. Es sah geübt aus. »Proben aus jeder Kabine hoch zu mir. Oltaia hätte sich in der Zwischenzeit deine Leute gerne angeschaut. Das Übliche.«

»Das Übliche. Aber natürlich.« Kasûl rief seine Anweisungen nach unten.

Liothan und Tomeija packten mit an und hievten zwei Säcke ins Freie, einen mit Schwefel und einen mit etwas, das an gemahlenes Glas erinnerte.

Der Zöllner streifte einen Handschuh über und stöberte in den Säcken herum, hielt die Waren ans Licht, roch daran und machte sich wieder Notizen, während die Besatzungen sämtlicher Kabinen zum Vorschein kamen.

Oltaia schritt die Reihen ab, sah in Augen und Mund, ließ jeden gegen ein Blatt hauchen, auf ein Holzstäbchen beißen und verpasste allen einen kleinen Ritzer am Arm, um den Blutstropfen auf einem zweiten Hölzchen zu verteilen. Sorgsam wartete sie jeweils die Ergebnisse ab, bevor sie die nächste Untersuchung begann. »Habt ihr unterwegs etwas Ungewöhnliches bemerkt?«

Kasûl sah warnend zu Tomeija. »Meine *Söldnerin* geriet in einen Kampf mit einem Keel-Èru und den Sandfressern, keine vierzig Meilen von hier.«

Liothan verfolgte schweigend die Vorgänge und sog die Eindrücke auf. Eine Angewohnheit, die er als Räuber nie ablegte. Es konnte von Nutzen sein.

»Verdammt!« Der Zöllner zupfte ein Schwefelplättchen hervor und hielt es prüfend gegen das Licht. »Wir haben von unseren Aufklärern erfahren, dass die Sandvölker unruhig geworden sind. Es braut sich was zusammen, kurz vor dem Fest zur Zweihundertfünfzig-Siderim-Feier.« Er legte die Ware zurück. »Bemerkenswerte Stürme?«

»Nein«, erwiderte Kasûl.

»Doch. Jenseits der großen Düne«, warf Liothan ein, weil er fand, dass die Einwohner Bescheid wissen mussten. »Er kam mit Blitzen auf einer Breite von mehreren Meilen.«

Der Zöllner musterte ihn mitleidig hinter seiner Maske heraus. »Du bist diese Strecke zum ersten Mal gereist, habe ich recht?« Er sah zu Kasûl, der sogleich in vorgetäuschtes Lachen verfiel, als habe der Mann richtig geraten. »Dachte ich es mir. Er wird sich wundern, wenn er unseren Kara Buran sieht.«

»Oh, ist er überfällig?« Schlagartig stellte der Händler das Lachen ein. »O Irtho, ich dachte, ich sei pünktlich und hätte ihn umgangen.«

»Ja, Irtho scheint zu schlafen.« Der Zöllner gab einen schnalzenden Laut von sich. »Viele Dinge sind gerade nicht wie sonst.« Er winkte die Heilerin zu sich, deutete auf Liothan und Tomeija, welche die Prozedur über sich ergehen ließen. »Ich habe leider keine Zeit, dir alles zu erzählen, was sich in Wédōra getan hat. Dafür gibt es für deinesgleichen die Tavernen, nicht wahr?« Er machte einen schnellen Strich unter seine Aufzeichnungen, die Kreide quietschte hoch und schrill.

Liothan und Tomeija verzogen die Gesichter.

Oltaia prüfte die Freunde wie Kasûls Truppe ohne eine Beanstandung. Erst bei der Blutprobe zögerte sie. Ihre hellen, fast weißen Augen richteten sich abwechselnd auf Tomeija und Liothan, die Blicke drangen durch den kräuselnden, würzig riechenden Rauch aus dem langen Metallschnabel.

»Probleme?« Der Zöllner machte einen Schritt nach hinten und hob die Hand.

Von den Mauern wurde sogleich ein lauter Ruf hörbar, der die Schützen in Alarmbereitschaft versetzte, ohne dass Hast auf den Rängen ausbrach. Man kannte es.

Liothan überlegte, wie er notfalls mit Tomeija von der Kabine entkam. *Ein Ding der Unmöglichkeit.* Leise bat er Hastus um Beistand.

»Ich bin mir nicht sicher.« Die Heilerin wedelte mit den Stäbchen und brachte das Blut zum Trocknen. »Es ist keine Krankheit, die sie haben. Aber …« Sie sah darauf und versuchte, hinter das Rätsel zu kommen.

Unser Blut unterscheidet sich, weil wir nicht an diesen Ort gehören. Liothan blieb so ruhig es ihm möglich war. *Dürfen wir das zugeben?* Kasûl hatte selbst gesagt, dass das Sandmeer öfter Menschen anspülte. *Was geschah mit denen?*

»Es grassiert neuerdings eine neue Krankheit. Menschen verändern ihr Äußeres und ihr Verhalten, werden zu wilden Kreaturen. Man rätselt, was dahinterstecken könnte«, erklärte der Zöllner ruhig. »Es ist noch nicht klar, ob es hereingetragen wurde oder es mit anderen Umständen zusammenhängt.«

Oltaia atmete nach einer neuerlichen Begutachtung und einem weiteren Spritzer Flüssigkeit gegen die roten Tröpfchen auf. »Ich kann nichts Schlechtes erkennen. Es ist lediglich … ungewöhnlich« – wieder traf ihr ergründender Blick die Freunde –, »aber nicht gefährlich.« Sie stieg auf die Plattform. »Meldet euch dennoch, sobald ihr euch unwohl fühlt.«

»Dann steht der Einreise fast nichts mehr im Weg.« Der Zöllner stempelte die Warenscheine ab, stellte ein weiteres Dokument aus. »Hier. Die Laufkarte für meine Amtskollegen, die deine Waren genauer in Augenschein nehmen. Sack für Sack. Falls dir jemand Schmuggelware untergeschoben hat. Ich wünsche dir einen guten Verkauf, Händler.« Er schrieb auf ein weiteres Stück Pergament und reichte es Kasûl. »Dein Beleg. Das macht dreißig Shikar.«

»Was? Ich dachte, *ich* sei der Halsabschneider!«, empörte sich der Kaufmann gespielt und kramte in dem Beutel nach der Geldbörse. Die dunklen Flecken auf seiner Haut wurden tiefschwarz, er schien noch mehr zu einem sprechenden Totenkopf zu werden.

»Du hast Pech im Glück. Deine Waren sind zurzeit sehr beliebt in der Stadt und daher hoch besteuert.« Seufzend zählte Kasûl die verlangte Summe in die Hände des Mannes. »So vermagst du immerhin, deine Auslagen wieder hereinzuholen.«

Liothan sah, dass es sich dabei um Gold handelte. *Das ist ein kleines Vermögen!*

Danach drückte der Zöllner mit einem zweiten Stempel ein Zeichen auf die Handrücken der Neuankömmlinge. »Irtho sei mit euch«, verabschiedete er sich und sprang zur Heilerin. Er gab das Zeichen zur Mauer, den Kran mit der Plattform zur nächsten Kabine zu dirigieren, damit die Untersuchung fortgesetzt werden konnte.

Kasûl sah Liothan und Tomeija an. »*Ungewöhnlich,* sagte sie.«

»Aber *nicht* gefährlich«, fügte die Scīrgerēfa hinzu, warf Liothan einen bösen Blick zu, damit er schwieg. »Was bedeutet der Stempel?«

»Es ist die Aufenthaltsdauer. Das Zeichen verblasst nach einem vollen Mond. Ist es weg und ihr werdet von der Wache aufgegriffen, müsst ihr nachzahlen, oder ihr werdet aus der Vorstadt geworfen.« Kasûl blies über die Farbe, damit sie schneller trocknete.

Ein Schatten huschte über sie hinweg, der viel zu groß für einen Vogel war.

Verwundert blickten die Freunde nach oben.

Hoch oben kreiste eine Maschine mit langen starren Flügeln, einem riesigen Milan nicht unähnlich. Darunter hing ein gepanzerter Mann und lenkte den Apparat auf eine Weise, die sich Liothan nicht erschloss. Die langgestreckte künstliche Vorrichtung schoss wie ein Pfeil durch das Blau des Himmels, die Bespannung reflektierte die helle Sonne und schillerte schildpattgleich in vielen Farben. Ein leuchtend grünes Banner flatterte am hinteren Ende der Konstruktion im Luftstrom.

»Was bei allen …«, entfuhr es Tomeija. »Menschen, die *fliegen* können?«

»Oha! Das sind Wédōras fliegende Einheiten, von denen ich erzählte. Sie steigen in Sandwacht auf, erinnert ihr euch? Gleiter, die den warmen Aufwind über der Wüste nutzen«, erklärte Kasûl. »Ohne diese heiße Luft schmieren sie recht schnell ab. Nachts sieht man sie selten, und der kleinste Sturm zerlegt sie in Einzelteile.« Er hielt eine Hand als Schirm über die Augen. »Heute herrschen beste Bedingungen. Sie können ewig weit fliegen und spähen. Oder brennende Petroleumbeutel auf Feinde werfen, ohne dass man sie abschießen kann.«

Liothan war fasziniert von dem Anblick. *Die Baupläne würden sehr viele Münzen am Hofe bringen.* »Wie lange übt man, bis man in der Lage ist, sie zu steuern?«

»Das weiß ich nicht. Man nennt sie Pajarota, was so viel

wie Kunstvogel bedeutet. Ihre Lenker sehen sich als Ordensritter, was natürlich Unfug ist«, führte Kasûl aus. »Sie gehören zu den Truppen des Dârèmo. Aber solltet ihr zufällig einem dieser Kerle in der Stadt begegnen: Seid unterwürfig! Ihr Humor muss von der Sonne in dieser Höhe weggebrannt worden sein.«

Majestätisch zog der Pajarota im Tiefflug über die Vorstadt. Liothan hörte das säuselnd rauschende Geräusch des Windes, der sich an den starren Flügeln brach. Am breiten Rahmen war eine schwere Gelenkarmbrust mit einem Kasten darüber befestigt, welche der Ritter vor sich klappen konnte. *In Walfor würde es ihnen nichts nützen. Zu viele Bäume.*

»Vermutlich ist es ein Erkundungsflug«, sagte Kasûl. »Meine Abreise verschiebe ich lieber, bis ich genau weiß, was da draußen vorgeht. Wenn die T'Kashrâ wirklich so unruhig sind, verheißt es nichts Gutes. Und schon gar nicht will ich in den Kara Buran geraten.«

Der Ritter dirigierte seinen Pajarota über den Rand der Vorstadtmauer und steuerte in die Wüste hinaus. Bald war er zu einem winzigen Punkt am Horizont geworden, der sich in der gleißenden Helligkeit verlor.

Derweil hatten Zöllner und Heilerin die Untersuchungen abgeschlossen, die Plattform schwebte mit ihnen zurück auf die Mauerkrone.

Die Außentore schlossen sich, knarrend öffneten sich die massiven Innenflügel. Die Echsen setzten sich träge in Bewegung. Sie kannten die Abläufe.

Kara Buran. Liothan vermochte sich nicht vorzustellen, dass ein Sturm noch größer zu sein konnte als jener, den er und Tomeija gesehen hatten. »Die Echsen werden doch schwer genug sein, um nicht davonzuwirbeln?«

Kasûl lachte. »Nichts hält dem Kara Buran stand, abgesehen von Wédōra. Selbst an ihren Häusern kann es Beschädigungen geben. Mondelang wirbelt und tobt er, führt Staub und Sand mit sich, der einem Lebewesen die Haut und das Fleisch von den Knochen löst. Man erstickt und wird zerrieben.« Er legte eine Hand auf die Kabine. »*Alles* wird zerrieben.«

Die Karawane bewegte sich auf die breite, viel belebte Straße, auf der drei Echsen nebeneinander laufen konnten. Esel, Pferde und ähnlich anmutende Lasttiere mit Höckern auf dem Rücken, kleine Echsen und andere Reptilien wurden dazu genutzt, um Kutschen und Wagen zu ziehen; manche Menschen ritten auf den geschuppten Wesen.

Die mehrstöckigen, rechteckigen Häuser und Scheunen drängten sich aneinander trotz des geometrischen Aufbaus der Vorstadt. Nicht der kleinste Platz sollte vergeudet werden. An jedem Giebel der überwiegend aus Stein bestehenden Gebäuden hingen Flaschenzüge, um Waren in die oberen Etagen zu bugsieren. Über manchen Bauwerken wehten verschiedene Landes- oder Gildenbanner, andere Fronten waren bemalt und mit Wappen versehen. Einige Dächer wiesen Abspannungen als Schutz gegen die rauhen Winde auf.

»Der Kara Buran kommt sonst immer um die gleiche Zeit. Das letzte Mal, als er auf sich warten ließ, ist Wédōra so immens vom Sturm beschädigt worden, dass man fürchtete, man müsste die Stadt aufgeben.« Kasûl grüßte mit ausladenden Bewegungen verschiedene Leute am Boden, die seine Geste erwiderten. Worte wurden hin und her gebrüllt, es wurde auch gelacht. »Lasst euch nicht täuschen. Die Angst geht um, dass er das Fest ruiniert und wieder große Verwüstung anrichtet.«

Tomeija und Liothan blickten sich um und staunten.

Segelgroße, weiße Stoffbahnen waren in den Seitenwegen von Haus zu Haus gespannt worden, um die Glut der Sonne abzuhalten. Je reicher der Besitzer eines Kontors, desto mehr Stickereien fanden sich in dem blütenreinen Tuch, wie Kasûl erklärte. Die Vielfalt und Farbenfreude der Motive war atemberaubend und reichte von einfachen Symbolen über verspielte Ornamente bis hin zu hervorragenden Porträts, detailgetreue Schlachten- und Landschaftsdarstellungen.

»Wir halten vorne auf dem großen Platz«, sagte Kasûl. »Dort müssen wir die Kabinen ausladen. Die Viecher sind zu breit, um sie in die Gassen zu bugsieren, und mein Kontor liegt etwas abseits. Gebt acht, wenn ihr euch später auf den Weg durch die Vorstadt macht, um was zu essen zu finden. In den Sträßchen verliert man recht schnell den Überblick, obwohl sie überwiegend rechtwinklig angelegt sind.« Er zeigte auf einen Bau am großen Platz. »Da findet ihr die Statthalterin oder einen ihrer Stellvertreter. Sie werden euch zwei Gestrandeten mit dem Beistand der Götter helfen können.« Er lachte. »Sollten sie es nicht können, kommt wieder zu mir. Ich stelle euch als Packer und Krieger ein.«

Liothan und Tomeija reichten dem fleckhäutigen Kaufmann zum Abschied die Hand, kletterten in die stickig heiße, schwefelgestankgesättigte Kabine zurück und an der Strickleiter zum Boden, ohne dass die Echse ihren Trott unterbrach. Mit einem Sprung gelangten sie auf die Straße.

Kurz winkten sie Kasûl hinterher, dann überquerten sie die breite Bahn, auf der es von Trägern, Gespannen und Karren wimmelte.

Liothan kam sich vor wie ein winziges Boot in den Wellen eines gewaltigen Stroms. Die Umgebung roch durchdringend nach Staub, Essen und undefinierbaren Aromen, die den Ladungen entstiegen. Räder ratterten, Tiere brüllten, verschiedene Sprachen mischten sich zu einem lauten Durcheinander. Zimperlich war man in der Vorstadt nicht, Zeit bedeutete Geschäfte, bedeutete Geld und neue Ware.

Tomeija und Liothan wurden unsanft hin und her geschoben, Beschimpfungen prasselten auf sie nieder, weil sie im Weg standen.

So rasch es ging, schlugen sie sich zu dem Gebäude durch, in dem die Statthalterin zu finden sein sollte.

Kaum traten sie durch die geschnitzten, hellen Türen, fanden sie sich am Ende einer langen Schlange wieder. Man stand an, um Auskünfte zu bekommen, Erlaubnisse zu beantragen und Beschwerden einzureichen.

»Das kann was werden.« Tomeija sah hinaus auf die breite Straße, langte in den Tragesack und gab Liothan vom Brot. Schweigend aßen sie, hingen ihren Gedanken nach. Hinter ihnen reihten sich weitere Bittsteller ein.

Sie hörten nebenbei von aufkeimenden Animositäten in den Stadtvierteln, von Morden und Schlägereien, von Spannungen der Außenreiche, die sich auch auf Wédōra übertrugen. Irgendwelche Länder lieferten sich Fehden und Scharmützel, mehrere Kriege lagen außerhalb der Wüste in der Luft.

Tomeija und Liothan lauschten kauend. »Kein Ort, an dem ich bleiben möchte«, sagte er leise zu ihr. Ihr Blick stimmte ihm zu.

Die Wartenden vor ihnen sprachen davon, dass ein neues Rauschmittel im Umlauf sei, das nicht aus den üblichen Alchemieküchen aus Tērland stammte. Sehr begehrt, sehr kostbar, sehr gefährlich. Und dass die Ghefti einen Trunk entworfen hatten, welcher die Haut nach Belieben färbte und den sich nur die Reichen leisten konnten.

»Alchemie. Da lecke ich lieber an einem Traumpilz«,

befand Liothan. »Ich hatte mal einen grün-roten gefunden. Ich sage dir, ich glaubte, ich redete mit Hastus selbst.« Er grinste und berührte seinen Talisman. »Dabei gab es nichts um mich außer Schweinen. Rolan hat den Eber anschließend in Hastus umbenannt.«

»Das wird den Gott freuen. Ich würde an gar nichts …« Tomeija zuckte plötzlich zusammen und wandte sich ruckartig um, schlug einer knapp bekleideten Frau auf die Finger, die an ihrem Schal herumgezupft hatte. »Nein! Der ist nicht zu verkaufen.«

Die Brünette in den seidenhaft durchsichtigen Gewändern wich lachend zu ihren Begleiterinnen zurück und machte beschwichtigende Gesten.

»Wer von uns beiden redet gleich mit der Statthalterin?«, erkundigte sich Liothan, dessen Gedanken vom Traumpilz in die heimischen Wälder von Walfor gewandert waren. *Ich hoffe, sie kann helfen.*

»Ich mache den Anfang«, schlug Tomeija vor. »Du könntest ein wenig zu … gefühlsbetont reagieren.«

Er setzte zum Protest an, fügte sich dann aber. »Wie so oft hast du recht. Ich lasse die Stimme des Gesetzes mit der anderen Stimme des Gesetzes sprechen. Das ist besser so.«

»Bekomme ich das schriftlich von dir?«

»Was?«

»Dass ich oft recht habe.«

»Nein. Lebe mit meinem geheimen Geständnis und schließe es in deinem Herzen ein.« Liothan grinste sie an. Er betrachtete die Frauen hinter Tomeija und stellte fest, dass die Stadt einige Schönheiten barg. Da sie nichts von seinem rechtschaffenen Halunkentum wussten, würden sie ihn wohl nicht so sehr bewundern wie in Walfor.

Er lächelte das Trio an, das ihm kurze Blicke zuwarf

und ihn musterte. Das Interesse an ihm fiel gering aus. *Kein Wunder. So wie ich aussehe und riechen muss.*

Tomeija bemerkte sein Tun, beließ es dabei, ihre Augen zu verdrehen.

Dann endlich kamen sie an die Reihe und betraten nach einer schroffen Aufforderung aus dem Innern die Amtsstube.

»... geht das Gerücht um, dass der Dârèmo seinen Nachfolger bestimmen wird! Sag ihm das. Hamátis will nichts davon wissen, aber wir sind alle sehr gespannt, *wer* das sein soll und wen die Götter uns schicken.« Hinter dem kleinen Tischchen saß ein Mann in einem weiten, hellen Gewand, um dessen Mitte ein Gürtel mit einem Dolch lag. Sein schwarzer Bart war sauber um den Mund gestutzt, die Sonne hatte die Haut stark gebräunt. Um seinen Hals hing ein breites, angelaufenes Kupfertäfelchen mit einem eingeritzten Ornament. Er mochte der Stellvertreter sein.

An seiner Seite stand ein kleines Mädchen in grauer Bluse und kurzer gelber Hose, das fleißig mit einem Federkiel auf Papier schrieb, was er ihr diktierte. »Ja, ich richte es aus«, sagte sie hastig und wirkte bemüht, schnell und doch sauber zu schreiben.

Der Mann sah kurz zu Tomeija und Liothan. »Was wollt ihr?« Er hob seinen Stempel. »Her mit eurem Wisch.«

»Wir hätten ein besonderes Anliegen, Herr«, erwiderte sie. Liothan staunte, wie freundlich Tomeija klingen konnte.

»Gleich.« Er wandte sich wieder an das Mädchen. »Und betone, dass es außerdem heißt, es sei ein Mensch von außerhalb. Deswegen bringen die Reichen ihre Leute in Position und werden Neulinge wie noch nie nach Wédōra entsenden. Die Kontrollen müssen schärfer werden. Ich habe keine Lust, dass heimlich Soldaten von außerhalb eingeschleust werden.« Er machte eine scheuchende Bewegung. »Spute dich.«

»Ja, Torkan.« Das Mädchen warf Sand über das Geschriebene, um die überschüssige Tinte aufzunehmen, schüttelte die Körnchen ab und eilte hinaus.

»Nun zu euch beiden.« Der Mann sah sie nicht mal an, sondern goss sich heißen Tee ein, das Glas beschlug von der Temperatur und dem unsichtbaren Dampf. Mit der Hand fegte er den Sand auf den Boden, wo er in die Dielenspalten rieselte. »Das Anliegen?«

»Wir haben erfahren, dass es öfter Menschen gibt, die vom Sandmeer ausgespuckt werden und nicht zu den Königreichen um die Wüste herum gehören«, setzte Tomeija zur Erklärung an.

»Ah. Wie euch zwei. Eurem Geruch nach ist es noch nicht lange her. Jetzt wollt ihr wissen, wo euch geholfen wird.« Torkan blickte nicht auf, sondern begann, einen Berg Scheine abzustempeln und mit Anmerkungen zu versehen. »Die meisten von ihnen enden im Vergnügungsviertel.« Nun hob er den Blick und schätzte sie ab. »Als Huren. Oder für einfache Tätigkeiten. Ein Passierschein ins Viertel kostet fünfzig Silbermünzen. Jeden.«

»Das ist ein Missverständnis, Herr. Wir möchten zurück.«

»Verstehe ich. Aber ich bin kein Razhiv. Und soweit ich weiß, gelang es keinem Gestrandeten, in seine Heimat zurückzukehren.« Torkan nahm seine Arbeit wieder auf. »Jetzt gebt den Eingang frei. Es warten noch mehr, die was von mir wollen.«

»Was ist ein Razhiv?«

Torkan warf ihm einen genervten Blick zu. »Eine Art Gelehrter, der sich auf Zauberei versteht.«

»Wo finden wir sie?«

»Wen?«

»Diese Hex… Gelehrten.«

»Überall und nirgends.« Torkan deutete auf die Tür. »Die Nächsten«, rief er, und die drei jungen Frauen in den durchscheinenden Gewändern drängten in die Amtsstube. Sie kicherten und zeigten auf Tomeija, deuteten an, nach ihrem Schal greifen zu wollen.

Liothan machte einen Schritt auf den Tisch zu. *Ich lasse mich nicht so einfach abspeisen.* »Das müssten wir genau wissen.« Obrigkeiten schienen in Wédōra ebenso gerne überheblich zu sein wie in Walfor. Ein guter Grund, Räuber zu bleiben. »Also, wo?«

»Ich sagte es dir. Halte die Augen offen.«

»Es ist dringend, verdammt!«, rief Liothan und beugte sich zu Torkan hinab, legte eine Hand auf den Stapel mit den unbearbeiteten Papieren, um ihn daran zu hindern, den nächsten Wisch zu greifen. Er roch seinen Schweiß, aber es war nicht zu ändern. *Ich stinke gewiss schlimmer als er.* »Meine Familie ist in Gefahr!«

»Das tut mir leid für dich und deine Familie. Doch ich bin nach wie vor kein Razhiv.« Torkan zeigte sehr deutlich mit der Feder auf den Ausgang und wirbelte sie wie ein Messer. »Viel Erfolg.«

Liothan rührte sich nicht. »Woran erkenne ich sie?«

»Genug! Siehst du die Zettelberge und die Menschen vor meiner Tür? Ich habe zu tun und kann nicht jedem Dahergelaufenen die Stadt erklären. Geht in eine Taverne und hört zu«, erwiderte Torkan schnarrend. »Jetzt raus, ihr zwei.«

Tomeija wehrte den Versuch der brünetten Frau erneut ab, an ihrem Schal zu rupfen. »Vergib ihm seine Ungeduld«, beruhigte sie den Stellvertreter. »Wie du schon sagtest: Wir kamen eben erst an, und die Sonne macht ihn rasend. Sonst ist er …«

»Sehr, wirklich sehr, *sehr* freundlich«, ergänzte Liothan gereizt. Er dachte an seine Liebsten und Dûrus. »Ich gehe nicht eher, bis ich weiß, wo wir diese Rasis finden.« Er ließ die Hand auf den Papieren. »Wir wollen nur fort und keine Last sein. Bitte.«

»Beende den Unsinn«, zischte ihn Tomeija an. »Wir fragen uns durch. So schwer wird es nicht sein.«

»Hör auf deine Freundin«, empfahl Torkan und stand langsam auf. Er schien genug von den aufdringlichen Fremden zu haben, wischte einmal an seinem Gewand hinab und deutete auf das Kupfertäfelchen. »Du sprichst mit einem Ambiaktos des Dârèmo. Scher dich hinaus! Sonst lasse ich dich festsetzen.«

Abgelenkt vom aufkommenden, nutzlosen Streit zwischen dem aufgebrachten Freund und dem Ambiaktos, entging Tomeija das blitzschnelle Zuschnappen der Brünetten. Ein rascher Ruck, und der dünne Schal landete in deren Hand. Statt eines triumphierenden Auflachens, das neckende Spiel gewonnen zu haben, erfolgte ein dreifaches erschrockenes Luftholen von der Diebin und ihren Begleiterinnen, die freien Blick auf den Nacken der Scīrgerēfa hatten.

Die Brünette ließ erschrocken den Stoff fallen und wich zurück, zeigte mit ausgestrecktem Arm auf Tomeija und rief aufgeregt etwas in einer unverständlichen Sprache.

»Verfluchte Diebin!« Tomeija versetzte ihr eine harte Ohrfeige mitten ins Gesicht. Knackend brach die hübsche Nase, aus den Löchern schoss das Rot wie aus einer übervollen Quelle. Schnell hob sie den Schal auf und meinte, das leichte Brennen, das sie bei ihrer Flucht in der Wüste vor dem Keel-Èru spürte, erneut im Nacken zu fühlen.

Aus dem Augenwinkel bemerkte sie, wie auch Torkan auf das freie Genick schaute. *Verdammt!*

Der Ambiaktos brüllte einen Befehl.

Es dauerte keinen Lidschlag, und gepanzerte Wachen eilten mit gezogenen, geschwungenen Kurzschwertern in den Raum.

»Was geschieht gerade?« Liothan zog die Axt aus der Rückenhalterung, um sich verteidigen zu können. »Was ist in deinem Nacken?« Gesehen hatte er nicht, was die Menschen in Aufruhr versetzte. Seine Aufmerksamkeit war auf den Ambiaktos gerichtet gewesen. »Was ist dort?«

»Ich weiß es nicht!«, rief Tomeija zurück.

»Ihr bleibt beide in Gewahrsam«, hörte er Torkan neben sich sagen. »Im Namen des Dârèmo, hiermit …«

Wir bleiben gewiss nicht. Liothan wollte nicht im Kerker oder anderswo landen, wo es eng und stickig war. Er brauchte einen Witgo, der ihn zurück nach Walfor zu seiner Cattra hexte, damit er sichergehen konnte, dass Dûrus tot war. Oder er dafür sorgen konnte, wenn es nicht so wäre.

»Es tut mir leid. Ich habe andere Pläne.« Er stieß Torkan, der rückwärts in den Sessel plumpste und zusammen mit dem Möbel umkippte. »Raus!«, rief er Tomeija zu, die sich den Schal wieder umgelegt hatte.

Die verletzte Brünette mit der blutenden Nase schrie aufgebracht und hetzte ihre Begleiterinnen auf die Scīrgerēfa. Das Rot schoss wie Wasser aus ihr, sie legte den Kopf in den Nacken.

Tomeija stoppte die Angreiferinnen mit gezielten Tritten gegen die Knie und sandte sie zu Boden. Im Vorbeirennen verpasste Tomeija der Brünetten einen trockenen Körperhaken, der sie keuchend zusammenklappen ließ. »Verfluchte Diebin.«

Dann entkam sie mit einem Sprung über die Schreienden hinweg aus dem Raum. Die Schwerter der aufmarschierten Gardisten stachen ins Leere.

»Halt, nein, wir haben nichts getan.« Liothan sah, dass zwei weitere Wachen den Gang entlangstürmten und sich an die Verfolgung seiner Freundin machten. »Ich will nur weg aus dieser Stadt«, sagte er beschwichtigend und zeigte mit der Axt auf den Ausgang. »Meine Familie braucht mich. Habt ihr das verstanden? Wir sind keine schlechten Menschen. Wir …«

»Ob gut oder schlecht, interessiert mich nicht. Nach *deinem* Angriff auf einen Ambiaktos wird deine Abreise nicht so bald erfolgen.« Torkan stemmte sich am Tisch in die Höhe, sein Gewand hatte einen Riss erhalten. »Du bist mein Gast, bis Hamátis entscheidet, welches Strafmaß dich treffen soll.«

»Danke, aber ich lehne ab.« Liothan ging in den Angriff gegen zwei Wachen über, die seine Axthiebe mit ungewöhnlichen Kampfbewegungen konterten. Es wirkte geschmeidiger als das Gestochere der Soldaten des Barons, genau dosiert und nicht zu viel.

Verstärkung wird sicherlich gleich nachrücken. Nach einem ersten Schlagabtausch wusste der erfahrene Räuber, dass er gegen die Gegner nicht siegen konnte. Sie trugen zudem Rüstungen, während ein Treffer bei ihm ausreichte, um ihn lahmzulegen.

»Mach dich nicht unglücklich und leg die Axt weg«, befahl einer seiner Gegner.

»Ich kann nicht ins Verlies«, erwiderte Liothan und wich rückwärts aus. Hinter dem Tisch des Ambiaktos lag ein Fenster, das ins Freie führte. *Mein Ausweg!* »Verzeiht, dass ich die Umstände machte, ich muss wirklich fort. Andere, die nicht kämpfen können wie ihr, brauchen mich.« Er wandte sich halb um, ohne seine Widersacher aus den Augen zu lassen.

Da trafen ihn ein Schwall Flüssigkeit und ein kleiner, harter Gegenstand ins Gesicht.

Unverzüglich wurde es schwarz vor seinen Pupillen. Liothan begriff, dass Torkan das Tintenfass nach ihm geworfen hatte.

Nein! Er tastete verzweifelt nach dem Fenster. Doch geblendet und irritiert wurde er gleich darauf von den Gardisten rechts und links gepackt, auf die Knie gezwungen und bekam die Hände auf den Rücken gebunden. »Lasst mich! Ich will nur zu Cattra! Meine Frau! Sie … meine Kinder! Bitte, ich …«

Aber alles wilde Schreien, Betteln, Treten und Toben brachte nichts. Liothan hing im Griff der beiden Wachen fest.

* * *

WÉDŌRA, WESTVORSTADT

Tomeija rannte ins Freie und tauchte in den mahlenden Strom von Menschen, Wesen und Gespannen ein. Sie nutzte die vielbefahrene Straße als Deckung, ging einige Schritte neben hochbeladenen Fuhrwerken, wechselte zwischen ihnen und hielt dabei stets Ausschau nach den Wachen und Liothan.

Wo bleibt er? Dreck und Staub wirbelten unentwegt und woben einen gnädigen Schleier, der ihr beim Verbergen behilflich war; sie zog den Schal vor Mund und Nase.

Die zwei weiß gerüsteten Männer eilten aus dem Gebäude und schlängelten sich nicht weniger geschickt durch den dahinziehenden Fluss aus Gespannen, Kutschen, riesigen Echsenwesen und Menschen. Sie waren den Trubel gewohnt, besaßen einen guten Spürsinn und verloren Tomeijas Spur nicht, obgleich sie die Scīrgerēfa nicht sahen.

Tomeija vermutete, dass die Reaktion der Tiere und Menschen ihnen Aufschluss gab. *Es wird höchste Zeit, Liothan. Mach schon!* Sie sah besorgt zum Haus der Statthalterin. Ihr Freund tauchte nicht auf.

Sie werden ihn doch nicht … Tomeija fluchte und ging in die Knie, rollte sich im Schutz einer Staubwolke unter einen Wagen. Dabei ließ sich nicht vermeiden, dass sie ihren Hut einbüßte. *Den wird er mir ersetzen.* Sie packte die Halterung der Vorderachse, hakte die Füße in das Untergestänge und ließ sich mitnehmen.

Die Gardisten gingen an dem Karren vorbei.

Tomeija blieb in ihrem rollenden Versteck, um einige Schritte zwischen sich und die Häscher zu bringen. Das Schwert legte sie mit einem raschen Griff über den Bauch, damit es nicht im Sand schleifte.

Wenn sie ihn umgebracht haben … Sie schob den schlimmsten aller Gedanken zur Seite. *Nein, sie werden ihn überwältigt haben. Sie brauchen ein Urteil vor einer Hinrichtung.*

Damit waren ihre nächsten Unternehmungen vorherbestimmt: herausfinden, wohin man Liothan brachte, und ihn befreien, einen Hexer suchen und aus diesem ausgetrockneten, waldlosen Land verschwinden.

Tomeija kannte sich mit Magie nicht aus. Nicht mit den Sprüchen und Beschwörungen und Zutaten. Mit denjenigen, die sie anwendeten, hingegen schon. *Vermutlich braucht man einen Gegenstand, der aus Telonia stammt, um uns zurückzuzaubern. Hoffentlich genügt unsere Kleidung.*

»Dieser Schwachkopf«, murmelte Tomeija unter ihrem Tuch. *Wie konnte er sich nur gefangen nehmen lassen?* Dass Liothan eines Tages vor dem Richter enden würde, hatte sie geahnt. Aber dass es nicht in ihrer Baronie geschah, hätte sie sich niemals träumen lassen. Bei aller Verärgerung verstand sie Liothans Sorge und sein beharrliches Verhalten in der Amtsstube des Ambiaktos sehr gut. Er wollte in seiner ganz eigenen Art mit dem Kopf durch die Wand, wie es Männer mit ehrlichem Herzen oftmals taten. Es ging um seine Familie und die Ungewissheit, was aus ihr wurde.

Hätte die verfluchte Diebin die Finger vom Schal gelassen, wäre es nicht ausgeufert. Tomeija musste bei nächster Gelegenheit herausfinden, was sie im Nacken zusätzlich zu dem trug, was sie seit einigen Jahren begleitete. Das kurze Brennen, das sie beim Zusammentreffen mit dem Keel-Èru im Genick verspürt hatte, zog offenbar ernstere Folgen nach sich, als sie geahnt hatte.

Ein Zeichen der T'Kashrâ? Ein Fluch? Der Schal würde nie wieder von ihrem Hals weichen, das stand fest wie eine Walforis-Eiche.

Der Wagen schwenkte unerwartet nach rechts und setzte seinen Weg fort.

Der Strom der vielen Menschen intensivierte sich, lautes Rufen und Schreien mischte sich mit Musik, dann wurde es etwas ruhiger, während sie durch die Straßen rollten. Nach und nach verebbte der Lärm mit jedem Schritt, den die Pferde taten, und letztlich bewegten sie sich ohne weitere Begleitung über eine gepflasterte Straße.

Die Peitsche knallte, der Kutscher rief den Tieren eine Anweisung zu, woraufhin sie noch langsamer trotteten.

Genug gereist. Ich müsste sie abgehängt haben. Tomeija ließ sich fallen.

Der Wagenunterboden zog über ihr vorbei, die Räder ratterten über die Steine.

Kaum hatte das Heck sie passiert, erhob sie sich und begab sich geduckt in die Seitengasse, um sich umzuschauen.

Ihrer Aufmerksamkeit entging nicht, dass die Bauart der Häuser sich verändert hatte. Anstatt der Scheunen und Kontore aus baumdicken Holzbalken mit Steinfachwerk gab es feste Gebäude. Mal fügte sich Quader auf Quader, ohne dass eine Fuge erschien, mal waren die Wände verputzt und bemalt worden.

Als Tomeija die Mauer ganz nahe vor sich aufragen und das Grün auf den Dächern hoch über sich sah, ahnte sie, dass der Wagen sie nicht etwa tiefer in die Vorstadt gebracht hatte, sondern dass sie sich bereits im Innenbereich von Wédōra befand.

Tomeija verfluchte ihre eigene List. *In welches Stadtviertel hat es mich verschlagen?* Sie spähte um die Ecke. *Und wie komme ich wieder raus?* Am Durchlass standen zwei Gardisten in den bekannten weißen Rüstungen – nur dass sie keine Helme, sondern Pestmasken trugen, wie sie die Heilerin und der Zöllner genutzt hatten; die Schnäbel waren verkürzt, der Rauch der verdampfenden Gewürze kaum sichtbar. Es verlieh den Männern ein dämonisches Äußeres.

In Walfor würden die Menschen davonlaufen, wenn sie solche Krieger sähen.

Tomeija blickte sich hastig um.

Die Straßen waren so gut wie leer, und das fand sie rätselhaft genug.

Es herrschte seine sanfte Stille, leicht durchbrochen vom weit entfernten Lärm der Vorstadt und der umliegenden Viertel sowie von gelegentlichem Schreien, Seufzen und Stöhnen. Mitunter drang lautes und verhaltenes Weinen aus Wohnungen.

Was ist das für ein Gebiet? Die Scīrgerēfa sah weißgekleidete Gestalten mit Tüchern vor Mund und Nase oder mit jenen bekannten Masken hinter geöffneten Fenstern vorbeilaufen. Andere trugen dicke, ellbogenlange Handschuhe, manche hatten Schürzen aus Leder umgebunden, auf denen Blut und andere Flüssigkeiten hafteten. Sie schleppten Schüsseln, Tabletts mit Fläschchen oder Verbandsmaterial.

Das Krankenviertel! Tomeija lehnte sich mit dem Rücken gegen die Wand, Übelkeit stieg in ihr auf. *Ich bin bei den Siechen gelandet.*

Der aufkommenden Entmutigung wollte sie nicht nachgeben.

Rumstehen bringt nichts. An den Wachen käme sie nicht ohne weiteres vorbei. Am einfachsten wäre es, wenn sie auf dem gleichen Weg hinausgelangte, wie sie hereingekommen war: als blinder Passagier unter einem Gefährt, unbemerkt von den Gardisten.

Und wenn so bald keiner hinausfährt? Tomeija musste unverzüglich aus dem Viertel, um nach Liothan zu sehen, dem der Spruch eines Richters oder der Statthalterin drohte.

Klettern!

Sie blickte zur Mauer, die das Viertel von der Vorstadt abgrenzte.

Steil und spiegelglatt ragte die Wand auf. Auf den Wehrgängen liefen Soldaten Wache. In der Vergangenheit würden viele versucht haben, ohne Erlaubnis in die Vorstädte oder die anderen Viertel zu wechseln. Die Gardisten wüssten dies sicher zu verhindern, zumal man von den Wachtürmen eine gute Sicht auf alle Abschnitte der Mauer hatte. Tomeija warf einen erneuten Blick zum Durchlass, an dem die Gardisten aufpassten. *Hastus, hilf! Nicht ein Wagen, der hinauswill.*

Somit blieb die List.

Ein weißes Gewand, eine Pestmaske, und schon passiere ich als Heilerin das Tor. Tomeija schlich sich die Gasse entlang und tiefer hinein ins Krankenviertel.

Was sie benötigte, war eine unvorsichtige Heilerin oder eine Pflegerin, eine geöffnete Tür, irgendwas, um eine Verkleidung zu bekommen.

Leise drückte sie die Klinken an den Häusern hinab. Es fehlte ihr an Glück.

Tomeija schlich weiter und zwang sich, nicht unentwegt auf Wédōras Andersartigkeit und die Pracht zu achten, die sie umgab. Sie musste ihren Freund retten.

Nach einigen Querstraßen und zwei kleinen Plätzen, auf denen Gras, Bäume und langstielige violettfarbene Blumen wuchsen, die einen betörenden Geruch verströmten, fand sie einen unverschlossenen Eingang.

Tomeija pirschte sich durch eine kleine Halle und orientierte sich. Eine offene Wendeltreppe führte hinauf zu den darüberliegenden Stockwerken. Sie sah zugezogene Vorhänge und hörte hinter ihnen gelegentliches Ächzen, Seufzen, aber auch Schnarchen.

Die ersten Kranken habe ich gefunden.

Tomeija vermutete die Aufenthaltsräume der Bediensteten im Erdgeschoss und machte sich auf die Suche nach deren Kleidung.

Das erste Zimmer erwies sich als Niete. Darin schlief ein kleines Mädchen, von der Hüfte zum Kinn mit einem dünnen Laken zugedeckt. Schweiß lief von seiner Stirn, das Gesicht war gerötet, und es zitterte leicht.

Tomeija wollte sich zurückziehen, als ihr Blick auf den

Verband an ihrem linken Bein fiel, das unter dem dünnen Stoff herausgerutscht war. *Die Binde ist völlig falsch angebracht. Sie schnürt die Ader ab.*

Dass ein krankes Kind zusätzlich unter stümperhafter Arbeit eines Heilers litt, wollte Tomeija nicht hinnehmen.

Eine rasche Korrektur sollte genügen. Sie hockte sich neben das Bett und wickelte die Bandage ab. Routiniert entfernte sie die Kompresse, um einen Blick auf die Wunde zu werfen. *Wenn ich schon mal da bin, kann ich mir ansehen, wie man Wunden an diesem Ort kuriert.*

Es war ein kleiner Schnitt im Unterschenkel, der eine massive Vergiftung ausgelöst hatte. Jemand hatte eine dicke Schicht Salbe aufgebracht, um die Entzündung zu bekämpfen. Die Haut war geschwollen und rot, es schwärte darunter.

Das ist Unsinn.

Tomeija konnte nicht ignorieren, dass das Kind unter der falschen Behandlung litt.

Sie entdeckte im geschnitzten Schränkchen zu ihrer Linken ein Tablett mit sauberen Instrumenten, wie sie ein Medikus nutzte: Klingen, Haken, Scheren, Greifer, Bohrer, Nadeln, Fäden, Pulver zum Stoppen von Blutungen.

Damit kannte sie sich bestens aus.

Tomeija nahm das Tablett heraus und wählte eine feine Schneide, dünn wie gewalztes Kupfer. Sie schwenkte die Klinge in dem Gefäß mit hochprozentigem Alkohol, um sie zu säubern. Mit der einen Hand hielt sie dem Mädchen den Mund zu, falls es aus dem Fieberschlaf erwachte. Mit der anderen schnitt sie den Kern der Entzündung ohne Zaudern auf.

Stinkender, gelbgrüner Eiter ergoss sich aus dem entzündeten Fleisch, lief mit schwarzem Blut über das Bein auf die Laken.

Ahnte ich es. Ein Tag länger, und die Vergiftung wäre in ihr Blut eingedrungen. Spätestens in zwei Tagen wäre sie tot gewesen. Tomeija wartete, bis sich die Farbe des Blutes zu Rot änderte.

Für die weitere Behandlung brauchte sie beide Hände.

Sie tastete am Hals nach den Schlagadern des Mädchens und drückte die Blutzufuhr lange genug ab, bis sie sicher war, dass es im Schlaf ohnmächtig geworden war.

Gut. Nun hältst du still. Tomeija schnitt verfärbtes, totes Fleisch behutsam weg und spülte die Wunde mit dem bereitgestellten hochprozentigem Alkohol. Sie kippte Alkohol über die behandschuhten Finger und machte sich daran, die Wunde zu vernähen.

Es ging ihr leicht von der Hand, der Faden schnurrte durch den jungen Leib und zwang die sauberen Ränder zusammen, damit sie sich in den kommenden Tagen und Wochen miteinander verbanden. Zwischendurch tupfte sie nachsickerndes, hellrotes Blut ab, danach legte sie eine frische Kompresse auf und ergriff eine neue Bandage. *Das wird ausreichen.*

Hinter ihr erklang ein Scheppern.

Tomeija wandte sich um. Sie war zu vertieft in ihre Arbeit gewesen, um die Eintretende rechtzeitig zu bemerken.

Auf der Schwelle stand eine in Weiß gekleidete Heilerin wie angewurzelt, vor ihren Füßen lag ein Tablett mit Verbandsmaterial. Sie rief erschrocken.

»Das ist nicht schlimm. Hol neue Kompressen.« Neben ihr erschien ein hochgewachsener, schwarzhaariger Mann in einem dunkelroten Gewand und weißgoldener Schärpe um Bauch und Hüfte. Seine Augen hatten eine auffällige Mandelform, die Haut ähnelte weiß gemasertem Marmor. Sein achselhoher Gehstock war aufwendig gearbeitet, der silberne Knauf eignete sich, Knochen und Schädel zu zerbrechen. Er bemerkte Tomeija.

»Wer bist du?«, rief er aufgebracht. »Was tust du mit meiner Tochter?«

Sie erhob sich und bewegte sich rückwärts auf das Fenster zu. Ihr Plan, eine Maskerade zu finden, schien soeben misslungen zu sein. »Die Wunde behandeln.« Sie zeigte auf den ausgeflossenen Eiter und das vergiftete, schwarzrote Blut auf dem Laken. »Die Salbe war nutzlos. Die Entzündung hätte sie bald das Bein gekostet.«

»Du klingst wie jemand aus Aibylos, aber du stammst nicht von dort.« Der Mann näherte sich vorsichtig, ein rotes und ein blaues Auge glommen gefährlich. »Und du gehörst auch nicht zum Personal.«

Die Heilerin sagte aufgeregt einige Worte und eilte aus dem Raum, ihre Schritte hallten laut.

»Vergiss, dass du mich gesehen hast.« Tomeija umrundete den Mann, mit dem der Geruch von heißen Metallspänen und gebrannten Mandeln in den Raum kam. Er gab tatsächlich den Weg frei. »Alles, was ich möchte, ist, in meine Heimat zurückzukehren. Ich habe in dieser Stadt nichts verloren.«

»Ah, ich verstehe. Du bist eine Gestrandete und irgendwie in das Krankenviertel gelangt.« Er nickte und ging zu seiner Tochter, betrachtete das verletzte Bein. »Bei Irtho! Sauber vernäht, faules Fleisch entfernt. Ich kann nahezu sehen, wie sich die Entzündung verbessert hat.« Er richtete einen dankbaren Blick auf sie. »Wer immer du bist: Es war genau das Richtige, was du getan hast. Als wärst du eine perfekte Iatra.«

Tomeija lächelte und richtete ihren Schal, damit Hals und Nacken bedeckt blieben. »Behalte mich in guter Erinnerung, aber berichte keinem.«

Er legte eine Hand gegen die Brust und deutete eine Verbeugung an, ein leises Knistern wie von brechendem Eis erklang. »Zurück möchtest du? Dann suchst du sicher nach einem Razhiv? Einem magischen Gelehrten?«

Tomeija nickte zögerlich.

»Im Vergnügungsviertel wirst du mit einem sprechen können. Tue das, bevor er oder sie zu betrunken ist. Oder im Rausch darniederliegt.« Der Mann zeigte mit dem Gehstock auf den Ausgang. »Ich wünsche dir viel Glück. Vielleicht mag es geschehen, dass ich meine Schuld bei dir begleichen kann. Sollten wir uns erneut begegnen, werde ich dich wissen lassen, wie es meiner Tochter ergangen ist.«

»Sie wird gesund. Achte darauf, dass sie die Kompressen wechseln, sonst kehrt die Entzündung zurück.«

Welch rätselhafte Gestalt. Tomeija huschte in die Halle hinaus – und wich den zupackenden Händen aus, die nach ihr griffen. Ein Pfleger mit Pestmaske hatte ihr aufgelauert, angelockt von den Rufen der Heilerin.

Eine rasche Bewegung mit der linken Hand, und der Griff des Henkersschwerts knallte dem Mann unters Kinn. Ächzend brach er vor ihr auf dem schwarz-weiß gekachelten Boden zusammen.

Tomeija stieg über ihn hinweg, während die Heilerin vor ihr den Stock fallen ließ, mit dem sie hatte angreifen wollen, und ergeben die Arme hob.

»Seid beide schlau und vergesst auch ihr mich.« Tomeija verließ eilig das Haus, trat hinaus in die Gasse und rannte los.

Erstaunlicherweise hallten keine Alarmrufe durch die Straßen.

* * *

Aus den *Abhandlungen zum Mysterium des Sandlandes*, 100 n. Gründung:

So gibt und gab es Leben immerdar in den unendlichen Weiten.
Nicht nur eine mannigfaltige Tier- und Pflanzenwelt tummelt sich in der Wüste, die aus Sand, Stein, Kies, Gebirgen, Staub, Gestein jeglicher Art besteht, je nachdem, wohin man sich auf der Reise wendet.
Dort leben Völker, die sich auf das Überleben verstehen.
Da sind die KEEL-ÈRU, kampferprobt und mit Zugang zu verschiedensten und geheimnisvollen Waffen, deren Haut die Farbe zu ändern vermag, wie bei einem Tierchen, das sich Chameileyon nennt.
Da gibt es die AGHAM, schnöde Räuber und Karawanenplünderer, deren Haut im Sonnenlicht reflektiert wie ein polierter Silberspiegel und ein Lebewesen bis zum Erblinden blenden kann.
Da sind die ENAÏSSEF, die einst als Priesterkaste über die Grotte wachten und mächtige Wasserzauberer ausbildeten.
Als da noch wären die MURZBHA, die um die Brunnen und Schlupfwinkel in der Wüste wissen und sich als loyale Führer für die Karawanen verdingen. Doch die Schlimmsten sind die THAHDRARTHI, die Sandfresser genannt, weil ihr Organismus keine Zufuhr von Wasser benötigt. Manche sagen, es seien gar keine Menschen, sondern Dämonen, deren einziger Zweck die Zerstörung allen Lebens in der Wüste sei.
Viele der Völker hassten sich untereinander, bekämpften und verfolgten einander.
Aber seit wir ihnen ihr Heiligtum nahmen, hassen sie alle Wédōra am meisten.

Kapitel IV

Wédōra,
Westvorstadt

Liothan betrachtete die dicken Wände seiner Zelle, die er mit vier weiteren Gefangenen teilte. *Das ist alles sehr, sehr eng um mich herum.*

Durch die schmalen Fensterschlitze fiel das Sonnenlicht, in den Strahlen flirrte Staub, doch es war erfreulicherweise kühler als im Freien.

Das half allerdings nicht gegen die üblen Gerüche, die teils von den anderen Insassen, teils vom Kloakeeimer ausgingen. Liothan kannte derlei von seinen knappen Aufenthalten im Kerker des Barons. Anders als in Walfor würde niemand für ihn aussagen und ihm eine Verurteilung ersparen.

Er legte eine Hand gegen den kalten Stein, an dem sich Kondenströpfchen bildeten. *Jetzt wird es noch schwerer, nach Hause zu kommen.* Verzweiflung verbat er sich, sie war zu nichts nütze. *Es wird einen Weg hinaus geben. Nicht umsonst bin ich dem Galgen oft entgangen.*

»Granit, Neuling«, sagte der dürre, stark gebräunte Mann, der nichts weiter trug als einen Unterleibswickel. Sein Körper war mit frischen und alten Narben überzogen, die von Peitschenhieben stammten. »Das wird nichts. Warte einfach, bis dein Fall verhandelt wird. In vier Sonnen wird Statthalterin Hamátis da sein. So lange musst du mit uns ausharren.«

Er meint wohl vier Tage. Liothan nickte dankend. Die Enge bereitete ihm zunehmend Sorge, die Angst vor kleinen

Räumchen kroch in ihn. Noch vermochte er es zu unterdrücken, indem er die Aussicht fokussierte. Aber die Furcht ließ sich nicht ewig in die Irre führen.

»Lass dich nicht mit dem Abschaum ein«, warnte ihn ein gut gekleideter Mann aus der anderen Ecke. »Er ist ein notorischer Lügner, Betrüger und Dieb. Er wird dich aushorchen und bestehlen wollen, sobald ihr beide rauskommt.«

»Ich ein Betrüger? Das sagt jemand, der seine Kundschaft mit manipulierten Gewichten und Waagen hereinlegt«, giftete der Dürre zurück und kreuzte ertappt die Arme vor der knöchernen Brust.

»Ein Versehen«, erwiderte der Händler kurz angebunden, er schien den Satz sehr oft in seinem Leben gesagt zu haben. »Das werden die Ermittlungen beweisen.«

»Sicherlich.« Der dünne Mann zeigte auf sich und streifte die fettigen, ausgebleichten Haare zurück. »Ich bin Milon, ehrbarer Packer und Gelegenheitsmusikant in den Tavernen der Weststadt. Du bist ein Gestrandeter, habe ich recht?«

»Ja.« Liothan fühlte sich unwohl zwischen den Mauern. Die Wände rückten in seiner Vorstellungskraft näher, wollten ihn erdrücken und die Luft zum Atmen rauben. *Konzentriere dich auf die Unterhaltung. Das wird dich ablenken.*

»Woher kommst du?«

»Denke dran«, rief der Händler. »Er horcht dich aus.«

Liothan lachte bitter. »Mein Haus ist so weit weg, dass er nicht hingelangt. Es sei denn, er kennt einen Hexer, der ihn dahin bringt.«

»Ich habe schon einige Gestrandete getroffen und weiß, wie ihr euch fühlt«, sagte Milon freundlich. »Du bist aus Taturien?«

»Nein.«

»Aus Pilgosch?«

»Dann ... Serakien? Tylon? Bergland? Ysonistan?«

»Keinesfalls, nein.« Liothan fand es erschreckend, wie viele Fremde es offenbar in die tödliche Wüste verschlug. *Sie mussten alle bleiben?* »Ich komme aus Walfor, das in Telonia liegt. Hat einer ...«

»Nie gehört«, sagte Milon sofort.

»Wie ist es dort?«, schaltete sich der dritte Insasse ein, ein sehniger Mann mit freiem Oberkörper und weiten, safrangelben Hosen. Das Gesicht wurde von einem kurzgeschorenen Bart geziert, die dunklen Haare hingen in langen Zöpfen vom Kopf. In seiner Haut waren zahlreiche Haken eingewachsen, als wollte er daran Dinge befestigen und mit sich herumtragen.

»Voller Wald. Grünem, weichem Moos, über das man barfuß laufen kann, was sich wie Gehen auf Wolken anfühlt«, erzählte Liothan von seiner Heimat. Er verlor sich in seinen eigenen Bildern von Bäumen, saftigen Beeren, kühler Luft und seiner Familie. *Cattra.*

Die Gefangenen lauschten andächtig, gelegentlich erklang ein Seufzen.

»Nun wisst ihr, wie es sich in Walfor lebt«, schloss er.

»Und wie kam es, dass es dich ins Sandmeer verschlug?«, wollte Milon wissen. »Freiwillig scheinst du keinen Weg aus deiner Heimat genommen zu haben.«

»Hexerei zwang mich fort.« Liothan berichtete vom Zusammentreffen mit Dûrus, ohne dass er eingestand, ein erwischter Räuber auf Beutezug gewesen zu sein, weil er sich Hinweise auf den Witgo erhoffte.

Milons Blicke zeigten Überraschung. Der Kaufmann hingegen stieß eine Reihe von unbekannten Silben aus, und der Mann in der Safranhose fuchtelte Gesten und verfiel ins Murmeln, das nach Beschwörung klang.

»Dann wisst ihr, wer es war?« Liothan sah sie der Reihe nach an. »Nur heraus mit der Sprache: Wem verdanke ich das?«

Der letzte Insasse, der im Schatten der Zelle kauerte, lachte leise und dunkel. Der Laut war gefährlicher als die finsterste Drohung. »Du erzählst gerne Märchen. Das werden die Leute mögen. Bestreite deinen Unterhalt damit.«

Er weiß es. Liothan machte einen Schritt auf den Unkenntlichen zu. »Ich erzähle nichts Ausgedachtes!«

»Ich denke doch«, sagte die rauchige Stimme. »Halt! Bleib im Licht. Das ist besser für dich.«

»Es war so!«

»Du reimst zusammen, was du auf den Märkten gehört hast, um dich vor uns wichtigzumachen.« Der Mann hob die rechte Hand in einen Sonnenstrahl, so dass Liothan sah, dass darauf verschiedene Symbole eingeritzt waren. Ein Finger reckte sich aufzählend. »Man merkt sogleich, dass du nicht weißt, wie Magie an diesem Ort funktioniert. Ein Hexer muss sich für eine Sache entscheiden. Entweder er nutzt Sand oder Gebeine oder Gold, um seine Sprüche zu weben, aber nicht alles zusammen.« Ein zweiter Finger hob sich. »Und wie käme er an eine Keel-Èru-Rüstung?« Ein dritter folgte. »Die Sandvölker nutzen zudem keine Magie. Und daraus schließe ich, dass du Unfug erzählst. Liothan der Holzfäller. Du kommst vermutlich wirklich aus Aibylos und tust, als wärst du ein Gestrandeter. Warum auch immer.«

Die übrigen Insassen murmelten ihre Zustimmung.

Für Liothan spielte es keine Rolle, was die Männer als möglich betrachteten und was nicht. »Ich weiß, was ich gesehen und erlebt habe. Vielleicht gelten diese Gesetze in Walfor nicht?«

»Selbst *wenn* es so wäre: Sie gelten *hier.* Das bedeutet«, sagte der Mann aus den Schatten, »dass kein Razhiv aus Wédōra in der Lage sein wird, dich zurückzuhexen, solltest du ein Gestrandeter sein. Denn dazu brauchte er die gleichen Komponenten, die dein angeblicher Gegner nutzte.« Ein weiteres Mal erklang das düster-einschüchternde Lachen. »Willkommen in der Weststadt. Nach deinem erfolglosen Einstand würde ich dir vorschlagen, dein Glück eher in einem der umliegenden Reiche zu versuchen.«

Nun lachten die drei anderen Männer erleichtert. Sie schienen die Erzählung bis zu einem gewissen Grad geglaubt zu haben. »Wie kommt es, dass du dich mit Magie auskennst?« Liothan näherte sich dem Unheimlichen und ignorierte die Warnung, im Licht zu bleiben. »Zudem mag ich es nicht, wenn man meine Worte anzweifelt.«

»Vielleicht bin ich ein Razhiv?« Die schmucknarbengezierte Hand blieb abwehrend nach oben gereckt. »*Das* ist meine letzte Warnung. Wenn ich Bekanntschaft mit dir schließen möchte, lasse ich es dich wissen.«

»Sei kein Narr«, raunte Milon. »Bleib weg von dem Hakhua.«

So was würde Tomeija auch sagen. Liothan hörte auf die Vernunft und wahrte Abstand zu dem Schemen.

Mit dem Gedanken an Tomeija kam die Sehnsucht nach seiner Familie zurück. Seiner Vorstellungskraft gefiel es, ihm Dûrus zu zeigen, wie er mit geflicktem Wanst über seine geliebte Cattra herfiel. Das wiederum brachte die Unruhe zurück, die Zellenwände schienen die Luft einzusaugen und ihm das Atmen zu erschweren.

Liothan fuhr sich unentwegt durch die langen braunen Haare, ging in dem kleinen Räumchen auf und ab, bis man ihn aufforderte, er solle sich endlich hinsetzen. »Ich kann nicht«, erwiderte er und fühlte, wie seine Hände zu kribbeln begannen. Eine Lähmung kündigte sich an. »Es muss doch …«

»Wenn du Fragen zu Wédōra hast, wäre jetzt die Möglichkeit, sie zu stellen«, unterbrach ihn der Händler und lenkte seine Gedanken geschickt ab. »Einige Regeln solltest du kennen, damit du nicht wie Milon alle paar Sonnen in einem Loch wie diesem landest. Oder auf dem Richtblock.«

»Hey«, protestierte der Hagere. »Ich werde bestraft, selbst wenn ich unschuldig bin. Wer solche Striemen auf der Haut trägt, dem glaubt keiner mehr.«

Liothan zwang sich, stehen zu bleiben, tief ein- und auszuatmen. Den Gestank der Zelle und seinen eigenen unangenehmen Geruch nahm er kaum mehr wahr. *Die Unterhaltung vorhin half gut gegen die Angst. Ich sollte es damit versuchen.* Er sammelte seine Gedanken. »Wer ist dieser Dârèmo? Vielleicht kann ich mit ihm sprechen?«

Schallendes Gelächter brandete durch das kleine Räumchen.

»Oh, ich sehe: Du brauchst dringend Grundlagen.« Milon kam an seine Seite und malte in dem schmalen Streifen Sonnenlicht den achteckigen Stadtumriss auf den Boden, den Liothan wesentlich genauer von der Karte in Dûrus' Zimmer kannte. »Wédōra, ohne die Vorstädte.« Mit raschen Linien teilte er sie auf. »Neun Viertel. Für die Armen, die Reichen, die Einfachen. Hier die Kranken, dort das Vergnügen, und in der Mitte der gesperrte Bezirk des Dârèmo, der in dem Turm darin lebt. Jedes Viertel ist von einer Mauer umgeben und abzuriegeln. Verstanden?«

Liothan nickte.

»Du brauchst eine Erlaubnis, je nachdem, wo du wohnst, um die höherstehenden Viertel besuchen zu dürfen.

Ausnahmen sind das Kranken- und Vergnügungsviertel. In das eine wollen alle, in das andere keiner, aber man muss dennoch hin.« Milon lachte. »Was deine Frage angeht: Der Dârèmo zeigt sich nie. Zu keiner Zeit. Er sendet seine Botin zu den Treffen der neun Statthalter und übermittelt ihnen seine Anweisungen. Mehr nicht.«

Liothan legte eine Hand ans Kinn, rieb über die Barthaare. *Ich müsste ihm wohl einen Besuch abstatten, um mit ihm zu reden.* Den Ausgang seines letzten Einbruchs verdrängte er. »Hat jemand versucht, in den Turm einzusteigen?«

Prompt dröhnte erneut Heiterkeit durch die Zelle, so dass die Wache neugierig durch das Fensterchen hineinblickte.

Das Lachen genügte Liothan als Antwort. *Ich muss für sie wie ein ausgemachter Tor klingen.*

»Die Statthalter entscheiden, was geschieht«, führte Milon aus. »Manche von ihnen hassen sich untereinander, andere schmieden Allianzen. Es geht zu wie ...«

»Auf dem Markt«, warf der Händler mit einem Grinsen ein.

Milon zog einen großen Kreis um die Stadt. »Um die Wüste herum liegen mehr als ein Dutzend Länder, die untereinander Handel treiben und sich auch mal bekriegen, sich mit Verachtung strafen und dann wieder lieben. Wie es eben so ist.«

»Wie bei Männern und Weibern«, warf der Händler ein und lachte am lautesten über seinen Witz.

»Dennoch ist der Austausch von Ware wichtig. Den einen fehlt dieses, den anderen jenes. Eine Legende besagt, dass die Wüste einst ein großes Meer gewesen ist, über das Schiffe zogen. Ein Fluch trocknete es aus.« Er zog einige kleine Striche, die nach Wédōra führten. »Eine Handvoll

Wege aus Süden, Norden, Westen und Osten stellen die schnellsten Verbindungen dar, die die Länder untereinander haben. Gäbe es die Stadt nicht mehr, wäre das für die meisten der Herrscher, Regierungen sowie deren Untertanen eine Katastrophe.«

Liothan runzelte die Stirn. »Ihr könnt mich gleich wieder auslachen, aber: Hat man nicht versucht, neue Wege durch den Sand zu finden?«

»Oha! Ein schlaues Kerlchen bist du«, rief Milon amüsiert. »Die gab es. Und man versuchte sogar, andere Städte zu gründen und Minen zu graben und Felder anzulegen.« Er blies über seine Zeichnung, und die Linien verschwanden. »Nichts davon war von Dauer. Nur Wédōra blieb, beherrscht seit fast zweihundertfünfzig Siderim vom Dârèmo. Die Wüste hat gefährliche Geheimnisse. Eines der tödlichsten sind die betrogenen Sandvölker. Sie werden ihre Versuche niemals aufgeben, uns zu vernichten und die Grotte zurückzuerlangen.«

»Auch wenn sie untereinander ebenso zerstritten sind«, fügte der Kaufmann an. »Das Ziel eint sie, wenn es sein muss.«

Klingt vertrackt. Liothan erinnerte sich an die Geschichte der Grotte der Smaragdenen Wasser, die ihnen Kasûl bereits grob umrissen hatte. *Unerschöpflich und Garant für das Leben der Einwohner und Pflanzen in Wédōra.* Er fand die Nachhilfe abwechslungsreich und ablenkend von der Enge der Zelle, aber nicht hilfreich in Bezug auf seine Rückkehr. Doch benötigte er Wissen, um zu überleben.

Liothan blickte auf die neun Viertel und rief sich die Markierungen ins Gedächtnis, die Dûrus auf seiner Karte eingezeichnet hatte. *Das bringt nichts. Diese Skizze ist viel zu grob.* »Wo finde ich einen Hexer?«

»*Razhiv.* Bedenke das, wenn du durch die Gassen

streifst und nach einem suchst. Aber bewahre dir keine falsche Hoffnung«, sagte Milon mitleidig. »Du wirst nicht zurückgelangen.«

»Lass es ihn versuchen oder mit eigenen Ohren hören. Es gibt zwei Viertel, in denen alle gleich sind.« Der Mann in der Safranhose warf kleine Steinchen auf die Karte. »Im Vergnügen sowie in Krankheit und im Tod. Da wirst du welche finden, die du mit deinen Fragen löchern und zum Lachen bringen kannst.«

»An deiner Stelle«, fügte der Mann aus den Schatten hinzu, »würde ich das Krankenviertel meiden. Als Gestrandeter wird dich keiner vermissen, und ich weiß, dass Menschen dort verschwinden.«

Jetzt drehten sich die Köpfe zu ihm, was eine vierfache stumme Aufforderung bedeutete.

Wieder erklang das dunkle, fast verächtliche Lachen. »Ihr wisst es nicht? Man könnte meinen, ihr seid gleichermaßen frisch in Wédōra eingetroffen.«

»Bitte nicht die Geschichte mit Scheusalen, dic nachts durch die Straßen schleichen«, sagte Milon abwehrend. »Diese Kindermärchen gibt es in jedem Viertel.«

»Oder verwechselst du es mit den Geistern, die in der Festung leben?«, fügte der Händler hinzu. »Draußen, in Sandwacht?«

»Es gibt sehr wohl eine Bestie, die im Verwesungsturm lebt«, widersprach der Mann mit Safranhose. »Sie füttern sie mit den Überresten. Das weiß jeder. Und man hört dieses Vieh in bestimmten Mondnächten heulen und kreischen.«

»Unsinn. Das Kreischen kommt von der mechanischen Knochenpresse, die sie einsetzen, um die Gebeine zu zerkleinern. Das erzählte mir ein Iatros«, widersprach der Händler. »Die Mühle mahlt sie danach zu Asche, aus der sie Seife sieden und in alle Reiche verkaufen.« Er tat, als würde er sich waschen. »Seife aus Wédōra, hergestellt aus reinsten Zutaten. Die beste Pflege für die Haut, die sie neuerdings färben.«

Liothan lachte. »Das ist mir eine schöne Stadt. Behaltet eure Legenden für euch.«

»Experimente mit den Lebenden und den Toten«, raunte der Mann in den Schatten. Die Temperatur in der Zelle fiel, kaum dass seine Stimme erklang. Liothan konnte sich eines Fröstelns nicht erwehren. »Die Gilde der Iatroi, was du Heiler nennen würdest, trachtet nach der Erschaffung eines künstlichen Lebewesens, das sie aus Leichenteilen zusammensetzen. Oder nach toten Händen und Augen, welche sie den Gesunden an- und einsetzen, um zu ergründen, ob es funktioniert.« Der Zeigefinger richtete sich auf Liothan. »Ohne Angehörige und Freunde wärst du ein guter Kandidat für einen derartigen Versuch.«

Die Stadt gefällt mir immer weniger. Liothan zweifelte nicht an den Worten. Die Vorstellung, die Gliedmaße eines Toten angesetzt zu bekommen, brachte Unwohlsein.

»Ich hörte zudem, sie erschaffen manche Krankheiten selbst, damit die Iatroi ihre Macht behalten«, wisperte der Kaufmann. »Perfide, nicht wahr?«

»Hüte dich vor Dyar-Corron, dem Statthalter des Krankenviertels«, riet der Schattenmann leise. »Er ist vollständig wahnsinnig, auch wenn er der beste Iatros von allen ist und sogar Tote lebendig machen kann, wie sich die Städter erzählen. Obwohl er blind ist, kann er jegliche Krankheit ertasten, ohne dass er sich selbst jemals infizierte oder andere. Solltest du deine Suche nach einem Razhiv dort beginnen wollen, sei äußerst achtsam.«

Klackend wurden die Riegel an der Tür zurückgeschoben, ein Schlüssel drehte sich im Schloss. Die Insassen zuckten bei den Geräuschen zusammen.

Der Eingang schwang auf, und eine blonde Wächterin in bekannter weißer Rüstung erschien. »Kaufmann Penka?«

»Hier.« Er machte einen Schritt nach vorne.

»Deine Verhandlung beginnt.« Sie zeigte mit einem Schlagstock auf Milon. »Du: raus. Auf dich warten zehn Peitschenhiebe, danach kannst du gehen.«

»Ich wusste es«, zischte Milon. »Wenn man sie einmal bekommen hat, ist man für immer verurteilt.«

»Du warst dumm genug, die Börse mit dem Monogramm deines Opfers nicht wegzuwerfen«, fuhr die Gardistin ihn an. »Dafür schlägt unser Henker besonders kräftig zu.« Sie sah zum Mann in der Safranhose. »Deine Geldstrafe wurde bezahlt. Du kannst auch verschwinden.«

Die Männer verließen das Räumchen und gingen an der Wächterin vorbei, wobei sie darauf achteten, sie nicht anzurempeln.

»Ihr beiden« – sie zeigte mit dem Stockende in die Schatten und auf Liothan – »seid in sieben Sonnen dran. Es gab Verzögerungen.«

»Erst nächste Woche?« Liothan machte schnelle Schritte auf den Ausgang zu. »Kannst du nicht dafür sorgen, dass …«

»Du hast nicht mal Geld, um das hier zu bezahlen«, erwiderte sie. »Wir lassen uns was einfallen.«

Die Frau nickte in die Dunkelheit, auf ihren Zügen zeigten sich Ehrfurcht und Respekt. »Es haben sich Zeugen gemeldet, die zu deinen Gunsten aussagten. Es steht gut für dich, was ich bedaure.« Sie zog den Eingang langsam zu. »Benehmt euch, ihr Hübschen. Und, Ettras?«

»Ja?«, erwiderte der Mann aus dem dunklen Zwielicht.

»Finger weg von dem Gestrandeten, Hakhua.« Rumpelnd fiel die Tür zu, das Schloss klickte, und die Riegel fuhren in die Halterungen zurück.

Wütend trat Liothan gegen die Wand. *Eine Woche.* Alleine der Gedanke reichte aus, um die Zelle mit jedem Herzschlag schrumpfen zu lassen, obwohl es jetzt mehr Platz gab. *Ich darf nicht in Kopflosigkeit verfallen. Ablenkung.* Liothan wandte sich zu seinem schemenhaften Zellengenossen um. »Was meinte sie mit *das hier bezahlen?*«

»Kost und Unterbringung werden dir in Rechnung gestellt. Solltest du sie nicht begleichen können, kommen deine Verwandten auf. Und wenn es keine gibt, wie bei dir, Gestrandeter, finden sie einen anderen Weg, um an Münzen zu kommen. Der Dârèmo verschenkt nichts.« Ettras zog die Hand aus dem Licht und wurde zu einer spukhaften Gestalt. »Vielleicht verkaufen sie dich an den verrückten Dyar-Corron?«

Liothans Augen suchten Ettras vergebens in der Finsternis. Ihm war, als würde er unentwegt den Platz wechseln und mit den Schatten wandeln. »Wegen welchem Vergehen sperrte man dich eigentlich ein? Und wieso nennen sie dich Hakhua?«

»Mord«, lautete die gehauchte Antwort, gefolgt von dem mondlichtlosen Nachtlachen. »Und es heißt, dass ich das Kind danach verspeist hätte. Ich und ein Hakhua, ein Menschenfresser? Diesen Vorwurf muss man sich auf der Zunge zergehen lassen. Wie zartes Fleisch.« Ein leises genießerisches Schmatzen erklang. »Aber selbst wenn es so wäre. Du hast gehört: Es gibt einen Zeugen, der für mich aussagte. Sei beruhigt.«

Liothan war alles andere als das.

* * *

Wédōra, Krankenviertel

Tomeija verbarg sich den heißen Tag über. In ihren verdreckten, zerrissenen Kleidern wäre sie in dem Viertel, das vor Sauberkeit strotzte, innerhalb eines Wimpernschlags bei Besuchern, Gardisten und den Bediensteten aufgefallen.

Nirgends lag Unrat herum, kein Abfall, keine Essensreste. Die Gassen und Straßen wurden regelmäßig gefegt. Kleine Trupps mit Pestmasken schwängerten die Luft mit verbrennenden Kräutern aus Rauchtöpfen und versprühten eine klare Flüssigkeit auf dem Pflaster, die schwach nach Alkohol roch.

Derart reinlich war es an keinem anderen Ort, den ich bislang gesehen habe.

Als die Sonne sank, die Hitze schwand und die Schatten länger wurden, schlich sie zur heimlichen Erkundung umher. Bei ihrem Streifzug fand sie heraus, dass auf jeder Seite des abgeschlossenen Krankenviertels drei bewachte Durchgänge existierten; jedes Tor war mit weißglasierten Kacheln geschmückt, auf denen sich grüne Ornamente rankten, von denen blutrote Tropfen rannen. Es musste Unsummen gekostet haben, sie anfertigen zu lassen. Dazu gab es einen Eingang zum Turm der Garde in jenem Teil, der im spitzen Winkel der zusammenlaufenden Mauern lag. Es würde schwer werden, unbemerkt aus dem abgeschotteten Teil Wédōras zu entkommen.

Tomeijas neuer Plan, der im Laufe des frühen Abends mehr und mehr Gestalt annahm, war der alte Plan: Sie würde das Viertel verlassen, wie sie es betreten hatte. Die Karren, die hinausrollten, wurden ebenso wenig geprüft wie jene, die hineinwollten. Nach einigem Warten stellte sie fest, dass abends keine Wagen das Viertel verließen.

Vielleicht entdecke ich von oben einen Ausweg. Tomeija erklomm eines der begrünten Dächer, das mit seinen Büschen, Bäumen, Blumen und Ranken einem lichten Wald alle Ehre machte, und sah auf die Gebäude hinab.

Ihrer Beobachtung nach hatten die Heiler und Pfleger ihre Bleiben ebenso in diesem Areal wie die Kranken selbst. Die Belieferung mit Nahrung und weiteren Vorräten schien für diesen Tag abgeschlossen zu sein.

Jeder Durchlass wurde von mindestens vier Wachen mit Pestmasken gesichert. Sie traute sich durchaus zu, die Gardisten zu besiegen, aber wenn es auch nur einem gelang, ein Alarmsignal abzusetzen, wäre sie in kürzester Zeit festgenommen und landete in einer Zelle, die nicht zwangsläufig die gleiche war wie die, in der Liothan wahrscheinlich saß.

Tomeija pflückte eine der belebend riechenden Früchte, prüfte die Schale und entfernte sie. *Ob es mir nun passt oder nicht, ich muss ausharren. Die Gelegenheit wird kommen.* Sie kostete vom saftigen Fruchtfleisch: süß und bitter, eine Geschmacksexplosion am Gaumen, die sie zum verwunderten Aufstöhnen verleitete. In Wédōra gedieh schmackhaftes Obst, das es in Walfor nicht gab.

Gleich einem Raubvogel saß sie auf der Terrasse, kaute und spähte in die Gassen, bis sie zwei Männer mit einem Schubwagen entdeckte.

Darauf lag ein kleiner Berg mit leblosen, gestapelten Körpern, die schemenhaft unter dem Laken sichtbar waren. Die zwei Männer hielten mit ihrer Last auf einen der Durchgänge zu.

Das ist mein Weg hinaus! Wohin genau es sie verschlagen würde, wusste Tomeija nicht, aber alles war besser, als zu rasten und nichts zu tun. Sie musste in die Westvorstadt zurück, um ihren Freund Liothan zu suchen und notfalls zu befreien.

Sie rieb sich über den Nacken, auf dem sie gleich zwei Andenken bewahrte. Eines davon kannte sie, das andere blieb ein Rätsel. Ihr war keine Zeit geblieben, nach der rätselhaften Wunde zu sehen, die ihr der Keel-Èru zugefügt hatte.

Was auch immer es ist, es verkomplizierte die Sache. Tomeija verwünschte den Wüstenkrieger und machte sich zum Sprung auf das tiefer liegende Dach bereit. Nach einer kleinen Ablenkung sollte es ihr gelingen, auf den Wagen zu gelangen, den die beiden durch die Gassen schoben, und sich hinausbugsieren zu lassen. Ganz ohne zusätzlichen Aufwand.

Tomeija nahm an, dass die Leichen in die Dünen gebracht wurden, wo die Toten von Sonne, Wind und den Tieren zersetzt wurden. Niemand opferte in einer Wüstenstadt hart erkämpftes Land für die Bestattung und einen Friedhof, wie es in Walfor gehalten wurde. Ansteckende Krankheiten hatten die Toten vor ihrem Ableben offenbar nicht gehabt, die beiden Männer trugen weder Handschuhe noch Pestmasken.

Es wird höchstens unangenehm, zwischen den Kadavern zu liegen. Tomeija war erleichtert, ihre alten Kleider zu tragen. *Danach werde ich mir was Neues suchen.* Sie aß rasch zwei weitere Früchte. *Wohlan, zurück in die Vorstadt.* Tomeija erhob sich, ihre Silhouette wurde gegen die Nachtgestirne sichtbar. *Und vor allem weg von hier.*

Mit einem gezielten Sprung ging es für sie abwärts.

Sie landete auf einer der Segeltuchplanen, hüpfte auf die nächste, bis sie den Boden erreicht hatte. Das Rattern der Räder über das Kopfsteinpflaster schluckte das Tuchrascheln, das sie bei ihrem gewagten Abstieg erzeugte.

Dich brauche ich auch. Tomeija nahm sich einen Stein, den sie geschickt aus dem Boden löste, und schloss zum Handwagen auf.

Die Männer redeten nicht viel und konzentrierten sich aufs Schieben.

Tomeija wartete, bis die Räder weniger Lärm verursachten, dann warf sie den Stein gegen die Wand der Seitengasse. Holpernd und klackernd sprang er zwischen den Wänden hin und her.

Wie erhofft, schauten die beiden in die Richtung, aus der das Geräusch erklang.

Die kurze Unaufmerksamkeit reichte ihr aus, um sich unter den Karren zu rollen. Dort fand sie Streben, in welche sie die Füße einhaken konnte wie beim Gespann, mit dem sie in das Krankenviertel gelangt war. *Ausgezeichnet.* Sie hielt sich fest und brauchte sich nicht die Mühe zu machen, unter die Plane und zwischen die Leichen zu kriechen.

Die Fahrt ging weiter.

Aber bevor das Gefährt den Durchgang passieren konnte, schwenkten die beiden Männer den Wagen herum und schoben ihn in einen schwach beleuchteten Hinterhof.

Verdammt! Was hat das nun wieder zu bedeuten? Tomeija musste die Reise mitmachen, wollte sie sich nicht zu erkennen geben.

Der Karren hielt an. Ein schweres Tor schlug zu, und die Helligkeit erhöhte sich, während sich Schritte von mehreren Leuten näherten.

»Was habt ihr mir gebracht?«, erklang die Stimme eines Mannes, der es hörbar gewohnt war, Anweisungen zu geben und Widerspruch nicht zu dulden. Tomeija erkannte diesen Menschenschlag sogleich, zu dem sie auch gehörte.

»Frisch verreckt, keine anderthalb Sandgläser alt,

Dyar-Corron«, antwortete einer der Männer. »Eine Frau, zwanzig Siderim, gestorben an schwachem Herz, und ein Mann, vierundzwanzig Siderim, den eine Erkältung das Leben kostete. Sein Körper ist wie jener der Frau von vorbildlichem Wuchs. Ihr als oberster Iatros hättet gewiss Verwendung.«

»Die anderen auf dem Wagen?«

»Nicht zu gebrauchen. Ihre Leiden und Gebrechen machen sie untauglich.«

Tomeija folgte der Unterredung und erfasste nicht den Sinn dahinter. *Was tun sie mit den Leichen?* Sie sah die Hosenbeine und Kittelsäume um den Wagen schreiten. Es hatte den Anschein, als würde einer der Männer geführt. *Blind oder schwach?*

In der Stille erklang das unheimliche Geräusch des Reibens von Haut über Haut. Die Leichen wurden abgetastet.

»Gut. Von der Frau nehmen wir die Arme. Zu schade, dass ihr Herz nicht stark genug war. Ich hätte es gerne für ein Experiment genutzt«, sagte der befehlsgebende Mann ruhig. Tomeija rätselte, welcher Teil der Ansprache ein Titel und was Name war. »Vom Mann kann ich an Extremitäten nichts gebrauchen.«

»Aber, Dyar-Corron. Er ist doch …«

»Meine Finger sagen mir, dass sein Fleisch nichts wert ist. Lediglich sein Herz, seine Nieren und die Leber möchte ich heraustrennen. Damit lässt sich arbeiten.« Er gab seinen Helfern Anweisungen, die beiden Toten rasch hineinzutragen und zu zerlegen. »Danach ab mit ihnen in den Verwesungsturm. Jemand dort hat Hunger.«

Die Umstehenden lachten, während sie sich an die Arbeit machten, für die in Walfor die Todesstrafe galt. Wer die Totenruhe störte, wurde hingerichtet.

Tomeija wusste nicht, ob die Dinge in Wédōra anders lagen oder sie es mit dreisten Körperdieben zu tun hatte. *Was tun sie mit den Armen und den Organen?*

Bald stand nur noch ein Mann wartend neben dem Wagen und summte eine leise Melodie. Schlurfende Schritte wie von einem schwachen Menschen näherten sich.

»Eàkina. Deine Anwesenheit überrascht mich«, sagte der Mann.

»Ihr erkennt mich am Gang, Oberster Iatros?«, gab eine alte Frauenstimme zurück.

»Als Blinder muss ich mich auf meine verbliebenen Sinne verlassen können«, erwiderte er. »Hätte ich gewusst, dass du …«

»Es ist ein spontaner Besuch, getrieben von der Hoffnung, dass bei der Ladung etwas dabei ist, was mir das Leben verlängern könnte.«

Tomeija atmete flach und geräuschlos. Ihre Hand begann allmählich zu zittern, die Kraft wollte sie verlassen; außerdem drohte die linke Stiefelsohle abzurutschen. *Was treiben sie?*

»Leider nicht. Die Toten passen nicht zu dir und deinem inneren Aufbau.«

»Wie könnt Ihr Euch so sicher sein?«

»Es ist meine Gabe, Eàkina.« Er ging auf sie zu. »Beruhige dich. Es wird nicht mehr lange dauern, und das Schicksal bringt mir jene Leiche, die dein neues Herz in sich trägt. Ich werde das alte austauschen, das seine Schläge getan hat, wie die anderen zuvor. Das fünfte hält länger durch als die übrigen. Sei dankbar dafür.«

Tomeija unterdrückte ein Aufkeuchen. *Er … tauscht Herzen aus?* Sie wusste, dass derlei ohne Hexerei unmöglich war. *Ist das in Wédōra erlaubt?*

»Das bin ich, aber … kann ich es nicht beschleunigen, mein werter Dyar-Corron? Indem ich einen Sklaven kaufe? Oder mehrere, von denen Ihr aussucht, welcher geeignet wäre?« Sie klang aufgeregt.

»Ich sagte dir, dass ich keinen Gesunden für dein Leben opfere, Eàkina«, erwiderte er mit ruhiger, verständnisvoller Stimme.

»Der Sklave könnte bei einem Unfall ums Leben kommen. Mein Haus hat viele Treppen mit kantigen Stufen.«

Sie denkt pragmatisch. Tomeija verschob den Fuß leicht, um besseren Halt zu finden, und verlagerte das Körpergewicht, um sich Entlastung zu verschaffen. Der Schwertgriff bohrte sich schmerzhaft in ihre oberen Rippen, sie biss die Zähne zusammen.

»Du hast schon länger gelebt als die meisten in der Stadt. Du wirst nochmals fünfzig Siderim leben. Und das sechste Herz, das bald in dir pumpen wird, kommt. Ich kann es spüren.«

Die ältere Frau seufzte. »Ich bin zu ängstlich.«

»Das bist du.«

»Es geht nicht nur um mich. Ich ...« Sie rang nach Worten. »Ich ... muss noch etwas erledigen, bevor ich sterbe. Es darf nicht unerledigt bleiben, weil ...«

»Sei zuversichtlich«, fiel er ihr ins Wort. »Und nun gehe, bitte, bevor die anderen zurückkehren. Sie würden Fragen stellen, die weder gut für mich noch für dich wären.«

Ein leises, dreifaches Kussgeräusch erklang, dann entfernten sich die schlurfenden Schritte. Tomeija sah den Saum eines hellbraunen Kleides oder Umhangs, geschlossene leichte Sandalen aus Tuch und Lederriemchen. Ihre linke Hand bebte, die Finger öffneten sich. *Verschwinde, los!*

Der Mann nahm das leise Summen wieder auf – und

hielt plötzlich inne. »Wer ist da?«, fragte er. »Wer sandte dich, um mich auszuspionieren? Hamátis, das alte Waschweib? Oder die dreckige, verseuchte Itaīna? Oder gar der Dârèmo selbst?«

Tomeija wusste genau, dass er *sie* meinte. *Er hat mich gehört.* Damit war ihr bereits ins Wanken geratener Plan vollends hinfällig.

Raus, bevor die anderen zurückkehren. Sie ließ sich schweigend fallen, rollte unter dem Karren heraus und sprintete auf das geschlossene Tor zu. Im Vorbeigehen nahm sie einen der hellen Überwürfe, die neben dem Tor an Haken hingen. Einen Kampf wollte sie nicht riskieren.

Mit schnellen Handgriffen war der Eingang geöffnet.

Tomeija rannte auf die Straße, bog unmittelbar in die nächste Gasse ab und wechselte mehrfach die Sträßchen, um eventuelle Verfolger abzuschütteln. Den Überwurf legte sie sich rasch um, die Zeichen auf der Vorder- und Rückseite sagten ihr nichts. *Er wird seinen Zweck erfüllen, hoffe ich.*

Niemand eilte ihr nach.

Dafür sah sie den Rücken der alten Frau, die sich kurz zuvor mit dem Unbekannten unterhalten hatte. Der Mantel, Saum und die Sandalen aus Stoff und Lederriemchen verrieten sie. Sie wankte mehr, als dass sie ging – genau auf einen bewachten Durchgang ins nächste Stadtviertel zu; die weißen Ornamentkacheln leuchteten hell und lockend.

Das ist die Gelegenheit! »Wartet, bitte«, rief Tomeija, richtete den Schal und schloss zu ihr auf. »Erschreckt nicht, Eàkina. Der ehrenwerte Dyar-Corron sendet mich, damit ich Euch nach Hause geleite.«

Die ältere Frau sah sie zuerst erstaunt an, dann fasste sie nach Tomeijas angebotenem Arm. »Das ist sehr aufmerksam von ihm. Fürsorge, wie ich sie von einem Iatros wie ihm erwarte.« Sie strich über den Überwurf. »Dass du dafür eine solche Warnkleidung anlegst, erscheint mir übertrieben. Ich bin nicht ansteckend.«

»Er möchte, dass Ihr sicher in Euer Haus gelangt. Damit vergreift sich niemand an uns«, gab Tomeija freundlich zurück.

»Danke, mein Kind. Ich vergesse immer wieder, dass ich nicht mehr so gut zu Fuß bin wie früher.« Eàkina pochte gegen die eigene Brust. »Das Herz.« Ein kalter, neidvoller Blick traf Tomeija. »Erfreust du dich deiner Jugend, mein Kind?«

»Ja, Herrin.«

»Du bist bei Kräften und achtest auf dich?«

Tomeija ahnte, weswegen sie die Fragen stellte. *Mein Herz bekommst du nicht.* »Sicherlich. Ich habe noch viele Siderim vor mir.«

»Das denken die meisten. Bis die Götter ihre Pläne ändern. Vor Driochors Heimtücke ist keiner gefeit.« Eàkina lächelte misslungen und ging etwas rascher auf das gesicherte Tor zu, vor dem die zwei Gardisten mit Pestmasken standen.

Driochor! Es ist ein Gott, dessen Amulett ich bekam. Das hatte sie sich bereits in der Kabine der Kaufleute gedacht. Es kostete die ältere Dame ein Nicken und eine Handbewegung, und schon befand sich Tomeija an ihrer Seite außerhalb des Krankenviertels. *Aber was für ein Gott?*

* * *

Königreich Telonia, Baronie Walfor

Cattra wandte sich langsam zu Dûrus dem Kaufmann um.

»Ich grüße dich«, erwiderte sie seine freundliche Anrede und spürte das Herz bis zum Hals pochen.

Er sah alt und verschlagen aus, die sandfarbenen Augen gefüllt mit Grausamkeit und Kälte. Es wunderte sie nicht, dass er ein erfolgreicher Händler war, der mit Blicken jede Verhandlung zu seinen Gunsten entschied. Seine gegerbte Bräune war für ein Leben in Walfor ungewöhnlich.

»Du interessierst dich für eine Ziege, hörte ich?« Seine Stimme klang schneidend wie eine sirrende Steinsäge. »Oder treibt dich in Wahrheit die Sorge um deinen Gemahl zu mir?« Er stand leicht gebeugt, um seinen Körper lag ein knöchellanges Gewand aus gewebter Wolle, in das schwarze Symbole eingestickt waren. Darüber baumelte eine massive silberne Kette mit einem handtellergroßen Anhänger, ein Skorpion aus Jade prangte darauf.

Cattra drängte ihre Verwunderung zurück, doch ihr fehlte die passende Antwort.

Dûrus lächelte, was in erfreutes Lachen überging. »Oh, und du hast Tinko-Beeren gesammelt! Ich würde dafür … wie sagt man …«

»Sterben?«, entschlüpfte es Cattra.

Er überlegte. »Nein. *Töten.*« Er grinste und zeigte kräftige Zähne, auf denen die Reste von kunstvollen Bemalungen zu sehen waren. Diese Art von Körperschmuck kannte Cattra nicht. »Dein Gemahl ist mein Gast.« Er lehnte sich weiter vor. »Ich habe ihn dabei erwischt, wie er bei mir einbrechen wollte. Und da machte ich ihm einen Vorschlag. Ein Mann wie er sollte sein Leben nicht bei solchen

Torheiten aufs Spiel setzen. Stell dir vor, er wäre an weniger nachsichtige Menschen geraten! Der Baron wartet nur auf eine solche Gelegenheit und würde deinen Liothan am Strick tanzen lassen.« Dûrus winkte seiner Magd zu, die noch am Haus stand und sich daraufhin zurückzog. »Komm mit. Seine Entscheidung wird gleich fallen.«

»Was habt Ihr ihm vorgeschlagen?« Cattra ging neben dem Kaufmann her. »Und danke, dass Ihr nicht nach der Scīrgerēfa schicktet.«

»Oh, da würde ich mich selbst eines guten Mannes berauben. Dein Gatte ist ein sehr begnadeter Kletterer, hat einen Riecher für gute Beute.« Dûrus zog einen kompliziert wirkenden Schlüssel aus der Gewandtasche, öffnete damit die Tür zum Haupthaus. Er ließ ihr den Vortritt und folgte ihr ins Innere.

Der Eingang fiel von selbst zu, es klickte mehrmals mechanisch.

»In den zweiten Stock, bitte.« Er stahl sich eine Beere aus ihrem Korb und kostete sie. »Ganz ausgezeichnet dieses Jahr. Süß und mit einer bitteren Note. Wie das Leben und der Tod.«

Cattra fiel auf, dass ein Akzent seinem Telonisch innewohnte, der zu keiner Baronie in Telonia passte. *Wie seine Bräune.* »Ich verstehe noch nicht, was Ihr ihm …«

»Ach so, verzeih mir.« Dûrus ging die Stufen sehr flott hinauf, die gebückte Haltung schien keinem Gebrechen zu entspringen. »Er soll für mich arbeiten.«

»Oh. Das … ist unerwartet.« Cattra atmete innerlich auf.

»Das sagte er auch.« Dûrus zwinkerte ihr zu. »Ein tüchtiger und intelligenter Mann sollte seine Kraft und Schläue nicht im Wald vergeuden oder sich als Räuber betätigen müssen. Er hat bei mir alle Möglichkeiten, Teilhaber zu werden.«

»Teilhaber.« Cattra lachte hell auf. »Das kann ich kaum glauben.«

Sie erreichten den ersten Stock.

»Glaub es ruhig. Ich schicke meine Handelskarawanen in die entlegensten Ecken des Reichs, auch jenseits der Grenzen. Ein Mann wie Liothan wäre der perfekte Anführer. Ein Räuber weiß, wo andere Räuber lauern«, erklärte er seine Absicht. »An einem Schreibtisch wäre er verschwendet. Ein guter Krämer zeichnet sich durch Gespür aus. Gespür für eine gute Gelegenheit, die er ergreifen muss.« Er erreichte vor ihr den nächsten Stock und geleitete sie ohne ein Keuchen in einen großen Raum. Für sein Alter besaß er eine beachtliche Konstitution.

»Das kann ich nicht bestreiten.« Cattra hörte die Erklärung und konnte sich gut vorstellen, dass Liothan auf einen derartigen Vorschlag eingehen würde. Er mochte das Abenteuer. Was sie stutzig machte, war der Umstand, dass er sich für eine solche Stelle mehrere Wochen in die Fremde begeben müsste. Er liebte seine kleine Familie über alles. *Kein Lohn wird das aufwiegen können.*

Dûrus öffnete eine Tür. »Hier hinein, bitte.«

Cattra trat ein und fand sich in einem vollgestellten Raum wieder, der von einem großen Schreibtisch in der Ecke vor dem Fenster und zahlreichen Kommoden und Schränken beherrscht wurde. Ein eigentümlicher Geruch hing in der Luft, exotische Kräuter waren verbrannt worden. »Wo ist Liothan? Sollte er nicht auf uns warten?«

»Nanu?« Dûrus schien ebenso verwundert. »Er wird einem menschlichen Bedürfnis nachgegangen sein.« Er deutete anbietend auf den Sessel. »Warten wir auf ihn. Ich erzähle, wie unser kleines Zusammentreffen ablief. Es ist sehr erbauend. Darf ich dir etwas zu trinken anbieten?«

»Im Moment nicht, danke.« Cattra setzte sich, strich ihr

grünes Kleid glatt und stellte den Korb ab. Sie sah sich um und überlegte. Es gab keinen Grund, an seinen Worten zu zweifeln, doch das Verschlagene des Mannes verhinderte, dass sie sich entspannte. *Noch habe ich Liothan nicht gesehen.* »Ich bin gespannt.«

»Oh, du wirst viel zu lachen bekommen.« Dûrus lehnte sich an eine Kommode mit vielen kleinen Schubfächern, wie sie von Heilern zum Aufbewahren ihrer Zutaten benutzt wurden. »Er kam durch das Fenster, und ich hatte mich bereits zu Bett begeben. Unser beider Überraschung war sehr groß, als ich ihn erwischte.« Er lachte leise. »Als ich ihn sah, wusste ich sofort, was ich tun musste.« Er zog eine kleine Schublade nach der anderen auf. »Ich nahm etwas von dem und dem und dem.« Dazu hielt er Gläser mit verschiedenen Inhalten hoch, schraubte sie auf und gab etwas davon in seine hohle rechte Hand. »Gebeinasche, Sand und sogar irrtümlich ein wenig Blattgold. Das ist äußerst schwer herzustellen.« Er gab den teuren Flitter zurück in das Behältnis. »Bei dir wird es ohne gehen.«

Cattra verfolgte sein Tun und vermochte die Unruhe nicht abzuschütteln. »Ich wusste nicht, dass Ihr mit derlei handelt.« *Er hält mich hin.* Was der Kaufmann nicht wusste, war, dass sie einen Dolch bei sich trug, verborgen in ihrem Kleid. Langsam streckte sie die Hand danach aus.

»Manche meiner Kunden benötigen diese Zutaten, um künstlerische Dinge herzustellen.« Dûrus sah versonnen auf die Kuhle, in der er die Komponenten mit dem Finger vermengte. Sand und Asche wurden zu einem Gemisch. »Dann aber kam es zu einem Missverständnis, und dein Mann zog seine Axt, um mich anzugreifen.«

Cattra blickte zur Tür. »Liothan ist schon sehr lange weg.« Sie erhob sich und zog dabei heimlich den Dolch, den sie geschickt am Unterarm hielt, damit Dûrus die Klinge von vorne nicht bemerkte. »Ich will ihn sehen.«

»Gleich, einen Moment.« Dûrus hob den erbarmungslosen Blick. »Er schwang seine Waffe gegen mich und erwischte mich am Bauch, schlitzte mich auf. Mich, einen unbewaffneten alten Mann.« Er pochte sich gegen die Nasenwurzel. »Ach ja, da fällt mir ein: Die Scīrgerēfa erschien auch. Und sie stach mir ihr Schwert durch den Oberkörper.« Er lächelte kalt wie Nachtfrost. »Du ahnst, dass sie keinen Erfolg hatten.«

Cattra zeigte ihm langsam ihren Dolch. »Man wird mich suchen.«

»Gewiss. Dich, deinen Mann und die unselige Tomeija. Aber ich werde Gegenmaßnahmen ergreifen. Mein Plan ist simpel. Bald findet man deine Leiche unten am Fluss, und die Spuren werden zeigen, dass es ein Bär war, der dich zerfetzte und zu zwei Dritteln auffraß.« Dûrus musterte sie mitleidslos. »Ich habe dich nicht gebeten, zu mir zu kommen und zu schnüffeln. Wärst du zu Hause geblieben, hättest du deine Kinder aufwachsen sehen können.« Er hob die Hand mit dem Gemisch. »Das wird dir nicht mehr vergönnt sein. Die Gier tötete deinen Mann. Bei dir wird es die Neugier sein. Wie verwandt diese Unarten doch sind.«

Cattra schnappte sich einen zweiten schmalen Dolch, der zur Zierde in einer Halterung auf dem Schreibtisch stand. Sie hob die Klingen. »Gib mir meinen Liothan wieder!«

Dûrus lachte. »Beachtlich. Dein eigenes Leben wird gleich enden, und du sorgst dich um den eitlen Narren, der sich gerne in der Aufmerksamkeit anderer Weiber sonnt.«

»Es ist nur ein Spiel für ihn.«

»Das ist kein Spiel. Das sei dir versichert.«

Cattra wusste nicht, was Pulver und Sand bedeuten sollten, aber sie machte einen Satz nach vorne und versuchte, den Kaufmann mit dem Dolch an der Hand zu erwischen, um das Gemisch zu zerstreuen.

Schneller, als sie es ihm zugetraut hätte, wich er aus. »Erfahre, was ich eigentlich mit ihm und seiner Freundin tun wollte.« Dûrus blies fest über seine Handfläche.

Die leichten Komponenten wirbelten in einer Wolke auf und trafen ihr Gesicht.

Cattra sah Krallen und Klauen aus Gebein heranfliegen, die durch ihre Züge schlugen. »Ihr Götter! Nein, ich …« Sie hob die Arme zur Abwehr.

Die scharfen, langen Nägel rissen das Fleisch unbarmherzig von den Knochen, stachen in die Augen und bohrten sich durch den Schädel.

Die Deckung brachte Cattra nichts. Das Kopftuch und ihre ausgerissenen hellen Haare flogen in Büscheln davon, ihre Lippen und der Mund wurden zerfetzt. Sie schmeckte warmes Blut, die Nägel schonten weder ihre Zunge noch die Wangen. *Er ist ein Witgo!*

Warmer Sand rieb und riss auf der Haut und schälte sie ab. Die Schmerzen ließen sie gellend schreien, bis sich die Klauen in ihren Schlund rammten und ihr Vernichtungswerk in der Kehle fortsetzten.

Ich … nein! Nein! Binnen weniger Herzschläge hatte sich Cattras Kopf in eine entstellte Masse verwandelt. Sie brach auf den Dielen zusammen, blind und angefüllt mit Pein, die jeglichen Gedanken auflöste.

Die magische Attacke endete.

»Das«, vernahm sie Dûrus undeutlich, »wollte ich mit deinem Liothan und der Scīrgerēfa machen. Ich fühlte große Enttäuschung, dass es misslang. Wegen des Blattgoldes, das nicht vorgesehen war.«

Cattra lag zuckend auf dem Boden und versuchte zu schreien. Aus ihrem Mund erklang nur ein blubberndes Geräusch. *Ich … muss … überleben. Warnen …*

»Es mag sogar sein, dass dein Gemahl noch lebt, während du zu meinen Füßen stirbst. Ist das nicht ungerecht? Dir und den Deinen wird es nichts bringen, fürchte ich. Ich denke, ich rotte auch noch den Rest deiner Familie aus. Dann habe ich meine Ruhe. Weniger und mehr wollte ich nie: meine Ruhe. Aber ihr und eure Gier nach fremden Besitztümern verderbt einem selbst die simpelsten Wünsche«, sinnierte Dûrus vor sich hin. »Ein Feuer wird seinen Dienst tun. Manches Mal sind die Götter grausam und ohne Mitleid. Das werden die Leute sagen.«

Aufstehen. Warnen. Hastus, ich flehe dich an! Cattras Kampfeswille war längst nicht erloschen, aber ihr Leib versagte, war zu einem einzigen Schmerz geworden. Regungslos, gefesselt von Qual und Schwäche, wollte sie weinen.

Es strömte nur Blut und nochmals Blut aus ihren Augen.

* * *

Aus dem *Magischen Almanach*, Bibliothek zu Orrigaja, Volkesreich Orrigal, verfasst 221 n. G.:

Reisest du als Mensch, der sich darauf versteht, die Elemente zu bändigen oder Geister und Dämonen zu beschwören oder in irgendeiner Form die Kunst der magischen Sprüche zu nutzen, in diese unselige Siedlung im sandigen Nirgendwo, bedenke dies:

All dein Wissen, all dein Können ist vergebens! Deine Gaben und Kräfte versiegen mit jedem Schritt, den du in dieses Land tust.

Und erreichst du durch Stürme, Angriffe, Tiere und tödliche Pflanzen endlich diesen Flecken namens Wédōra, bist du nichts als ein Mensch, der seinen Verstand und seine Hände hat. Jegliche Magie, die von außen herangetragen wird, vergeht. Je tiefer du in die Wüste vordringst, desto geringer wird die Wirkung, die dein Spruch einmal hatte. Und schon nach zehn Meilen im Sand ist alles verpufft.
Lege dich nicht mit jenen an, die dort geboren sind und sich Razhiv nennen. Die Einheimischen sind ganz klar im Vorteil.
Sikoto von Dajutan sagt in seiner Untersuchung, dass man durch den Genuss des grünen Grottenwassers (geschöpft von einer ganz bestimmten Stelle innerhalb der Kaverne) magische Kräfte erlangen könne.
Imena von Denestal schreibt, dass eine bestimmte Menge getrunken werden muss, um jene Macht zu erlangen. Ich halte ihre Mutmaßung, die Quantität beliefe sich auf zehn Fässer, für übertrieben.
Und Traz von Trungen ist der Ansicht, die Magie

hänge von den Umständen ab, wann und wie das Wasser zu sich genommen werde. Darüber hinaus könne es jeden treffen.

Ebenso sei gewarnt, wenn du auf einen Razhiv aus Wédōra außerhalb der Wüste treffen magst. Denn umgekehrt bleibt die Wüstenmagie außerhalb derer sehr wohl beständig, sofern der Razhiv alles mit sich führt, was er benötigt. Seine Sprüche basierten auf Dingen, die in der Wüste vorkommen:

Sand und Staub
Salz
Steine und Kies
Wind
Sonne
Wasser
Monde
Eis
Edelmetalle in jeder Weise
Gebeine in jeglicher Form und Leichen
Pflanzen
Tiere

Nimm sie ihm, und er ist es, der in Bedrängnis gerät.

KAPITEL V

WÉDŌRA,
KURZ HINTER DEM KRANKENVIERTEL

Tomeija ging zusammen mit der alten Eàkina, in deren Brust das fünfte Herz schlug, durch die abendlichen Gassen eines neuen Viertels.

Es unterschied sich nicht wesentlich von dem, in dem die Kranken und Siechenden auf Behandlung oder ihr Ende warteten. Auch hier gab es viel Grün auf den Dächern, und von den oberen Hauswänden, die im Schein zahlreicher Laternen gut zu sehen waren, hingen die Ranken mitunter bis auf den Boden.

Im Allgemeinen bevorzugte man den einfachen Stil, manche rechteckigen, mehrstöckigen Steinbauten trugen eine Putzschicht, die mit Farbe bemalt worden war. Die Einwohner mochten Blau- und Grüntöne; manche hatten einfache Muster oder Zeichnungen angebracht, aber aufwendige Säulen, Wandelgänge, Rotunden, Kolonnaden und dergleichen gab es nicht. Die Fensterbögen waren mal rund, mal eckig, mal oval ausgeformt, rechts und links davon gab es Läden, die man zum Schutz gegen Sonne und Sand schließen konnte.

Ich habe keine Ahnung, wohin sie mich führt. Der offensichtlich kostspieligen Robe nach gehörte Eàkina nicht zu den armen Leuten. Tomeija dachte an die gefährlichen Eingriffe in den Leib der Betagten. *Mindestens viermal.* Der Hofheiler von Arcurias Kelean der Vierte, König von Telonia, vermochte solche Wunder nicht zu vollbringen.

»So schweigsam?«, fragte Eàkina freundlich. »Unterhalte mich. Was gibt es Neues? Klatsch und Tratsch sind mir willkommen. Wer hat welches Leid? Wer wird bald sterben? Und welche Persönlichkeiten werden von den Iatroi behandelt? Ich hörte, dass es ein neues Rauschmittel gibt, das selbst Dyar-Corron vor ein Rätsel stellt. Und dass es Fälle von Hautfärbungen gab, die sich nicht mehr rückgängig machen lassen.« Sie lachte schadenfroh. »Wie kann man nur grün wie ein Blatt oder blau wie der Himmel herumlaufen wollen?«

»Oh, ich denke nicht, dass ich Euch unterhalten kann«, wich Tomeija aus. »Ich bin nur eine bescheidene Dienerin.«

»Eine Dienerin mit einem sehr ungewöhnlichen Schwert.« Eàkina zeigte mit dem kleinen Finger auf die Waffe. »Außerdem bist du *sehr* hellhäutig, wenn ich deinen Sonnenbrand recht deute. Du kannst noch nicht lange in Wédōra sein.«

Nun wurde es ungemütlich. *Flucht nach vorne.* »Ihr habt recht, Herrin.«

Eàkina lachte auf. »Dann lass mich raten. Deinem Gesicht nach und vom Akzent her stecke ich dich nach … Aibylos?«

Da Kasûl das Gleiche gesagt hatte, nickte sie rasch. »Sehr aufmerksam, Herrin.«

»Ich dachte zuerst, du kämst aus Tērland. Die Frauen von dort haben deine Statur. Du würdest gut zu ihnen passen, zu den Drogenbaroninnen und Alchemistinnen, ohne die wir alle weniger Spaß und weniger Leben hätten. Ihre Essenzen verlängern unser Dasein auf süßeste Weise.« Sie lachte schwach. »Was verschlug dich in die Stadt und in die Dienste von Dyar-Corron? Du solltest eigentlich im Viertel der Zugezogenen leben.«

»Umstände, Herrin.« Tomeija versuchte, sich aus der misslichen Lage zu manövrieren.

»Oh, das klingt mysteriös. Gehörst du einem Herrscherhaus von einem der Außenreiche an und verbirgst dich vor Feinden?«

Ein Fehler. Jetzt hakt sie nach. »Nein.«

»Dann eine Strafe? Hast du eine Rezeptur gestohlen oder …?«

»Herrin, ich möchte nicht darüber sprechen, wenn es Euch beliebt.«

Eàkina machte ein enttäuschtes Gesicht. »Nun gut. Ich verstehe, dass es dir zu persönlich ist. Es hat gewiss mit dem Schwert zu tun. Diese Art sehe ich zum ersten Mal.« Sie atmete einmal tief ein. »Nun denn. Reden wir über was anderes.« Sie änderte die Richtung und bewegte sich im Schatten eines sehr hohen Turmes, auf den zwei Mauern trafen. »Es droht ein Krieg zwischen Burîkland und Thoulikon, sagt man sich. Damit wärst du vermutlich auch betroffen.«

»Das mag sein, Herrin. Aber ich lebe nun in Wédōra. Meine alte Heimat kümmert mich nicht mehr.« Tomeija vermutete, dass sie parallel zu einem angrenzenden Viertel spazierten. Kam sie mit dem Überwurf und dem Warnhinweis auf eine ansteckende Krankheit auch ohne die geschwätzige alte Frau zurück in die Vorstadt? *Ich sollte es versuchen.*

»Gute Antwort!« Eàkina drückte leicht Tomeijas Arm. »Dann habe ich gehört, dass sich Iratha mit Volūga anlegen will. Der ewige Zwist unter Verwandten, auch wenn es noch kein echter Krieg, sondern mehr Scharmützel sind. Was sagst du dazu?«

»Man kann sich seine Verwandtschaft nicht aussuchen, Herrin.« Tomeija flüchtete sich in Floskeln und betrachtete den aufragenden Turm sowie die Wehrgänge darum. Sachte wehten weiße Banner mit smaragdfarbenen Tropfen darauf. Ohne Frage bildete das Bauwerk einen Pfeiler zwischen den angrenzenden Viertelmauern, um Truppen zu beiden Seiten in die Straßen senden zu können.

Gegen Aufständische, gegen Feinde, ganz nach Anlass. Tomeija sah das große, schmucklose Tor, durch welches die Bewaffneten auf Befehl aus ihrem Quartier ausschwärmen würden.

Eàkina führte sie daran vorbei und auf einen fünf Schritt breiten und etwa sieben Schritt hohen Durchlass in der Grenzmauer zu, vor dem vier Bewaffnete standen. Hier sorgten blauschimmernde Kacheln mit weißen geschwungenen Linien für einen Blickfang und ließen den Eindruck entstehen, es handele sich um einen erstarrten Wasserfall. Die Gardisten prüften jeden Eintretenden mit Blicken, während die Menschen ihnen unverlangt Dokumente oder Kupfertäfelchen vorzeigten.

Passierscheine. Tomeija fühlte Beklemmung. Noch standen sie einen Steinwurf entfernt. *Reicht mein Umhang aus?*

»Dann sind da noch die üblichen Fehden zwischen Ephurivé und Hàmpagor, wie mir meine Nachbarin erzählte. Sie macht in Trockenfischprodukten, musst du wissen. Diese Zwiste laufen gerade sehr heiß. Das schlägt sich auch auf Wédōra nieder, und das so kurz vor dem wundervollen Jubiläum. Es bleibt abzuwarten, ob die Preise für die Fischsoße steigen. Sie würde ein Vermögen scheffeln.« Eàkina plauderte vor sich hin. »Das ist sehr aufregend, nicht wahr?«

»Das ist es, Herrin.« Tomeija zeigte auf das blaue Tor. »Ich fürchte, ab hier müsst Ihr alleine gehen. Ich habe keine Berechtigung.«

Eàkina sah Tomeija verwundert an. »Oh. Ich dachte, alle von Dyar-Corrons Leuten hätten eine Berechtigung?«

»Ich bin noch neu.« Sie versuchte, sich sanft aus dem

angewinkelten Arm zu lösen. »Herrin, ich wünsche Euch …«

»Bis zum Tor wirst du es wohl noch schaffen?« Die Stimme der alten Dame wurde ungehalten. »Das Kopfsteinpflaster ist uneben, und ich könnte ausrutschen. Und wenn ich falle, breche ich mir gewiss die Knochen.« Sie erhöhte den Druck auf den Unterarm der Scīrgerēfa.

»Herrin, ich muss zurück.«

»Bis. Zum. Tor! Oder ich beschwere mich über dich bei Dyar-Corron. Mein Wort kann verheerende Wirkung für dich Neuling haben.«

Tomeija warf einen schnellen Blick zu den Gardisten, die sich nicht sonderlich um die beiden Damen kümmerten. *Schnell weg.* Sie hatte sich von der Frau befreit und machte einen Schritt nach hinten, wandte sich um. »Das könnt Ihr dann, aber ich …«

»Das war keine Bitte!« Überraschend schnell packte Eàkina sie am Schal, um sie am Gehen zu hindern. Der Knoten löste sich, die Wicklungen gaben nach und entblößten gebrandmarkte Haut. »Was ist das für ein Zeichen, das du …« Sie verstummte.

Nicht schon wieder. Tomeija fuhr herum, entriss ihr das geraubte Tuch. Dabei verlor die betagte Frau, die trotz ihrer Bräune fahl vor Schreck geworden war, das Gleichgewicht und stürzte gegen eine Hauswand, um daran zusammenzusacken.

»Seid still«, drohte Tomeija leise und ging rückwärts. »Ich will keine Scherereien.«

»He! Alles in Ordnung?«, rief einer der Gardisten.

Eàkina hob ruckartig den Arm und zeigte vom Boden aus auf Tomeija. »Zu Hilfe! Eine Spionin! Sie ist nicht aus Aibylos!«

Zwei der Gardisten kamen zügig zu ihnen herüber.

Die Scīrgerēfa wollte weder warten noch sich erklären müssen noch im Turm oder einem anderen Verlies landen, wie es vermutlich Liothan ergangen war. Sie ärgerte sich, dem Geheimnis in ihrem Genick noch nicht auf den Grund gegangen zu sein. *Wen hätte ich schon fragen sollen?*

Sie wandte sich um, legte sich den Schal über Mund und Nase, dann rannte sie durch die Gassen, in denen mehr los war als in denen des Krankenviertels. Hastig warf sie den auffälligen Überwurf von sich.

Die Verwünschungen und erschrockenen Rufe eines Passanten, den sie anrempelte, und eines weiteren, dessen Weg sie schnitt, legten eine Spur für ihre Verfolger. Nach einigen Kreuzungen und Abzweigungen erklangen Signalpfeifen hinter ihr. Es wurde Verstärkung geordert, die Garde auf den Mauern würde von oben mit Adleraugen und Fernrohren Ausschau halten.

Hier rein. Tomeija bog in einen Durchgang, schaute sich um. Über ihr spannten sich Wäscheleinen, auf denen verschiedene Gewänder zum Trocknen hingen. *Die sendet mir Hastus der Gerechte!*

In Windeseile tauschte sie ihre alte Kleidung aus, auch wenn an ihr nach wie vor der Dreck und Schweiß ihrer Reise haftete. Ihr zerschlissener Wappenrock wäre unübersehbar.

Tomeija rieb sich den Schweiß mit ihren alten Sachen aus dem Gesicht und versteckte sie hinter gestapelten Körben. Das neue knielange Gewand aus einfachem, weichem Leinen kühlte die Haut angenehm. Aus ihrem Schal formte sie eine Kopfbedeckung, unter der sie ihre grauen Haare verbarg. Das Schwert behielt sie, trotz der Auffälligkeit.

Ich muss es tarnen. Hastig fischte sie eine helle Hose von der Schnur, zerriss sie und nutzte die Fetzen, um ihre

Waffe damit zu umwickeln und vor den Gardisten unkenntlich zu machen. *Besser.* Sie gürtete es auf den Rücken und kehrte schlendernd auf die Gasse zurück. Dort zwang sie sich, unentwegt langsam zu gehen.

Ihre Hoffnung erfüllte sich. Keiner der Menschen kümmerte sich um sie, zwei Gardisten hetzten an ihr vorbei, ohne sie zu beachten. Die gestohlene Kleidung machte sie zu einer Städterin.

Wohin muss ich? Sie hatte die Orientierung verloren. Der Turm, in dem sie Wachen vermutete, lag hinter den aufragenden, vereinzelt erleuchteten Gebäuden. Es roch verlockend nach Essen, leiser Gesang erklang. Hier schienen sich die Einwohner auf die Nachtruhe vorzubereiten.

Tomeija berührte ihren Nacken, dachte an Eàkinas Reaktion. *Was trage ich zu meinem alten Zeichen zusätzlich in der Haut?* Sie musste es bei nächster Gelegenheit unbedingt herausfinden. Sie wechselte mehrmals die Gassen und Straßen, überquerte ruhige kleine Plätze und fand einen Brunnen mit Pumpvorrichtung.

Endlich! Sie erinnerte sich an Kasûls Warnung, keinesfalls Wasser zu verschwenden, und ging beim Betätigen sehr behutsam vor. Das Nass, das ihre Finger nicht aufnehmen konnten, landete in einer Schale. Vielleicht nutzten es die Bewohner, um die Pflanzen zu gießen.

Das smaragdfarbene Wasser schmeckte einmalig.

Nicht die frischeste Hainquelle in Walfor konnte es damit aufnehmen, und die belebende Wirkung setzte unmittelbar ein, als habe Tomeija etwas Nahrhaftes gegessen. Ein leichtes Kribbeln ging von ihrem Magen aus, neue Stärke verteilte sich in ihrem Leib.

Das ist … ungewöhnlich. Kasûl hatte davon gesprochen, dass manche dem Wasser aus dem Heiligtum besondere Kräfte unterstellten. *Es scheint etwas dran zu sein.*

Tomeija trank sich satt, kühlte das erhitzte Gesicht und das Genick, schauderte wohlig, als die Tropfen unter dem Gewand über die Haut rannen. *Wie gut es tut.* Sie wagte es nicht, sich in der Öffentlichkeit den Körper zu waschen, auch wenn es sie sehr danach verlangte. Erfrischt setzte Tomeija ihren Weg fort.

Das Viertel verfiel in Schlaf, hinter den Fenstern war es dunkel.

Aber aus der Nähe tönte gedämpfte, mitreißende Musik. Nicht alle wollten sich bereits dem Schlummer hingeben.

Als sie um die Ecke bog, sah Tomeija eine weitere Abgrenzungsmauer vor sich. Dahinter strahlte der Schein vieler Lampen in die Höhe, und der Geruch von Gebratenem und Gesottenem drang in dicken Schwaden lockend durch den nahen Durchlass, der mit bunten Kacheln versehen worden war. Sie fügten sich zu Mosaiken, die den Genuss auf vielfältige Weise priesen.

Drei kichernde, betrunkene Frauen taumelten heraus und gleich darauf an ihr vorbei, eine stimmte ein derbes Lied an.

Tomeija erkannte auf der anderen Seite der Mauer einige ausgelassene, torkelnde Menschen, die um eine Musikantentruppe tanzten und von zwei Tänzerinnen angespornt wurden. Bunte Laternen leuchteten, Marktschreier priesen ihre Waren an, und es klang, als ginge es um Alkohol der verschiedensten Sorten. *Oder Rauschmittel. Fraglos das Vergnügungsviertel. Aber ich muss in die Westvorstadt.*

Hinter ihr erklangen Schritte.

Ein kurzer Schulterblick verriet ihr, dass zwei weiß gerüstete Gardisten die dunkle, stille Gasse entlangkamen. Sie hielten die betrunkenen Frauen an und mahnten sie zur Ruhe, was sie glucksend und leise lachend versprachen.

Plötzlich drehte einer der Männer den Kopf und blickte sich aufmerksam um; seine Augen richteten sich auf Tomeija. »Du!« Er winkte befehlend mit der Hand. »Komm her!«

Die Scīrgerēfa dachte nicht dran – und kicherte viel zu laut und überdreht. »Muss dahin«, gab sie mit vorgetäuschter schwerer Zunge zurück und schwankte auf den Durchlass zu. »Das wird eine herrliche Nacht«, juchzte sie zu den gelangweilt dreinschauenden Wachen des Durchgangs.

Tomeija hoffte, dass man ihr wild schlagendes Herz bei dem Lärm nicht hörte. Ein Ruf des Gardisten in der Straße, und sie würde sich etwas einfallen lassen müssen, um den Ordnungshütern am Tor zu entkommen.

Ihr Schwert würde sie nicht ziehen. In dem Durcheinander der letzten Tage hatte sie vergessen, wie oft sie damit zugeschlagen hatte. Viermal? Sechsmal? Der kleinste, harmloseste Stoß konnte der siebte sein und gegen ihren Willen zu einem tödlichen Stich werden.

Tomeija ließ den farbenfrohen Tordurchgang unbehelligt hinter sich und tauchte erleichtert in das rege Treiben ein. Zur Begrüßung rollte ein grüner Flammenball über ihrem Kopf senkrecht nach oben und verlor sich in einer Verpuffung. Die Feuerspucker konnten die Lohen offenbar nach Belieben einfärben.

Hell und bunt strahlten Lampen und Lampions ihr Licht auf die Straßen und Gebäude hinab. Sie waren über die Gassen gespannt oder baumelten in langen Strängen von den Fronten herab. Musik schallte aus verschiedenen Ecken, die Melodien mischten sich mitunter auf haarsträubende Art und quälten das Ohr. Unentwegt ertönten Gelächter und das Rufen der Schausteller.

Welch Gedränge. Ein Segen für Taschendiebe. Große

Wegweiser machten es für Besucher und Betrunkene einfacher, sich zurechtzufinden. Die Buchstaben vermochte Tomeija zu entziffern, sie ähnelten jenen aus Walfor. *Vielleicht ist dies Aibylonisch.* Piktogramme halfen aus, wenn ein Wort sich nicht erschloss.

Es gab anscheinend ganze Schenkenstraßen, Theater und andere Unterhaltungsangebote und auch Kampfarenen. Es wurde mit Rauschmitteln unterschiedlichster Weise und Herkunft geworben, und einige Gebiete schienen besonderen, ausgewählten Besuchern vorbehalten zu sein.

Aber einen Hinweis darauf, welche Strecke sie wählen musste, um in die Westvorstadt zu gelangen, fand sie auf den Tafeln nicht.

»Hey, du!«, erklang ein befehlender Ruf durch das Spektakel. »Warte! Im Namen des Dârèmo: Bleib stehen!«

Tomeija musste sich nicht umwenden, um zu wissen, das ihr mindestens ein Gardist gefolgt war. *Das fehlte noch.*

Sie taumelte zielsicher in den größten Pulk hinein, bückte sich hinter eine Bude, aus der Fleisch im Fladenbrot verkauft wurde, und nahm das Schwert vom Rücken, damit es nicht verräterisch aus ihrem Versteck ragte. Weil das lange Gewand über ihre Knie spannte und sie beim Laufen behinderte, riss sie es rechts und links bis zu den Oberschenkeln ein.

Danach pirschte sie sich gebeugt durch die Menge. Es war unmöglich, sie in diesem Durcheinander ausfindig zu machen. Zwei Quergassen weiter wagte es Tomeija, sich aufzurichten und vorsichtig Ausschau nach einem Verfolger zu halten.

Mit einem leisen Fluch zog sie den Kopf zurück. Der Gardist schien ihre Witterung wie ein Bluthund aufgenommen zu haben. *Wie macht er das?* Er ging vorwärts, blickte sich aufmerksam um, schob sich durch die Feiernden wie ein Rammbock. *Geben ihm die Wachen auf den Mauern Zeichen?*

Dann erfasste sein aufmerksamer Blick sie. Er rannte auf sie zu, stieß und schubste Menschen einfach zur Seite. Er schrie Anweisungen, doch der Lärm schluckte seine Worte.

Verflucht noch eins! Tomeija spurtete davon. Sie schlängelte und drückte sich dank ihrer schlanken Figur spielend leicht durch Engstellen, an denen Besucher anstanden, und versuchte, größeren Abstand zwischen sich und den Gardisten zu bringen.

Er nutzte seine Rüstung und seine Kraft, um sich Platz zu verschaffen. Er pflügte voran, die Menschen flogen nach rechts und links. Verschüttetes Bier und Wein hinterließen Flecken auf seinem Überwurf, eine gelbe Soße rann am Ärmel herab. Nichts davon hielt ihn auf.

Dabei haben wir das gleiche Amt inne. Tomeija wusste, dass sie sich darauf nicht berufen konnte, schon gar nicht mit dem Zeichen des Wüstenkriegers in ihrem Nacken.

Sie sprang keuchend durch eine angelehnte Seitentür und stolperte in einen finsteren Raum, in dem es nach Staub, altem Stoff und Rauch roch. Die Anstrengung trieb ihr den Schweiß aus den Poren, das gestohlene Gewand klebte am Rücken, am Bauch und unter der Brust.

Durch eine weitere Tür drang gedämpftes Gemurmel, als würden sich viele Leute leise unterhalten. Gläser und Pokale wurden gegeneinandergestoßen, das oft erklingende Gluckern ließ darauf schließen, dass Getränke ausgeschenkt wurden.

Wohin hat es mich verschlagen? Sie schlich voran, tastete mit einer Hand nach der Schwerthülle, gelangte bis zum nächsten Durchgang und spähte durch einen Spalt hinaus.

In dem Raum saßen geschätzt dreihundert Männer und Frauen, teils auf flachen Stühlen, teils auf bequemen Teppichen und Kissen. Dahinter erhoben sich zwei weitere Ränge in halbrunder Anordnung, auf denen sich noch mehr Menschen befanden. Bedienstete huschten unauffällig zwischen ihnen umher und schenkten aus verschiedenen Karaffen aus. Tabakrauch mischte sich mit Parfum.

Das ist … riesig! Der Aufbau sprach dafür, dass sich nebenan ein Theater erstreckte. Tomeija befand sich offenbar in einem Lagerraum neben der Bühne.

Gleich darauf erhob sich dezenter Applaus, der sich steigerte, als Lampen rechts von der Scīrgerēfa fauchend heller brannten und die Aufmerksamkeit der Zuschauer nach vorne zogen, wo Tomeija die Bühne vermutete. Vor der Außentür in ihrem Rücken verklangen mehrere Schritte.

Tomeija lauschte angestrengt.

»… reingelaufen sein. Ist ein Stückchen offen«, sagte jemand leise. Das Schleifen von Waffen, die gezogen wurden, drang an ihr Ohr. »Ich schaue nach, du gehst bis zum Ende der Straße. Ist sie nicht dort, suchen wir weiter. Sie darf uns nicht entkommen.«

Schon wieder die Flucht nach vorne. Sie drückte die Tür ein bisschen weiter auf und zwängte sich durch den Spalt.

Tomeija fand sich auf einem seitlichen Abschnitt der Bühne wieder, der hinter einer Strebe und dem aufgezogenen Vorhang verborgen lag, was sie vor den Blicken des Publikums schützte. Vor ihr war eine kleine Szenerie aufgebaut, bestehend aus einigen Palmen und falschen Steinen. Auf den Brettern verteilte sich eine Mischung aus Sand und Sägespänen.

Damit die Schauspieler nicht ausrutschen? Tomeija hörte neben sich eine Tür aufgehen. Deutlich geschminkte

Darstellerinnen und Darsteller kamen mit angespannten Gesichtern aus einem kleinen Zimmer. Unter ihren Kostümen trugen sie Lederrüstung oder Kettenhemd. Sie nickte ihnen kurzerhand zu, als gehörte sie dazu.

»Was tust du hier?«, wurde sie von einer Frau misstrauisch angesprochen. »Es war abgemacht, dass sich die Schergen am Nebeneingang treffen, nicht an der Bühne. Hier sind nur die Sprechrollen.«

»Entschuldigung.« Tomeija hatte von Aufführungen in Telonias Hauptstadt gehört, bei denen zwanzig, dreißig Komparsen benötigt wurden. Mehr als ein halbes Dutzend fasste diese Bühne jedoch nicht.

»Dann bleib. Aber komm mir nicht in die Quere und warte auf dein Stichwort«, erwiderte die Darstellerin. »Du hast die letzte Nummer?«

»Sicher.« Tomeija blickte unauffällig zur Tür, durch die sie gekommen war, und hoffte, dass der Gardist nicht auftauchte.

Derweil begann die Aufführung. Schauspieler kamen von der anderen Seite auf die Bühne und sprachen ihre Dialoge mit groß ausholenden Gesten, sie schienen eine beliebte Geschichte zum Besten zu geben. Die Zuschauer lauschten mucksmäuschenstill.

Ich könnte zur anderen Seite hinaus, und … Tomeija machte einen Schritt auf den zweiten Ausgang zu, als er aufschwang und ein Gardist eintrat. Er zwinkerte gegen das Licht der Lampen und sah sie noch nicht. *Verflucht!*

Tomeija huschte gebückt aus dem Schutz des Vorhangs auf die Bühne, zog sich den Schal vor Mund und Nase, um sich unkenntlich zu machen. So unauffällig wie möglich ging sie hinter den zwei Mimen vorbei, um deren Szene nicht zu stören. Das Auditorium sollte den Eindruck haben, sie gehörte zum Stück.

»Oh, du sendest deine Schurken früh!«, rief eine Schauspielerin und zog ihr gebogenes Schwert – richtete die Spitze gegen Tomeija. »Zurück, Meuchlerin!«

Ein Raunen ging durch den Zuschauerraum, leiser Beifall erklang.

Der andere Darsteller lachte. »Du siehst, man ist im Leben und auf der Bühne niemals gegen Überraschungen gefeit.« Er riss zwei überlange Dolche aus den Hüllen. »Wohlan! So sende auch deine Krieger. Wir werden sehen, wie das Stück in dieser Nacht endet.«

Tomeija sah zwei weitere Bewaffnete von der gegenüberliegenden Seite der Bühne herbeispringen, die auf das Stichwort gewartet hatten.

Das sind keine Schauwaffen. Sie wich der zuckenden Stahlspitze aus, schlug sie mit der flachen Hand zur Seite und machte einen Schritt auf die Kämpferin zu, um ihr keine Gelegenheit zu geben, die lange Waffe noch mal gegen sie zu führen. *Was ist das für ein Schauspiel, bei dem mit echten Klingen gefochten wird?* Kaum stand sie vor der Frau, rammte sie ihr das Knie in den Bauch, was sie mit einem jämmerlichen Laut auf die Bretter stürzen ließ. Der Tritt gegen den Kopf ließ die Gegnerin ohnmächtig werden.

Aus dem Zuschauerraum erklang Gelächter, aber auch ein mitleidiges, langgezogenes »Ohhh«.

Schon waren die beiden neuen Gegner heran, die ihre Kurzschwerter gegen Tomeija schwangen.

»Da, seht«, kommentierte der Mann hinter ihr lachend. »So beginnt der Kampf anders als von uns allen gedacht.«

Tomeija unterlief den ersten Stich und hob eine Handvoll Sägespäne, schleuderte sie gegen den zweiten Angreifer, der dadurch aus dem Tritt gebracht wurde. Beim nächsten Stich wich sie aus und bekam die Hand des

Mannes vor sich zu fassen; ein rascher Druck an einer bestimmten Stelle am Gelenk, und dessen Finger öffneten sich.

Der Gegner schrie wütend und schlug mit der freien Faust nach Tomeija.

Sie ließ den Hieb an ihrer Schulter abprallen und versetzte ihm einen Kopfstoß, schwenkte den Stürzenden an seinem Arm herum und schleuderte ihn mit einer Hebelbewegung gegen den zweiten Feind. Fluchend und zeternd gingen sie zu Boden.

Das sollte ihnen reichen. Tomeija wollte unter dem tosenden Beifall des Publikums von der Bühne, als sie an der Schulter gepackt und herumgerissen wurde.

Die Schauspielerin, die ihr vorhin Anweisungen gegeben hatte, stand hinter ihr. »Ich sagte dir, du sollst dich hinten anstellen!« Sie stach mit dem Schwert in Bauchhöhe zu.

Tomeija fälschte die Attacke mit einer kreisenden Kniebewegung ab, dann drosch sie der Frau mit der Faust genau auf das Sonnengeflecht.

Ein erstickter Laut drang aus dem Mund der Getroffenen. Steif wie eine Statue fiel sie rücklings nieder, Sägespäne flogen in die Höhe und wirbelten umher.

Der Jubel des Publikums wurde lauter.

»Und wieder seht ihr: Alles kommt anders«, rief der verbliebene Schauspieler begeistert. »Dann wollen wir sehen, wie lange unsere Jungfrau in Nöten durchhält.« Er winkte nach seinen drei Schergen, die rasch ihre Kleidung richteten und auf die Bühne stapften. Ihre Unschlüssigkeit wurde mit abfälligen Lauten von den Zuschauern bedacht. »Oder wann sie ihr Schwert zieht.«

Das Trio fächerte auseinander. Sie nutzten Dolche und Schwerter, keiner wollte den Anfang machen. Die Selbstverständlichkeit, mit der Tomeija kämpfte, ließ sie vorsichtig werden.

»Halt!« Der Gardist im fleckigen Überwurf stampfte auf die Bühne, vom Weiß war nicht viel übrig. Jemand musste eine Karaffe Wein über ihn gegossen haben. »Im Namen des Dârèmo: Die Veranstaltung endet an dieser Stelle.«

»Oh, das ist bedauerlich«, sagte der Darsteller und schulterte lässig sein Schwert. »Ich war gerade neugierig, wie es ausgeht. Aber es ist die erstaunlichste Aufführung, die ich in Wédōra bislang erlebte.« Er wandte sich an die Gäste. »Oder was meint ihr?«

Die Menschen klatschten begeistert.

Der zweite Gardist gesellte sich dazu. »Du wirst mitkommen«, sprach er zu Tomeija. »Es gibt eine Anzeige gegen dich.« Er zog ein Paar Handeisen von seinem Gürtel.

Sie überschlug ihr Möglichkeiten. Eàkina würde dafür sorgen, dass sie in den Kerker wanderte oder zur Spenderin ihres sechsten Herzens wurde. Zudem hielt sie sich unerlaubt im Innern der Stadt auf. Alles sprach gegen sie.

Als Scīrgerēfa hätte ich in Walfor genauso gehandelt. Tomeija kam binnen eines Wimpernschlags zu dem Schluss, dass sie ihre Flucht fortsetzen musste. *Liothan befreien, dieses schreckliche Wédōra verlassen.*

Sie ging auf den Gardisten zu, als würde sie sich ergeben wollen, doch mit einer raschen Armbewegung ließ sie die Schwerthülle seitlich über den Arm des Mannes hinweg gegen seine Schläfe knallen. Ächzend brach er zusammen.

Das Publikum applaudierte frenetisch, es wurden Geldstücke und Blumen auf die Bühne geworfen.

Der unvermutete Hagel an Zuneigung lenkte den zweiten Gardisten nicht ab. Er zog sein Schwert und drang auf Tomeija ein.

Klirrend traf die Schneide unentwegt auf die metallene Hülle.

Tomeija musste sich beim Parieren anstrengen, keinen Treffer zu erhalten. Auch wenn sie mit dem Henkersschwert besser standhalten würde, wagte sie es nicht, es zu ziehen. *Es könnte alles schlimmer machen.*

Als der Gardist den Arm in einer Ausholbewegung zu einem waagrechten Hieb zurückschwang, nutzte Tomeija die Lücke in den Attacken, griff mit der freien Hand unter seine Panzerung und drückte den Nervenpunkt.

Sofort fiel sein Arm kraftlos herab.

Während sich der Gardist aufkeuchend wunderte, wieso er das Schwert fallen ließ und ihm die Gliedmaße nicht mehr gehorchte, landete Tomeijas Waffenknauf mit viel Wucht auf seiner Leber. Er hob beim Einschlag von den Dielen ab und ging auf die Knie.

Nun gab es kein Halten für die Zuschauer, sie sprangen von den Sitzgelegenheiten und klatschten wie die Wahnsinnigen; sogar der verbliebene Schauspieler applaudierte.

Tomeijas Weg war frei.

Nun muss ich nur noch Liothan finden. Sie hastete auf die andere Seite der Bühne, rannte erleichtert zur Tür hinaus – genau in den Hieb eines dritten Gardisten.

Der Schlagstock traf sie seitlich am Kinn, dann explodierten Sterne vor ihren Augen, und Tomeija verlor das Bewusstsein.

* * *

Wédōra, Westvorstadt

Liothan saß noch nicht lange im Verlies, und doch erschien es ihm wie eine Ewigkeit.

Er, der die weiten Wälder und die Offenheit gewohnt war, litt unter dem Gestank und der Enge. Liothan fürchtete keinen Kampf, scheute nicht das Wagnis und ging stets mutig vorneweg ins Unbekannte, aber gegen das Gefühl, das die dicht stehenden Wände bei ihm auslösten, war er machtlos.

Das Zusammenreißen gelang ihm immer weniger. Die Nacht brachte keine Linderung. Es wurde schlimmer, als sie weitere Insassen zu ihnen verlegten. Der Eimer mit den Exkrementen war kaum geleert, schon füllte er sich wieder. Die Lagen aus Sand, die auf Kot und Urin gegeben wurden, halfen nur bedingt.

Der schemenhafte Ettras hielt die Neulinge auf Abstand, indem er ihnen seinen Namen nannte. Jeder wusste, dass er ein Hakhua war, dem das Kannibalentum nicht bewiesen werden konnte. Niemand begab sich in den unsichtbaren Bannkreis, den er um sich gelegt hatte. Es fand sich stets eine helfende Hand, die seine Ration an den Rand der Dunkelheit schob.

Dafür drängten sie sich umso mehr zu Liothan und seinem Platz unterhalb des Fensters, um ab und zu einen Luftzug zu spüren und einen Blick hinaus zu werfen. Es vermittelte die Illusion von ein wenig Freiheit.

Unentwegt erzählten sie sich ihre Gaunergeschichten, prahlten leise mit ihren Taten. Es waren Falschspieler, die mit gezinkten Karten und dem Becher-Spiel Unwissende um ihre Münzen brachten. Sie verfluchten den Dârèmo für seine Grausamkeit, mit der er auch kleine Vergehen ahnden ließ. Jeder wollte, dass er den Turm räumte und den Platz für seinen Nachfolger frei machte, wer immer es sein möge.

Das alles half Liothan nicht.

Ich brauche einen Plan, um zu entkommen. Innerhalb der drückenden Mauern schienen die schlechten Gedanken zu gären wie geschnittener Kohl in einem Sauerkrautfass und peinigten ihn mit Vorstellungen über das Schicksal seiner geliebten Frau. In einem widerlichen Alptraum fiel Cattra verstümmelt zu Boden, nachdem sie Dûrus zur Rede gestellt hatte. Er wirkte so echt, dass Liothan viele Herzschläge nach seinem Erwachen brauchte, um sich zu erinnern, wo er sich befand und dass er ihr nicht beistehen konnte.

An Schlaf war für Liothan danach nicht mehr zu denken.

Er grübelte und haderte. Eine Woche würde er nicht warten, bis Hamátis sich wieder in die Westvorstadt begab.

Geld, um mich freizukaufen, habe ich nicht. Liothan sah auf die über- und durcheinanderliegenden Leiber der übrigen sieben Mitgefangenen im Sternenlicht. Ein Ausbruch kam als Einziges in Frage. *Ich muss eine Wache überwältigen.*

»Kennst du die Legende unserer Monde?«, vernahm er unerwartet die dunkle Stimme des Hakhuas, die aus allen Ecken des Kämmerchens gleichzeitig wisperte.

Liothan war für die Ablenkung dankbar. »Ich wunderte mich schon, was die Monde zu bedeuten haben. In meiner Heimat gibt es nur einen.«

Ettras holte Luft, versetzte seinem Erzählen einen märchenhaften Ton.

»Die Monde Raat, Ipoton und Ziin gehörten einst zu

der gewaltigen Sonne, die tagsüber aus dem Himmel brennt. Unter ihrem Schein gab es kein Übel. Jedes noch so finstere Wesen musste vergehen, sobald die Strahlen auf seine Haut trafen.

Doch die neidische Bosheit schleuderte einen Berg nach der Sonne, um sie zum Bersten zu bringen und dem Schlechten zum Triumph zu verhelfen.

Beinahe gelang ihr Plan: Der Einschlag sprengte Stücke aus dem Taggestirn, aber sie loderte trotz des Verlustes weiter und schloss die aufgetanen Lücken.

Wisset: Ihre verlorenen Fragmente fielen unter die Macht der Dunkelheit. Raat und Ipotons Feuer veränderte sich.

Mehrmals in einem Siderim liegen sie genau übereinander, bringen in der Nacht unerträgliche Hitze und unglaubliche Kälte. In solchen Nächten kann vieles geschehen. Gutes und Schlechtes.

Manche Weisen sagen, es habe sich bei dem Einschlag gar ein dritter Splitter gebildet, den man mit bloßem Auge nicht erkennen kann. Ihn nennen sie Ziin.

Wer ihn zu sehen vermag, so heißt es, sei zu Großem auserkoren und zugleich anfällig für das Böse.

Nur diese Personen erkennen, wann der verlorene dritte Teil der Sonne in einem besonderen Winkel steht.

Und wenn zu diesem Augenblick ein ganz bestimmtes Ritual durchgeführt wird, soll aus den drei Monden eine neue Sonne werden – unter deren Schein das Böse mächtiger als je zuvor gedeihen kann.

Das bewährte Taggestirn wird hingegen in den Strahlen der Dunkelheit vergehen und vergessen werden.«

Ettras lachte dunkel. »Und?«

»Was meinst du?«

»Kannst du Ziin, den dritten Splitter, sehen?«

»Nein.«

»Ich sehe ihn«, flüsterte der Hakhua aus der Dunkelheit, »in der Nacht und am Tag. Er ist immer da, schwebt über uns wie eine Klinge, die durch die Geborgenheit schneiden will, in der wir leben.«

Liothan dachte an die Bedrohung durch die Wüstenvölker und was er draußen erlebt hatte. »Geborgenheit stelle ich mir anders vor.«

»Du hast keine Ahnung«, sprach der Unsichtbare leise und nachdenklich. »Diese Welt würde von einer Armee aus Dämonen und Bestien überrannt werden. Doch man hält es für Aberglaube.«

»Ist das so?«

»Ja. Lediglich die Wüstenvölker wussten und wissen darum.« Eine seiner kunstvoll geritzten Hände wurde im Sternenlicht sichtbar, und die Symbole schienen zu glitzern, als die Helligkeit sie traf. Er klopfte auf den Zellenboden. »Die Grotten der Smaragdnen Wasser, tief unter uns, sind wichtig. Dies ist der Sitz der Kraft, mit der sich die T'Kashrâ gegen die Wesen der Vernichtung stemmen könnten. *Nur* die T'Kashrâ. Weder du noch ich noch der Dârèmo, auf dessen Macht die Bewohner von Wédōra blind vertrauen.«

»Wurden die Sandvölker nicht so gut wie vernichtet?«

»Es gibt sie noch. Aber man lässt sie nicht zu ihrem Heiligtum, und das schwächt sie. Das ist der Lohn der bösen Tat. Die Kaufleute haben in ihrer Gier nach Gold und Reichtum übersehen, dass sie umbringen, was sie eines Sonnenaufgangs benötigen, um am Leben zu bleiben.« Ettras zog die Hand zurück. »Nun bist du ein Wissender. Vergeude nicht, was ich dir sagte.«

Für Liothan stand fester als zuvor, dass er diese Welt verlassen musste. *Mit der Hilfe eines Witgos. Eines Razhiv.*

Er zog sich an der Mauer hinauf, um nach der Morgenröte zu sehen.

Früher hatte er es gemocht, ihr im Wald oder auf dem Wipfel eines Baumes zu begegnen. Sie verhieß neues Leben.

In Wédōra ist es nichts weiter als neues Warten. Liothan atmete die weiche, kühle Nachtluft ein. Die Frische vertrieb den Gestank des Räumchens aus seinem Kopf. Erstes zögerndes Sonnenlicht fiel auf sein Gesicht. *Wann wäre der beste Moment, um den Ausbruch zu wagen? Tief in der Nacht oder besser …*

Die Tür wurde aufgestoßen. Heller, gebündelter Schein fiel herein und huschte über die Schlafenden.

»Hoch mit euch«, befahl der Gardist hinter der Lampe.

»Auf die Beine und raus«, erklang eine zweite Stimme. »Empfangt eure Strafe und dann trollt euch, ihr Kartenzinker und Trickbetrüger.«

Die Männer erwachten träge aus dem Schlaf, was sich beschleunigte, als die Wache die lange Riemenpeitsche über ihre Köpfe knallen ließ und sie lachend in den Gang trieb.

Liothan versuchte, an dem Strahl vorbei zu erkennen, wie viele Gardisten erschienen waren. *Es sind mindestens zwei, den Stimmen nach.* Es fiel ihm schwer, seinen Handlungsdrang im Zaum zu halten. *Zu gefährlich. Ich kann die Situation nicht abschätzen.*

»So, ein Neuer für euch im Austausch zu dem Betrügerpack«, sagte der Gardist zu Liothan und Ettras, dem das Kunststück gelang, dem Licht zu entgehen. Ein Mann stolperte zu ihnen hinein. »Bis nachher. Und dass mir keine Beschwerden kommen.«

Die Tür krachte zu.

Liothan betrachtete den Mann, der die Lumpen eines

Bettlers trug und stank wie ein vier Tage verwester Kehlfleckenbock in praller Sonne. Angewidert wich er zurück, und das, obwohl er selbst nicht wie eine Wüstenrose duftete. *Was kann er getan haben, dass man den armen Kerl einsperrt, wo er mit seinem Dasein doch gestraft genug ist?*

Der verwahrloste Mann machte sich über die umherliegenden Essensüberreste her, stopfte sie schmatzend und kichernd in sich.

»Lass dich nicht von seinem Äußeren täuschen«, kommentierte der schattenhafte Hakhua. »Ich weiß, *was* er ist.«

»Ein Bettler«, nuschelte der Mann und aß dabei weiter. »Tish der Bettler, das bin ich. Sie haben mich geschnappt, weil ich im falschen Viertel um Almosen bat.« Er zuckte mit den Achseln und pulte an einem alten Knochen herum, leckte die eingetrockneten Reste ab. »Bekomme ich meine üblichen zehn Hiebe. Kenne ich schon.« Er zog lautstark den Rotz in der Nase hoch.

Liothan versuchte, Ettras im Dunkeln zu erkennen. »Was soll er sonst sein?«

»Hörst du schlecht?« Tishs Kopf schnappte herum, die Augen waren klein und zusammengekniffen. »Tish der Bettler! *Tish!*« Bröckchen und Spucke flogen über die kaum vorhandenen Lippen. »Jeder kennt mich. *Jeder!*«

Aus dem Zwielicht flog ein Steinchen und traf den Bettler an der Stirn, woraufhin seine Haut an der Stelle kurz silbrig flirrte.

»Hast du gesehen?«, fragte der Schemenhafte leise. »Er war einen Moment unachtsam, weil er sich über unseren Zweifel aufregt.« Wieder wurde die verzierte Hand sichtbar, die ein zweites Steinchen anhob. »Aber vor allem, weil er sich fürchtet.«

Tish lachte so laut und schrill, dass es in Liothans Ohren schmerzte.

»Du bist ein Idiot! *Idiot!*« Tish nagte den Knochen ab und warf ihn in die Finsternis.

Die verzierte Hand ließ das Steinchen fallen und fing den Gebeinüberrest. »Und du bist ein Agham.«

Tishs Schauspielerei endete abrupt, Körperhaltung und Gesichtsausdruck wechselten ins Stolze. »Und vielleicht weiß ich, was *du* wirklich bist«, sprach er in die Schwärze. *»Hakhua.«*

»Es wird dir nichts bringen«, kam die Erwiderung drohend, kalt.

Liothan bückte sich ganz langsam, nahm eine der leeren Schüsseln vom Boden, um sich damit gegebenenfalls zu verteidigen. Langsam zerbrach er sie, behielt eine lange Scherbe. »Was ist ein Agham?«

»Tish ist kein Bettler. Er ist ein Spion der Agham, einer der T'Kashrâ, denen die Wüste gehört«, erklärte der Unsichtbare, die Hand spielte mit dem dicken Knochen. »Es gibt von ihnen noch etwa zehntausend, die sich über einige Oasen verstreut haben. Die Übrigen sind gestorben.« Das dicke Ende des Knochens zeigte auf Tish. »Er hat es an den Keijo vorbeigeschafft und späht die Stadt aus. Es gibt Gerüchte, dass sich die Wüstenvölker rüsten, um Wédōra anzugreifen. Ich denke, sie warten ab, bis der Kara Buran gekommen ist, um ihr Glück zu versuchen. Passend zum Jubiläum.«

Liothan hielt die Scherbe messergleich.

»Wir wollen die Stadt betreten dürfen. Es ist der heilige Ort der T'Kashrâ.« Tish blickte zwischen Liothan und der Dunkelheit hin und her. »Die betrügerischen Krämerseelen erlauben es uns nicht. *Uns!* Die seit Tausenden Siderim hier leben!«

»Du siehst vor dir einen, der zu den Keel-Èru übergetreten ist«, erklärte Ettras ruhig. »Normalerweise sind die

Agham gemäßigt, aber Tish spioniert und sucht nach Schwachstellen. Das ist schon mehr, als eine Karawane zu überfallen.«

»Wir verschonen die Reisenden«, warf Tish ein. »Wenn sie sich nicht zu Heldentaten hinreißen lassen und zu den Waffen greifen. Wir nehmen uns die Waren, die …«

»Lenke nicht ab. Du spionierst. Das tut man, um eine Festung zu erkunden und einen Angriff vorzubereiten«, wiederholte der Schemenhafte. »Was genau haben die Keel-Èru vor?«

»Ich bin ein Bettler.« Tishs Haltung hatte sich verändert, die Muskeln waren gespannt. Er rechnete mit einer Attacke.

Schon stecke ich ungewollt in einer weiteren Auseinandersetzung. »Dieses … Flirren«, erkundigte sich Liothan. »Was ist das?«

»Ihre Besonderheit und ihr Schutz gegen die Sonne. Ihre Haut wird im Licht des Taggestirns reflektierend wie ein Spiegel. Deswegen greife einen Agham niemals im Hellen an. Du wirst dabei blind, bevor du ihn erstechen kannst.« Der Knochen wurde in der verzierten Hand hin und her gedreht. »Manche von ihnen können es beherrschen und unterdrücken wie er. Doch verlieren sie die Konzentration oder fürchten sich …«

»Ich habe keine Angst vor dir«, rief Tish und richtete sich auf. Das Untertänige war verschwunden, Wut stand auf seinem Gesicht.

Die Hand des Unsichtbaren senkte sich. Er zerbrach den dicken Knochen flink auf dem Boden und warf einen langen Splitter.

Der Gebeindolch traf den Agham in den Hals.

Tish zog den Knochen heraus und bedeckte die Wunde mit der Hand. Aber er hatte den Schnitt unterschätzt, das

Blut sprudelte zwischen seinen Fingern hervor, und sogleich brach er zuckend zusammen. Seine Haut wandelte sich, wurde spiegelgleich schimmernd.

In den Geruch von in Stein eingezogener Pisse mischte sich das Kupferaroma von austretendem, frischem Blut, wie es Liothan vom Schlachten zu Hause kannte. *Das war gekonnt.*

Hastig zerrte Ettras den Sterbenden zu sich heran, kauerte sich neben ihm nieder und nutzte den Knochendolch, um den Leib über der Brust aufzubrechen. Es splitterte, knackte und barst.

Leise lachend wühlte er in Tishs Körper, steckte sich immer wieder Brocken in den Mund. »Wie eine Frucht«, raunte er, »muss man sie schälen. Das Beste steckt unter der dreckigen Hülle. Darunter sind sie sauber und rein und wohlschmeckend.«

Menschenfresser! Liothan würgte und konnte den Blick nicht abwenden, die Scherbe in der Hand. Er sah fassungslos zu, wie der Mann Tishs Herz roh verspeiste und danach die auseinandergebreiteten Hautlappen der Brust zusammenklappte. Der improvisierte Dolch diente ihm dazu, Löcher in die Epidermis zu bohren, durch die er schmale Streifen der Bettlerkleidung zog und sie geschickt vernähte.

Dann wandte sich Ettras zu Liothan um. Das bärtige Kinn wurde vom Morgenlicht beleuchtet, das Blut des Agham strahlte nass darauf. »Du wirst meinen Diebstahl für dich behalten«, sprach der Hakhua behutsam. »Wir werden sie glauben lassen, Tish sei an der Halswunde verblutet. Dir werde ich die Ehre zukommen lassen, einen Agham-Spion getötet zu haben. Es mag deine Strafe lindern oder gar aufheben. Die Dankbarkeit des Dârèmo wird dir sicher sein.« Die rotfeuchte Hand mit dem

Knochendolch hob sich und zeigte auf Liothan. »Sind wir im Geschäft? Nicht, dass es zwei Leichen in der Zelle und zwei Herzen gibt, die ich verschlingen kann.«

Liothan nickte. Mit diesem Wahnsinnigen würde er sich nicht anlegen. Und seine eigene Freiheit rückte durch die Lüge vielleicht ein Stück näher.

* * *

Aus dem Reisetagebuch von Bilna Derbschuh, Expeditionsreisende aus dem Königreich Sungàm Tasai:

Natürlich beten Wédōras Einwohner zu Göttinnen und Göttern. Aber sie spielen im täglichen Leben keine besondere Rolle.
Doch man sollte sich in Erinnerung rufen: Andere Gottheiten als die von Wédōra sind NICHT erlaubt. Entweder man betet zu ihnen, oder man konvertiert. Auch das offene Tragen religiöser Symbole außerstädtischer Gottheiten ist verboten.
Die Priesterschaft besteht zumeist aus Laien, die das Amt ehrenhalber ausüben. Es gibt nur sehr wenige reine Geistliche, von jeder Gottheit zwei Leute, welche die Laien anlernen. Ihren Unterhalt bestreiten sie über Spenden.
Die Bewohner selbst sind unterschiedlich religiös, die meisten bevorzugen das Gemäßigte; Radikale findet man selten.
Der Dârèmo ist nicht sonderlich an Religiosität in seiner Stadt interessiert, will die Entitäten jedoch nicht verärgern.
Also lässt er den Glauben zu, reduzierte aber den Platz für die Tempel und Großanlagen konsequent. In den Vorstädten findet man Tempel, ansonsten sind es Nischen oder Wohnungen in der Stadt, in denen eine Verehrung stattfindet.
Der Dârèmo ist geschickt. Er lässt über seine Botin stets hochoffiziell einmal im Siderim an verschiedenen Heiligtümern, Tempeln opfern, um sein Soll zu erfüllen: gegenüber der Stadt, den Menschen und den Göttern.
Wunder werden immer wieder von Gottheiten ge-

wirkt, was offiziell niemals vom Dârèmo oder von den Statthaltern bestätigt wird. Die Priesterinnen und Priester schreiten oft ein, wenn die Unruhe unter den Menschen zu groß wird. Es ist nicht selten ihr Verdienst, wenn aus einer Unruhe kein Aufstand erwächst.
Nicht verborgen blieb mir, dass mächtige und einflussreiche Priester zuweilen auf rätselhafte Weise sterben.
Das Missionieren bleibt beschränkt. Wer es übertreibt mit dem Reden und Predigen, der wandert in die finsterste Zelle.
Es wunderte mich nicht, dass ich von einer radikalfanatischen Gruppe hörte, die für ihren Gott gegen den Dârèmo ziehen will. In deren Augen hat der geheimnisvolle Herrscher einen gottähnlichen Status erlangt. Diese Gruppe, so wurde mir zugetragen, besteht aus den Anhängern verschiedener Entitäten.
Wer dazugehört und überführt ist, wird auf der Stelle hingerichtet.

KAPITEL VI

WÉDŌRA

Tomeijas Sinne kehrten zurück.

Was sie noch mit geschlossenen Augen bemerkte, war: Sie lag nicht wie befürchtet auf dem Boden eines Kerkers, sondern in einem weichen Bett. Es duftete nach Rosenessenzen und erfrischender Zitrusfrucht, die sie nur kandiert von der Tafel des Barons kannte. Wasser plätscherte anhaltend wie von einem Springbrunnen.

Sie hob die Lider, stemmte sich auf die Ellbogen und blickte sich erstaunt um.

Ein dünnes Laken schmiegte sich an ihren sehnigen Körper, darunter war sie nackt.

Mein Tuch! Sie fuhr sich mit einer Hand an den Hals. *Es ist weg!* Dafür trug sie den Anhänger noch, den ihr die Tote in der Wüste aufgedrängt hatte.

Schräg neben ihrem Bett befand sich ein Brünnchen in Form einer Grotte aus smaragdfarbenem Stein. Das Zimmer war groß und mit massiven und geflochtenen Möbeln ausgestattet, die teuer und kostbar aussahen; ein Schreibtisch und Schränke gehörten ebenso dazu wie eine Liege und Kommoden, auf denen sich Figurinen befanden.

Das Licht und die Geräusche von draußen wurden durch geschlitzte Läden und Vorhänge gedämpft. Tomeija hörte Räderklappern und Unterredungen, die sich vor dem Fenster hin und her bewegten. Sie erinnerte sich, dass sie nach dem Kampf in diesem Theater in den Schlag eines

Gardisten gelaufen war. Sie spürte beim Tasten an ihrem Kiefer einen schmerzenden Bluterguss.

Danach muss mich jemand eingesammelt, gewaschen und an diesen Ort gebracht haben. Behutsam stand sie auf und sah frische Wäsche bereitliegen.

Rasch schlüpfte sie in das weiße Gewand, gürtete sich erleichtert ihr Schwert um, das darunter zum Vorschein kam. Auch neue weiße Handschuhe hatte man ihr gebracht sowie einen langen, schmalen und sehr leichten Schal, den sie zuerst um ihre grauen Haare wickelte und danach um den Hals schlang. Mit ihren verborgenen Geheimnissen fühlte sie sich wohler.

Dennoch weiß mein Wohltäter, was meinen Nacken ziert. Das gefiel ihr nicht. *Es wird einen Grund geben, warum er mich nicht an die Garde auslieferte.*

Derart ausgestattet, ging sie barfuß und lautlos zu den Fenstern und spähte hinaus.

Die Straßen waren recht leer. Einige Händler fuhren mit Karren umher, vor den Häusern wurde gefegt und der Müll der Nacht zusammengekehrt. Lampions hingen kreuz und quer über den Gassen.

Ich bin im Vergnügungsviertel.

Tomeija wandte sich zum Ausgang um. Ihre Neugier wuchs, wem sie die Rettung zu verdanken und welche Hintergedanken derjenige hatte.

Auch wenn sie sich erst seit zwei Tagen in Wédōra befand, ahnte sie, dass die wenigsten hier aus reiner Freundlichkeit handelten. Eine Stadt, die von Krämern gegründet worden war und auf Betrug fußte, verschenkte nichts.

Zumindest fürchtet er sich nicht vor mir. Er hat mir meine Waffe gelassen. Tomeija legte die Hand auf die Klinke und drückte sie herab.

Hinter der Tür schloss sich ein ähnlich eingerichteter

Raum an, in dem vier junge Frauen auf bequemen Kissen saßen, die auf einem Teppich lagen; zwei unterhielten sich, eine las ein Buch, die vierte bereitete Tee zu.

Sie trugen bauschende, bestickte Hosen und luftige, helle Oberteile, die Haare waren zu Zöpfen geflochten, und reichlich Schmuck prangte an Fingern, Zehen, Hälsen, sogar ein seitlicher Nasenring fiel Tomeija auf. Armut musste ihnen fremd sein. Die Hautfarben der Frauen reichten von Schwarz wie beste Tinte bis Weiß wie reine Milch.

Sind das meine Wohltäterinnen? Dann erkannte Tomeija eine der Frauen. *Ich bin gespannt, ob sie sich ebenso entsinnt.*

»Ah, sie ist wach«, stellte die Brünette fest und lächelte; rund um ihre geschwollene Nase und an den Augen hatte sich ein Bluterguss gebildet, über der Nasenwurzel gab es einen kleinen Riss in der Haut. Es war die Schaldiebin aus der Vorstadt. »Pimia, geh und rufe Chucus.«

Die Blonde legte das Buch zur Seite und eilte hinaus.

»Geht es dir gut?«, erkundigte sich die Brünette. Sie schien beschlossen zu haben, nicht weiter auf den Vorfall in der Amtsstube des Ambiaktos einzugehen. »Ich bin Sebiana.«

»Wie nennt man dich?«, fragte die Rothaarige und kam näher. »Schaut nur, wie dünn sie ist. Überall. Kaum Brüste und Hintern. Als hätte sie nichts zu essen bekommen.«

»Scīr«, erwiderte Tomeija, weil sie nicht wollte, dass man ihren wahren Namen kannte.

»Sie ist eine Kriegerin, Dummchen«, schalt die Sebiana. »Sieh dir die Arme an, Déla: sehnig, kraftvoll. Sie könnte dich mit zwei Fingern erwürgen.«

Die dritte Frau mit der nachtschwarzen Haut lachte auf. »Eine gute Wahl.«

Wahl? Tomeija nahm das angebotene Getränk und kostete davon. Es schmeckte süß, aber intensiv nach Minze und Zitrone, in dem ein Hauch von Harz schwebte. So etwas gab es in Walfor auch nicht.

Die blonde Pimia kehrte mit einem breit gebauten Mann zurück, über dessen freien Oberkörper sich mehrere schwarze Lederriemen spannten, Eisenringe dienten als Verbindungselemente; die Haare trug er auf dem Schädel kurzgeschoren, an den Seiten lang und nach hinten verknotet. Von der Hüfte abwärts zog sich ein fließender weißer Rock, schwarze Stiefel spitzten darunter hervor.

»Das«, stellte Pimia vor, »ist Chucus, unser Leno.« Sie zeigte auf Tomeija. »Das ist ...« Sie wartete.

»Scīr«, rief die rothaarige Déla vorwitzig. »Sie ist eine Kriegerin. Wie du einst, Chucus!«

Der gedrungene Mann näherte sich, sein Gang war kraftvoll, seine tannengrünen Augen glitten prüfend an Tomeija hinab, richteten sich auf die Kette, die unter dem Gewand verschwand. »Willkommen«, sagte er mit erstaunlich hoher Stimme für einen Mann, aus dessen Kehle man ein Bärengrollen erwartete. »Wir haben etwas zu bereden, denke ich.«

»Kommt. Kümmern wir uns um die Gärten«, rief die Brünette und klatschte auffordernd in die Hände. »Wir haben nachher genügend Gelegenheit, die Neue kennenzulernen.« Das Quartett verschwand durch den torbogenhaften Ausgang hinaus.

Tomeija vermutete anhand ihrer anmutigen, geschmeidigen Art, sich zu bewegen, dass die Frauen Tänzerinnen waren, die sich im Vergnügungsviertel ihren Unterhalt verdienten und dabei jemandem viel Geld einbrachten. *Ihm.* »Was ist die Aufgabe eines Leno?«

Chucus blieb einen Schritt vor ihr stehen und reichte ihr gerade einmal bis zur Brust, dann umrundete er sie wie bei einer Viehbeschau. »Er achtet.«

»Achtet auf was?« Er roch nach Seife und Talkum, die

Muskeln machten den Oberarmen der stärksten Holzfäller in Walfor Konkurrenz.

»Auf das, was unter seinen Schutz befohlen wird.« Chucus verharrte vor ihr.

Dachte ich es mir. In Tomeijas Heimat nannte man Männer wie ihn *Frauenwirt.* Sie kassierten von den Huren, was die Freier an Lohn bezahlten, und überließen ihnen ein kleines Auskommen. An den Lederriemen, die sich um seinen Oberkörper spannten, entdeckte sie Ösen, die gewiss als Waffenhalterungen dienten, sollte der Mann seine Angelegenheiten unmittelbar und ohne Worte regeln wollen. *Dolch- oder Messerhüllen würden passen.* Seine Herkunft als Kämpfer konnte er nicht verleugnen, die zur Schau gestellten Muskeln sollten einschüchtern. »Was ist geschehen, nachdem mich die Wache niederschlug?«

»Der Gardist ... sagen wir, ich kenne ihn sehr gut.« Chucus sah auf ihr Glas. »Er hat ausgesagt, dass du entkommen bist. Niemand kennt dein Gesicht. Deswegen wirst du dich weiterhin frei in Wédōra und im Vergnügungsviertel bewegen können, ohne dass die Garde dich festnimmt.«

»Es gibt welche, die mein Gesicht sahen. Eine Alte namens Eàkina und Torkan, ein Ambiaktos«, stellte Tomeija richtig. »Die Wachen sind bestechlich. Gut zu wissen.«

»Nicht für Leute wie dich und mich.« Chucus überlegte. »Ich kann dir sagen: Du verdankst dein Leben einer Person, die dich schätzt. Ich wiederum tue, worum mich diese Person bittet. Töten oder schützen, es spielt keine Rolle. Bete zu Irtho, dass sich diese Bitte an mich nicht ändert, was dein Wohlbefinden angeht.«

»Danke.« Tomeija fand es befremdlich, die hohe Stimme von einem derart gebauten Mann zu vernehmen. Für einen ehemaligen Krieger zeigte seine Haut erstaunlicherweise keine Narben. *War er gut oder feige?*

»Mit deinem Dank wird es nicht getan sein.« Chucus legte den kleinen Finger auf ihren Schwertgriff. »Du verstehst zu kämpfen, wie ich sah.«

»Dann warst du im Theater.«

Er grinste zum ersten Mal und sah wesentlich freundlicher aus. Tomeija könnte ihn mögen, wenn er nicht unentwegt Drohungen von sich gab, mal mehr, mal weniger direkt. »Du weißt sehr genau, wie man Angreifer außer Gefecht setzt. Du kennst die Maìluon im Körper eines Menschen, die Nervusbahnen und Punkte darauf, die man nutzen kann. Das beherrschen nur sehr wenige.«

Tomeija lächelte. »Ich vermeide es, Leben zu nehmen.« *Ich tat es früher viel zu oft.* »Was ist das für eine wundersame Aufführung gewesen, bei der mit scharfen Klingen gefochten wird?«

»Das Todestheater *Spaß und Blut.* Eine Besonderheit meiner Bühne.« Chucus deutete eine Verbeugung an, das Leder knirschte. »Die Leute lieben es, weil es sich von den Kampfarenen unterscheidet. Einmal in einem Mâne führen wir Stücke auf, in denen die Gefechte ausgetragen werden. Mit scharfen Klingen. Entsprechend kann sich der Verlauf ändern. Die Schauspieler müssen verschiedene Dialoge erlernen, um reagieren zu können.« Er lachte. »Natürlich bekommen die Mimen sehr viel Geld. Aber die Einnahmen und Wetten lohnen sich für mich.«

»Das ist barbarisch!«

»Das ist Unterhaltung mit Anspruch.« Chucus' Finger wanderte nach oben und legte sich von außen auf den Anhänger zwischen ihren Brüsten. »Du bist eine Gestrandete, doch du trägst ein Amulett aus Tērland, woher die Giftmischerinnen und Rauschbarone stammen. Wie kommt das? Sie geben diesen Schmuck nicht weg, nicht einmal im Tod.« Tomeija erzählte, wie sie an das Schmuckstück gekommen war. Dass die Unbekannte dabei den Namen *Driochor* nannte, verschwieg sie. »Oh. Das ist ungewöhnlich.« Er tippte dagegen. »Behalte es. Es ist viel wert und kann dir Geld bringen, wenn du es brauchst.«

Ich werde es verkaufen, um meine Rückkehr zu bezahlen. »Gut zu wissen.«

»Zum Geschäft, Scīr. Im Austausch dafür, dass dein Leben verschont wurde, denn die Hinrichtung wäre dir nach dem Angriff auf die Gardisten sicher gewesen, wirst du *für mich* arbeiten«, holte er aus und hakte die kräftigen Finger in den Riemen unter der Brust ein.

»Sagtest du nicht, dass du im Namen einer mächtigen Person handelst?«

Er nickte. »Ich muss sehen, wo ich bleibe. Daher traf ich die Abmachung.«

»Ich bin dankbar, doch ich muss zurück in meine Heimat.«

»Dann stirbst du.« Chucus lachte, als sie eine Hand an den Schwertgriff legte. »Nein, nicht durch mich oder einen Kampf. Durch das Gift in dir. Ich habe es dir verabreicht, als du geschlafen hast. Es ist ein alter Trick, um Sklaven gefügig zu machen: Wenn du nicht jeden Abend von mir das Gegenmittel erhältst, wird sich die tödliche Wirkung in dir entfalten.«

Tomeijas Gesicht verzog sich vor Wut. Unter diesen Gegebenheiten musste Chucus ihr Schwert nicht fürchten. »Ich habe Menschen, die mich zu Hause …«

»Wédōra ist für mindestens ein Siderim dein Zuhause.« Er wies auf ihr Herz. »Du schuldest mir und meinem Auftraggeber dein Leben, Scīr.«

Sie sparte sich weitere Widerworte. Sie musste ihre neue Lage in Ruhe überdenken und eine Lösung finden. »Ich verstehe«, gab sie sich einsichtig.

»Gut. Du bekommst einen Passierschein, der dir erlaubt, jederzeit zwischen den Vorstädten und dem Vergnügungsviertel zu wechseln«, erklärte Chucus. »Du wirst die Aufträge erledigen, die ich dir erteile. Je schneller und sorgfältiger du bist, desto mehr Lohn erhältst du.«

Die Drecksarbeit kann er selbst erledigen. »Ich werde niemanden töten.«

»Sei unbesorgt.« Der Leno lächelte wissend. »Das wird meine Aufgabe bleiben. Es ist gut zu wissen, dass du kämpfen kannst. Ich werde dich beim Theater einsetzen und dich im Viertel auf die Runde in meine übrigen Läden schicken.« Er nickte ihr zu. »Eine Sache: Was hat es mit der alten Dame auf sich?«

»Eàkina?« Tomeija versuchte, sich nicht anmerken zu lassen, was ihr durch den Kopf schoss: das Krankenviertel und der Medikus, der Tote zerlegen ließ und Herzen verpflanzte. »Warum?«

»Sie wollte eine unbekannte Spionin der T'Kashrâ do Sarqia melden, die sie begleitete.« Chucus neigte sich leicht zur Seite und sah ostentativ auf ihren verhüllten Nacken. »Deswegen sind die Gardisten dir gefolgt. Sie wollten ihre Aussage prüfen.«

»Ich bin keine Spionin, sondern eine Gestrandete.«

»Das Zeichen, das sie in deinem Genick gesehen haben will, spricht dafür, dass du sehr engen Umgang mit einem T'Kashrâ hattest.« Seine waldgrünen Augen suchten ihren Blick. »Ich sah nichts, was auf eine Lüge der alten Krähenscheuche hindeutet.«

»Ich kann nicht leugnen, dass mir einer zu nahe kam.« Tomeija berichtete von dem Zusammentreffen mit dem Wüstenkrieger im Sturm.

»Ein Keel-Èru.« Chucus schürzte die Lippen. »Was immer es bedeuten mag, achte drauf, dass es niemand sonst sieht. Ein zweites Mal werden wir dich nicht retten können. Auf Spionage für die T'Kashrâ steht der Tod.«

»Ich habe verstanden.«

Chucus wirkte erleichtert. »Es hätte mir sehr leid getan, dir beim Sterben zuzusehen, Scīr. Ich denke, dass du es weit bringen kannst. Sofern du es schaffst, deine Heimat zu vergessen.«

»Wie viele Gestrandete leben in der Stadt?«

Er machte eine bedauernde Geste. »Es ist einerlei. Du hast eine Aufgabe.« Chucus lauschte auf die Glockenschläge, die aus dem Erdgeschoss des Hauses erklangen. »Das Mittagessen ist bereit. Komm. Ich stelle dir deine Familie vor. Du wirst sie mögen.«

Tomeija war nicht davon überzeugt, aber wenigstens bekam sie die Gelegenheit, ohne Ärger nach Liothan zu suchen. Sie war vorübergehend zu einem Teil von Wédōra geworden. »Ich bin gespannt.«

Chucus legte ihr eine Hand auf die Schulter. »Nochmals willkommen, Scīr. Und ärgere dich nicht zu sehr darüber, wie dein Anfang in Wédōra vonstattenging. Es könnte schlimmer laufen. Hast du mein Vertrauen erlangt, werde ich das Gift in dir neutralisieren. Streng dich daher an.« Dann wandte er sich um. »Ach ja: Bist du alleine aus deiner Welt zu uns gekommen?«

»Ja«, antwortete Tomeija, ohne zu zögern. Es ging diese Menschen ebenso wenig etwas an wie ihr wahrer Name. Die Entschlossenheit, so schnell wie möglich zusammen mit Liothan nach Walfor zurückzukehren, verlor keinen Hauch seiner Stärke.

Nur würde sie es etwas langsamer angehen müssen als vorgesehen.

* * *

Wédōra,
Vorstadt

»Und was geschah, nachdem du den falschen Bettler erstochen hast?«

Liothan legte die gefesselten Hände ab, die schweren Eisenschellen trafen rumpelnd auf den Holztisch, was die Statthalterin mit einem missbilligenden Blick quittierte. Eine rasche Kopfbewegung, und seine langen, braunen Haare rutschten auf den Rücken. Ihr stinkender Zellengeruch nervte ihn. Er sehnte sich nach einem Bad.

»Ich habe ihn nicht erstochen, ich habe mich verteidigt.« Zum fünften Mal erzählte er vor Hamátis und ihrem Stellvertreter Torkan seine Geschichte, wie er sie mit Ettras besprochen hatte. Nach Tishs Tod war die Statthalterin früher in der Westvorstadt erschienen, um das Verhör selbst zu führen. »Ich sah, dass sich die Farbe seiner Haut änderte und zu diesem … Spiegelhaften wurde. Daraufhin sprach ich ihn an, was es zu bedeuten habe. Er attackierte mich und schrie, dass er mich umbringen wolle, und ich wusste mir nicht anders zu helfen, als den Knochen zu nehmen und zuzustechen.«

Hamátis prüfte ihn mit ergründenden Blicken aus eisgrauen Augen. Sie war etwa vierzig Jahre alt, trug einen weißen Lederharnisch mit besonderen Abzeichen, die sie wohl als Ambiaktia auswiesen, darunter ein Hemd. Um die Hüfte lag ein knielanger sandfarbener Rock, geschnürte hellbraune Stiefel reichten bis an den Saum. Dass die Schwarzhaarige eine Kriegerin war, erkannte jeder. »Du hättest die Wache rufen können.«

»Habe ich.« Liothan zeigte mit einem schmutzigen Finger auf Torkan.

Das wollte dieser nicht gelten lassen. »Nicht sofort.«

»Kann man es mir verdenken? Ich war überrumpelt von dem, was er mir antun wollte. Ich bin nur ein einfacher Holzfäller und derlei Gewalt nicht gewohnt.« Liothan log sich durch die Geschichte, wie er es in Walfor vor Baron und Richterschaft gelernt hatte. Die Statthalterin machte nicht den Eindruck, als wäre sie leicht hinters Licht zu führen, andererseits gab es keinen Grund, seine Darstellung anzuzweifeln.

»Was tat der Hakhua?«

»Sein Einsatz soll nicht verschwiegen sein. Er …« Liothan nahm sich den Becher mit frischem Wasser und trank ihn leer, um Zeit zu gewinnen. »Er stellte dem Spion ein Bein und half mir somit bei der Verteidigung.«

Hamátis nickte und sah zu ihrem Stellvertreter, dann zog sie ein Blatt Papier zu sich. »Hier steht, dass du festgenommen wurdest, weil du meinen guten Torkan angegriffen hast.«

Liothan blickte zum Mann an ihrer Seite. »Ich habe mich bereits bei dem Bakterios entschuldigt. Es war keine Absicht, aber …« Die Ungeduld schäumte in ihm hoch wie kochendes Wasser in einem dünnen Topf. »Ich bin in der Wüste gestrandet, und ich muss zurück zu meiner Familie, weil … sie in Gefahr ist.« Er hob die Hände. »Stattdessen sitze ich fest. Bitte, ich muss gehen!«

»Es heißt *Ambiaktos*«, knurrte Torkan.

Hamátis betrachtete Liothan aufmerksam. »Wo ist das? Dein Zuhause?«

»In Walfor, im Königreich Telonia.«

»Nie gehört. Das geschieht jedoch gelegentlich in der Wüste.«

»Mir wurde gesagt, dass ich mit einem Hexer … einem Razhiv zurückfinden könnte.«

Torkan lachte amüsiert auf, verstummte aber nach einem Blick von seiner Vorgesetzten.

»Wer sagt so was?«, erkundigte sie sich.

»Kasûl. Kasûl der Händler.«

Liothans Ungeduld steigerte sich mit jedem Atemzug. Sein Dasein als vermeintlicher Held, der die Stadt vor Ungemach durch einen Spion bewahrte, brachte ihm keinen Vorteil.

Hastus stehe mir bei. Heimlich dachte er an einem Plan herum, wie er aus der Amtsstube entkäme. *Die Fesseln müssten vorher ab. Vielleicht bekomme ich diese Baumspechte dazu.*

Torkan suchte in seinen Unterlagen. »Ja, hier haben wir ihn. Kasûl Kasûlsin. Lange Zeit Karawanenführer für die Gilde in Irathina, jetzt freischaffend für irathanische Händler. Unauffällig, kommt aus der Hauptstadt Irathina. Ich kann nichts Schlechtes über ihn sagen, Statthalterin.«

Hamátis nickte dankend und wandte sich mit einem halb freundlichen Lächeln an Liothan. »Ich sah in den letzten Siderim einige wie dich. Sie wollten fast alle zurück. Und sie fanden Razhiv und Alchemisten in Wédōra, die ihnen das Blaue vom Himmel logen. Keiner« – sie lehnte sich nach vorne und bekam einen milden, mitleidigen Gesichtsausdruck –, »*keiner* schaffte es, dorthin zurückzukehren, von wo er oder sie kam.«

»Dann werde ich wohl der Erste sein, dem es gelingt.« Liothan lächelte und reckte ihr die schmutzigen Hände entgegen. »Verstehe ich richtig, dass ich freigelassen bin? Weil ich den Spion ausgeschaltet habe?«

»Nimm ihm die Fesseln ab«, befahl Hamátis ihrem Stellvertreter und goss ihm Wasser nach. »Weißt du, wie es dich in die Wüste verschlagen hat?«

Liothan nickte, während Torkan einem Gardisten bedeutete, die Schellen zu lösen. *Sehr gut.* »Dûrus.«

»Ist das ein Ort?«

Es wäre zu schön gewesen, wenn sie mit dem Namen etwas hätte anfangen können. Er schüttelte den Kopf. »Das ist der Name des Witgos. Auch wenn ich nicht glaube, dass es sein wahrer Name ist.« Liothan berichtete knapp, was an jenem Abend vorgefallen war, ohne sich als Räuber zu erkennen zu geben. Er beschrieb das Ereignis als überraschenden Streit; auch erwähnte er Tomeija nicht. »Nach seinem Zauber landete ich in der Wüste.« Er rieb sich die Handgelenke, die Haut war vom Metall gerötet.

Hamátis und Torkan tauschten rasche Blicke und unterhielten sich flüsternd.

»Wir kennen niemanden, der auf deine Beschreibung passt«, sagte Hamátis nachdenklich. »Was mir Sorge bereitet, ist, dass es jemand aus Wédōra sein muss. Dafür spricht die Art, wie er seine Magie einsetzt, mit Sand, Gebeinasche und Goldstaub. Aber jemand, der verschiedene Arten des Zauberns zu verflechten vermag? Höchst ungewöhnlich.« Sie schnalzte mit der Zunge. »Ich denke, ich werde den Dârèmo in Kenntnis setzen.«

Eine bestimmte Hoffnung keimte in Liothan auf. »Ist *er* ein Razhiv? Kann er mich …«

Hamátis lachte wieder, und dieses Mal stimmte Torkan mit ein. »Den Dârèmo hat noch kein menschliches Wesen gesehen. Ich meinte damit, dass ich seiner Botin Bescheid gebe. Sollte er mehr zu erfahren wünschen, lasse ich es dich wissen. Halte dich in der Nähe auf. Doch er wird dich nicht zurückbringen, Liothan der Holzfäller.« Sie nickte ihm zu. »Ich danke dir, dass du der Stadt einen gefährlichen Spion vom Hals geschafft hast. Wir können nur ahnen, wie groß der Schaden ist, den Tish bereits angerichtet hat. Sein Treiben hat ein Ende.«

Ein weiterer Gardist kam nach raschem Klopfen herein, grüßte und eilte an Torkans Seite, um ihm etwas zuzuraunen. Der Stellvertreter nickte und sandte den Mann hinaus. Dann gab er die Neuigkeit leise an die Statthalterin weiter.

»Du hast mit Kasûl schon einen Freund in der Stadt. Das würde dir das Eingewöhnen erleichtern. Zumindest in der Theorie.« Hamátis nahm den Wisch, auf dem Liothans Vergehen niedergeschrieben stand, und zerriss ihn. »Er ist gerade erschienen, um deine Schulden zu bezahlen.« Dann wählte sie einen Vordruck aus dem Formularkasten und füllte ihn aus, gab etwas Siegelwachs darauf und prägte den Klecks mit ihrem gravierten Ring. »Zwar steht auf die Attacke eines Ambiaktos eine schwerwiegende Verurteilung, aber …«

Liothan erlaubte sich zunehmend Freude. »Das *aber* ist was Gutes.« Bei Kasûl war sicherlich auch Tomeija. *Die Freunde wiedervereint und auf der gemeinsamen Suche nach einem Razhiv, und dann ab mit uns nach Walfor.*

»Das ist es. Die Verurteilung wurde aufgehoben«, sagte Torkan und fügte mit einem leicht gehässigen Unterton hinzu: »Und das Geld kann er sich sparen.«

»Leider«, nahm Hamátis den Satz auf, »kommt Kasûl damit zu spät.«

Liothans Verwunderung schlug in Entsetzen um, als der Gardist ihm die Handschellen erneut anlegte. »Was soll das?«

»Durch deinen Aufenthalt in der Zelle und deine Einlage in der Amtsstube fielen Kosten für Wédōra an, und du hattest nicht den Hauch einer Aussicht auf das Begleichen der Schulden«, erklärte ihm Torkan mit Genugtuung. »So sah ich es zumindest. Damit landete dein Name auf der Liste.«

Liothan hob anklagend die gewichtigen Handschellen. »Was hat das damit zu tun? Ich habe einen gefährlichen Spion erledigt!« *Ruhig. Nicht die Nerven verlieren. Das brachte dich das letzte Mal in die Zelle,* beschwichtigte er sich. »Der Dârèmo schuldet *mir* etwas.«

»Wer auf der Liste steht, verliert seinen Status als freier Mann oder freie Frau. Damit kann er von solventen Käufern erstanden werden.« Hamátis schenkte ihm einen bedauernden Blick, das Eis in ihren Augen schmolz. »Mein Stellvertreter war etwas übereifrig. Und ein Erlass ist ein Erlass. Ich könnte ihn zurücknehmen, aber nicht nachträglich. Sobald die Liste ausgehängt ist, wurde sie verbindlich.«

»Erkläre mir, was das soll!« Liothan starrte auf das bannende Eisen um seine Gelenke. »Ich dachte …«

»Dein Freund Kasûl kam zu spät. Du warst bereits verkauft.« Hamátis legte eine Hand auf das Blatt vor sich. »Das ist die Beurkundung, dass du vom Dârèmo weitergegeben wurdest. Damit erlöschen sämtliche deiner Schulden beim Herrscher.«

»Verkauft?« Liothan sprang auf, sein Temperament ließ sich nicht länger zügeln. »Ich bin ein …«

»Ruhig«, befahl Hamátis und musterte ihn von unten. »Sie hat dich für eine kleine Summe und damit nur sechs Mâne lang gekauft. Danach erlischt ihr Anspruch auf dich, und du bist ein freier Mann. Das sind die Gesetze in Wédōra. Und ich betone« – sie erhob sich –, »dass *du* zuerst gegen die Gesetze verstoßen hast. Deine Verdienste werden jedoch nicht vergessen. Sobald du aus ihrem Besitz entlassen bist, melde dich bei Torkan.« Sie klopfte ihm aufmunternd auf den Rücken; der Geruch von Leder und

Duftwasser traf seine Nase. »Lerne die Gesetze der Stadt, Liothan.« Sie ging an ihm vorbei. »Ich gebe dir den guten Rat: Füge dich und begehre nicht auf. Du bist ein Leibeigener auf Zeit. Halte dich daran, oder es wird dir schlecht ergehen.«

Ein Gardist geleitete ihn aus der Amtsstube, bevor Liothan etwas zu erwidern vermochte, und bugsierte ihn vorwärts.

Alsbald stand er im quirligen, belebten Eingangsbereich des Gebäudes vor einer älteren Dame in einer aufwendigen Garderobe, daneben wartete der fleckhäutige Kasûl mit sehr unglücklichem Gesichtsausdruck. Um sie herum kamen und gingen Menschen mit Anliegen an die Statthalterin, schwenkten Papierbündel zum Abstempeln oder Unterschreiben und klimperten mit Münzen. In der Stadt des Handels ähnelte anscheinend jegliches Tun einem Basar.

»Es tut mir leid«, sagte Kasûl. »Sie wollte mich dich nicht kaufen lassen. Ich hätte dich als Söldner gebrauchen können.« Sein Totenkopfgesicht versuchte, Zuversicht zu verbreiten. »Aber so schlimm wird es nicht. Du kommst in ein nobles Viertel, nehme ich an.«

»So ist es«, erwiderte die ältere Frau, der man Reichtum sowie Unnachgiebigkeit ansah, und stützte sich auf ihren gedrechselten Stock. »Ich lasse mir dieses Schnäppchen nicht entgehen.« Ihr Blick sah zufrieden aus. »Und ich glaube, er wird mir gute Dienste leisten. Mein Haus ist groß, er leidet keine Langeweile. Es ist immer was zu tun.« Sie wandte sich an Liothan. »Ich bin Eàkina, deine Herrin für sechs Mâne. Du hast das Vergnügen, mit mir in das prächtigste Viertel dieser Stadt zu gehen. Das sollte dich freuen.«

Liothan freute sich nicht. Nicht im Geringsten.

Keinen Tag lang bleibe ich bei der knorrigen Totholzpflaume. Da er vor den Gardisten keine Gegenwehr liefern wollte, neigte er den Kopf. Es könnte unter Umständen von Vorteil sein, das Viertel zu wechseln. Er hielt die brennende Frage zurück, ob sie einen Witgo oder eine Witga kannte.

Leise sprach er: »Kasûl, hast du meine Freundin gesehen?«

Noch bevor Liothan eine Antwort erhielt, legten ihm zwei Gardisten einen schmalen Eisenring um den Hals, dessen Innenseite mit Leder gepolstert war. »Halt! Was macht ihr da?« Es klickte, eine Schraube wurde angezogen. Es folgte ein Ruck und ein Einrasten; anschließend entfernten sie die Handeisen.

»Nein. Sie tauchte nicht bei mir auf.« Kasûl sah das Empören in Liothans Augen. »Das ist ein Zwingtorque. Ihn wirst du sechs Mâne lang tragen. Er ist das Zeichen, dass du jemandem gehörst. Eine Nummer ist eingraviert, damit man auf einer Liste nachschauen kann, wie die Besitzverhältnisse sind. Du darfst ihn nicht selbst abnehmen. Die Schraubbolzen sind mit einem bestimmten Schlüssel angezogen und lassen sich nur von den Werkzeugen der Statthalter lösen.«

»Besser hätte ich es nicht erklären können.« Eàkina gab den Gardisten eine Münze und humpelte hinaus. »Komm. Ich zeige dir deinen Platz. Du wirst dich von Kopf bis Fuß abschrubben. Anschließend erkläre ich dir deine Pflichten.«

Liothan zögerte, blickte zum totenkopfgesichtigen Kaufmann, dann zu den Bewaffneten. Es war der falsche Moment, um den Aufstand zu proben. Um seine Kräfte stand es nach dem Aufenthalt im Verlies nicht zum Besten, er wollte sauber und satt sein, bevor er sich aus dem Haus seiner vermeintlichen Herrin schlich. *Sobald sie schläft, verschwinde ich aus ihrem Haus.*

Das gepolsterte Eisen um seinen Hals lag eng, erlaubte ihm zu sprechen und zu schlucken. Schon legte er zwei Finger darunter und suchte nach einer Lockerung. *Ich ertrage das nicht!* Sein Luftholen beschleunigte sich. Es hatte die gleiche Wirkung auf seinen Geist wie gedrungene Kammern.

»Du wirst durchhalten«, raunte ihm Kasûl im Vorbeigehen zu. »Ich bin noch zwei, drei Sonnen in der Weststadt. Du kannst jederzeit zu mir kommen, solltest du einen Weg finden. Ich höre mich nach deiner Freundin um.«

»Danke.« Er beugte sich an das Ohr des Fleckhäutigen. »Kannst du mir den Ring abnehmen, wenn ich von der alten Baumschnepfe abhaue?«

Kasûl schüttelte kaum merklich den kahlen, braunschwarzen Kopf, sein Goldring pendelte.

»Komm jetzt!«, rief Eàkina und wartete, dass er ihr die Tür öffnete. »Du musst dringend den Dreck von der Haut schwemmen. Deine Lumpen verbrennen wir.«

Liothan sandte einen dankbaren Blick an Kasûl, überholte Eàkina und presste die Hände zu Fäusten zusammen. Er schleuderte einen Flügel auf, so dass er heftig schwang und er ihn mit dem Fuß stoppen musste, sonst hätte er die gebrechliche Frau von den Füßen gefegt.

Eàkina ging an ihm vorbei und hielt auf eine Sänfte zu, die von zwei muskulösen Männern in knappen Tuniken getragen wurde. Es war darin Platz für eine Person.

»Hilf mir beim Einsteigen.« Sie deutete auf den staubigen Boden.

In Liothan begehrte es auf, als er begriff, dass er sich hinlegen und als Trittstufe dienen sollte. *Diese Erniedrigungen wird mir Torkan büßen.* Er hatte sich sein ganzes Leben vor keinem in den Dreck geworfen, weder für den Baron noch den König. Ihnen hatte eine leichte

Verbeugung ausgereicht. *Ich breche ihm die Nase. Noch in dieser Nacht.*

»Was ist?«, rief Eàkina befehlend. »Solltest du vergessen haben, wem du gehörst?« Sie hob die Kaufurkunde. »Ich kann dich bestrafen lassen, Junge. Es kostet mich einen Wink, und ein hilfsbereiter Gardist wird sich freuen, dich für mich zu züchtigen.«

Liothan ging mit bleischweren Schritten näher. Vorsichtig, als bestünde der Untergrund aus Glassplittern, legte er sich in den Staub. *Stürzen sollst du über mich. Und dir das Genick brechen.*

»Na also.« Eàkina stellte sich mit beiden Füßen auf seinen Rücken, die harten Sohlen drückten sich ins Rückgrat. Zu seinem Glück war sie leicht. »Hoch«, gab sie Anweisung, als wäre er eine von den Reitechsen.

Liothan stemmte sich waagrecht auf, damit sie dem Einstieg näher kam, dann machte sie einen kleinen Schritt in die Sänfte. Beherrscht und voller Wut erhob er sich aus dem Staub und klopfte seine Kleidung ab. *Und ausrauben werde ich dich obendrein,* schwor er Eàkina. Menschen wie sie gehörten zu den Gründen, warum er als Räuber keinerlei Reue spürte.

Die Träger marschierten in leichtem, gleichmäßigem Laufschritt los, und er trabte nebendran. Zum Abschied winkte er Kasûl, der den Gruß erwiderte und sichtlich seufzte.

Die Hitze nahm zu, die Sonne brannte unbarmherzig auf Wédōra nieder.

Schweiß brach Liothan nach wenigen Schritten aus, der Staub auf seiner Haut verband sich damit zu einer schleimigen, ekelhaften Schicht.

Waschen werde ich mich zu gerne. Er grinste. *Frisch in die Freiheit.* Ein Schal würde den Zwingtorque auf seiner baldigen Flucht verbergen, bis er das enge Eisen losgeworden war.

Sie näherten sich über die schnurgerade Hauptstraße dem großen Tor, das raus aus dem hektischen Treiben der Vorstadt führte, in der Tiere und Menschen schrien und durcheinanderbrüllten, unentwegt Karren, Wagen und Gespanne rollten und die großen Antriebsräder der Verladekrane ratterten. Vor dem Durchgang staute es sich eine Weile, und Liothan bekam Gelegenheit, die Ebenmäßigkeit der hellgrauen Kacheln auf den Wänden zu bewundern, auf die Ornamente, grüne Wassertropfen und der Turm aufgebracht worden waren. Sprünge, Kratzer oder Unregelmäßigkeiten gab es nicht, Diamantsplitter glitzerten und flammten in der Sonne.

Liothan verstand das Vorgehen: Die umgeladene Ware wurde von Kaufleuten und Zwischenhändlern in die neun Viertel transportiert. Im schleusenartigen Innenbereich des großen Tores teilte sich der Strom von Menschen und Vehikeln nach rechts und links auf, wobei die meisten nach rechts abbogen.

Eàkina gehörte dazu. »Wir gelangen nun in das Viertel, in dem die reicheren Bewohner leben«, erklärte sie. »Sie sind kein Vergleich zu mir, aber sie verfügen über einen gewissen Wohlstand und können sich was leisten.«

Frage und lerne. »Wohin wäre es nach links gegangen?«

»Du wirst mich mit *Herrin, hohe Herrin* oder *Gesalbte* ansprechen, Junge.«

»Ja, Herrin.« Liothan hasste die Spielchen bereits jetzt. Er kannte derlei vom Baron und dessen Umgang mit seinen Leibeigenen und Dienern. Er würde sich beherrschen und zusammenreißen.

Kurz schweiften seine Gedanken zu Tomeija. Seine

Freundin irrte vermutlich durch die Westvorstadt. *Es ist ihr nichts geschehen,* sagte er sich. Als Scīrgerēfa wusste sie sehr gut, wie sie sich zu verteidigen hatte. *Kasûl wird sie ausfindig machen.*

Liothan nahm erleichtert wahr, dass sich die Hitze verringerte, als sie aus dem Nadelöhr der Zwischenschleuse heraustraten.

Links erhob sich eine immense Mauer, die das Viertel von dem benachbarten abgrenzte. Die Häuser sahen gepflegt und stattlich aus, ragten mit sieben und mehr Geschossen in die Höhe; auf ihren Dächern wuchsen die verschiedensten Pflanzen, und die großen Blätter spendeten zusammen mit den Segeltuchbahnen segensreichen Schatten. Früchte leuchteten in großer Höhe, Lianen und Efeu hingen an den Fronten herab.

Zwischen manchen Häusern spannten sich Brückchen, mal aus Stein, mal aus Holz in verschiedenen Höhen, als bildeten die Ebenen nicht minder abgeschlossene Bereiche zwischen den Bewohnern des Viertels.

Je höher die Gebäude ragten, desto prunkvoller und aufwendiger erschienen Liothan die Geschosse. Er sah Marmorfronten, Alabastersteine, sogar Blattgold schien verwendet worden zu sein, um die Aufmerksamkeit auf sich zu ziehen und für die Bewohner zu werben.

Üppiger Wohlstand. Er überschlug, wie reich die Menschen und einhergehend die Räuber und Diebe in Wédōra sein mussten.

»Woher kommst du?«, erkundigte sich Eàkina, während sie die gepflasterte Straße entlanggingen.

»Aus Aibylos«, erwiderte er. »Ich kam als Packer und Aufpasser.«

»Man hört es an deinem Zungenschlag.« Sie nickte. »Was hat dich in Konflikt mit unserem Gesetz gebracht?«

»Eine Meinungsverschiedenheit.« Liothan beließ es dabei. *Ein Gestrandeter, weit weg von Walfor.*

Bei den Gedanken an die Heimat kehrten die Bilder zu ihm zurück. Cattra und die Kinder, Rolan und seine Freunde, die auf ihn warteten und ihn vermissten. Zwei Tage mussten vergangen sein, seit er zum Haus von Dûrus dem Kaufmann aufgebrochen war. Er hatte sich flüchtig von Cattra verabschiedet. Wozu auch mehr? Sein Plan hatte nicht vorgesehen, bei seinem Einbruch samt Abreibung für Dûrus in eine unbekannte Welt verbannt zu werden. Nun bereute er es, sie nicht lange geküsst und in den Arm genommen zu haben.

Liothans Sorge um seine Liebsten lauerte wie ein bedrohliches, schwarzes Tier in den Winkeln seines Verstandes, machte sich zum Sprung bereit.

Dûrus ist tot, sagte er sich unentwegt. *Wir haben ihn aufgespießt und aufgeschlitzt. Das übersteht nicht mal ein Witgo.* Sein Mund fühlte sich trocken an, ausgedörrt von Hitze und Furcht. »Herrin, darf ich etwas trinken?«, fragte er, als sie einen kleinen Pumpbrunnen passierten.

»Gewiss. Ich vergaß, dass du unsere Temperaturen und die Wüstenluft noch nicht gewohnt bist.« Sie ließ die Sänfte anhalten und erlaubte den Trägern ebenfalls, sich kurz zu erfrischen.

Sehr sorgsam schöpften sie vom smaragdgrünen Nass, das überschüssige Wasser wurde in einem Becken aufgenommen.

Es schmeckte wundervoll und erfrischend, besser als alles, was Liothan je getrunken hatte. Die elenden Schuhabsätze in seinem Rücken schienen die alte Verletzung verschlimmert zu haben. Seine Hände kribbelten taub, die Finger ließen sich fast nicht mehr biegen. *Auch das noch.*

»Wie funktioniert dieses System?«, fragte Liothan einen der Männer. »Wie kommt das Wasser bis hierher?«

»Brunnenhäuser«, antwortete der Träger. »Jedes Viertel hat ein großes, gesichertes Pumphaus, das unmittelbar aus der Grotte fördert und das Wasser über Rohre unter der Erde an verschiedene Stationen wie diese verteilt.«

»Bei den Reichen wie ihr«, fügte der Zweite leise hinzu und zeigte verstohlen auf Eàkina, »kommt es sogar aus kleinen Hähnen in den Häusern. Du wirst sehen, was ich meine.«

Dagegen wirkte der tägliche Gang zum Bach oder einer Quelle in Walfor äußerst rückständig. »Was ist mit dem Rest? Und dem Abwasser?«

»Das, was du vor dir im Becken siehst, wird zur Bewässerung der Pflanzen genutzt. Und die Scheiße, na ja.« Der erste Träger grinste und rieb die feuchten Hände durch die kurzen hellen Haare. »Sie wird gesammelt. In Bottichen und in die Wüste gefahren, getrocknet und als Brennmaterial oder Dünger für die Pflanzen verwendet.«

Der andere klopfte Liothan auf die Schulter. »Freu dich schon mal aufs Schippen. Aber du hast Glück: Die Alte kackt bestimmt nicht viel.«

Nichts wird vergeudet. Liothan sah fasziniert zu den Häusern hinauf, während er sich das Gesicht abrieb. Dunkle Tropfen landeten im Becken.

Eàkina rief sie zurück. »Weiter«, befahl sie. »Ich will in mein kühles Heim.«

Die Träger eilten zur Sänfte und hoben sie an, verfielen mit frischer Kraft in Laufschritt. Liothan nahm das Traben auf.

Die Straße zog sich, das Laufen wurde bald anstrengend, trotz Schatten und der kühlenden Brise, die von den vielen Pflanzen auszugehen schien, als würden sie frischen Atem in die Schluchten hauchen.

Liothan konnte Entfernungen gut schätzen. Sie hatten gewiss mehr als vier Meilen zurückgelegt.

»Wir wechseln gleich das Viertel«, verkündete Eàkina aus der Sänfte heraus, »und betreten das Viereck aus Gold. Dort habe ich meine Residenz.«

Liothan atmete schwer, er fragte nicht nach.

Zwischen den Palmen und dem Blätterdach sah er ein Bauwerk aufragen, das in Widerspruch zum Reichtum und der Angeberei stand. Er hatte es auf dem Weg mit der Karawane schon bemerkt. *Der Turm des Dârèmo, so nannte es Kasûl.* Er machte einen massiven, stabilen Eindruck und war etwa zweihundert Schritte hoch. An einigen Stellen erschien der Turm baufällig, dann wiederum aufs Beste gepflegt. Liothan sah Ziegelsteine unter abgebröckeltem Putz zum Vorschein kommen, als habe man die Stellen ausgebessert. Verschiedene Steinsorten und -formen waren im Mauerwerk zu erkennen, eingefügte Goldbarren und hineingeschmolzene Silberbrocken reflektierten die Sonnenstrahlen, dann gab es massive Marmor- und Granitquader.

Ein Sammelsurium von allem, was beim Bau gerade zur Hand war. Liothan hob den Kopf, die fettigen langen Haare rutschten nach hinten. Oben auf dem Turm glänzte eine Kuppel aus verspiegeltem Glas, die ihn blendete.

»Oh, du bist zum ersten Mal hier? Man sagt, dass der Dârèmo darin lebt. Alles und jeden beobachtet er«, sagte der hintere Träger leise. »Es wird behauptet, es sei ein Laboratorium, ein Gefängnis, eine Seelenzelle oder ein riesiges Ei, das die Sonne und die Monde ausbrüten soll.«

Liothan fiel auf, dass nichts Grünes am Turm wuchs. Dafür gab es zahlreiche Leitungen, Kamine, Rohre und Schlote, die an verschiedenen Stellen aus der Mauer ragten. Nicht weniger ins Auge stachen die großen Tore aus

Holz und Eisen, als führten unsichtbare Brücken dorthin oder ließen sich ausfahren. *Stecken Katapulte und Geschütze dahinter?*

»Das«, mischte sich Eàkina ein, »ist die Warnung des Dârèmo an uns Einwohner, wie nahe Verfall, Tod, Prunk und Leben nebeneinanderliegen. Aus diesem Grund hat er den Turm in diesem Zustand angelegt. Ich bewundere die Weisheit unseres Herrschers. Nur Narren deuten das Erscheinungsbild anders.«

Der hintere Träger rollte mit den Augen. »Du wirst es bald selbst sehen und erleben: Manchmal brennt Licht darin, dann ist der Turm dunkel, dann fliegt Feuerwerk, dann hört man Stimmen und Gelächter und mitunter kaum vorstellbare Geräusche daraus.« Er schauderte im Laufen. Seine eigene Geschichte machte ihm Angst. »Keine zehn Kamele brächten mich dazu, in seiner Nähe zu wohnen.«

Liothan wurde von einer großen Aufregung erfasst. Für ihn klang es deutlich danach, als lebte ein Razhiv in diesem Turm. *Ich wusste es! Er wird mich und Tomeija nach Walfor bringen.* Auf das Klettern verstand er sich. *Dieses Mal nimmt es ein besseres Ende.*

Sie passierten einen der Durchlässe in der viele Schritte dicken Mauer zwischen den Vierteln, der protzig mit Blattgold verkleidet war und zusammen mit den Edelsteinmosaiken im Sonnenlicht glänzte, und gelangten in das Viereck aus Gold.

Liothans Staunen steigerte sich. *Hastus! Ist das die Möglichkeit?*

Alles, was er an Pracht eben gesehen hatte, wurde durch diese Bauwerke übertrumpft. Sogar der gepflasterte Boden unterschied sich, war glatt und perfekt verlegt. Jede Fuge glich der anderen, die Hauswände ragten bemalt, verputzt, versilbert und vergoldet, mit Edelsteinen besetzt rings um ihn herum auf. Säulengänge, oval angelegte Plätze und Theater, Statuen und kleine Gärten, die über Springbrunnen bewässert wurden, säumten ihren Weg. Die Pflanzen und Bäume auf den Dächern waren noch größer und schöner anzuschauen, es roch betörend nach Blütenduft. Statt Segeltuch spannte sich teure Seide gegen das Taggestirn über die Straßen.

Ihr Ziel lag nahe der Viertelmauer.

Die Träger stellten die Sänfte ab, und Liothan musste sich erneut mit Leib und Rücken als Ausstiegshilfe für seine Herrin betätigen.

Eàkina bezahlte die Träger, die sich eilig davonmachten, und zeigte elegant auf das aus rotem Marmor erbaute Haus mit sechs Stockwerken, an dessen Fassade verschiedene Darstellungen prangten: Kampfszenen, Ernteszenen, eine angedeutete Liebesszene an einem Brunnen. »Meine bescheidene Bleibe, Junge. Und auch deine für die kommenden sechs Mâne.«

Bei genauerem Hinsehen entdeckte Liothan, dass die Mosaiken allesamt aus Schmucksteinen, Diamanten und gewalzten Goldplättchen gefertigt waren. *Nicht mal der Baron in Walfor besitzt so viel Reichtum.* Allerdings befürchtete er, dass seine Flucht vor der Alten schwierig werden könnte. »Wer wohnt noch hier? Herrin.«

Sie ging auf die drei schwarzen Stufen zum Eingang zu und ließ sich von ihm eine helfende Hand reichen, zog einen Schlüsselbund aus ihrer Gewandtasche und entsperrte die Tür. »Nur du und ich. Ich mag keine Gesellschaft.« Eàkina sah ihn an. »Du bist eine Notwendigkeit.« Dann öffnete sie den Eingang. »Herein mit dir.«

Notwendigkeit? Liothan folgte ihr. *Als sei ich Schlachtvieh und nicht ihr Sklave.*

»Ich zeige dir das Wichtigste, was du wissen musst. Danach säuberst du dich.«

»Ja, Herrin.«

Das Staunen nahm bei dem ersten Rundgang kein Ende. Bäder mit fließendem Wasser, auf Wunsch sogar heiß dank eines Kessels im Heizungsraum, eine Bibliothek, mehrere Schlafzimmer, Studierzimmer, ein riesiger Dachgarten mit Teich und Pflanzen und Blumen und Bäumen, die Liothan nicht mal im Ansatz erkannte; Fernrohre, um die Sterne und Monde zu betrachten, Vorratsräume, eine Backstube und mehrere Räumlichkeiten, die lediglich Möbel und Kunstschätze beherbergten.

Nicht einmal der König kann mit diesen Kostbarkeiten konkurrieren. Liothan wusste nach drei Stockwerken nicht mehr, wo sich was befand.

Eàkina setzte sich auf eine Liege und legte die Füße hoch. Sie wirkte ermattet. »Ich hoffe, du hast dir alles gemerkt, Sklave.«

»Ich bemühe mich. Herrin.« *Gleich schläft sie.* Liothan grinste. *Ich bräuchte vier Dutzend Gespanne, um das Kostbare aus diesem Palast zu stehlen.*

»Mühe dich schneller.« Eàkina zeigte auf eine Karaffe. »Bevor du dich endlich waschen und umziehen gehst, eile in die Küche und bringe mir Limonade mit frischen Ishi-Früchten. Es sind die großen, gelben, die du an dem kleinen Bäumchen findest, auf der linken Seite der Terrasse.« Sie lehnte sich in die Polster und schloss die Augen. »Spute dich.«

Das werde ich ganz alleine trinken. Liothan eilte hinaus, fand nach einigem Suchen die Limonade in einem Schränkchen, das von echtem Eis gekühlt wurde. *Wie geht das? Wie kommen sie in der Wüste an Eis? Mit Hexerei?*

Danach ging er die vielen Stufen hinauf auf das Dach,

fand Baum und Ishi-Früchte. Liothan pflückte und presste sie auf dem Weg nach unten in die Karaffe, kostete unterwegs. *Sehr lecker,* stellte er fest und trank weiter. *Frisch, nicht zu süß.* Seine Zunge prickelte ein wenig.

Als er im dritten Stockwerk angelangt war, blieb nicht mehr als ein Glas für Eàkina übrig.

»Herrin«, machte Liothan auf sich aufmerksam, als er sich ihrer Liege näherte. *Ha! Sie schläft schon.* »Der Trunk. Wie gewünscht.« Liothan goss das Glas neben der Schlafenden voll, räusperte sich. Wie gerne hätte er ihr die Limonade übergekippt, um den Gesichtsausdruck zu sehen.

Eàkina schlief weiter.

Ausgezeichnet. »Da du es nicht willst«, sagte er und hob das Gefäß, »trinke ich es.« Er setzte den Rand an die Lippen.

Da fiel ihm auf, dass sich ihr Brustkorb nicht hob und senkte.

Als Liothan ihren Puls am faltigen Hals prüfte und nichts fand, trank er das Glas leer und hielt es ihr vor Mund und Nase.

Es beschlägt nicht. Das alte Gestell ist tot!

* * *

Inhaltsübersicht von WÉDŌRA – *Legenden und Mythen aus Stadt und Wüste*, erschienen in der Reihe *Geschichten aus Überall*, niedergeschrieben von den Schwestern Gremm,

beständig erweiterte Sammlung, erstmals gedruckt zu Orrigal 321 n. G.

Kapitel VII

Königreich Telonia, Baronie Walfor

Baron Efanus Helmar vom Stein sah unangenehm berührt auf den Mann herab, der auf dem Marktplatz vor ihm kniete und mit den Tränen rang. »Steh auf, Rolan. Du musst nicht flehen.«

Die Menschen verharrten oder gingen langsamer, sie redeten und tuschelten bei dem mitleiderregenden Anblick.

Der einfach gekleidete Mann, der auf einen Schlag seine Schwester, seine Nichte und den Neffen bei einem tragischen Feuer verloren hatte, erhob sich mit bebenden Schultern. »Ich verlange nicht viel von Euch, Herr. Ich möchte lediglich, dass Ihr der Sache nachgeht und die Scīrgerēfa mit den Nachforschungen betraut.« Er tupfte sich die Tränen mit dem Ärmel vom bärtigen Gesicht. »Es war kein Unfall, wie behauptet wird. Jemand hat sie umgebracht und die Flammen zur Verschleierung des schrecklichen Verbrechens eingesetzt.«

Helmar vom Stein, der seine beste Ausgehgarderobe gewählt hatte, rückte den dunklen Samthut mit der langen weißen Feder zurecht, streckte die Hand aus und legte sie auf die breite, kräftige Schulter. »Du hast mein Mitgefühl.« Eine wohlwollende Geste – aber sein huldvoller Auftritt vor den Untertanen war verdorben. Das ärgerte ihn.

Helmar hatte vorgehabt, in aller Ruhe und adligen Vornehmheit über den Markt seiner Baronieresidenz im Städtchen Schwarzforst zu schlendern, sich den einfachen Leuten zu zeigen und ein paar Almosen zu verteilen. Dass ihn ausgerechnet Rolan, Holzfäller und Schweinehirt, abpasste, um ihn buchstäblich zu beknien, schmälerte sein Vergnügen ganz erheblich.

»Unfälle geschehen«, sagte Helmar. »Hastus wird sich der Seelen annehmen.«

»Das ist richtig, Herr. Aber …« Rolan schluckte mehrmals. »Ich war dort, als es brannte, und ich versuchte mit Freunden, die Flammen zu löschen.«

Helmar nahm die Hand von der Schulter des Mannes. »Das ist mutig von dir gewesen.« Er wünschte sich, dass Rolan weiterginge. Doch es schien eine längere Unterredung zu werden.

»Herr, ich habe danach dafür gesorgt, dass die Leichen aus der Ruine geborgen wurden, damit wir sie im Wald bestatten können«, sprach Rolan lauter, als es schicklich war. Man spürte die Aufregung, die ihn beherrschte. »Ich habe nach der Scīrgerēfa rufen lassen.«

»Sie … hat zu tun. Es scheint im Westen der Baronie einen größeren … Ring aus Räubern zu geben«, erwiderte Helmar, um die Abwesenheit seiner Ordnungshüterin zu erklären. »Hat dich nicht der Hauptmann der königlichen Garnison aufgesucht?«

»Doch, Herr. Er sah nichts Besonderes. Er meinte, die Wunden an den Leichen seien von herabstürzenden Balken und Nägeln gerissen worden.« Rolan zerknautschte den breitkrempigen Schäferhut zwischen seinen Fingern. Die fingerlangen, dunklen Haare standen in alle Richtungen ab. »Verzeiht, wenn ich es Euch direkt sage: Das glaube ich nicht.«

»Du hast bereits laut genug gesagt, dass du ein Verbrechen siehst.« Helmar versuchte, das Gespräch abzukürzen. »Sobald die Scīrgerēfa zurück ist, schicke ich sie zu dir, damit du …«

»Herr, es ist dringend. Ich glaube, die Schuldigen halten sich noch in der Baronie auf« – er machte eine bedeutungsschwere Pause –, »aber sie stammen nicht von hier.«

»Mordbuben aus einer anderen Grafschaft?« Nun runzelte der Baron die Stirn. Sein Interesse wurde geweckt, und auch das Tuscheln der Umstehenden nahm zu. »Was bringt dich zu dem Schluss?«

Rolan langte in seine Tasche und nahm einen in Stoff gehüllten Gegenstand heraus. »Seht her.« Lage um Lage schlug er auseinander.

Auch die Marktbesucher drängten sich näher, um einen Blick auf den mysteriösen Fund zu werfen.

Helmar war es gar nicht recht. »Wir sollten das an einem ruhigeren Ort besprechen.«

Da hatte Rolan bereits den Stoff ausgebreitet. »Das entdeckte ich in den Trümmern des Hauses meiner Schwester.« Auf seinem Handteller lag ein vom Feuer gezeichneter, zwei Finger langer Metallsplitter, dessen Ende in eine gekrümmte Spitze mündete. Außerdem fanden sich zwei schräg angeordnete Bohrungen in dem Metall. »Ich kenne keine Waffe, die so aussieht und in Walfor benutzt wird. Nicht einmal von der königlichen Garde.« Anklage schwang in Rolans Stimme mit.

Baron Efanus Helmar vom Stein nahm es achtsam in die Hand, wog es und stellte fest, dass es nicht so schwer war wie angenommen. »Es ist von einem anderen Gegenstand abgebrochen«, murmelte er und blies darüber, um den Ruß zu entfernen.

Die Luft fing sich in den Bohrungen. Ein leiser, disharmonischer Ton erklang.

Helmar wiederholte sein Experiment mit mehr Puste.

Aus dem Klang wurde ein schrilles Kreischen, das die

Umstehenden zum Aufstöhnen brachte; manche hielten sich die Ohren zu.

Der Baron schloss sich der Vermutung des Hirten an, dass es nicht zu einer bekannten Waffe gehörte. Wie gerne hätte er seine Scīrgerēfa hinzugerufen und es ihr gezeigt, damit sie sich darum kümmerte. Allerdings war sie verschwunden. »Das nehme ich an mich«, sagte er und ließ es einpacken. »Was ist mit deinem Schwager? Kam er auch in den Flammen um?«

»Nein, Herr. Er ist … von seinen letzten Fällarbeiten noch nicht zurückgekehrt.« Rolan sah angestrengt auf den Fund und widmete sich dem Einschlagen.

Helmar wusste, warum das Gegenüber seinen Blick mied. Liothan war ein Räuber, den die Bewohner der Baronie mochten, weil er ihnen von seiner Beute abgab. Damit machte er sie zu Komplizen, die schwiegen und für ihn logen.

Dass die Scīrgerēfa verschollen gegangen war und dazu das Haus mitsamt Liothans Familie niederbrannte, konnte kein Zufall sein.

»Denkst du, *er* hat seine Familie umgebracht?«, fragte der Baron und nahm das Waffenfragment an sich. »Mit eigener Hand?«

»Niemals, Herr! Liothan liebt seine Kinder und Cattra abgöttisch! Eher würde er sich töten lassen, als dass ihnen etwas geschieht.«

»Du denkst demnach, dass fremde Räuber erschienen, um sein Hab und Gut niederzubrennen?« Für Helmar ergab sich daraus eine logische Folgerung. »Könnte es nicht sein, dass Liothan, der bekannt dafür ist, sich nicht an die Gesetze Seiner Majestät, Arcurias dem Vierten, zu halten, mit seinen verbrecherischen Kumpanen aus der Nachbarschaft aneinandergeriet?«

Rolan erbleichte. »Das …«

»Ich denke, dass genau dies geschehen ist.« Der Baron ließ seinen Blick über die Menge schweifen, einige wichen ihm aus. Laut sprach er zu den Leuten auf dem Marktplatz: »Vernehmt, wie ich mir vorstelle, was geschehen ist: Liothan geriet in Streit mit anderen Gesetzlosen. Vielleicht ging es um Gold, vielleicht um die Aufteilung der Gebiete, wir werden es wahrscheinlich nicht erfahren. Sie griffen ihn an. Ihn und seine Familie, brachten sie um und steckten das Haus in Brand.« Er hob den eingewickelten Metallrest. »So ergeht es allen, die meinen, sich über die Gesetze des Königs stellen zu dürfen. Ihre eigene verkommene Art bringt sie zu Fall.«

Rolan schwieg betroffen. Auf einen solchen Gedanken schien er noch nicht gekommen zu sein. »Aber ... wo ist Liothans Leichnam?«

»Vielleicht trafen sie nur seine Familie an. Du sagtest, er sei zum Holzschlagen.« Helmar senkte den Arm mit dem Fragment und ermahnte die Menge: »Mag sein, dass er heute oder morgen oder erst in einer Woche zurückkehrt. Haltet die Augen offen und hütet euch vor Fremden.« Er steckte das Fundstück ein. »Und du, Rolan, geh nach Hause und trauere. Dein Verlust grämt dich. Ich bin sicher, dass Fano und Tynia dieses schreckliche Ende nicht verdient haben. Hastus hat sich ihrer Seelen angenommen. Bete für sie.«

Rolan nickte abwesend und ging mit hängendem Kopf davon. Die Besucher des Marktplatzes redeten leise miteinander, sie tauschten ihre eigenen Theorien zu dem Vorfall aus.

Helmar spürte das Metall in seinem Gehrock kaum. Zu gerne hätte er die Scīrgerēfa an seiner Seite, um sich mit ihr zu beraten. Sollte eine Räuberbande aus einer anderen Baronie oder Grafschaft dahinterstecken, wie er es soeben verbreitet hatte, musste der Kommandant der königlichen Garnison mehr Berittene auf die Straßen schicken.

Der Reichtum von Walfor war Vor- und Nachteil zugleich. In den dichten, dunklen Wäldern konnte man leicht untertauchen oder jemanden verschwinden lassen. Wie Liothan.

Helmar wollte den Holzfäller nicht von jeglicher Schuld an dem Feuerdrama entbinden. Es mochte sein, dass er die Tat hatte verhindern wollen und nun einen Schuldigen verfolgte. Ihnen wiederum könnte die Scīrgerēfa an den Fersen hängen, um sie zu stellen und vor Gericht zu bringen.

Liothan und Tomeija sind Kindheitsfreunde, sie würden sich gegenseitig nicht umbringen.

Baron Efanus Helmar vom Stein ging zwischen den Ständen entlang, sah auf die Auslagen und bestellte Dinge für sein Schloss, indem er darauf zeigte. Gedanklich weilte er bei dem Verbrechen an der kleinen Familie und seiner verschollenen Ordnungshüterin.

Die Vorgänge in seiner Baronie gefielen ihm nicht. Welches Geheimnis sich immer dahinter verbarg – er musste die Angelegenheit regeln, ehe der König davon erfuhr.

* * *

Wédōra, Vergnügungsviertel

Tomeija bekam einen Lageplan des Vergnügungsviertels in die Hand gedrückt, der ihr nicht viel brachte, wie sie bald feststellte.

Zwar erkannte sie das geometrische Muster, das der Architektur einst zugrunde gelegen hatte, doch die Gebäude waren zum einen mitunter oben wesentlich breiter als unten, wuchsen zusammen oder wurden mit wackligen Brettern, Stegen und behelfsmäßigen Brücken verbunden; zum anderen hatte man aus Platzmangel Häuser mitten in die Straßen gestellt und eine Durchfahrt oder einen Durchgang für Wagen und Leute gelassen. Dadurch entstand ein verwinkeltes, streckenweise stockfinsteres Viertel, in dem sich die Besucher durch Abkürzungen und Höfe ungesehen bewegen konnten.

Die Garde wird bei einer Verfolgungsjagd ihren Spaß haben. Tomeija verstand, dass dieses Viertel eine Ausnahme bildete. Die acht übrigen Statthalter, so war ihr von Déla, einem der Chucus-Mädchen, gesagt worden, gestatten solcherlei Gebäudewildwuchs nicht. Das Krankenviertel gar sei nahezu militärisch von Dyar-Corron geführt.

Sicherlich gab es bei den Siechen weniger ansteckende Leiden als hier um mich herum. Um sich gegen Staub und penetrante Gerüche zu schützen, zog Tomeija ihren neuen Schal vor Mund und Nase. Hätte ihr Chucus nicht das Gift gegeben, wäre sie schon längst auf der Suche nach Liothan und einem Witgo. Sie hatte ihn gebeten, einen Abstecher in die Weststadt machen zu dürfen, vorgeblich um nach verlorenem Gepäck zu suchen, aber er hatte darauf bestanden, dass sie erst die ihr übertragenen Aufgaben erledigte.

Ihr erstes Ziel war eine Kaschemme mit dem schönen Namen *Totes Einhorn.*

Tomeija hatte Anweisungen für den Wirt in ihrer Tragetasche, rechts baumelte ihr Henkersschwert am Gürtel. Eine Rüstung überließ Chucus ihr nicht, das weiße Gewand und der lange, zur Kopfbedeckung gewickelte Schal mussten zusammen mit den Handschuhen ausreichen.

Straßenfeger gingen in kleinen Gruppen nebeneinanderher und entfernten den Unrat, den das Treiben der Nacht gebracht hatte. Sie schippten ihre Funde auf einen Wagen und legten dabei Schritt um Schritt zurück.

Tomeija wich dem Dreck aus, die Stiefelsohlen erzeugten ein leises Geräusch, wenn sie auf das Kopfsteinpflaster trafen. Tomeija hob den Kopf und sah, wie ein Hausbesitzer akrobatische Meisterleistungen vollbrachte, um die Kerzen und Petroleumgläschen der Lampions in schwindelnder Höhe auszutauschen.

In einigen Straßenecken roch es nach Pisse, da sich die Betrunkenen jenseits der öffentlichen Aborte erleichtert hatten. Dagegen gingen die Reinigungstrupps mit besonderer, klarer Flüssigkeit vor, die den Duft nach Minze verbreitete. Sie schienen sich die Methode von Dyar-Corrons Viertel abgeschaut zu haben.

Bis zum Abend wird es in den Straßen blitzblank und hübsch sein.

Nach vielen Irrläufen fand sie das *Tote Einhorn.* Es gehörte zu jenen Läden, in denen sich die weniger Betuchten herumtrieben. Die Scheiben waren innen mit dünner Farbe bestrichen worden, so dass man kaum in den Schankraum sehen konnte.

Spelunke. Tomeija war froh um ihre Handschuhe und öffnete die Tür, ohne anzuklopfen. Eine Angewohnheit, die sie sich als Scīrgerēfa zugelegt hatte. Oftmals bekam man die ehrlichsten Reaktionen auf ein Hereinplatzen und als Dreingabe überraschende Einblicke.

In dem Fall sah sie einen Wirt mit speckigem Hemd und Lederschürze, der sich hastig von einer Schankmaid löste, deren ohnehin recht durchsichtiges Kleid halb herabgezogen war.

»Was soll das?«, wurde Tomeija von dem Mann angefahren.

»Wir haben geschlossen«, setzte die junge Frau hinzu und richtete ihre Kleidung.

»Chucus schickt mich.« Tomeija ließ den Schal vor Mund und Nase. Sie ging zur Theke und nahm den Umschlag heraus. »Du bist Nonos?«

Der Wirt nickte und streckte die Hand aus. »Sie haben rasch Ersatz für deinen Vorgänger gefunden.« Die Magd lachte böse auf. »Denkt er, sie würden einer Frau nicht aufs Maul schlagen?« Er umfasste den Brief mit zwei fleckigen Fingern an einer Seite.

Tomeija hielt den Umschlag fest. Der Geruch von saurem Bier, Rauch und kaltem Essen hing im Raum und drang durch den Stoff. *Ich sollte Minzöl draufträufeln.* »Die Losung«, verlangte sie freundlich, doch bestimmt, wie sie es von ihrem Amt in Walfor gewohnt war.

Nonos zog ruckartig an, aber sie gab das Papier nicht frei. »Ich bin es. Jetzt lass los.«

»Sobald ich den verabredeten Satz höre.«

»Dein Vorgänger Acím hätte es mir …«

»Ich bin nicht Acím, und ich habe nicht vor, so zu enden wie er.« Tomeija behielt den überlegen netten Ton bei, legte die andere Hand an den Unterarm des Mannes. »Also?«

»Was hast du vor? Willst du mich kitzeln?«

»Oder ihm schmeicheln und ihn streicheln?«, warf die Schankmaid giftig ein. »Nonos gehört mir! Nimm deine Krallen weg.«

Tomeija wiederholte ihre Aufforderung nicht noch einmal. Es würde ihre Position schwächen. Der Mann wusste ganz genau, was sie hören wollte. Er lotete seine Grenzen aus, um herauszufinden, wie weit die neue Untergebene von Chucus gehen würde.

Das werde ich dir zeigen. Als sie die ankündigende

Muskelbewegung in seinem Arm spürte, drückte sie kräftig mit ihren Fingern auf bestimmte Punkte des Maìluon und quetschte die empfindsamen Nervusbahnen dosiert.

Aufschreiend ließ er den Umschlag los und machte einen Sprung rückwärts, seine Hand hing schlaff herab. »Du dämliche *Kutu!*« Trotz seiner Versuche ließen sich die Finger nicht bewegen. »Was hast du getan?«

Tomeija sparte sich die Erklärung. »Ich setze meinen Rundgang fort, Nonos.« Sie wandte sich halb zur Tür. »Wenn ich später wiederkomme, kannst du mir die Losung sagen, und ich gebe dir den Umschlag deines Herrn.« Sie machte Anstalten, den Brief wieder in der Tasche zu verstauen. »Andernfalls nehme ich ihn mit, berichte von deinem Verhalten und warte, was er mir als Nächstes aufträgt.«

»Halt«, rief der Wirt wütend. »Warte: Die Losung lautet: Das Tote Einhorn tanzt mit hängendem Schweif.«

Ohne einen weiteren Kommentar warf sie ihm das Papier zu und verließ die Kaschemme.

Vor der Tür nahm sie einen langen Atemzug, um den Geruch des sauren Biers aus der Nase zu bekommen, dann ging sie weiter, die türkisfarbenen Augen auf den Lageplan gerichtet. *Ich hätte ihn nach einem Witgo fragen sollen. In diesem Viertel tummeln sich sicherlich welche.*

»Warte!« Nonos hatte die Tür aufgerissen und drückte ihr verstohlen einen Beutel in die Hand. Seine andere Hand hing unbrauchbar am Arm herab. »Da. Der Anteil.« Schon verschwand er wieder in seinem Säuferloch.

Tomeija verstaute das Säckchen mit klimperndem Inhalt in der Tasche. *Wenn mir jeder so viel mitgibt, werde ich einen Esel zum Schleppen organisieren.*

Die nächste Anweisung von Chucus sollte in der *Dampfstube* landen, die laut Karte zwei Querstraßen entfernt lag. Die verbaute Umgebung zwang Tomeija dazu, einen Umweg zu nehmen, in dessen Gässchen durch die hochgezogenen, aneinandergelehnten Häuser und den Pflanzenblättern kein nennenswertes Sonnenlicht fiel.

Man könnte meinen, es sei später Abend. Tomeija bewegte sich sehr aufmerksam durch das Zwielicht, eine Hand an der Schwertscheide, die andere am Riemen der Tasche.

Sie durchschritt die verwaisten Hohlwege und kaum belebten Winkelgassen, ohne dass sie angehalten oder überfallen wurde.

Erst als sie um die Ecke kurz vor der *Dampfstube* bog, stellten sich ihr zwei einfach gekleidete Männer in den Weg und musterten sie; nach einem kurzen, hellen Pfiff gesellten sich zwei Frauen von der anderen Seite hinzu, die leichte, dunkelgraue Kleider trugen. Alle wirkten deutlich jünger als Tomeija.

Dabei wollte ich mich gerade wundern, dass es glattgeht. Die Stelle für einen Raub war sehr gut ausgesucht. Die Wände der Häuser standen so eng beisammen, dass es unmöglich war, ein Schwert zu ziehen und es wirkungsvoll einzusetzen.

»Wir haben Chucus gesagt, dass Tilia und Bemina nicht mehr zu ihm gehören.« Der offensichtliche Anführer der Bande beschrieb einen Kreis. »*Wir* bitten sie zur Kasse. Das ist *unser* Gebiet.«

»Der letzte Eintreiber wollte es auch nicht verstehen«, warf eine der Frauen ein und zog andeutungsweise ihr Messer. »Deswegen hast du seine Aufgabe bekommen. Verzieh dich und behalte dein Leben.«

Nicht nur die Götter wollen mich prüfen. Tomeija drehte sich so, dass sie nach beiden Richtungen schlagen und treten konnte. Sie blieb entspannt stehen, um die vier in Sicherheit zu wiegen. *Sondern auch Chucus.* Ihr erzwungener Herr hatte genau gewusst, was geschehen würde, wenn sie in die Nähe der *Dampfstube* kam. »Ich kenne euch nicht, und ich will keinen Ärger.«

Die vier lachten.

»Den wirst du vermeiden können, indem du dahin gehst, woher du gekommen bist.« Der Bandenanführer zeigte übertrieben zu den Frauen. »Meine Mädels machen dir gerne Platz.«

»Oder machen dich gerne platt«, fügte eine hinzu.

Tomeija nahm ihre Umhängetasche ab und tat, als wollte sie sie schultern. »Soll ich Chucus noch mehr ausrichten? Den Namen eurer Bande, damit er weiß, wen ich meine, wenn ich von euch erzähle?«

»Oh, sag ihm einfach, dass …«, setzte der Anführer zu einer großspurigen Erklärung an.

Tomeija warf ihm die Schlinge ihrer Tasche um den Hals und zog ihn daran zu sich, ihr aufwärtsschnellender Ellbogen traf ihn unter das Kinn und machte ihn benommen.

Sie hielt ihn in der Schlinge zum Schutz gegen den Angriff seines Kumpans aufrecht vor sich. Gleichzeitig stieß sie der Messerträgerin den Griff ihres Schwertes dreimal, viermal blitzschnell in den Bauch, ließ die Waffe herumschnellen und verpasste der Gegnerin einen abschließenden Schlag mit der Hülle auf den Kopf. Ächzend brach sie zusammen.

Danach stieß Tomeija den Benommenen gegen den zweiten Räuber, so dass sie gemeinsam rücklings zu Boden gingen. In deren Fallbewegung lief sie über die beiden wie über eine menschliche Planke hinweg, nahm die Tasche dabei wieder an sich und stand sogleich auf der anderen Seite des Sträßchens.

Lässig schulterte Tomeija das Schwert und sah zu der verbliebenen Räuberin. »Na? Wolltest du noch etwas?«

Sie schüttelte drohend die Faust und stieg vorsichtig über die Verletzten. »Wir kriegen dich!«

»Ihr *hattet* mich. Und ihr habt nichts daraus gemacht.« Tomeija setzte ihren Weg lachend fort und erreichte alsbald die *Dampfstube.*

Sie betrat den Laden ebenso, ohne zu klopfen, wie das *Tote Einhorn.* Unvermittelt schlug ihr dichter Rauch entgegen, der aromatisch roch, als würden Gewürze verbrannt. Der Geruch erinnerte an Tabak, war jedoch weniger kratzig in Nase, Kehle und Augen. Sie spürte den Schwindel, der sich ihrer bemächtigte.

Den Grund für den Rauch sah Tomeija kurz darauf: In der Mitte des Raumes, der mit Kissen und Teppichen bequem ausgelegt war, stand eine Halterung mit einer glühenden Metallplatte, die von einem Herd stammte. Darauf verbrannte leise zischend eine Mischung aus Kräutern, Harzen, Gewürzen und Tabak.

Wer in dieser Schenke sein Bier genießt, bekommt einen doppelten Rausch. Tomeija ging an den kleinen Tischchen vorbei auf eine ältere Frau zu, die hinter einem Tresen die Inhalte verschiedener Schubladen kontrollierte und auf einer Liste abhakte. Es schienen die Zutaten für den Dampf zu sein, der dem Laden seinen Namen gab.

»Ich grüße dich«, sagte Tomeija und langte in die Tasche.

Die ältere Frau sah argwöhnisch über die Schulter und schob das Fach rasch zu. Ihr Gesichtsausdruck wirkte freundlich und überrascht. »Ich dachte schon, sie schicken keinen.«

»Doch, doch. Es dauerte nur, bis sich jemand fand.« Tomeija freute sich über den netten Empfang, blieb dennoch auf der Hut. Sie rechnete damit, dass die Tür aufflog und die vier jungen Räuber hereinstürmten, um es noch einmal zu versuchen.

»Die Gegend ist gerade schwierig, aber ich denke, Chucus wird das alsbald im Griff haben«, räumte die Frau ein und wandte sich gänzlich zu ihr, stützte die faltigen Arme breit am Tresen ab. »Was zu trinken?« Tomeija lehnte ab. »Dann sage mir, du dünne Rose: Wie viel kannst du mir von dem Wunderzeug besorgen?«

Tomeija dämmerte, dass sie von der Alten verwechselt wurde. *Das kann sich nutzen lassen.* Da sie unter Umständen Dinge erfuhr, mit denen sie sich bei ihrem erzwungenen Herrn beliebt machen konnte, setzte sie eine Verschwörermiene auf. »Das kommt darauf an.«

»Auf den Preis. Natürlich.« Die ältere Frau ging um den Tresen und legte einen Balken vor die Tür, damit sie niemand störte. »Tilia darf davon nichts erfahren. Meine Tochter will mit dem Zeug nichts zu tun haben.«

»Ist das so?« Tilia war der Name der Empfängerin des Umschlages. Daher nahm Tomeija an, es mit Bemina zu tun zu haben. *Familiengeschäfte werden gelegentlich getrennt geführt.*

»Natürlich! Es scheint von Dämonen selbst gebraut worden zu sein.« Sie tätschelte Tomeijas Wange. »Was auch immer ihr Ghefti aus Tērland benutzt: Die Leute sind süchtig danach. Von der ersten Nutzung an.«

»Das war ja auch der Sinn«, erwiderte sie und fragte sich, was der Begriff zu bedeuten hatte. »Was kannst du bezahlen?«

»Für jeweils …?« Bemina ließ sich nicht leicht in die Karten sehen und verhandelte.

Eine gute Frage. Tomeija wusste nicht, welche Maße man in Wédōra nutzte oder wie man sie bezeichnete, und rettete sich in eine unverbindliche Geste.

»Also einen viertel Fingerhut?«

»Ja.«

»Sagen wir … zehn ganze Silbermünzen?«

Tomeija tat, als müsste sie sich bedenken. »Ich werde nachfragen. Und wie viel willst du insgesamt erwerben?«

»Ich dachte an ein gutes Pfund Iphium. Fürs Erste. Wenn es sich gut verkauft, dann mehr. Alle lechzen danach. In flüssiger Form nehme ich es auch in Branntwein gelöst, wenn es weniger Umstände macht.« Bemina sah zum Eingang, vor dem sich Silhouetten abzeichneten. »Meine Tochter!« Die Alte packte Tomeija am Ärmel und zerrte sie durch einen Vorgang in einen verwinkelten Gang und schob sie durch eine weitere Tür in eine Gasse. »Melde dich bald.« Sie schlug die Tür zu.

Tomeija blickte sich um. *Verflucht. Jetzt muss ich wieder auf die andere Seite finden.*

Schnell rannte sie einmal um die Ecke und fand den Weg zurück vor die *Dampfstube,* wo Tilia sich im Gespräch mit einem Pärchen befand.

Beim Rennen fiel ihr auf, dass ihr geschenktes Amulett über ihrem Gewand hing. Es musste beim Kampf mit den Möchtegern-Räubern aus der Kleidung gerutscht sein. *Deswegen hat die Alte mich für eine Ghefti gehalten.* Schnell ließ Tomeija das Schmuckstück unter den Stoff zurückgleiten und gab Tilia mit einem Zeichen zu verstehen, dass sie mit ihr reden wolle.

Die wahre Inhaberin der *Dampfstube* verabschiedete sich von den zwei Leuten und kam neugierig herüber. »Wie kann ich dir helfen?«

»Chucus schickt mich.« Sie nahm den Umschlag mit einer Hand aus der Tasche. »Und die Losung, bitte.«

Tilia lachte. »Das erklärt es.«

»Was erklärt was?«

»Die Verletzungen bei Hisofus und seinen Freunden, und ihr Stolz hat sehr gelitten. Sie sind gerade an mir vorbeigehumpelt, ohne dass sie was sagten. Normalerweise fragen sie mich nach einer Abschlagszahlung. Es scheint« – Tilia lächelte erleichtert –, »dass Chucus einen sehr guten Ersatz fand.«

»Ich werde mir Mühe geben.« *Solange ich muss.* Tomeija wippte mit dem Umschlag.

»Der Dampf fällt wie Nebel in der Sonne.« Tilia nahm die Anweisung, griff unter ihr Gewand und zog eine Geldbörse heraus, um eine Handvoll silberne Münzen abzuzählen und Tomeija zu überreichen. »Möchtest du noch mit hineinkommen? Meine Mutter hat einen exzellenten …«

»Nein, vielen Dank.« Tomeija warf das Geld achtlos in die Umhängetasche. Zählen musste sie es nicht, da es keine Absprachen über die Höhe der Summen gegeben hatte. »Ich muss noch einiges austragen.«

Tilia deutete eine Verbeugung an und schritt auf den Eingang zu, während Tomeija auf ihrem Plan suchte, wohin es als Nächstes für sie ging. Chucus hatte ihr nicht den Gefallen getan und ihr eine Gesamtkarte von Wédōra überlassen, sondern ausschließlich vom Vergnügungsviertel. *Die Karte ist wegen der starken Veränderung des Gebietes so gut wie nichts wert.* Seufzend machte sie sich auf den Weg.

Nach zwei weiteren Läden – eine Kneipe und ein Freudenhaus der unteren Preislage – trat sie den Rückweg an, um Chucus Bericht zu erstatten und danach in die Vorstadt zu eilen. Es machte sie verrückt, in der Nähe von Liothan zu sein und nichts ausrichten zu können.

Er schafft es, sogar in der Fremde im Verlies zu landen. Tomeija versuchte, sich markante Punkte auf ihrer Route zu merken, falls sie den Plan verlor oder sie in eine Verfolgung geriet, bei der keine Zeit zum Studieren der Karte blieb.

In den Nischen und Ecken bemerkte sie gelegentlich Statuetten und Bilder von unterschiedlichen Gottheiten, vor denen Kerzen brannten, Blumen und kleine Opfergaben niedergelegt worden waren.

Bei genauerem Überlegen entsann sie sich nicht an einen Tempel. In Wédōra schien es auszureichen, wenn man den Gottheiten mit kleiner Geste seine Wertschätzung zeigte.

Der Glaube spielt eine geringe Rolle, vermutete Tomeija und blieb vor einem eindrucksvollen Fresko stehen. Es mochte an dem Status als Handelsstadt liegen, dass man das Augenmerk eher auf Geschäfte denn auf die Religion richtete.

Die Wandmalerei zeigte einen großen, skelettartig dürren Körper, der aus schwarzem Marmor bestand und mit goldenen filigranen Adern durchzogen war. Im knochigen Schädel, an dem strohiges, schwarzes Haar herabhing, saß ein Paar violett leuchtender Augen. Der Maler hatte es verstanden, den Eindruck zu erwecken, dass die Pupillen den Betrachter anblickten.

Tomeija war von der morbiden Kraft fasziniert.

»Das ist Driochor, der Erste Gott der Erde«, erklang eine Frauenstimme. »Wenn er spricht, tut er das mit sanfter, trockener Stimme, die ein wenig nach Sandpapier klingt.«

Der Vogelscheuchenkörper des höheren Wesens war ohne verhüllende Stoffe dargestellt, abgesehen von einem weiten Umhang mit Schleppe, die aus Tausenden Fingerknöchlein bestand.

»Es sind die Reste derer, die an Seuchen oder Hunger gestorben sind. Und seine Schleppe wird beständig länger«, erklärte die Unbekannte weiter.

»Ist er der Gott des Todes?« Tomeija legte die Linke an den Griff jenes Schwertes, das vielfaches Sterben gebracht hatte. Aus ihren Fingerspitzen schienen trotz des Leders Entladungen in die Waffe zu schießen, als lodere ihr Fluch angesichts des Bildes auf.

»Er ist der Gott der Missstände, geboren aus Epidemien, Hungersnöten und dergleichen. Er steht für die Unfruchtbarkeit, aber auch für sämtliche Reichtümer aus der Erde. Er gibt Gold, Silber und Edelsteine jeglicher Art.«

Tomeija verlor sich im Anblick des Freskos, wandte sich nicht nach der unsichtbaren Antwortgeberin um. *Wie schön er ist!*

»Driochor ist ein sehr altes Wesen, ein Unterdämon, der rasch aufstieg. Man sagt, er habe unsere Sonne mit dem Berg getroffen und zerschlagen und unsere Monde gemacht und gehofft, er könne danach alleine über die Menschen herrschen«, drang die Stimme wie aus einer anderen Sphäre in Tomeijas Verstand. »Er lockte die Sterblichen bei all seinen Nachteilen mit Reichtümern und erfreute sich nicht überall Unbeliebtheit. Aus einem Dämon wurde ein Gott, der die Gier der Menschen sehr schnell durchschaute. Viele nehmen in ihrer Verblendung Seuchen und Krankheiten in Kauf.«

Tomeija ging entrückt näher, zog einen weißen Lederhandschuh aus und legte die Kuppen gegen das Fresko. Ihr war, als folgte sie einem stummen Ruf.

Von ihren Fingerspitzen übertrug sich unsichtbare Energie, die in das Steingemälde eindrang und es zum düsteren Glimmen brachte. Der Winkel zwischen den Häusern wurde von schummriger Helligkeit geflutet. Driochors Gestalt bewegte sich, und das leise Klicken und Klacken der Gebeinschleppe erklang.

In Tomeijas Verstand drang eine zweite Stimme, deren murmelnde Worte sie nicht erfasste. Sie fühlte sich kraftvoll, gefährlich – und vertraut an.

Erschrocken riss sie die Hand zurück, und das Leuchten der Malerei erlosch.

Tomeija machte einen Schritt weg von dem Fresko und beeilte sich, den Handschuh überzustreifen. Die Haut an den Kuppen hatte sich schwarz verfärbt, als habe sie in Ruß gelangt. Erleichtert bemerkte sie, dass niemand sie beobachtet hatte. Die Frau, die ihr von Driochor erzählt hatte, sah sie nirgends.

Ich war in Walfor eine Todbringerin und bin es geblieben. Das Wechseln der Welten befreite sie nicht von dem Fluch, den ihr die Vergangenheit eingebracht hatte. *Dabei tat ich, was mir befohlen wurde.* Tomeija verspürte plötzlichen Durst, in ihrem Mund knirschte der Staub.

Als sie einen Klumpen ausspuckte, erkannte sie helle Pünktchen darin. *Was bei Hastus …?* Sie ging in die Hocke und betrachtete ihren Speichel. *Sind das Goldplättchen? Wie kommen sie …* Tomeija hob den Blick und betrachtete die Wandmalerei, richtete sich dabei auf. *Der Gott des Todes und des Reichtums.*

»Oh, ich sehe, du bist sehr gut unterwegs.« Die brünette Sebiana erschien plötzlich an ihrer Seite und hakte sich geschickt unter. In der anderen Armbeuge klemmte ein Korb mit frischen Früchten. »Und wie schön: Du lebst noch.«

Tomeija löste ihre Gedanken von Driochor und dem unerklärlichen Leuchten des Freskos. *Spioniert sie mir nach? Oder will sie mir ein Messer zwischen die Rippen jagen, aus Rache, weil ich ihr die Nase gebrochen habe?* »Ich dachte, du müsstest für Chucus arbeiten?«

»Erst, wenn die Dämmerung beginnt. Vorher ist nicht viel los. Da reicht es aus, wenn man Musik spielt und Getränke serviert.« Sebiana betrachtete eingehend Tomeijas weißes Gewand. »Sind das Blutspritzer?«

Sie blickte auf die Stelle und sah die kleinen Sprenkel. »Ärgerlich. Es muss aus der Nase von Hisofus stammen.«

»Unsere Wäscherin bekommt es wieder raus. Sie bekommt sämtliche Flecken raus.« Sebiana ging einmal mehr auf die Auseinandersetzung in der Amtsstube nicht ein, sondern schlenderte neben der Scīrgerēfa, als wären sie ein Paar. Sie hatte den runden Bluterguss um die Augen und die Nasenwurzel überschminkt. »Wie viel hast du eingenommen? Sag!«

»Das, was Chucus verlangte.« *Wäre sie dumm genug, mit Hisofus einen Hinterhalt zu legen?*

Sebiana machte große erstaunte Augen, in die sich Männer und Frauen gewiss reihenweise verliebten. »Du hast es nicht gezählt?«

Tomeija versuchte, den Grund ihrer Freundlichkeit zu erkennen. Noch haftete ein Teil ihrer Gedanken an dem Fresko. *Ich werde dorthin zurückkehren.* »Es war nicht meine Aufgabe. Ich sollte die Umschläge verteilen.«

Sebiana grinste. »Du hast nicht einmal etwas für dich von den Wirten und Inhabern verlangt?«

»Tut man das?«

»Die anderen *vor dir* taten es.« Sebiana schenkte ihr einen großen, bittenden Blick, und auch auf diesen würden Narren hereinfallen. »Sie gaben mir immer etwas ab. Für schlechte Zeiten.«

Tomeija grinste. »Sie bekamen sicherlich dafür deine Zuneigung. Aber mir steht nicht der Sinn nach Frauen. Bei mir verdienst du nichts nebenbei.«

»Wie schade. Ich wette, es hätte dir gefallen.« Sebiana lehnte sich im Gehen nach hinten und sah zu Tomeijas verhülltem Nacken. Absichtlich lange und andeutend. »Vielleicht existiert ein … anderer Grund, weswegen du mir in Zukunft von den Münzen geben wirst.«

Du kleine Erpresserin. Tomeija ahnte genau, was der Blick zu bedeuten hatte. »So? Welcher könnte das sein?«

»Das Zeichen in deinem Nacken. Das dir der Keel-Èru verpasste.« Sebiana stellte sich auf die Zehenspitzen und versuchte, ihr einen Kuss auf die Wange zu geben, doch Tomeija wich aus. »Nicht so schüchtern.«

»Wer weiß, welche Krankheiten du hast. Dein Mund lag gewiss an Stellen, die ich nicht zu Gesicht bekommen will.«

Sebiana legte einen Finger an ihr blutunterlaufenes rechtes Auge. »Ich habe es gesehen, als ich dich gewaschen habe. Man wird dich in Ketten legen, sollte es sich herumsprechen. Die Garde wird denken, du wärst eine Spionin, und dann foltern sie dich und bringen dich um. Das wäre sehr schade um dich, Scīr.«

Tomeija erkannte den Fehler in den Ausführungen der Tänzerin. »Das ist ein netter Versuch, mich zu erpressen. Aber das Gift würde mich vorher töten.«

»Welches ... ach so!« Sebiana lachte lauthals. »Chucus hat dir kein Gift gegeben. Das würde er sich nicht trauen, denn wenn was schiefgeht und du stirbst, wird man ihn hinrichten. Nicht durch den Henker des Dârèmo, doch er würde deinen Tod nicht überleben, sollte sich herausstellen, dass er die Schuld daran trägt.«

Tomeija wusste nicht, was sie davon halten sollte. Sebiana stand die Rolle der Intrigantin ausgezeichnet. »Das glaube ich nicht.«

Die Tänzerin betastete ihre Nase und ächzte leise, weil die gebrochene Stelle schmerzte. »Sagen wir, die Wände in Chucus' Kammer sind dünn. Ich konnte ein Gespräch hören, bei dem behauptet wurde, dass du einem Kind das Leben gerettet hast.«

Tomeija erinnerte sich an die Episode im Krankenviertel. *Das Mädchen mit dem entzündeten Bein.*

»Dessen Vater besitzt sehr viel Einfluss, Geld und Klingen. Damit kommt man in Wédōra weit.« Sebiana klopfte ihr auf die Schulter. »Der Vertraute des Vaters kam zu Chucus und hat ihm sehr deutlich gemacht, dass es dir an nichts mangeln soll, solange du in dessen Diensten bist. Mein Leno würde es niemals wagen, dir Gift zu geben.« Sie deutete in die Gasse. »Eine Schlägerei oder ein Kampf, das ist was anderes. Doch dein Leben leichtfertig durch Gift zu riskieren? Nein.«

Für Tomeija klang dies plausibel. Sie erinnerte sich, dass der gutgekleidete Mann ihr Beistand in Aussicht gestellt hatte. *Ich werde Chucus fragen.* »Kennst du den Namen des Vaters?«

»Nein.« Sebiana drückte sich erneut an Tomeija und schien Gefallen daran zu finden. »Das mit dem Gift erzählt er allen, die in seinen Diensten stehen, bis sie den Spaß an ihrem Tun entdecken und freiwillig bleiben.« Sie legte eine Hand gegen die Lippen. »Pst. Verrate mich nicht.«

»Werde ich nicht. Diese Information wäre mir sogar ein paar Münzen wert.«

»Gut!«, rief Sebiana und klatschte einmal in die Hände. »Und natürlich wegen …« Sie streichelte Tomeijas Nacken. »Sonst müsste ich es der Garde melden. Du wärst ein solcher Verlust.«

Tomeija erspähte die feinen, dünnen und fast unsichtbaren Haarnadeln in den langen Locken der Tänzerin, mit denen sie die schwarzen Strähnen bannte. *Das Erpressen werde ich dir austreiben.* Mit der freien Hand fischte sie eine Nadel heraus und hielt sie Sebiana vor die Augen. »Sieh genau hin.« Rasch stach sie das dünne Metall an einer bestimmten Stelle in den Nacken der Tänzerin.

Sebiana keuchte vor Schmerz auf und gefror in der

Bewegung. Sie verfiel in eine Starre, nicht in der Lage, sich zu bewegen.

Tomeija rührte die Nadel nicht an. Sie fing die regungslose Frau, die lediglich blinzeln konnte, und ließ sie auf einen Stapel leerer Säcke und Körbe gleiten. Den Obstkorb stellte sie daneben ab.

Dann beugte sie sich zu Sebiana runter und brachte ihre Lippen dicht an das linke Ohr. »Das vermag ich mit einer kleinen Nadel und deinen Maìluon zu vollbringen. Ich könnte auch Qualen in dir auslösen, die du noch nicht kennst.« Tomeija griff in die weiche Stelle zwischen Daumen und Zeigefinger, drückte zuerst leicht, danach fest und fester, bis sie sah, wie sich die Pupillen der Tänzerin weiteten und ihren Schmerz spiegelten. »Das ist noch harmlos. Solche Punkte gibt es überall. Ich kann deine Arme lähmen oder ein Bein, wie es mir gefiele. Ich könnte dich töten, und niemand käme mir auf die Schliche.« Sie schnippte gegen die herausragende Nadel. »Angenommen, ich würde sie abschneiden und ein Stück in dir lassen, müsstest du verhungern und verdursten, während dein Verstand« – Tomeija pochte ihr gegen die Stirn – »vor Verzweiflung wahnsinnig würde.« Sie stellte ein Bein auf einen Korb und stützte sich auf ein Knie. »Ich werde die Nadel jetzt aus dir entfernen, Sebiana. Weil ich dich warnte und weil du mir von dem Gift sowie dem Vater des Kindes berichtet hast. Sollte es gelogen sein, zeige ich dir eine Stelle, die Schmerzen in dir auslöst, als hätte man dich ins Feuer geworfen.« Tomeija zog das dünne Metall aus der Haut und dem Flusspunkt des Maìluon. »Wir sind nun die besten Freundinnen, die es in Wédōra gibt. Ich achte auf dich. Aber wenn du mich verrätst, wird das Letzte, was du vor deinem Tod siehst, mein Gesicht sein.«

Wie eine Erstickende sog Sebiana Luft ein, blinzelte

mehrmals hastig und richtete sich viel zu schnell auf, warf die leeren Körbe um. Sie starrte Tomeija entsetzt und furchtsam an.

»Hast du verstanden, was ich dir sagte, *beste Freundin?*«

Sebiana nickte und nahm den Korb mit dem Obst. »Verzeih mir, ich wusste nicht, wie …« Ihr fehlten die passenden Worte. Die Angst beherrschte sie, mit einer Hand rieb sie über ihren Nacken, zitterte dabei am ganzen Körper.

Tomeija lächelte und hakte sich dieses Mal bei ihr ein. »Was kannst du mir alles über Wédōra berichten? Was sagen die Gerüchte? Was sind die Besonderheiten?«

»Ich … willst du eine Geschichte hören oder …« Sebiana kämpfte sichtlich mit den Nachwirkungen des erschütternden Erlebnisses. Die arrogante Überheblichkeit schien verflogen wie Alkohol in der Hitze.

»Das ist eine gute Idee. Gibt es in Wédōra denn Hexer?«

Die Tänzerin warf Tomeija einen verunsicherten Blick zu. Sie fürchtete, die Nadel erneut zu kosten. »Ich kenne den Begriff nicht.«

»Witgo. Magier. Jemand, der Zaubersprüche und Flüche zu weben weiß«, erklärte die Scīrgerēfa. Ihr wollte die rechte Bezeichnung nicht mehr einfallen. »Wo finde ich solche Menschen? Sicherlich im Vergnügungsviertel, oder?«

»Ah, du meinst die Razhiv.« Sebiana nickte mehrmals. »Die meisten von ihnen sind Scharlatane, die Tricks vollführen, um die Zuschauer glauben zu lassen, sie könnten den Sand oder die Gebeine oder andere Elemente beherrschen.« Sie überlegte. »Aber ich kenne einen, der sich auf Wind und den Eismond versteht.«

Tomeija faltete den Plan auseinander. »Zeig mir, wo ich ihn finde.« Sebiana deutete darauf. »Und wie heißt er?«

»Kardīr.«

»Sehr gut. Danke, *beste Freundin.*«

Beim Plaudern erreichten sie das Gebäude, in dem Chucus seine Wohnungen hatte und sein Theater, das *Spaß und Blut,* betrieb.

»Wie doch die Zeit verstreicht, wenn man sich nett unterhält.« Tomeija geleitete Sebiana hinein und verabschiedete sie mit einer herzlichen Umarmung, wobei sie die Stelle im Nacken berührte, wo ein feiner rosafarbener Fleck vom Einstich zu sehen war. Die Tänzerin zitterte sogleich. »Ich achte auf dich«, flüsterte sie und ging, um Chucus Bericht zu erstatten.

Über die reflektierende Oberfläche einer Spiegelvase sah Tomeija, wie sich Sebiana ins Genick fuhr, als wollte sie prüfen, dass wirklich kein Metall stecken geblieben war.

Die Scīrgerēfa wusste, dass die Einschüchterung nicht lange halten würde. Doch sie würde ihren Zweck erfüllen, die Tänzerin einige Tage an Dummheiten zu hindern. Mehr brauchte sie nicht. *Ich muss Liothan befreien und danach den Witgo aufsuchen. Gemeinsam mit ihm.*

Tomeija beschränkte sich nicht darauf, ihre Rückkehr anzustreben. Sie war darauf gefasst, dass es weder morgen noch übermorgen eine magische Passage nach Walfor für sie gab.

Und sollte es dem Witgo nicht gelingen, ihnen eine Reise zurück zu ermöglichen, würde sie Liothan ebenfalls in Chucus' Dienste stellen wollen.

Wir dürfen uns nicht wieder trennen. In einer Stadt, die einer Million Menschen Obdach gab, war es ein fast aussichtsloses Unterfangen, einander zu finden.

Sie klopfte an Chucus' Tür und trat nach seiner Aufforderung ein.

Er thronte barfuß hinter einem offenen Schreibtisch, auf dem sich abgegriffene, ramponierte Blätter stapelten, die er sichtete. Es schienen Aufzeichnungen über Warenlieferungen von außerhalb zu sein. Chucus wirkte, als habe er sich im Zimmer geirrt und müsste eigentlich den Eingang ins Theater bewachen, doch der einstige Krieger mit der Vorliebe für Lederbänder als Hemdersatz schien einen ausgezeichneten Sinn für Geschäfte zu haben. An den Wänden standen Regale mit abgegriffenen Bucheinbänden, dazu ein Stahlschrank mit vier verschiedenen Schlüssellöchern. Er trug wieder den langen Faltenrock und die schwarzen Lederbänder um seinen Oberkörper. Es roch nach parfümiertem Talkum.

»Da bin ich. Die Anweisungen sind überbracht.« Tomeija suchte aus dem Umhängebeutel die losen Münzen und die Säckchen heraus, die man ihr gegeben hatte, und legte das Geld auf den Tisch. »Das erhielt ich obendrein.«

Chucus erfasste mit einem Blick die Blutspritzer auf dem weißen Stoff. »Ärger?« Die Muskeln unter den Lederriemen zuckten.

»Nein.«

»Das ist kein Traubensaft.« Er zeigte auf die Flecken.

»Ach, das da?« Tomeija spielte die Überraschte. »Vier Rotzlöffel wollten mich überfallen, kurz bevor ich die *Dampfbude* erreichte. Aber ich erklärte ihnen, dass es dein Laden ist.« Sie legte die Linke auf den Schwertgriff. »Mit Nachdruck. Ich brauchte nicht mal die Klinge dafür.«

Chucus legte die Hände auf den Tisch und lachte lauthals, dass seine Adern dick um seine Kehle herausstanden. »Du bist die beste Eintreiberin, die ich je hatte.« Er sah auf die Münzen und überschlug die Summe. »Du hast dir nichts abgezweigt. Und nichts zusätzlich von meinen Geschäftspartnern verlangt?«

»Nein. Es steht mir nicht zu.«

Chucus wurde ernst, seine Augen verengten sich. »Du bist ungewöhnlich. Nimmst Räuber auseinander, ohne dein Schwert zu ziehen, unterschlägst kein Geld, und noch dazu bleibst du ruhig und gelassen.«

»Das fällt mir nicht schwer.« Tomeija mochte es nicht, von ihm begutachtet zu werden. *Ist das der richtige Moment, ihn auf das Gift anzusprechen?*

»Ich frage mich, welcher Profession du bisher nachgegangen bist.« Er stapelte die Listen säuberlich und schob sie in eine Mappe. »Söldnerin?«

»Soldatin. Für meinen König. Auf dem Schlachtfeld lernt man, Besonnenheit über alles andere zu stellen.« Sie deutete an sich hinab. »Dann geht man mit Flecken vom Blut der Gegner, aber mit allen Gliedmaßen nach Hause.« Tomeija entschied, das Vergiftungsspiel an diesem Tag mitzumachen. Chucus fühlte sich sicherer und würde ihr mehr Freiheiten geben. *Morgen werde ich ihm auf den Zahn fühlen.*

Der Leno nickte anerkennend. »Wohl gesprochen und gut gelogen. Du warst keine Soldatin.« Er zeigte auf ihre Klinge. »Krieger nutzen ihre Waffen. Du jedoch verlässt dich auf anderes Wissen.«

»Es kann dir gleich sein. Ich erledige deine Aufträge.« Sie zeigte auf die Tür. »Ich würde gerne die Stadt ein wenig erkunden.«

»Meinetwegen. Ich gebe dir ein ganzes Sandglas frei. Danach brauche ich dich am Eingang. Du wirst mir die Besoffenen aus der Bude halten.« Er widmete sich den Münzen und baute einen kleinen Turm daraus. »Ich denke, dass du in Wédōra eine große Zukunft haben kannst, wenn du mir treu bleibst, Scīr.«

Morgen wird es damit vorbei sein. Sie verbeugte sich und

ging zur Tür, als sie sein Ruf zurückhielt. »Habe ich etwas vergessen?«

»Du möchtest keinen Schluck vom Gegenmittel?«, fragte er lauernd.

»Dafür ist später noch Zeit, wenn ich am Einlass des Theaters stehe.«

Er nahm eins der Silberstücke und warf es ihr zu. »Kauf dir was Schönes davon.«

Tomeija fing die Münze und grüßte damit. »Ich denke, ich kaufe mir was Hässliches. Das versucht wenigstens keiner zu stehlen.«

Schnell verließ sie seine Kammer und trat auf die Straße, orientierte sich auf dem Plan und schlug den Weg zur westlichen Vorstadt ein.

Verging die Zeit in Wédōra wie in Telonia, waren sie bereits seit zwei Tagen von zu Hause verschwunden. Das dürfte ausreichen, sowohl Liothans Familie als auch den Baron misstrauisch werden zu lassen. *Ich hoffe, vom Stein lässt Cattra und ihren Bruder nicht verhaften, weil er einen Mord an mir annimmt.*

Tomeija gelangte mit ihrem Passierschein in die Westvorstadt und erreichte das unübersehbar an der Hauptstraße gelegene Amtsgebäude der Statthalterin.

Sie begab sich auf die Rückseite, wo sich die vergitterten, schmalen Fenster des Zellentrakts befanden, hinter denen sie Liothan vermutete. *Wie wird es ihm in der Enge ergehen?*

Tomeija rief leise den Namen ihres Freundes.

»Er ist nicht mehr hier«, antwortete ihr eine fremde Stimme.

»Wer spricht da?«

»Würde es mich ehrlicher wirken lassen, wüsstest du meinen Namen?«, gab der Fremde zurück und lachte. »Du wirst mir auch so glauben. Er wurde verkauft.«

»Verkauft? Er ist beileibe kein Sklave!«

»Dies sind die Gesetze des Dârèmo. Du kannst ihn suchen, wenn du magst«, sagte der Unbekannte. »Aber der Ambiaktos wird dir nicht sagen, an wen dein Freund verschachert wurde. Ich habe gehört, dass er sechs Mâne lang ein Diener wurde. Danach sind seine Schulden bezahlt.«

Tomeija wusste nicht, wie lange ein Mâne war, doch die Angelegenheit würde wohl nicht innerhalb einer Woche erledigt sein. *Verkauft! An irgendjemanden in dieser riesigen Stadt.*

Die frisch gewonnene Zuversicht platzte, und ihre Hoffnung zerrann.

* * *

Aus den Stadt-Chroniken:

Im 86. Siderim nach der Gründung kam es zum Aufstand der Kaufleute.
Man fürchtete, dass der Dârèmo verrückt geworden sei. Es gab viele Gerüchte über ihn, den Herrscher und Bestimmer, den bislang niemand gesehen hatte. Besorgte Stimmen warnten, dass die Bewohner einem Trugbild folgten. Einem Geist. Einem Phantom. Oder einer Bande aus Betrügern aus den umliegenden Königreichen.
Die Truppen der Kaufleute stürmten den Turm – aber er war leer. Nicht einmal Möbel fanden sich darin. Jedes Stockwerk, die ganzen zweihundert Schritt in der Höhe strotzten vor Nichts und Platz.
Ein Rat wurde daraufhin von den Kaufleuten gebildet und starb noch in der gleichen Nacht unter nie geklärten Umständen. Die Leichen waren äußerlich unversehrt und innerlich ausgehöhlt wie ein Lampion ohne Kerze.
Die Statthalter der Viertel bekamen ihre Anweisungen vom Boten des Dârèmo, als sei nichts geschehen.

Im 87. Siderim setzte eine Auszugswelle ein.
Vielen Bewohnern von Wédōra waren die Vorkommnisse zu unheimlich, von Dämonen und Geistern war die Rede. Die Stadt verlor zwei Drittel ihrer Bevölkerung.

Das Ausbluten sprach sich in den Außenreichen herum. In den kommenden zwei Siderim zogen unerschrockene Neulinge in die Stadt, die das Leben in die Gassen und Straßen, Plätze und Gebäude zurück-

brachten. Unter ihnen befanden sich entlaufene Sklaven und Verbrecher, die in Wédōra Zuflucht vor Verfolgung und der Justiz umliegender Reiche suchten. Sie gründeten Bruder- und Schwesternschaften in jedem Viertel, besetzten die frei gewordenen Häuser, und der Dârèmo hinderte sie nicht daran.

Die Neulinge entdeckten die Magie, die im grünen Wasser steckte. Und sie erforschten sie.

KAPITEL VIII

WĒDŌRA,
PRACHTVIERTEL

Liothan sah auf die tote alte Frau, die friedlich auf der Liege ruhte, als würde sie sich erheben, sobald man fest an ihrer Schulter rüttelte.

»Verdammt noch eins!« Er setzte sich auf den kleinen Schemel neben der Leiche. Sein Mitleid für die Sklaventreiberin hielt sich in Grenzen, sein Verstand füllte sich mit Fragen.

Liothan spielte mit dem Schloss des Sklavenrings um seinen Hals. Nur Eàkina hätte es vermocht, seinen Status aufzuheben. Mit ihrem Ableben gestaltete es sich schwierig.

Glaubt man mir, wenn ich zum Statthalter gehe und ihren Tod anzeige? Erlosch damit sein Schicksal als Sklave, oder wurde er einfach noch mal verkauft? *Bleib ruhig.* Er konnte aus der Lage das Beste machen, solange er die Nerven bewahrte.

Die Vorteile traten mehr und mehr in den Vordergrund seines Räuberdenkens: Sie lebte alleine, und somit blieb ihr Tod vorerst unbemerkt. Demnach konnte er sich frei im sechsstöckigen Haus bewegen und erkunden, wer Eàkina eigentlich gewesen war. Und was sie an Reichtümern besaß. *Dieser Palast wird mein vorübergehender Stützpunkt, bis ich Tomeija gefunden habe.* Allerdings konnte er die Hausherrin nicht unentwegt an der Tür und in der Nachbarschaft verleugnen. *Ob sie oft Besuch bekommt?* Er musste sich etwas einfallen lassen, um die Illusion aufrechtzuerhalten, dass sie noch lebte.

Er betrachtete die Tote, schätzte ihre Maße ab. Die Größe passte ungefähr, seine eigene sehnige Statur kam dem Plan entgegen. Mit der richtigen Kleidung könnte er so tun, als wäre er Eàkina. *Ein Schal vors Gesicht, gebrechliches Gehen* … Als Räuber spielte er oftmals Theater, um Verfolger zu täuschen oder Orte auszuspähen.

Liothan gefiel der Gedanke mehr und mehr. Das Ende seiner Sklaventreiberin verschaffte ihm die besten Voraussetzungen, um nach Tomeija sowie einem Witgo zu suchen: ein riesiges Haus, Geld, niemanden, der ihn störte.

Hastus, wie konnte ich das Geschenk nicht sehen, das du mir gabst? Er atmete auf. *Ich werde nur nachts rausgehen und mich als Eàkina zeigen. Oder kurz auf der Dachterrasse.*

Liothan überlegte, was er mit der Leiche anstellte. An diesem heißen Ort würde das Fleisch schnell verwesen und der Leib sich durch die Faulgase aufblähen. Einen Keller, wo er sie hätte kühl lagern können, besaß das Anwesen nicht.

Habe ich nicht so etwas wie einen Eisschrank in der Küche gesehen? Liothan stand auf und warf sich die Tote über die Schulter, trug sie die Treppen nach unten und wählte den kühlsten Raum aus. Dort bettete er sie auf eine Lage aus leeren Säcken, welche die austretenden Körperflüssigkeiten aufsaugen sollten. Er entdeckte eine Falltür und darunter eine Kammer mit stangenförmigem Eis, das zwischen Stroh lag. Liothan hatte den Vorrat entdeckt.

Mein Vorhaben ist gefährlich. Liothan betrachtete die Verstorbene.

Wenn er sich entschied, dem Statthalter das Ende von Eàkina nicht zu melden, musste er seine Scharade spielen, komme, was wolle.

Hastus ist mit den Wagemutigen.

Liothan bettete die Tote auf einem rasch errichteten Eisbett, zog sich zurück und durchsuchte das Haus von unten nach oben. Kammer für Kammer, Raum für Raum, Saal für Saal. Das Waschen musste warten.

Eàkinas Überfluss übertraf die Einrichtung von Dûrus' kostbarem Zimmer, in dem sich die Tragödie zutrug, um das Hundertfache. Abgesehen von den kostbaren Einrichtungsgegenständen, den Kommoden, den Kissen und Teppichen, den Wandbildern, Statuen und Brünnchen, fand er jede Menge Münzen: silberne, etliche goldene und welche aus einem Metall, das er nicht kannte und das sehr schwer war. Mit diesem Vermögen ließe sich in Wédōra einiges bewerkstelligen.

Und in Walfor sowieso. Er würde mit einem Schatz in seine Heimat zurückkehren. *Cattra und ich könnten das Leben als Gesetzlose aufgeben.*

Als gewiefter Räuber entdeckte er, dass sich hinter manchen Wänden Hohlräume verbargen, an die er nicht ohne weiteren Aufwand gelangte. *Die alte Pflaume hatte Geheimnisse.* Auf das Aufstemmen der Mauern oder die Suche nach verborgenen Öffnungsmechanismen verzichtete er vorerst. Liothan wollte die Erkundung zu Ende bringen.

In dem Stockwerk mit den Privatgemächern der Toten entdeckte er genügend Kleidungsstücke, die auch den Kopf und das Gesicht verhüllten. *Wann trägt man so was? In einem Sandsturm?* Damit konnte er den Anschein erwecken, er sei Eàkina. Zwei Stücke davon wiesen breite Polsterungen an den Schultern auf. *Das ist bestens! Sie kaschieren die kleineren Abweichungen zwischen ihrer und meiner Statur.*

Beruhigter setzte Liothan das Untersuchen seiner Bleibe fort und fand eine hübsche Auswahl an Waffen, auch wenn ihm die meisten zu fremdartig erschienen, um damit gut zu kämpfen. Das gravierte Beil mit sehr langem Stiel, dessen Stahlkopf schwarz gemustert schimmerte, gefiel ihm jedoch sofort. Daher nahm er es mit, ebenso einen unterarmlangen Dolch der gleichen Machart.

Als die Sonne unterging, hatte Liothan sich einen Überblick verschafft. Mit ein wenig Vorkehrungen vermochte er das Schauspiel eine Woche lang aufrechtzuerhalten. Mehr wollte er sich selbst nicht geben, um einen Witgo zu finden und Wédōra zusammen mit Tomeija zu verlassen.

In der riesigen Küche bereitete er sich etwas zu essen zu aus dem, was ihm zusagte, obwohl er das meiste nicht kannte.

Das Brot in Fladenform mit den schwarzen Körnchen schmeckte ganz köstlich, dazu gab es mehrere gedörrte und ungewöhnlich gewürzte Fleischsorten, auch Käse fand er. Die Eier, doppelt so groß wie in Walfor, briet er sich in einer Pfanne und nutzte das rosafarbene Salz. An die anderen Gewürze wagte er sich nicht. Der Geschmack kam nussiger daher als erwartet, das Gelbe schmeckte kräftig.

Gestärkt und zufrieden, nicht mehr den Brei aus dem Verlies essen zu müssen, legte sich Liothan einen Schlachtplan zurecht.

Ausgestattet mit dem Passierschein seiner Herrin, konnte er in jedes Viertel gelangen und nach einem Zauberkundigen fahnden, ganz gleich, wie sie sich nannten. Beginnen wollte er im Vergnügungsviertel, wie es ihm der Vertreter der Statthalterin geraten hatte.

Was mache ich, wenn ich Tomeija nicht finde?

Diese Frage gefiel ihm nicht. Er dachte an Aushänge oder einen Ausrufer, den er mit dem Geld der Toten anheuerte. Würde das in einer Stadt mit einer Million

Einwohner funktionieren, die lebte und pulsierte und in der ein Treiben auf den Straßen herrschte, dass einem schwindlig wurde? Er entschied, zunächst etwas gegen seinen Gestank zu unternehmen, und suchte den prächtig gekachelten Waschraum mit der großen Kupferwanne auf. *Hier warten bestimmt bessere Eingebungen.*

Ganz ohne Hexerei floss warmes Wasser aus dem einen Hahn, kaltes aus dem anderen, sobald er die Drehventile öffnete und einen Pumphebel betätigte. Die Technik, die im Untergeschoss verborgen lag, ermöglichte zusammen mit den hinter den Wänden verlegten Leitungen das Wunder.

Liothan grinste. *Mit dieser Erfindung kann ich in Walfor ein Vermögen machen, wenn ich mein erstes ausgegeben habe.* Er sah die Häuser der Gutbetuchten und die Paläste des Königs vor sich, deren Besitzer sich darum reißen würden. Die Häuser, die er ganz nebenbei auskundschaften würde. Falls er doch räubern wollte.

Eine Stadt voller Möglichkeiten. Aber ich muss fort. Während er seinen Körper und das Hastus-Amulett in dem nach Essenzen duftenden Wasser vom Schmutz reinigte, drehten sich seine Gedanken um seine Rückkehr und das Schicksal seiner Familie. *Zwei Tage. Da wird nicht viel geschehen sein,* versuchte er, seine Sorgen zu beruhigen.

Recht gelingen wollte die Selbstüberlistung nicht.

Cattra und sein Schwager Rolan konnten in Schwierigkeiten geraten, auch ohne dass Dûrus den Angriff überlebt hatte. Solange die Scīrgerēfa und er nicht wiederauftauchten, würde der Baron annehmen, es wäre ein Verbrechen geschehen.

Er wird den Kommandant der königlichen Garde zu Rate ziehen. Ein Verhör geschah nicht mit Samthandschuhen. Wenn der Baron etwas wissen wollte, nutzten seine Leute die älteste Methode, um an Informationen zu gelangen: das Zufügen von Schmerzen. Da Cattra nichts zu gestehen hatte, würden sie ihr Leid so lange steigern, bis sie etwas zu hören bekamen und zufrieden waren.

Nein, das darf ihr nicht geschehen. Seine eigene Frist von einer Woche erschien Liothan unvermittelt viel zu lange.

Die Furcht brachte Liothan dazu, die Wanne zu verlassen und sich abzutrocknen. Das Leder des Zwingtorque schien sich vollgesogen zu haben und noch enger um seinen Hals zu liegen.

Sobald es dunkel wird, lege ich Eàkinas Gewänder an und suche Kasûl. Entweder ist Tomeija bei ihm, oder er weiß, wo ich sie finde. In aller Hast zog er ein Untergewand über und suchte aus dem Raum mit den Werkzeugen, Besen und sonstigem Handwerkszubehör eine Brechstange sowie einen Hammer. Er wollte vor seinem Abstecher in die Westvorstadt wissen, was sich in den Hohlräumen verbarg, die über die Stockwerke verteilt lagen. Es lenkte ihn von dem unerbittlichen Band um seine Kehle sowie seinen schlechten Gedanken ab.

Hat sie ihre wichtigsten Schätze darin verborgen, oder gibt es noch etwas Wertvolleres?

Liothan suchte zunächst Zimmer für Zimmer nach versteckten Mechanismen ab, um Beschädigungen der wundervoll gestalteten Wände und Regale zu vermeiden. Geduldig pochte er mit dem Hammer, lauschte, tastete sogar den Boden ab.

Unter einer Diele eines Teezimmers im zweiten Stock wurde er fündig und bemerkte einen metallenen Ring, an dem er zog. Es klickte, und das Regal mit den bemalten und gravierten Aufbewahrungsdosen schwang wie von Zauberhand auf.

Dahinter kamen Fächer zum Vorschein, in deren Kammern sich Papierstapel und -rollen befanden. Die Markierungen an den Fächern daran vermochte er nicht zu entziffern, also nahm er einige Blätter heraus und überflog sie.

Liothan hatte sich niemals sonderlich um Lesen, Schreiben und Rechnen bemüht, was er nun aufs tiefste bedauerte.

Die Buchstaben sahen der Schrift seiner Heimat ähnlich, aber sie tanzten auf den Zeilen umher, fügten sich nur widerwillig zu Sätzen und Namen, was Liothans Geduld auf eine harte Probe stellte. Mit einigen Begriffen konnte er überhaupt nichts anfangen.

Es scheint um Zeit zu gehen und was wann passiert. Und endlich begriff er, was er in Händen hielt. *Das sind Wachwechsel.*

Er staunte nicht schlecht. Warum hatte sich die alte Eàkina die Mühe gemacht, genau festzuhalten, wann die Gardisten und Soldaten ihre Plätze mit der Ablösung tauschen?

Liothan legte die Blätter zurück und überflog weitere Bögen. Das Ergebnis blieb das gleiche.

Für eine Räuberin war sie zu alt. Sie leistete wohl die Vorarbeit für jemand anderen. Er schloss den Regalschrank und rückte die Aufbewahrungsdosen zurecht. *Das ist gut durchdacht.* Niemand würde die ehrwürdige Eàkina für eine Späherin halten; und während sich die angesehene Dame Tag für Tag durch Wédōras neun Viertel bewegte, merkte sie sich, was sie sah, und schrieb alles fein säuberlich auf.

Eine ausgebuffte Vorgehensweise.

Liothan war gespannt, was ihn hinter der nächsten Wand erwartete, und machte sich auf den Weg in das angrenzende Gemäldezimmer. Die Wände hingen voller Darstellungen der Stadt, gemalt und gezeichnet zu verschiedenen Jahrhunderten.

Während er sich wieder auf die Suche nach einem Öffnungsmechanismus begab, kam ihm der Gedanke, dass Eàkina vielleicht der Kopf einer raffinierten Einbrecherbande gewesen war. *Sie spähte die lohnenswerten Ziele aus und instruierte ihre Leute.* Liothan entdeckte einen drehbaren Lampenhalter in der Wand. Erneut öffnete sich ein versteckter Raum.

Vor ihm erschien eine riesige Karte der Stadt, welche die ganze Breite der Mauer einnahm.

Sie war von Hand angefertigt, bis ins kleinste Detail genau, teilweise übermalt und neu skizziert, wo sich Änderungen im Stadtbild ergeben hatten. Jedes Sträßchen, jede Gasse, jedes noch so kleine Bauwerk hatte jemand eingezeichnet. In einer Halterung lagen Stecknadeln mit farbigen Köpfen.

Liothan machte mehrere Schritte rückwärts. *Das ist phantastisch!*

Er versuchte, sich zu erinnern, wo die Markierungen des Witgos auf dessen Viertelplänen gewesen waren. Vier davon fielen ihm zumindest vage ein.

Schnell nahm er Markierungsnadeln und steckte sie dort ein, wo er glaubte, sie bei Dûrus gesehen zu haben. *Diese Orte werde ich mir auf alle Fälle anschauen, sollte ich die Zeit erübrigen.*

Eàkina selbst hatte nichts markiert. Zwar gab es Einstichstellen im weichen Putz, aber die Nadeln waren entfernt worden. *Vielleicht haben die Einbrüche bereits stattgefunden?*

Liothan schloss leise lachend den geheimen Raum und stieg in das dritte Geschoss hinauf. *Der alte Pflaumenbaum war ein Räuberhauptmann.*

Weil er im Raum voller kleiner und großer Vasen keinen Mechanismus fand, weder zum Drücken noch Ziehen noch

Drehen, setzte er die Brechstange an und stemmte ein Loch in die Mauer. Er vergrößerte es, bis er mit einer Lampe hineinschauen konnte. Dahinter verlief eine Röhre senkrecht nach oben und unten. In einer Wand waren Sprossen eingelassen. Eàkina hatte sich einen Fluchtweg angelegt, anscheinend rechnete sie mit einer Entdeckung ihrer Bande.

Wohin führt der Schacht? Liothan warf ein kleines Steinchen in die Tiefe und lauschte.

Und lauschte.

Und lauschte …

Bei Hastus! Wie tief ist dieser Gang? Ihm kam der Verdacht, dass sich die Röhre bis in die Grotten erstreckte, über denen Wédōra stand. *Das finde ich nur heraus, wenn ich hinabsteige.* Sein Abenteuersinn frohlockte, wurde aber von den Sorgen um seine Liebsten in der weit entfernten Heimat sogleich ermahnt. Zudem spürte er eine zunehmende Müdigkeit, doch die Neugier verlangte von ihm, auch die restlichen Kammern zu öffnen und ihnen ihre Geheimnisse zu entlocken, bevor die Nacht kam und er im Schutz der Dunkelheit zu Kasûl gehen würde.

So verbrachte Liothan einige Zeit mit Suchen und Durchforsten, was Dutzende sehr genaue Gebäudepläne ans Lampenlicht förderte. Eàkina hatte mit dem Auskundschaften ganze Arbeit geleistet. *Deswegen kann sie so gut leben. Konnte. Sie wusste stets, wo es die besten Brocken zu holen gab.*

Der Schacht beunruhigte ihn. Banden, die in einer derart großen Stadt auf Beutezug gingen, bestanden bestimmt aus Dutzenden Leuten. Das waren zu viele Gegner für ihn, sollten sie unerwartet ins Haus eindringen. *Sicherlich würden sie mich erschlagen.* Liothan sammelte etliche Aufzeichnungen und Karten zusammen. *Ich sollte mich unentbehrlich für sie machen.*

Er steckte die Papiere samt einiger Steine in eine große, verschließbare Vase und dichtete den Verschluss mit Wachs ab. Anschließend versenkte er sie in dem kleinen Teich auf der Dachterrasse. Nun brauchten sie ihn lebend, wollten sie an ihre Unterlagen kommen.

Eine Kammer sehe ich mir noch an. Dann ist es genug, und ich verwandle mich für meinen Ausflug in Eàkina.

Im Zimmer, das mit reichlich verzierten Wasser- und Meerschaumpfeifen zugestellt war, gab es eine hohle Mauer, deren geheimer Zugang sich nicht für ihn öffnete. Nach seiner versierten Begutachtung bestand sie aus einer dünnen Putzschicht, der man mit raffinierter Bemalung den Anschein einer festen Wand gegeben hatte.

Was bist du denn? Er setzte die Brechstange an und kratzte vorsichtig.

Das spitze Ende des Stemmeisens prallte nach einem halben Fingerglied Tiefe gegen Eisen. Er nahm an, einen Tresor gefunden zu haben.

Der Schatzhort des alten Drachens ist besonders gesichert. Daran versuche ich mich morgen. Das gilt nicht als geöffnet. Eine Kammer noch.

Er nahm sich den Hohlraum vor, der sich im Schlafzimmer der Verstorbenen befand.

Dieses Mal ging es recht einfach: Ein kräftiger Druck auf ein poliertes rotes Steinchen im Mittelpunkt eines abstrakten Mosaiks ließ unsichtbare Riegel hörbar zurückschnappen, und eine verspiegelte Einbuchtung in der Wand neben dem Bild schwang auf.

Sein Fund überraschte Liothan mehr, als jede Schatzkammer es vermocht hätte.

* * *

Wédōra, West-Vorstadt

Das ist in Wédōra durchaus üblich«, erklärte ihr Kasûl, während Tomeija die riesige Echse im Auge behielt. »Leider.« Er reichte ihr einen Becher mit einer Flüssigkeit, die nach Bier roch. Er hatte einen vollen Schlauch davon unter dem Arm und schenkte auch sich nach. »Trink das Henket. Es macht den Tag freundlicher und die Hitze erträglicher.«

»Ich kann nichts dagegen tun?« Sie hatte sich an den Händler gewandt, weil sie sich hilfreiche Hinweise von ihm erhoffte.

Kasûl wusste, was sich in der Amtsstube zugetragen hatte, und seine Ausführungen brachten eine unschöne Gewissheit: Liothan war zum Sklaven auf Zeit geworden.

»Es sind Wédōras Gesetze. Der Kleidung nach war es eine sehr reiche Frau. Sie wird sicherlich im Goldenen Viereck des Prachtviertels leben.« Er zeigte auf den riesigen Turm, der sich wie ein weisender Finger über die Befestigungsmauern erhob. »Dort. In der Nähe. Dahin wirst du jedoch nicht gelangen.« Er zeigte auf ihren Passierschein, sein Totenkopfgesicht verzog sich bedauernd. »Nicht *damit.*«

Tomeija fluchte. *Ein Witgo wird vielleicht helfen können.*

»Was fressen diese Dinger eigentlich?«, fragte sie und sah misstrauisch zum haushohen Reptil, dessen Kabine just mit einem Kran auf den Rücken gesetzt wurde. Sie kostete einen Schluck von dem Getränk. *Bier. Süßer und kräftiger als unseres.*

»Menschenfleisch«, antwortete Kasûl trocken.

Tomeija spuckte ihr Henket in hohem Bogen aus.

Er nippte an seinem Becher und freute sich über das entsetzte Gesicht. »Unsinn. Ich wollte dich ein wenig foppen.« Er grinste. »Wir nennen sie Angitila. Sie vermögen es, sich von Tierchen im Sand zu ernähren, wie Skorpione, Schlangen, Echsen, Käfer und was sonst noch darin kreucht. Sie verschlingen einen halben Berg Sand, filtern das Schmackhafte heraus und speien den Rest wieder aus.« Er stieß mit ihr an. »Besonders intelligent sind sie allerdings nicht. Sie frühstücken aus Versehen schon mal den einen oder anderen Unvorsichtigen, der sich in eine Düne zum Schlummern legte.«

Tomeija beschloss, ausschließlich in die Nähe von satten Angitila zu gehen.

Eine Herde von zweihöckrigen pferdeähnlichen Tieren wurde an ihnen vorbeigetrieben, in deren dichtes helles Fell Muster geschoren worden waren. *Der Hirte hat sich wohl gelangweilt.* Sie staunte über die Kleinigkeiten, die zu erkennen waren. »Spuckt die Wüste nur Menschen aus?«

»Wie meinst du das?« Dann begriff Kasûl. »Ach, die Gestrandeten. Nein, gelegentlich sind auch Einhörner, Riesen und Drachen darunter.«

Das Grinsen zeigte Tomeija, dass er einen Scherz machte.

»Es hätte ja sein können, dass auch andere Kreaturen durch die rätselhaften Kräfte ins Sandmeer gelangen.«

Nun wurde Kasûl nachdenklich. »Es wabern Gerüchte, dass es durchaus rätselhafte Wesen bis nach Wédōra geschafft haben, die wenig Menschliches besitzen, aber von den Wachen sofort weggesperrt wurden. Andere sagen, sie bewegen sich getarnt unter uns, und wieder andere wollen gehört haben, dass eine Stadt unter der Stadt existiert. Damit meine ich nicht die Grotten.«

Tomeija lächelte. »Also doch Einhörner, Riesen und Drachen?«

»Eher ... Gefährlicheres. Geheimnisvolleres.« Kasûl gab einen zischelnden Befehl, und die Echse senkte den breiten Kopf. »Los. Stell dich drauf.«

»Weswegen?«

»Mach schon. Es ist ganz leicht.« Er begab sich mit einem Sprung auf den Schädel, ohne dass das Tier sein Gewicht zu spüren schien. »Das ist Körnchen. Sie hat schon gefrühstückt.«

Tomeija nahm ihren Mut zusammen und hüpfte vorsichtig auf den Kopf, berührte behutsam die winzigen, weichen Schuppen. Entgegen ihrer Vorstellung war die Haut warm und trocken. *Nicht wie bei einem Salamander.*

Kasûl klopfte ihr anerkennend auf die Schulter. »Und zur Belohnung für deinen Mut biete ich dir einen vorerst einmaligen Überblick über die Vorstadt.« Er gab erneut ein helles Zischeln von sich und ruckte mit dem Fuß an den Leinen, die zu der widerhakenbesetzten Eisenstange im Maul des Reptils führten.

Der Angitila brüllte tief, und gehorsam hob er sachte den massigen Schädel, bis der Hals senkrecht in der Luft stand, während der Kopf in seiner waagrechten Position blieb.

Tomeija balancierte mehr als fünfzehn Schritte über dem Boden, ihr Herz schlug kräftig und rasch.

»Schau dir das von oben an. Ganz hübsch, nicht wahr?«, sagte Kasûl lachend und schnupperte absichtlich laut. »Ich liebe den Geruch von Gewinn am frühen Morgen!«

Die Gespräche der Menschen drangen gedämpft zu ihnen, Wortfetzen und Lachen klangen herauf und vermengten sich mit dem Lärm der Straßen und dem Krach aus den großen Lagerhäusern. Seilwinden quietschten und surrten. Der warme Wind wehte Tomeija um die Nase und ließ ihr Gewand flattern.

Kasûl deutete über das dichtbebaute Areal, wo sich Kontor an Kontor schmiegte, streng geometrisch angeordnet und ebenso streng von Mauern umschlossen. Spielerisch blähten sich die bunten Stoffbahnen in den schwachen Böen und warfen knatternde Geräusche herüber. »Zwischen- und Endhandel, soweit das Auge reicht.« Vorsichtig wandte er die Schultern der Scīrgerēfa nach Süden. »Und da sind weitere Kräne, Ent- und Beladestationen sowie Ruhelager. Wie hier.«

Enorme Holzkonstrukte ragten rings um sie in den Himmel, einige übertrafen die Höhe der massigen Reptilienleiber. Bewegliche Gelenke erleichterten das Manövrieren der schweren Ladungsbündel. Die verpackten Waren befanden sich in Netzen, welche mit starken Tauen emporgezogen oder herabgelassen wurden; manche setzten die Kabinen im Ganzen auf die Rücken der Wesen.

Kleinere Echsen waren in Zuggeschirre gespannt und bewegten mit Muskelkraft die Seilwinden. Woanders dienten Laufräder, in denen ebenfalls Angitila von geringer Größe rannten, zum Antrieb der Flaschenzüge.

Tomeija staunte einmal mehr über die Vielseitigkeit der unter ihr ausgebreiteten Waren aus den umliegenden Staaten und Reiche. Menschen wurden ebenso verkauft wie Tiere, Gewürze, Waffen, Holz, Steinquader, Lebensmittel und vieles mehr. Einige Handelsgüter kannte sie nicht. Die Vielfalt unterstrich die Wichtigkeit der Stadt: *Ohne Wédōra und ohne die Grotten der Smaragdnen Wasser tief unter dem Wüstensand wäre das alles nicht möglich.*

»Warum zeigst du mir das?« Sie blickte Kasûl an.

»Um dir Mut zu machen. Diese Stadt besteht seit fast zweihundertfünfzig Siderim, und sie wird noch bestehen, wenn meine Gebeine längst in Iratha bestattet sind.« Er lächelte sein breitestes Totenkopflächeln. »Natürlich sterbe ich friedlich als reicher Mann, umringt von meinen zehn Kindern und zwanzig Enkeln. Aber es gab Zeiten, da war Wédōra so gut wie verloren: Angriffe, Seuchen, die Wüstenstürme.« Kasûl deutete mit großem Gestus umher. »Und doch gibt es sie noch, auch wenn es manchmal aussichtslos erschien. Dein Freund und du, ihr werdet euch wiederfinden. Und ihr werdet in eure Heimat zurückkehren.« Er bewegte die Zügel erneut mit dem Fuß, und die Echse senkte den Kopf abwärts, damit sie absteigen konnten. »Vergiss das nicht: Dinge, die unmöglich scheinen, werden wahr.«

Tomeija fand es rührend, wie der Kaufmann sie aufzubauen versuchte. Ihre Vergangenheit hatte sie das Gleiche gelehrt. *Sowohl im Guten als auch im Schlechten.* »Danke.«

Sie hüpfte auf den Boden und machte zwei Schritte weg von dem Reptil mit dem niedlichen Namen. »Eine Sache hätte ich noch, bei der du mir helfen könntest.«

»Und die wäre?« Er sprang auf den sandigen Untergrund neben sie.

Tomeija nahm das Amulett der Toten unauffällig heraus und zeigte es ihm, ohne dass es von anderen gesehen wurde. »Das bekam ich in der Wüste.«

Sein Gesicht zeigte Überraschung. »Dann war die Wüste sehr großzügig. Es stammt aus Tērland.« Er betrachtete es genauer. »Das ist das Siegel einer Ghefti-Familie. Das kann dir in Wédōra manche Tür öffnen und dich aber auch in Schwierigkeiten bringen, solltest du nicht belegen können, dass man es dir gab und du es nicht stahlst.« Kasûl schien beeindruckt. »In der Güte habe ich noch nie eines gesehen.«

»Eine Frau hier in Wédōra hielt mich seinetwegen für

eine Rauschmittelhändlerin und wollte Iphium von mir erstehen. Weißt du, was das ist?«

»Natürlich weiß ich es. Iphium bedeutet *Todesrausch.* Anrühren würde ich es niemals. Es starben etliche daran.« Kasûl machte ein nachdenkliches Gesicht. »Keiner weiß, woher es stammt. Es ist auf dem Markt, es ist billig, und jeder will es haben. Es wird jedoch ohne die Erlaubnis der Statthalter oder des Dârèmo verkauft.«

»Was nicht in Ordnung ist?«

Kasûl trank seinen Becher leer und goss sich nach. Tomeija lehnte einen Nachschlag ab. »Die Regeln besagen, dass Rauschmittel in jeglicher Form nur im Vergnügungsviertel zu kaufen sind, wenn wir einmal Alkohol und Tabak außen vor lassen. Es gibt anscheinend Verkäufer, die sich nicht daran halten. Wer auch immer hinter Iphium steckt, er macht sich durch das Umgehen des Gebots viele Feinde.«

»Warum glaubte die Frau, ich gehöre zu ihr oder nach …?«

»Tērland.« Kasûl deutete auf den Schmuck. »Die Ghefti sind die Heiltrank-, Gift- und Drogenkönige. Ihre alchemistischen Küchen sind berühmt. Natürlich stand Tērland zuerst im Verdacht, hinter der neuen Substanz zu stecken, doch das tun sie nicht. Sagen sie.« Er trank vom süß-würzigen Bier. »Pass auf, dass dich deine Wüstengabe nicht in größere Bedrängnis bringt.«

Tomeija versprach es ihm. »Du reist weiter?«

»Heute noch. Ich muss zurück nach Iratha. Meine Fracht ist verladen, die mitgebrachte Ware ist verkauft. Besser kann es nicht für mich laufen.« Kasûl nickte ihr zu. »Ich hoffe, dass wir uns wiedersehen. Nicht, weil ihr keinen Weg nach Hause gefunden habt, sondern weil ihr erneut herkommen möchtet.«

Das schloss Tomeija für sich aus. »Gerne«, erwiderte sie dennoch. »Liothan und ich sind dir sehr dankbar. Weil du uns gerettet hast und weil du versuchtest, meinen Freund zu befreien. Diese Schuld werden wir dir vermutlich nie …«

Kasûl winkte ab. »Die Götter werden sich etwas ausdenken, um mich für meine Großzügigkeit zu belohnen.« Sie reichten sich die Hände. »Irtho sei mit dir, und Driochor verschone dich. Alles Gute.«

»Dir auch.«

Tomeija kehrte auf der Straße ins Innere von Wédōra zurück. *Driochor.* Wieder fiel der Name des Gottes von zweifelhaftem Ruf. *Warum nannte ihn die Unbekannte?*

Es blieb noch etwas Zeit, den Razhiv Kardīr aufzusuchen, von dem Sebiana gesprochen hatte. Danach musste sie zu Chucus und ihren Dienst am Eingang des Theaters antreten.

Sie zog den Schal vor Mund und Nase, wies den Gardisten ihren Passierschein und kehrte über die von Stoffbahnen und Blättern beschatteten Straßen, so schnell es ging, ins Vergnügungsviertel zurück.

Dabei dachte sie an Liothan und wohin es ihn wohl verschlagen hatte, was müßig war. Sie selbst gelangte nicht ins Prachtviertel. *Da wird sich seine Räuberseele freuen. So viele reiche Leute, die er überfallen kann.* Der unmittelbare Kern der Stadt beherbergte sicherlich mehr als hunderttausend Seelen. Unmöglich, ihn dort zu finden. *Erst der Witgo. Er kann ihn vielleicht zu mir zaubern oder mich zu Liothan.*

Tomeija marschierte durch das Vergnügungsviertel, orientierte sich grob mit ihrem Lageplan und fand sich vor dem Haus wieder, in dem angeblich der Razhiv wohnte. Es unterschied sich äußerlich nicht von den umstehenden

Gebäuden; mehrere Brückchen und Stege führten in verschiedenen Höhen zu Eingängen. Das Stockwerk, in dem der Mann zu finden war, hatte ihr Sebiana verschwiegen.

Ich werde mich durchfragen.

Tomeija entdeckte keinen Klingelzug, daher öffnete sie die Tür und betrat ein enges, schwach beleuchtetes Treppenhaus, das aus vielen Leitern bestand, als hätte man kein Geld mehr für vernünftige Stiegen gehabt. Die Enden standen versetzt auf schmalen Simsen, so dass beim Umsteigen im Stockwerk darüber ein Balancieren notwendig wurde, um nicht in den Schacht zu stürzen und die Leitern darunter mitzureißen.

Eichhörnchen würden sich wohl fühlen.

Mit einem unguten Gefühl klopfte Tomeija an der Tür im Erdgeschoss.

Der Eingang öffnete sich einen Spalt, zwei Kindergesichter schauten heraus.

»Was willst du?«, fragte das Mädchen keck. »Wir sind alleine und dürfen niemanden reinlassen.«

»Das ist gut. Aber dann solltet ihr auch nicht öffnen.« *Kinder.* Tomeija ging in die Hocke. »Ich suche einen gewissen Kardīr. Könnt ihr mir sagen, in welchem Stockwerk er wohnt?«

»Ganz oben!«, rief der Junge. »Er ist Sternengucker und Sternendeuter.«

»Das heißt Astronom und Astrologe, sagt er doch immer«, verbesserte ihn seine Schwester. »Kommst du, um die Monde zu bewundern?«

»Genau.« Tomeija lächelte. »Ich betrachte die Monde.« Sie erhob sich und wandte sich den Leitern zu. *Ganz oben. Das kann ein langer Fall werden.*

»Sag Kardīr schöne Grüße von uns«, krähte das Mädchen.

»Um diese Zeit schläft er noch«, fügte der Junge hinzu. »Er ist sehr unfreundlich, wenn man ihn weckt.«

»Danke für die Warnung.« Tomeija kletterte von Sprosse zu Sprosse. »Und ihr lasst die Tür zu, damit euch niemand stiehlt.«

Die Leitern knirschten und quietschten, sie wippten und bogen sich unter der leichten Frau durch. So passierte sie Stockwerk um Stockwerk und fragte sich, wie man Einkäufe und schwere Dinge nach oben bugsierte. *Vermutlich mit Flaschenzügen an der Außenwand oder über die Brückchen.*

Endlich erreichte Tomeija die oberste Ebene, in der es durchdringend nach scharf Angebratenem roch. Die Küchengerüche der Bewohner sammelten sich, die kleinen Lüftungsluken vermochten sie nicht abzuleiten.

Sie schwang sich auf das unterarmbreite Sims und pochte einmal, zweimal, erhielt keine Reaktion und öffnete kurzerhand den Eingang, trat ein.

Zahllose kleine Echsen flüchteten vor ihr in den dunklen Gang, die Wände und die Decke entlang und erzeugten ein leises Trappeln. Die Haustiere sorgten gewiss dafür, dass es keine lästigen Insekten in der Wohnung gab.

Vor den Fenstern hingen dicke Vorhänge und schluckten größtenteils das Licht. Die Mauern waren übersät mit angemalten und festgesteckten Himmelskarten, auf denen Anmerkungen geschrieben standen; dazwischen steckten schematische Darstellungen von Abläufen, deren Sinn sich Tomeija nicht erschloss.

»Nicht erschrecken, bitte.« Sie ging weiter und gab sich keine Mühe, besonders leise zu sein. »Ich suche Kardīr«, sagte sie freundlich und mit Nachdruck, als würde sie als Scīrgerēfa Nachforschungen in einer Schenke anstellen. Tomeija machte Schritte über Kisten und Gegenstände hinweg, die sie im Halbdüsteren nur undeutlich erkannte. »Ich habe dir ein Geschäft vorzuschlagen.«

»Verpiss dich«, kam eine müde Stimme aus dem Zimmer nebenan.

»Genau das habe ich vor. Dafür brauche ich deine Hilfe.« Tomeija fand eine Gestalt breitbeinig ausgestreckt auf einem Diwan, von der sie nicht sagen konnte, ob es ein Mann oder eine Frau war. Ein hauchdünnes Laken war über den Körper ausgebreitet, das Gesicht konnte zu beiden Geschlechtern gehören. Sie blieb vor dem Liegenden stehen. »Du bist ein Razhiv?«

»Sicher bin ich das. Und ich zaubere dir eine Krankheit an den Hals, die dich langsam von innen verfaulen lässt« – Kardīrs Oberkörper schoss blitzartig in die Höhe, und die Augen leuchteten grellrot –, »wenn du nicht auf der Stelle aus meiner Wohnung verschwindest!« Er vollführte eine schleudernde Bewegung, und eine Flammenwolke rollte gegen Tomeija.

Die Scīrgerēfa machte einen Schritt zurück und riss die Arme zur Abwehr hoch – aber sie spürte nichts. *Ein Trugbild!* Sie senkte die Deckung. *Tricks und Scharlatanerie.*

Der Diwan war leer.

»Dreck noch eins«, murmelte Kardīr neben ihr unzufrieden. »Ich wollte dich eigentlich zu Asche verbrennen. Das verdammte Wasser lässt nach. Und meine Fallen haben auch versagt.« Er schlurfte barfuß aus dem Zimmer in den Gang. »Nun gut. Da du nicht vergangen oder gegangen bist: Was willst du?«

Tomeija folgte ihm. Sie hatte für sich entschieden, es mit einem Mann zu tun zu haben. »Kannst du Menschen von hier an einen anderen Ort hexen?«

»Ins Jenseits. Jederzeit.« Geschirr klapperte. »Nein,

doch nicht jederzeit, wie du gerade erlebt hast. Überlebt hast.«

»Ich meinte ... wirklich an einen anderen Ort.« Sie erreichte die Küche, wo Kardīr in sein Laken geschlungen stand und sich Wasser in einen Becher goss, um daraus in kleinen Schlucken zu trinken. Er sah bleich und müde aus, der Schädel glänzte haarlos, und um Kinn und Wangen schimmerten blauschwarze Stoppeln.

»Wenn ich das könnte, bräuchte man keine Karawanen, um nach Wédōra zu gelangen, richtig? Und ich wäre reicher als der Dârèmo.« Der Razhiv zeigte mit der freien Hand auf die Tür. »Du – raus.«

Tomeija ließ sich nicht abwimmeln. »Was hat es mit dem Wasser auf sich?«

»Du hast es noch nicht gehört?« Er leerte den Trunk in einem langen Zug. »Der Dârèmo ist eifersüchtig auf uns.«

»Geht es ein wenig deutlicher?«

»Er will, dass wir ... dass die Razhiv an Macht verlieren.« Kardīr bemerkte, dass er es bei Andeutungen nicht belassen konnte. »Ah, du bist nicht von hier.« Er zeigte auf ihre Kleidung. »Der Schein trügt.« Rasch füllte er das Behältnis erneut und lachte leise. »Es gibt keinen Zugang mehr für uns herkömmliche Bevölkerung zu den Grotten, um uns in den Nebenbecken beim Schwimmen zu erfrischen.« Er zeigte zum verhängten Fenster. »Die Brunnen und Fördersysteme funktionieren zwar tadellos, aber ich weiß, dass es gefiltertes Wasser ist.«

»Was hat das mit Hexerei zu tun?«

Kardīr seufzte. »Das Wasser ist besonders. Anders. Manche Menschen, die das gleiche Talent und die Begabung haben wie ich, ziehen daraus Kraft für ihre magischen Fähigkeiten. Der Dârèmo will nicht, dass es zu viel Magie auf den Straßen gibt. Er lässt das Wasser behandeln, um die Magie einzudämmen.« Er nippte. »Das ist der Grund, warum sich manche Menschen *verwandeln,* wie es heißt. Er trägt die Schuld daran. Doch der tumbe Pöbel schreit: Das Iphium, das Iphium bringt uns um.« Er musterte sie. »Du bist eine Gestrandete, habe ich recht?«

Tomeija nickte zögerlich.

»Und du dachtest, dass ich dich nach Hause hexen kann.«

Sie stimmte zu. »Meinen Freund und mich.«

»Wie kommst du darauf, dass dies möglich ist?«

»Weil Magie aus Wédōra mich in die Stadt brachte.« Tomeija sah ihm an, dass sie seine Neugier geweckt hatte. »Du hast richtig gehört.« Rasch fasste sie die Geschehnisse in Dûrus' Haus in leichter Abänderung zusammen, um Liothan nicht als Verbrecher zu enttarnen. »Zuerst dachte ich, ich müsste durch die Wirkung der Hexerei sterben, aber dann fanden wir uns in der Wüste wieder.«

Kardīr knabberte angespannt an seinen Fingernägeln.

»Du weißt, was geschehen ist?« Tomeijas Hoffnung, etwas mehr über Dûrus zu erfahren, bekam erste Nahrung.

»Ich weiß zumindest, was derjenige vorhatte«, antwortete Kardīr nachdenklich. »Er versuchte, euch beide zu töten. Es ist ein Fluch. Der Fluch der reißenden Klauen.« Grübelnd spielte er mit zwei Fingern an der Unterlippe und presste sie in die absonderlichsten Formen. »Doch der glühende Sand passt nicht dazu. Ganz zu schweigen vom Gold und ...« Er unterbrach sich und eilte an Tomeija vorbei. »Komm mit.«

Sie folgte ihm durch die engen, winzigen Räume, in denen sich Regale und Truhen stapelten. Der Geruch von zubereitetem Essen mischte sich mit alchemistischem Gestank, Schwefel und Phosphor hingen in der Luft, hinzu kamen Kräuter und ein Hauch Verwesung. Kardīr schien sehr viele Dinge in den Truhen und Kisten für seine Hexerei aufzubewahren. Dinge, die Tomeija nicht zu Gesicht bekommen wollte. Er verharrte in einem Raum, in dem sich die Bücher, Folianten und Almanache auf den Dielen in Türmen und Türmchen stapelten, mitunter bis an die Decke und perfekt ausbalanciert.

»Wo habe ich es das letzte Mal gesehen?« Rücksichtslos stieß Kardīr auf der Suche die geschichteten Exemplare um. »Wo? Wo?« Rumpelnd fielen die Bücherberge, feine Dreckflöckchen schwirrten umher und lösten weitere Stürze aus, bildeten staubende Haufen.

Tomeija schob die Vorhänge einen Spalt auf. *Sonst sieht er nichts.*

Kardīr stieß einen wütenden, grausamen Schrei aus. »Mach es zu!«, herrschte er sie an und sprang aus dem Licht. Seine bleiche Haut veränderte sich dort, wo die Strahlen sie getroffen hatten, wurde schwarz und von rötlichen Linien durchzogen. »Ich *hasse* die Sonne!«

Tomeija zog den Stoff zu. »Verzeihung, ich wusste nicht …«

»Es ist eine Krankheit«, erklärte der Razhiv, während er weitersuchte. »Tageslicht verbrennt mir die Haut und die Augen. Deswegen gehe ich erst …« Er gab einen zufriedenen Laut von sich. »Da ist es!« Kardīr zog ein zerfleddertes Büchlein hervor, nicht mehr als zehn Seiten aus dickem Pergament und klein wie eine Kinderhand.

Tomeija beobachtete ihn, während der Mann die erste Seite vorsichtig aufschlug. Das Pergament klebte zusammen, knisterte warnend, als er die Seiten mit sanfter Gewalt zu trennen versuchte. »Was steht darin?«

»Es ist eine Liste aller magischen Einwohner der Stadt von der Gründung an bis vor knappen fünfzig Siderim. Dazu ist festgeschrieben, welche Sprüche und Flüche sie beherrschten«, erläuterte er und griff sich ein langes, dünnes Messer aus dem Durcheinander.

Das Trennen der Seiten gelang ihm Stückchen für Stückchen.

Kardīr sah aufmerksam auf den Verlauf der Klinge. »Einst gab es in Wédōra eine Gilde, der man sich anschließen musste, sobald man magische Kräfte entwickelte. Nicht wenige traf es überraschend.«

»Obwohl sie vorher nichts damit zu tun hatten?«

Kardīr nickte. »Es ist das smaragdfarbene Wasser. Näheres konnte nie herausgefunden werden.« Er hatte es endlich geschafft, die ersten Seiten zu lösen. Murmelnd las er die Liste abwärts und suchte offenkundig etwas.

Tomeija beherrschte sich, nicht zu drängeln. »Und der Dârèmo verhindert es *jetzt?*«

»Er tut es schon länger. Das erklärt, weswegen die Razhiv, die ich kenne, stetig an Kraft in ihren Flüchen und Sprüchen verlieren. Es hat nichts damit zu tun, dass wir älter werden.« Kardīr deutete zwischen drei Namen hin und her, blätterte weiter und zeigte auf weitere niedergeschriebene Bewohner. »Das sind sie! Es gab lediglich zwei Dutzend, denen es möglich war, mehr als zwei Komponenten zu bändigen und sie gebündelt anzuwenden.«

»Verstehe. Sonst kann man nur einzeln darauf zurückgreifen?«

»Ganz recht.« Kardīr sah sie prüfend an. »Du weißt, wie die Magie der Wüste funktioniert?«

»Nein.«

»Wir weben unsere Zauber mit Hilfe der Energie von Sand, Wind, Gebeinen und dergleichen. Komponenten aus der Wüste«, versuchte er eine grobe Erklärung. »Ohne sie nutzen die Formeln nichts.«

Tomeija erinnerte sich an die Schubladen, in die Dûrus

gelangt hatte, um die Zutaten für seinen Fluch herauszuziehen. *Ich werde Kardīr lieber nicht sagen, wie mit Witgos in Telonia umgesprungen wird.*

»Die Verschmelzung von mehr als zwei Komponenten ist eine sehr gefährliche Sache.« Erneut zeigte Kardīr auf die Namen, ließ die Seiten vor und zurück fliegen. »Von den zwei Dutzend sind alle schon lange tot. Sie könnten Nachfahren haben, die ihr Talent vielleicht erbten?« Er deutete eine entschuldigende Verbeugung an. »Bevor du fragst: Ich gehöre nicht dazu.«

»Was, wenn einer von denen, die du als tot einstufst, durch Hexerei in meine Heimat gelangte und dort lebt?«, warf Tomeija ein. »Dûrus ist mindestens siebzig Jahre alt. Er kann einer von jenen sein?«

Kardīr nagte erneut an den sehr kurzen Nägeln. »Auszuschließen ist es nicht, aber es wäre abwegig.« Er setzte sich auf einen kniehohen Bücherstapel und kippelte nach rechts und links. »Du müsstest im Grunde die Liste abarbeiten und nachforschen, wie es mit den Leutchen zu Ende ging.« Er streckte ihr das Büchlein hin.

»Ich?«

»Natürlich. Ich bin kein Gestrandeter. Ich lebe gerne in der Stadt.« Kardīr warf ihr das Werk zu, sie fing es und drehte es unschlüssig zwischen den Händen. »Wie funktioniert die Magie in deiner Heimat?«

»Es gibt keine Magie.« Tomeija wollte ihm nicht offenbaren, dass reichlich Witgo- und Witga-Blut an ihren Fingern klebte.

»Es gibt keine, oder sie ist verboten?«, hakte er nach. »Oder gibt es sie nicht mehr?«

Tomeija wollte nicht lügen. »In der Vergangenheit nutzten die Hexer ihre Gabe, um Wehrlosen zu schaden und Unruhe zu stiften oder Kriege vom Zaun zu brechen«, antwortete sie. »Daher hatte der König entschieden, dass niemand von dieser Macht Gebrauch machen darf. Nicht ohne Aufsicht.«

»Ich verstehe.« Kardīr sah auf ihr Schwert. Seinem Blick nach wusste er um die Bedeutung der Waffe und was sie damit getan hatte.

Er wird mir unheimlich.

»Wenn du mich schon nicht zurückbringen kannst« – sie steckte das Büchlein ein, obwohl sie nicht wusste, was es ihr nutzte –, »wärst du in der Lage, meinen Freund ausfindig zu machen?«

»Er ist im Sandmeer verschollen?«

»Nein. Er wurde in das Prachtviertel verkauft.« Tomeija würde den unbekannten Göttern ein Opfer bringen, wenn Kardīr wenigstens das zustande brachte. *Driochor, du darfst zeigen, was du vermagst. Erfülle mir diesen einen Wunsch.*

Doch der Razhiv schüttelte den Kopf.

* * *

Aus den Aufzeichnungen eines unbekannten Reisenden:

Wer sich tatsächlich gegen die Mauern von Wédōra wagt, wird Bekanntschaft mit den Verteidigungsanlagen machen und sie nicht überleben. Denn wären die Mechanisten und Erfinder nicht die Besten, läge die Stadt längst in Schutt und Asche und vom Sand begraben.

Ich meine damit nicht Katapulte und Schleudern, wie sie ein jeder aus seiner Heimat kennt, die Pfeile, Bolzen, Speere, Steinbrocken, Brandsätze und allerlei Tod verschießen.
Das kann ein halbwegs begabter Dorfschmied zusammenhauen und in Form schlagen.

Die Leute des Dârèmo erfanden die PFEIFENDEN PFEILE.
Sie dienen der Ansprache der Truppen auf dem Schlachtfeld. Mit Kugelköpfen und einer kleinen Spitze, die Bohrungen für verschiedene Tonhöhen besitzen, erzeugen sie Laute, die durch Mark und Bein gehen. Umwickelt werden sie auch mit brennbaren Leinen, um den eigenen Bogenschützen mit Lauten und mit Leuchten das nächste Ziel zu weisen.
Damit nicht genug.
Sie entwarfen auch die FLIEGENDE KRÄHE, die den Gleitern der Festung Sandwacht nachempfunden ist. Angetrieben wird sie von vierfachem Feuerwerk, kein Mensch steuert sie, und doch jagt sie in schnurgerader Linie von den Mauern.
In ihrem Körper ist eine Substanz eingebracht, die

hart gepresst oder lose gefüllt sein kann und mittels einer Lunte gezündet wird.
So schwebt der Todesbote über die Gegner, funkensprühend, nicht löschbar, und wenn sie in den Reihen einschlägt, vergeht sie in einer großen Explosion, als hätte ein Zauberer seine Kraft in ihr gespeichert. Nichts im Umkreis von fünfzehn Schritten überlebt.

Glaubt mir: Es ist nichts als das Werk von Mechanisten und Erfindern.
Sie sind es auch, die nachts grell brennende Lichter über dem Schlachtfeld an Schirmchen schweben lassen können, um den anschleichenden Feind zu entlarven.
Haben die Schützen ihr Ziel erfasst, geben sie denen vernichtendes Feuer.
Aber das schlimmste Arsenal der Vernichtung, das die Stadt aufbieten kann, lagert im Turm des Dârèmo. Hinter den Klappen und Luken. Unter der Kuppel.
Daran hege ich keinen Zweifel.

KAPITEL IX

WÜSTE,
BEI WÉDŌRA

Kasûl sah misstrauisch aus den Frontschlitzen der Kabine auf den Weg, der ihn ab dieser Meile in schwieriges Gebiet hineinführte.

Die Echse ging langsam und ruhig, züngelte gelegentlich und zeigte keine Anzeichen von Unruhe. Sie spürte als Erste, sobald eine Gefahr aufzog, ganz gleich in welcher Gestalt, ob als Unwetter oder durch die T'Kashrâ.

»Sehr gut«, sagte Kasûl erleichtert zu seiner Lenkerin Sutina, die das größte Talent von allen besaß. Nur die Erfahrensten durften auf diesem Abschnitt ihrer Reise die Vierfachzügel führen. »Ruf nach mir, sobald du denkst, es könnte Erschwernisse geben.«

Die Frau nickte und korrigierte mit leichtem Zug an den Riemen den Kurs des riesigen Reptils.

Kasûl setzte sich in die geliebte Enge, umringt von Kisten und Säcken, angefüllt mit neuer Ware, und langte nach dem warmen Tee, der auf dem kleinen Gyroskop-Brenner köchelte. »Wenn uns jetzt noch der Kara Buran erspart bleibt, bringe ich Irtho ein großes Opfer«, sagte er in die kleine Runde seiner Untergebenen, die zustimmend nickten. »Möge uns der Erste Gott des Windes nicht zürnen.«

Seine Sorge war nicht übertrieben. Der Schwarze Sturm wurde sogar den gigantischen Angitila gefährlich, konnte sie hinwegfegen oder ersticken. Die gepanzerte Kabine gaukelte trügerische Sicherheit vor, die sie zu keinem Moment bieten konnte.

Kasûl nutzte eine Strecke, wie sie die meisten Karawanen wählten. Um nach Wédōra oder von dort weg zu gelangen, gab es nicht sehr viele Möglichkeiten, wenn man am Leben bleiben wollte.

Die Echsen brachten seiner Ansicht nach die besten Voraussetzungen für einen Marsch durch diese tödliche Region mit. Andere versuchten es mit Pferden, mit Kamelen und Dromedaren, Eseln, Maultieren oder gar zu Fuß. Aufzeichnungen berichteten von Sungàm Tasai, die sich Schiffe gebaut hatten und mit Windkraft durch das Sandmeer segelten.

Das hielt Kasûl für Unfug. Er hatte noch kein einziges Wüstenschiff gesehen, weder in der Stadt noch auf seinen zahlreichen Reisen.

»Wir werden ein hübsches Sümmchen mit den Waren rausschlagen«, sagte er und prostete mit dem Tee. »Das gibt viele Münzen und einen Zuschlag. Für einen jeden von euch.«

»Zu schade, dass wir nicht zur Feier bleiben konnten«, sagte Sutina von vorne. »Da wird einiges geboten.«

»Feuerwerk, gutes Essen, neue Weiber und Männer in den Bordellen«, führte Cantomar die Aufzählung fort, der Kasûl als Packer und Krieger diente. »Und wir sitzen in der stinkenden Kiste und lassen uns von der Sonne rösten.«

Die Besatzung lachte, und man trank von dem kräftig gesüßten Minztee.

»Wenn ihr mich fragt, ich bin lieber in Iratha als in Wédōra. Die derzeitige Stimmung gefiel mir nicht.« Kasûl schaute aus alter Gewohnheit aus den Seitenschlitzen in der Kabine, blickte über die Dünen und die Sandschleier, die sich formten und Wellenmuster in die Erhebungen malten. »Die aufkommenden Feindschaften der Reiche und Länder um die Wüste sind deutlich zu spüren. Wenn der Dârèmo nicht achtgibt, wird es in manchen Stadtvierteln hoch hergehen.«

»Habt ihr auch gehört, dass sie sich erzählen, er würde einen Nachfolger bestimmen?«, warf Cantomar ein. Alle murmelten Zustimmung. »Und? Denkt ihr, das alte Gespenst überreicht im Schein des Feuerwerks seinem Nachfolger die Schlüssel zur Stadt?«

»Warum sollte er abdanken? Er hat die Macht.« Kasûl hielt das Gerücht für den Versuch, den Herrscher zu schwächen.

»Aber hast du gesehen, wie viele Neulinge nach Wédōra kamen? Sie bringen sich in Position, weil sie denken, einer von ihnen wird auserkoren. Einer von außen«, rief Sutina zu ihnen nach hinten.

Kasûl dachte an seine beiden Gestrandeten. Er würde begrüßen, wenn einer der beiden Nachfolger werden würde, denn damit hätte er die besten Verbindungen zum Oberhaupt der freien Handelsstadt. *Das wird nicht geschehen.* »Ach was. Ihr werdet sehen, bei unserem nächsten Besuch ist alles wie immer.« Er schenkte sich Tee ein und hing seinen Gedanken nach. *Der Dârèmo wird es den Emporkömmlingen zeigen. Sie werden alle leer ausgehen, ob nun Glücksritter oder Abgesandter eines Reiches.*

Seine Begleiter begannen mit einem Geduldsspiel, das mittels verschiedenfarbiger Steinstückchen ausgetragen wurde, um sich die Zeit zu vertreiben.

Körnchen, das erfahrene Angitila-Weibchen, marschierte unverdrossen voran, die Kabine schaukelte so gut wie überhaupt nicht. Das große Dösen setzte in dem gepanzerten Verschlag ein. Die Hitze verlangte vom Körper, so viel Kraft wie möglich zu sparen. Leise wispernd drang der Wind durch die Öffnungen, säuselte beruhigend.

»Kasûl, da vorne sind Spuren«, rief Sutina unvermittelt. »Sieht nach einer Skornida aus.«

Er schreckte hoch und stieß eine leise Verwünschung aus. »Macht euch bereit, falls sie in der Nähe ist.« Er scheuchte seine Krieger hoch, klappte die obere Luke auf und schwang sich aufs Dach der Kabine. *Irtho, ich erbete einen kleinen Sturm, um uns die Biester vom Hals zu halten.* Er legte sich flach auf das Dach und zog sein Fernrohr. »Wo?«

»Zwei Strich rechts«, antwortete die Lenkerin.

Kasûl schaute durch die Sehhilfe und sah die schwach eingedrückten Dellen im Wellensand. *Es ist wirklich eine.* Die Spuren rührten von den dünnen Beinen einer Skornida, die sich auf der Suche nach größerer Beute auf Wanderschaft begeben hatte und von ihren Bauten wegbewegte. Die skorpionähnlichen Insekten schnappten sich Lebewesen bis zur Größe eines Esels, die Häkchen in den kräftigen Fangscheren sonderten lähmendes Gift ab. Sie mochten es, ihr Fressen bei lebendigem Leib zu verspeisen.

Kasûl dankte seinen Angitila einmal mehr. Sie waren zu groß für die Skorniden. Dennoch wollte er eine Begegnung vermeiden. Die aggressiveren Exemplare ließen sich im Hunger dazu hinreißen, auch aussichtslose Kämpfe zu beginnen.

Er schwenkte das Fernrohr und entdeckte zu seinem Leidwesen weitere Spuren von Skornidenbeinen.

»Mindestens vier Exemplare«, rief er durch die Luke.

»Was hat sie rausgelockt?«, fragte Cantomar alarmiert. »Siehst du was?«

Kasûl vernahm anhand der Geräusche unter sich, dass die Besatzung die Katapulte klar zum Gefecht machte. »Paarungszeit kann es nicht sein. Das wäre zu früh.« Noch aufmerksamer ließ er seine Blicke schweifen. *Vielleicht hat sie nicht etwas rausgelockt.* Er drehte sich um und schaute hinter die Karawane. *Sondern etwas hat sie vertrieben.*

Kasûl hatte befürchtet, in die Ausläufer des Schwarzen Sandsturms zu blicken, doch hinter ihnen gab es nur Wüste und ein klarer blauer Himmel mit den Monden sowie der unbarmherzigen Sonne, die ihre Hitze niederbrennen ließ.

Was ist denn …? Kasûl bemerkte eine Bewegung unter dem Sand.

Für mehrere Herzschläge verlor er den Punkt aus der Sicht, weil das Angitila-Weibchen schaukelte, dann fand er die Stelle wieder.

Obwohl die Sonne auf ihn schien, schien sich das Blut in seinen Adern merklich abzukühlen.

Ein Krieger mit bleich bemalten und von Mustern überzogenem Antlitz erhob sich aus seinem Versteck. Er trug eine rötliche Rüstung aus Skornidenpanzer und hielt eine drei Schritt lange Lanze in der Rechten. Die hellbraunen Augen leuchteten hinter dem Visier und blieben auf die Karawane gerichtet, während er sich bückte, eine Handvoll Sand aufhob, in den Mund steckte und kaute.

Ein Thahdrarthi! Kasûl hämmerte mit der Faust dreimal rasch hintereinander auf das Dach. Es war das Zeichen für die Besatzung, dass Gefahr drohte. »Sandfresser«, rief er hinab. »Lass den Angitila schneller gehen. Ich will weg von hier.«

Damit kamen sie zwar sehr bald an den Skornidenspuren vorbei, aber die Viecher waren ungefährlicher, als sich mit dem Sandfresser anzulegen. *Wo einer ist …*

Kasûl zog einen Signalspiegel aus der Tasche und gab damit Anweisungen an die nachfolgenden vier Echsenlenker sowie die Besatzung in den Kabinen. Darin bereiteten sich die Männer und Frauen nun ebenfalls vor, die Geschütze wurden für einen Einsatz klargemacht.

Der Kaufmann ließ den Thahdrarthi nicht aus den Augen, der sich inzwischen erhoben hatte und den überlangen Speer senkrecht hielt. Er beobachtete und wartete. *Dass seine Verstärkung eintrifft?* Kasûl ärgerte sich, nicht aufmerksamer gewesen zu sein. Die Erzählung seiner beiden Gestrandeten hätte ihn wachsamer sein lassen müssen. *Gerade vor diesem Jubiläum.*

Der Thahdrarthi hob den Speer an und rammte das untere Ende tief in den weichen Sand.

Blitze umspielten den Schaft, als sammle sich Energie darin, dann spritzten die losen Körner auf. Eine gezackte Linie bildete sich, die den Skornidenspuren zu folgen schien und hinter der Düne verschwand.

»Was tut der Dämonenbastard da?«, rief Cantomar nervös aus der Kabine empor.

Kasûl ahnte es. »Bring Körnchen zum Galoppieren«, rief er Sutina zu und gab die Anweisung mit Lichtsignalen an die übrige Karawane weiter. »Wir müssen weg von hier!«

Die Lederriemen knallten. Die Echse zischte laut, verfiel in holpriges Rennen, so dass der Kaufmann alle Mühe hatte, sich auf der Kabine zu halten. Er wollte seinen Aussichtspunkt nicht aufgeben.

Über den Hügel kamen die Skorniden. Zehn Stück unterschiedlicher Größe rannten auf sie zu, einige so lang wie ein Mann, andere mehr als sechs Schritte. Die Scheren öffneten und schlossen sich hektisch, die Insekten wollten fressen.

Derart große Exemplare hatte Kasûl noch nie gesehen.

Die Katapulte eröffneten den Beschuss, die Bolzen flogen in kurzen Abständen aus den langen Läufen. Die schweren Geschosse verfehlten die Angreifer zu oft, das heftige Wanken der Kabine erschwerte den Schützen das Zielen.

Kasûl sah, dass der Thahdrarthi auf dem Dünenkamm entlanglief, den Speer mit einer Hand haltend. *Seit wann nutzen sie Magie, um Skorniden zu lenken?*

Es galt die verbreitete Ansicht, dass vier der fünf Völker der T'Kashrâ außer ihren angeborenen Kräften keine Zauber weben konnten. Dass sich einer aus dem Stamm der Enaïssef als Thahdrarthi maskiert hatte, hielt Kasûl für ausgeschlossen.

Diese unvorhersehbare Entwicklung bedeutete eine Gefahr für die Stadt. *Ich müsste umkehren und Wédōra warnen.*

Die ersten Raubinsekten erreichten die Angitila, die Fangscheren schnappten nach den Beinen der Echsen, durchdrangen die Hornplatten aber nicht.

Des Zwicken reichte aus, um die Reptilien wütend zu machen und von Sutina sowie den übrigen Lenkern sämtliche Kraft zu fordern. Die Leinen spannten sich, sie rissen daran, um die Tiere auf Kurs zu halten.

Kasûl erschien es, als ginge es den riesigen Insekten vor allem darum, die Karawane von ihrem Weg abzubringen. *Sie haben eine Falle im Sand verborgen.* Die Thahdrarthi wussten, dass die Echsenwesen kaum aufzuhalten waren – außer mit Gruben oder Fangeisen mit Ketten und dergleichen.

Zwei Skorniden wurden von den Bolzen getroffen. Die roten Chitinpanzer barsten auseinander und tränkten den Sand mit grünlichem Blut und Flüssigkeiten, die sich an der Luft unverzüglich blau färbten.

Die Angitila hatten die Gefahr erkannt und schlugen mit den langen Schwänzen aus. Peitschengleich fegten sie durch die Skorniden und wirbelten sie davon oder trennten Segmente der Insekten ab.

Die flinken, zähen Gegner waren schwer zu vernichten. Solange sie genug Beine hatten, kehrten sie sogleich in den Angriff zurück. Das Blatt wendete sich trotzdem unbestreitbar mehr und mehr zugunsten der Karawane.

Irtho, ich danke dir. Kasûl sah einige kleinere Wunden an den Beinen und Schweifen der Angitila. Er hoffte, dass die Echsen gegen das Gift immun waren oder es sich bei der Größe ihrer Körper nicht auswirkte. Verzögerungen bedeuteten den Tod in der Wüste.

Der Thahdrarthi hatte eine Düne erklommen, die sich zwanzig Schritt neben dem Weg erhob. Er nahm sichtlich Anlauf, um einen Sprung hinab auf die Kabine zu wagen, wo sich Kasûl befand. »Cantomar! Schieß mir den Sandfresser vom Hügel!«

Unterdessen hatte sich die größte Skornida unter den Bauch des zweiten Angitila begeben. Die gefährlichen Zangen öffneten sich, Gift schimmerte an den gezackten Scheren.

Nemea, die Lenkerin des Tieres, reagierte vorbildlich: Ein Knallen mit der Leine, ein lauter Befehl, und die Echse ließ sich auf den Bauch sinken.

Noch ehe das große Insekt die spitzen Enden durch die Schuppen graben konnte, wurde es von dem Leib des Angitila begraben und zerdrückt. Rechts und links spritzte das Blut grün heraus und wandelte sich im Flug zu Blau.

Wo steckt ihr Meister? Kasûl zog seinen Stoßdolch und hob den Blick.

Der Gegner sprang mit der Sonne im Rücken, so dass es unmöglich war, ihn zu erkennen, weder für die Schützen in der Kanzel noch für den Kaufmann. Die anderen

Angitila liefen im falschen Winkel, deren Katapultbolzen würden den Thahdrarthi nicht erwischen.

Aus einem Gefühl heraus wich Kasûl zur Seite.

Schon rammte der lange Speer neben ihm krachend durch das Dach und versank darin. Aus dem Innern erklangen mehrere erschrockene Rufe und ein gellender Schrei. Die Lanze hatte einen aus der Besatzung erwischt.

Der Thahdrarthi landete vor Kasûl und versetzte ihm einen Kniestoß gegen die Brust. Der Kaufmann fiel rückwärts, das Atmen gelang ihm nur unter Schmerzen.

Sein Gegner zog ein leicht geschwungenes Schwert, das wie seine Rüstung aus Insektenpanzer geformt war. Leicht, dennoch scharf und absolut tödlich. Den schwankenden Untergrund glich er spielend mit federnden Knien ab.

Cantomar streckte den Kopf durch die Luke, rote Sprenkel hafteten in seinem Gesicht. »Hast du ihn erwischt? Die Lanze hat …«

Der Thahdrarthi hackte zu.

Der Schädel des Mannes wurde von der dunkelroten Klinge gespalten. Blutspritzend und stumm fiel er nach unten in die Kabine.

Kasûl kroch rückwärts und erhob sich. »Sanddämon! Irtho verschlinge dich!« Er hob seinen Stoßdolch.

Aber der Feind ließ sich mit einem bösartigen Lachen ins Innere des gepanzerten Verschlags gleiten. Das Schreien erklang von neuem, begleitet von Scheppern und Klirren.

Was hat er vor? Den Angitila gegen die anderen lenken? Kasûl wollte gerade hinterher, die Waffe zum Stich vor sich haltend, als er Bewegungen seitlich neben sich ausmachte.

Die rennende Riesenechse hatte die hohe Düne passiert.

Dahinter erstreckte sich eine Senke, in der es kargen Bewuchs und festen Untergrund gab.

Das kann nicht sein! Die Überraschung zwang Kasûl, innezuhalten und den Kopf zu drehen, um zu erfassen, was sich ausbreitete.

Dort standen zwanzig große, rostrote Zelte in streng angeordnetem Muster, vor denen verschiedene Banner wehten, womit sie sich von einem herkömmlichen Lager abhoben. In der Mitte erhob sich eine schwarze Jurte.

Das bedeutete, dass sich verschiedene Thahdrarthi-Familien zusammengefunden hatten, um sich zu beraten.

Kasûl hatte von den Zusammentreffen gehört, bei denen die Sandfresser ihre Jagden auf Karawanen und Handelsreisende absprachen. *Das sind mindestens zweihundert von ihnen.* Die Kälte kehrte schlagartig in seinen Körper zurück. Damit war jegliche Aussicht dahin, lebend zu entkommen.

Nun erschloss sich ihm die Absicht des Thahdrarthi-Kriegers, als er die Skorniden auf sie gehetzt hatte. *Er hatte uns abdrängen wollen, damit wir die Zelte nicht sehen.*

Schnell gab er Lichtzeichen an die Karawane, dass sie wenden und nach Wédōra zurückkehren sollten. Aus den gepanzerten Kabinen heraus schossen die Katapulte ohne Unterlass und erledigten just die letzten Skorniden, deren Blut in den Sand spritzte. Zumindest diese Gefahr war gebannt. Dann sprang Kasûl in die Kabine, um seiner Besatzung beizustehen.

Dem Blutgeruch und der Stille nach kam er zu spät.

Die Leiche der Lenkerin war nach hinten umgekippt, die Schützen kauerten erstochen rings um die schweren Armbrustkatapulte. Leise quietschend pendelten die Lampen in den Halterungen, der Angitila rannte ungebändigt vorwärts. Die Ladung war gut verstaut, nichts flog umher oder schlug gegen Kasûl oder die Wände. Der Teekessel neigte sich hektisch auf seinem Gyroskop, ohne dass er von seinem Inhalt verlor.

Irgendwo im Zwielicht und im Schutz der Waren lauerte der Thahdrarthi. Kasûl hatte bereits viele brenzlige Situationen auf seinen Reisen erlebt und überstanden und sah sich selbst daher als mutigen Mann. Aber gegen einen Sandfresser anzutreten, konnte recht schnell die letzte Begegnung sein.

Ich sollte raus und die Kabine in Brand stecken. Der Qualm würde in Wédōra und in der Festung Sandwacht entdeckt werden, sie könnten Gleiter aussenden, um nach dem Feuer zu sehen, und dabei die Thahdrarthi-Familien ausmachen. *Damit wäre unser Tod nicht gänzlich sinnlos.*

Langsam zog er sich zurück, nahm eine Laterne vom Haken und lauschte – um sich mit einem beherzten Satz erneut aus der Luke zu schwingen.

Das Erste, was ihm auffiel: *Die Lanze ist weg!* Außerdem war die Karawane nicht wie von ihm befohlen auf dem Weg zur Stadt. Die Angitila trampelten seinen Körnchen hinterher, seine Leute schienen ihn nicht im Stich lassen zu wollen.

Keinen Herzschlag darauf senkte sich die Kabine nach vorne, es ging steil abwärts.

Geistesgegenwärtig hielt sich Kasûl am Rand der Luke fest, um nicht hinabzufallen. Die Laterne musste er loslassen, sie verschwand vom Dach und schlug im Sand auf.

»Was tust du denn?«, schrie er das Angitila-Weibchen an, die in voller Geschwindigkeit die Senke hinabspurtete. Mitten hinein ins sichere Verderben.

Beim Blick über die Schulter sah er den Sandfresser, der auf dem Hals des Reptils nach vorne balancierte, wobei er die Lanze zum Ausgleich nutzte. Er schien es töten zu wollen, ehe es die Senke und damit das Lager der Thahdrarthi erreichte.

Die Echsen waren von den Bewohnern der Zelte bemerkt worden. Mehr und mehr Sandfresser eilten ins Freie und hielten Waffen in den Händen. Pfeile und Bolzen flogen in Kasûls Richtung, und die Angitila antworteten mit aufgebrachtem, wütendem Fauchen auf die Attacken.

Der Thahdrarthi hatte den Kopf der Echse erreicht und langte nach seinem Chitinschwert, als sie sich kurz schüttelte und ihn abwarf. Durch einen gezielten Stampftritt verging er unter dem Krallenfuß zu einem Bündel Knochenbrei und Blut.

Auch Kasûl verlor seinen Halt, die Kraft seiner Finger reichte nicht aus gegen das Schaukeln.

Er rutschte über das Dach, fiel seitlich von der Kabine und landete auf einem der rostroten Zelte, das seinem Gewicht standhielt und ihn weich auffing. *Die Götter sind mit mir.*

Kein Thahdrarthi kümmerte sich ihm ihn. Sie konzentrierten ihre Angriffe auf die dreißig Schritt langen Angitila, die mit den leichten Bauten aus Holz und Tuch einfaches Spiel hatten. Die Zerstörung des Lagers hätte müheloser nicht sein können.

Da riss der Stoff unter Kasûl.

Er stürzte in gedämpftes rötliches Licht, schlug in weichem Sand auf. Sofort sprang er auf die Füße und reckte den Stoßdolch nach allen Seiten. »Zurück!«, rief er, um zu zeigen, dass er sich zu wehren vermochte.

Seine Augen gewöhnten sich schnell an die dunklere Umgebung.

Er fand sich in einem Zelt zusammen mit drei Dutzend Thahdrarthi-Kindern verschiedenen Alters, von drei bis zehn Siderim. Sie starrten den Eindringling feindselig an und beschimpften ihn leise in ihrer eigenen Sprache. Trotz ihres geringen Alters trugen sie die gleichen unheimlichen Bemalungen auf den Gesichtern wie die Erwachsenen, in Weiß, Rot, Dunkelblau, Schwarz und mit der Betonung der Augenpartien, was sie wie kleine Dämonen wirken ließ.

»Ihr werdet leise sein«, sagte er und überlegte fieberhaft, was er tun sollte. Im Zelt würde er von den Krallenfüßen der haushohen Echsen zermalmt; rannte er zu früh ins Freie, würden ihn die Sandfresser entdecken und ihn mit Pfeilen spicken. *Damit ist mir auch nicht geholfen.*

Von draußen erklang das trompetenhaft laute Schreien der Angitila und die kopflosen Anweisungen der Gegner. Die Erde bebte unter dem Gewicht der tobenden Echsen.

Die Bewegung neben sich nahm Kasûl zu spät wahr: Ein Thahdrarthi-Mädchen hatte sich einen Speer gegriffen und stach ihm die Klinge in den Bauch, bevor er sie mit dem Dolch zur Seite schlagen konnte.

Die Schmerzen brachten Kasûl zum Aufschreien, da bekam er bereits die nächste Spitze von einem Jungen dicht neben die erste Stelle gerammt. »Ihr verfluchten Sandbastarde!« Er zog sich die Speere aus dem Leib, ließ sie zu Boden fallen und hielt sich mit einer Hand die Wunde zu, aus der sein rotes, warmes Blut sickerte. »Ich schwöre, dass ich …«

Dieses Mal flog eine Lanze aus dem Hintergrund heran und traf ihn in die rechte Schulter.

Sie sind mörderisch wie alle Thahdrarthi! Der Einschlag ließ Kasûl rückwärtstaumeln. Er verließ ungewollt das Zelt und stand im grellen Sonnenlicht.

Gelbliche Staubwolken schwebten umher und raubten ihm die Sicht, eine Ohnmacht näherte sich, ein düsterer Vorhang schob sich langsam von oben vor seine Augen.

Ich brauche ein Versteck. Er musste den Dolch fallen lassen und wandte sich um, torkelte vorwärts in die Schwaden, damit die kleinen Sandfresser ihn im Dunst nicht fanden.

Zwei glühende Schmerzen fuhren durch seine Kniebeugen, und er knickte zusammen. Sie hatten ihn eingeholt und die Sehnen durchtrennt.

Ein Thahdrarthi-Kind nach dem anderen erschien vor dem hockenden, stöhnenden Mann und betrachtete ihn voller Hass. Sie hielten Speere und Lanzen in den Händen, die Spitzen zeigten auf den Händler.

»Ich verfluche euch«, keuchte Kasûl unter Schmerzen und sank auf einen Ellbogen. Etwas Warmes lief in ihm aus, sickerte zwischen seine Organe. »Die Monde sollen auf euch stürzen und verbrennen und zu Eis wandeln!«

»Raat, Ipoton und Ziin, wie ihr sie nennt, sind unsere Götter. Sie werden uns nichts tun.« Auf den Befehl des größten Mädchens holten sie in einer gleichzeitigen Bewegung zum Stoß aus, die bemalten Gesichter angefüllt mit Wut und Abscheu. »Du bist der Erste, der stirbt. Es folgen Tausende.«

Die Erde erbebte stärker, und aus dem Staub flog ein Angitila. Der Schweif peitschte heran, surrte knapp über den am Boden liegenden Kasûl hinweg und traf die Jungen und Mädchen. Knochen knackten, Blut sprühte, und die leichten Körper flogen davon, verschwanden im Dunst.

Ich muss einen Angitila erreichen. Kasûl richtete sich ächzend auf, drückte auf die Wunde. Er robbte auf einem Arm vorwärts, da er seine Beine nicht nutzen konnte, und schob sich dorthin, wo sich der Staub lichtete und er die Schemen der gewaltigen Reptilien sah.

Dann verlor Kasûl für einen Moment das Bewusstsein.

Als er die Augen wieder öffnete, hatten sich die Dreckschleier gelegt. Eine dünne Sandschicht bedeckte ihn. Stille war um ihn.

Von den prächtigen Zelten war nichts geblieben. Die großen Echsen hatten sie niedergetrampelt, mit den Schwänzen zerschlagen und mit den Krallen zerfetzt. Das gleiche Schicksal war den Thahdrarthi zugestoßen, deren Leichen zerquetscht, mit ausgerissenen oder verdrehten Gliedmaßen auf der sandigen Erde lagen.

Kasûl bemerkte, dass keine der Angitila eine Kabine auf dem Rücken trug. Die Aufbauten mussten abgerutscht sein, eine der gepanzerten Kanzeln entdeckte er zerbrochen am Ende der Senke. Die Ladung verteilte sich im Staub.

Die gewaltigen Reptilien schnupperten an den Toten, die gespaltenen Zungen fuhren aus, manche Leiche wurden von Tieren verschlungen. Der Händler vernahm das Krachen der Knochen, die zwischen den mächtigen Kiefern zermahlen wurden.

Ich bin der einzige Überlebende. Kasûl betrachtete seine oberflächliche Bauchwunde. Die Blutung hatte aufgehört. *Wenn ich nicht an Entkräftung oder einer Entzündung sterbe,* er sah in die Sonne, *oder verdurste, komme ich wahrlich lebend aus dieser Geschichte.* Die aufflammenden Schmerzen in seinen Kniekehlen drangen durch die Pein, die Schulter und Bauch auslösten, und ließen ihn aufschreien. *Nein, das wird nichts.* Er legte sich auf den Rücken und stöhnte laut. *Irtho, vernimm mein Klagen. War ich nicht immer gut und freundlich zu den Menschen? Das ist kein Ende, wie ich es mir …*

»Kasûl!«, hörte er jemanden rufen. Er hob den Kopf und sah Nemea aus den geborstenen Resten einer Kabine klettern und auf ihn zutaumeln. Sie war die Tochter eines

Freundes in Iratha und sollte das Händlergeschäft lernen. An ihrem Kopf trug sie eine Schramme, Schürfwunden schauten unter der zerrissenen weißen Kleidung hervor. »Du lebst noch!«

Zur Antwort hob er seine blutige Hand. »Gerade noch«, antwortete er schwach. »Du musst zurück nach Wédōra, um die Bewohner zu warnen. Oder entzünde ein Feuer, damit uns Sandwacht sieht und Gleiter sendet. Die Thahdrarthi planen Großes.«

Grimmig lachend kam sie an seine Seite und zog eine Trinkflasche hervor, gab ihm etwas Wasser. »Jetzt nicht mehr. Die Angitila haben sie ausgelöscht, soweit ich das sehe.«

Kasûl schluckte und hatte den Eindruck, dass das Wasser aus dem Magen in seinen Bauchraum lief. »Wie konntet ihr mir einfach folgen? Ich gab die Anweisung, dass ihr euch nach Wédōra zurückziehen solltet!«

Nemea wies auf die fressenden Echsen. »Die Biester haben nicht gehorcht. Ich konnte machen, was ich wollte, mein Bulle ging einfach durch.« Sie besah sich seine Wunden. »Die anderen sind tot, fürchte ich. Die Waren müssen wir in der Wüste lassen.«

»Vorerst.« Kasûl sah eine der Echsen näher kommen. Thahdrarthi-Blut sickerte aus der Schnauze, und die Zunge mit den beiden spitzen Enden leckte es auf. »Da ist Körnchen.«

Nemea stand auf und hob eine Hand. »Braves Mädchen. Den Sandfressern hast du es gegeben.«

Das Angitila-Weibchen schnaufte laut, der Atem roch nach Kupfer und rohem Fleisch. Es legte die geschuppte Schnauze sacht gegen Nemeas Hand und schloss die Lider. Ein Laut, eine Mischung aus Grollen und Gurren, drang aus der Kehle des riesigen Wesens.

Gemächlich trotteten die übrigen vier Echsen heran und begaben sich schützend um die zwei Kaufleute.

Kasûl schöpfte die fast verlorene Hoffnung, doch jenes Ende zu nehmen, wie es ihm deutlich lieber wäre: in vielen Siderim, auf einem weichen Lager in Iratha, reich, umringt von zahlreichen Kindern und Enkeln.

»Wédōra liegt in erreichbarer Nähe. Auf einem Angitila ist es zu machen«, sagte Nemea. »Ich muss dich nur auf den Rücken eines …«

Körnchen öffnete die Augen, schnappte blitzschnell zu und verschlang die Frau mit raschen, kraftvollen Bissen. Es ging so schnell, dass Nemea nicht einmal hatte schreien können.

Der entsetzte Kasûl wurde mit ihrem Blut besprüht und hielt die unverletzte Hand als Schutz gegen den roten Regen.

»Nein, was tust du?«, schrie er das Tier mit letzter Kraft an. »Wir sind eure …«

Ihr seid nichts, vernahm er eine fremde Stimme in seinem Verstand. *Ihr seid allenfalls von uns im Großen Sand geduldet wie zuvor die Wüstenvölker. Aber die Zeit des Abwartens,* der Echsenkopf kam dicht an Kasûl heran, *ist bald vorbei.*

»Körnchen!« Der Händler begriff, wer zu ihm sprach. »Du … du verstehst mich? Und ich verstehe dich?«

Das Angitila-Weibchen züngelte. *Wir alle spielen unsere Rollen, Kasûl Kasûlsin. Manchmal sehr lange, bis die Masken fallen. Dann ist die Überraschung umso größer.*

Noch bevor Kasûl etwas erwidern konnte, schnappten sich die langen spitzen Zähne auch ihn.

* * *

Königreich Telonia, Baronie Walfor

Rolan folgte seiner Herde Wollschweine und trieb sie gemächlich in den Eichen- und Buchenwald, wo die Tiere sich an den heruntergefallenen Früchten laben sollten. Das gab dem Fleisch ein besonderes Aroma, womit er bessere Preise auf dem Markt erzielte.

Grunzend zogen die braun befellten Schweine auf dem Pfad entlang, den sie genau kannten. Hütehund Woko umkreiste sie, ohne einzugreifen.

Rolan musste seinem Tagwerk nachgehen, auch wenn sein Gemüt sich nicht mehr von dem Schicksalsschlag erholen wollte. All die guten, tröstenden Worte brachten nichts. Schwester, Neffe und Nichte in einer Nacht verloren, der Schwager verschollen. Keine Scīrgerēfa, die der Sache nachging.

Die Baronie befand sich in einem Zustand der Angst und der gefühlten Gesetzlosigkeit. Es entbehrte nicht einer gewissen Ironie, wenn sich ein Gelegenheitsräuber wie Rolan nach der Ordnungsmacht sehnte. Den Kommandanten der königlichen Garnison hielt er für unfähig. *Tomeija würde herausfinden, was geschehen ist.*

Rolan trug den Stab, der an einer Seite eine schmale Klinge einfasste, in der Linken, in seiner rechten Hand hielt er den Proviantbeutel. Die Schweine trabten los, stritten sich quiekend um die größten Eicheln und Bucheckern, als gäbe es sie nur an einer Stelle. Dabei war der Boden übersät. »Woko, Platz«, befahl er dem hüftgroßen, braunen Hund und setzte sich auf einen umgestürzten Baum. Den Beutel mit dem Proviant stellte er neben sich ab.

Hunger spürte er nicht, und seinen Durst wollte er

nicht wieder mit Branntwein löschen, auch wenn es ein wenig gegen die Sorge half.

Seine Überlegungen kamen nicht zur Ruhe.

Es war kein Unfall. Die Wunden stammten von Waffen, sowohl bei den Kindern als auch an seiner Schwester. *Waffen oder Krallen.*

Sicherlich glaubten Außenstehende dem Baron, der Gebietsstreitigkeiten zwischen Räubern vermutete oder gar Liothan für den Schuldigen hielt, und Rolan konnte schlecht entgegnen, dass sie die einzigen Gesetzlosen in Walfor waren, weil die Scīrgerēfa rigoros durchgegriffen hatte. Die Konkurrenz saß entweder hinter Schloss und Riegel oder hatte sich in eine andere Baronie verzogen.

Somit schieden Rivalitäten als Grund des Überfalls aus.

Rolan hatte einen anderen Verdacht, der sich aber nicht ohne weiteres vor dem Baron ausbreiten ließ, weil er damit seinen Schwager eines Verbrechens beschuldigte: Liothan hatte vor zwei Tagen bei Dûrus einsteigen wollen. Alleine. Seitdem hatte er nichts mehr von ihm gehört. Seine Schwester Cattra war angeblich Tinko-Beeren pflücken gegangen. Alleine.

Inzwischen wusste Rolan, dass diese Früchte vor allem rund um das Anwesen des mysteriösen Kaufmanns wuchsen. Das Pflücken hatte ihr offenbar als Vorwand gedient, sich in Dûrus' Nähe herumzutreiben und zu spähen.

Rolan scharrte nachdenklich mit dem Fuß im alten Laub, der Geruch von feuchter Zersetzung stieg auf. Er glaubte, dass Liothan von Dûrus gestellt und entweder getötet oder auf dessen Anwesen festgehalten worden war. Vermutlich hatte Cattra etwas Verräterisches entdeckt und deshalb sterben müssen.

Sie und die Kinder.

Rolans Hals schnürte sich zu, Tränen stiegen in ihm auf.

Wenn er dem Baron nicht die Wahrheit über die Absichten seines Schwagers sagte, sah dieser keine Veranlassung, eine Durchsuchung im Anwesen des Krämers anzuordnen.

Noch dazu sind sie befreundet. Rolan spürte die Verzweiflung wachsen. *Ich muss beim König vorsprechen, wenn sonst nichts hilft.* Er sah den Schweinen beim Fressen und Wühlen zu, die sich friedlicher gaben als zuvor.

Woko drehte den Kopf abrupt nach links und knurrte erst leise, wurde dann beständig lauter; das struppige Nackenfell richtete sich auf.

Die Herde reckte grunzend die Köpfe, die dreckigen Rüssel bewegten sich witternd. Die Schweine hatten auch etwas bemerkt und wurden leise, standen steif.

Ein Bär? Rolan erhob sich von seinem Baumstamm, packte den Stab und lauschte auf das Knacken, schaute sich sehr aufmerksam um.

Der Wald war an dieser Stelle licht, weder Büsche noch Unterholz störten seinen Umblick. Sonnenstrahlen fielen durch das Blattwerk, mal wurden die Lichtlanzen deutlich erkennbar und beleuchteten einige Stellen auf der Erde. Insekten summten, Vögel zwitscherten.

»Was ist, Woko?« Rolan sah in die Richtung, in welche die lange Hundeschnauze zeigte.

Außer den Stämmen von Buchen und Eichen gab es nichts zu sehen.

»Was riechst du? Bringt dich Wild durcheinander? Hast du Hunger und Lust auf Jagd?« Rolan wollte sich wieder setzen – und erschrak, weil die Wollschweine gleichzeitig aufkreischten und einige Schritte von ihm wegsprangen.

Da bemerkte er die Gestalt, die auf dem anderen Ende des Baumstammes saß und sich mit einem Tuch das verschwitzte, sonnengegerbte Gesicht abrieb. *Dûrus!*

»Ich grüße dich, Rolan.« Der Kaufmann betrachtete

den feuchten Stoff und schnaufte. Sein Gewand bestand aus reiner, heller Seide und zeigte aufgedruckte blaue Muster. »Ich bin die Hitze nicht mehr gewohnt. Wenn man so lange Zeit im kühlen Haus verbringt oder auf Reisen im Königreich ist, weiß man nicht mehr, wie heiß der Sommer in Walfor sein kann.«

Rolan sah zu Woko, der sich nicht für den Händler interessierte, sondern auf einen gänzlich anderen Punkt blickte. Und knurrte.

»In den Wäldern ist es auszuhalten.«

Rolan packte den Stab, drehte das eiserne, geschliffene Ende nach oben und tat so, als würde es so bequemer sein. Nicht einen Herzschlag lang glaubte er, dass das Auftauchen des Mannes ein Zufall war. *Ist er gekommen, um mich auch umzubringen?* Rasch blickte er sich um. *Er hat seine Leute mitgebracht. Deswegen ist Woko alarmiert.* »Seit wann gehst du spazieren?«

»Ich suche. Eigentlich.« Er langte neben sich und hob einen Korb an, in dem sich Tinko-Beeren befanden. »Aber das Glück war mir nicht hold.«

Rolan erkannte das geflochtene Behältnis. *Es gehört Cattra!* Jetzt ging er langsam auf den Kaufmann zu. »Die Beerenbüsche stehen unmittelbar hinter deinem Haus.«

»Jemand hat sie alle geerntet.« Dûrus schwenkte den Korb. »Das fand ich dort. Leider ohne Inhalt. Der freche Dieb scheint gewusst zu haben, dass ich Anspruch darauf habe, und machte sich aus dem Staub.«

»Die Beeren wachsen wild.«

»Sie wachsen auf *meinem* Land.« Dûrus blieb sitzen und wischte sich erneut über das gebräunte, furchige Gesicht. »Ich mag es nicht, wenn man versucht, mich zu bestehlen.« Sein Blick wurde hart. »Weder meine Beeren noch meine Besitztümer.«

Rolan hatte keine Lust auf Spielchen. Er legte die Eisenspitze locker auf Dûrus' Brust. »Du hast Liothan bei seinem Einbruch gestellt und getötet.« Sein Zeigefinger wies auf den Korb. »Danach hast du meine Schwester abgefangen und sie umgebracht, zusammen mit meinem Neffen und meiner Nichte!«

»Du weißt, dass dein Schwager ein Räuber ist?« Dûrus spielte den Verwunderten. »Und du sagst es weder der Scīrgerēfa noch dem Baron? Damit machst du dich schuldig, Rolan.« Er lachte. »Am Ende gehören du und deine Schwester zu dieser kleinen Bande?«

»Hätten wir Liothan doch nur begleitet.« Rolan verstärkte den Druck auf die Eisenspitze. »Du hast sie getötet! Und ich werde es beweisen.«

Dûrus breitete die Arme aus. »Sieh mich an. Wie könnte ein alter Mann einen starken Holzfäller bezwingen?« Ächzend erhob er sich und hielt sich den Rücken. »Du erliegst einem Irrtum.« Sein Gesichtsausdruck wurde verschlagen. »Habt ihr alle gehört, dass Rolan und seine Schwester zur elenden Räuberbande seines Schwagers gehören, die Walfor seit Jahren in Atem hält?«, rief er laut durch den Wald. »Drei auf einen Streich! Das ist ein Geständnis nach dem Geschmack meines Freundes, dem Baron.«

Rolan erbleichte. *Nein. Ich Narr, ich habe mich hinreißen lassen.* Er wandte sich um, hielt Ausschau nach den Häschern, die sich zwischen Stämmen verborgen hielten. Woko hatte ihn noch gewarnt.

Aber es erschien niemand, um ihn in Eisen zu legen.

Rolan drehte sich zu Dûrus um – und blickte auf eine leere Stelle.

Er sah den Händler neben seinem Proviantbeutel, an dem er sich just bediente und ein Stück geräucherten

Eichelschweinschinken herauszog, um sich ein Stück abzureißen. »Wo ich herkomme, gibt es fast kein Schweinefleisch. Es verdirbt zu leicht in der Hitze«, sagte er genüsslich kauend. Dann lachte er. »Du bist hereingefallen.«

Rolan verstand nicht, wie sich Dûrus so rasch und lautlos von einem Ende des Baumes zum anderen bewegt hatte.

»Wo wir gerade unter uns sind« – der Händler lächelte eiskalt – »und Geständnisse machen: Ich habe deine Schwester umgebracht. Deinem Neffen und deiner Nichte krümmte ich kein Haar.«

»Lügner! Ich sah die Spuren! Eine Klinge setzte ihren Leben ein Ende.«

»Das wiederum ist richtig.« Dûrus wies nach links. »Umgebracht hat sie *das.* Wie auch deinen Hund.«

Rolan wagte einen raschen Seitenblick und keuchte bestürzt auf.

Woko lag unter dem gerüsteten Fuß eines Kriegers in einer schwarzen Rüstung, dessen geschlossener Helm einen Skorpionstachel sowie zwei geöffnete Fangscheren besaß. Bis auf den Kopfschutz schien das Material kein Eisen zu sein, es glänzte anders im Licht; hinter seiner Schulter ragte ein Schwertgriff auf. In der rechten Hand hielt der Kämpfer eine sternförmige, ellenlange Waffe mit gebohrten Löchern. Wokos Blut tropfte an einer Schneide herab.

»Gräme dich nicht, dass sie tot sind«, sagte Dûrus gleichgültig. »Ihr werdet euch wiedersehen, sofern sich dein Glaube als wahr erweist. Sogar deinen Köter. Falls nicht, bist du einfach ausgelöscht. Wie die anderen.« Er riss noch ein Stück vom Schinken ab.

»Ich bringe dich um!« Mit einem wütenden Schrei rannte Rolan auf den Händler zu.

Sogleich setzte sich der Kämpfer in Bewegung, um

seinen Herrn zu schützen, wobei ein leises Schaben erklang. Er schwang die sternförmige Waffe mehrmals um seinen Kopf, woraufhin ein unheimliches Pfeifen ertönte, das die Schweine ängstlich aufquieken ließ.

Rolan sah das geworfene Geschoss nahen. Er duckte sich, holte mit der Spitze des Stabes zum Stoß gegen die Brust des Kaufmanns aus.

Der Stern folgte seinen Bewegungen.

Er schlug in Rolans rechten Arm und nagelte ihn an den Baumstamm, so dass er den Stab fallen lassen musste und schreiend in gebeugter Haltung festhing. Vögel flogen erschrocken davon, und die Sonne schien sich zu verdunkeln.

»Nein!« Er rüttelte und wackelte an der Waffe, aber sie steckte zu tief in seinem Arm und im Baum. Dann griff er mit der Linken nach seinem Stab, um ihn nach Dûrus zu werfen.

Da senkte sich der gepanzerte Fuß des Kämpfers auf seine Hand und bannte sie auf den Boden.

Rolans ebenso zornige wie verzweifelte Schreie gellten durch den Hain. »Dûrus ist ein Mörder! Er hat Liothan den Holzfäller und seine Familie umgebracht!«

Dûrus balancierte über den Stamm und sah von oben auf ihn herab. »Das ist nicht ganz richtig.« Er gab dem Krieger ein Zeichen, und der klappte das Visier hoch. Darin kam ein skelettierter Schädel zum Vorschein. »Ich bin ein Witgo. Mein toter Freund führt meine Befehle aus. Das belastet weder sein Gewissen noch seine Seele. Beides verlor er vor langer Zeit. An mich. Das dachtest du dir gewiss, auch wenn du nicht das klügste Schwein in deiner Herde bist.«

Rolan schrie vor Entsetzen, zerrte an seiner Hand und an seinem Arm, was neuerliche Schmerzen auslöste.

Dûrus ließ sich von dem Skelettkrieger den Hirtenstab

reichen und legte die Eisenspitze in Rolans Nacken. »Du hast dem Baron auf dem Markt etwas gezeigt. Etwas, das du aus dem ausgebrannten Haus deiner Schwester mitgenommen hast. Wo ist der Splitter?«

Rolan sah auf die sternförmige Waffe. *Daraus stammt es.* Ein Stückchen davon musste beim Mord abgebrochen sein. Es war der einzige Beweis gegen den Kaufmann – sofern jemand die Waffen fand.

»An einem sicheren Ort«, erwiderte Rolan und stöhnte auf. *Wenn ich den Arm nach unten ziehe, schneide ich mich selbst los.* An seinem Gürtel steckte ein Dolch, den er nutzen konnte, sobald er frei war. *Ich bringe ihn um.*

»Das denke ich nicht.« Dûrus ließ sich nicht hinters Licht führen. »Bei dir zu Hause ist er nicht. Wir haben alles durchsucht, sogar die Dielen aufgebrochen und die Wände zerschlagen. Also hast du ihn entweder bei dir oder ...« Er lachte wissend auf. »Der Baron hat es! Er hat den Splitter an sich genommen. Für eine Untersuchung.«

Hastus, sei mit mir. Rolan riss seine Hand unter dem Stiefel des untoten Kämpfers heraus und warf den Kopf zur Seite, so dass die eiserne Stockspitze harmlos in die Walderde stieß. Er langte nach seinem Dolch, erhob sich in einer fließenden Bewegung, schnitt sein Fleisch aus der Klinge und schrie seine Qual durch den Wald. *Einerlei.*

»Stirb, Mörder!«

Er stach mit heißer Wut nach dem Witgo – und traf stattdessen die Panzerung des Kriegers. Sie hatten schneller als ein Zwinkern die Plätze getauscht.

Die Dolchspitze rutschte über die Rüstung, dann traf Rolan die Faust des Gegners.

Er hob ab und flog durch den Wald, prallte gegen einen Stamm und schlug im aufgewühlten Boden auf. Die Wollschweine rannten quiekend davon.

Der Skelettritter erreichte ihn sogleich, packte ihn im Nacken und zog ihn mit dem Gesicht nach vorne hoch, so dass Rolans Füße in der Luft baumelten und er Dûrus anblicken musste.

»Die Wälder von Walfor sind nicht mehr sicher«, sagte der Witgo bedauernd und schlenderte heran. »Man hat dich wegen einer Herde Wollschweine getötet. Ist das nicht schrecklich?«

Rolan war vom Sturz benommen, aber die Schmerzen in seinem aufgeschnittenen Arm verhinderten, dass er in Ohnmacht fiel. Sein Blut strömte warm daran herab. »Der Baron wird dir auf die Schliche kommen.«

Dûrus lachte laut. »Denkst du, ihn wird ein anderes Schicksal ereilen als dich?«

»Du kannst nicht jeden in der Baronie umbringen. König Arcurias wird seine Truppen und seinen Hexer aussenden, um dich zur Strecke zu bringen.« Rolan verwünschte sein Zaudern, nicht gleich zu Telonias Herrscher gegangen zu sein. Wenigstens hatte er das Fundstück weitergegeben.

Dûrus langte in sein dünnes Gewand und nahm etwas heraus, das er mit seiner Faust umschloss. »Weder in der Baronie noch in diesem Königreich gibt es einen Menschen, der sich mit meiner Macht messen kann«, eröffnete er leise und voller Genugtuung. »Das Tragische daran ist: Ich wollte nichts weiter als in Frieden leben. In Ruhe. Ohne Streit und Krieg und mich meinem Handel und meinen Forschungen widmen. Ich habe mir etwas in Walfor aufgebaut.« Er betrachtete Rolan aus seinen sandfarbenen, grausamen Augen. »Dann kommt ein nichtswürdiger, gieriger Räuber daher und löst eine Ereigniskette aus, an deren Ende das Sterben von vielen liegt.« Er öffnete die Faust und zeigte Asche, in der perlchengroße Fragmente von zerstampften Knochen lagen. »*Ich* bin der Betrogene und das Opfer in dieser Angelegenheit. Nicht du, deine Schwester und deren Kinder oder Liothan. *Mich* traf es. Ich musste handeln.«

Rolan stöhnte vor Schmerzen, die in seinem Arm und in seinem Nacken hausten. »Du bist …«

»Nein. Ich bin nicht verrückt. Das war ich niemals. Ich wusste nur stets, was ich wollte.« Dûrus hob den Arm, die Hand mit der Asche näherte sich Rolan. »Das, was geschehen wird, war nie Teil meines Plans. Aber *ihr* habt mich gezwungen. Mit eurer niederträchtigen Lust nach dem Reichtum anderer Menschen. Als gäbe es nur das!«

Rolan wusste nicht, was der Witgo vorhatte, daher tat er, was ihm sinnvoll und richtig erschien: Er trat ihm von unten gegen die Hand.

Das grauweiße Pulver und die Stückchen flogen in einer auffächernden Wolke davon und standen wie flirrender, grauer Schrot in der Luft.

»Das bewahrt dich nicht.« Dûrus blies gegen sie.

Der Staub umhüllte Rolan, während ein leises Heulen erklang und sich aus den Gebeinfragmenten knöcherne Klauen bildeten, die mit ihren langen, scharfen Klauen in das Gesicht des entsetzten Hirten griffen.

Rolan schrie ein letztes Mal, dann senkte sich Stille in den Wald.

Absolute Stille.

* * *

Aus dem Reisetagebuch von Bilna Derbschuh, Expeditionsreisende aus dem Königreich Sungàm Tasai:

Auch fanden wir bei unseren Reisen in das Sandmeer enorme Unterschiede in Luft, Feuchtigkeit, Temperatur in den unterschiedlichsten Regionen.
Das bringt mich zur Gewissheit, dass es in der Wüste – wie in den Ländern drum herum – verschiedene Siderimzeiten gibt, deren Unterschiede wir recht bald bemerkten. Die Einwohner haben damit einhergehend ihre Eigenheiten.
So sind die Wintermâne den Wassergöttern gewidmet, die Frühlingsmâne gehören den Erdgottheiten, die Sommermâne teilen sich der Hauptgott und die Feuergötter, während die Windgottheiten die Herbstmâne ihr Eigen wissen.
Die höchsten Feiertage liegen auf dem 19., 20. und 21. Tag im Mâne des Hauptgottes, dessen Name weder zu schreiben noch auszusprechen ist. Ich werde mehr üben müssen.
An jenen Tagen zeigt der höchste Gott sein größtes Wunder: ununterbrochener Regen in vielen Meilen um die Stadt!
Die Wüste saugt das Wasser gierig auf und verwandelt sich in ein riesiges Feld. Die Bewohner gehen dann nach draußen, ernten das kostbare Getreide und sammeln Früchte auf Vorrat.
Aber nur, wenn die T'Kashrâ nicht schneller sind und Feuer legen oder ein Sturm aufzieht.
Ich muss anmerken, dass es der Dârèmo nicht gerne sieht, wenn diese Feiertage begangen werden. Denn er selbst wies sie nicht an.

Kapitel X

Wédōra, Prachtviertel

Liothan starrte auf die vier Gläser, die mit einer honigähnlichen Flüssigkeit gefüllt waren. Darin schwammen vier verfaulte Herzen – die in schwachem, kaum merklichen Takt schlugen. Jedes folgte seinem eigenen Rhythmus, sie pochten und klopften, als müssten sie die Flüssigkeit in den Gläsern zirkulieren lassen.

Herzen, die von selbst schlagen. Eàkina sammelte sie offenbar. Schaudernd schloss Liothan den Schrank und bannte seine Entdeckung hinter den Spiegel zurück. *Hier geht es mit Hexerei zu.*

Das Grauen machte ihm Hoffnung: *Hier wird sich ein Witgo auftreiben lassen, der Tomeija ausfindig macht und uns nach Hause bringt.* Er würde sich als Eàkina nach Hexern umhören. Nicht unbedingt in der Nachbarschaft, aber im Vergnügungsviertel, wie man es ihm geraten hatte. Das Vermögen der Verstorbenen ermöglichte ihm, an Informationen zu gelangen. Er sah zwischen den zugeklappten Rollläden hinaus in den grellen Sonnenschein. Der Tag wollte nicht rascher zu Ende gehen. *Ich habe keine Zeit, um auf die Dämmerung zu warten.*

Liothan ging ins Ankleidezimmer der Toten und zog die ausladendste Kleidung an, die er finden konnte, zudem suchte er einen Schleier heraus, der seine Züge verbarg. *So wird es gelingen.* Nachdem er sich zwei Dolche heimlich unter das weiß-grüne Gewand geschoben hatte, das mit bordürenhaftem Saum versehen war, und die Tür öffnete, kämpfte er gegen die Aufregung. Sie lag weit über der Anspannung, die er von seinen Raubüberfällen und Einbrüchen her kannte. Es stand mit jedem Schritt durch die Straßen und Gassen nichts weniger als sein eigenes Leben auf dem Spiel. Würde er von der Garde bei seinem Betrug ertappt, wäre es aus.

Liothan verließ das palastartige Gebäude und imitierte die gebrechliche Eàkina in Haltung und Schrittlänge. Zunächst mied er die breiten Promenaden und bewegte sich im Schutz von schattigen Gässchen. Gelegentlich wurde er gegrüßt, doch die meisten Einwohner des Viertels achteten nicht auf ihn.

Das läuft. Etwas sicherer geworden, wagte sich Liothan zu den breiten Einfallstraßen, auf denen sich deutlich mehr Menschen und Gespanne bewegten.

Die Unterschiede zur Vorstadt sprangen ihm ins Auge, obwohl er sich erst seit zwei Tagen in Wédōra befand. Die Stoffe, die Schnitte, die Gesichtsausdrücke, die Frisuren, der Schmuck und die Haltung der Viertelbewohner machten deutlich, dass sie sich ihres Standes, ihres Einflusses und ihres Geldes bewusst waren.

Die Auslagen der Geschäfte, die Liothan in seiner Maskerade passierte, präsentierten sich aufgeräumt und sauber, keine Ware roch alt, weder Gemüse noch Obst noch Fleisch. Es wurde leise von den Händlern feilgeboten und mit Anstand zum Kosten verführt.

Auf den geometrisch angelegten Plätzen standen Musiker unter überdachten Podesten oder Kolonnaden und spielten zur Unterhaltung der Besucher Lieder, die Liothan nicht kannte. *Was gäbe ich für ein Lied aus Walfor.*

Das Plätschern von Brunnen erklang von den Dächern und aus manchen Höfen, auch dort wurde gesungen und musiziert, unaufdringlich und voller Eleganz.

Das Prachtviertel trägt seinen Namen zu Recht. Es ist wahrlich eine eigene Welt. Liothan bewunderte den Reichtum, ohne zu vergessen, dass er sich auf einer Spähmission und auf dem Weg zur Westvorstadt befand. Er näherte sich dabei einer Markierung auf der Karte von Dûrus.

Was wird mich wohl erwarten?

Er bog um die Ecke, ging vorbei am Laden eines Obsthändlers. An der Stelle der Markierung sah er eine Werkstatt für edle Möbel und Intarsien. In den Auslagen fanden sich wunderschön gearbeitete Kassetten, Döschen und Kisten, an denen die Handwerker ihre Kunst demonstriert hatten.

Daneben hämmerte ein sehr gut gekleideter Mann mit kurzen, dosierten Bewegungen in seiner offenen Werkstatt auf flache Steinstückchen ein, um sie in Form zu brechen. Eine dünne Lederschürze bewahrte seine Garderobe vor Staub und Splitterchen.

Ist er ein Freund des Witgos? Woran sollte ich ihn erkennen? Er würde es herausfinden müssen. Ein Blick an der Fassade hinauf verriet ihm, dass es zwei Stockwerke über der Werkstatt gab. Ebenso gut konnte der Grund für die Markierung in einem der Geschosse liegen. Dann fiel Liothan der Schacht in Eàkinas Haus ein. *Oder darunter.*

Der blonde Handwerker, dessen Haut fast tiefschwarz war und wie Rabengefieder schimmerte, unterbrach seine Arbeit und blickte Liothan freundlich an. »Ich grüße Euch, werte Eàkina. Nach was steht Euch der Sinn?«

Das Sprechen muss ich vermeiden. Liothan deutete auf seinen Hals. »Eine …« Er hatte *Erkältung* sagen wollen, aber das erschien ihm bei den hohen Temperaturen in Wédōra abwegig. »Entzündung«, sprach er flüsternd und mit kratziger Stimme.

»Oh, das ist unschön.« Der Mann erhob sich von seinem

Arbeitstisch und wischte die Spänchen sowie den Steinstaub ab. »Dann frage ich, und Ihr nickt einfach.«

»Lasst. Schicke meinen Sklaven«, erwiderte Liothan und wandte sich rasch ab.

»Wie Ihr wünscht.« Der Handwerker verneigte sich tief und kehrte an seine Arbeit zurück.

Die Scharade war vielleicht doch kein guter Einfall, wenn ich nicht mit den Menschen sprechen kann. Er würde in seiner Eàkina-Verkleidung gelegentlich die Runde machen, damit alle die Adlige sahen, und ansonsten als ihr Sklave auftauchen und ihre vermeintlichen Aufträge und Besorgungen erledigen. *Das ist wesentlich sicherer für mich.*

Er kehrte in den Hauspalast zurück und begann, sich aus seiner Verkleidung zu schälen, als die Türglocken in allen sechs Stockwerken schellten.

Verflucht. Er warf sich den Schleier wieder über und eilte zum Eingang, spähte durch das verglaste Guckloch hinaus.

Vor der Tür stand eine junge Frau, geschätzte zwanzig Jahre alt, die zwei große Koffer hinter sich von Trägern abstellen ließ. Sie trug ein luftiges, hellgrünes Kleid und zum Schutz gegen die Sonne eine leichte weiße Kapuze. Die Augen waren äußerst stark und dunkel geschminkt, drei aufgeklebte Diamanten leuchteten auf der Nasenwurzel. Es schien in den Kreisen der Reichen schick zu sein, das Dämonische der Thahdrarthi zu imitieren.

Bestellungen? Liothan würde sie annehmen und abwimmeln. Behutsam öffnete er die Tür. »Ja?«, sagte er krächzend und deutete entschuldigend auf seine Kehle.

Die Frau blickte ihn zuerst hocherfreut, danach sehr besorgt an. »Tantchen! Wie klingst du denn?«

Liothan hätte die Tür am liebsten zugeschlagen. *Zwecklos. Sie wird wieder Einlass begehren.*

»Du! Hier«, erwiderte er krächzend, weil er ihren Namen nicht kannte. »Entzündung.« Die Frau machte Anstalten, ihm dennoch um den Hals zu fallen, womit sie sofort gemerkt hätte, dass nicht Eàkina auf der Schwelle stand. Er wich zurück. »Ansteckend.«

»Oh. Wie gut, dass ich da bin, um dich zu pflegen.« Sie wartete, dass er Platz machte. »Die Reise aus Gisosz war anstrengend«, fügte sie hinzu. »Ich brauche dringend ein Bad.«

Auch das noch. Sie bleibt länger. Liothan ging weiter rückwärts.

»Ausruhen«, krächzte er. »Bald da. Neuer Sklave.« Er machte eine beschwichtigende Geste und hinkte davon, bis ihn die Ecke verbarg, dann hastete er die Stufen hinauf in die Schlafgemächer.

Verflucht noch eins! So komme ich nie in die Vorstadt. Er tauschte seine Kleidung und damit seine Identität. Eàkinas getragene Garderobe stopfte er rasch aus und drapierte sie auf dem Bett, um im Halblicht den Eindruck einer schlafenden Adligen zu vermitteln.

Das glaubt sie hoffentlich. Liothan wischte sich den Schweiß vom Gesicht. *Sonst muss ich sie ruhigstellen.* Er hetzte nach unten in die Halle, wo die Nichte den Trägern Anweisungen gab, wohin sie die Koffer zu schaffen hatten. Sie besaß offenbar zwei eigene Zimmer im Untergeschoss.

»Ich grüße Euch«, sagte er und deutete im Gehen eine Verneigung an. »Verzeiht, ich brachte Eure Tante rasch zu Bett. Sie fühlt sich nicht wohl. Es wird die Hitze und die Aufregung über Euer Kommen sein.« Er zeigte auf sein Herz. »Ich wurde heute erst erstanden. Daher bin ich noch nicht vertraut mit dem Haus. Oder Eurem Namen. Herrin.«

»Ich bin Gatimka. Und du heißt?«

»Liothan.«

»Ein guter Name. Sehr gut. Aber ich werde dich Lio nennen. Ich kann es nicht leiden, wenn Sklaven so lange Namen haben, die man entweder nicht aussprechen kann oder ständig vergisst, weil sie zu kompliziert sind. Wir hatten mal einen Stallburschen namens Thoulikon. Meine Zunge verknotete sich fast.« Sie musterte ihn. »Du bist aus Aibylos?«

»Ja, Herrin.«

Gatimka zeigte auf seinen Zwingtorque. »Weswegen hast du gesessen?«

»Widerworte und Meinungsverschiedenheiten mit Torkan, dem Stellvertreter der Statthalterin. In sechs ...« – *Wie hieß dieses Wort?* – »Mâne! In sechs Mâne bin ich frei.«

»Widerworte! Köstlich. Und dann noch bei meiner Tante.« Gatimka lachte. »Das sind keine guten Voraussetzungen für einen Sklaven.« Sie ging zur Küche. »Ich habe Hunger, Lio. Was kannst du kochen?«

Mach dir deinen Kram selbst. »Ich bin nicht besonders gut darin, Herrin. Wenn Ihr mögt, dann bereitet Euch etwas zu.« Liothan folgte ihr, während die Träger das Haus verließen und die schwere Tür hinter sich zuzogen. Er dachte darüber nach, was er mit Gatimka anstellen sollte, die ihn in seinen Plänen behinderte. Keinesfalls konnte er die Scharade vor der Nichte aufrechterhalten.

»Was kannst du denn?«

»Holz hacken.« Liothan grinste. »In einer Wüste kein besonders einträgliches Geschäft.«

Gatimka lachte laut. »Und du bist lustig.« Sie nahm sich vom Obst, schnitt zwei Scheiben von einer Orange und trennte die Schale mit geschickten Schneidbewegungen ab. Ihr Blick ruhte auf seinem sehnigen Körper. »Holzhacker. Gesegnet mit kräftiger Natur. Ich ahne, weswegen dich meine Tante erstanden hat«, sagte sie bedächtig. »Lass mir ein Bad ein. Solange sie schläft, kann ich es mir gutgehen lassen.«

Den einen Gefallen tue ich dir noch. Liothan verbeugte sich und ging, um Vorbereitungen zu treffen. *Und danach fessle ich dich und sperre dich ein.*

Er gab vom wohlriechenden Badezusatz in das einfließende Wasser. *Duftend in Gefangenschaft.* Er musste wieder grinsen. *Besser als meine Zeit in der Zelle.*

Er würde sie außer Gefecht setzen, ihr vom natürlichen Tod ihrer Tante berichten und sie verpflegen, bis sein Plan gelungen war. Seine Ungeduld lärmte in ihm und verlangte, dass er endlich in die Vorstadt aufbrach.

Ich Idiot! Sie wird zur Bande gehören. Der Gedanke befiel Liothan plötzlich, während er das nach Blumen riechende Salz durch Rühren im Wasser auflöste. *Sie gehen auf Beutezug.*

»Hinein mit dir«, sagte Gatimka unvermittelt in seinem Rücken. »Ich habe gerne Gesellschaft. Jemand muss mir den Rücken schrubben.«

Keinesfalls. Liothan wandte sich um und setzte zu einer Ausflucht an – und geriet für einen Herzschlag ins Stocken.

Die junge Frau hatte sich entkleidet und wies sich ihm ohne Scheu nackt; ihr Körper war der einer Athletin, die blonden, langen Haare auf dem Kopf waren die einzigen an ihr. Um die Hüfte trug sie eine goldene Kette, ebenso um die Fußgelenke, an den Fingern saßen Ringe mit großen Steinen, die sie offenbar zum Baden nicht ablegen wollte.

Gatimka ging an ihm vorbei und begab sich in die Wanne. »Los. Das habe ich mir verdient. Ich war lange unterwegs bis nach Wédōra.«

Ich könnte so tun, als hätte mich Eàkina eingeweiht. Liothan stellte ein Bein in das Bassin. *Sie verrät mir freiwillig vielleicht mehr als erzwungen.*

»Nicht angezogen. Runter mit dem Gewand. Ich will deine Muskeln sehen.«

Dabei habe ich schon gebadet. Also entkleidete sich Liothan erneut und begab sich zu Gatimka, die ihn mit glitzernden Augen betrachtete.

»Dünner als erwartet bei einem Holzhacker, aber sehnig. Ja, ich denke, dass ich nun mit Sicherheit weiß, weswegen meine Tante dich kaufte.« Sie zeigte auf seine Narben. »Das rührt nicht von deiner Arbeit im Wald. Es sei denn, die Bäume in Aibylos schlagen zurück.«

»Verbrecher gibt es immer wieder. Ein Mann muss seine Familie verteidigen.« Liothan beeilte sich, bis zur Hüfte ins Wasser zu gelangen, und nahm einen Schwamm von der Ablage. »Herrin, Ihr müsstet Euch umdrehen.«

Gatimka tat ihm den Gefallen und neigte den Kopf, damit er ihren Nacken und den Rücken erreichte.

Liothan blieb auf Abstand zu ihr, ließ den Schwamm sich vollsaugen und presste das warme Wasser über die Schultern und das Genick. Er sah feine weiße Linien, als sei sie vor langer Zeit mit scharfen Klingen geschnitten worden, bis er das Muster darin erkannte. *Filigrane Schmucknarben. Ähnlich wie bei Ettras.*

»Das machst du sehr gut, Lio«, lobte sie und gab einen Laut des Genießens von sich. Mit einer Hand streifte sie das blonde Haar zurück. »Nun bitte abreiben.«

»Sehr wohl, Herrin.« Er führte den Schwamm über ihren Rücken, der voller weißer Linien war. »Eure Tante war eine Frau mit Geheimnissen«, setzte er an.

Mitten in seiner Abwärtsbewegung wandte sich Gatimka plötzlich um, so dass der Badeschwamm über ihre rechte Brust fuhr. »Nur weiter«, sagte sie ermunternd. »Wer weiß, wo du mich gleich noch abreiben darfst, Lio?«

Liothan spürte, es nicht mit einem mannstollen Weib zu

tun zu haben, die sich nach der Zeit in der Wüste der Wollust hingab. *Sie will mich ablenken. Nur wovon?*

Schlangenschnell zuckte die rechte Hand der jungen Frau an seine Kehle und drückte erstaunlich fest zu, die andere zielte mit zwei ausgestreckten Fingern auf seine Augen. Die spitz gefeilten Nägel befanden sich weniger als haarbreit von seinen Pupillen entfernt. »Wo ist meine Tante?«

Liothan sah, dass Gatimka kein Horn, sondern Eisenplättchen an den Fingern trug. *Wie geht das?*

»Du hast sie getötet!«

»Nein. Sie starb, kurz nachdem sie mich gekauft hat«, sagte er wahrheitsgemäß. *Ich muss sie locken.* »Ich …«

»Und du dachtest, da lebst du halt wie die Made im Speck«, giftete Gatimka und hielt ihren wachsamen Blick auf ihn gerichtet. Wassertropfen rannen über ihre gespannten Muskeln und die geritzten Linien ihrer Haut. »Wo ist ihre Leiche?«

»Im Keller. Ich habe sie auf Eis gebettet.« Liothan war beeindruckt. Wer sich nicht davor scheute, einen wesentlich stärkeren Mann an sich heranzulassen, um ihn zu überlisten, dazu noch nackt, musste gute Nerven haben. *Sie gehört ganz sicher zur Bande.* Liothan behielt die Rolle des ängstlichen Sklaven bei. »Warum … hat sie mich gekauft?« Er gab seiner Stimme etwas Zittriges.

»Das wirst du nicht von mir erfahren.« Gatimka lächelte böse, die verlaufende Schminke um ihre Augen machte sie ebenso hübsch wie gefährlich. »Deinen Zweck wirst du immer noch im Keller als Leiche neben …«

Schade. Umbringen lasse ich mich nicht von dir. Auch wenn du hübsch bist. Liothan trat unter Wasser zu und traf sie in den Bauch.

Gatimka wurde nach hinten geschleudert und prallte

mit dem Kopf gegen den Wannenrand. Sie fluchte und setzte unverzüglich zu einer neuen Attacke an.

Lass sehen, ob du dich auf den Beinen hältst. Liothan sprang aus dem Becken und griff nach der Kanne mit dem Öl, goss es vor der Gegnerin auf den Boden.

Ihre nackten Sohlen rutschten auf dem nassen, glitschigen Boden aus, und Gatimka schlug der Länge nach hin. Ein Knochen knirschte. Ihre ungelenk wirkenden Aufstehversuche scheiterten am schillernden Film, aber sie gab trotz ihrer Verletzung nicht auf. »Du Dreckshund!«

In aller Ruhe nahm sich Liothan ein Handtuch und schlang es um seine Hüften, zog den Dolch aus seinem abgelegten Gewand. »Erzähle mir, was vor sich geht, bevor ich dich absteche und neben Eàkina lege.«

Gatimka zog ihre Beine unter sich und setzte sich auf die Fersen, Blut lief aus einem Hautriss am Arm. »Es spielt für dich keine Rolle. Du wirst sterben. Vor mir.«

Liothan sah das Zucken ihrer Augen, den Blick über ihn hinweg. *Die Bande ist da!*

Er wich nach rechts zur Seite und entging dem zustoßenden Schwert, das klirrend auf den Boden traf und eine Kerbe in den Stein schlug.

Ohne sich umzuschauen, trat Liothan nach hinten und vollführte eine Halbkreisbewegung, die ein Fußpaar vom Untergrund fegte. Ächzend schlug ein Mann hinter ihm auf.

Hiergeblieben! Liothan stieß Gatimka um, die sich gerade erheben wollte und vor Wut aufschreiend gegen die Wanne fiel, an der sie abrutschte. »Wir müssen anschließend dringend reden.«

Den Dolch in der Rechten, wandte er sich um und warf seine langen braunen Haare nach hinten.

Liothan sah drei weitere Männer und zwei Frauen hinter dem Besiegten stehen, die ihre Schwerter und Klingen gezogen hatten. *Zu viele für meinen Dolch.* Er langte nach der nackten Gatimka und bekam ihren blonden Schopf zu fassen, zerrte sie über den öligen Boden zu sich und setzte die Dolchspitze in ihren Nacken.

»Zurück!«, befahl er. »Sonst stirbt sie zuerst.«

Der Mann, den er von den Füßen geholt hatte, griff sein verlorenes Schwert und sah abwägend zur Gruppe. »Ich kann es schaffen.«

»Nein«, bekam er von einem Mann mit dunkelbrauner Hautfarbe zur Antwort. »Es ist zu gefährlich.«

»Er schafft es«, gab eine Frau zurück. »Er ist schneller als eine hungrige Skornida.«

Ist er das? Liothan schleuderte seinen Dolch.

Der Pommel traf den Überraschten seitlich gegen den Kopf, aufschnaufend brach er zusammen und blieb liegen. Verdutzt sahen sich die Gesetzlosen an.

»Vor einer Skornida muss ich mich nicht fürchten, oder?« Mit dem Fuß fischte Liothan sich das Schwert und legte es von unten an Gatimkas Kehle. »Damit ihr es wisst: Ich hätte ihn auch töten können.«

Ausgerechnet seine Geisel lachte unter Schmerzen, während die anderen ihn wütend anstarrten.

Zeit, dass ich meinen Vorteil ausspiele. »Während ihr nachdenkt, wer sein Glück als Nächstes gegen mich versucht«, sprach Liothan und ließ sie nicht aus den Augen, »vernehmt: Ich habe die Geheimverstecke der alten Eàkina gefunden. Einige Unterlagen sind in meinem Besitz. Wenn ihr sie zurückhaben wollt, müsst ihr verhandeln.« Er grinste grimmig. »Sonst waren eure schönen Raubvorbereitungen vergebens.«

* * *

Wēdōra, Vergnügungsviertel

Die Arbeit als Aussieberin von besoffenen Gästen vor dem Theatereingang des *Spaß und Blut* nahm Tomeija nicht sonderlich in Anspruch, zumal ihr Olgin, einer von Chucus' Knechten und ein Mann wie ein Schrank, zur Hand ging. In der dunkelgrünen Tunika mit dem schwarzen Saum und den zierlichen Ketten wirkte er mehr wie einer der Lustknaben, aber er teilte Schläge aus wie ein Ackergaul Tritte.

Also beschäftigte sich ein Teil von Tomeijas Verstand mit einem neuen Plan.

Der Witgo Kardīr hatte ihr nicht weitergeholfen, wenn sie von dem geschenkten Büchlein absah. Die Nachforschungen erforderten viel Lauferei mit ungewissem Grad an Erfolg.

Was nutzt es mir, wenn ich herausfinde, wer Dûrus wirklich ist? Tomeija winkte ein kicherndes Pärchen durch. *Ich muss zurück. Schnell. Mit Liothan.*

Es blieb ein wenig Hoffnung, dass sie anhand des dünnen Buches einen Witgo fand, der sich mutig genug fühlte, einen solchen Übergangszauber zu wagen.

Oder ich zwinge Kardīr. Tomeija sah hinauf zum sich langsam verdunkelnden Himmel. *Die Sonne wird ihn schon dazu bringen. Ich schleife ihn so lange über die Plätze, bis er tut, was ich will.*

Sie nahm ein Glas smaragdfarbenes Wasser von der Ablage seitlich des Eingangs und trank es leer. Dabei ging ihr durch den Kopf, was Kardīr zur magischen Wirkung gesagt hatte.

Ihre Schluckbewegungen wurden langsamer.

Ich werde garantiert nicht zu einer Witga. Die weiß

behandschuhten Finger legten sich um ihren Schwertgriff. *Aber es wäre ein weiterer würdiger Fluch.* Sie lachte leise und grimmig. *Wäre ich eine gute Witga, könnte ich mich vielleicht von meinem ersten befreien.* Tomeija stellte das Glas ab und rieb sich unbewusst über den Nacken.

Die Nacht brach heran, der Zustrom an Gästen wuchs. Olgin und sie prüften ohne Unterlass, bis das Theater gefüllt war. Damit vereinfachte sich ihre Aufgabe: Sie wies Leute ab und vertröstete sie auf spätere Vorstellungen.

Ein auffrischender Wind trug die Kühle der Wüste in das Vergnügungsviertel.

Die Lampions schwangen vor und zurück, Planen und Stoffe spannten sich und flatterten. Die Pflanzen auf den Dächern neigten sich, als würden sie der fremden Luft Respekt zollen. Das Rauschen und Rascheln der Blätter mischte sich unter die Geräusche des Viertels.

Tomeija dachte an Walfors Wälder und wie gänzlich anders diese Stadt und diese Welt war. Sie vermisste die Einsamkeit in den Hainen, die Ruhe und die Geräusche des Waldes, in dem sie den Erinnerungen und der Schlechtigkeit für wenige Stunden entkommen konnte.

In Wédōra gab es zwar dichtes Grün auf den Dächern und an den Fassaden, aber keine Abgeschiedenheit, um die Gedanken zu ordnen oder an nichts zu denken. Die Stadt pulsierte nachts und tags.

»Ich brauche ein Bier … ein Henket«, sagte Tomeija zu Olgin. »Du auch?« Er nickte, und sie wandte sich um, öffnete die Tür ins Theater und ging leise an den letzten Zuschauerreihen des dreistöckigen Innenraums vorbei, um sich an der Theke zwei Biere geben zu lassen.

»… noch hinter dem östlichsten Teil von Thoulikon, da leben die Dorevo«, erklärte ein Ausrufer auf der Bühne. »Wir haben einen dieser ungewöhnlichen Menschen zu

Gast. Bedenkt: Sie ist kein Razhiv. Sie bündelt die Kräfte mit ihren Gedanken.« Klatschend zog er sich von den Brettern zurück. »Beifall für: die Birke aus Dorevo!«

Tomeija wählte ein bernsteinfarbenes und ein schwarzes Henket. Sie nippte am helleren. Der Geschmack ging in Ordnung.

Unter müdem Applaus kam eine Frau mittleren Alters auf die Bühne, die ein enganliegendes schwarz-weißes Kleid trug, das vor der Brust bis in den Schritt geschnürt war. Ihre rundliche Figur war das genaue Gegenteil von Tomeijas Statur. Die langen dunklen Haare wurden von einer Flechtfrisur auf dem Kopf gehalten und symbolisierten Zweige. Sie hob die Arme und tat, als wären es Äste, die im Wind schwangen.

Tomeija grinste. *Niedlich.*

»Das Land, aus dem ich stamme«, sagte sie leise, »kennt kein Eisen. Keinen Stahl. Nichts, was ein Magnet erfassen kann.« Die Schaustellerin hielt eine Hand offen hin – und von einem Tisch flog ein Becher in ihre Finger. Sie zeigte mit dem Gefäß auf einen Gast, und dessen Dolch zog sich von selbst aus der Hülle. »Das Land ist durchdrungen von Magnetismus und gibt ihn an uns weiter.« Sie ließ die Waffe über der Öffnung des Bechers kreisen, mal schnell, mal langsam. »Ich weiß: Ihr denkt, ich würde Zauber nutzen.«

Tomeija hatte das Theater längst verlassen wollen, aber die Stimme der Schaustellerin verhinderte es. *Sie war es! Sie sprach mit mir vor dem Driochor-Fresko.*

»Das brauche ich nicht. Das Land machte uns zu seinem Teil von sich und lehrt die Doravo von klein auf, die Ströme in sich zu lenken und zu bündeln«, erklärte die Frau und ließ Dolch und Waffen an die Tische der Gäste zurückschweben. »Wie ihr seht: Ich halte nichts in der

Hand, keinen Sand, keinen Staub, keine Komponente, die eure Razhiv benötigen.«

Tomeija trank noch einen Schluck Henket. *Ich muss unbedingt mit ihr reden.* Chucus würde ihr sagen können, wo sie die Darstellerin fand.

Das Murmeln im Zuschauerraum nahm zu.

»Ich zeige euch, was ich meine.« Die Doravo ließ sich vom Ausrufer die Augen verbinden und streckte die Arme zur Seite weg, die Handflächen weit geöffnet. »Leer, richtig?« Einige riefen ein Ja zurück. »Den Knebel«, bat sie, und der Ausrufer steckte ihr ein Stöckchen zwischen die Zähne, so dass sie nicht sprechen konnte.

Tomeija wartete gespannt.

Nach ein, zwei Atemzügen erklangen die ersten erschrockenen und amüsierten Rufe. Aus dem Parkett, den drei Rängen und den Logen schwebten eiserne und stählerne Gegenstände und formten sich über der Doravo mit leichter Rotation zu einer hohlen Kugel.

Tomeija bemerkte, dass ihr Schwert dem magnetischen Befehl folgen wollte. *Niemals.* Sie kehrte schleunigst nach draußen zurück. *Das könnte zu einer Katastrophe geraten.*

Tomeija kam rechtzeitig, um einen sehr jungen Mann mit gebeugten Schultern davontrotten zu sehen; mit einer Hand hielt er sich den Magen. Der Kleidung nach gehörte er nicht zu den Ärmsten, aber sie hing verrutscht an seinem Körper.

»Noch einer, der reinwollte?« Sie gab Olgin das schwarze Henket.

»Ziemlich aufgedreht, der Kleine.« Der hünenhafte Knecht küsste seine Faust. »Ich musste ihn beruhigen.«

»Ein stürmischer Bewunderer der Kunst.« Sie stieß nicht mit ihm an, sondern trank, nachdem sie den Humpenrand prüfend betrachtet hatte.

»Ach, er wollte die Mädchen begrapschen.« Olgin leerte seinen Becher in einem Zug und rülpste schallend. »Das wollen sie alle.« Er blickte zu ihr. »Na, dich vielleicht nicht.« Er machte mit Gesten klar, dass sie zu kleine Brüste hatte und zu schmal war.

Tomeija ging auf die Beleidigung gar nicht ein. »Kennst du die Frau aus Doravo?« Sie sah dem Abgewiesenen mit einem unguten Gefühl nach.

»Ja. Ist stark, was sie kann. Alles, was magnetisch ist, kann sie mansi… nami… beeinflussen«, erklärte Olgin.

»Ist sie oft hier?«

»Ihr Name ist Berizsa.« Der Knecht lachte wiehernd. »Sie wohnt in der Vorstadt, aber Chucus tut stets so, als wäre sie von weit her angereist. In der Nordvorstadt. Bei den Tempeln. Warum?«

»Neugierde.« Tomeija verlor den Abgewiesenen nicht aus den Augen. Er blieb an der nächsten Hauswand stehen, stützte sich mit einer Hand ab und kotzte sich die Seele aus dem Leib. »Wie hart hast du ihn getroffen?«

»Hart genug.« Olgin zeigte lachend auf ihn. »Schwächling! Das wird ihm eine Lehre sein.«

Tomeija verfolgte, wie der Abgewiesene ausspuckte, sich hastig umblickte und einen abgestellten Besen aus zusammengedrehten, getrockneten Palmstengeln ergriff. Damit bewegte er sich auf den Theatereingang zu, rempelte Passanten achtlos an und kümmerte sich nicht um ihre Beschimpfungen.

Ärger. Tomeija stellte den Humpen ab. »Die Lehre hat er nicht verstanden.«

Beim Näherkommen sah sie die glasigen Augen, den Schweiß auf seiner Stirn und die Verzweiflung auf seinem Gesicht. Er hob den Besen und brabbelte etwas vor sich hin. Seine Absicht konnte man nicht falsch verstehen.

»Ich mache das«, sagte Olgin gönnerhaft. »Dieses Mal *wird* er die Lehre verstehen. Sobald er wieder wach ist.« Er ging dem Abgewiesenen einen Schritt entgegen und streckte die Hand aus. »Verpiss dich, bevor meine Faust …«

Der Unbekannte schlug mit dem Besen zu.

Olgin wich aus und versuchte einen Schwinger gegen den Mann. »Du Trottel. Was willst du damit?«

Aber der Gegner entkam dem Angriff durch eine zufällige Bewegung und schlug rasend schnell und laut schreiend mit dem Besen nach dem Knecht.

»Scheiße, du Idiot, lass das!«, brüllte ihn Olgin an und trat ihm in den Schritt.

Laut jammernd sackte der Mann auf die Knie, ohne seine Waffe loszulassen, die mehr albern als gefährlich wirkte. »Ich will nur zu Eliopé.«

»Eine Eliopé arbeitet nicht hier.«

»Doch. Doch, das tut sie«, stieß er heulend aus. »Sie hat gesagt, ich kann immer zu ihr, wenn ich was Neues brauche.«

»Bei uns arbeitet keine Eliopé!« Olgin setzte dem Unbekannten die Sohle gegen die Schulter und wollte ihn nach hinten umwerfen.

Der Mann schlug seine Finger plötzlich in Olgins Unterschenkel und biss hinein, riss mit einem Ruck einen Fetzen Hose und Fleisch heraus. Irre lachend sprang er auf, spuckte den Brocken und Blut aus, stach dem schreienden Olgin das runde Ende des Besenstiels in den Bauch.

Der Knecht ging stöhnend zu Boden.

Das ist wahnhaftes Verhalten. Tomeija wich dem nächsten ungestümen Hieb mit einer leichten Drehung aus und schmetterte dem Angreifer die Doppelfaust mitten in die Züge. *Er hat irgendwas genommen.*

Der Unbekannte wurde nach hinten geworfen, die Lippen aufgeplatzt, die Zähne klackerten über das Kopfsteinpflaster.

»Geh, bevor dir Schlimmeres geschieht«, sagte Tomeija drohend und legte eine Hand an den Schwertgriff.

Aber er kämpfte sich auf die Füße, zog sich am Türrahmen in die Höhe. »Eliopé!«, brüllte er aus Leibeskräften in den Vorraum. Das Rot rann über seine Lippen, tropfte auf die Kleidung. »Eliopé, komm raus! Eliopé!«

»Mach ihn fertig«, grollte der Knecht. »Dieser liebestolle verrauschte Kopf fühlt ohnehin keine Schmerzen.«

»Ich brauche das Zeug«, schrie der Unbekannte und brach in Tränen aus, kramte in den Taschen und warf mit silbernen Münzen um sich. Unverzüglich rannten Menschen herbei und bedienten sich an dem buchstäblich verschleuderten Reichtum. »Eliopé, sieh: Ich habe Geld! Gib mir Iphium!«

Tomeija blickte zu Olgin, der sich seine Bisswunde besah. *Dieses neue Mittel, das alle haben wollen.* »Gibt es diese Eliopé?«

»Chucus hat kein Mädchen, das so heißt.« Olgin hielt seine blutige Hand in die Höhe. »Du elendes Schwein! Du hast mir ein Stück Fleisch rausgefressen!«

»Das ist mir egal!« Der Unbekannte schleuderte eine Handvoll Münzen gegen den Knecht. »Lass mich zu ihr!« Erneut warf er sich auf Olgin, verbiss sich in seinen Hals, schrie unverständlich und schlug wie von Sinnen auf den Rausschmeißer ein.

Zwecklos. »Ich habe dich gewarnt.« Tomeija schwang die Schwerthülle und traf die Stirn des Rasenden mit dem Ende der Parierstange, woraufhin der junge Mann abhob und über die Steine rollte. Schluchzend und sich krümmend blieb er liegen.

Olgin hielt sich die blutende Wunde an der seitlichen Kehle. »Ich bringe ihn um!«

Tomeija half ihm hoch und betrachtete den Biss. »Das muss gereinigt und genäht werden«, stellte sie fest. »Wer weiß, welche Krankheiten er überträgt. Spül es mit Branntwein aus.«

Der Unbekannte hob den Kopf und sah sie an. Sein Blick wurde unvermittelt klar und richtete sich erwartungsvoll auf ihr herausbaumelndes Amulett. »Du kannst mir Iphium verkaufen!« Er streckte den Finger aus und zeigte auf Tomeija. »Du gehörst zu den Giftmischern aus Tērland! Los, bau es mir nach! Ihr seid es doch, die es in Umlauf bringt!«

»Nein, das vermag ich nicht.« Ihr kam ein Gedanke. »Aber sag: Wie sieht Eliopé aus? Ich kann dir helfen, sie zu finden.«

»Sie … sie ist hübsch und … und sie hat lange dunkle Haare. Ihre Nase ist seit kurzem gebrochen. Von einem Kampf. Wir treffen uns sonst in der Vorstadt, aber sie kam nicht, und ich hatte sie belauscht und gehört, dass sie im Theater arbeitet, und dann kam ich vorbei, um … um«, brabbelte er und kam näher. »Um es zu bekommen.« Flehend reckte er die Finger. »Sie ist da drin! Sie hat es gesagt!«

Tomeija dachte an Sebiana, Tänzerin und ihre erzwungene beste Freundin. *Soll sie es sein, die das Mittel unter einem falschen Namen verkauft? Würde sie das wagen, unter den Augen ihres Lenos?* »Ich kenne sie. Wir …«

Der Unbekannte versuchte mit einem wilden Schrei einen Angriff gegen Tomeija. »Lass mich!«, plärrte er. »Lass mich durch zum Iphium! Sonst verbrenne ich!«

Du gehst nirgends hin. Sie bewegte die Schwerthülle exakt berechnet und traf ihn genau auf die Brustmitte, wo das Sonnengeflecht saß.

Der junge Mann hielt an, als sei er gegen eine Wand gelaufen, und sog einem Erstickenden gleich die Luft ein. Tomeija kannte die Wirkung des Hiebs, für den man keine große Kraft benötigte. Nach mehreren Herzschlägen kippte er rücklings um, die Augen weit aufgerissen.

Unerwartet kräuselte gelblich roter Rauch aus Mund und Nase, blieb für die Dauer eines Atemzugs über dem Mann stehen und löste sich auf. Gleichzeitig sackte die Brust des Liegenden zusammen, als wären die inneren Organe entnommen worden.

»Was war das?«, sagte Olgin gebannt neben ihr. Das Ungewöhnliche machte seine Schmerzen offenbar vergessen. »Wie hast du das gemacht? Bist du eine Razhiva?«

»Unfug.« Sie ging vorsichtig näher und blickte auf den Mann herab. Die Pupillen hatten das Lebendige verloren und schienen von innen mit Ruß bedeckt. »Er ist tot?« Tomeija wusste, dass es nicht die Wirkung ihres Schlages gewesen war. Es roch um ihn herum nach verbranntem Fleisch und einem Ziegenbockstall.

»Bei Hintsha der Feuerblumigen! Ich gehe und sage Chucus Bescheid.« Olgin verschwand nach drinnen, eine Hand gegen die Halswunde gepresst.

»Bleibt zurück«, befahl Tomeija laut, um die Menschen auf Abstand zu halten.

Sie nutzte die Gelegenheit und durchsuchte die Taschen des Verstorbenen. Es gab noch mehr Geld, das sie fein säuberlich zusammensammelte, und einen Dolch. Warum er den nicht gezogen hatte, als er auf Olgin eindrang, blieb ihr ein Rätsel.

Tomeija legte die Linke auf seinen Bauch und Unterbauch. Die Wärme, die sie durch das dünne Leder und die Kleidung spürte, übertraf die normale Temperatur eines Leibes bei Weitem. Sie richtete sich auf.

»Was bei allen Seuchen ist denn los?« Chucus tauchte neben Tomeija im Eingang des Theaters auf. Man roch sein Talkumodeur früh, leise bewegen konnte er sich nicht. An den Ösen seiner Ledergurte hatte er vier Dolche befestigt, er rechnete offenbar mit Ärger.

Sie erklärte ihm, was vorgefallen war, ohne dass sie ihren Verdacht gegen Sebiana äußerte.

»Iphium? In meinem Laden? Und es wird verkauft ohne mein Wissen?« Er neigte sich an ihr Ohr, damit niemand sonst seine Anweisung vernahm. »Ich habe einen Auftrag für dich, Scīr. Du wirst herausfinden, wer dieses Dämonenzeug in meinem Schuppen unter die Leute bringt.«

Tomeija musterte einen eintreffenden betrunkenen Besucher, der gleichmütig über den Toten hinwegtorkelte und durch den engen Durchlass an ihr vorbeigehen wollte. Sie wies ihn ab. »Ich werde mir Mühe geben.«

Chucus knurrte. »Mir sind schon zwei Tänzerinnen daran verreckt. Ich will, dass es endet. Sollen sie andere Leute vergiften, aber nicht bei mir. Schon gar nicht verkaufen. Sehr schlecht fürs Geschäft.« Er tippte gegen das Brustbein, wo ihr Ghefti-Anhänger lag. »Verberge ihn.«

Tomeija verbarg den Anhänger und hielt einen weiteren sichtlich Betrunkenen mit einer Handbewegung auf, verscheuchte ihn mit einer einzigen Geste und einem Scīrgerēfa-Blick, der ihn, ohne zu murren, den Rückzug antreten ließ.

»Gut. Jetzt gehe rein und suche mir diese Frau, die hier angeblich Iphium verkauft. Du weißt, wer sie ist?«, fragte Chucus und rief einen neuen Türsteher bei, dem er den Auftrag gab, die Stellung zu halten.

»Wissen ist übertrieben. Die Beschreibung war dürftig.«

Chucus zeigte auf den Innenraum. »Ich verlasse mich auf dich.«

Verlassen sollte man sich nur auf sich selbst. Tomeija ließ sich nicht zu einer Erwiderung hinreißen. Solche Sprüche funktionierten bei seinen Untergebenen, aber nicht bei ihr.

Sie ging an ihm vorbei und schloss die Augen, um sie erst nach zwei Schritten zu öffnen. Damit gewöhnte sie sich rascher an die diffuse Dunkelheit, die während einer Aufführung im Theater herrschte.

Tomeija streifte durch die unteren Reihen, legte dabei den Schal um und machte sich klein, um die Jonglage mit brennenden Dolchen während der Theaterpause nicht zu stören. Als sie nicht fündig wurde, nahm sie ein Fernglas, begab sich hinauf in den höchsten Rang und blickte sich genau um. Kopf für Kopf wurde betrachtet.

Da ist sie!

Sebiana saß in einer Loge, verfolgte das Geschehen auf der Bühne. Neben ihr stand ein Bauchladen, aus dem Knabbereien in kleinen Tütchen an die Besucher verkauft wurden.

Sie macht Pause. Die Scīrgerēfa betrachtete den Bauchladen genauer, sah zwischen den Tüten kleine gefaltete Papierbriefchen von der Größe eines Daumennagels. *Das Iphium. Sie betreibt ihre Geschäfte auch im Theater.* Der junge verzweifelte Mann hatte recht gehabt.

Tomeija begab sich in den Rang der Tänzerin und öffnete behutsam den Vorhang, der zur fraglichen Loge führte.

Bevor Sebiana bemerkte, dass sich ihr jemand näherte, hatte Tomeija den Bauchladen an sich genommen und langte hinein. »Iphium.« Sie zeigte zum Beweis eines der Briefchen. »Habe ich recht, *Eliopé?*«

»Das ist nicht meins. Einer von den Gästen muss es reingetan haben«, erwiderte Sebiana rasch und erhob sich – bis sie begriff, wer vor ihr stand.

»Du?« Sie wurde wütend. »Lass mich nicht auffliegen«,

raunte sie und sah sich verstohlen um. »Behalte das Zeug. Und denke dran, dass ich dein Geheimnis kenne.«

»Ich denke nicht, dass Chucus das mögen würde.« Tomeija packte sie am Kragen. »Hören wir, was er dazu sagt.« Sie schob die Tänzerin auf den Vorhang zu. »Wieso verbrennen die Leute innerlich, wenn sie keinen Nachschub bekommen?«

»Was?« Sebiana sah bestürzt aus – aber als erfahrene Scīrgerēfa durchschaute Tomeija die bühnenreife Leistung. »Davon weiß ich nichts.«

Tomeija mahnte sich, dass es die Angelegenheit von Chucus war. *Sollen sie sich meinetwegen alle gegenseitig vergiften.* »Vorwärts. Wir ...«

Der Vorhang bewegte sich abrupt auf die beiden zu und begrub die beiden Frauen unter sich, die gemeinsam auf die Holzdielen fielen.

»Ruhe da oben!«, zischte jemand aus dem Publikum, zustimmendes Murmeln erklang. Der zweite Akt des frivolen Theaterstücks hatte begonnen.

Sie ist nicht alleine. Tomeija wühlte sich aus dem schweren Stoff und griff knapp an dem Fuß der Tänzerin vorbei, die eben von einem Maskierten aus dem Vorhang gezogen wurde. Er trug unauffällige Kleidung, die Kapuze machte ihn im Dunkeln schier unsichtbar. »Halt!« Sie sah den Tritt kommen und wich dem Schuh aus. Das kostete sie Zeit, welche die Gegner zur Flucht nutzten.

Ich sagte: Halt! Tomeija zog am Vorhangsaum an und riss dem Mann und Sebiana den Untergrund weg. Krachend stürzten sie.

»Ihr werdet bleiben.« Tomeija hechtete gegen den Mann und drückte ihm die Schwerthülle von oben in den Nacken, hinderte ihn am Aufstehen. »Chucus hat Fragen zum Iphium. Und der Dârèmo auch.«

»Wenn du redest«, presste der Mann in Richtung der Tänzerin unter seiner Kapuze und der Maske hervor, »stirbst du. Das weißt du. Den Kräften des Razhiv entkommst du nicht.«

Oh, bestens! Tomeijas Interesse an dem Fall erwachte schlagartig. »Das könnt ihr mir gleich in aller Ausführlichkeit berichten.« Sie schlang einen Arm um die Kehle des Mannes und stand auf, zog ihn mit sich in die Höhe.

Sebiana hielt sich den Knöchel und machte ein schmerzverzerrtes Gesicht. »Er ist gebrochen!«

»Ist er nicht. Das sehe ich. Los.« Tomeija tippte ihr mit der Hülle gegen die Schulter, wo ein empfindsamer Punkt der Maìluone lag. »Sonst mache ich dir Beine.«

Sebiana zuckte unter dem stechenden Schmerz zusammen und schlug mit einem Fauchen gegen die Waffenhalterung. »Warum sollte ich reden?«

»Warum?« Chucus stampfte heran, gefolgt von Khulur, einem pferdegesichtigen Rausschmeißer. Olgin schien noch genäht und versorgt zu werden. »Weil ich dich sonst der Statthalterin überlasse. Itaīna wird dich zum Sprechen bringen und behalten«, flüsterte er. »Dagegen ist der Tod die reinste Erlösung. Ein jeder hasst dieses Iphium, sofern er ihm nicht verfallen ist.«

Sebiana erbleichte. »Leno, ich ... man hat es mir untergeschoben.«

»Dass du es wagst, in meinem Theater damit zu handeln!« Er hob die Hand zum Schlag, hielt sich aber zurück. »Und mich zu belügen.«

»Sie hatte es bei sich. Und ich habe die Aussage eines Zeugen, der von dir sein Rauschmittel beziehen wollte. Dann habe ich noch diesen Kerl hier, von dem du das Iphium geliefert bekommst, darauf wette ich. Leugnen ist zwecklos. Du bist in Wort und Tat des Vergehens überführt, das man dir vorwirft«, steuerte Tomeija im Tonfall der unerbittlichen Scīrgerēfa bei, was ihr einen verwunderten Blick von Chucus einbrachte. Sie biss rasch die Zähne zusammen und verstärkte den Druck auf die Kehle des Unbekannten. »Voran mit dir. Oder ich lasse dich ohnmächtig werden und schleife dich die Treppen hinab.«

»Ich übernehme das.« Khulur kam heran und zog einen Holzknüppel, Chucus nickte.

Tomeija lockerte zur Übergabe des Gefangenen ihren Griff. »Wehe, du versuchst Unfug.«

»Niemals. Ich weiß, wann ich besiegt bin.« Der Mann hob die Arme. »Ich gestehe alles.«

»Gut so.« Der Rausschmeißer spielte mit dem Knüppel und legte das eine Ende unter das Kinn des Unbekannten. »Wie ist dein Name, Freundchen? Und weg mit der Maske.«

Tomeija nahm Sebianas Oberarm, mit der anderen fischte sie eine Haarnadel aus ihren Strähnen. Wortlos hielt sie das hauchdünne Metall vor die Augen der Tänzerin, um sie zu gemahnen, was ihr blühte, falls sie irgendjemandem von dem Zeichen in ihrem Nacken berichtete. »Du sagst mir, wo ich den Razhiv …«

Ein dumpfes Stöhnen, gefolgt von einem Plumpsen, ließ Tomeija zur Seite blicken.

Der pferdegesichtige Khulur hatte sich von dem Gegner austricksen und zu Boden stoßen lassen, der Knüppel hüpfte die Stufen hinab. Bevor Chucus den Mann zu fassen bekam, hatte der ein verstecktes Messer aus dem Ärmel gezogen – und warf es nach Sebiana.

Die Spitze drang ihr seitlich durchs Ohr in den Kopf und blieb bis zum Heft stecken. Nach einem heftigen Zusammenfahren am ganzen Leib, als wunderte Sebiana sich, was geschehen war, stürzte sie nieder.

Der Unbekannte zog zwei weitere Dolche aus dem hohen Stiefelschaft, deren Klingen gefährlich feucht glitzerten, und stach nach Chucus, der zurückwich und ebenfalls seine Waffen zückte. Anschließend warf er sich auf Tomeija. »Du hast uns das eingebrockt!«, schrie er zornig. »Dafür stirbst du!«

Er nutzt Gift! »Du trägst die Schuld an dem, was geschehen wird«, murmelte sie und zog ihr Henkersschwert.

Das Halbdunkel des Theaters machte es ihr nicht einfach, die raschen Stiche und geschickten Schnitte zu parieren oder ihnen auszuweichen. Ihr Gegner wusste mit den Dolchen umzugehen und trieb sie geschickt in die Loge zurück, wo die Enge den Einsatz ihres Schwertes erschwerte. Chucus warf seine Klingen, verfehlte den Unbekannten jedoch knapp, danach rief er nach seinen Leuten.

Nun hatten sich alle Köpfe auf dem Parkett und in den drei Rängen zur Kabine umgewandt, es wurde gemurmelt und begeistert gerufen. Erster Applaus brandete auf. Es herrschte die aberwitzige Meinung, das Duell über den Köpfen der Zuschauer gehörte als separate Einlage zum Stück. Sogar die halbnackten Darsteller auf der Bühne stellten ihren Dialog ein und verfolgten das Geschehen.

Tomeija hatte den Überblick verloren, den wievielten Hieb sie ausführte. *Es kann nicht mehr lange dauern, bis der Fluch sich erfüllt.*

Da sprang ihr Gegner überraschend gegen sie und schien sie umarmen zu wollen, um ihr die Klingen in den Rücken zu rammen.

Tomeija wurde gegen das hüfthohe Geländer gedrückt. Er musste sich in der Wucht seiner Attacke verschätzt haben, denn bevor er zustoßen konnte, gab das Holz nach – und sie stürzte nach hinten. Mit einer Hand langte sie unter die Kapuze in die Haare des Mannes und zog ihn mit sich.

Die Menschen sprangen auf und spritzten auseinander, um nicht getroffen zu werden. Schon krachten die Kämpfenden in die Stuhlreihen, Holz ging unter dem Aufschlag zu Bruch.

Ein heißer Schmerz fuhr von Tomeijas Rücken ausgehend nach oben und unten durch ihren Körper. Die Wirbel revoltierten gegen die rüde Behandlung. *Nichts zu Schaden gekommen.* Als sie die nahende Hand mit dem vergifteten Dolch sah, schlug sie im Liegen mit dem Schwert zu. *Das soll so bleiben.*

Das schwere Henkersschwert fuhr glatt durch den Unterarm und trennte ihn ab, die Faust mit der Waffe flog in den Zuschauerraum. Blut sprühte aus dem Stumpf.

Aber der Unbekannte ließ sich trotz der grässlichen Verwundung nicht aufhalten.

Tomeija schmetterte seinen zweiten Angriff ebenfalls ab, klirrend traf Stahl auf Stahl. *Er spürt keine Schmerzen. Oder ist es die Macht des Witgos, von dem er sprach?* Sie brauchte ihn unbedingt lebendig, damit er ihre Fragen beantwortete.

Der Gegner gab nicht auf, rollte sie auf die Beine und attackierte Tomeija, um sie nicht auf die Füße kommen zu lassen. Rücklings liegend, fälschte sie Stich um Stich ab, darauf bedacht, dass sie keinen Kratzer von der Klinge bekam.

Begeistert feuerten die aufgesprungenen Zuschauer die Kämpfenden an, es wurden lautstark Wetten abgeschlossen, anstatt einem der Kontrahenten beizustehen oder den Kampf durch beherztes Eingreifen zu unterbinden.

Dann erhielt das Schwert sein gefürchtetes Eigenleben, bloß für die Dauer eines Blinzelns. Doch Tomeija kannte es ganz genau.

Sie spürte, dass nicht sie die Waffe führte, sondern ein

Ruck von der Klinge ausging, als eine neuerliche Parade gelungen war. Das aufwendig gravierte Schwert reckte sich dem Mann entgegen, die geschliffene, abgerundete Spitze fuhr ihm durch den ungeschützten Unterleib und schlitzte ihn quer auf. Die Kleidung hielt den Stahl nicht auf, die Gürtelschnalle zersprang.

Das Blut quoll aus dem klaffenden Schnitt, die Eingeweide rutschten aus der Öffnung, schienen auf die Gelegenheit gewartet zu haben, in die Freiheit zu dürfen.

Nun änderten sich die Rufe der Zuschauer. Manche jubelten, andere ärgerten sich, da sie auf einen anderen Kampfausgang gesetzt hatten.

Nein! Tomeija sah, wie das flüssige Rot des getöteten Mannes auf der ziselierten Klinge verdampfte und sich auflöste. *Ich werde den Fluch niemals los.* Tomeija rollte sich trotz des schmerzenden Rückens zur Seite, um nicht von den schleimig rosafarbenen Darmschlingen getroffen zu werden.

Mit dem Gesicht voran folgte der Gegner und landete in seinen eigenen Innereien, zuckte mehrmals und lag still.

Tomeija wurde bejubelt, unzählige Hände reckten sich ihr helfend entgegen. *Jetzt brauche ich euren Beistand nicht mehr.* Sie erhob sich aus eigener Kraft.

Stumm sah sie zu Chucus in die Loge hinauf, der ihr zunickte, dann auf die Leiche.

Den Zweikampf hatte sie gewonnen, aber jegliche Informationen, die Sebiana und der Unbekannte zu Iphium und dem Razhiv besaßen, verloren.

* * *

Aus den Stadt-Chroniken:

Im 91. Siderim tobten grausame Kriege und Kämpfe in den meisten Ländern rings um die Wüste. Viele Menschen suchten ein besseres Leben in Wédōra. Der Zuzug erstreckte sich über vier Siderim, bis die Stadt ihre alte Stärke erreicht hatte.

Im 95. Siderim war Wédōra besiedelt wie nie zuvor. Es mussten Baracken, Zelte und fliegende Bauten erlaubt werden, um den Menschen eine Bleibe zu ermöglichen.
Die heimtückische Attacke der T'Kashrâ während eines Sandsturms führte zu einem Massaker. Bewohner in den ungesicherten Bleiben kamen dabei ums Leben.

Vom 96. bis 120. Siderim folgte eine Zeit der Ruhe und des Wachstums. Die Götter und der Dârèmo wachten über Wédōra.
Die Stadt wurde reich und reicher, doch die Zusammensetzung der Bevölkerung blieb sehr unterschiedlich. Die Kaufleute fürchteten sich vor den Sklaven und Verbrechern, die maßgeblich zum Erhalt der Stadt beigetragen hatten.
Der Dârèmo siedelte sie nach dem Bitten der Krämer in die Viertel VIII und III um. Einige wenige Gesetzlose, die sich besonders verdient gemacht hatten, durften im Prachtviertel bleiben.
Das passte weder den Kaufleuten.
Noch den Verbrechern.

KAPITEL XI

KÖNIGREICH TELONIA,
BARONIE WALFOR

Dieses Bratenstück vom Eichelschwein«, sagte Dûrus beeindruckt, während er auf seinen gefüllten Teller zeigte, »ist mit Verlaub das beste Fleisch, das ich seit langem gegessen habe.«

Baron Efanus Helmar vom Stein kaute mit einem Lächeln. »Das freut mich. Mein Koch hat eine besondere Gabe für so etwas. Er wählt die schönsten Tiere aus der Herde, ohne dass man ihn diesbezüglich betrügen könnte.« Er schnitt sich einen Bissen ab, darauf achtend, dass kein Bratensaft auf seine Garderobe tropfte. »Sie stammen aus dem Bestand des unglücklichen Rolan. Habt Ihr davon gehört?«

Dûrus, gekleidet in sein weißes Gewand mit blauen Musterdrucken, nickte langsam. »Diese Fehde zwischen den Räubern dürfte damit beendet sein. So tragisch es ist.«

»Woher wisst Ihr von der Fehde?« Helmar blinzelte und steckte sich das Stückchen in den Mund, genoss den Braten.

Dûrus aß ungerührt weiter, sein Skorpionssiegelring blinkte. Den hastigen Kaubewegungen nach schien er sehr großen Appetit zu haben. »Na, von Euch. Man erzählt sich, dass Ihr diese These aufgestellt habt, Baron. Auf dem Marktplatz. Als Ihr mit Rolan spracht.«

Helmar legte das Besteck zur Seite und tupfte sich die fettglänzenden Lippen mit der Serviette ab. »In der Tat.«

»Und es ist die einzig mögliche Erklärung.« Dûrus

ergriff den Pokal mit dem Rotwein aus West-Telonia und schwenkte ihn. »Gratulation. Nun habt Ihr wieder Ruhe in der Baronie. Darauf sollten wir anstoßen.«

»Sofern diese unbekannten Täter meine Gemarkung verlassen haben. Nachdem sie alle getötet haben, die im Verdacht standen, die letzten Gesetzlosen Walfors zu sein, könnten sie sich hier wohl fühlen.« Helmar war satt, aber es schmeckte ihm zu gut. Er verlangte eine weitere Portion. »Ich für meinen Teil habe den Kommandanten der Königlichen Garde in der Garnison dazu angehalten, verstärkt Patrouillen auszusenden.«

»Ich verstehe.« Dûrus gab einem Diener das Handzeichen, ihm nachzuschenken. »Ihr denkt, das Übel ist noch nicht aus der Welt.«

Helmar hob ebenfalls seinen Pokal, der selbstverständlich größer und geschmückter war als jener des Gastes. Standesunterschiede sollten auch an der Tafel von Freunden zu sehen sein. »Ich fürchte, es folgt Schlimmeres nach.«

»Wie kommt Ihr darauf?«

Der Baron langte in eine Gewandtasche und beförderte den in Stoff eingeschlagenen Splitter zutage, den Rolan im ausgebrannten Haus von Liothan dem Holzfäller geborgen hatte. Langsam befreite er das Fragment aus der weichen Hülle, so dass die Neugier Lage um Lage gesteigert wurde.

»Das fand sich in den Ruinen.« Helmar schob es andeutungsweise auf Dûrus zu, den Blick auf den Kaufmann gerichtet, um auf dessen Miene abzulesen, was in ihm vorging. »Metall. Mit Bohrungen, die ein rätselhaftes Heulen erzeugen, wenn der Wind durchbläst.«

»Ungewöhnlich. Sehr ungewöhnlich.« Dûrus nahm noch einen Schluck vom nachgeschenkten Wein und schob sein Geschirr ohne Hast beiseite. »Darf ich?«

»Sicherlich. Ihr seid Händler und kommt viel herum. Um ehrlich zu sein: Ich hoffte, Ihr könntet mir einen Hinweis geben, mit welcher Waffe wir es zu tun haben.« Helmar stellte den Pokal ab. »Mag sein, dass sich die Schurken gegenseitig umbrachten, und Hastus sei den beiden Kinderseelen gnädig, aber mir« – er schlug ungehalten den Gefäßfuß kräftig auf den Tisch – »ist meine Scīrgerēfa abhandengekommen, die das Rätsel hätte lösen können. Wie vom Erdboden verschluckt.«

»Das betrübt mich, mein lieber Efanus.« Dûrus war im Gegensatz zur Dienerschaft beim Knall nicht zusammengezuckt. Er erhob sich leise ächzend, wie es fast alle alten Männer taten, und begab sich zum Metallsplitter. »Sie wird den Eindringlingen zum Opfer gefallen sein.« Eingehend musterte er ihn, hob ihn auf, drehte und wendete ihn. »Ich bleibe dabei: sehr ungewöhnlich.«

»Aber es sagt Euch nichts?«

Der Händler schüttelte den Kopf. »Ich sehe so etwas zum ersten Mal.« Er reichte das Stück zurück.

Helmar nahm es auf und blies darüber. Unverzüglich erklang eine Kakophonie, die schmerzhaft ins Gehör schnitt. »Unangenehm, nicht wahr?«

»Sehr.« Dûrus setzte sich und trank vom Wein. »In einem Kampf wird das Kreischen dieser Waffe den unvorbereiteten Gegner irritieren.«

»Solches hörte man vor kurzem in dem Hain, in dem der arme Rolan wegen seiner Schweine erschlagen wurde.«

»Was nicht verwunderlich ist, wenn es von der unbekannten Bande stammt.«

»Das ist richtig.« Helmar warf das Teil auf den Tisch. »Testan, der Kommandant der Garde, ist zwar keine Ausgeburt an Schläue und könnte es diesbezüglich niemals mit meiner Scīrgerēfa aufnehmen, doch der Gute fand immerhin heraus, dass an dem Mord zwei Personen beteiligt waren. *Ein* Paar Schuhe, so lautete seine Erkenntnis, gehörte zu einem herkömmlichen Mann.«

Dûrus lachte. »Das kann er an den Abdrücken ablesen?«

»Länge, Gewicht, ja.« Helmar deutete auf das Fragment. »Diese Waffe gehört seiner Einschätzung nach zum *zweiten* Mann. Und jetzt wird es spannend.« Er winkte die Diener heran, damit sie abräumten. »Das zweite Sohlenpaar ist anders, meinte der Kommandant. Es sieht aus, als gehörte es zu einem Gerüsteten.« Er spielte mit seinem Pokal. »Hier naht das nächste Rätsel: Das Gewicht stimmt nicht.«

»Wie meint der Kommandant das?« Dûrus zeigte seine Belustigung offen.

»Ich weiß, ich sagte, er sei keine Leuchte, aber er hat Ahnung von Panzerung«, verteidigte Helmar den Kommandanten. »Ein Mann in einer Rüstung ist sehr schwer. Die Sohlen drücken sich normalerweise tief in den weichen Waldboden.«

»Ich verstehe.« Dûrus' Augen verschmälerten sich. »Und wenn der zweite Angreifer lediglich Eisenschuhe trug?«

Helmar sah ihn verblüfft an und musste auflachen. »Das könnte auch sein. Ihr habt recht.« Er legte einen Finger auf das Bruchstück. »Dieses Material unterscheidet sich von bekannten Waffenschmiedearbeiten in meiner Baronie. Und ich wage die Behauptung: In ganz Telonia findet sich niemand, der Derartiges anzufertigen vermag.«

Dûrus wirkte interessierter. »Sprecht weiter, Baron.«

Helmar wollte wissen, was in dem schlauen Schädel vorging. »Was wäre denn Euer Schluss aus dem Vorgetragenen, mein Freund?«

»Dass es …« – der alte Kaufmann lehnte sich zurück

und betrachtete sinnierend die Decke –, »dass es eine Bande von außerhalb ist, die versucht, ihr Einflussgebiet auf Walfor oder vielleicht ganz Telonia auszudehnen. Und einer davon, vielleicht ihr Anführer, trägt Eisenschuhe. Als Markenzeichen, um seine Opfer damit zu zertreten.« Er sah erschrocken zum Baron. »Bei Hastus dem Gerechten! Es ist noch nicht vorbei! Ihr müsst den König in Kenntnis setzen.«

Helmar hob die Hand und wackelte verneinend mit dem Zeigefinger. »Solange ich das Gefühl habe, dass ich das Rätsel selbst lösen kann, lasse ich meinen Lehnsherrn unbehelligt von solchen Lappalien.«

»Lappalien! Mein lieber Efanus!« Dûrus zeigte auf das metallene Fundstück. »Das sieht mir sehr gefährlich aus.« Dann hellte sich sein Gesicht auf. »Ich habe eine Eingebung. Überlasst es mir, und ich finde heraus, aus welchem Land rund um Telonia es stammen könnte. Ich habe Verbindungen zu den verschiedensten Schmiedemeistern. Einer wird dic Arbeit wiedererkennen oder einzuordnen wissen. Damit schnappt Ihr die Bande.«

Helmar sah zufrieden aus. »Darum würde ich Euch bitten, mein guter Dûrus.«

»Es wäre mir eine Ehre, Baron.«

»Fein. Dann beauftrage ich Euch hiermit in meinem Namen. Ihr könnt mir eine Rechnung für Eure Auslagen stellen, sollte es notwendig sein.«

Aber der Kaufmann machte eine abwehrende Handbewegung. »Niemals, Baron. Ich diene der Gerechtigkeit.«

Die Türen zum Speisesaal des Schlosses öffneten sich abrupt.

Helmar runzelte die Stirn und setzte zu entrüstetem Protest ob der ungebührlichen Störung an, Dûrus wandte sich zur Tür um.

Herein kamen Otros der Kundige zusammen mit seinen zwei gepanzerten und bewaffneten Aufpassern. Es klirrte bei jedem Schritt, den er tat. Aufgrund seiner Gabe durfte sich der Hexer niemals frei bewegen und musste die Aufsicht dulden. Dafür ließ man ihm das Leben, und das fand Helmar sehr großzügig von König Arcurias. Die Untertanen durften mit Krankheiten und Leiden zu bestimmten Audienzen erscheinen, um sich von Otros behandeln zu lassen.

Abgesehen von der königlichen Witga und Otros, gab es keine Magiekundigen mehr in Telonia.

»Baron vom Stein.« Otros verbeugte sich vor ihm, dann machte er eine grüßende Handbewegung zu Dûrus. Eine weiße Kappe, die das Haupt bis in den Nacken bedeckte, saß auf seinem Kopf. Damit man ihn von weitem als Witgo erkannte, war er in eine hellrote Robe gehüllt. Ein Glöckchen baumelte an seinem Fußgelenk, damit man ihn kommen hörte.

»Was treibt dich zu mir?«, erkundigte sich Helmar gutgelaunt und verzieh ihm die Störung. Otros beherrschte schön anzusehende magische Kunststücke. Eine solche Darbietung passte zum Nachtisch.

»Erkenntnisse, Herr.« Der Witgo setzte sich zu ihnen und entdeckte den Metallsplitter, hob ihn auf. »Ich sprach nach der Behandlung der Kranken in Eurer Baronie mit dem Kommandanten und begutachtete aus Neugier den Leichnam vom unseligen Rolan sowie von seinem Hund.«

Dûrus brach in schallendes Gelächter aus. »Was hat denn der tote Köter damit zu tun?«

»Mehr, als man im ersten Moment annehmen möchte.« Otros blieb gelassen. »Die Abschürfungen im Genick des toten Tieres passen zu den Abdrücken der Eisenschuhe.«

»Unser guter Dûrus hat eine Erklärung für das mangelnde Gewicht: Es sind Schuhe ohne Rüstung.« Helmar zeigte auf den Kaufmann. »Sehr einleuchtend.«

Dûrus deutete eine Verbeugung an und lächelte.

»Ich würde dem geschätzten Kaufmann zustimmen«, erwiderte Otros, »doch es haben sich zwei Zeugen gemeldet, die an jenem Tag zu jener Stunde im Wald unterwegs waren und nach Frühpilzen Ausschau hielten. Der Kommandant wird ihre Aussage aufnehmen.«

Dûrus zwinkerte verwundert und spielte mit seinem Siegelring. »Ich bin neugierig. Einen solchen Fall gab es noch nie in der Baronie, lieber Efanus. *Was* haben die Zeugen denn *gesehen?*«

»Nichts. Wohl aber vernommen.« Der Witgo hob das Fragment an und blies über die Bohrungen, woraufhin das Heulen erklang.

»Das ist nichts Neues.« Helmar zeigte sich so enttäuscht wie Dûrus, der ein verkniffenes Gesicht machte.

»Rolan soll sich mit jemandem unterhalten haben, dessen Stimme die Zeugen jederzeit wiedererkennen würden«, führte Otros weiter aus. »Das kann uns von Nutzen sein, sobald wir einen oder mehrere Verdächtige haben.«

Dûrus deutete Beifall an. »Ihr seid ein guter Ersatz für die verschwundene Scīrgerēfa.«

Otros sah eher unglücklich als dankbar für die Unterstützung aus. »Nein. Sie wüsste viel besser, was zu tun ist.« Er legte den Metallsplitter zurück auf den Stoff.

Dûrus zog ihn wie selbstverständlich zu sich und wickelte ihn ein.

»Was tut Ihr da?«, fragte Otros.

»Ich bat ihn, sich umzuhören.« Helmar erklärte, wie die Hilfe des Kaufmanns aussehen sollte und was er sich davon erhoffte. »Mit vereinten Kräften kommen wir dem Rätsel auf die Spur.«

Otros nickte nachdenklich. »Was tun wir, wenn es *kein* Mann in Eisenschuhen war?«

»Ich verstehe die Frage nicht.« Der Baron legte verwirrt die Stirn in Falten. Dûrus langte nach seinem Pokal und trank, richtete den Blick über den Rand hinweg auf den Hofhexer. »Was soll dann sein?«

»Nun, wir hätten eine Rüstung, deren Gewicht nicht zu den Abdrücken passt.« Otros nahm eine lange Fleischgabel und stach in eine unangerührte Wachtel, hielt sie in die Höhe. »Sie müsste innen hohl gewesen sein. Wie dieser ausgenommene Vogel.«

»Wie hat sie sich dann bewegt?«, schlüpfte es über Helmars Lippen. Die Lösung kam ihm in den Sinn, als der Hexer den Mund zur Antwort öffnete.

»Ein Witgo.« Otros legte die Wachtel zurück. »Er könnte eine Rüstung zum Leben erwecken.«

Dûrus lachte ansatzlos, so dass die Anwesenden erschrocken zusammenfuhren. »Ich kam eigens in diese Baronie, weil ich wusste, dass es einen Witgo gibt« – seine kalten Sandaugen richteten sich auf Otros –, »der unter Schutz und Bewachung gleichermaßen steht. Ich fühlte mich sicher wie Eure Untertanen, Efanus. Was wird wohl der König sagen, wenn so ein Gerücht die Runde macht? Was die Menschen?«

»Ich wollte es als Möglichkeit nicht ausschließen, so unwahrscheinlich sie auch ist«, richtete Otros das Wort an den Baron. »Missversteht mich nicht: Das soll keine Furcht schüren.«

»Das wird es aber«, stimmte Helmar Dûrus' Einschätzung zu. Der König würde ihm eine Delegation senden, welche die Vorfälle untersuchte. Am Ende verlöre er sein Amt, seinen Titel und sein schönes Leben. Er würde Kommandant Testan in weiser Voraussicht mehr Sold zahlen, damit er ihm treu blieb und nicht auf eigene Faust an den Herrscher schrieb.

»Niemals wirst du darüber außerhalb dieser Mauern reden«, befahl Helmar dem Witgo.

»Ich muss, Herr. Der König ...«

»... wird davon erfahren, wenn wir den Fall sicher aufgeklärt haben. Es *darf* keine Hexer in Walfor geben.«

»Keinen außer ihm«, fügte Dûrus langsam hinzu, als wäre es eine Anklage, und trank erneut.

Otros wandte sich ihm zu und rückte seine weiße Kappe zurecht, kratzte sich darunter. »Da wir gerade über Telonias dunkle Zeiten sprechen, sagt, *wo* lebtet Ihr, Dûrus?«

»Im Süden, wo es kaum Wald, sondern nur Gras und Steppe gibt.« Er lehnte sich zurück. »Ich merkte, dass ich an einen anderen Ort gehöre.« Er streichelte verträumt über die Tischoberfläche. »Nach Walfor. Die Forste und Haine, die Bäume, das ist ... wundervoll.«

»Aber der Süden litt nie unter gefährlichen Hexen und Hexern, wenn ich mich richtig erinnere«, erwiderte Helmar.

Dûrus schürzte die Lippen. »Ihr wisst nicht alles, mein guter Efanus.« Er senkte die Stimme. »Die Garde des Königs ritt heimlich durch die Dörfer, gerufen von den Ältesten oder den Verwaltern. Es sollte Aufsehen vermieden werden, damit nicht noch mehr Unruhe in Telonia aufkommt. Die schrecklichen Ereignisse in Walfor waren genug und bedurften keines weiteren Nährbodens für Legenden über die Macht von Witgos und Witgas.«

Helmar erinnerte sich, wie sein Vater ihn zu Gerichtsprozessen gegen überführte Hexer mitgenommen hatte.

Sofort kehrten die Bilder von einst zurück, von den mit Wunden übersäten Körpern der Angeklagten, die mit schwacher Stimme alles gestanden, was man ihnen vorwarf, und die nach Blut, verbrannter Haut und kommendem Tod stanken.

Rasch ergriff Helmar seinen Pokal und verlangte nach mehr Wein. Er hasste es, wenn die Vergangenheit ihn anfiel und quälte.

Sein Mitleid für die Gefolterten hielt sich in Grenzen. Der magische Zirkel hatte viele Qualen unter den Menschen verursacht, indem sie Flüche aussprachen und ganze Landstriche erpressten. Vieh starb, das Wetter spielte verrückt, und die Menschen litten unter peinvollen Gebrechen oder Krankheiten. Nichts ging mehr mit rechten Dingen zu. Bis der König sie ausrotten ließ.

»Ich selbst«, sprach Dûrus mit matter Stimme, »verlor meine geliebte Schwester durch einen Witgo. Er warf einen Bann über sie, weil sie ihm nicht zu Willen war. Sie hungerte zu Tode, konnte kein Essen bei sich behalten.« Sein Blick richtete sich warnend auf Otros. »Was glaubt Ihr, welche geistigen Dämonen Ihr heraufbeschwört, wenn Ihr von der Rückkehr solcher Geheimbünde schwadroniert?«

»Ich sagte nichts von einem Geheimbund«, verteidigte sich der Hexer.

»Aber genau *das* werden die Menschen denken.« Dûrus sah die beiden Männer an. »Ein jeder erinnert sich an die Dinge von damals. Es ist nicht lange her.« Er steckte den Splitter ein. »Ich höre mich um, woher diese Waffe stammt. Und Ihr, mein lieber Efanus, tätet gut daran, weiterhin von einer Räuberbande zu sprechen, falls Ihr gefragt werden solltet oder gar der König eine Erklärung verlangt.« Der Kaufmann stemmte sich weinschwer von der Tafel hoch und ging langsam, mit unsicheren Schritten auf den Ausgang zu.

Helmar sah ihm an, dass sein Verstand in Trauer versank. Der Verlust seiner Schwester würde nie vergessen sein.

Bald darauf hatte der alte Mann den Saal verlassen.

Der Baron atmete einmal durch und befahl, die Fenster öffnen zu lassen, damit die Sommerbrise die schweren Gedanken aus dem Raum wehte.

Der Wind trug die Geräusche der Stadt herein, es roch nach reifenden Früchten, nach brennendem Holz und garendem Fleisch, nach Wald und Tannen.

»Herr, haltet Ihr es wirklich für abwegig, dass ein Witgo im Spiel ist?«

Helmar schloss die Augen. »Ich dachte, der Zirkel wäre ausgerottet.«

»Einen Geheimbund, Herr, rottet man niemals ganz aus. Jemand überlebt stets.«

Die herausfordernde Betonung machte Helmar stutzig.

Er öffnete die Lider und drehte den Kopf zum Hofhexer, der ein rätselhaftes Lächeln auf dem Gesicht trug. »Du gehörtest dem Zirkel an?«

Otros hob langsam den Kopf und reckte stolz das Kinn; gleichzeitig ließ er die Arme sinken, seine Finger stachen wie weiße Spinnenbeine aus den hellroten Robenärmeln und bewegten sich in rascher Zeichensprache.

Seine Bewacher wollten nach den Dolchen greifen, aber sie fielen ohnmächtig zu Boden.

* * *

Wédōra, Vergnügungsviertel

Ich habe es mit der Statthalterin geregelt«, erklärte Chucus, der in seiner Wanne saß und sich von zwei nackten, jungen Männern den muskulösen Rücken waschen ließ. Sein verschwenderisch-fürstlich gestaltetes Lavatorium aus Holz und Mosaiken bot genügend Annehmlichkeiten, um sich der umfassenden Körperpflege hinzugeben. Neben den geschätzten vierzig Badezusätzen gab es einen Schrank voller Tiegel, in denen Pflegesalben für die Haut lagerten. »Dir droht keinerlei Anklage.«

»Dies hätte mich auch sehr gewundert.« Tomeija trug das Schwert, das sich in der Nacht seinen Anteil vom Leben genommen hatte, in der Rechten, ohne es am Gürtel befestigt zu haben. Die feuchtwarme Luft ließ ihr den Schweiß ausbrechen. »Ich handelte auf dein Geheiß. In deinem Theater.«

»Das ändert nichts an den Gesetzen. Tod bleibt Tod.«

»Notwehr bleibt Notwehr. Ich kenne keine Erlasse, die Notwehr unter Strafe stellen«, gab sie souverän zurück.

»Du kennst Gesetze, die nicht aus Wédōra stammen?« Chucus lachte freundlich und ließ sich einen grünen Flakon reichen. Er gab einige Tropfen der blauen Flüssigkeit auf die Hand und rieb sich den Hals damit ein. »Du hast einige Geheimnisse.«

Tomeija beließ es bei einem Schulterzucken. »Ich gehe wieder an die Tür und übernehme den Einlass?« Sie hatte nicht übel Lust, den Mann im Bad zu ertränken. Weil er im Theater nach ihrem Sturz aus der Loge nichts unternommen hatte, um ihr beizustehen.

»Nein. Dein Auftrag hat sich nicht geändert.« Mit einem Nicken sandte er die Männer hinaus, und Wut wurde auf seinem gepflegten Gesicht sichtbar. »Dieses Iphium muss von der Straße. Du hast gesehen, was es mit den Menschen macht, die keinen Nachschub bekommen.«

Gesehen und gespürt. Tomeija fühlte in der Erinnerung die warme Haut des Toten unter ihren Fingern. »Das habe ich.«

»Seine Leiche liegt im Keller auf Eis, damit ...«

»Woher kommt das Eis? Von einem ... Razhiv?«, hakte sie unverzüglich ein.

»Nein. Dafür benötigt man keinen Zauber. Aus der Wüste. Es gibt Stellen, die sehr hoch liegen, Berge und Gipfel voller Eis und Schnee. Mutige ... oder eher Verstandlose ziehen dorthin und brechen es, um es nach Wédōra zu schaffen und für viele Silbermünzen zu verkaufen. Es hält sehr lange.« Chucus schickte die jungen Männer hinaus. »Du wirst denen folgen, welche die Leichen von Sebiana und dem Kerl abholen.«

»Warum sollte man das tun?«

»Ihr Tod spricht sich rasch herum. Außerdem werden umgehend Totenlisten in den Stadtteilen aufgehängt. Jemand wird kommen und sie bestatten wollen. Als letzte Ehre und um die Götter nicht zu verärgern.« Chucus nahm ein Tiegelchen vom Beistelltischchen, öffnete es und tauchte zwei Finger ein. »Du folgst ihnen und verhörst sie. Sie werden dir bestimmt etwas sagen können.«

»Wenn nicht?«

»Kommst du zurück, und das Spiel beginnt von vorne. Neue Iphium-Verkäufer tauchen in meinem Theater auf, wir schnappen sie.« Chucus strich die grünliche Paste in sein Gesicht. »Bis wir einen Händler haben, der uns mehr sagen kann. Ich habe die Erlaubnis der Statthalterin.« Er zeigte mit der nassen Hand auf den Beistelltisch, Tropfen fielen auf die geschliffenen Holzdielen neben der Wanne.

»Nimm die Bescheinigung. Solltest du von der Garde angehalten werden, zeige sie zusammen mit dem Passierschein.«

Tomeija nahm sich den Wisch. *Das ist perfekt. Damit kann ich in alle Viertel und nach den Witgos suchen.* Äußerlich blieb sie gelassen wie immer. »Gut.«

Chucus spülte die Creme ab und bemerkte, dass sie nicht gegangen war. »Ist noch etwas?«

Der Moment ist günstig. »Wer ist die Person, die sich für mich einsetzt?«

Er wirkte verwundert und überrumpelt. »Das darf ich dir nicht sagen«, erwiderte er stockend. »Es ist eine hochrangige …«

»Ich habe seine Tochter vor dem Sterben bewahrt, im Krankenviertel«, unterbrach Tomeija ihn. »Wer ist der Mann mit den verschiedenfarbigen Augen?«

Chucus kreuzte die Arme vor der muskelbepackten Brust. »Du hast gute Ohren.«

»Ziemlich gute. Sie hörten, dass du mich nicht vergiftet hast. Das könntest du dir nicht erlauben.« Sie lächelte. »Mein Tod wäre dein Tod.«

Jetzt verzog sich sein Mund zu einem breiten Grinsen, aus dem ein Lachen wurde. »Ich werde dich niemals wieder unterschätzen«, rief er. »Es ist wahr.«

»Das bedeutet: Ich helfe dir, die Hintermänner des Iphiums zu finden, weil ich es will«, sprach sie betont. »Weil ich einen Sinn für Gerechtigkeit und Verantwortung habe. Den Tod des jungen Mannes auf der Straße werde ich nicht vergessen. Keiner sollte auf diese Weise sterben.« Sie wandte sich um. »Und danach hilfst du mir, einen Razhiv zu finden, der mich nach Hause bringt.«

»Einverstanden. Danke, dass du bleibst und hilfst. Wenn du die zärtliche Hand eines Mannes oder einer Frau spüren willst, lass es mich wissen. Oder frag eines der Mädchen, bei denen du wohnst. Sie kennen sich aus«, rief Chucus ihr nach. »Schick mir die Jungs rein. Meine Vorderseite ist an der Reihe. Und ich glaube nicht, dass du sie übernehmen möchtest.«

»Natürlich nicht.« Tomeija erreichte den Ausgang und fühlte sich gut. *Ausgesprochen gut.* Sie sandte die entblößten, wartenden Männer mit einer Geste zu Chucus.

Zärtliche Hände. Danach stand ihr beim besten Willen nicht der Sinn. Sie blickte auf ihre weißen Handschuhe mit den sichtlichen Dreckspuren. *Ich könnte sowieso keinem erklären, warum ich sie nicht ablege.*

Tomeija erinnerte sich an die Frau aus Doravo, die mit ihr vor der Wandmalerei des Driochor gesprochen hatte, und fragte sich, ob die ungewöhnliche Frau und Priesterin eine Hilfe gegen den Fluch sein konnte. Das Kribbeln in den Fingerkuppen, als sie das Fresko berührte, hatte sie nicht vergessen.

Erst Liothan und das Iphium. Tomeija konnte nicht aus ihrer Haut als Scīrgerēfa, so wenig, wie sie das Mädchen im Krankenviertel hatte leidend zurücklassen können. Ihre erste gute Tat hatte sich ausgezahlt und ihr einen unbekannten Gönner verschafft, eine zweite sollte folgen. Das gefährliche Rauschmittel tötete schnell, grausam. Es musste verschwinden.

Tomeija begab sich ins Theater, in dem Handwerker die Schäden ausbesserten. Das Geländer der Loge wurde getauscht, Stühle und Bänke repariert sowie die Blutflecken aus dem Holz geschrubbt.

Das Hämmern, Sägen und Scheuern wirkte beruhigend, es roch sauber und vertrauenerweckend. Sie nahm sich ein dunkles Henket und setzte sich in eine Ecke, zog das Büchlein hervor, das ihr Kardīr überlassen hatte, und blätterte darin.

Tomeija begriff rasch, dass die Magie in Wédōra nicht von einer göttlichen Gabe oder der Gunst von Dämonen abhing, sondern dass man sich als Hexer früh entscheiden musste, welchem Grundstoff oder Zutat man sich zuwandte. *Sie sind anders als die Witgos bei uns. Es hat immer mit der Wüste zu tun.*

Tomeija las Seite um Seite, saugte das Niedergeschriebene auf. In dem kleinen Werk fand sie auch ein Verzeichnis von Menschen, die plötzlich magisch geworden waren. *Dank des Wassers. Nach einmaligem und mehrmaligem Genuss.* Sie warf dem Becher neben sich einen misstrauischen Blick zu. Auch das einheimische Bier wurde damit gebraut.

Die Abhandlungen über die Vor- und Nachteile der Grundstoffe überflog sie, blieb an den Hinweisen zu den Gestirnen hängen.

Die Sonne über Wédōra änderte gelegentlich ihre Farbe. Niemand wusste, warum sie das tat. Der Verfasser des Werks rechnete es göttlichem Wirken zu und erwähnte Weise, die eine Störung des Himmels darin erkannten, ähnlich wie die berüchtigten Luftspiegelungen.

In Walfor wäre ein Witgo verantwortlich gemacht worden.

Tomeija versank in ihrer Lektüre.

Raat und Ipoton, die beiden Monde, hielten nicht weniger Überraschungen auf Lager. Befanden sie sich in der gleichen Phase am Himmel, herrschten normale Nächte. Doch manchmal brannte der kleinere Mond Raat heiß wie die Sonne. Das waren besondere Nächte, in denen gefeiert werden solle, betonte der Schreiber, und die Pflanzen wuchsen anders, schneller.

»In der Nacht geerntete Früchte haben eine besondere Wirkung«, las Tomeija fasziniert.

Der größere Mond Ipoton hingegen sorgte für eisige Kälte, die man in der Wüste besonders spürte. Gelegentlich war er von Strahlen und einer Korona umgeben, deren Ausläufer bis auf die Erde reichten und krachend einschlugen.

»Dabei richten sie größere Zerstörung an. Es wurden an den Stellen schon Reichtümer gefunden, verlorene Städte freigelegt, mal sah man Spuren von unbekannten Wesen. Oder es steht plötzlich ein Berg dort«, las Tomeija den holprigen Text, der unter großer Eile verfasst worden zu sein schien.

Dann gab es angeblich noch einen unsichtbaren dritten Mond: Ziin.

»Er erscheint nur unter gewissen Umständen. Sobald er auftaucht, kann etwas Schreckliches geschehen, da die drei Himmelskörper zusammen ungeahnte Kräfte entwickeln.« *Sah ich ihn nicht kurz?* Die Monde wurden von den T'Kashrâ als Götter verehrt. *Verständlich. Aber nichts für mich.* Tomeija erreichte das Verzeichnis der herausragenden Witgos.

»... liegt unten«, hörte sie Olgin absichtlich laut sagen, während er durch das Theater marschierte mit drei Männern und einer Frau im Schlepptau. »Ich zeige euch den Weg.«

Tomeija steckte das Büchlein ein. *Sie sind früh dran.* Die vermeintlichen Angehörigen waren geschlossen in hellgrauer Kleidung erschienen, um einen der Toten einzusammeln. Sie richtete den Schal und verbarg die langen, grauen Haare darunter. Sorgfältig bedeckte sie die Narben im Genick und wartete, dass sie eine Leiche aus dem Theater trugen.

Für Tomeija spannender wären die Hinterbliebenen des unbekannten Mannes, der Sebiana erstochen und von einem Razhiv gesprochen hatte.

Sebiana blieb weniger wichtig. Sie stand auf der unteren Sprosse der Organisation, die offenkundig hinter dem Verteilen und Verkauf von Iphium steckte.

Bald erschien das gleich gekleidete Quartett wieder und trug eine Bahre mit einem Körper, über dem ein besticktes Tuch ausgebreitet lag. Olgin machte Tomeija ein versteckte s Zeichen, dass es sich bei dem Toten um den Mann handelte.

Ohne Umschweife zur Sache. Sie wartete, bis die vier das Theater verlassen hatten, und nahm die Verfolgung auf, den Schal vor Mund und Nase, um ihr Gesicht zu verbergen.

Einer der Träger hatte Schellen um den Fußknöchel geschnallt, damit das Klirren die Menschen aufmerksam machte und sie zur Seite wichen. Dem Tod musste eine Gasse gebildet werden.

Die Scīrgerēfa folgte ihnen durch das Vergnügungsviertel und ein weiteres Viertel entlang bis zum Krankenviertel. Den Weg kannte Tomeija von ihrer nächtlichen Flucht, die ihr letztlich die Anstellung im Todestheater eingebracht hatte. Dank des Passierscheins konnte sich Tomeija unauffällig an die Fersen des Quartetts heften, kam ihnen niemals zu nah.

Die vier beachteten die Umgebung nicht. Sie gingen durch die kaum belebten Straßen des Krankenviertels auf ein aufragendes Gebäude zu, dessen hohe Wände oval wie ein Theater oder Auditorium verliefen.

Tomeija schätzte die Höhe des Bauwerks auf mindestens dreißig Schritte. Aufgrund der Lage konnte man nur vom Turm des Dârèmo einen Blick hineinwerfen. Darüber kreisten mehrere große und kleine Vögel, einige ähnelten Adlern, andere den Krähen aus ihrer Heimat. Sie unterschieden sich jedoch von ihnen durch das helle Gefieder.

Weiße Raben. Tomeija bemerkte gelegentlich blank gefressene und angepickte Knöchlein und Stücke davon auf der Straße, je näher sie dem Gebäude kamen. *Die Vögel haben es verloren. Das muss der Verwesungsturm sein, den Dyar-Corron erwähnte.*

Aus den oberen Fenstern des Bauwerks drang unentwegt lichter Rauch, der durchdringende Duft von Gewürzen und Harzen verteilte sich in den Gassen. Er sollte den Gestank von faulendem Fleisch und gärenden Innereien überdecken.

Die vier steuerten mit der Bahre auf ein kleines Tor zu, vor dem Wachen mit Pestmasken standen, sich Papiere zeigen ließen und sie durchwinkten. Nach wenigen Schritten verschwand das Quartett mit dem Toten in den Schatten.

Was werden sie mit ihm anstellen? Tomeija folgte und wies den Wächtern ihren Schein, wollte weitergehen.

Der Linke der beiden stellte sich vor sie. »Tut mir leid.«

Sie hielt den Wisch hoch. »Ich dachte, ich darf hinein? Das ist die Erlaubnis.«

»Das ist eine Erlaubnis, ausgestellt von Statthalterin Itaīna«, erklärte er gleichgültig. »Wenn du in den Verwesungsturm willst, *ohne* einen Toten abzuliefern, brauchst du die Erlaubnis von Statthalter Dyar-Corron.«

Tomeija erinnerte sich, dass die Verwalter der Viertel untereinander nicht immer wohlgesinnt waren. Doch bei Dyar-Corron vorzusprechen und die Sachlage zu schildern, würde sie zu viel Zeit kosten. *Der Mann, der Herzen austauscht wie defekte Zahnräder.* »Ist das der einzige Ausgang?«

»Nein.« Die Stimme des Mannes erklang durch die Maske gedämpft und schaurig. »Aber es gibt für dich kein Durchkommen.«

Damit war es für Tomeija entschieden: Sie musste ohne Erlaubnis des Statthalters in den Turm, um die Angehörigen oder Komplizen des Iphium-Handels nicht zu verlieren.

Mit einem knappen Gruß zog sie sich zurück und schlenderte an der Mauer entlang, bis das Oval sie vor den Blicken der Garde schützte.

Tomeija besah die Steine. Die Fugen würden es ihr ermöglichen, an der Fassade in die Höhe zu steigen. Zwar bestand die Gefahr, von den umliegenden Fenstern aus bei ihrem Tun bemerkt zu werden, aber ihr fehlten sonstige Möglichkeiten. Mit den Wachen wollte sie sich nicht anlegen.

Sie entdeckte einige Schritte zu ihrer Linken mehrere offene Rundfenster in geschätzten zehn Schritten Abstand zum Boden. *Das ist machbar.*

Hastig stieg sie hinauf, ohne dass ein warnender Ruf von der Straße oder aus einem Häuser erschallte, und zog sich erleichtert durch die Öffnung. Dort stand sie im Schatten auf einer schmalen Balustrade, von der aus man den Innenraum des Turmes überblickte. Der Durchmesser betrug geschätzte hundert Schritte. Der aufdringliche Geruch stammte von Weihrauchschwaden, die über die Leichenberge hinwegzogen und die Überreste mitunter dicht wie Nebel einhüllten.

Bei Hastus! Tomeija sah auf die Überreste hinab, die sich auftürmten. Manche Knochen lagen schon lange hier, ausgeblichen und mehrfach gebrochen und zersplittert, andere Tote waren frisch im Turm gelandet. Bei ihnen sammelten sich die Geier und Aasvögel, fraßen das Fleisch und was ihnen von den Leichen schmeckte. Der Rest wurde von der unerbittlichen Sonne getrocknet.

Tomeija machte mumifizierte Leichen aus. Das Taggestirn dörrte sie, wandelte die Haut zu Pergament, die nicht von den Vögeln und Ratten gefressen worden war. Eine Stadt wie Wédōra hatte im Verlauf eines Jahres gewiss um die zehntausend Tote.

Da sind sie! Das Quartett befand sich eine Ebene höher als sie.

Die Leichen scheinen nach einer kleinen Zeremonie einfach ohne Sarg oder Leinensack in die Tiefe zu den Überresten geworfen zu werden. Die blutigen Spuren an den Seitenwänden ließen den Schluss zu, dass mancher Verstorbene nicht heil zwischen den Toten landete.

Tomeija hastete die nahe gelegene Treppe hinauf und pirschte sich an die Gruppe heran, um ihre Gespräche zu belauschen.

»... gewähre unserem Freund Ruhe und einen kühlen Platz«, sprach die Frau. Die Männer hoben die Bahre und setzten sie auf den Brüstungsrand. »Auf Tod folgt Leben. Stets und ewiglich.« Sie nickte.

Die Trage wurde angehoben, so dass der nackte Leichnam nach vorne rutschte und in die Tiefe glitt. Der Aufprall im Knochenmeer folgte unmittelbar und erinnerte an das knisternde Brechen von ausgetrockneten Ästen.

»Die Pflicht ist erfüllt, die Götter können uns nicht böse sein. Dann zurück. Wir müssen überlegen, wie wir den Verkauf in Zukunft angehen«, sagte ein braunhaariger Mann, dessen Haut durchgehend in mattem Gelb gefärbt war, was seine rankenhaften Tätowierungen hervorhob. »Chucus wird besser aufpassen.«

»Wir sollten das Theater vorerst auslassen«, riet die Frau. »Die Angelegenheit hat schon genug Aufmerksamkeit erregt. Konzentrieren wir uns auf die umliegenden Läden. In einem Mâne habe ich einen von Chucus' Leuten bestochen, damit er Iphium für uns verkauft. Einverstanden?«

Die Männer nickten.

Die hellgraue Kleidung ließ keinen Schluss auf ihre Herkunft und ihr Vermögen zu, aber Tomeija sah goldene Ringe und Ketten, die gelegentlich an den Armen, Hälsen und Fingern aufblinkten. *Das Geschäft läuft sehr gut.*

Langsam gingen die vier los, einer nahm die Bahre.

»Wann kommt die neue Ware?«, wollte der gelbhäutige Mann wissen. »Wir haben die letzten Vorräte angebrochen. Wenn uns die Kunden alle wegsterben wie Kilnar, machen wir keinen Gewinn.«

»Angekündigt ist sie für übermorgen«, antwortete sie.

»Sollen wir ihm eine Nachricht senden, dass er ausnahmsweise in der Westvorstadt einreisen soll? Damit es nicht zu auffällig wird?«

»Ich frage mich sowieso, auf welchem Weg er die Strecke von hier nach Tērland so schnell zurücklegen kann«, warf ein anderer Mann ein, der die kurzen, schwarzen Kopfhaare kunstvoll ausrasiert trug.

»Er sagte mir mal, dass er stets alleine auf einer Beek-Echse reitet. Das macht den Ghefti rascher und wendiger als die großen Karawanen«, erwiderte die Frau, unzweifelhaft die Anführerin der Iphium-Bande. »Es bleibt bei der Nordvorstadt. Eine Nachricht können wir ihm nicht senden.«

»Wirst du ihn fragen?« Der gelbhäutige Mann hielt sie am Arm fest. »Wirst du?«

»Warum ist das wichtig?«

»Weil keiner mehr Iphium kauft, wenn sich herumspricht, wie schrecklich der Tod ist, den man erleidet, sobald der Körper keinen Nachschub bekommt. Die Ghefti müssen die Rezeptur ändern!«

Tomeija verfolgte die Unterredung mit Spannung. *Sie importieren es. Und man hat ihnen nicht gesagt, wie gefährlich es ist.*

»Beruhige dich, Phiilo.« Der dritte Mann löste die klammernden Finger vom Arm der Frau. »Wir haben verlauten lassen, dass er von einem Rivalen vergiftet wurde. Niemand wird Iphium damit in Verbindung bringen.«

Der skeptische Phiilo lachte kurz auf, wodurch man seine schwarzgefärbten Zähne sah. »Doch. Das werden sie.« Er sah die Frau an. »Sag ihnen, dass sie es ändern müssen.«

»Ich spreche es an«, beteuerte sie und zeigte auf die Treppe. »Aber wer wahnsinnig genug ist, dieses Dämonengift zu nehmen, der …« Sie sah Phiilo plötzlich erschrocken an. »Ich verstehe. Du Idiot! *Du* nimmst es *auch!*« Die beiden Männer blickten ihren Komplizen vorwurfsvoll an. Die Frau versetzte ihm eine schallende Ohrfeige. »Du vollkommener Idiot! Wie konntest du, Bruder?«

»Ich wollte wissen, wie sich der Rausch anfühlt«, setzte Phiilo zu einer Verteidigung an und bekam die nächste kräftige Backpfeife von ihr. Die Wangen röteten sich.

»Ich sollte dich verrecken lassen«, zischte sie und versetzte ihm einen Stoß, dass er die Treppe abwärtstorkelte und sich festhalten musste, um nicht zu stürzen.

Tomeija schlich dem Quartett hinterher und spürte eine stärker werdende Zufriedenheit. Ihre Nachforschungen hatten den erhofften Ansatzpunkt ergeben.

In zwei Tagen kommt der Lieferant auf einer Beek-Echse in die Nordvorstadt. Das würde sie nutzen. *Jetzt werde ich sehen, wo die …*

Eine kräftige Hand schloss sich von hinten um ihren Nacken, die andere packte ihren Gürtel. Im nächsten Augenblick wurde sie angehoben und mit viel Schwung über die Brüstung geworfen.

Tomeija flog in den Verwesungsturm hinab zu den Leichenbergen.

* * *

Aus den Stadt-Chroniken:

Siderim 121. Der Große Sturm.
Vollkommen unerwartet brach der Kara Buran über die Stadt herein und tobte über Mâne. Er riss Menschen und Häuser in Wédōra davon. Die Stadt verlor ein Drittel ihrer Einwohner und die Hälfte der Gebäude, etliche wurden schwer beschädigt.
Auf wundersame Weise blieb der Turm des Dârèmo vollkommen unversehrt.
Dazu entstanden verschiedene Vermutungen:
Der Dârèmo selbst rief den Sturm.
Die T'Kashrâ steckten dahinter.
Es war ein misslungenes Magie-Experiment.
Als der Kara Buran verebbte, waren die Felder und Bäume auf den Dächern vernichtet, wodurch nochmals ein Drittel der Bevölkerung durch Hunger starb.

Damit nicht genug.
Im 122. Siderim attackierten die Thahdrarthi das geschwächte Wédōra.
Sie drangen in alle Viertel ein, wurden aber vor allem durch die Verbrecher sowie entflohenen Sklaven unter den Bewohnern zurückgeschlagen. Gegen deren Kampfkraft vermochten die T'Kashrâ nichts auszurichten.
Großer Jubel herrschte allenthalben.
Aber der Dârèmo tat nichts.
Er zeigte sich nicht.
Seine Botin erschien nicht, um Anweisungen zu erteilen.
Es ging das Gerücht, dass der Dârèmo bei dem Angriff ums Leben gekommen war.

In den Siderim 122 bis 150 stand Wédōra unter der Regierung des Rates der Bruder- und Schwesternschaften.
Da es keinen Dârèmo mehr zu geben schien, übernahmen sie die Leitung der Truppen und des Wiederaufbaus.
Alles lief hervorragend, auch wenn die Kaufleute kräftig zur Kasse gebeten wurden. Da sich viele Razhiv unter den Schurken befanden, wagte keiner einen Widerspruch.
Wédōra erholte sich von den Folgen.
Ohne den Dârèmo.
Durch den Schutz der Götter.

KAPITEL XII

WĒDŌRA,
PRACHTVIERTEL

Liothan saß zusammen mit Gatimka und ihrer Bande um einen Tisch in einem der vielen Räume von Eàkinas Stadtpalast. Auf Kommoden und Beistelltischen standen Büsten von unbekannten Persönlichkeiten, bunt bemalt und mit echtem Schmuck behangen. Liothan fand diese Art von Bildhauerei und Kunst jenseits allen guten Geschmacks. Die Glasmurmelaugen starrten tot auf die Menschen, gleichgültig und unheimlich.

Die waren bestimmt teuer. Aber ich hätte so was niemals gekauft. Er hielt das langstielige, schwarzstählern gemusterte Beil in der Rechten und dankte Hastus, dass er geistesgegenwärtig genug gewesen war, sich den Vorteil mit den versteckten Plänen zu verschaffen. Die Bande ließ ihn in Ruhe, seit er die Anführerin losgelassen hatte.

Liothan trug eine knielange, weiße Tunika aus dem Bediensteten-Fundus und einen Gürtel um die Hüfte, die Füße steckten in Sandalen, die etwas zu klein waren. Die langen braunen Haare hatte er nach hinten gestreift. Er wollte einen Vorteil für sich herausschlagen: Sie halfen ihm, nach Tomeija zu suchen und nach Walfor zu kommen. *Indem sie mir einen fähigen Witgo zeigen.* Er würde sie im Gegenzug nicht an den Dârèmo verraten und ihnen die Zeichnungen zurückgeben. *Einige zumindest.*

Gatimka hatte sich das Badeöl abgerieben und einen Mantel umgeworfen, das verstauchte Handgelenk lag geschient und versorgt unter einem Verband. Die übrigen

Räuber trugen Kleidung, die weder zu billig noch zu einfach war. In dieser Aufmachung verschwand man in Wédōra zwischen den übrigen Bewohnern.

»Wir hätten ihn foltern sollen, bis er uns den Ort verrät«, murrte einer der Männer, dessen Haut nachtblau schimmerte. Dies war ein Ergebnis eines alchemistischen Trunks. *Beabsichtigt.* »Diese Verhandlungen müssen nicht sein.«

Gatimka beruhigte ihn mit einer Geste und stellte Liothan die Umsitzenden vor. »Das sind Tronk, Jenaia, Ovan, Keela und Veijo. Wir zusammen« – sie legte den Finger gegen ihr Brustbein – »verfolgen einen Plan, den meine Tante initiierte, als sie so alt war wie ich.«

Liothan hörte schon am Tonfall, dass das Vorhaben über gewöhnliche Einbrüche und Überfälle hinausging. Keine ihm bekannte Räuberbande bereitete einen Bruch in dieser epischen Dauer vor. *Es gäbe in der Zwischenzeit zu viel Unsicherheit.* »Sie war nicht deine Tante, stimmt's? Ich sah noch niemanden, der weniger trauerte als du.«

Gatimka lächelte kaum merklich. »Ich nannte sie Tante, und für den Rest des Viertels wird das so bleiben. Alle kennen mich als ihren Sonnenschein aus Gisosz.«

»Er muss das nicht wissen«, warf der nachtblauhäutige Veijo ungeduldig ein. »Wir geben ihm Geld, er gibt uns die Unterlagen, und dann kann er von mir aus ...«

»Bitte«, unterbrach ihn Gatimka. »Meine Tante hat ihn nicht umsonst erstanden. Ich denke« – sie warf Liothan einen warmen Blick zu –, »er gehört zu ihrem Plan. Sie war schon immer weitsichtiger als wir und hatte einen Blick für Helden.«

Ein Räuber, der zum Helden wird. Fast wie zu Hause. Liothan hörte zu, seine Unterschenkel wippten derweil nervös auf und ab. Es gefiel ihm, von der hübschen Frau ein Held genannt zu werden. *Wenn es gegen die Obrigkeit geht, warum nicht?* Er erinnerte sich an die Erzählungen über die Grausamkeiten des Dârèmo. »Was könnte ich beitragen?«

Gatimkas Ausdruck wurde ernst. »Die Feierlichkeiten zur Zweihundertfünfzig-Siderim-Feier stehen an. Und es hält sich das Gerücht, dass der Dârèmo an dem Tag seinen Nachfolger bestimmen wird. Aber keinen aus Wédōra, sondern …«

»Einen von außerhalb, ich weiß.« Die Männer und Frauen blickten ihn an, und auf ihren Mienen zeichnete sich so etwas wie Verstehen ab. *Sie wollen mich ins Rennen schicken.*

Das ging ihm entschieden zu weit.

Einen Überfall oder einen Einbruch, um dem Herrscher einen Denkzettel zu verpassen, hätte er mitgetragen. *Ich habe auf einem Thron nichts verloren. Außerdem kostet es zu viel Zeit.* »Nein«, wehrte er ab. »Nein, nein! Ich muss zurück. Meine Familie …«

»Nicht schon wieder. Wir kennen deine Geschichte noch von deiner ersten Erzählung vorhin«, fiel ihm Veijo ins Wort.

»Vergesst es. Es ist ein Gerücht«, erwiderte Liothan ablehnend. *Ich bleibe nicht länger, als ich muss.* »Es kommen jeden Tag Hunderte nach Wédōra! Nehmt einen anderen.«

»Ein Gerücht, das man ausnutzen kann.« Gatimka richtete ihren Mantel, ließ den Blick auf ihre Brustansätze wie zufällig zu. »Was weißt du über den mysteriösen Herrscher?«

Liothan fasste in wenigen Worten zusammen, was er erfahren hatte, die Erzählungen der Gauner in der Vorstadtzelle eingeschlossen.

»Das ist nur die halbe Wahrheit. Ich sage dir: Dieses

Wesen ist eine Bestie!« Sie nahm eine der Stadtkarten, die sie zur Besprechung mitgebracht hatte, und entrollte sie. »Er unterdrückt nicht nur jegliche andersdenkende Meinung seiner Statthalter, er fordert jeden Siderim Jungfrauen zu seinem persönlichen Vergnügen. Eine aus jedem Viertel. Keine tauchte wieder auf.« Sie ballte die Linke zur Faust. »Meine ältere Schwester verschwand in diesem Turm. Ich will sie zurück.« Gatimka zeigte auf Liothan. »Du musst uns dabei helfen.«

Allmählich fügten sich die Erkenntnisse in Liothans Kopf zu einer Erklärung. »Ihr wollt in den Turm eindringen und ihn umbringen!«

»Wir wollen eine Veränderung«, schwächte Ovan ab, der mit dem ungewöhnlichsten Akzent sprach. »Er herrscht, ohne dass ihn je ein sterbliches Wesen zu Gesicht bekommen hätte. Alleine seine Botin spricht mit den Statthaltern. Diese Ungewissheit muss ein Ende haben. Das hartnäckige Gerücht, er würde an diesem besonderen Moment in der Geschichte der Stadt abdanken, spielt uns in die Hände. Die Gelegenheit ist perfekt.«

Tronk, der die Augen wie Gatimka stark geschminkt hatte, packte Liothan begeistert an der Schulter. »Stell dir vor: Wir steigen in den Turm ein und präsentieren *dich* von dort als neuen Herrscher.«

»Du könntest ein neues Zeitalter für Wédōra einläuten«, kam ihm Keela zu Hilfe und gestikulierte einnehmend. »Freundlicher, friedlicher.«

»Und freier für alle«, setzte Jenaia eins obendrauf.

»Dass der Turm randvoll mit Schätzen sein soll, ist nur ... ein zusätzlicher Anreiz«, fügte Gatimka mit einem lockenden Lächeln hinzu. »Und da du nicht in Wédōra bleiben willst, dankst du unmittelbar danach ab und überlässt es den Statthaltern, einen neuen Herrscher zu wählen.«

Liothans Überlegungen rotierten. Als Räuber mit einem ausgeprägten Sinn für Ausgleich und Gerechtigkeit sprach ihn das Vorhaben an. Auch Gatimkas Schmeicheln gefiel ihm – wäre da nicht die verrinnende Zeit und die große Angst um seine Familie. *Ich bin schon fast drei Tage hier. Wer weiß, was sich gerade in Walfor zuträgt?*

»Das dauert mir alles zu lange«, wand er sich. »Ich habe damit nichts zu schaffen. Es ist eure Sache.«

»Du hast unsere Pläne, Freundchen. Damit ist es auch *deine* Sache«, sagte Ovan düster, der den meisten Schmuck von allen trug und dessen Finger kaum mehr unter den Ringen zu erkennen waren.

Gatimka musterte ihn. »Du willst zurück in deine Heimat, Gestrandeter.« Sie fegte einige Krümel von der Karte. »Niemand weiß, von wo du kommst. Mir ist ein Ort, wie du ihn beschreibst, vollkommen fremd.« Sie hob einen Finger. »Aber deine Götter meinen es gut. Ich kenne einen fähigen Razhiv, der es herausfinden könnte.« Ihr Blick wurde versprechend und für einen Herzschlag lüstern. »Und der dich auf mein Bitten zurückbringen würde. Wenn wir die Karten haben.«

Für wie dumm halten sie mich? Sobald ich ihnen die Karten gebe, töten sie mich.

»Ich traf noch keinen, der das vermochte«, log er.

»Ist das nicht einerlei, da ich einen kenne?« Der Ausdruck in Gatimkas Augen gefiel ihm außerordentlich. »Wärst du bereit, uns die Pläne zu geben und dich an der Befreiung der Stadt von diesem Scheusal zu beteiligen, wenn ich mich bei ihm für dich einsetze?« Sie legte eine Hand auf seine. »Bitte, Lio. Viele Menschen haben in den vergangenen Siderim ihr Leben gelassen, um Wédōra von Willkür zu befreien. Wir arbeiten bereits so lange an diesem Plan. Sie wären dir dankbar. Wie ich.«

Drei Dinge lockten Liothan: die Möglichkeit seiner Rückkehr, das Gold, Gatimkas Dankbarkeit – und wenn er dabei einen verhassten Tyrannen entmachtete, sollte es ihm recht sein. »Einverstanden.« Er neigte ganz langsam seinen Kopf. *Zufriedene Verbündete sind gute Verbündete.* Er grinste. »Aber ich werde euch auf die Probe stellen.«

»Scheiß der Dünenhund drauf! Dafür haben wir keine Zeit«, polterte Veijo und sprang auf, das dunkle Blau seiner Haut glomm leicht. »Sobald der Schwarze Sandsturm kommt, ist es vorbei mit den …«

»Setz dich!«, herrschte Gatimka ihn an, und der Mann sank zurück auf den Stuhl gleich einem dressierten Raubtier.

»Ich nehme an, du möchtest den Razhiv kennenlernen?«, fragte sie Liothan.

»Ja. Und einen Beweis, dass er in der Lage ist, mich mit einem Zauber nach Hause zu bringen.« Liothan zog seine Finger nicht weg. Die alte Schwäche für die Gegenwart schöner Frauen. Aber Gatimka konnte so anziehend sein, wie sie wollte, nichts und niemand gewann die Oberhand über seine Gefühle für Cattra, die in Walfor auf ihn wartete. *Zusammen mit meinen Kindern.*

»Einverstanden. Dann will ich, zum Zeichen deines guten Willens und als Beweis, dass du sie nicht einfach verbrannt hast, mindestens eine Karte zurück.« Sie lachte freundlich. »Du bist deiner Frau treu.«

»Bis in den Tod«, sprach er unverzüglich und löste seine Hand nun doch von ihrer.

»Ihren oder deinen?«, rief Ovan und grölte los, die anderen Männer fielen ein.

Liothan sah ihn an. Er fand es weder lustig noch besonders geistreich. »Meinen.« Seine ruhige, umso wirkungsvollere Erwiderung ließ das Gelächter rasch enden.

»Da könnt ihr sehen, was es bedeutet, jemanden zu lieben.« Gatimka räusperte sich und stand auf, ohne dass sie ihr verheißendes Lächeln aufgab. »Gut. Ich ziehe mir rasch etwas anderes an und nasche von meinen Schmerzmitteln. Du kannst in der Zwischenzeit einen der Pläne holen.«

Hättest du gerne. »Sobald ihr vor der Tür steht und ich abgeschlossen habe«, ergänzte Liothan. Er traute der Bande nicht. Dass Gatimkas Werben ihn becircen sollte und unvorsichtig werden lassen, durchschaute er. Umso mehr Spaß machte es ihm, ihr dabei zuzusehen, wie sie sich ins Zeug legte.

»Dann sind die Pläne also *im* Haus.« Veijo sah ihn kalt lächelnd an, seine Eckzähne waren bemalt und graviert. »Gut zu wissen.«

»Nein. Ich ziehe sie mir aus dem Arsch und lasse mir dabei nicht gerne zuschauen«, erwiderte Liothan provozierend. Die Finger trommelten auf dem Beilkopf. Angst hatte er vor ihnen nicht. Er konnte austeilen, falls sich einer von den Männern zu einem Angriff hinreißen ließ. Außerdem brauchten sie ihn. *Meine Ausgangslage ist die bessere.*

Veijo erhob sich, seine Muskeln zuckten unter dem Dunkelblau. »Ach? Dann sollte ich sie dir einfach aus dem Bauch schneiden.«

Liothan lachte ihn aus. »Das würde dir nicht gelingen. Einen Gegner wie mich hattest du noch nie.«

»Aufhören«, befahl Gatimka ihrem Gefolgsmann. »Ihr wartet unten in der Halle. Ich komme gleich nach, und anschließend bringt uns Lio einen Beweis, damit wir ihm glauben.«

»Sicherlich. Sobald ich den Razhiv kennenlernte und überzeugt von seiner Macht bin.« Er verschränkte breit lächelnd die Arme im Nacken und sah den Verschwörern dabei zu, wie sie den Raum verließen.

Eine Zuversicht wollte sich seiner bemächtigen, die er sogleich in ihre Schranken wies. *Nicht so rasch. Es kann eine Lüge sein.* Es barg eine nicht unwesentliche Gefahr, sich einem Zauber hinzugeben, ausgesprochen von einem Witgo, den er nicht einmal kannte. Geschweige denn, dem er vertraute.

In Liothans Gedanken lächelte Cattra trotzdem. In Vorfreude auf ihn.

Der Weg führte die Gruppe ins Vergnügungsviertel, das im Schein unzähliger Lampions, Laternen und der Gestirne lag. Der größere Mond strahlte auf Wédōra nieder, der kleinere schwebte gleich einem Echo oder einer Spiegelung weiter oben am Firmament.

Unfassbar. Liothan betrachtete das verbaute Areal, das nichts mit dem Prachtviertel gemein hatte. Er erkannte die ursprünglich angelegten Gassen und Straßen, aber die Bewohner nahmen sich die Freiheit, Brückchen und handbreite Stege in schwindelnder Höhe zwischen den Häusern zu errichten. *Ohne Geländer oder Sicherungsseil. Die Menschen müssen Katzen sein.* Gebäude waren rigoros aufgestockt und erweitert worden, um das meiste aus dem vorhandenen Platz herauszuholen. Große, verschwenderische Freiflächen wie im Prachtviertel gab es nicht.

Gegen das Lebendige und Pulsierende vermochte sich Liothan nicht zu erwehren. *Welch ein Unterschied zu dem anderen Viertel.* Gerüche, Geräusche, Lichter – die Eindrücke hagelten auf ihn ein. Menschen schoben und drückten sich durch die Straßen, die aufgrund der Bebauung gelegentlich schiefen Gängen und Tunneln ähnelten.

»Wir sind da. Der Razhiv, den wir gleich treffen, heißt

Kardīr«, eröffnete Gatimka, die sich als regelmäßige Besucherin der Stadt weniger beeindruckt zeigte.

Die Gruppe lachte leise und verteilte sich sogleich geschickt um ihn herum an den Auslagen der Geschäfte, als würden sie sich über die Waren unterhalten. Sie wollten kein Aufsehen erregen.

»Was ist daran so komisch?«

»Man hält ihn für einen Angeber und Blender.« Gatimka legte eine Hand beruhigend um seine Schulter und suchte seine Nähe. Sie hatte ein Parfum aufgetragen, das Liothan sehr gefiel. »Kardīr gehört zu uns. Er tut alles, um nicht aufzufallen und als Bühnenscharlatan angesehen zu werden. Niemand darf wissen, wozu er in der Lage ist. Du wirst keinen Mächtigeren als ihn in Wédōra finden. Aus diesem Grund ist er ein Teil unseres Plans.« Sie drängte ihn sachte vorwärts. »Da ich mit ihm spreche, wird er seine Maskerade fallen lassen und dir mit seinen Mächten helfen. Ganz sicher.«

»Aber gib acht«, hauchte Keela mit einem Grinsen im Gesicht. »Ist er ein Mensch oder eine Kreatur, die ihr Leben dem Wirken von Dämonen verdankt? Man sagt, dass er sich nur nachts durch die Stadt bewegt.«

»Weil die Sonne ihn zum Brennen bringt?« Liothan wusste, dass sie ihn veralberte. »Solche Gestalten kenne ich aus Märchen und Spukgeschichten. Ungeheuer, die den Lebenden auflauern, um ihnen das Leben und das Blut zu rauben.« Ohne das langstielige Beil fühlte er sich unwohl, aber bei seinem Status als Sklave hätte ihn die Garde mit der Waffe aufgehalten. Gegen den Ratschlag der Bande hatte er trotzdem einen Dolch mitgenommen und in der Tunika verborgen.

Gatimka lachte leise. »Nein, das ist Kardīr sicherlich nicht. Er leidet an einer Krankheit, wie sie manche eben trifft, die in Wédōra geboren wurden. Du wirst erkennen: Im Mondlicht sieht er aus wie du und ich.«

Liothan wollte eine weitere Frage zum Witgo stellen, doch da spürte er das verwünschte Kribbeln in seinen Fingern, die Kuppen wurden taub. Gleichzeitig setzte der gefürchtete Schmerz in seinem Rücken ein, oberhalb des Steißbeins, und kroch das Rückgrat nach unten und oben. Die alte Sturzverletzung machte sich bemerkbar, das Atmen verursachte ein gleißendes Stechen, und sein Brustkorb schien sich mit Quecksilber zu füllen.

Gatimka entging nicht, dass sein Gehen in ein ungelenkes Staksen überging, bis er keuchend zusammensackte und von ihr in eine Seitenstraße auf ein Fensterbrett bugsiert wurde, damit er nicht auf dem Boden zusammenbrach. »Was ist mit dir? Die Sonne? Hast du tagsüber zu wenig getrunken?«

Schön wäre es. Liothan vermochte bei solchen Anfällen nicht zu sprechen. Obwohl der Sturz lange zurücklag, der ihm diese Probleme beschert hatte, schien sein Körper nicht in der Lage, die Schäden von selbst zu heilen.

Hastus, verlasse mich nicht! Es schmerzt stärker als sonst. Er schloss die Lider und konzentrierte sich, damit sein Herz sich beruhigte. Die Angst durfte nicht die Oberhand gewinnen. Sie machte alles schlimmer.

Undeutlich vernahm er Gatimkas Stimme, die sich besorgter als eben erkundigte, wie es ihm ginge. Etwas Nasses, Kaltes traf ihn im Gesicht und im Nacken.

Liothan zuckte zusammen und schauderte, als die Kühle unter der Kleidung seinen Rücken hinabrann. Aus dem Kribbeln wurde ein Brennen, das vom Rücken ausging und in Brust, Schultern, Arme und Beine ausstrahlte.

Hastus, gib mir Kraft. Er presste die Kiefer zusammen, um nicht vor Pein aufzuschreien. *Was geht mit meinem*

Kreuz vor sich? Unterdrückt ächzte er. Erst nach einer Weile verging der Anfall. Das flüssige Feuer in seinen Adern erkaltete und schien eine normale Temperatur zu erlangen.

Schweißgebadet öffnete er die Augen und sah Gatimka sehr sorgenvoll vor ihm stehen. *Wie lange dauerte es?*

Veijo blickte ihr über die Schulter und hielt eine leere Amphore in der Hand, ein Rinnsal Wein tröpfelte heraus. »Wehe, du verreckst, bevor du uns die Pläne gegeben hast«, wisperte er.

Liothan begriff, dass er nicht geschwitzt, sondern der Mann ihn mit dem vergorenen Rebensaft übergossen hatte. *Es scheint geholfen zu haben.* Er strich die nassen, dunkelbraunen Strähnen aus dem Gesicht und wischte sie nach hinten. *Dafür stinke ich wie zehn Säufer.* »Ich habe nicht vor, in dieser Stadt zu sterben.« Er stand auf und blickte an sich hinab. Der Wein hatte viele Flecken auf seiner Tunika hinterlassen.

»Das trocknet. Zu Hause hast du frische Kleidung«, kommentierte Gatimka und wehrte Ovans Hand ab, die Liothan am Kracken packen und auf die Beine zerren wollte. »Wird es gehen?«

Liothan nickte und erhob sich vom Fensterbrett, hielt sich die Stelle am Rücken, von der das unsagbare Stechen ausgegangen war. Das Laufen tat zunächst in den Fußsohlen weh, die letzten Schmerzen vergingen erst nach etlichen Schritten.

Das hatte ich schon lange nicht mehr. Die Verschwörer kamen an ein Haus, das aussah wie alle umstehenden, und zusammen mit Gatimka und Veijo erklomm Liothan alte, sehr wacklige Leitern, um in das oberste Stockwerk zu gelangen, während der Rest der Gruppe auf dem Boden blieb und aufpasste.

Gatimka kannte den Weg und betrat die Wohnung des Witgos nach einmaligem Klopfen. Dabei rief sie mehrmals fremdartige Silben. »Unsere Losung«, erklärte sie. »Es dient dazu, magische Fallen zu entschärfen, die er aufgestellt hat.« Sie zeigte auf kräuselnden Rauch, der scheinbar harmlos im Raum und zwischen den Bücherstapeln umherwaberte. Das Zimmer versank in einem Chaos aus Nachschlagewerken, Möbeln und Regalen. »Das sind die Auslöser. Wie Fangleinen.«

Liothan mahnte sich, in Wédōra noch mehr auf seine Umgebung zu achten. »Was würde geschehen?« Die letzte Pein schwand aus seinem Rücken, die Fingerspitzen prickelten unverdrossen. *Das ist … neu.*

»Der Rauch würde sich um dich schlingen wie eine riesige Driochor-Schlange und erwürgen, dich lähmen und binden. Niemand bemerkt, dass du stirbst«, kam die Antwort des Witgos mit Grabesstimme aus einem der Zimmer. Sämtliche Vorhänge waren zurückgezogen, so dass die Lichter und Gestirne hereinleuchteten. »Das geschieht, wenn man sich uneingeladen in die Behausung eines Mannes wie mir begibt.« Das Lachen klang geflüstert und mehrfach, mit einem Dutzend Echos.

»Lass es«, rief Gatimka amüsiert. »Du musst keine deiner Bühnendarbietungen zum Besten geben.«

Kardīr erschien – und sah aus wie ein ganz gewöhnlicher Mann, mit langen schwarzen Haaren, die glatt auf sein hellrotes Gewand fielen. Liothan vermutete, dass er eine Perücke trug. »Wen haben wir denn da? Gatimka und ihre Verbündeten. Und einen Weinschlauch auf zwei Beinen.«

»So ist es.« Sie zeigte auf Liothan. »Der Weinschlauch gehört zu uns.«

»Sofern wir uns auf gewisse Dinge einigen können.«

Liothan betrachtete den Witgo, der im Mondlicht auf unerklärliche Weise eindrucksvoll wirkte. *Ob er es wirklich vermag?* Seine Zweifel stiegen. Er sah viel zu jung aus.

»Oh? Dann tut er es nicht aus Überzeugung wie wir?« Kardīr wirkte skeptisch.

»Du musstest auch erst überzeugt werden. Sein Fall liegt etwas anders.« Gatimka fasste zusammen, was sich zugetragen hatte. »Sobald du ihm belegen kannst, ihn in seine Heimat zu bringen, wird unser Plan Wirklichkeit werden. Andernfalls, so fürchte ich, wird der Dârèmo auf ewig Wédōra unterdrücken.«

Der Blick des Razhiv ruhte lange auf Liothan. »Kann es sein, dass du eine Freundin hast? Mit dem schönen Namen *Scīr?*«, erkundigte sich Kardīr und beschrieb Tomeija.

Spätestens als er das auffällige Henkersschwert erwähnte, schwand jeder Zweifel in Liothan.

»Sie bat mich darum, ihren Freund in Wédōra ausfindig zu machen und euch beide nach Hause zu zaubern.«

Hastus, ich danke dir! »Ja, das ist sie!« Liothan lachte freudig. »Sag mir, wo ich sie finde.«

»Was bin ich doch für ein großer Razhiv«, murmelte Kardīr und nahm eine dramatische Pose ein. »Seht, ihr Mondmächte, ich habe die Gestrandeten vereint! Mit reiner Macht meiner Gedanken lockte ich sie zu mir.« Dann nickte er. »Sicherlich weiß ich, wo sie ist. Sie arbeitet für ...«

»Halt, halt«, schaltete sich Gatimka in Windeseile geschäftsmäßig ein. »Du bekommst diesen Hinweis erst, wenn du dich nützlich gemacht hast, Lio.« Sie legte ihm ihre weiche Hand auf den Rücken und ließ sie dort, um ihm bei allem Geschäft und neuerlicher Erpressung ihre Zuneigung zu signalisieren.

»So schnell wendet sich das Blatt«, ergänzte Veijo gehässig, der mit seiner nachtblauen Haut in der Dunkelheit fast verschwand. »Nun willst *du* was von *uns.*«

»Ich habe immer noch die Skizzen und Pläne.« Liothan ärgerte sich, dass er sich in seiner Freude hatte hinreißen lassen. *Es steht unentschieden.*

»Die Sehnsucht nach deiner Freundin wird dich sicher dazu bringen, schneller mit uns zusammenzuarbeiten.« Gatimka zeigte auf Kardīr. »Ich habe dir keinen Unsinn erzählt. Er ist in der Lage, euch beide in eure Heimat zu bringen. Sobald der Dârèmo gestürzt und Wédōra befreit ist.«

»Beweise es«, sagte Liothan verlangend zum Witgo.

»Indem ich dich hin- und zurückzaubere?«, erwiderte er lachend. »Das wird nicht möglich sein.« Er setzte sich und nahm ein Glas Wasser, trank davon. »Ich kann es dir nur versprechen.« Er stellte das Glas ab, ohne dass es ein Geräusch beim Aufsetzen auf dem Silbertablett machte.

»Nein. Du vermagst mehr.« Liothan sah ihn an. »Schwöre es mir.«

Kardīr hob die rechte Hand. »Ich schwöre es bei meinem Leben und dem sämtlicher Bewohner der Stadt, dass ich nicht eher ruhen werde, bis ich einen Weg gefunden habe, dich und deine Freundin zurück nach … wohin noch gleich?«

»Walfor.«

»Walfor zu bringen.« Kardīr nickte ihm zu. »Mehr kann ich in der Tat nicht tun.« Er senkte die Hand und zupfte am Ärmel herum. »Vertraue mir.«

Sicherlich nicht. Für Liothan klang es nicht danach, als wäre es dem Witgo ein Leichtes, Leute von einem Ort an einen anderen zu zaubern. *Bei Dûrus sah es so einfach aus.* Trotzdem interessierte ihn, welche Macht der Hexereikundige besaß. »Wenn du mir nun eine Kostprobe gibst, wäre ich …«

»Einen Echsenscheiß werde ich«, wehrte Kardīr brüsk ab. »Ich weiß, was ich kann, und werde es nicht wie ein dressiertes Tier vorführen. Du hast meinen Schwur. Das muss dir reichen.«

Liothan reichte es nicht, aber ihm fehlten die Möglichkeiten, den Mann zu zwingen. »Nun gut. Dann beweise mir auf andere Weise, dass ich dir vertrauen kann, und verrate mir: Wo finde ich Scīr?«

Kardīr öffnete den Mund und blickte abwartend zu Gatimka.

»Wo wir gerade beim Schwören sind«, begann sie freundlich, ihre Hand noch immer auf Liothans Rücken, »machen wir damit weiter. Du wirst dich uns anschließen, und wir werden alles in Bewegung setzen, dich und deine Freundin sicher zurück in eure Heimat zu bringen.« Sie nahm einen Dolch und stach sich damit in den Finger. »Ich besiegle es mit meinem Blut, das für mein Leben steht.« Ihr Blick war aufrichtig und trug erneut Anzüglichkeit in sich. »Ich würde dich normalerweise nicht dazu zwingen, Lio, und mich freuen, dich unverzüglich nach Walfor zu senden. Doch die Sache ist größer als mein und dein Leben. Ich kann keine Rücksicht nehmen. Und ich sehe dir an, dass du im Herzen ein Mann bist, der Gerechtigkeit liebt.«

Liothan traf seine Entscheidung. *Ich muss es tun. Sonst hocke ich auf immer in der Wüste fest.* Er stach sich ebenso in den Finger und ließ sein Blut in das leere Wasserglas des Witgos tropfen. »Ich schwöre, dass ich eure gerechte Sache unterstütze, mit den Plänen und mit meinem Können.«

Gatimka gab von ihrem Rot hinzu.

»Machen wir es richtig.« Kardīr streckte eine geöffnete Hand zum vollen Mond aus, als finge er die Strahlen ein, die andere legte er auf den Gefäßrand. »So sei mein Leib Zeuge und Bewahrer eures Schwures.«

Liothan verfolgte gespannt, wie sich ein Schimmern um das vermischte Blut legte und es zu einer Kugel formte, die im Behältnis schwebte, als sei es eine kleine Perle. *Hexen kann er.*

Kardīr nahm die Hand weg.

Die Blutkugel verließ das Glas. Sie flog langsam auf den Witgo zu, der den Mund öffnete, und landete auf seiner Zunge.

Kardīr schloss die Lippen und schluckte genießerisch. »Damit seid ihr …« Er legte eine Hand an seine Kehle, räusperte sich. Aus dem mehrmaligen Räuspern wurde ein Würgen.

Veijo schlug ihm mehrmals auf den Rücken, aber es besserte sich nicht.

Abrupt sprang Kardīr von seinem Sessel auf, beide Hände gegen die Kehle gelegt. Die Nägel gruben sich in sein Fleisch.

Liothan ging sicherheitshalber von dem Röchelnden weg und wünschte sich das Beil. *Hatten sie nicht etwas von Dämon gesagt?*

Auch Gatimka schien das Verhalten ihres Verbündeten suspekt.

Kardīr pulte an seiner Haut und bohrte seine Nägel in seinen Hals. Das Blut rann in Strömen an ihm hinab.

»Was tut der Wahnsinnige?« Veijo sah zwischen seiner Anführerin und dem Hexer hin und her.

Kardīr fiel mit dem Gesicht voraus nieder und blieb starr liegen, die Arme rechts und links vom Kopf. Um seinen Hals breitete sich eine Blutlache aus.

Zwischen seinen Fingern glänzte ein verschmiertes, schwarzes Kügelchen, das sich aus seiner Hand löste und über den Boden rollte, wobei es eine schwungvolle Linie aus Blut hinter sich herzog. Vor Liothans Schuhspitze blieb es liegen.

»Das steckte ihm wohl im Hals.« Gatimka beugte sich herab und hob das Kügelchen vorsichtig an. »Als wäre das Blut von dir und mir in ihm ausgehärtet.« Sie schaute Liothan fragend an, als könne er eine Antwort geben.

»Kardīr lebt noch!« Veijo hob den Razhiv auf und legte ihn aufs Bett. Aus Laken riss er streifenlange Verbände und drückte sie auf die Löcher, die sich der Mann selbst ins Fleisch gebohrt hatte. »Wir brauchen einen Heiler!«

»Meine Freundin wüsste, was zu tun ist.« *Er darf nicht sterben.* Liothan ging näher und warf einen Blick auf die Wunden. *Er weiß, wo ich Tomeija finde, und wird uns beide zurückbringen.* »Das kriege ich hin. Nadel und Faden«, verlangte er und wusch sich die Hände mit dem Branntwein aus der Karaffe, die auf dem Tablett stand.

Veijo und Gatimka machten sich auf die Suche.

* * *

WÉDŌRA, KRANKENVIERTEL

Tomeija stürzte an den rauhen Wänden vorbei und landete seitlich auf einem weichen, matschigen Berg, der sogleich unter ihr nachgab. Leise schmatzend brachen zersetzende Körper um sie herum auf, beißender Gestank hüllte sie ein. Leichenflüssigkeiten sprühten gegen sie und benetzten sie mit stinkenden Tröpfchen.

Tomeija presste die Lippen zusammen, um nichts davon in den Mund zu bekommen. Sie machte sich klein und rollte abwärts, durch knackende Gebeine und modernde menschliche Überreste, die sich zu verschieden hohen Hügeln aufgetürmt hatten.

Ein Torso, weich und mit grünlichem Fleisch, löste sich aus dem Durcheinander und schmiegte sich an sie, wollte mit ihr abwärtstanzen und sich an sie drücken. Die halb verwesten Finger verfingen sich an ihrem Gürtel.

Widerlich. Tomeija schob den Kadaver von sich, die weißen Handschuhe kaum noch weiß, die morschen Knochen brachen, gärende Innereien platzten. Die Überreste blieben an einem Gerippe hängen und ließen von ihr ab.

Die frischen und alten Gebeine verschoben sich und machten Tomeija Platz, als würden sie wollen, dass sie bis nach unten auf den Boden des Verwesungsturms rutschte wie eine Murmel durch Geäst.

Schließlich blieb sie in dem Dickicht aus Leichen und Überresten stecken.

Tomeija hing mehrere Schritte unterhalb der Oberfläche des Knochenmeeres fest. Durch die Hautfetzen, Haare und geschichteten Gebeine veränderte sich das Licht. Es machte die schauderhafte Umgebung noch unwirklicher.

Es stank dort, wo sie sich befand, weniger durchdringend. Anscheinend lagen die frischen Toten obenauf, die von Sonne und Tieren zerstörten Körper zerfielen lose in Einzelteile.

Wer bei allen Dämonen hat mich hinabgestoßen? Tomeija bewegte sich, so gut es ging, und versuchte, sich an den Knochen nach oben zu ziehen. *Die Iphium-Bande? Oder jemand, der Chucus nicht ausstehen kann?*

Die brüchigen Totenreste zerfielen unter ihrem Griff oder gaben nach, so dass sie nach unten sank, anstatt sich in die Höhe zu arbeiten. Das Strampeln und Schieben nützte nichts.

Verdammt noch eins! Sie stellte ihre Bemühungen einstweilen ein und dachte nach. Während andere Menschen vor Angst, Ekel und Grauen in die Ohnmacht gesunken wären oder das ununterbrochene Übergeben sie gar in den Irrsinn getrieben hätte, blieb Tomeija stark. Ein Vorteil ihres einstigen Berufsstandes. *Es könnte einen Ausgang in der Seitenwand geben. Oder wie schaffen sie die Gebeine sonst aus dem Turm, wenn es zu viele werden?*

Tomeija sah auf ihr Schwert.

Die schwere Klinge würde ihr helfen, eine Schneise zu schlagen – doch nach dem siebten Hieb verlangte die Waffe nach Blut. Nach Leben. Und hier unten gab es kein anderes Leben außer ihrem.

Probeweise bewegte sich Tomeija, spürte, dass sich die Knochenfragmente knisternd und reibend an ihrem Leib verdichteten und sich zusammenschoben. Die Überreste wollten sie bei sich behalten und zu einem Teil der Totensee machen.

Selbst wenn ich rufe, wird es niemand hören. Tomeija sah sich verhungern und verdursten, sofern sie aufgab.

An ihren Füßen gab es noch ein wenig Spielraum. Also trat sie mit einem Bein fest abwärts, als wollte sie durch Eis brechen.

Es knackte mehrmals – und ihr Fuß hing plötzlich frei in der Luft.

Ein Hohlraum, direkt unter mir! Tomeija sah eine Möglichkeit, ihre Lage zu verbessern und nicht alsbald von den Gebeinmassen erdrückt und erstickt zu werden.

Nach einiger Anstrengung hatte sie das Loch vergrößert, wand sich und machte ihren sehr schlanken Körper dünner und lang, um abwärtszurutschen. Sie landete in einem unförmigen, engen Gang, in dem sie gebückt stehen konnte.

Über ihr schoben sich die Knochen raschelnd und mahlend zusammen und schlossen das von ihr geschaffene Loch.

Tomeija sah im trüben Licht kaum etwas. Der Gebeinuntergrund unter ihr schien halbwegs fest und sicher zu sein. *Wer hat diesen Gang erschaffen?*

Ihr fiel ein, dass von einem Monstrum die Rede gewesen war, das im Verwesungsturm lebte und sich vom Fleisch der Leichen ernährte.

Ein lebendiger frischer Happen wird ihm recht kommen. Tomeija zögerte dieses Mal nicht, ihr Schwert zu ziehen.

Sie wandte sich nach rechts und ging auf dem knirschenden, federnden Untergrund entlang, in der Hoffnung, auf einen Ausgang zu stoßen.

Der Gang war mal oval, mal eckig und in sich verschoben, dann rund und wabenförmig, als sei dem Gestalter beim Erschaffen langweilig geworden. Es blieb unheimlich still, abgesehen von gelegentlichem Rieseln und Knacken der Gebeine oder einem entfernten satten Platzen, wenn sich ein aufgedunsener Leib irgendwo über ihr schlagartig öffnete und die Faulgase mit einer kleinen Explosion austraten.

Tomeija schlich, so gut sie konnte, aber die Knochen knirschten unter ihren Schuhen. *Ich hoffe, diese Bestie ist blind und taub.*

Schritt um Schritt ging es für sie voran, mal auf, mal ab, ohne dass Tomeija eine Abzweigung fand oder sie in die Nähe der Mauer gelangte. *Hastus stehe mir bei: Ich gehe im Kreis.*

Gerade, als sie mit dem Gedanken spielte, das Wagnis einzugehen und sich doch einen Weg nach oben zu schlagen, erweiterte sich der Gang und mündete in einen Raum, im dem stinkende, schiefe Kerzen aus Talg brannten. Um sie herum hatte Ruß die Wände gefärbt.

Zusammengebundene Großknochen dienten als Stütze für die Decke, lange Gebeinstücke bildeten Streben. Die Stühle, der Tisch, jegliches krummes Inventar war aus den Überresten der Toten gefertigt, zusammengebunden aus getrockneten Sehnen, die Sitzflächen schienen aus mehrfachen Hautlagen zu bestehen.

Ich habe ein Zuhause gefunden.

Den Dimensionen nach schien die Bestie menschengroß zu sein. Verrostete Ketten mit Haken hielten vertrocknete Fleischbrocken, an denen sich Schimmel gebildet hatte.

Aus einer Öffnung in der Wand drang ein leises Lied, danach ein Kichern, gefolgt von einer hohen und einer dunklen Stimme, die im Wechsel miteinander sangen.

Was hat das zu bedeuten? Tomeija betrat den Raum, hielt das Schwert bereit. *Nach einer Bestie klingt es nicht.*

Das Knacken der Überreste unter den Sohlen der Scīrgerēfa wurde gehört, die Stimmen verstummten. Ein Scharren war zu vernehmen, und dann schob sich ein greiser Männerkopf durch eine Öffnung. Sein Blick flackerte.

»Oh, Besuch! Besuch!«, rief er begeistert. »Kommt! Kommt und seht!« Er sprang hinaus und hüpfte auf einem Bein an den Tisch, um sich abzustützen; der Boden schwang spürbar. Das zweite fehlte ihm, und seinen dürren Leib bedeckte er mit einem stinkenden, vor Dreck und Flecken starrendem Leichenhemd.

Auf seinen Ruf hin folgten zwei Kinder, deren Leib mit vernähten Schnitten versehen waren und aus deren dunkelrot verfärbten Wunden gelbschwarzer Eiter floss, sowie zwei Männer und eine Frau, die sichtliche Verletzungen im Gesicht und an den Hälsen hatten. Sie bewegten sich unter großen Schmerzen, die Kleidung bestand aus Lumpen.

Sie waren nicht tot, als man sie in den Turm warf. Tomeija verstand entsetzt, wen sie vor sich hatte: Menschen, die irrtümlich oder absichtlich zu Leichen erklärt worden waren, damit sie in der Totensee starben.

»Du bist ja nicht einmal verletzt«, stellte der Greis verwundert fest, der sich seinen Stumpf mit einem Gürtel abgebunden hatte. Die Wunde faulte weiter, die Entzündung würde sich nicht aufhalten lassen, wie Tomeija mit einem kundigen Blick erkannte.

»Du willst dein Leben geben, um es dem Herrn zu widmen«, riet die Frau bestürzt. »Tu das nicht. Wer durch ihn stirbt, muss mehr leiden als wir.«

Der Herr? Meint sie die Bestie? »Man hat mich hinabgestoßen.« Tomeija spürte unsagbares Mitleid. »Euch hat man umgebracht.«

Einer der Männer nickte. »Wir sind die Vergessenen. Jene, die übrig geblieben sind. Gelegentlich finden die Weggeworfenen durch das Knochenmeer zu uns, aber die meisten bleiben stecken und sterben oder landen in der Gebeinmühle.«

»Oder Yhadòk findet sie«, fügte das kleine Mädchen an. »Und dann – schnapp!« Sie fletschte die Zähne und biss mehrmals hintereinander zu, es klackte laut und knallend.

»Ihr habt niemals versucht, euch bemerkbar zu machen?« Tomeija konnte es nicht fassen, wie die Leute hier darbten. *Was tut man diesen Menschen bloß an?* Die Stadt kannte keine Gnade mit Schwachen.

»Wie sollte das gelingen?«, antwortete der Greis. »Unsere Rufe hört man nicht, und wenn doch, käme Yhadòk und frisst uns schneller, als man uns retten könnte.«

»Uns rettet niemand«, sagte die Frau leise. »Wir sind die Weggeworfenen. Unsere eigenen Leute wollten uns tot sehen.« Sie schlug die Hände vors Gesicht. »Sie opferten uns Yhadòk.«

»Ich hatte versucht«, erzählte der zweite Mann, »die trockenen Gebeine und Häute in Brand zu stecken. Sie verloschen, ohne dass genug davon den Flammen zum Opfer fiel, um uns zu befreien.«

»Danach wütete Yhadòk umso mehr«, wisperte das Kind. »Er wusste, dass wir es waren. Und er hat sich die meisten von uns geholt.«

Tomeija ahnte, wovon sich die Weggeworfenen ernährten. Das Fleisch am Haken an der Kette stammte von Toten, das Blut und andere Flüssigkeiten mussten im regenarmen Wédōra als Wasser herhalten. *Ich werde dafür sorgen, dass man diese Menschen rettet.* »Ihr habt eine Mühle erwähnt. Kann man nicht durch sie hindurch in die Freiheit, sobald sie ausgeschaltet wird? Es muss doch eine Öffnung geben, in welche die Gebeine gestopft werden.«

»Sie kommt von oben.« Der Greis deutete auf die Decke. »Es ist ein mechanisches Gerät, das sie an Ketten herabsenken. Im Inneren wird es von Zahnrädern angetrieben, welche die stählernen Schredderwalzen zum Drehen bringen. Sie ziehen es einmal quer durch die Knochen, bis die Staubsäcke gefüllt sind, und holen es wieder raus.«

»Wie oft tun sie das?«

»Wie es ihnen beliebt. Es kann viel Zeit dazwischenliegen.«

Tomeija sah ein, dass sie auf den Einsatz der Mühle nicht warten konnte. »Was ist Yhadòk für ein Wesen?«

Die Überlebenden sahen sich an.

»Es ist einfach da«, antwortete der Greis stockend. »Jeder sieht etwas anderes, glaube ich.«

»Schwarz, schwarz und weiß, wie faulende Knochen«, rief das Mädchen.

»Ein Geist, mit einem Körper wie ein Beil«, warf die Frau ein.

»Es fürchtet sich vor Kerzenlicht und mag kein Feuer«, steuerte der Mann bei.

»Nichts hält es auf, wenn es fressen will«, murmelte der Greis und sah Tomeija furchterfüllt an. »Dein Schwert wird dir nichts nützen. Es ist größer als ein Haus, es hat Fangarme und einen Mund, in den es ein Dromedar im Ganzen stecken kann.«

Umso leichter ist Yhadòk zu treffen. »Wie bewegt es sich durch das Knochenmeer?«, wollte Tomeija wissen.

»Es schiebt sich gleich einem Pflug hindurch und bahnt sich den Weg.« Der Mann, der das Feuer gelegt haben wollte, formte mit den Händen einen Keil, klappte die zusammengelegten kleinen Finger nach unten. »Sein Maul ist schmal, mit langen spitzen Zähnen.«

Es mag kein Feuer, es bewegt sich durch die Überreste. In Tomeijas Verstand formte sich ein verzweifelter Plan. Sie sah auf die blitzende Klinge, auf der sich die Lichter spiegelten. *Ich weiß, wie ich zurück an die Oberfläche gelange.* Sie winkte eines der Kinder zu sich. »Lass mich deine Wunden sehen. Ich bin eine Heilerin.«

Das Mädchen wich zurück und rannte sogleich in die Kammer, aus der es gekommen war.

»Du musst ihr verzeihen«, erklärte die Frau. »Es war ein Iatros, der ihr und ihrer Schwester das antat. Sein Name ist Dyar-Corron, er ist Statthalter des Viertels. Er raubte ihre Organe, anstatt sie zu heilen. Angeblich seien sie nicht mehr zu retten gewesen. Aber hier sind sie. Mit einer halben Lunge, einer Niere und einem kleinen Teil der Leber.«

Um sie anderen einzusetzen. Danach warf er sie weg, weil er bekommen hatte, was er brauchte. Tomeija erinnerte sich an die belauschte Unterredung. *Was für eine grausame Welt.* Sie winkte das andere Kind zu sich. »Ich bin nicht wie er.« Sie verlangte mehr Kerzen und feine Häkchen aus Metall, um die schlimmsten Entzündungsherde zu öffnen und auszubrennen. »Ich bin eine Gestrandete.«

Der Greis lächelte. »Das wissen wir.«

Tomeija betrachtete die Schnittnarben und eingewachsenen Fäden des Mädchens. *Jemand wird Besuch von mir bekommen, sobald ich dem Verwesungsturm entkommen bin.* Sie begann mit den Vorbereitungen für ihre Eingriffe.

* * *

Aus den Stadt-Chroniken:

Im 151. Siderim geschah die Rückkehr des Dârèmo. Ein jeder in der Stadt dachte, der geheimnisvolle Herrscher sei nach beinahe drei Dekaden des Schweigens tot. Als man seinen Turm endlich abreißen wollte, um Platz für schönere Bauten zu schaffen, traten vermummte Truppen mit puppengesichtigen Visieren heraus und verkündeten, dass sich die Ratsleute der Bruder- und Schwesternschaften bereithalten sollten, die Gewalt an den Dârèmo abzugeben. Der Lohn sei mehr als fürstlich für die geleistete Arbeit.
Bis auf einen lehnten alle ab und hielten es für einen üblen Streich. Die maskierten, unbekannten Krieger wurden von der Garde attackiert, aber nicht besiegt. Am nächsten Morgen waren sämtliche Ratsleute tot – bis auf den einen, der zugestimmt hatte, das Amt zurückzugeben.
Zum Lohn wurde er zum Statthalter des siebten Viertels erhoben, und seine Familie besetzt diese Position bis heute.
Die Macht über Wédōra lag erneut in der Hand des Dârèmo.

Kapitel XIII

Wédōra, Vergnügungsviertel

Liothan sah auf den Hexer, der im Bett lag. Endlich schlug er die Augen auf und fasste sich sogleich an den Hals, wo der Verband lag.

»Ich habe die Löcher genäht.« Liothan hob die blutfarbene Kugel zwischen Daumen und Zeigefinger an. »Was ist das?«

»Eine Kuriosität«, krächzte Kardīr und stützte sich auf die Ellbogen. Er reckte erneut eine Hand gegen den größeren der Monde und schien sich Kraft davon zu nehmen.

»Besser«, sprach er mit normaler Stimme. Er legte die Wickel ab. Darunter kam rosafarbene Haut zum Vorschein, die Wunden hatten sich geschlossen. »Du kannst die Nähte auftrennen und die Fäden ziehen. Ich brauche sie nicht mehr.«

Auf das Heilen versteht er sich. Der Rest muss ihm ebenso glücken. Liothan langte nach dem dünnen Messer, kappte die Fäden und entfernte sie aus dem magisch gesundeten Fleisch. »Ist das der Nachteil, den du in Kauf nimmst?« Sorgsam arbeitete er, wie er es zu Hause schon Dutzende Mal getan hatte. Das Räuberleben kam nicht ohne gelegentliche Schrammen aus. »Der Mond gibt dir deine Kraft, aber dafür hasst dich die Sonne?«

»Alles hat seinen Preis.« Kardīr hielt still, bis die Arbeit an seinem Hals beendet war. »Danke.« Er zog die schwarze Perücke ab und zeigte eine Glatze, die er mit einer leichten roten Kappe bedeckte, die bestens zum Gewand passte.

»Vergiss nicht, wem du dein Leben verdankst.« Liothan gefiel es, dass der Witgo in seiner Schuld stand. Dankbarkeit verpflichtete mehr als jeglicher Schwur. »Was hat es mit dem Blut auf sich, das du trinken wolltest?«

»Auch daraus ziehe ich meine Kraft für die Magie«, offenbarte Kardīr. »Aber es ist mehr eine Spielerei. Der große Eismond Ipoton ist meine eigentliche Quelle.«

»Nutzt du auch Sand und Gold und Knochenasche, wie sie Dûrus gegen mich warf?«

»Nein, das brauche ich nicht. Die Macht eines Razhiv kennt viele Wege: große Straßen, versteckte Gassen, und doch führen alle zum Ziel.« Er blinzelte aufmunternd. »Du wirst Gatimka beistehen. Danach versuche ich mein Bestes. So lautet die Abmachung.« Er hob den Zeigefinger. »Garantieren kann ich es dir nicht. So ehrlich will ich zu dir sein.«

Welche andere Möglichkeit habe ich? »Du wirst es schaffen.« Liothan legte das Messer weg und nahm die Perle hervor. »Was bedeutet das? Warum veränderte es sich in deiner Kehle?«

»Es scheint, als würde es mich nicht mögen.« Kardīr lachte und hielt sich den Hals. Schmerzen fühlte er wohl noch. »Behalte es. Als Andenken daran, dass du um ein Haar einen Razhiv erlegt hast. Ganz ohne einen Zauber.«

Liothan grinste und steckte die Kugel ein. *Das passt gut zu einem Helden.*

»Finden wir heraus, wo sich deine Welt befindet.« Kardīr lächelte freundlich. »Dadurch vermag ich einzuschätzen, welchen Weg meine Sprüche benötigen.«

Liothan sah auf die Unmengen von Büchern, Almanachen und Folianten. »In einem deiner Werke wird …«

»Die Antwort finde ich in deinem Kopf.« Der Witgo legte jeweils Zeige- und Mittelfinger an die Schläfen des

Räubers. Der Geruch von verbrannten Harzen und Kräutern wallte gegen Liothan. »Habe ich deine Erlaubnis, in deinen Erinnerungen zu stöbern? Es wird mir ein Gespür dafür geben, wie ich den Zauber zu weben habe, der dich und deine Freundin an den Ort eures Verlangens tragen soll.«

Liothan hatte keinerlei Vorstellung, wie derlei vonstattenging. Er dachte an die Raubüberfälle, die er begangen hatte, was er lieber für sich behielte. »Muss ich irgendwas Besonderes tun?«

»Konzentriere dich auf deine Liebe. Auf die Menschen und Plätze, die dir etwas bedeuten«, bat Kardīr. »Ich lese, was du siehst. Schließe die Augen.«

Liothan kam der Aufforderung nach.

In seinen Gedanken entstand Walfor, mit seinen mächtigen Wäldern, Forste aus Buchen und Eichen, Tanne an Tanne, über Berge und Hügel und Ebenen, in denen es nach Moos, Harz und Pilzen roch. Die Bäche und Seen, der Schnee, der auf die Äste und Zweige fiel. Cattra und die Kinder, das Haus und seine Freunde, sein Schwager Rolan.

Liothan sah seine Gemahlin, wie sie mit dem Korb durch das Unterholz streifte. Sie pflückte Tinko-Beeren.

Das ist keine Erinnerung. Es fühlte sich gänzlich anders an. Als würde er sie dabei beobachten.

»Ich danke Irtho! Wir haben deine Heimat gefunden«, hörte er Kardīrs Stimme aus weiter Entfernung und sah seine Gemahlin umherwandern, eine Frucht nach der anderen in den Korb legen.

Wie gut sie aussieht. Und … es ist ihr nichts geschehen. Liothans Herz schlug vor Freude und Erleichterung schneller – bis ihm einfiel, wo er solche Sträucher zum letzten Mal gesehen hatte. *Sie ist in der Nähe von Dûrus' Anwesen!*

Die Bilder verblassten.

Nein! Er öffnete aufgeregt die Augen.

»Schick mich wieder hin!« Kardīr hatte seine Finger von seinen Schläfen gelöst. »Ich muss wissen, was sie vorhat«, stieß er hervor. »Kann ich sie warnen?«

Der Razhiv verneinte. »Ich habe sie gefunden, weil du sie mir vorgegeben hast, durch deine Gefühle zu ihr. Es ist ... eine Wegbeschreibung durch Raum und Zeit.« Kardīr klopfte ihm auf die Schulter. »Ich weiß nun, welcher Art meine Zauberei sein muss. Es wird eine Weile dauern, bis ich die nötigen Silben notieren kann. Am besten, wir wiederholen solche Sitzungen mit dir und deiner Freundin gemeinsam. Damit kann ich euren Landeplatz in Walfor genauer bestimmen. Sonst schlagt ihr am Ende deiner Welt auf. Das möchtest du sicherlich nicht.«

Liothan hatte Cattras Anblick in Unruhe versetzt und zugleich etliche Sorgen genommen. Er wusste nun, dass seine Frau wohlauf war. *Damit ergeht es dem Rest der Familie ebenso gut.*

»Wo finde ich Scīr?«, flüsterte er.

Kardīr schüttelte bedauernd den Kopf. »Das musst du Gatimka fragen. Ohne ihre Erlaubnis kann ich es dir nicht preisgeben.«

Liothan stand auf und zog die Pläne aus dem Gewand, die er aus dem Versteck genommen hatte. Er verließ die Kammer mit dem Bett und stieß zu Gatimka, die nebenan mit Veijo vor Bechern voll Süßwein saß. Sie lächelte ihn an.

Aber gerade war es Liothan gleich, was sie ihm mit Blicken versprach. Schwungvoll warf er die Blätter auf den Tisch. »Hier«, rief er. »Sag dem Razhiv, er soll verraten, wo ich Scīr finde, Tausendschönchen.«

Gatimka faltete die Papiere langsam auseinander und

besah sie sich. »Die Handschrift meiner Tante«, stellte sie zufrieden fest und steckte sie ein.

»Für wen arbeitet sie?«, rief sie Kardīr zu.

»Für Chucus. Im *Spaß und Blut*«, lautete die Antwort. »Das ist im Vergnügungsviertel, ganz in der Nähe des zweiten Durchgangs.«

Endlich. Liothan begab sich ungeduldig zur Tür. Er konnte es nicht abwarten, Tomeija zu sehen und in seine Pläne einzuweihen. »Ich suche sie. Wir treffen uns im Haus.«

»Wie du möchtest.« Gatimka strich über die Zeichnungen. »Du bist jetzt einer von uns. Vergiss das nicht. Im Kampf gegen das Übel, das sich Dârèmo nennt. Danke aus ganzem Herzen, Lio.«

»Das bin ich«, log Liothan. Der Bande traute er nicht, daran änderten weder der Schwur noch ihre schönen Züge etwas.

»Hast du nicht was vergessen?«

Liothan wandte sich um und sah, dass sie einen Zettel hochhielt. »Dein Passierschein, ausgestellt von deiner Herrin.«

Er nahm ihn an sich.

»Wir wollen ja, dass du guter Sklave zu uns zurückkehren kannst«, fügte Veijo gehässig hinzu und leckte sich Süßwein von den nachtblauen Lippen.

Liothan unterließ eine Erwiderung. Es gab Wichtigeres. Er kletterte die Sprossen hinab und fragte sich auf den belebten, nächtlichen Straßen zum Theater durch. Allenthalben herrschte Trubel, Marktschreier und Türsteher wetteiferten um die Aufmerksamkeit, Getränke, Unterhaltung, Essen, Huren, die verschiedensten Angebote hallten lautstark durch die verstopften Wege. An den Hausfronten prangten Schilder und Schnitzereien mit

Angeboten, von Liebesdiensten bis zu Vermählungsmöglichkeiten. Es schien alles möglich zu sein.

Die Enge bereitete Liothan Sorge. Die Hitze der vielen Leiber, die überbauten Gassen ohne einen Blick auf die Sterne erzeugten eine ähnliche Furcht, wie er sie in winzigen Räumen verspürte.

Da vorne ist es! Tatsächlich fand er das Theater schneller als gedacht und stand sogleich in der Warteschlange vor dem Einlass. *An der Tür hält sie schon mal keine Wache.*

Da er seine Tarnung als Sklave nicht aufgeben wollte, geduldete er sich unter großen Mühen, bis er den Eingang erreicht hatte. »Ich grüße …«

»Du nicht«, bekam er vom muskelbepackten Aufpasser unfreundlich gesagt, der auf seinen Zwingtorque zeigte. »Chucus will euch Habenichtse nicht drin sehen. Geh dahin, wo man euch reinlässt. Die Straße zurück und dann nach links. Die *Süße Knute* wird dir …«

»Ich suche eine Freundin.«

»Dann geh zu den Dirnen.«

Die Gäste hinter Liothan lachten ebenso wie die blonde, freizügig gekleidete junge Frau, die an der Reihe vorbeitänzelte und die Stimmung mit akrobatischen Darbietungen aufrecht hielt, damit die Interessierten nicht absprangen und sich ein anderes Lokal suchten.

»Ihr Name ist Scīr. Sie arbeitet für Chucus«, erklärte Liothan und beherrschte sich, um keinen Streit vom Zaun zu brechen. Das Herablassende seines Gegenübers provozierte ihn. *Denk an deine Tarnung. Bleib ruhig.*

»Ah, die Gestrandete. Nein, sie ist nicht da.« Der Aufpasser packte ihn am Halsring und zerrte ihn grob zur Seite wie Vieh. »Mach Platz für die Gäste, die Münzen haben.«

Liothan prallte gegen die Tänzerin, die ihn geschickt

auffing. *Diesen Trick kenne ich.* Er packte zu und hielt ihre rechte Hand fest, die in seine Togatasche geglitten war. »Nicht doch«, flüsterte er. »Ich habe gehört, dass Stehlen nicht erlaubt ist. Nicht einmal bei Sklaven. Und auch nicht von schönen Frauen wie dir.«

»Zufall. Mehr nicht.« Die Blonde grinste frech. »Kannst du schreiben?«

»Sicherlich. Aber es wird dauern.«

»Dann lass ihr eine Botschaft da. Ich gebe sie Scīr, sobald sie auftaucht.« Sie gab ihm einen Kuss auf die Wange. »Sie und ich sind befreundet.«

»Befreundet seid ihr?« *Das wäre schnell gegangen.* Liothan nahm sich eine verlorene schwarze Feder, die am Boden lag, schnitt sie mit seinem Dolch spitz am Kiel zu.

»Das sollte funktionieren.« Die Tänzerin hielt ihm ein flaches Döschen hin, in dem sie ihre Schminke aufbewahrte.

Er benutzte die Tusche, um auf ein Plakat zu schreiben, wobei er die Buchstaben mehr malte. Es schien ewig zu dauern, die schiebenden und drückenden Menschen verschlimmerten seine Handschrift noch. Das Stück riss er heraus, faltete es und gab es ihr. »Ich komme bald wieder.«

Die Blonde nickte und steckte es in ihren Ausschnitt. »Ich richte es aus. Sofern ich etwas davon habe, deine Botin zu sein.«

»Wie wäre es mit meiner Freundschaft? Sie passt sehr gut zu Scīrs.« Er zwinkerte ihr zu, und sie musste lachen. »Sagen wir, ich bringe dir das nächste Mal Silberstücke mit.«

»Dann übergebe ich ihr die Nachricht, sobald ich die Münzen habe«, erwiderte sie neckend.

»In dieser Stadt haben selbst die schönsten Frauen eine Krämerseele«, gab er grinsend zurück und nahm den

Beutel mit Geld heraus, den er in Eàkinas Wohnung eingesteckt hatte.

»Ein reicher Sklave bist du.«

»Ich diene reicheren Herrschaften.« Ohne dass sie den ganzen Inhalt sah, nahm er rasch einen Silberling heraus und reichte ihn ihr. »Davon bekommst du einen weiteren, wenn ich Scīr treffe und sie mir sagt, dass du meine Botschaft überbrachtest.«

»Und wenn nicht?« Sie klimperte mit den Wimpern.

»Hole ich mir die Münze wieder.« Dieses Mal gab er ihr einen Kuss auf die Wange, und sie lachte erneut.

Guter Laune, dass sich die Dinge zum Besseren wendeten, eilte er durch die Viertel, so rasch ihn die Füße trugen, und gelangte ins Goldene Viereck. Kurz vor seiner Ankunft küsste er sein Amulett. *Hastus zeigt sein Wohlwollen.*

Gatimka und ihre Mitverschwörer waren bereits da, die Lichter brannten in verschiedenen Stockwerken des Palasthauses.

Liothan trat ein, nahm sich etwas zu essen und zu trinken aus der Küche und fand die Runde in einer lautstarken Besprechung vor. Sie standen in dem Gemälderaum vor dem riesigen Stadtplan, den er hatte hängenlassen, und diskutierten lebhaft. *Gibt es Ärger?*

»Gut, dass du kommst«, begrüßte ihn Gatimka und zeigte auf die Stecknadeln. »Kannst du uns *das* erklären? Es passt zu keinem Plan, den meine Tante und wir ersonnen hatten.«

»Ah, die.« *Meine Markierungen.* Es handelte sich um vier von mehreren Stellen, die Dûrus auserkoren hatte. »Das waren Orte, die ich aufs Geratewohl ausgesucht hatte, um sie mir anzusehen. Auf dem Markt hatten sie darüber geredet.« Etwas Besseres fiel ihm nicht ein.

Gatimka schien zufrieden. »Gut. Ich befürchtete schon,

die alte Dame hätte sich was ausgedacht, von dem wir nichts wüssten. Das würde unser Vorhaben erschweren. Die Zeit läuft uns davon.«

»Hast du dein Liebchen gefunden?« Veijo machte schnelle Kussbewegungen.

»Sie ist eine Freundin aus Kindertagen«, stellte Liothan richtig.

»Ach so«, erwiderte Ovan gedehnt, und wieder lachten die Männer unterdrückt.

Liothan nahm es hin. »Sie war für Chucus unterwegs. Ich habe ihr eine Botschaft hinterlassen.« Er schlenderte an den Tisch. *Lasst sehen, was ihr vorhabt.*

Die Karte mit der genauen Aufteilung des Viertels der Überreichen lag lediglich zur Hälfte auf dem Tisch. Die andere besaß er. Der Riss verlief exakt durch die Mitte, wo sich der Turm des Dârèmo befand.

»Erklärt mir, was das Schwierige an der Unternehmung ist«, bat Liothan und sah aus dem Fenster, wo sich das dominierende Bauwerk über Wédōra erhob, aus dessen Rohren dicke, dunkle Wolken quollen und gegen die Sterne zogen.

»Du kennst dich mit Einbrüchen nicht aus, schätze ich?«, sagte Jenaia grinsend.

»Normalerweise sind es Hinterhalte und Überfälle auf die Kutschen der Reichen, denen ich das Geld abknöpfe und zu einem großen Teil den Armen überlasse«, erklärte er abwesend und konnte den Blick nicht vom Nachthimmel lösen. Die fremden Gestirne, der riesige Eismond mit seinen Punkten und Schattierungen und sein kleineres heißes Gegenstück faszinierten ihn. *Nachts ist diese Welt schöner.*

Das Gelächter klang dieses Mal unterdrückt. Die Männer und Frauen glaubten ihm nicht.

Liothan grinste. *Ihr würdet euch wundern.* »Wie schön, dass ich euch belustige. Können wir über den Plan sprechen?«

»Wir finden dich einfach zu albern«, hielt Veijo dagegen. »Ich lache über dich, wann immer ich will, Gestrandeter.«

»Ah, da will jemand Dresche.« Liothan legte die Finger in den Nacken. *Ich habe es mir lange genug gefallen lassen.* »Das Lachen ist dir zu Kopf gestiegen. Dein Hohlraum wird endlich mit etwas gefüllt.«

Schlagartig verstummte die Bande. Veijo richtete den breiten Oberkörper auf.

»Was denn?«, erkundigte sich Liothan gespielt harmlos. »Ich wollte witzig sein.«

Veijo sah es offenbar nicht ein, nach der Beleidigung klein beizugeben. »Wenn du es nicht leiden kannst, dass ich über dich lache, musst du mich dazu bringen, es seinzulassen.«

Liothan lächelte herausfordernd. »Das wird schmerzhaft. Aber das Dunkelblau wird die Blutergüsse gut verstecken. Es wird nicht zu peinlich für dich.«

»Schmerzhaft? Für dich, Großmaul«, erwiderte Veijo und erhob sich. »Versuch dein Glück.«

Es wird Zeit, sich Respekt zu verschaffen. Liothan blickte zu Gatimka, die wie eine Königin abwartete, was ihre zerstrittenen Krieger taten. »Wir machen das folgendermaßen: Ich lehre ihn, wie man in meiner Heimat kämpft, und wenn er besiegt am Boden liegt, wird niemand mehr über mich lachen. Es sei denn, ich mache einen *guten* Scherz.« Er sah Zustimmung gepaart mit Neugier in ihren Augen. *Ein bisschen Bewunderung ist gut für die Seele.* »Wer es danach dennoch wagt, kann mit der gleichen Behandlung wie Veijo rechnen. Ich bin einer von euch, der gegen Dârèmo und das Unrecht ziehen will.« Er zeigte auf den Plan. »Nach dem Zweikampf bringe ich sämtliches Material nach unten, was ich habe. Damit ihr seht, wie ernst es mir damit ist.« *Bis auf eine Zeichnung. Zur Sicherheit.*

»Gut gesprochen und angenommen.« Gatimka hob die Hand und lockerte ihre langen blonden Haare. Dabei öffnete sich ihre Bluse leicht und gewährte ihm für einen Herzschlag einen Ausblick auf ihre Brüste. »Du bist ein ehrlicher Halunke. Die findet man selten.«

»Gleich findet man ihn unter dem Tisch.« Veijo lachte laut – und blieb damit der Einzige. Liothans kleine Ansprache hatte Eindruck hinterlassen. Mit einem Schnauben verstummte er. »Nun denn.« Er ging um den Tisch herum. »Welche Waffe?«

»Keine. Um eine Ratte zu erschlagen, brauche ich lediglich meine Faust.« Liothan legte seinen Gürtel ab, was der andere nicht tat.

Sie gingen in das Zimmer nebenan, in dem ein etwa mannsgroßes Brünnchen plätscherte. Die Gruppe um Gatimka folgte ihnen und stellte sich an die Durchgänge, um die Kämpfenden nicht zu behindern.

»Gewonnen ist, wenn der andere das Bewusstsein verliert oder aufgibt«, legte die Anführerin fest. »Niemand wird sich einmischen. Sollte einer von euch zu Tode kommen …«

Liothan lachte. »Wäre das schlecht für eure Verschwörung.«

»Dann breche ich dir das Genick eben nur halb«, rief Veijo verächtlich und näherte sich leicht vornübergebeugt, die Arme weit auseinandergebreitet und die Finger in ständiger Bewegung. Er wollte keinen Hinweis darauf geben, wie sein Angriff erfolgen würde.

Liothan beherrschte Axt und Beil gut. Auf Schlägereien ließ er sich ungern ein, weil es zu einer kräftezehrenden und langwierigen Angelegenheit werden konnte.

Ich würde Tomeija an meiner Stelle antreten lassen, dachte er und musste grinsen. *Nur um das Gesicht des Trottels zu sehen, wenn sie ihre Tricks einsetzt.* Er wusste nicht, wie sie es anstellte, doch er hatte mit eigenen Augen gesehen, wie Tomeija einen aufsässigen Köhler, der das Dreifache von ihr wog, mit einem einzigen Griff in die Knie zwang. Sie kannte Punkte am Leib, die richtig schmerzten, wenn man sie berührte, was zuweilen bis zur sofortigen Ohnmacht des Gegners führte.

Veijo schwang mit der rechten Schulter nach vorne, um Liothan an der Zwingtorque zu packen.

Liothan tat das, was er mit einer Waffe auch getan hätte: Er attackierte die Gelenke. Damit setzte man den stärksten Gegner am schnellsten außer Gefecht. Er blockte den Angriff mit der linken Hand und schlug mit der anderen gegen die Außenseite des gegnerischen Ellbogens.

Zwar reichte die Attacke nicht aus, um das Gelenk gegen die natürliche Knickrichtung zu brechen, aber das hörbare Krachen und Veijos greller Schmerzensschrei verdeutlichten, dass er seinen rechten Arm so rasch nicht wieder nutzen würde.

»Ich zerreiße dich wie eine Dornwachtel!« Der blauhäutige Mann konterte mit einem zornigen Tritt in Liothans Bauch, der ihn rückwärts gegen die Brunneneinfassung trieb und ins Bassin fallen ließ. Das Wasser spritzte in seine Augen. Auch wenn Liothan die Abkühlung schätzte, raubte sie ihm die klare Sicht. Die gegnerische Stiefelsohle schnellte aus der Gischt. Die Schnallen pfiffen leise, der Schwung wurde angefacht von Schmerz und Zorn.

Um ihr zu entgehen, tauchte Liothan unter und sah den Fuß über sich hinwegziehen. *Komm ins Wasser.* Er trat im Liegen nach Veijos Bein und verlängerte so dessen Schwung, dass es ihn umriss.

Der Mann stürzte rücklings in den Brunnen neben Liothan, der sich mit dem Körper noch unter der Oberfläche befand, und fuhr dabei den gesunden Ellbogen zu einem Angriff aus.

So bekommst du mich nicht. Liothan stieß sich vom Beckenrand ab und glitt wie ein Fischlein zur Seite. Die Attacke ging fehl. Er tauchte auf und verließ das Brünnchen lachend. »Was ist, Veijo? Müde geworden?« Er streifte die nassen langen Haare aus dem Gesicht. »Komm und zeig einem Gestrandeten, was du kannst.«

»Das genügt«, mischte sich Gatimka ein. »Ich brauche euch beide für das Unterfangen.«

»Wir haben abgemacht, wann es zu Ende ist.« Prustend stieg Veijo aus dem Becken und rannte mit gesenktem Kopf sowie einem ausgestreckten Arm auf Liothan zu, um ihn umzuwerfen.

Habe ich dich richtig eingeschätzt, ungestümer Freund. Mit dem Fuß zog Liothan einen der langen Fenstervorhänge heran und ließ ihn aufwirbeln.

Der heranwalzende Veijo verfing sich im wehenden Stoff, blieb mit Kopf und einem Arm hängen, wodurch er den Vorhang aus der Halterung riss und sich selbst damit einwickelte.

»Daneben!« Geschickt wich Liothan dem Mann aus und begnügte sich damit, ihm erst ein Bein zu stellen, was ihn zum Stolpern brachte, um dann auf den Stoff zu treten.

Ruckartig riss es Veijo nach hinten, er stand senkrecht in der Luft, bevor er der Länge nach auf den Rücken knallte. Wieder knackte es.

Hoffentlich nicht das Genick. Liothan lupfte den Vorhang zur Seite und sah das verdrehte Knie des Widersachers. Damit würde er nicht rennen können. »Das ist geklärt.«

Gatimka applaudierte langsam. »Damit ist es wohl …«

»Habe ich aufgegeben?«, schrie Veijo vom Boden und versuchte, sich mit einem Arm am weißmarmornen Fensterbrett hochzuziehen. »Ich werde erst aufgeben, wenn ich ihm seine Fresse …« Liothan holte aus und verpasste ihm einen heftigen Schlag gegen den rechten Unterkiefer, so dass sein Gegner aufschnaufend zusammenbrach; die Lider schlossen sich. »… oder er das Bewusstsein verliert«, zitierte er die Regeln des Wettkampfes. Er sah zu den Umstehenden. »Wir haben einen Sieger.«

Die Bande nickte ihm zu. Niemand aus der Gruppe freute sich über seinen Triumph, aber man zollte ihm Respekt.

Ein bisschen mehr Bewunderung wäre schön gewesen. Lediglich Gatimka gewährte ihm ihre anerkennenden Blicke, und Liothan sonnte sich darin, auch wenn er wusste, dass sie es tat, um ihn bei Laune zu halten. »Dann gehe ich mal und hole die versprochenen Pläne.«

Liothan wandte sich zum Treppenhaus und stieg die Stufen hinauf. *Alle bis auf einen. Zur Absicherung.*

Gatimka gab Anweisungen, dass man sich um Veijo kümmerte, und folgte ihm. »Ich komme mit.« Gemeinsam erklommen sie Stockwerk um Stockwerk. »Ich möchte dir einen Rat geben.«

»Welchen?«

»Überlasse mir nicht alle Zeichnungen.« Gatimka machte keinen Scherz, wie er ihr ansah. »Es ist zu deinem eigenen Schutz. Sollte mir etwas zustoßen, bevor wir den Angriff auf den Dârèmo begonnen haben, könnte es sein, dass Veijo die anderen gegen dich aufhetzt. Was ihn daran hindert, wäre der letzte Teil des Planes.«

Habe ich mich in ihr getäuscht? Liothan sah sie verwundert an und bemerkte wieder, wie hübsch sie war. *In den Augen kann man sich verlieren. Sich und die eigene Vernunft.* »Deine Umsicht ist mehr als freundlich.«

»Du bist aufrichtig. Ich mag es nicht, wenn aufrichtige Leute gerade durch ihre Ehrlichkeit in Gefahr geraten.« Gatimka gab ihm überraschend einen flüchtigen Kuss auf die Lippen. »Ich weiß, du bist deiner Frau treu. Deswegen gehe ich nicht weiter, auch wenn mir der Sinn danach stünde.« Sie lächelte und strich ihm über den Rücken. »Nun lasse ich dich alleine, damit du die Unterlagen holen kannst.«

Aber was ist, wenn mir etwas zustößt? Welches Recht habe ich, ihr Unterfangen zu zerstören? Liothan spürte ihre Zärtlichkeit noch immer auf seinem Mund und ergriff ihren Unterarm. »Ich zeige dir, wo die Pläne sind, ohne alle zu nehmen. Somit kannst du sie bergen, sollte mir etwas zustoßen, bevor eure Unternehmung startet.«

Gatimka schenkte ihm ein warmes Lächeln und eine tiefe Verbeugung. »Du bist in vielen Punkten anders als jene Menschen, die ich kenne. Bedenke deine Entscheidung, Wédōra zu verlassen. Du könntest ein sehr guter Dârèmo sein.«

»Du schmeichelst mir, und das nehme ich dankend an.« Liothan lachte. »Aber ich will keine Stadt beherrschen. Ich will nach Hause.«

»Du besitzt Größe, die den meisten Menschen fremd ist. Bewahre sie dir.«

Sie betraten den Dachgarten, der mit betörenden Düften die Nacht und die beiden Besucher begrüßte. Einige Pflanzen erblühten erst im Mondlicht und leuchteten, als wären Kerzen in sie eingelassen. Die Blätter raschelten im kalten Abendwind, der aus der Wüste wehte, die im Vergleich zu den Eichen in Walfor winzigen Bäume erzählten sich gegenseitig Geschichten.

Das ist wie bei uns. Liothans Gedanken wollten zu Cattra driften, stattdessen machte er sich zum großen Bassin auf, in dem er die beschwerte Amphore versenkt hatte.

Gatimka blieb unvermittelt stehen. »Ich warte hier.«

»Aber ich habe dir …«

»Es ehrt dich. Und doch ist es mir lieber so.« Sie machte eine auffordernde Bewegung und drehte sich zum Eingang um. »Du hättest mir das Versteck anvertraut. Das Wissen darum genügt mir.«

Liothan akzeptierte ihre Entscheidung.

Nach ein bisschen Tasten unter den dichten Blättern der Seerosen fand er die Amphore und barg sie, ohne dass es laut plätscherte. Bis auf ein Blatt zog er die Aufzeichnungen der Toten ins Freie. Danach versenkte er das Behältnis wieder an der gleichen Stelle.

Liothan kehrte zur jungen Frau zurück und reckte ihr die Papiere entgegen. »Nun kann das Unternehmen beginnen. Möge uns Hastus beistehen.«

Gatimka strahlte ihn an und gab ihm einen zweiten, dieses Mal innigeren Kuss. Sie schmeckte nach Minze und Leidenschaft. »Was immer du in Walfor angestellt oder verbrochen hast, ich schwöre bei den beiden Monden: Du wirst in Wédōra zu einem unvergesslichen Helden werden.«

»Zu viel der Ehre.« Liothan sah beschwingt hinauf zum Himmel. »Außerdem muss es heißen: den drei Monden«, verbesserte er sie und wies zum Himmel hinauf, wo ein weiterer Himmelskörper sacht erschienen war.

Gatimka keuchte erschrocken auf. »Du *siehst* ihn?«

Verflucht! Liothan fiel ein, was Ettras im Gefängnis

über Menschen gesagt hatte, die den unsichtbaren Mond entdeckten. *Wer ihn zu sehen vermag, ist zu Großem auserkoren und zugleich anfällig für das Böse.*

* * *

Wédōra, Krankenviertel

Tomeija stand in dem ovalen Knochengang, das Schwert in der Linken, und hob die Kerze, um die trockenen Knochen in Brand zu setzen.

Es musste nicht lange kokeln und lodern, ein kleines Feuer würde ausreichen, damit die Bestie wutentbrannt erschien, um die verhassten Flammen zu löschen. *Was dann geschieht, entscheide ich, wenn es so weit ist.*

Tomeija hatte viel damit zu tun gehabt, die Wunden und Verletzungen der Weggeworfenen zu behandeln. Es fehlte am Nötigsten. Sie konnte nichts weiter tun, als die Klingen in der Hitze der Kerzenflammen heiß werden zu lassen, um damit die schlimmsten Entzündungsstellen auszubrennen. Sowohl die Männer, Frauen und Kinder als auch Tomeija wussten, dass ihr Sterben damit in die Länge gezogen, aber nicht aufgehalten wurde.

Es klappt. Die ersten Flämmchen loderten an den getrockneten Haaren und Häuten. Das Fett diente als Flammennahrung, das Feuer zog sich daran aufwärts und leckte über die Gebeine, schlug aus geborstenen Totenschädeln, aus leeren Augenhöhlen und Nasenöffnungen.

Ich werde die Weggeworfenen nicht vergessen. Sobald sie sich befreit hatte, würde sie dafür sorgen, dass man sie aus dem Knochenmeer barg und sich um sie kümmerte.

Das Feuer breitete sich aus, die brennenden Gebeine zersprangen unter der Hitze. Die zerplatzten Stückchen klackerten und klickerten durch das Dickicht der Überreste.

Ein dumpfes Stöhnen erklang.

Es rumpelte und rumorte in der Gebeinsee, ein erstes Rascheln kam in weiter Entfernung auf, als würde man Bauklötze eine Treppe hinabschütten. Die Wände aus geschichteten Knochen gerieten in wellenförmige Schwingung.

Das Stöhnen wuchs zu einem Grollen an.

Es kommt. Tomeija schwitzte vom Feuer und vor Aufregung. Niemand mochte es, gegen einen unbekannten Gegner zu ziehen, schon gar nicht, wenn dieser wortwörtlich in seinem Element war.

Sie war froh, ihre Handschuhe zu tragen, auch wenn von dem Weiß wegen des Drecks und des Blutes nichts mehr zu erkennen war. Sie gaben ihren Fingern Halt am Schwertgriff.

Die Wände, der Boden und die Decke gerieten in Aufruhr.

Die Bestie nähert sich. Tomeija senkte die Kerze und versuchte herauszufinden, woher die Bewegung kam. *Wie wird der Yhadòk aussehen?*

Das Geräusch schwoll an, entwickelte sich zu einer Kakophonie, die in ihren Ohren schmerzte. Ein ganzes Heer schien mit Klanghölzern gegeneinanderzuschlagen und -zureiben.

Tomeija ertrug den Lärm fast nicht mehr. *Ich halte aus. Ich …*

Ein schrilles Pfeifen und Kreischen dröhnte, und die Wand zu ihrer Linken teilte sich.

Eine von Kratzern überzogene, rauhe Schnauze in

Form eines riesigen Keils schob sich heran und verschlang die Knochen mitsamt dem winzigen Feuer.

Da bist du! Tomeija stach ihr Schwert bis zum Heft in das vorbeigleitende Monstrum und wurde ansatzlos mitgezogen. Sie hatte sich auf den Ruck vorbereitet und umklammerte Parierstange und Griff.

Der Yhadòk schrie schriller und zog spürbar nach links, wo die Klinge steckte, um den Fremdkörper herauszuziehen und abzustreifen. Die grauweiße Haut mit den Riefen fühlte sich hart wie Granit an und verströmte keinerlei Wärme.

Du wirst mich nicht los.

Die Knochen zerbrachen an Tomeijas Kopf und den Schultern, Kratzer und Striemen brannten. Ihre Kleidung erhielt Risse und Schlitze. *Nun nach oben.* Sie vergrößerte die Wunde, indem sie ihr Gewicht mit aller Macht nach oben verlagerte und am Schwert rüttelte. Sie hoffte, dass sich das Wesen entsprechend drehte.

Die Bestie erbebte und schrie ihren Schmerz hinaus, beschleunigte. Die Gebeine flogen nach allen Seiten davon, barsten und wurden an der keilförmigen Schnauze zermahlen.

Tomeija gelangte an den Rand ihrer Kräfte. Der Zug auf ihre Arme erhöhte sich, und die Schneide glitt mehr und mehr aus dem Fleisch. Anstelle von Blut trat grünliche, zähe Flüssigkeit aus, die aufglomm und sich an der Luft auflöste.

Ihr Griff lockerte sich. »Du Drecksbestie! Trage mich hinauf!« Mit ganzer Macht zerrte sie an ihrer Waffe. »Los!« Die Klinge schnitt eine lange, gezackte Linie in die zähe Haut. Als das nicht ausreichte, langte sie mit einer Hand in die offene Wunde und zog aus Leibeskräften an dem, was sie zu fassen bekam. »Mach schon! Oder ich töte dich!«

Als hätte der Yhadòk ihre Drohung vernommen, schoss er schlagartig senkrecht aufwärts – und sprang aus dem Knochenmeer wie ein gigantischer Raubfisch.

Der Schwung beförderte die Klinge zusammen mit Tomeija aus dem Leib des Monstrums und schleuderte sie hoch und bogenförmig in die Luft. *Geschafft!*

Unter sich erkannte sie ein schlangenhaftes, mindestens zehn Schritt langes Wesen mit einem übergroßen, keilförmigen Schädel und kurzen Tentakeln am Leib. Die Haut war bleich, doch mit feinen hellgrauen Linien überzogen, was es in der See aus Gebeinen perfekt tarnte. Tomeija wurde bis auf Höhe der dritten Ebene geschleudert und sah die Balustrade auf sich zurasen.

Zu tief! Sie schleuderte das Schwert auf den Gang, fast zeitgleich prallte sie gegen das Geländer und suchte nach Halt.

Ihre zupackenden Finger fanden eine Kante, die Lederhandschuhe gewährten Schutz vor Abschürfungen. *Es muss klappen.* Tomeija drückte sich mit den Stiefelspitzen nach oben und rollte sich über die Balustrade auf den sicheren Gang.

Keuchend und nach Atem ringend, blieb sie liegen. Schultern, Rücken, ihr Kopf schmerzten von der Fahrt durch das Knochenmeer. Sie drehte den Kopf und blickte in den Verwesungsturm hinab, auf dessen Gängen Fackeln und Lampen brannten, die ihren Schein auf die Kadaver warfen. *Wo ist der Yhadòk?*

Die Bestie war verschwunden, in ihrem Refugium untergetaucht. Der Sprung hatte die Überreste umgewälzt, die Gebeine waren durch die Raserei durchgemengt, alte und neue Knochen lagen über- und durcheinander. An vielen Stellen ordneten sich Leichenteile noch, ein Rutschen und Reiben erfüllte die Luft und wurde von den

Wänden als Echo verstärkt zurückgeworfen. Es stank stärker als zuvor.

Die Weggeworfenen! Tomeija fragte sich, ob sie die Attacke des Wesens und die einhergehenden Veränderungen im Knochenmeer unbeschadet überstanden hatten. *Ich wünsche ihnen das Beste. Bald sind sie befreit.*

Ächzend zog sie sich in die Höhe, stützte sich an einer Säule ab und besah ihre Arme und Schultern, tastete den Kopf ab. Die Knochensplitter hatten blutige Kratzer hinterlassen, blaue Flecken würden zu Dutzenden an ihr entstehen. *Aber ich lebe. Und bin entkommen.*

Ihren Schal hatte sie eingebüßt, für den sie dringend Ersatz brauchte, um ihre Geheimnisse im Nacken zu schützen. Sie drapierte die langen, graugefärbten Haare über der Stelle.

»Wie konntest du?« Sie hörte eine empörte Stimme und hastige Schritte, die sich ihr näherten.

Tomeija wandte sich um.

Ein Mann in einem togaähnlichen Gewand und mit einem Stab in der Hand eilte auf sie zu. Seiner wütenden Miene nach kam er nicht, um ihr Beistand zu leisten. Sein lockiges schwarzes Haupthaar und sein knielanger geflochtener Bart wippten im Takt der Schritte. Er drehte den Stock und schwang ihn drohend mit beiden Händen. »Zurück mit dir ins Knochenmeer!«

Tomeija sah ihr Schwert weit von sich entfernt liegen. Sie würde nicht heranreichen, bevor der Mann zu ihr aufgeschlossen hatte. »Dann hast du mich gestoßen?«

»Was im Verwesungsturm ist, bleibt im Verwesungsturm.« Ohne eine weitere Erklärung drosch er mit dem Stock zu.

Tomeija drehte sich zur Seite und ließ die Waffe knapp an ihrer Vorderseite vorbei auf den Boden treffen. Dann versetzte sie dem Angreifer einen Stoß mit der Schulter, so dass er gegen das Steingeländer trudelte. »Bete zu deinen Göttern, dass dein Bart dich hält.« Ihr Tritt gegen seine Brust schleuderte ihn darüber, und sie schnappte sein krauses Gesichtshaar.

Die unzähligen Locken spannten sich, und der Mann baumelte schreiend jenseits der Balustrade hoch über dem Knochenmeer.

Dich bringe ich zum Sprechen. Tomeija beugte sich hinab, hielt ihn mit zwei Händen am Bart. »Wer befahl dir, mich hinabzuwerfen?«

Der Kopf des Mannes wurde weit in den Nacken gezwungen, das Sprechen fiel ihm schwer. »Dyar-Corron! Dyar-Corron sagte, dass du Bekanntschaft mit dem Yhadòk machen solltest.«

Der Statthalter also. »Warum?«

»Das sagte er mir nicht. Aber Dyar-Corron hat immer seine Gründe. Seine Anordnungen sind weise und müssen befolgt werden«, antwortete er. »Zieh mich wieder hoch!«

»Weißt du, dass dort unten Menschen leben?«

»Natürlich. Jeder weiß das. Die Weggeworfenen.«

Die Wahrheit machte sie perplex. »Ihr ... ihr könnt die Unglückseligen doch nicht ...« Tomeija hatte mit einer durchschaubaren Lüge gerechnet. »Wie könnt ihr das zulassen?«

»Wir richten nicht. Was in den Verwesungsturm kommt, bleibt im Verwesungsturm. Es wird seine Gründe haben, warum sie hinabgestoßen wurden.« Er packte seinen langen schwarzen Bart ebenfalls mit den Fingern und versuchte, sich in die Höhe zu hangeln. »Zieh mich hoch!«

»Damit du mich zum zweiten Mal in die Tiefe stoßen kannst?« Tomeija ahnte, dass auch der Dârèmo von den

Weggeworfenen wusste und nichts unternehmen würde, um sie zu bergen und zu retten. *Hastus, sieh: Was ist das nur für eine Stadt?*

»Ich werde es nicht wieder versuchen! Das schwöre ich dir!«

Die Scīrgerēfa fühlte sich verlockt, die Hände zu öffnen und den Mann dem Gebeinmeer zu überlassen. Auch sie hätte ihre *Gründe.*

Er ist ein Handlanger, sagte sie sich. *Dyar-Corron ist der Verantwortliche.* Ihn müsste sie hinabstoßen.

»Gut. Auch wenn ich dir wünsche, dass der Yhadòk dich holt.« Tomeija spannte die müden Muskeln und zog am Bart.

Das Knochenmeer raschelte und knisterte. Unmittelbar an der Wand unterhalb des Mannes teilte es sich plötzlich, dann schwand überraschend das Gewicht am anderen Ende des Bartes, und Tomeija verlor das Gleichgewicht.

Sie fiel nach hinten und fing sich ab. In ihrer Hand hingen die krausen, schwarzen Haare – und der Kopf des Mannes. Blut tropfte aus dem abgebissenen Stumpf, die Augen waren wie der Mund weit aufgerissen.

Es … hat ihn gefressen? Tomeija trat an das Geländer, aber das Monstrum befand sich bereits unter der beinernen Oberfläche. »Friss ihn ganz!« Mit viel Schwung schleuderte sie das Haupt des Gegners am Bart in die Knochenwellen, wo es alsbald versank.

Er hat es selbst gesagt. Was im Verwesungsturm ist, bleibt im Verwesungsturm.

Tomeija schlurfte langsam wie eine gebrechliche Frau zu ihrem Schwert, hob es auf und packte es zurück in die Hülle. Blut hatte es zu kosten bekommen. *Ich hoffe, es gibt sich damit zufrieden.*

Sie nutzte die nächste Treppe, die abwärtsführte, und gelangte an das geschlossene und mit Ketten gesicherte Eingangstor.

Die Wachen waren verschwunden. Die Anlieferung der Toten geschah nur zu gewissen Zeiten, und man verließ sich wohl darauf, dass die verriegelten Eingänge ausreichten, um die Schließzeiten deutlich zu machen.

Tomeija hatte nicht vor, noch mehr Zeit an diesem Ort zu verbringen. Kurzerhand kletterte sie erschöpft darüber und sprang auf das Kopfsteinpflaster.

Einmal mehr ging sie durch das Krankenviertel, nutzte verstohlene Wege und achtete auf die Menschen, die ihr begegneten. Tomeija schloss nicht aus, dass der Statthalter ihr weitere Meuchler auf den Hals gehetzt hatte.

Von einer Wäscheleine stahl sie sich ein einfaches, weißes Gewand und ließ ihre eigene ruinierte, stinkende Kleidung bis auf die Handschuhe zurück. An einem einsamen Pumpbrunnen wusch sie sich den dicksten Schmutz von der Haut und dem Leder.

Tomeija gelangte zum Durchlass, wo die maskierten Gardisten sie nach einem Blick auf die verschmutzten, kaum leserlichen Papiere durchwinkten. Den Rat, sich schnellstmöglich zu säubern und eine neue Erlaubnis zu beschaffen, bekam sie kostenlos obendrein.

Als wüsste ich das nicht. Tomeija bemerkte den Gestank, den ihre Haare verströmten, außerhalb des Verwesungsturmes überdeutlich. Sie ließ sich nach zwei Querstraßen im Morgengrauen neben einem Geschäft auf eine Bank sinken und atmete die Anspannung aus.

Tomeija schloss die Augen.

Ihr ganzer Körper tat weh, es brannte und pochte dumpf. Sie hatte einen weiteren Tag in Wédōra überlebt, der ihr nichts gebracht hatte außer der Erkenntnis, dass sie sich in einer Welt befand, die in keiner Weise mit Walfor und Telonia zu vergleichen war.

Es mag an ihrer Historie liegen, dass andere, gnadenlosere Gesetze herrschen. Tomeija dachte an die Weggeworfenen.

In ihren Augen war es Mord.

Vorsätzlicher, niederträchtigster Mord an Wehrlosen.

Dass Statthalter Dyar-Corron Kinder mit fadenscheinigen Begründungen aufschlitzte, um an ihre Leber, Lungen, ihre Nieren bei lebendigem Leib zu kommen, und dass er andere Kranke nach ihrem Tod ausweidete, um den Reichen ein längeres Leben mit frischen Herzen zu ermöglichen, würde in Walfor einen Aufschrei auslösen, der zu einem spektakulären Prozess führte.

Ich muss Liothan finden und von hier verschwinden.

Tomeija stieg der Duft von frisch gebackenem, warmem Brot in die Nase.

Sie öffnete die Augen und sah einen kleinen Fladen vor ihrem Gesicht schweben, gehalten von einer betagten Hand, an der Mehl haftete.

»Hier«, sprach der Bäcker gütig und reichte ihr dazu einen Becher mit Milch, die nach Gewürzen roch. »Stärke dich. Was immer dir widerfahren ist.«

Sie streifte die Handschuhe ab und nahm die Gaben verwundert an. »Danke«, kam aus ihrem Mund.

»Irtho möge dich aufmuntern. Du siehst aus, als könntest du es brauchen.« Er nickte ihr zu und verschwand wieder in seinem Laden.

Es riecht köstlich. Tomeija biss in das warme Gebäck.

Niemals hatte ein Brot besser geschmeckt. Und als sie von der Milch trank, schwanden die Qualen in ihrem Leib ein wenig. Sie zwang sich, langsam zu essen und gründlich zu kauen. Bissen für Bissen und Schluck für Schluck verzehrte sie das Geschenk des freundlichen Bäckers. Sie fragte sich, was die Weggeworfenen für solch ein einfaches wie köstliches Mahl geben würden.

Dieses Elend muss enden. Tomeija hatte den Beschluss gefasst, etwas gegen das Unrecht zu unternehmen. Sie konnte nicht aus der Haut der Scīrgerēfa. *Ich frage Chucus, wie ich eine Audienz bei dem Herrscher der Stadt bekomme. Oder bei dieser Versammlung der Statthalter. Dann kann Dyar-Corron meinen Worten und Anschuldigungen nicht entkommen.*

Soweit sie sich entsann, war Mord auch in Wédōra bei Strafe verboten. Wenn sie das Leid von Todkranken verkürzen wollten, sollten sie ihnen Rauschmittel in zu starker Dosierung verabreichen. *Aber sie abladen wie Kehricht?*

Tomeija stellte den Becher neben die Bank vor dem Laden und grüßte durch die große Scheibe. Der Bäcker winkte ihr zu und kümmerte sich um seine köstliche Ware, schüttete sie in geflochtene Körbe. Der Duft war sagenhaft.

Sie ging nachdenklich weiter, während sich die Sonne draußen in der Wüste über die Dünen schob. Die Kühle der Nacht flüchtete in einer letzten frischen Böe aus den Toren, bevor die Hitze über Wédōra regieren würde.

Die mitfühlende Geste des Bäckers zeigte Tomeija, dass es doch Freundlichkeit innerhalb der Mauern gab. Und Güte.

Die Widersprüche verwirrten Tomeija, ihre Hand legte sich haltsuchend um den Griff ihres Henkersschwertes.

Jemand müsste eine neue Ordnung bringen. Eine menschlichere. Mitfühlendere. Aber Tomeija hatte bereits eine Berufung. An einem ganz anderen Ort, an dem sie sich wohl fühlte. *In einem anderen Fall, wer weiß?*

* * *

Aus den Stadt-Chroniken:

Von der Festung Sandwacht, erster Teil

Die ersten Siedler bemerkten schnell, dass der von Raubvögeln besiedelte Berg nahe der Stadt perfekt zum Spähen geeignet war. Die vorgefundenen uralten Ruinen wurden als Beweis gesehen, dass es dort früher Leben gegeben hatte – und es möglich sein würde, neues anzusiedeln. Man entdeckte sogar intakte Brunnen.
Eine Untersuchung durch die Baumeister aus Burîkland und Hàmpagor ergab: Der Berg bestand aus härtestem Fels, der nicht zu unterminieren sein würde. Die Ruinen schienen aus verschiedenen Epochen zu stammen, und es gab keine Hinweise auf eine Nutzung in den letzten Siderim.
Allerdings fanden sich Hunderte Skelette auf dem Berg.
Die Knochen waren nicht bestattet worden, wiesen schwerste Brüche und Beschädigungen auf, die nicht von den Raubvögeln herrührten. Die Siedler vermuteten einen Krieg, der in der Vernichtung der Festung gemündet hatte.
Jene antiken Mauerüberreste waren nicht zu zerstören, daher wurden sie von den Baumeistern in die Festung Sandwacht integriert. Die vielen Markierungen am Fels und an den Ruinen warfen bei den Ängstlichen Fragen auf, die keiner hören wollte.
Es stellte sich heraus, dass die T'Kashrâ weder den Berg noch die Festung angriffen, was die Lage noch wertvoller machte, um Wédōra zu schützen.
Von Gefangenen erfuhren die Siedler, dass die

T'Kashrâ sich vor den Geistern fürchteten, die dort lebten. Ebenjene Wesen hätten die Menschen in der Vergangenheit heimgesucht, sie in den Wahnsinn getrieben, umgebracht und die Behausungen zerstört.

Hätte man nur auf diese Warnungen geachtet.
Aber Sandwacht wurde gegen sämtliche Vorbehalte errichtet.

Kapitel XIV

Königreich Telonia, Baronie Walfor

Baron Efanus Helmar vom Stein starrte den Hofhexer an, der vor ihm emporschwebte und auf dem Tisch landete. Dessen Bewacher lagen regungslos auf dem Boden, ihre Hände hatten die Waffen nicht mehr erreicht, um den Witgo aufzuhalten. »*Du* hast das alles angerichtet!«

»Das habe ich.« Otros vollführte mit Fingern eine rasche Geste. Daraufhin schoben sich Möbel, Rüstungen und Waffen vor den Eingang, damit keiner zu ihnen vordrang. Die beiden Diener, die vor Schreck unter den Tisch gekrochen waren, erfasste eine unsichtbare Hand und schleuderte sie auf den Haufen. »Ihr bleibt, wo ihr seid«, fuhr er die Männer an. »Sonst sterbt ihr.«

»Du willst meine Baronie an dich reißen!« Helmar wagte es nicht, sich zu bewegen, und überlegte, was er alleine gegen den Hexer ausrichten konnte. Die Ergebnisse seiner Überlegungen gefielen ihm nicht.

Otros lachte und ging auf der Tafel langsam in die Hocke. »Schlaues Barönchen. Aber diese Cattra war eine Witga und kam mir auf die Schliche. Sie rief deine Scīrgerēfa zu Hilfe. Ich musste früher handeln denn geplant.«

»Cattra eine Hexerin?« *Wie konnte ich das in all den Jahren nicht bemerken?* Helmar tastete nach seinem Besteckmesser, was Otros mit einem geringschätzigen Auflachen bedachte. »Tomeija und Liothan sind demnach ebenso tot.«

»Das sind sie. Meine Zauberkräfte machten sie zu

Asche, die der Wind davontrug. Nichts und niemand wird sie mehr finden.« Otros richtete einen Finger auf das Messer, das sich daraufhin glühend erhitzte.

Helmar ließ es mit einem Schrei fallen. »Du hast dich selbst verraten! Töte mich, aber König Arcurias wird seine Witga senden, um dich zur Strecke zu bringen.«

»Bis dahin habe ich meine Gefolgsleute um mich geschart. Sie sind überall. Sogar an deinem Hof«, offenbarte Otros ihm großspurig. »Die Witgos haben Freunde, Baron. Das hatten sie damals schon, und die wurden nicht ausgerottet. Sie warten darauf, dass wir uns erheben und die Macht in Telonia ergreifen.« Er ließ das rotglühende Messer aufsteigen und vor das Gesicht des Barons schweben. Die Hitze ließ Helmar den Oberkörper nach hinten neigen, bis die Lehne ihn aufhielt. »Und es kann sein, dass die Hexe des Königs die Dinge ebenso sieht wie ich.«

Helmar war wie gelähmt. Er hatte Otros vertraut, unabhängig von den Aufpassern. »Was hat dich verändert?«

»Ich habe mich nicht verändert. Ich habe mich maskiert. Kannst du mir das verübeln? Es gab keine Wahl.« Otros ließ das nun weißglühende Messer nachrücken. »Liothans Frau und ich trafen uns heimlich, um über die Vergangenheit zu sprechen. Dabei scheine ich mich verraten zu haben, was meine wahren Pläne anbelangt. Sie stachelte daraufhin ihren Mann gegen mich auf, und nun ja: Ich handelte und versuchte, den Todesfällen eine mundane Erklärung zu geben.«

»Das ist dir nicht gelungen.« Helmar wollte nicht einfallen, wie er der Bedrohung entgehen und den König warnen konnte. Einem Witgo entkam man nicht.

»Ihr habt zu sehr geschnüffelt. Dûrus, dieser zweifelnde Geist, und auch du. Ihr seid nicht leicht zu täuschen.« Otros sah ihn verächtlich an. »Hätte ich das vorher gewusst, wären meine Handlungen anders ausgefallen. Unmittelbarer.«

Helmar sah das Messer an, eine halbe Handbreit von seiner Kehle entfernt. Die Hitze brannte auf seiner Haut. »Was bezweckst du mit deinem Überfall?«

»Die Zeit ist gekommen. Ich werde dich als Geisel nehmen und dein Schloss zu meinem machen. Dann wird es nicht lange dauern, bis ich die Baronie besitze«, eröffnete Otros. »Denke nicht, ich sei unvorbereitet. Meine Pläne reichen weit voraus. Alles ist bedacht: die Handlungsweise des Königs, das Tun der Menschen. Aber dieses Mal lassen wir Witgos und Witgas uns nicht noch einmal unterwerfen. Wir lernten aus den Fehlern der Vergangenheit.«

Helmars rechte Hand bekam seinen Silberteller zu fassen. »Ich kann das nicht erlauben.«

»Es steht nicht in deiner Macht, etwas zu erlauben.« Otros ließ das Messer schnell um die eigene Achse rotieren, bis es sich wie ein Bohrer drehte. »Denn *du,* Barönchen, hast *nichts mehr* in Walfor zu befehlen.«

Das Messer zuckte vorwärts.

Helmar hatte damit gerechnet und zog den Kopf zur Seite. Die Klinge fräste sich in die hohe Lehne, es roch nach versengendem Holz. In der gleichen Bewegung schmetterte er den schweren, massiven Silberunterteller seitlich gegen den Kopf des hockenden Witgo.

Scheppernd landete das Metall am Schädel, der Hexer stürzte zuerst auf die Tischplatte und von dort auf den Boden.

»Wachen!«, schrie Helmar in Todesangst und packte den Stuhl mit beiden Händen.

Das schwere Möbel aus Eichenholz ging auf den Rücken des Liegenden nieder, der sich gegen seine Benommenheit stemmte, und brachte ihn vollends zum Zusammenbrechen. Die Lehne knickte unter der Wucht des Einschlags.

Das Rumpeln an der Tür stammte von der Garde, die versuchte, zu ihrem Herrn vorzudringen, aber die Hindernisse bildeten eine kaum zu überwindende Sperre. Die Diener schrien vor Angst, vermochten sich jedoch nicht zu rühren und mussten wie festgeklebt ausharren.

Ich muss mir alleine helfen. Helmar sah, dass sich Otros mit einem kraftlosen Stöhnen herumwälzte, die Finger der rechten Hand formten Symbole. *Er darf seinen Fluch nicht weben!*

Gänzlich übermannt von der Furcht, Opfer der Hexerei und in Asche aufgelöst zu werden wie seine treue Scīrgerēfa, nahm er die lange Vorlegegabel und bohrte sie dem Witgo in die Brust. »Du elendiger Mensch! Du hast mich hintergangen! Alle hast du hintergangen!«

Die langen Doppelzinken bohrten sich durch Fleisch und Rippen, stachen in das Herz des Mannes und brachten es zum Stillstehen.

Der Haufen aus Möbeln und Rüstungen löste sich unmittelbar auf und zerfiel polternd in seine Bestandteile. Die Diener purzelten nieder und sprangen in Deckung, während die Türflügel mit Gewalt aufgeschoben wurden.

Die Wachen rannten mit gezogenen Klingen herein und verlangsamten ihre Schritte, als sie sahen, dass Otros tot zu den Füßen ihres Barons lag.

»Was ist geschehen, Herr?«, fragte der Kommandant.

»Er war der Schuldige an den grausamen Taten. Seine Hexerei blendete und täuschte uns«, verkündete Helmar aufgewühlt und hielt sich die Brust, als könne er sein Herz damit beruhigen. »Er gestand seine Verbrechen vor meinen Ohren und den Zeugen. Mein Land wollte er haben.

Mit euch und jeglichem, was dazugehört.« Er sah zur Dienerschaft, die aus ihrer Deckung kroch und entsetzt nickte. »Es ist noch nicht vorbei. Wir durchsuchen seine Unterkunft. Es wird mehr Beweise geben. Ich muss wissen, wer zu ihm gehalten hat!«

Er wies zwei Soldaten an, sich um die ohnmächtigen Bewacher des Witgos zu kümmern, dann stürmte der Baron aufgebracht aus dem Saal und eilte zusammen mit den Wachen in den Bereich des Schlosses, in dem Otros gelebt hatte.

Die Tür war nicht abgeschlossen, die Gruppe betrat die Räumlichkeiten.

»Durchsucht alles!«, befahl Helmar. »Findet verborgene Hohlräume und Verstecke.«

»Herr!« Ein Soldat hielt ein Paar Eisenschuhe in die Höhe. »Seht!« Er deutete auf das Blut und die borstigen Haare, die daran hafteten. »Die stammen von einem Hund.«

Rolans Hund. Helmar nickte zufrieden. »Ausgezeichnet! Damit haben wir mehr als die größenwahnsinnigen Worte des Schuldigen.«

Sein weiteres Vorgehen stand fest: Er würde die Leiche des Hexers öffentlich noch mal hinrichten lassen. Der Körper würde aufs Rad geflochten werden, der abgeschlagene Schädel käme auf die Spitze einer Lanze. Es wäre eine Warnung und ein Zeichen des Triumphs, das Rätsel um die Morde gelöst sowie den Schuldigen bestraft zu haben. Zudem würden durch die Ausstellung der Leiche all jene abgeschreckt, die Otros gefolgt waren. *Kein Witgo, kein Aufstand.*

Die Soldaten fanden halb verbrannte Zettel im Kamin, auf denen Listen mit Namen standen.

Unleserlich. Zerstört vom Ruß und der Hitze. Helmar nahm sie an sich. Er würde beim Hastus-Priester ein Ritual für die tragisch Umgekommenen bestellen, damit die Seelen von Liothan, seinen Kindern, des Schweinehirten Rolan und der Scīrgerēfa sicher ins Jenseits fanden. Das war nicht allen vergönnt, die Opfer eines Witgos wurden. Mit den Gedenken an sie und einem angemessenen Opfer auf dem Altar im Hastus-Hain wäre das Ankommen ihrer Geister sichergestellt.

Der König bekommt eine einfache Zusammenfassung. Helmar sah auf die Papiere. *Nein, am besten schweige ich darüber. Es könnte sich zum Nachteil für mich …*

»Darf ich, Baron vom Stein?« Eine Frauenhand langte nach den angebrannten Zetteln und nahm sie an sich.

Helmar wandte sich um, den Mund zu einer wüsten Beschimpfung geöffnet, die nicht über seine Lippen drang, als er die Besucher erkannte: Auf der Schwelle zu den Gemächern des Hexers standen fünf Kriegerinnen und Krieger, gepanzert in Leder und Kettenhemden, gekleidet mit dem Wappenrock des Königs. Die Abzeichen an ihren Halsbergen wiesen sie als unmittelbare Beauftragte von Arcurias dem Vierten aus. Die schwarzhaarige Frau mit der dunkelgrünen Strähne, welche die Listenreste an sich genommen hatte, trug ein weiteres Symbol auf Herzhöhe.

Fenia von Ibenberg, die königliche Witga.

»Ihr dürft«, antwortete er mit viel Verspätung. *Wo kommen die denn so schnell her?*

»Wir sind von seiner Majestät Arcurias Kelean dem Vierten geschickt worden, um die Gerüchte zu verfolgen, die bis zum Hofe vorgedrungen sind«, erklärte sie und überflog die unleserlichen Namen. »Es hieß, es gäbe einen Witgo in Walfor, der Tod und Verderben bringt.« Fenia von Ibenberg hob den Blick und sah den Baron an. »Ist das der Tote unten in der Halle, unrühmlich erstochen mit einer Vorlegegabel?«

Ihre vier Begleiter lachten leise.

»Das ist er.« Helmar fragte sich, warum er sich unsicher fühlte. Er war ein Held, ein Baron, der das Übel mit eigener Hand besiegt hatte. Aber sie gab ihm das Gefühl, der Komplize bei einer Verschwörung gegen den König zu sein. »Er ließ seine Maskerade fallen, weil wir ihm zu nahe kamen.«

»Mein Name ist Fenia von Ibenberg, sollte er Euch nicht geläufig sein, Baron. Wie Ihr an meinen Abzeichen bemerkt habt, unterstehen meine Männer und ich Seiner Hoheit und keinem sonst.« Sie wartete auf seine zustimmende Regung. »Erklärt mir, Baron, was sich zutrug. Bitte.«

Helmar berichtete von den Vorfällen, den Morden, den Erkenntnissen und den Geschehnissen in der Halle. Er ließ die Eisenschuhe zeigen, an denen die Hundehaare und das Blut hafteten. »Damit ist der Fall gelöst und der Schuldige getötet.«

Gerade setzte er zur Schilderung an, was er mit der Leiche des Witgos tun würde, um der Bevölkerung die Verunsicherung zu nehmen, da hob Fenia von Ibenberg die Hand. »Wo ist der Waffensplitter?«

Woher weiß sie das? Helmar hatte ihn ausgespart, weil er seine eigene Rolle betonen wollte. *Dumm stellen oder zugeben?*

Sie zog einen Brief aus dem Umschlag ihres Lederhandschuhs. »In dem Schreiben, das Seine Hoheit von einem gewissen Rolan erreichte, wird das Fragment einer unbekannten Waffe erwähnt, gefunden in der niedergebrannten Ruine von Liothan dem Holzfäller.«

»Ah, das.«

Fenia von Ibenberg lächelte. »Ich nehme an, die Waffe wurde in diesen Gemächern gefunden?«

Die Gardisten schüttelten einer nach dem anderen die Köpfe, und in Helmar keimte die Frage auf, wer der zweite Mann gewesen war, dessen Spuren sich im Wald neben Rolans Leiche und seines toten Hundes gefunden hatten. Die Listen würden nicht mehr helfen.

»Also, wo ist dieses Stück?« Fenia von Ibenbergs inquisitorischer Blick richtete sich auf den Baron.

»Ich habe es zur Begutachtung an einen Experten gegeben«, antwortete Helmar. »Er kommt viel herum und könnte besser einordnen, woher es stammt.«

»Ist der Name des Experten ... Dûrus?« Sie faltete Rolans Brief auseinander. »Dûrus der Kaufmann?«

»Ja.« *Hastus, lass mich ungeschoren aus dem Verhör.*

»Jener Krämer wird vom Verfasser dieser Zeilen des Mordes an Liothan, seiner Frau und dessen Kindern verdächtigt.« Die königliche Witga senkte das Blatt. »Und er schrieb auch, dass Ihr ihm nicht glauben wolltet und seinen Anschuldigungen nicht nachgeht, Baron.« Sie behielt das Lächeln wie eingemeißelt, aber der Ausdruck in ihren Augen durchdrang jede Maskerade und jede Lüge. »Dass Ihr dessen Freund seid.«

»Das ist Unfug.« Helmar hätte sich gern für die hastige Lüge geohrfeigt. *Trottel. Sie durchschaut es.*

Fenia von Ibenberg atmete ein. »Mir wurde gesagt, dass Ihr zum Essen einen Gast hattet. Ein Kaufmann. War das dieser besagte Dûrus?«

»Ja«, gab er zähneknirschend zu.

»Also doch kein Unfug.«

Helmar wurde unruhiger. »Diese Anschuldigung ist Unfug.« Er warf die Hände in die Luft. »Mit Verlaub, Ihr bringt mich durcheinander! Dabei tat ich meine Pflicht und brachte einen Witgo zur Strecke.«

Die königliche Witga gab ihren Begleitern ein Zeichen,

und sie begannen, den Raum noch mal gründlich zu durchforsten. »Diese Angelegenheit zog Kreise, Baron«, erklärte sie leise. »Und wie ich das sehe« – sie deutete mit dem Finger auf den Brief –, »ist sie noch nicht zu Ende. Es fehlt ein bisschen was, um ein schlüssiges Bild zu ergeben.«

»Aber der Witgo gestand alles«, warf Helmar ein. »Was hat Dûrus damit zu tun? Der alte Händler kann keiner Fliege etwas zuleide tun.«

Fenia von Ibenberg steckte den Brief ein. »Seine Majestät schickte mich, um den Dingen in Walfor auf den Grund zu gehen. Ein Witgo, der außer Kontrolle geraten ist, muss zur Strecke gebracht werden. Das sagen die Gesetze, Baron.«

»Das habe ich getan. Wenn Ihr den Schuldigen sucht: Er liegt tot in meinem Speisesaal. Ihr erkennt ihn an der Vorlegegabel in der Brust«, gab er beleidigt zurück.

»Dafür gebührt Euch das Lob des Königs.« Sie sah an ihm vorbei und beobachtete ihre Begleiter beim Durchsuchen der Kammern. »Sagen wir, ich untermaure Eure gute Tat mit meinen Erkenntnissen.« Ihre Leute kehrten zu ihr zurück, ohne weitere Beweise gefunden zu haben. »Um wirklich jeder Spur nachzugehen, möchte ich diesen Waffensplitter sehen.« Fenia von Ibenberg wandte sich um. »Besuchen wir also Dûrus, Baron.«

Helmar folgte ihr auf gleicher Höhe. *Dieses Vorgehen ist absolut lächerlich.* Er überlegte, wie er sich bei seinem Freund für die peinliche Belästigung entschuldigen könnte. Ein guter Rotwein aus dem Weinkeller und ein Obstbrand sollten es vergessen machen. *Besser eine Kiste.*

* * *

WÉDŌRA, WESTVORSTADT

Du weißt, wie viel Fügung dazu gehört, stets die passenden Zeugen zu präsentieren?«, sprach Daipan von seinem erhöhten Richterpult herab. Üblicherweise fällte er über den Köpfen der Versammelten die Entscheidungen über Verbrecher, die in den Vorstädten gefasst wurden. So wurden die Statthalterin sowie ihre Stellvertreter entlastet und konnten ihren sonstigen umfangreichen Aufgaben nachgehen.

An diesem Tag allerdings fand keine Verhandlung in dem kleinen Raum statt.

Dem Mann, der vor ihm in einer hellbraun gefärbten Robe stand und die Kapuze wegen der einfallenden Sonne nicht abgestreift hatte, drohte keine Verurteilung.

»Ich bin Sand in den Fingern der Götter. Sie entscheiden, ob sie mich hindurchrieseln lassen oder halten«, erwiderte Irian Ettras, von dem Daipan nur Mund und Kinnpartie sah, um die kurze Stoppeln wuchsen. »Bislang mögen sie und halten mich.«

»Sand. Das passt zu dir.« Daipan legte eine Hand auf einen überschaubar hohen Stapel. »*Das* sind die gescheiterten Anklagen gegen dich.«

»Ich bin ein Favorit der Götter. Von Driochor vermutlich besonders. Oheim.«

»Du bist eine *Plage,* seit du den Dienst in Sandwacht aufgegeben hast«, erwiderte Daipan genervt. »Die Statthalterin lässt mir ausrichten, dass du einen neuen Auftrag annehmen kannst.« Er warf einen Beutel mit Münzen herab, der dem Mann klirrend vor die Schuhe fiel. »Es wurden erneut Späher der Thahdrarthi ausgemacht. Du sollst nachsehen, was es damit auf sich hat.«

Irian wollte ihn nicht verbessern, da es die Wut seines Oheims angestachelt hätte. Er hatte den Dienst nicht quittiert – der Kommandant hatte ihn entlassen. »Warum schickt der Dârèmo keine Gleiter?«

»Die Winde sind zu unsicher.«

»Und seine eigenen Leute möchte er nicht zu Fuß in die Wüste senden.« Irian lachte dunkel. »Aber einen ehemaligen Gardisten kann man entbehren.«

»Der dazu noch seinen Verstand verloren hat und die Herzen von Menschen verschlingt«, fügte Daipan leise hinzu. »Denkst du, es wäre nicht bemerkt worden, dass das Herz des Agham aus deiner Zelle fehlte?«

»Ich weiß nicht, wovon du sprichst. Oheim.«

»Nenne mich nicht so!«, rief Daipan und sprang auf, der schwarze Überwurf verrutschte durch die Bewegung. »Ich kann nichts dafür, dass meine Schwester dich in die Welt setzte. Du und dein Vater, *ihr* wart das Übel dieser Stadt.«

»Das Übel? Ganz alleine?« Irian lachte lauthals. »Manche nennen das Übel *Dârèmo.*«

»Schweig! Sonst muss ich dich wegen Beleidigung verurteilen.«

»Wer geht dann an meiner Stelle in die Wüste und schnüffelt für die Statthalterin?«, entgegnete er sanft.

Daipan zeigte auf das Säckchen mit den Münzen. »Nimm deinen Lohn und schaff dich ins Sandmeer. Halte die Augen offen und finde die Spione der Thahdrarthi. Es kommen kaum Karawanen durch. Es wird einen Grund dafür geben.«

»Die Sonne. Sie hat mehr Lebewesen getötet als alle Wüstenkriege zusammen.«

Der Richter murmelte eine Verwünschung. »Es war nicht die Sonne. Beweg dich.«

Irian fischte das Beutelchen mit dem Fuß und schleuderte es hoch, fing es geschickt auf und verstaute es unter seinem weiten, sandfarben-gefleckten Gewand, das die beste Tarnung gegen Entdeckung versprach. »Ich bin nicht verrückt. Oheim. Ich weiß mehr als andere.«

Er verließ den Raum und kehrte auf den Platz vor dem Verwaltungsgebäude zurück, auf den das Taggestirn hell und heiß hinabbrannte.

Irian bewegte sich im Schatten der gespannten Tücher und der Häuser, den Ausgang der Vorstadt vor sich. Da ihn die Mannschaft kannte, ließ man ihn gegen den schwachen Strom der Ankommenden durch die Schleuse passieren.

Hinter ihm erklang ein Fluch, gefolgt von einem Ausspucken.

Irian ging weiter. Er genoss nicht den besten Ruf unter den ehemaligen Kameraden, die er verlassen hatte müssen, und nahm es ihnen nicht krumm. Die Verleumdungsmaschinerie des Dârèmo, die ihm weitere Taten und Grausamkeiten unterschob, hatte ganze Arbeit geleistet.

»Hey, Irian! Du hast Wasser vergessen!«, rief ihm ein besorgterer Wächter nach.

»Lass ihn. Er nimmt nie etwas mit«, erklärte ein zweiter. »Umbringen sollte man ihn. Er ist selbst ein halber Sanddämon.«

Weil ihr nichts wisst und in Verblendung lebt. Irian verließ die Schatten der Türme und betrat den Pfad, der über die eingeebnete Fläche hinaus in die Dünen führte. *Ich hingegen bin gesegnet.*

Die Geister des Berges, auf dem die Spähfestung Sandwacht lag, hatten zu ihm gesprochen und ihr Wissen mit ihm geteilt.

Irian sah sich von da an als Kundiger, als Erwachter,

als Wissender. Die Wüste und die Sonne würden bei seinen Streifzügen niemals der Grund für seinen Tod sein. Wahrscheinlicher wäre ein verlorener Kampf gegen einen Thahdrarthi oder einen anderen T'Kashrâ. Nach jener Nacht, in der die Geister zu ihm gesprochen hatten und er zehn Thahdrarthi eigenhändig auf einem Erkundungsgang getötet und ihre Herzen verschlungen hatte, warf man ihn aus dem Heer. Er verschwieg daher sein Wissen.

Die Geister sind gütig. Doch es hört ihnen kaum einer zu. Das macht sie rasend und wütend, sinnierte er. *Keiner bemerkt sie. Auch die Priesterinnen und Priester nicht, diese Verblendeten. Es wird noch viele Tote geben. Und echte Verrückte.*

Irian verfiel in ein Traben und folgte den Spuren, die von der letzten Groß-Karawane stammten, die Wédōra verlassen hatte.

Die Abdrücke von Angitila zeigten sich im Sand, die weichen Sohlen mit den kurzen Krallen eigneten sich ausgezeichnet, um sowohl über Sand als auch Geröll zu marschieren. Sie sackten trotz ihres Gewichts nicht ein, und die Nägel gaben ihnen auf festerem Untergrund Halt.

Irian folgte den Spuren im leichten Dauerlauf. Das kurze, schwere Schwert mit der fast rechtwinklig geknickten Klinge, das er am rechten Oberschenkel befestigt trug, machte kein Geräusch, es klapperte nichts. Lautlosigkeit war in der stillen Wüste ein Mittel zum Überleben, da man nichts anlockte.

Weder Lebendiges noch Totes.

Irian verließ die eingeebnete Fläche und betrat den weichen Sand, änderte seine Gangart, um Kräfte zu schonen. Die Geister hatten ihm verraten, wie man einen ganzen Tag laufen konnte, auch in sengender Sonne, die gewöhnliche Menschen aus Wédōra und erst recht die Leute aus den umliegenden Reichen nach wenigen Sandgläsern töten würde.

Seit dem Ende seiner Laufbahn als Soldat verdiente Irian seinen Unterhalt zum einen mit den Aufträgen der Statthalterin und des Dârèmo, zum anderen als Karawanenführer und als Kundiger, wenn Expeditionen in gefährliche Regionen der Wüste abseits der bekannten Pfade und Wege vordringen wollten.

Glücksritter und Forscher begaben sich immer mal wieder auf die Suche nach begrabenen Städten, verborgenen Schätzen, geheimen Oasen, Felsenstädte vergessener Völker und dergleichen. Das Sandmeer lockte die Gierigen und die Zuversichtlichen, und auch jene, die davon träumten, dauerhafte Felder und Bewässerung anzulegen. Irian hinderte sie nicht daran. Er warnte sie eindringlich und ließ sich zwei Drittel seines Lohnes stets im Voraus ausbezahlen. Die Entscheidung, ob sie ihre Leben aufs Spiel setzten, überließ er ihnen. Er hatte schon viele verschwinden sehen: gefressen von den Stürmen, verschlungen von tückischem Sand, erschlagen von Felsen oder abgeschlachtet von den T'Kashrâ.

Mitunter töteten sich die Expeditionsmitglieder gegenseitig, gierig oder wahnsinnig von der Hitze und dem Durst. Manchmal gönnte er sich den Spaß und schaute ihnen dabei zu. Um ihre Streitigkeiten zu schlichten, wurde er nicht bezahlt.

Erst, wenn sie Irian zusätzliche Münzen gaben, schritt er ein. Mehr als einmal hatte er einen Halbtoten an seinen Haaren zurück nach Wédōra geschleift, der als Letzter einer Expedition übrig geblieben war. Einige Kaufleute hatten bei solchen wagnisreichen Unternehmungen ihre finanzielle Existenz verloren. Und dennoch gaben sie nicht auf, in den Weiten der Wüste zu forschen und zu versuchen, großartige Entdeckungen zu machen.

Irian folgte den leicht zu sehenden Spuren der Angitila, schwenkte ab und an vom Pfad herunter und prüfte die Umgebung.

Dabei entdeckte er die Abdrücke von unterschiedlich großen Skorniden und einem Thahdrarthi, der die Karawane vom Kamm der Düne aus verfolgt hatte.

Das wird unschön für Kasûl und seine Leute geendet sein. Der versierte Karawanenführer hatte die Stadt verlassen, um vor dem Karan Buran durch das Sandmeer zu gelangen. Irian blieb oberhalb des Wegs und roch plötzlich Verbranntes. Mehrere Aasvögel kreisten am Himmel; unter ihnen stieg heller Rauch in schwachen Wolken auf.

Das brennt noch nicht lange. Eilig und doch wachsam schlug Irian einen Bogen und näherte sich der Stelle von der windabgewandten Seite.

Einen Anblick wie diesen hatte er in all den Siderim seines Lebens niemals zu Gesicht bekommen. *Ein Thahdrarthi-Lager!*

Zwei Dutzend rostbraune Zelte hatten sich einst hier erhoben, jetzt lagen sie niedergetrampelt und halb eingegraben im Sand. Zerstampfte Leiber ragten daraus hervor, auch eine schwarze Besprechungsjurte war von den Füßen der Angitila niedergemacht worden. Zerstörte Kabinen, die eigentlich auf dem Rücken der gewaltigen Tiere saßen, lagen zerborsten und gesplittert umher. Die kostspieligen und gewinnbringenden Waren verteilten sich in den Dünen. Der Wind strich über sie hinweg.

Was ist geschehen? Irian erkannte unter den Leichen weder Kasûl noch seine Begleiter. *Anscheinend hat es nur die Thahdrarthi erwischt.* Er pirschte sich heran und zog sein winkliges Kurzschwert, küsste das eingravierte Zeichen von Driochor, damit der Todesgott ihm beistand. Dann streifte er zwischen den Überresten des Lagers hindurch, leicht geduckt und auf Angriffe vorbereitet.

Doch von den Thahdrarthi ging keine Gefahr mehr aus, sie hatten ihre Leben verloren. Die meisten waren von den Krallen durchbohrt oder zerstampft worden. In den Überbleibseln der Kabinen fand er Leichenteile, an denen sich die Vögel und kleine Echsen bereits zu schaffen machten.

Keine Herzen für mich. Zermatscht. Unbrauchbar. Irian hob zwei lose Finger vom Boden einer zerstörten Kabine auf und betrachtete sie. »Abgebissen«, sagte er leise und nachdenklich. Er setzte sich in den Sand und warf die Gliedmaßen der Kaufleute einer neugierigen Buran-Krähe zum Fraß hin. »Warst du das?«

Es gab unterschiedliche Szenarien, die sich abgespielt haben mochten, doch letztlich hatten sich die angegriffenen Händler gegen die Attacken der Thahdrarthi verteidigt und waren auf ihren Angitila mit Heldenmut mitten in das Lager des Sandvolks geritten, um den Spieß umzukehren. *Das ist ihnen gelungen.* Aber er vermisste die Leichen der Kaufleute sowie die Riesenechsen.

Kasûl hätte niemals ohne die Ware freiwillig den Rückzug angetreten. Irian sah die kostbaren Güter, von denen nicht alle unbrauchbar geworden waren. Gerade die wertvollen Stoffe und alchemistischen Zutaten, das Trockenfleisch und dergleichen würde sich noch verkaufen lassen. Um ihn verteilt lagen Güter im Wert von vielen hundert Silbermünzen, wenn nicht sogar mehrerer Shikar oder sogar Rhaî.

Etwas hat die Händler dazu gebracht, auf den Echsen zu fliehen. Irian blickte sich um. *Was kann das gewesen sein?*

Angitila hatten aufgrund ihrer Ausmaße keine Feinde,

die ihnen gefährlich werden konnten, von wenigen Ausnahmen abgesehen.

Die Thahdrarthi und die anderen Wüstenvölker züchteten durch Tränke und Zauberei oder geschickte Kreuzungen bestimmte Wüstentiere in größerem Ausmaße, als sie von der Natur vorgesehen waren. Daraus waren unter anderem die Skorniden hervorgegangen, mit denen der erste Angriff auf die Karawane erfolgt war.

Es gab darüber hinaus riesige Schlangen, auf denen die Thahdrarthi ritten und die sich im Sprung flach machen und somit etliche Schritt durch die Luft segeln konnten. Die Armee des Dârèmo hatte durch solche Angriffe Gleiter verloren, weil die Lenker nicht aufmerksam genug gewesen waren.

Aber es gibt keine passenden Spuren.

Irian pirschte zur schwarzen Jurte.

Diese Zelte galten als Heiligtum und Ort, an dem es keine Gewalt geben durfte, damit Verhandlungen, Streitigkeiten und Diskussionen ohne Blutvergießen geschehen konnten. Den Mustern auf den Zelten nach hatten sich verschiedene Stämme der Thahdrarthi getroffen, um etwas zu besprechen.

Irian vermutete, dass es um die Angriffe auf die Karawanen ging. Er schnitt den vom Blut getränkten Stoff auseinander und fand weitere zerstampfte Thahdrarthi, Teppiche und Kissen, zertrümmertes Geschirr sowie Tischreste.

Dazwischen machte er eine Karte aus, die durch das vergossene Blut in weiten Teilen unbrauchbar geworden war.

Irian nahm sie behutsam auf. *Das ist Wédōra und seine Umgebung.* Im Sand fand er farbige Steinchen, die wohl als Marker gedient hatten.

Die Gerüchte über einen bevorstehenden Angriff auf

die Stadt drohten sich zu bewahrheiten. Die ständigen Thahdrarthi-Späher in den vergangenen Mânen, die Zusammenkunft der verschiedenen Familien, das alles ergab einen gefährlichen Sinn.

Zwei Steinchen hatten verräterische Abdrücke auf der Karte hinterlassen.

Sie planten etwas von Norden her. Irian legte die Zeichnung in die Sonne, damit das Rot trocknete und er das Pergament einrollen konnte. Die Statthalterin und der Dârèmo würden sich sowohl über seinen Bericht als auch seinen Fund freuen.

Sie werden mich erneut hinaussenden, sobald ich ihnen die Karte brachte.

Irian durchsuchte die Leichen, fand jedoch nichts Kostbares oder Besonderes. Einige Ketten und Ringe nahm er an sich. Sie würden bei Sammlern von T'Kashrâ-Kunst einige gute Münzen bringen, auch wenn der Besitz verboten war und unter Geldstrafe stand. Der Dârèmo wollte nichts, was von den Wüstenvölkern stammte, in seinen Mauern wissen. Er fürchtete, dass sie einen Fluch in die Stadt brachten.

Irian kümmerte sich nicht darum, weil er es besser wusste. Die Geister hätten ihm gesagt, wenn Unheil an den Stücken klebte. Die Waren der Kaufleute rührte er nicht an.

»Es gibt dich also wirklich«, erklang eine säuselnde Stimme, die den Wind nachahmte. »Manche halten dich für eine Legende, *Bhlyat.*«

Irian drehte sich langsam um.

Auf dem Dünenkamm stand ein Thahdrarthi, gekleidet in ein langes, kupferbraunes Gewand sowie einen Schal um Kopf und die untere Gesichtshälfte. Die Augenpartie war mit einem langen, weißen Strich betont, die Lider schwarz und die Brauen blutrot und ausschweifend nachgezogen. In der Linken hielt er eine drei Schritt lange Dhòkra-Lanze, neben ihm stand eine pferdegroße gesattelte Laufechse. Diese Tiere erreichten auf den kräftigen Hinterbeinen gehörige Geschwindigkeiten, die es schwermachten, ihnen zu entkommen.

»Ich bin der wahre Kern der Legende«, entgegnete Irian und richtete sich auf.

»*Bhlyat*, der Herzenverzehrer. Jeder Thahdrarthi kennt dich und deine Geschichte, als du unsere hilflosen Frauen und Kinder abgeschlachtet hast, um ihnen die Herzen aus der Brust zu reißen.« Er kam langsam die Düne hinab, hielt die Lanze waagrecht. Die Echse folgte ihm züngelnd mit wippendem Gang. »Hast du die Händler geführt?«

Irian blickte sich um. Da keine weiteren Thahdrarthi erschienen, nahm er an, dass es sich entweder um einen Späher handelte, der eben von seiner Mission zurückkehrte, oder um einen ausgesandten Krieger einer Familie, die sich Sorgen um den Verbleib ihrer Delegation machte.

Die eingestickten Zeichen wiesen den Thahdrarthi als Mitglied der Kh'ek aus. Das zerstampfte Zelt am linken Rand der kleinen Tiefebene gehörte daher zu ihm und seinesgleichen.

»Nein. Ich wurde ausgesandt, um nach euch zu sehen.« Irian behielt die Dhòkra-Lanze im Auge. Sie sammelte Energie aus dem Wüstenboden, die sie freisetzte, sofern ihr Träger damit umzugehen wusste. Dazu musste er kein Razhiv, sondern ein vollendeter Sanddämon sein.

Die roten Pupillen des Thahdrarthi richteten sich auf die Stadtkarte. »Was hast du damit zu schaffen?«

»Ich werde sie trocknen und mitnehmen. Ihr scheint große Pläne zu haben. Wird das euer Geschenk zum zweihundertfünfzigsten Geburtstag? Ein Angriff?«

Der Thahdrarthi blieb etwa vier Schritte vor ihm stehen, während die Echse auf einen Befehl hin einen leichten Bogen lief und sich in Irians Rücken begab. »Wo ist die Versammlung abgeblieben? Es fehlen etliche Leichen. Und Kaufleute der Karawane sehe ich gar keine.«

»Woher soll ich das wissen?«

»Du warst vor mir hier.«

»Die Aasvögel und Halsband-Hyänen noch früher.« Der Thahdrarthi würde ihn angreifen. Der Abstand war gut gewählt, um die Lanze jederzeit einzusetzen; die Echse hinter ihm attackierte auf einen Befehl hin. *Sein Herz wird mir schmecken.*

»Aber sie stehlen keinen Schmuck, wie du es getan hast.« Der Thahdrarthi deutete vor seine Füße, die in leichten Stiefeln steckten. »Gib ihn her. Dann lasse ich dich leben. Vielleicht.«

Irian lachte auf. »Wie komme ich zu dieser Ehre?«

»Du bist *Bhlyat,* eine Legende. Man tötet keine Legenden.« Sein Gesichtsausdruck wurde böse, die Bemalungen um die Augen verzogen sich. »Man muss sie *vernichten.* Das gelingt nur vor den Augen vieler, damit sie deinen Tod verkünden und die Legende stirbt.« Er beschrieb mit der Lanzenspitze einen Halbkreis. »Dich ohne Zeugen zu durchbohren und liegen zu lassen, machte dich zu einer größeren Legende, gar zu einem Mythos. Das gewähre ich dir nicht.« Auffordernd zeigte er wieder in den Sand.

Er will mich ablenken. »Was ist mit der Karte?«

»Sie bleibt ebenfalls. Sie gehört nicht dir.« Er richtete die Lanze auf und rammte das stumpfe Ende in den Sand.

Das war das Zeichen.

Hinter Irian erklang das Scharren der Krallenfüße, die Echse startete ihren Angriff.

Ich kenne eure T'Kashrâ-Tricks. Er warf sich zur Seite

und machte eine Rolle, kam auf die Knie und drehte sich dabei; den Schwung nutzte er, um sein gebogenes Schwert gegen das abgerichtete Tier zu schleudern.

Die Laufechse hetzte mit weit aufgerissenem Maul auf ihn zu und bekam die rotierende Klinge zwischen die Kiefer. Die Schneide schlitzte den Mund auf, trennte Bänder, Muskeln und Knochengelenke, so dass der Unterkiefer lose herunterklappte. Blut floss in Strömen aus den Wunden, die Spitze hatte sich durch den Gaumen gebohrt. Ihr Lauf verkam zu einem Torkeln, sie brach aufkreischend zusammen und rutschte durch den Sand.

Erst das Tier. Irian wich ihr aus und packte furchtlos ins Maul, riss seine Waffe heraus. *Dann sein Herr.*

Der Thahdrarthi schien ein einfacher Lanzenreiter zu sein, der die Energien des Sandmeeres nicht zu nutzen verstand. Er holte zum Wurf aus und schleuderte den überlangen Speer.

Irian duckte sich hinter die zuckende Echse – und die lange, vierblättrige Spitze trat keinen Fingerbreit entfernt neben seinem Kopf aus dem Leib aus. *Beinahe!*

Er drückte sich ab und gelangte mit einem gewaltigen Sprung über das Tier, schwang das Schwert im Flug zum schrägen Hieb.

Der Thahdrarthi hatte seinen Dolch gezogen und stieß ihn gegen den heranfliegenden Feind. »Ich schlitze dich auf!«, brüllte er und riss sich das Tuch vom gefärbten Gesicht, Dutzende Ringe in seinen Lippen wurden sichtbar.

»Ich bin eine Legende.« Geschickt trat Irian die gereckte Klinge zur Seite und führte seinen Schlag von oben links nach unten rechts. *Und ich bleibe es.*

Das kurze, aber schwere Schwert fraß sich durch den Krieger und teilte den Oberkörper. Als Irians Stiefel auf den Boden trafen, fiel der Thahdrarthi in Hälften in den

Sand. Sein hellrotes, leicht bräunliches Blut ergoss sich aus der immensen Wunden, feuchte Innereien rutschten heraus und erhielten eine Panade.

Keiner der Menaïd. Er stand erst am Anfang der Ausbildung. Irian kannte die *Dämonen,* wie sie von den Menschen genannt wurden, die gefährlichsten Thahdrarthi. Menaïd besaßen kaum mehr Menschliches, abgesehen vom Herz, das den flüssigen Sand durch ihre Adern pumpte. Alles in ihnen wurde zu Staub und Sand, eins geworden mit der Wüste und angefüllt mit rätselhafter Macht. *Deswegen konnte er die Dhòkra-Lanze nicht nutzen.*

Der Schlag hatte das Herz des Gegners geteilt und Irian den Appetit darauf verdorben. *Das nächste Mal.* Er nahm auch diesem Toten seinen Schmuck, dann barg er den überlangen Speer aus der Echse. *Austariert. Leicht. Aber zu lang.*

Er setzte das Knie unterhalb einer feinen Markierung an, an der rote Edelsteine eingefasst waren, und brach den Schaft durch. *Besser.* Sollte eine weitere Laufechse auftauchen, würde sie sich damit auf Abstand halten lassen.

Irian rollte die Karte zusammen. *Mehr gibt es nicht zu holen.*

Es war nicht auszuschließen, dass weitere Boten oder Kundschafter zurückkehrten. Den Kontakt mit ihnen wollte er vermeiden, daher folgte er den Angitilaspuren, um die Kaufleute zu suchen.

Eine Legende bei den Thahdrarthi, dachte er im Traben. *Ich habe es weiter gebracht, als ich es wollte.*

Dass er Frauen und Kinder abgeschlachtet hatte, war erlogen. Aber das war wohl nötig. Die Wahrheit würde die Geschichte schmälern, die an den Feuern erzählt wurde: dass ein Mensch, den die Geister erleuchtet hatten, zehn ihrer vorzüglichsten Thahdrarthi-Krieger besiegt und ihre warmen Herzen gefressen hatte.

Nach einiger Zeit des Trabens fand Irian die riesigen, friedlichen Echsen. Ohne Kaufleute. Sie standen mitten auf dem Weg und schienen mit ihren kleinen Gehirnen und dem einfachen Verstand nicht zu wissen, was sie ohne ihre Lenker tun sollten.

Irian staunte über die große Anzahl. Den Spuren nach war Kasûl mit fünf Angitila aufgebrochen – aber vor ihm erhoben sich mehr als zwei Dutzend der kranhohen Tiere, die mit fragenden Lauten durch die Gegend blickten und sich gelegentlich anstupsten, als würden sie sich gegenseitig um Rat fragen.

Es haben sich wohl verwilderte Angitila den Exemplaren der Karawane angeschlossen. Irian näherte sich dem Leittier langsam und reckte eine flache Hand, stieß dazu die Laute aus, die üblicherweise zum Locken der Kolosse benutzt wurden. Die Herde würde ihm in Wédōra eine ordentliche Summe an Silbermünzen einbringen. *Wo sind die Kaufleute und Kasûl?* Er kannte den Wüstenkundigen, der mehr als hundert Karawanen nach Wédōra und zurück gebracht hatte. Da es keine Abdrücke von Stiefeln, Sandalen oder gar bloßen Füßen gab, waren die Passagiere und die Mannschaft nicht geflüchtet.

Das Leittier senkte den geschuppten Kopf, schnupperte an seiner Hand und schnaubte laut. Es hatte ihn als Reiter angenommen.

Lange her, dass ich das tat. Irian schwang sich auf den Schädel und balancierte den Hals entlang auf die obere Schulterpartie. Da sie die Geschirre verloren hatten, behalf er sich mit der Lanze, indem er auf die Seite schlug, in deren Richtung es gehen sollte.

Nach ein wenig Hin und Her marschierte die Herde hinter ihm auf dem Pfad zurück nach Wédōra.

Das Staunen in der Westvorstadt war groß, als Irian mit

seinem Fund zurückkehrte. Zuerst wollte man ihm die Schleuse nicht öffnen, die Anzahl der Tiere war zu hoch. Er verlangte nach Statthalterin Hamátis und Daipan, die ihn ausgesandt hatten.

Die Angitila blieben während der Warterei gelassen. Sie schienen sich auf die Sicherheit der Mauern zu freuen. Als Irian die Lage geklärt hatte, brachte er die Riesenechsen in die Vorstadt. Die fünf, die zu Kasûls Karawane gehört hatten, wurden dem Kontorwächter aus Iratha anvertraut, den Rest beschlagnahmte die Statthalterin, bis die Besitzer ermittelt waren oder sie verkauft wurden.

Irian erhielt von ihr die Zusage, dass er am Gewinn beteiligt würde, und bekam vom irathanischen Kontorwächter den Auftrag, einen Trupp an jene Stelle zu führen, wo sich der Überfall ereignet hatte. Nicht etwa, um Kasûl ausfindig zu machen. Er sollte die Waren bergen und in die Stadt bringen.

So kenne ich die Krämer. Sie werden die Geister nie verstehen.

Nach einer kurzen Rast ging es für Irian also erneut ins Sandmeer. Am weit entfernten Horizont braute sich ein düsterer Sturm auf einer meilenlangen Front zusammen; Vorzeichen des lang erwarteten Unwetters.

Der Kara Buran zog herauf.

Irian fürchtete sich nicht einen Herzschlag lang. Er war ein Wissender.

* * *

Aus den Stadt-Chroniken:

Die Festung Sandwacht, zweiter Teil

Erste Versuche, die Festung zu errichten, wurden durch Stürme und den tückischen weichen Sand ringsherum erschwert.
Ein Steg von der Stadt bis zum Berg sollte den Transport des Materials erleichtern, nachdem sich die Montage einer Seilbahn über die große Entfernung als zu schwierig erwiesen hatte.
Sehr viele Sklaven kamen beim Bau des Bollwerks durch Unfälle ums Leben, starben an Wahn und gingen sich gegenseitig an die Kehle.
Mehrfach gab es Berichte über Schattenumrisse, die sich unter den Arbeitern bewegten und verschiedenste Formen annahmen; über Windhosen, die menschliche Silhouetten annahmen und bei einer Umarmung das Fleisch von den Knochen der Unglücklichen schälten; von Geräuschen sterbender Lebewesen – die ganze Nacht über.
Welch horrende Angst all dies verbreitete!
Die Festung wurde dennoch fertiggestellt.
Am Tag der feierlichen Einweihung durch den Boten des Dârèmo kam der Abgesandte unter mysteriösen Umständen ums Leben. Ein enormer Schrecken für die Stadt und eine Kampfansage der Geister an die neuen Eroberer und Bewohner.
Der Dârèmo schickte einen zweiten Boten und Priester sämtlicher Gottheiten, um die Geister mit Ritualen zu bändigen. Auch sie verfielen dem Wahn.
In den nächsten Siderim wurden ausschließlich junge Krieger ohne Familie in der Festung zur Wache einge-

setzt. Es waren ständige Rituale gegen die Geister nötig, um den Spuk zu besänftigen. Die Erfolge waren mäßig, die Opferzahlen unter den Soldaten hoch, die Verstand oder Leben oder beides für Wédōra gaben. Doch Sandwacht war von strategischer Bedeutung und zu wichtig, um sie aufzugeben.

Daher wurde sie gehalten.

Gegen alle Ereignisse, die stattfanden.

Und stattfinden werden.

KAPITEL XV

WÉDŌRA, PRACHTVIERTEL

Der Kara Buran kommt!« Ovan rannte aufgeregt in die große Stube, in der sich die Verschwörer zur Besprechung einmal mehr eingefunden hatten, und wie immer war er wegen seines Akzents schwer zu verstehen. In der teuren Garderobe machte er den Eindruck eines feinen Mannes, der umgehängte Schmuck klimperte und klirrte um seinen Hals. »Sie haben die ersten Ausläufer gesehen, sagen sie auf dem Markt. Er rollt von Westen heran.«

»Endlich!« Gatimka hob ihren Becher mit Süßwein in die Höhe und schwenkte ihn. »Darauf trinke ich. Mögen die Götter uns gewogen sein. Der Schwarze Sandsturm bringt die Wende für Wédōra. Bald wird meine Schwester frei sein!«

Alle hoben ihre Gefäße und tranken Wein und Henket wie zu einem feierlichen Schwur.

Liothan sah neugierig zum Fenster. Die Sonne schien, und es gab nicht das kleinste Anzeichen für einen Sturm. »Es geht los?«

Die Verschwörer lachten.

»Es geht nicht sofort los. Der Kara Buran nimmt lange Anlauf. Er ist der gefährlichste und längste Sturm, den man in der Wüste kennt. Er staut sich auf, manchmal bis zu einem Mâne und mehr. Zwischendurch verliert er an Wucht, schwillt dann wieder an«, erklärte Keela, die ihre Handrücken mit filigranen Zierlinien bemalte. »Das Leben in der Stadt kommt in den Zeiten seiner größten Stärke zum Erliegen, weil niemand auf die Straße gehen kann, ohne dass es einem die Haut abschmirgelt und die Lunge zusetzt.«

»Manche Häuser«, fügte Tronk hinzu, der seine Augen noch dunkler geschminkt hatte, »die eng zusammenstehen, besitzen Durchgänge.«

»Andere haben flache Keller und dort, wo es möglich ist, Durchbrüche gewagt oder geschützte Brücken errichtet«, ergänzte Jenaia, die geschickt mit einem dünnen Messer spielte und es wirbelte. »Das öffentliche Leben wird in die massiven Hallen verlegt. Auch die Märkte.«

»Ich verstehe.« Liothan betrachtete den Plan. *Im Schutz des Sturms kann man die Mauer der Sperrzone überwinden, weil die Wachen nichts sehen.* Er sah auf die schraffierte Fläche rund um den Turm des Dârèmo. Das Areal betrug zweihundertfünfzig Schritte im Durchmesser, die Mauer selbst reichte dreißig in die Höhe und war sehr dick; zudem gab es weder ein sichtbares Tor noch eine kleine Tür oder einen Durchlass in irgendeiner Form. »Was ist jenseits der Mauer?«

Keela seufzte. »Das weiß niemand.«

»Man sieht von nirgends hinein, auch wenn man das Areal überfliegt«, sagte Veijo und rieb sich über die nachtblaue Haut, als juckte sie von der alchemistischen Veränderung. »Mir hat einer der Gleiterlenker gesagt, es läge ein Schleier drüber, ein Nebel, der die Sicht raubt.«

»Wenn wir über die Mauer gelangen, kann uns alles erwarten.« Gatimka zog ein beschriebenes Papier heraus. »Meine Tante sammelte in den Siderim, seit sie hier ist, die verschiedenen Gerüchte. Sie reichen von nichts über prächtige Häuser, ein gigantisches Loch oder schlichte Wüste bis zu einem Graben aus Wasser und Eis, was den Nebel erklären würde.«

»Und natürlich wimmelt es dort vor Bestien, das erzählen sich alle«, warf Ovan ein und lächelte grimmig. »Es gibt Dutzende Legenden und nicht einen Hinweis für das Tatsächliche.«

Liothan entsann sich, was er von den Umstürzlern über die Mauer gehört hatte. Sie war glatt wie ein Spiegel und bestand aus schwarzem Stein, der sich in der Sonne aufheizte, was bei Berührungen zu Verbrennungen führte. Nachts sei sie im Licht der Monde eiskalt, so dass man festfröre, sobald man sie anfasste. *Es löst sich erst morgens, sobald die Sonne darauf scheint.* »Der Sturm gibt uns Deckung. Aber wie kommen wir über die Mauer?«

»Unser guter Kardīr arbeitet an einem Zauber«, sagte Gatimka. »Damit überwinden wir dieses Hindernis recht schnell. Er müsste allmählich mit der Formel fertig sein. Einen vollen Mond wird sich der Kara Buran Zeit lassen, bis er auf Wédōra trifft.« Sie sah Liothan an. »Du kannst zu ihm gehen und ihn holen. Er soll darlegen, was er plant. Mir wäre mit dem Wissen wohler, dass unser Razhiv weiß, was er in sieben Tagen tut und was zu tun ist.«

Liothan nahm an, dass der Dârèmo auch auf solche Attacken vorbereitet war. *Es wird nicht das erste Mal sein, dass jemand einen Umsturz versucht.* »Die Luken am Turm – denkt ihr nicht, dass er uns beschießen wird?«

»Vergiss nicht den Sandsturm«, erinnerte Ovan mit seinem nuschelnden Zungenschlag. »Ohne ihn wäre es vergebliche Mühe. Die schwarzen Körner und der Staub werden uns schützen.«

Gatimka goss sich vom Wein nach. »Meine Tante schrieb, dass von einhundert Kletterern, die es zu früheren Zeiten versuchten, achtundneunzig niemals wieder gesehen wurden. Die Zurückgekehrten erzählten Rätselhaftes oder vermochten sich nicht mehr zu erinnern, oder aber sie bekamen eine besondere Gabe auf Lebenszeit oder ein Artefakt.« Die blonde Frau blätterte in den Aufzeichnungen, wischte eine blonde Strähne aus ihren anmutigen Zügen. »Wer allerdings damit angab, der starb. Es sollen besondere Waffen, Schilde, Kleidung, Schmuck oder Artefakte, deren Funktion nicht erkennbar ist, in so manchen Wohnungen der Stadt hängen. Sie werden als strenges Geheimnis gehütet.«

»Hat sie die Überlebenden aufgesucht?« Liothans Aufregung stieg. Neben der Herausforderung lockte ihn ein noch größerer Lohn als in Eàkinas Haus, mit dem er nach Walfor zurückkehren könnte. Als gemachter Mann. *Niemals mehr Überfälle, um Unterhalt zu verdienen.*

»Es gab in den letzten zwanzig Siderim keine Versuche mehr. Oder die Personen waren schlau genug, nicht damit zu prahlen«, antwortete Gatimka und klappte das Büchlein zu, gewährte Liothan ihr einnehmendes Lächeln. »Bevor wir den Turm angreifen, werden wir der Statthalter-Versammlung einen Besuch abstatten.«

»Um *was* zu tun?«, fragte Liothan. »Sie zu fesseln und auszuschalten?«

»Nein. Sie zu überzeugen, auf unsere Seite zu wechseln.« Gatimka deutete auf mehrere Stadtteile auf der Karte. »Mit denen hat meine Tante schon Kontakt aufgenommen, um vorzufühlen, wie die Stimmung ist. Man steht einem Wechsel nicht ablehnend gegenüber. Es gibt noch vier, die erst unsere Pläne sehen wollen, bevor sie sich entscheiden.«

»Das ist ein Wagnis«, kam es über Liothans Lippen. »Es muss nur einer von denen loyal zum Dârèmo stehen, und wir kommen keine zwei Schritt weit.«

Die Verschwörer lachten wieder.

»Meine Tante war sehr geschickt, lieber Lio«, beruhigte Gatimka ihn. »Oder würden wir uns sonst hier treffen können? Die Garde hätte uns längst hochgenommen, wenn der Dârèmo nur einen Hauch von Wissen über uns besäße.« Sie suchte einen Plan aus der Ablage, auf dem die umgebenden Häuser rund um die Sperrzone abgebildet waren, sowie Detailzeichnungen des Turmes aus verschiedenen Himmelsrichtungen. Jedes Rohr, jede Leitung, jeder Stein und jede Öffnung waren zu sehen. »Geh und hole Kardīr. Mit ihm gehen wir unseren Plan durch. Hast du den Passierschein noch?«

Liothan nickte und begab sich zum Ausgang. »Du solltest zwischendurch als Eàkina durch die Straßen gehen, Gatimka. Sie muss sich noch vor dem Kara Buran zeigen, sonst werden die Nachbarn vielleicht misstrauisch.« *Und ich muss mich nicht in die Verkleidung zwängen.*

»Ein sehr guter Hinweis. Das tue ich.«

Liothan legte einen Finger an den Zwingtorque, aber sie saß stahlfest um seinen Hals. *Bleib ruhig. Sie zieht sich nicht enger. Es ist Einbildung.*

»Wohlan, der Kara Buran rückt vor. Normalerweise bleiben uns sieben Sonnen.« Gatimka sah in die Runde. »Das könnte das vorgesehene Fest natürlich ruinieren. Der Dârèmo wird es nach hinten schieben.«

»Oder der Dârèmo zieht die Feierlichkeiten vor.« Veijo sah nicht zufrieden aus. »Damit wären von morgens bis abends Menschen auf der Straße. In sämtlichen Vierteln.«

Liothan war stehen geblieben. »Wäre das nicht eine gute Tarnung für uns, um etwas auszuspähen?«

»Möglich wäre es. Angeblich sind die Delegationen der verschiedenen Königreiche und Länder rund um Wédōra schon in der Stadt«, sagte Gatimka. »Das bedeutete, dass wir viele aufmerksame, eifrige Leibwächter umgehen müssten. Ich fürchte nämlich, dass Kardīr Vorbereitungen an der Mauer treffen muss, um seine Zauber zu sprechen.

Gerade dort würden sich die Ehrengäste und Mächtigen tummeln.«

»Ich weiß nicht, wie es euch geht, aber ich bin dafür, dass wir uns etwas zu essen machen. Ich bin zu hungrig, um nachzudenken«, warf Ovan ein, und die Verschwörer erhoben sich lachend.

»Ich höre mich unterwegs um, ob das Fest früher stattfindet.« Liothan nickte in die sich auflösende Runde, nahm sich eine maßstabsverkleinerte Stadtkarte, da er noch weit davon entfernt war, sich in den Straßen und Vierteln auszukennen, und eilte hinaus. Zusammen mit ein paar Münzen steckte er sie in eine Umhängetasche.

Vor dem Ausgang kam ihm ein Gedanke. *Ich könnte den Botengang noch zu was anderem nutzen. Heimlich.*

Da er ohnehin unterwegs war, konnte er die Orte aufsuchen, die er auf Dûrus' Karte gesehen hatte. Sobald der Kara Buran losheulte, würde er keine Gelegenheit mehr haben. Vielleicht fand er dort Hinweise auf Dûrus' Zauber, was wiederum Kardīr helfen mochte, ihn und Tomeija sicher nach Walfor zurückzubringen.

Leise, damit ihn die Verschwörer in der Küche nicht bemerkten, kehrte er vor die große Karte zurück und übertrug die verbliebenen drei Punkte auf seine verkleinerte, gröbere Ausgabe. Dann begab er sich in die Straßen.

Der Sklavenring um seinen Hals stellte ihn auf eine harte Probe, aber um seine Tarnung aufrechtzuerhalten, musste es sein. So trabte er mit seinem einfachen, hellen Gewand durch das Goldene Viereck und lenkte seine Gedanken weg von dem irrigen Gefühl, die Torque würde sich bei jedem Atemzug um Haaresbreite enger zusammenziehen, um ihn zu ersticken.

Liothan sah auf die Karte und Markierungen. Ein Punkt befand sich in der Nähe.

Er ging unter den Sonnensegeln hindurch und suchte nach dem ersten Gebäude im Goldenen Viereck, an der Grenze zu den Häusern der noch Reicheren.

Die Bleibe, die Dûrus – aus welchen Gründen auch immer – mit einer Markierung versehen hatte, unterschied sich auf den ersten Blick durch nichts von den nebenstehenden. Doch bei genauerer Betrachtung an den gespannten Seidentüchern vorbei fiel Liothan auf, dass es nur zwei Geschosse gab, während die übrigen Gebäude höher in den Himmel ragten. *Wie bei dem Handwerker.*

Er ging näher heran und bemerkte, dass auf dem Dach im Gegensatz zu den sonstigen Bauten kein Grün wuchs. Ein Blick in die Fenster zeigte zudem: *Es ist leer!* Er erwog, dass Dûrus einst selbst darin gelebt hatte und es mit seinem Verschwinden keine Bewohner mehr gab.

Jedes Fleckchen ist wertvoll. Wäre ich Dârèmo, hätte ich es längst beschlagnahmt und verkauft. Neugierig eilte Liothan los und fand nach einigem Suchen eine weitere markierte Stelle.

Sie befand sich im dritten Viertel, in dem überwiegend Handwerker und einige Künstler lebten, wie er anhand der Geschäfte und Läden vermutete. Den Prunk und Protz des Goldenen Vierecks suchte man vergebens; es hatte den Anschein, dass viele Arbeiter, die ihr Einkommen in den einfachen Vierteln und Vorstädten verdienten, in den Häusern lebten.

Die gesuchte Stelle von zehn mal zehn Schritt Größe sprang direkt ins Auge.

Da steht nichts. Liothan wunderte sich, dass bei dem geringen Platzangebot in Wédōra auf eine Bebauung verzichtet wurde. Auf der freien Fläche hatte ein Händler seinen Stand aufgebaut und verkaufte hauchdünnes frisches Fladenbrot, das er auf einer heißen Platte vor den Augen seiner Käufer zubereitete. Dazu gab es verschiedene Soßen, mit denen das Gebäck bestrichen oder nach Wunsch beim Backen gefüllt wurde.

Gehörte das Grundstück Dûrus? Liothan packte die Karte weg und näherte sich dem Stand. Hunger verspürte er ohnehin, und so ergab sich die günstige Gelegenheit, mit dem Bäcker zu reden und das Geheimnis der kahlen Stelle im Stadtbild zu lüften.

»Komm heran, mein Freund! Komm und genieße meine Khubs!«, lockte ihn der Mann routiniert und riss einen kleinen Fetzen Teig aus dem großen Stück, schlug es mit bemehlten Händen flach und walzte es mit einem Rundholz hauchdünn. »Du siehst hungrig aus. Und sehr dünn. Du brauchst mehr Fleisch auf deinen Knochen, sonst blasen dich die Stürme davon.« Er reichte ihm einen kleinen gebackenen Fladen zum Kosten. »Du hast eine knausrige Herrschaft, so wie du aussiehst.«

Liothan grinste. Er hatte es mit einem bewährten Geschäftemacher zu tun. »Ich nehme einen.« Er langte in die Tasche und hob eine der silbernen Münzen mit dem Stadtwappen heraus. »Bezahlen kann ich auch.«

Zufrieden machte sich der Bäcker ans Werk. »Welche Soße möchtest du?« Der Teig schlug leise blubbernd Blasen beim Backen.

Liothan wählte eine, die fruchtig-herzhaft roch. »Wie kommt es, dass kein Gebäude hier steht?«

»Das Grundstück gehört dem Dârèmo. Keine Ahnung, was er damit machen möchte. Ich habe eine Lizenz vom Statthalter bekommen« – er pochte auf das beschriftete und gesiegelte Kupfertäfelchen, das sichtbar am Stand hing –, »mein Fladenbrot anzubieten. Das ist mir am wichtigsten.« Er wendete das dünne, duftende Teigplättchen.

Dem Untergrund nach zu urteilen, hatte niemals ein Haus oder Ähnliches auf dieser Stelle gestanden. Die Fläche war gepflastert, der Stand sah ein wenig verloren darauf aus. *Man könnte einen ganzen Markt hier aufbauen. Warum geschieht das nicht?*

»Hier.« Der Bäcker faltete den Fladen zweimal der Länge nach und strich mit einem triefenden Pinsel dick von der Soße darauf. »Lass es dir schmecken, mein Freund. Das macht ein Silber-Achtel.«

»Danke. Behalte den Rest.« Liothan zahlte einen ganzen Silberling.

»Großzügige Sklaven. Das habe ich selten.«

»Ach, sag: Wie steht es um die Feier zum Jubiläum?«

Der Händler zuckte mit den Achseln. »Die einen sagen, sie wird vorgezogen, die anderen wollen vernommen haben, dass sie sich verschiebt, bis der Kara Buran überstanden ist.« Er reichte noch einen kleinen unbestrichenen Fladen hinterher. »Du musst mehr essen. Ich will dich nicht bei der nächsten Böe an den Windgott Ioros verlieren.«

»Danke.« Schon der erste Bissen schmeckte hervorragend. Der Teig war nicht zu hart, die süßscharfe Note der Soße harmonierte zum leicht Salzigen des Gebäcks. Davon würde er mehr essen. Das zweite Brot wickelte er um sein erstes.

»Dein Amulett«, sagte der Bäcker freundlich. »Verstecke es.«

Liothan blickte an sich herab und sah das Hastus-Medaillon über der Tunika. »Was ist daran schlimm?«

»Es ist verboten, Symbole von anderen Göttern als jene der Stadt offen zu tragen. Es könnte dir Ärger bringen, wenn du an einen eifrigen Gardisten gerätst.«

Dafür gab ihm Liothan noch eine ganze Silbermünze. »Wie gut, dass ich dich traf. Ich preise deinen Gott.«

Kauend schlenderte er über den Platz und betrachtete ihn eingehend, stampfte mehrmals auf. *Klingt das anders als …?* Zur Gegenprobe wiederholte er es auf der Straße. Für sein Gehör gab es Unterschiede. *Ist darunter ein geheimes Lager, vom Herrscher angelegt?*

Liothan verstaute seinen Talisman, nahm die Karte und begab sich essend an die dritte Stelle, die im fünften Viertel und dicht an der Mauer lag.

Die Häuser waren wesentlich teurer und auffälliger gestaltet als im dritten Stadtteil. Handwerker mit größeren Werkstätten und Zulieferbetrieben waren ansässig, aus deren Höfen es hämmerte und klopfte, Sägen drehten sich. Kaufleute hatten ihre stattlichen Niederlassungen errichtet und an den Toren angeschrieben, mit welchen exquisiten Waren sie handelten und welche Lieferungen in den kommenden Mânen erwartet wurden.

Liothan fand den Bereich, der auf der Karte markiert worden war. Er war nur fünf mal acht Schritte groß, und auf ihm stand die Ruine eines zu zwei Dritteln säuberlich abgetragenen Hauses.

Noch ein Areal, das dem Dârèmo gehört? Er begab sich in die Trümmer und setzte sich mitten hinein, während er die Reste des Fladenbrots verspeiste.

Liothans braune Augen erfassten die Kleinigkeiten, seine Blicke fahndeten nach dem Grund des Abrisses. In den Überresten einer Wand sah er einen deutlichen Riss im Mauerwerk. *Ah, es wurde beim Bau gepfuscht.*

»Heya! Du da!«, wurde er angebrüllt. »Raus! Sofort!«

Liothan sah einen Trupp Gardisten in hellen Rüstungen mit weißen Überwürfen, der auf der Straße stehen geblieben war. *Verflucht noch mal.*

»Gewiss, Herr«, erwiderte Liothan und sprang auf. Er musste in der Rolle des Sklaven bleiben. *Kein Widerwort,* mahnte er sich. Wieder fühlte er den Zwingtorque um seinen Nacken schrumpfen. »Ich wollte mich ausruhen, Herr. Hier störe ich niemanden, dachte ich.«

»Du lungerst herum. Das stört *jeden.* Das ist nicht das Vergnügungsviertel«, wies ihn der Anführer zurecht. Seine Haut war tiefbraun und wies ein ähnliches Fleckenmuster wie Kasûls auf, unter der Nase prangte ein stattlicher Schnauzbart. Die mandelförmigen Augen machten seinen Blick stechend.

»Sicherlich, Herr. Danke, dass Ihr mich aufmerksam macht.« Liothan verneigte sich mehrmals und trat auf das Kopfsteinpflaster. Er hielt seine frechen Worte und die ironische Betonung zurück, wie er sie in Walfor gerne einsetzte, da ihn die Leute kannten. In Wédōra dufte er sich das nicht erlauben.

Der Gardist sah auf den Zwingtorque mit den eingeritzten Zeichen, nahm eine Liste heraus und prüfte sie. »Du gehörst Eàkina Thi Isoz. Meinen Glückwunsch. Was machst du in meinem Viertel?«

»Besorgungen, Herr.« Liothan wurde mulmig und zeigte seinen Passierschein. Die alte Adlige schien eine Größe gewesen zu sein.

»Dann geh deiner Wege und sei deiner Herrin ein guter Sklave.« Er zeigte die Straße entlang.

»Sicherlich und sogleich, Herr.« Liothan wollte die Gelegenheit nutzen und deutete auf die Ruine. »Meine Herrin meinte vor kurzem, sie suche noch etwas zum Erwerb. Wisst Ihr, wer der Besitzer dieses Platzes ist? Er scheint kein Interesse mehr daran zu haben.«

»Es gehört dem Dârèmo, und soweit ich weiß, steht es nicht zum Verkauf.« Der Gardist trat Liothan unvermittelt in den Hintern, Staub wirbelte. »Los, jetzt. Bevor ich dir Hiebe verpassen lasse.«

In Liothan begehrte es gegen die respektlose Behandlung auf, aber er rannte unter dem Gelächter der Truppe los, die Hände zu Fäusten geballt. *Kümmre dich nicht drum. Bald bist du zu Hause.*

Drei Stellen, drei Viertel, drei Erkenntnisse.

Die Orte auf Dûrus' Karte dienten nicht als Wohnorte. Es schien, als habe der Herrscher der Stadt kein Interesse daran, dass sich jemand dort niederließ und auf den Arealen eine Bleibe errichtete. Die Gründe für den Leerstand und die Brachen waren mannigfaltig, das Grübeln brachte nichts. Unzufrieden mit den Ergebnissen seiner Nachforschungen, ging Liothan durch die Straßen zum Vergnügungsviertel, wo er Kardīr vor Sonnenuntergang in seiner mit Büchern zugestellten Behausung antraf. Die schweren, dichten Vorhänge waren zugezogen, damit die Sonnenstrahlen nicht zu ihm drangen und ihn verbrannten.

Der Razhiv saß umringt von Nachschlagewerken an einem Schreibtisch voller Blätterstapel. Er hatte die Ärmel seiner roten Robe in die Höhe geschoben und kritzelte, unterstrich und korrigierte seine Aufzeichnungen und Formeln. Auf dem Kopf trug er eine blondgelockte Perücke, die ihn gelehrtenhaft und richterlich erscheinen ließ.

»Ah, der Gestrandete«, sagte er, ohne aufzublicken. »Ich wusste, dass du es bist, und entschärfte meine Fallen. Nutze das nächste Mal die Türschelle.«

»Da ist keine.«

»Ach ja. Der Seilzug ist gerissen. Sei nicht dumm wie ein Stein und klopfe eben.«

Die Räucherstäbchen. Ich habe sie vergessen. »Verzeih meine Nachlässigkeit«, sagte Liothan. »Gatimka möchte dich wegen des aufziehenden Kara Buran sehen, um den Plan zu besprechen. Es geht um die magischen Vorkehrungen, die an der Sperrmauer getroffen werden müssten.

Sie fürchten, dass der Dârèmo die Feierlichkeiten nicht nach hinten, sondern nach vorne verschiebt.«

Kardīr nickte kaum merklich, dann nahm er ein dickes Buch von einem der ihn umringenden Stapel und warf es Liothan hin. Die allgegenwärtigen Rauchgespinste drehten sich und zuckten im ausgelösten Windhauch. »Das musst du lesen.«

»Muss ich?«

»Gatimka berichtete mir, dass du den Drittmond sehen kannst«, sprach er nachdenklich. »Hinzu kommt die Reaktion deines Bluts, als ich es aufnehmen wollte.« Er rieb sich am Kinn entlang. »Lio, Lio …«

»Ich habe keinen Doppelnamen«, versuchte Liothan einen Scherz.

Kardīr hob die Augenbrauen, um zu zeigen, dass er es nicht witzig fand. »Ich fürchte, du bist mitten in der Wandlung. Zu einem Razhiv.«

Dieses verdammte Wasser! Besaß Eàkina einen eigenen Brunnen, aus dem sie ungefiltertes Wasser förderte? Er hatte nicht vergessen, dass von solchen Wundern die Rede gewesen war: Gestrandete und Bewohner der Reiche, die nach einem Trunk aus der Quelle ungewollt magische Fertigkeiten entwickelten. *Ungewollt* war dabei das Entscheidende. »Du musst dich irren.«

»Wer von uns beiden sieht den Drittmond?«, erwiderte Kardīr heiser. Seine Hand deutete auf das hingeworfene Buch. »Darin ist beschrieben, welche Formeln du nutzen kannst.« Er trank von seinem Wasser. »Das ist so ungerecht. Ich saufe mich an dem langweiligen Zeug zu Tode und verliere immer mehr Kraft, und du kommst daher, aus Walfor, und …« Er atmete laut und lange durch. »Aber ich will nicht undankbar sein. Und noch weniger ein Arschloch so groß wie das eines Angitila.«

Liothan blickte auf den Wälzer. *Das ist viel zu viel.* Außerdem wollte er kein Witgo sein. Er rettete sich in den Gedanken, dass er in seiner Heimat aus harmlosen Quellen trinken würde. *Ich werde diese Kräfte wieder verlieren. Zum Glück.*

Kardīr schloss die Augen. »Ich muss dich warnen, Lio.«

»Ich trachte nicht danach, deine Stelle im Plan einzunehmen«, erwiderte er sogleich.

Der Razhiv lachte. »Das ist nett. Aber darum geht es nicht. Es geht um dich.« Er hob die Lider und deutete auf die verstreuten Berge aus Büchern. »Diese Werke stammen aus Wédōra, aus verschiedenen Königreichen, aus Ländern jenseits des Meeres. Sie berichten von Magie, von Zauberern und Gelehrten, die nach Wédōra kamen und mit den Mächten experimentierten.« Er zeigte bestimmt auf das hingeworfene Buch. »Diese Schriften wurden in den letzten einhundert Siderim nicht mehr gebraucht. Ahnst du, warum?«

»Weil … es keinen gab, der den dritten Mond sah?« *Ein Räuber, der zu einem Hexer wird.* Das war keine Entwicklung, die Liothan mit Freude erfüllte.

»Gesehen wird er gelegentlich. Von …« Kardīr gab ein schnalzendes Geräusch von sich. »Von manchen. Aber ein Razhiv, der die Kräfte aller drei Monde *nutzen* kann, das kommt einmal in zweihundert Siderim vor.«

Liothan erinnerte sich an die Worte des Hakhua und schüttelte den Kopf. »Das ist einerlei. Du wirst mich nach dem Sturz des Dârèmo nach Hause bringen.«

»Du verstehst deine Besonderheit nicht.« Kardīr musterte ihn. »Hast du eine Vorstellung, *welche* Macht du erlangen kannst, wenn du in Wédōra und unter seinen drei Monden bleibst?«

Ich ahnte, dass er mich überreden möchte. »Ich will sie

nicht. Meine Frau, meine Kinder, mein Haus und meine Freunde, das zählt.« Liothan war es leid, das immer wieder betonen zu müssen. »Vergiss, was du weißt. Vergiss, was ich sein könnte.«

»Das werde ich. Und darüber hinaus werde ich die Götter bitten, dass es niemand sonst bemerkt.«

»Was soll schon geschehen?«

Kardīr lachte einmal auf. »Du niedlicher, trotteliger Welpe. Es gibt in Wédōra einen Zirkel aus Razhiv, die auf einen neuen *Saldûn* warten. So nennt man jene magischen Menschen, die das fast Unmögliche in sich vereinen. Dieser Dûrus, von dem du mir erzähltest, würde dazugehören. Aber im Vergleich zu ihm wärst *du* noch mächtiger.« Er schlug das Buch auf und wies ihm eine Zeichnung. »Du verbindest die Kälte, die Hitze und die Bosheit der Monde in einem. Daraus lassen sich Zauber weben, gegen die es kaum ein Mittel gibt.«

Die Bosheit? Ich sehe den Mond, weil ich … Liothan sah sich weit vom Bösen entfernt. Er gab selbst als Halunke stets ab und beschenkte die Armen. »Ich bin nicht boshaft.« Er musste grinsen, weil er sich wie ein trotziges Kind anhörte, das bei etwas Verbotenem ertappt worden war. *Ein niedlicher, trotteliger Welpe.* »Wirklich nicht! Das schwöre ich! Bei Hastus dem Gerechten!«

Kardīr klappte den Deckel zu. »Der Mond zeigt sich dir, Lio. Daran ist nicht zu rütteln.« Er lachte freundlicher. »Es spricht für dich, dass du keine Macht willst. Vielleicht täuscht sich der Drittmond in dir.« Er erhob sich und warf einen vorsichtigen Blick zum Fenster. »Wir können aufbrechen, denke ich. Die Sonne ist gesunken.«

Ein Saldûn. »Was wäre, wenn diese Razhiv von mir wüssten?«

»Sie würden dich aufsuchen und bitten, sie anzuführen.«

Kardīr machte ein verächtliches Gesicht und steckte das Buch ein, das er Liothan empfohlen hatte. »Es sind keine guten Leute. Sobald sie merken, dass du kein Interesse daran hättest, würden sie dir das Leben schwermachen, bis du deine Meinung änderst. Oder tot bist. Sie sind der Ansicht, dass eine solche Kraft nicht vergeudet werden darf.«

Gemeinsam verließen sie die Wohnung, stiegen die wackelnden Leitern abwärts und gingen durch Wédōras verwinkelte Gassen, wie sie nur im Vergnügungsviertel vorkamen.

Die Bordelle, Kneipen, Kaschemmen, Rauschhäuser und sonstigen Einrichtungen von schäbig bis edel bereiteten sich auf das Abendgeschäft vor. Hier wurde rasch gefegt, dort gestrichen und geputzt. Ausrufer sollten Publikum anlocken und lieferten sich eine Art Wettschreien, bei dem sie sich mit Beschimpfungen und Wortduellen zu überbieten suchten. Musik und Trommeln tönten die Gassen empor.

»Noch etwas. Schwöre niemals laut zu einem Gott, den es hier nicht gibt. Es ist verboten. Bete zu einem der unsrigen oder schweige«, schärfte ihm Kardīr ein.

»Gut. Ich merke es mir.« *Das hätte ich mir nach den Worten des Bäckers denken können.* Liothan kam es vor, als liefen mehr Menschen als sonst auf den Straßen umher. Vor dem kommenden Schwarzen Sandsturm wollten die Bewohner wohl nochmals über die Stränge schlagen und sich ausleben, ehe sie in den Häusern eingesperrt wurden.

»Ich werde Gatimka nichts verraten«, sagte Kardīr und zog das Buch aus seinem Beutel, um es Liothan aufzudrängen. »Stecke es ein, lies unauffällig darin, wann immer du Zeit hast. Und sage nicht, dass du ohnehin nach Walfor zurückkehrst. Sei vorbereitet. Es kann sein, dass du die erwachende Gabe bei unserer Unternehmung brauchst.«

Damit der Hexer Ruhe gab, steckte Liothan es ohne einen Kommentar in seinen Beutel. *Das alles, weil ich einen Mond sehe,* dachte Liothan entnervt und blickte an den vielen Lampions vorbei hinauf in den Himmel.

Vor Überraschung geriet er ins Straucheln und hielt sich an Kardīrs Schulter fest, um nicht zu stürzen.

»Was ist?« Der Razhiv blickte sich um und hob den Blick. »Siehst du wieder den Mond der Bosheit?«

»Auch«, raunte Liothan und erbleichte. »Und ich … sehe einen vierten.«

* * *

Wédōra, Nordvorstadt

Kaum hatte sich Tomeija von ihrem Abenteuer im Verwesungsturm erholt, begab sie sich mit frischer Kleidung, Schal und neuen Handschuhen in die Nordvorstadt, um dem Überbringer des Iphiums aufzulauern.

Auch wenn sie in Chucus' Auftrag handelte, betrachtete sie die Angelegenheit seit dem Angriff als höchsteigene Fehde, die sie mit Dyar-Corron und den Rauschgift-Händlern auszutragen gedachte.

Chucus verlangte von ihr Namen und Orte, an die er seine Schläger oder die Garde schicken konnte. Nach dem Tod der Tänzerinnen durch das Iphium und dem Vorfall in seinem Theater nahm auch er die Angelegenheit sehr persönlich.

Weniger störte den Leno das Schicksal der Weggeworfenen. Es sei üblich, hatte er Tomeija wissen lassen. Mancher Schein- oder Halbtote lande zudem nicht im Verwesungsturm, sondern in einem der Laboratorien von Dyar-Corron.

Pimia würde ich es gönnen. Tomeija sah das verschlagene Gesicht der blonden Frau vor sich. *Sie verheimlicht meine Nachricht.*

Einer der Arbeiter des Theaters hatte die Scīrgerēfa wissen lassen, dass sich ein recht drahtiger Sklave mit langen braunen Haaren und einem merkwürdigen Zungenschlag nach ihr erkundigt und eine Nachricht bei Pimia hinterlassen habe. Der Beschreibung nach war es Liothan gewesen.

Aber Pimia leugnete es und behauptete, sie habe niemals eine Botschaft angenommen. Dabei grinste sie unschuldig falsch.

Ich werde eine Nadel zum Einsatz bringen. Tomeijas Erklärung für die Lüge lag in der Freundschaft zwischen Pimia und Sebiana. Der Tod der Vertrauten brachte Tomeija Pimias Feindschaft, da ihre Ermittlungen der Auslöser der Ereignisse gewesen waren. Es konnte sein, dass die blonde Tänzerin in die Iphium-Pläne eingeweiht gewesen war. *Sobald ich zurück im Theater bin, knöpfe ich mir sie vor.* Nichtsdestoweniger freute sich Tomeija, dass Liothan am Leben war und herausgefunden hatte, wo sie sich aufhielt. *Seine Nachricht hole ich mir, sobald ich den Iphium-Abschaum hochgenommen habe.*

Tomeija richtete den Schal vor Mund und Nase.

Sie passierte die breite Hauptstraße, welche die Nordvorstadt der Länge nach durchschnitt, und wich den Staubwolken aus, die von den Angitila, Gespannen, kleineren Echsen und sonstigen Gefährten aufgewirbelt wurden. Der Wind hatte aufgefrischt, aber noch keine Stärke erreicht, die den Bewohnern Angst einjagte.

Mitten in der Bewegung blieb sie stehen, drehte den Kopf nach rechts. *Der Driochor-Tempel.* Sie hatte dank der

Ereignisse im Verwesungsturm die Frau vergessen. Und ihren Namen.

Tomeija rang mit sich. Die Pflicht rief sie zum Eingangstor, um dem Iphium-Bringer auf der Beek-Echse aufzulauern.

Aber ein Drang, der stärker war als die Verpflichtung, zwang sie, die Schritte in die Seitenstraße zu lenken.

Tomeija ging auf den Tempel zu, ein schlichter, steinerner Anbau an einem Kontor. Über dem Eingang zeigte sich ein aufgemalter Driochor in der gleichen Gestalt wie auf dem Fresko, ausgeschmückt mit Blattgold und Edelsteinen, die in der Sonne glänzten.

Einem unhörbaren Ruf folgend, betrat Tomeija das Innere. Die Wände waren mit schwarzem Marmor verkleidet, darauf sah sie Zeichnungen, auf denen Driochor in verschiedenen Posen dargestellt war. Die spitzen Zähne in seinem Mund und die Klauen hatte sie zuvor nicht wahrgenommen.

Schön ist Driochor nicht, mit seinem Skelettleib und der Knochenschleppe. Und doch fühlte sich Tomeija mit ihm verbunden und sich im Tempel heimisch, was ihr selbst unerklärlich vorkam. Sie kannte die Gottheit erst seit einem Tag.

Der einzige Raum des Tempels wurde von einer Düsternis beherrscht, die keine Angst, sondern Herrschaftlichkeit verströmte. Tageslicht drang abgeschwächt durch kleine Fenster ins Innere, die Scheiben waren mit Glasmalereien und dünnen Lagen aus hauchzartem Silber verziert. Zehn Menschen fanden hier Platz.

Neben dem Altar, der mit dunklem Blattgold verkleidet und eingetriebenen Symbolen versehen war, stand die Frau aus Doravo. Sie trug das enganliegende schwarzweiße Kleid, das sie im *Spaß und Blut* bei ihrer Darbietung genutzt hatte. Die langen schwarzen Haare fielen offen auf die Schultern und den Rücken hinab, dünne Drähtchen aus Edelmetallen glänzten darin.

Tomeija wusste nicht, welches Verhalten sich in einem Tempel von Driochor schickte. »Verzeiht, wenn ich hereinplatze.« Verunsichert blickte sie zur Priesterin. *Was tue ich hier?* Die Pflicht wollte sie hinaus in die Hitze scheuchen. Sie machte einen ersten Schritt rückwärts. Weder gehörte sie in das Heiligtum noch in diese Welt. »Ich …« Sie verbeugte sich und wandte sich zum Gehen.

»Eine Gestrandete wie dich habe ich noch nie gesehen. Und ich bin schon seit zehn Siderim in Wédōra«, sprach die Frau aus Doravo mit sandraschelnder Stimme, von der Enigmatisches ausging. »Als du vor dem Wandbild standst, sah ich die Aura, die sich um dich herum aufbaute. Du warst dem Tod in deiner Vergangenheit sehr nahe. Sehr oft. Sehr nahe. Aber nicht als Opfer.«

Tomeija blieb stehen. *Sie weiß es.* »Nicht wie ein Krieger oder ein Abdecker«, redete die Priesterin weiter. »Du *warst* der Tod. Von vielen. Alte. Junge. Schuldige. Unschuldige.«

Tomeija schloss die türkisfarbenen Augen und spürte bei aller Furcht, weil die Wahrheit offenbart wurde, eine ungeheure Erleichterung. »Ich sprach mit niemandem darüber.«

»Das musst du nicht. Driochor erkannte dich, und du erkanntest ihn.« Die Frau stand dem Klang ihrer Stimme nach direkt vor ihr. »Ich bin Berizsa. Priesterin von Driochor.« Eine kühle Hand legte sich in Tomeijas Nacken und zog den Schal zur Seite, berührte ihr Brandzeichen. »Ich weiß nicht, was es bedeutet, aber es hat damit zu tun. Von ihm geht … Energie aus. Seine Energie.«

»Ich war eine Scharfrichterin«, erwiderte Tomeija und öffnete die Lider. »Ich diente weit entfernt von meiner Heimat der Gerechtigkeit. Dachte ich. Aber je öfter ich meine Waffe schwang, desto mehr erkannte ich, dass ich als Henkerin nicht der Arm der Gerechtigkeit war, sondern einzig ein Werkzeug für jene, die sich nicht die Finger schmutzig machen wollten.« Sie war den Tränen nahe, ihre Seele schmerzte bei den Erinnerungen. »Du hast recht. Ich habe gefoltert. Getötet. Ausgeweidet.«

»Und du hast geheilt und geholfen, wo es möglich war«, ergänzte Berizsa. »Quäle dich nicht. Es liegt in der Vergangenheit.«

»Es darf niemand wissen! Ich … bin aus dem Dienst entflohen.«

»Ich erzähle es gewiss nicht. Für Driochor ist deine Vergangenheit eine Auszeichnung.« Die Priesterin deutete auf eine Sitzbank an der Wand. »Hast du einen Moment für mich?«

Dûrus muss es auch gefühlt haben. Es liegt an dieser Welt, dass sie es spüren. Tomeija dachte an ihre eigentliche Mission. »Ja«, hörte sie sich sagen. »Kann … kann Driochor den Fluch von mir nehmen?«

Berizsa streifte ihr die Handschuhe ab und umfasste Tomeijas Finger, deren Kuppen noch immer schwarz gefärbt waren, ohne Angst.

»Nein! Nicht! Was tust du?«, begehrte sie auf und wollte die Hand wegziehen. »Das Leder muss bleiben. Meine bloße Berührung reicht aus, um dir den Tod zu bringen. Ich weiß es! Ich habe es gesehen und …«

»Ich fühle den Zauber. Ja, du bringst Verderben. Aber erst« – sie lächelte –, »sobald *du* denkst, dass es so sei. Deine Gedanken töten zusammen mit dem Fluch.« Sie betrachtete das Schwert. »Bei ihm verhält es sich genauso. Das ist das Perfide an dem Spruch, der über dich geworfen wurde.«

Tomeija versuchte zu verstehen. »Das bedeutet … wenn

ich jemanden anfasse und nicht in Furcht verfalle, weil ich denke, dass die Person tot zusammenbricht …«

»Geschieht nichts. Wie beim siebten Schlag deines Schwertes.« Berizsa zeigte zum Relief von Driochor. »Er sagte es mir und meinen Priesterinnen. Und dass du zu seiner Gefolgschaft gehören musst, denn ich kann dieses Amt nicht mehr lange ausüben. Das ist der Preis, den wir Leute aus Doravo zahlen.«

Tomeijas Gedanken wirbelten wie der Sand im Sturm. *Ich kann es aus eigener Kraft verhindern!*

Innerhalb weniger Herzschläge schien sich ihr Bann erklärt zu haben und gebrochen zu sein. Jahre hatte sie in Furcht gelebt, die Handschuhe getragen, die Schwerthiebe akribisch gezählt. Nun erfuhr sie, dass sie selbst es auslöste. Sie und der Fluch.

Das Amulett der Ghefti. Tomeija zog das Geschenk, das sie von der Unbekannten in der Wüste erhalten hatte, unter ihrer Kleidung hervor. »Jemand nannte den Namen des Gottes und überließ mir dieses Kleinod. Warum?«

Berizsa nahm es in die Hand und drehte es leicht. Dadurch sprang ein rundes Deckelchen auf und zeigte Driochors Antlitz. »Es gehörte Cenaja. Sie ist eine Driochor-Priesterin und erkannte das, was dich besonders macht.« Sie sah Tomeija in die Augen. »Da sie es dir schenkte, nehme ich an, sie ist tot?«

»Ja.«

»Wie?«

»Ein Überfall auf ihre Karawane.«

»Driochor wird sie belohnen. So wie er dafür sorgte, dass du in die Stadt und zu mir gekommen bist. Behalte den Anhänger. Er bringt dir seinen Beistand.« Berizsa nahm einen Flakon aus der Tasche, öffnete ihn und reichte ihn an Tomeija. »Bester Schnaps. Aus Doravo.« Sie lächelte ansatzweise.

»Zwei Menschen aus der Fremde, die zusammenkommen, um Driochor zu folgen. Es war nicht gelogen, was ich im *Spaß und Blut* verkünde. Ich bin keine Razhiva. Die Erde, die Pflanzen, die Tiere, jedes Lebewesen und jedes Ding in meiner Heimat ist angefüllt mit dieser Substanz, die es unmöglich macht, Eisen und Stahl von der Stelle zu bewegen. Es reichert sich in uns an.« Sie deutete auf das Schwert, und es schwebte ein wenig empor, die Klinge fuhr aus der Hülle. »Wir, die Doravo verlassen und ausgesendet werden, um Handel zu treiben, lernen, wie man die Substanz bündelt und wie wir magnetische Dinge manipulieren können. Fliegen, verbiegen, was immer du damit machen möchtest.«

Einen Kampf gegen einen Menschen aus Doravo mit einer Metallwaffe zu bestreiten, wäre demnach vergebens. »Aber … ich sah, dass du Silbermünzen im Theater zu dir gerufen hast.« Tomeija kostete von dem Alkohol, der kräftig und würzig schmeckte. Ihr Kopf fühlte sich sogleich warm an.

»Einige vermögen, jegliches Metall zu kontrollieren. Wie ich.« Berizsa nahm den Flakon an sich. »Dafür sterben wir schneller. Die Substanz zerstört unsere Körper.«

Weder Eisen noch Stahl. Tomeija sah die Städte von Doravo vor sich, errichtet aus Holz, Gold und Stein. Es müssen eindrucksvolle Siedlungen sein – oder sehr schlichte. Sie wandte den Blick zum Todesgott. *Er versteht mich.* »Ich werde nicht in Wédōra bleiben. Ihr werdet eine andere finden müssen.«

»Sicherlich lässt sich eine andere finden. Doch eine wie dich gibt es nicht wieder. Driochor sagte mir, dass er dich auserkoren hat. Und Cenaja fand dich, nicht du sie.« Berizsa klang verständnisvoll. »Du wirst nicht zurückkehren. Es gibt keinen Razhiv, der Zauber dieser Macht zu weben vermag, um getrennte Welten zu überbrücken.«

»Ich finde einen. Vielleicht in einer Stadt fernab der Wüste. Oder das Sandmeer wird einen bringen.« Tomeija sah sich bereits die umliegenden Länder bereisen.

Zweifel machten sich breit.

Will ich mein Leben vergeuden, um einen Witgo zu finden, der mich als Greisin nach Walfor sendet? Zum Sterben? Tomeija atmete ein. Sie war erleichtert, dass sie Berizsa das Geheimnis anvertrauen konnte. *Erst finde ich Liothan, und wir sehen weiter.* Durch den Gedanken an ihren Freund kehrte die Pflicht in ihren Verstand zurück. *Der Iphium-Händler!*

»Danke, dass ich …« Sie wusste nicht, ob Dank angebracht war. Sie stand auf und ging rasch zum Ausgang.

»Nichts zu danken, Tomeija. Wir sehen uns wieder.« Die Priesterin erhob sich. »Ich zwinge dich zu nichts. Driochor weiß, dass du zu ihm kommen wirst, um meinen Platz einzunehmen. Nicht an diesem Tag, auch nicht in einem Mâne. Doch der Tag wird kommen, und ihr werdet euch beide darüber freuen.« Sie vollführte eine Geste, die Segen spenden sollte. »Eines solltest du wissen: Zeige niemandem das Zeichen des Keel-Èru in deinem Nacken.«

Sie weiß, was es bedeutet. Tomeija berührte die Stelle. »Ist es ein zweiter Fluch?«

»Nein. Es ist ein Zeichen. Ein Besitzzeichen. Der Keel-Èru, der es dir zufügte, erhebt Anspruch auf dich«, erklärte Berizsa und schloss zu ihr auf.

»Vorher töte ich ihn, als dass ich seine Sklavin werde!«

»Du bist keine Sklavin. Solltest du in der Wüste in die Hände der T'Kashrâ fallen, könnte es dir gar das Leben retten. *Anspruch* bedeutet, dass nur *er* dir den Tod bringen darf. Niemand sonst.« Die Priesterin wies zu Driochor. »Bei den Menschen hingegen wirst du für dieses Zeichen hingerichtet. Der Gott des Todes ist auf vielfältige Weise bei dir, Gestrandete.«

Tomeija wusste nichts zu erwidern und verließ nach einer Verbeugung den Tempel.

Die Sonne und der Wind umspielten sie, schnell zog sie den Schal vor Mund und Nase und trottete zum Eingangstor, um nach der Beek-Echse Ausschau zu halten. Sie hoffte, dass sie den Boten durch ihren ungeplanten Abstecher in das Heiligtum nicht verpasst hatte.

Mein Bann ist erklärt.

Tomeija würde fürderhin daran arbeiten, nicht ans Sterben zu denken, sobald sie einen Menschen oder eine Kreatur anfasste oder ihr Schwert zog. *Es ist kein Fluch.*

Ein leises Stimmchen in ihr sagte, dass sie unvermittelt über eine tödliche Waffe gegen übermächtige Gegner verfügte. *Eine Berührung, ein Gedanke, tot. Kein Fluch, sondern eine Gabe.*

Da ist er. Drei volle Sandgläser darauf folgte Tomeija dem Lieferanten des Rauschmittels durch das dritte Viertel und musste aufpassen, ihn im Treiben nicht zu verlieren. Es hatte nur einen Neuankömmling gegeben, der auf die Beschreibung der Halunken im Verwesungsturm passte. Ihr Aufenthalt im Driochor-Tempel hatte sich nicht gerächt.

Der angekündigte Kara Buran trieb die Bewohner ins Freie, wo sie die Luft und die Gesellschaft der anderen genossen. Besorgungen wurden gemacht, Besuche erledigt, letzte Lieferungen vorgenommen. Tomeija behielt ihren Abstand bei und den Rücken des Mannes im Blick, der einen auffälligen purpurfarbenen Mantel trug. Eine Tasche hielt er sorgsam unter dem Stoff, damit ihm nichts gestohlen wurde. Die Scīrgerēfa hielt an und drehte sich zu den Auslagen eines Fleischhändlers, als der Mann im purpurfarbenen Mantel an einem Hofeingang stehen blieb und nach kurzem Zögern eintrat.

Hinterher.

Sie schlenderte am Durchlass vorbei in einen sehr schmalen Innenhof dahinter, der als Lichtschacht diente. Auf dessen Boden wuchs sattes Gras, zahlreiche Balustraden schwangen sich übereinander in die Höhe.

Sehr viele Wohnungen. Tomeija lauschte gegen den Lärm, der von außen hereindrang, auf die Schritte des Mannes. Ihre Ohren vermochten ihn auszumachen, dann sah sie ihn im fünften Stock an eine Tür klopfen und dahinter verschwinden. *Das wird Chucus freuen. Wir haben einen Treffpunkt, wohin er Schläger oder Garde entsenden kann.*

Um sicherzugehen, eilte Tomeija die Stufen zum siebten Geschoss hinauf. Sie stellte sich in den Schatten der Balustrade mit bestem Blick auf die Tür, hinter der wahrscheinlich gerade das Geschäft mit dem berauschend-tödlichen Iphium gemacht wurde.

Es gab keine Fenster, durch die sie hätte hineinsehen können. Die Garde müsste sich später um die Beweise kümmern, auch wenn Tomeija fürchtete, dass die Ordnungskräfte nicht schnell genug zur Stelle sein würden. Sie hatte eine Hand am Schwertgriff und musste sich beherrschen, nicht selbst die Wohnung zu stürmen. In Wédōra war sie keine Scīrgerēfa und besaß keinerlei gesonderte Befugnisse wie in Walfor.

Ihre Gedanken schweiften zu Liothan, der im Theater eine Nachricht für sie dagelassen haben sollte. *Wie hat er mich gefunden?* Tomeija freute sich auf die Zeilen, die ihr Freund verfasst hatte. Sie sah ihn vor sich, mit angestrengtem Gesicht, weil er nicht der Beste im Umgang mit Feder und Tinte war. *Pimia wird sich wünschen, mir den Zettel nicht unterschlagen zu haben.*

Die Tür der fraglichen Wohnung blieb geschlossen. Andere Bewohner des großen Doppelgebäudes kamen und gingen, manche warfen ihr einen fragenden Blick zu, sprachen Tomeija aber nicht an.

Ich bin zu auffällig. Um mehr nach einer Wartenden auszusehen, nahm sie das Büchlein des Hexers heraus und blätterte darin. Alsbald fand Tomeija den Hinweis, dass ein Witgo ganz in der Nähe gelebt hatte. *Bedauerlich, dass es längst vergangen ist.*

Eine Tür öffnete sich zwei Ebenen unter ihr.

Tomeija hob den Kopf.

Ein Mann aus der Nachbarwohnung hatte seine vier Wände verlassen und bewegte sich auf die Treppe zu, die nach unten führte.

Falscher Alarm.

Der Schein eines Lampions fiel auf die Züge des Unbekannten – und Tomeija musste den Laut der Überraschung unterdrücken. *Er sieht aus wie ein Verwandter von Dûrus!*

Der Unbekannte erreichte den Hof und tauchte in die Menge jenseits des Durchgangs ein. Die Verfolgung konnte sie sich sparen, zumal es ihre Mission nicht erlaubte, einen zweiten Abstecher zu wagen. Tomeija würde wiederkommen. Nicht nur, um Chucus den Weg zu zeigen, sondern auch, um den Mann zur Rede zu stellen, der Dûrus' Bruder sein konnte. Es öffnete sich die eigentlich beobachtete Tür, und der Mann im purpurfarbenen Mantel trat heraus. Er rief etwas ins Innere und lachte, von drinnen erklang vielstimmiges Gelächter zurück. Anschließend zog er den Eingang zu und ging sehr rasch die Stufen nach unten.

Tomeija hetzte ihrerseits die Stiege hinab, sprang aus dem dritten Geschoss auf den weichen Rasen, um den Anschluss an den Purpurmantel nicht zu verlieren, und blieb in seinem Rücken.

Tomeija musste nach wenigen Schritten den Abstand verkürzen, die Straßen waren zu voll.

Der Weg, den er einschlug, führte zielstrebig und ohne Umschweife in die Nordvorstadt zurück. Allerdings suchte er sich keine Bleibe, sondern bestieg seine vierbeinige Beek-Echse, die er in einem Mietstall untergebracht hatte, und ritt auf den Ausgang zu.

Verdammt! Er will in die Wüste. Bei Nacht.

Tomeija stahl eine zweibeinige Echse, die gesattelt vor den Mietstallungen darauf wartete, dass ein Knecht sie vom Geschirr befreite. Alles andere hätte zu lange gedauert. *Es ist zum Wohle der Stadt. Ich bringe sie zurück.*

Das Reptil ließ es sich gefallen, von Tomeija geritten zu werden. Die Scīrgerēfa saß steiler im Sattel, und auch die Bewegungen kamen abrupter, als sie es gewohnt war. Das Lenken unterschied sich jedoch kaum von dem eines Pferdes. Am Sattel entdeckte sie zu ihrer Beruhigung eine halb gefüllte Wasserflasche.

Der Aufenthalt in der Schleuse kostete sie Zeit, der Purpurmantel war bereits hinausgeritten. Eine der Wachen trat fluchend gegen einen Keijo-Verschlag, das Wesen darin grollte, gab aber keinen Alarm. Die Monde standen hoch und hell am Firmament, und die Sterne beleuchteten die Wüste samt Spuren. *Er wird mir nicht entkommen.*

Der Mann war als schwarzer Umriss auf seiner Echse zu sehen, die mit hoher Geschwindigkeit dahinstob. *Er wird mit seinem Gewinn nach Hause wollen.* Tomeija kannte diese Verhaltensweise aus Walfor. Der Übergabe der Ware folgte das schnelle Absetzen, damit man das Geld in Sicherheit brachte. *Damit geht er so gut wie kein Wagnis ein, in der Stadt festgenommen zu werden.*

Nachdem Tomeija die Schleuse passiert hatte, schlug sie ihrem Tier die Fersen in die Flanken, das Reptil zischte und beschleunigte. Dabei streckte es sich, wodurch die Reiterin bequemer saß.

Zunächst würde sie ihn verfolgen, so schnell wie möglich einholen und unschädlich machen, um ihn dann als Zeugen vor Chucus und die Statthalterin zu schleppen.

Der Purpurmantel verließ die ebene Fläche, jagte durch die ersten Dünen und verschwand zwischen ihnen.

Somit musste Tomeija seinen Spuren folgen und hoffen, dass sie schnell genug aufschloss. Die Echse zischelte und beschleunigte, als sie ihr Schläge mit der Schwerthülle auf den verlängerten Rücken verpasste. Sollte er ihr entkommen, verschwand ein wichtiger Beweis. Mitsamt dem Täter.

Das ließ ihr Ehrgefühl als Scīrgerēfa keinesfalls zu.

Die Spuren führten von dem sichtbaren Pfad herunter und mitten in das Sandmeer hinein, in dem es keinerlei Orientierungspunkte gab. Die fremden Sterne taugten ihr nicht als Hilfe. Schweren Herzens folgte sie den Abdrücken. *Ob er mich in eine Falle locken will?*

Die Berge und Hügel aus geschichtetem Sand schwangen sich höher hinauf, zwischen denen sie das Reptil hindurchsteuerte. Manche mussten hundert Schritt und größer sein, an ihren Hängen rieselten die Körnchen abwärts und bewegten die Kolosse langsam, doch beständig voran.

Am Horizont ballten sich die Ausläufer des Kara Burans, verdüsterten die Sterne. Im aufsteigenden Staub zuckten gelbe und bläuliche Blitze, die weit und tief herausstachen und in den Boden fuhren, als suchten sie Halt oder warfen Anker für die Wolken.

Diese Front ist riesig. Noch befand sich das Unwetter weit entfernt, aber es musste heftiger sein als der Sturm, mit dem diese Welt sie vor etwas mehr als drei Tagen begrüßt hatte.

Tomeija lenkte die Echse um die Ausläufer einer hausgroßen Düne und ließ sie hinaufrennen, ohne den Spuren des Purpurmantels zu folgen. Sie wollte sich einen Überblick verschaffen.

Von der Düne aus sah sie wenige Schritte weiter vor sich eine aufragende Steinwand.

Vor Überraschung vergaß sie, ihr ungestümes Tier anzuhalten, und so lief es mit zu viel Schwung über die Kuppe, verlor das Gleichgewicht und rollte den Abhang hinab.

Tomeija rutschte aus dem Sattel und überschlug sich mehrfach, während sie in die Senke stürzte. *Oh, ihr Götter! Das …*

Unten angekommen, erhob sie sich leicht schwindlig und blickte sich um.

Tomeijas Reittier hatte die plumpe, an einem Eisenring festgebundene Beek-Echse samt ihrem Herrn über den Haufen gerannt. Im Sand lag der Mann im Purpurmantel und richtete sich ächzend auf. In der Steinwand gab es einen Eingang, halb vom Sand verschüttet.

Glück im Pech. Tomeija ging auf den Mann zu. »Im Namen des Dârèmo«, rief sie und tat, als wäre sie eine Gardistin in Zivil. »Du bist verhaftet wegen des Verkaufs von Iphium ohne Erlaubnis des Herrschers.«

Der Mann gelangte auf die Beine und schien unschlüssig, ob er seine Waffe ziehen sollte. Die Hand wanderte in Richtung des Griffs.

»Erspare es dir. Meine Leute sind gleich hier«, log Tomeija. »Wir haben dich beobachtet, seit du in Wédōra angekommen bist.« Sie bedeutete ihm, die Hände zusammenzulegen, damit sie ihn fesseln konnte.

Der Purpurmantel machte einen Schritt von ihr weg. »Wenn du von der Garde bist, wieso hast du keine eisernen Handschellen dabei?« Er lauschte. »Ich höre nur den

Wind. Nichts weiter.« Er grinste. »Das ist doch das Zeichen von Chucus an deinem Gewand.«

»Nur Tarnung. Statthalterin …«

Er lachte und zog sein Kurzschwert, das auf einer Seite gezackt wie ein Sägeblatt war. »Dieser Idiot. Hat er Angst, er verdient nichts daran?«

Tomeija gab die Scharade auf. »Es sind ihm zu viele Gäste und Tänzerinnen gestorben. Er will wissen, welche Trottel damit handeln und woher es kommt.« Sie zeigte mit dem spitzen Ende der Schwerthülle auf ihn. »Du braust es hier? In dem Felsen dort?«

»Sehr gut gefolgert. Ich bin Cegiuz, aus dem schönen Tērland«, stellte er sich vor, ohne seine Waffe zu senken. »Ich beliefere meine Kunden. Was sie damit machen, ist nicht mein Problem. Und deines soll es schon gar nicht sein. Oder das von Chucus.«

Tomeija sah seinen Angriff voraus, wich der gezackten Schneide mit einer leichten Körperdrehung aus, unterlief seinen Fausthieb und trat ihm das rechte Knie nach hinten durch.

Es krachte laut, das peitschende Geräusch stammte von gerissenen Sehnen.

Vor Schmerz aufschreiend, ließ Cegiuz sein Schwert fallen und stürzte in den Sand, wälzte sich am Boden und versuchte, den Unterschenkel zurück ins Gelenk zu drücken. »Du Schlampe!«

»Du wirst mich nach Wédōra begleiten. Man erwartet dich dort.« Tomeija hob seine Waffe auf und legte ihm die Klinge an die Kehle. Sofort lag er still, aber er schnaufte wütend und funkelte sie hasserfüllt an. Seine Hautfarbe hatte sich geändert und die Nuance des Sandes angenommen, auf dem er lag. Ohne Kleidung wäre er so gut wie unsichtbar gewesen.

Ein Witgo? »Du bist kein Giftmischer aus Tērland«, sagte sie verwundert. »Was bist du? Rede!«

»Das fragst du mich allen Ernstes?« Nach kurzer Verwunderung schien Cegiuz zu begreifen. »Du bist eine Gestrandete. Jeder sonst weiß, was ich bin.«

Tomeija trat ansatzlos auf das unnatürlich abgewinkelte Bein, und der Unterschenkel sprang zurück ins Kniegelenk, begleitet von einem erneuten Knacken und dem lauten Schrei ihres Gefangenen, der sich aufbäumen wollte. »Was bist du?« Die geschliffenen Spitzen hielten ihn auf, Blut sickerte aus den winzigen Schnitten an seinem Hals. »Sag es. Oder du verlierst deinen Kopf.«

»Töte mich, und es sterben Hunderte in Wédōra«, stieß Cegiuz aus. »Sie brauchen das Iphium. Wer es nicht erhält, muss elend verrecken.«

Wie das arme Schwein vor dem Theater. Von innen ausgedörrt und verbrannt. Tomeija ließ das Schwert, wo es war. *Der Keijo! Er hat seinen Geruch wahrgenommen, war sich aber nicht sicher.* »Du gehörst zu einem der T'Kashrâ«, vermutete sie. »Ihr habt das Rauschmittel ersonnen, um die Stadt in die Knie zu zwingen. *Deswegen* ist es so günstig.«

Cegiuz lachte angestrengt. »Du bist schlauer als die Ghefti. Sie sehen nur den Profit, den sie damit machen, und verschwenden nicht einen Atemzug daran, an die Folgen zu denken.«

Es ist wie bei der Doravo. Tomeija nahm an, dass sich Iphium erst in einem Körper anreicherte, um seine tödliche Wirkung beim Entzug des Mittels zu entfalten. Eine alchemistische Reaktion, die ausgelöst wurde, sobald ein Ungleichgewicht der Bestandteile in den Innereien oder im Blut eintrat. »Kann man es neutralisieren?«

Cegiuz sah sie an, als habe sie den Verstand verloren. »Nein. Wozu? Es *sollen* ja alle sterben, die in diesem

Schandfleck leben und unser Heiligtum verseuchen. Die Smaragdnen Grotten gehören uns! Wir wurden betrogen. Diesen Verrat zahlen wir zurück.«

Es fehlt etwas in diesem Plan. Sie erwischen mit dem Iphium niemals sämtliche Einwohner. »Das sind nur die Vorbereitungen für etwas Größeres.« Während Tomeija sprach, wurde ihr bewusst, dass es ausreichte, durch die Droge Verwirrung und Verunsicherung in den Vierteln zu streuen, denn auch die Garde und das Heer würden betroffen sein. *Und obendrauf die Feier zum Bestehen der Stadt.* »Wann soll der Angriff erfolgen?«

Cegiuz' Gesicht wandelte sich zu einer Fratze. »Du wirst sterben! Und wir werden …«

Tomeija schlug ihm den Schwertgriff ins Gesicht, so dass er ohnmächtig zusammensackte. *Abschaum. Das wirst du alles der Statthalterin erzählen dürfen.* Sie ging zum in den Felsen geschlagenen Eingang, der aus dem Sand ragte, als habe ein Gott versucht, ihn unter unzähligen Körnchen verschwinden zu lassen.

Im Innern lagen die Kadaver kleiner und hundgroßer Skorniden, Skorpione und Schlangen. Es stank bestialisch. Apparate zum Destillieren, sackweise Salz und kristallines, blaues Pulver standen aufgebaut in den Felsenräumen.

Daraus wird es gewonnen. Tomeija wusste nicht, was sie mit den Vorräten machen sollte, und besah sich das alchemistische Laboratorium genauer. Dabei blieb sie mit dem Fuß an einem Widerstand hängen.

Es klickte, das Schwirren von Bolzen erklang.

Eine Falle! Tomeija drückte sich augenblicklich ab und sprang ins Freie. Genau vor die mattschwarz schimmernden Panzerschuhe eines Wüstenkriegers.

* * *

Aus den Stadt-Chroniken:

Die Festung Sandwacht, dritter Teil

Kann es jemanden verwundern, dass sich die abstrusesten und grausamsten Gerüchte über die Festung verbreiten? Bei dieser Vorgeschichte?
Einige der absonderlichsten sind hier zusammengetragen:

Es heißt, es würden Menschen geopfert, um die Geister zu besänftigen. Die Opfer würden heimlich aus der Stadt entführt, meistens aus dem Viertel der Zugezogenen.

Der Berg, auf dem Sandwacht ruht, sei komplett mit geheimen Gängen durchzogen.

Die Ruinen bestünden aus Steinen, die Magie ausstrahlen. Das verkrafteten nur die wenigsten, und deswegen gäbe es so viele Verrückte.

Die Ruinen würden sich zu bestimmten Zeiten als ein Trugbild in all ihrer Pracht über die Mauern von Sandwacht erheben.

Die einstigen Bewohner kehrten zurück und würden die Festung erobern.

Es gäbe einen unterirdischen Gang bis in die Stadt.

Im Berg würde ein gigantisches Monstrum leben.

Es seien vierzehn Veteranen und ein Kommandant verschwunden, die sich in geheimen Räumen in der Festung verbärgen und darauf warteten, die Macht zu übernehmen.

Bis heute gibt es regelmäßige Vogelfütterungen, denn die Besatzung sieht die Vögel als gute Geister und Maskottchen, als Beschützer und als Boten der Windgöttin Irtho.
Solange es die Raubvögel in den Felsen von Sandwacht gibt, so lange bleibt die Festung bestehen, komme, was wolle. Die schwarzen Milane und Geier sind besonders beliebt.
Ebenso zu finden sind Affensorten, große und kleine, eingeschleppt von Händlern. Man sagt von ihnen, dass sie wachsamer seien als die Soldaten. Die Schlauesten sind abgerichtet und werden bei der Instandhaltung der Festung eingesetzt. Wehe, diese Biester verlieren durch die Geister ihren Verstand und fallen eines Nachts über die Besatzung her!

KAPITEL XVI

VOR WÉDŌRA

Irian Ettras trabte mit dem sterbenden Tageslicht vorwärts, geleitet vom Sand und den Energien darin. Auf diese Weise vermochte er, Fährten zu folgen, deren Entstehung lange zurücklag, sofern sie von Tieren oder Menschen hinterlassen worden waren. Die Geister hatten ihm gesagt, wie er es am geschicktesten anstellte.

Seine Blicke wanderten zwischendurch zum Horizont, wo der Kara Buran gemächlich die Meilen bis zur Stadt mit jedem Sonnenauf- und -untergang verkürzte. *Er genießt es und lässt sich Zeit.* Ein geschätzter voller Mond würde Wédōra bis zum Zusammenprall bleiben.

Irian erkannte die Kraft, die in den unfassbar hohen Wolken steckte, wie sie Entladungen schleuderten und den Boden einsaugten, um ihn zu einem Teil von sich zu machen. Abgesehen von Wédōra und den Felsen gab es nichts, was dem Sturm trotzte.

Wenn nur jeder diese Schönheit im Schauspiel erkennen könnte wie ich. Sie würden keine Angst mehr haben. Sie würden sich ergötzen und den Sturm als die Gottheit verehren, die er ist. Irian hielt auf einer aufragenden Düne an. Der Kara Buran verschlang die Sterne in weiter Entfernung scheinbar und löschte alles Leben unter sich aus.

Aber die Bewunderung dieser tödlichen Schönheit war nicht der Grund, weswegen er sich erneut ins Sandmeer begab.

Zum einen hatte er die Bergungsexpedition zu den

verstreuten Gütern aus Iratha geführt, zum anderen wollte er herausfinden, was sich in den Weiten tat, die nur Narren als Ödnis bezeichneten. Während die Kontorwächter sich auf dem Rückweg in die Stadt befanden, streifte er durch die trügerische Einsamkeit.

Das Lager der Thahdrarthi konnte er sich nicht erklären. Die Familien trafen sich nur in Ausnahmefällen, und Irian wusste, dass es derzeit keine gefährlichen Fehden unter den knapp dreißigtausend gab. Dass sich Familien einfanden, um sich zu besprechen, fiel aus dem Rahmen.

Daher nahm Irian an, dass sich in der Sandsee Dinge taten, die sogar die Thahdrarthi befremdlich fanden.

Was könnte das sein?

Er nahm Anlauf und sprang auf den Steilhang, rutschte auf den Sohlen die Steigung hinab, hielt mit der gekürzten Dhòkra-Lanze das Gleichgewicht.

Kaum stand er in der Talsohle, wandte er sich nach rechts, wo sich die Dünen über eine flache Felsformation gelegt hatten.

Für ungeübte Augen oder Menschen, denen die Geister nicht ihre Geheimnisse verrieten, gab es keinen Unterschied zur restlichen Wüste.

Aber Irian sah es genau.

Unmittelbar vor ihm existierte ein talartiger Einschnitt im Gestein, der Schutz vor starken Stürmen bot, solange sie sich nicht in der Schlucht verfingen. Früher, so sagten ihm die Geister, hatte es an diesem Platz eine Oase gegeben. Mit der Errichtung und dem Ausbau von Wédōra war das Wasser ebenso wie die Menschen geschwunden, die ihre Wohnungen in den Felsen geschlagen hatten.

Die wispernden Geister konnten nicht mit Bestimmtheit sagen, welches Volk sich einst hier niederließ. Sie vermuteten Ahnen der Sandfresser, als es noch kaum welche von ihnen gegeben hatte. Erst mit der Dezimierung der Keel-Èru, ihrer ärgsten Feinde, waren die Thahdrarthi stark geworden.

Irian bemerkte die Energien im Sand, die von Menschen hinterlassen worden waren. Sie führten in den Talabschnitt hinein. *Es müssen Hunderte sein.*

Der Wind legte mit dem Schwinden des Taggestirns an Kraft zu. Aus dem Säuseln wurde ein beständiges Wehen. Der Kara Buran sandte seine Boten, um sein Kommen anzukündigen und erste Demut entstehen zu lassen.

Plötzlich warf sich Irian in den Sand, zog seinen gefleckten Mantel weit um sich herum, dessen Färbung ihn vor Entdeckung auf Entfernung schützte. *Da sind sie.*

Seine aufmerksamen Sinne hatten ihn eine minimale Bewegung erkennen und Rauch riechen lassen, schräg auf der rechten Düne, die sich auf dem Felsen türmte. Dort, wo der braungraue Fels zum Vorschein kam, saß eine Gestalt und versuchte, mit Steinen einen Blickfang vor sein kleines Feuer zu schichten, das er gegen die heraufziehende Kälte entzündet hatte.

Irian ließ die gekürzte Dhòkra-Lanze liegen, nahm sein Fernglas und betrachtete die Gestalt. *Sandfresser.*

Die geschliffenen Gläser zeigten ihm insgesamt drei Gerüstete in den kupferrötlichen Gewändern der Thahdrarthi, die sich etwa zwanzig Schritt über dem Eingang einen Ausguck gebaut hatten. Das Feuer beleuchtete sie schwach, und sie disputierten dem Anschein nach darüber, ob man die Flammen löschen sollte oder nicht.

Sie bewachen den Zugang.

Irian schwenkte das Fernglas und suchte den Schluchtanfang ab. Doch die gewundenen Gänge verbargen, was sich darin befand.

Dann sollte ich nachschauen. Er richtete die Sehhilfe

zurück auf die drei Wächter und versuchte zu erkennen, zu welcher Familie sie gehörten.

Aber dort, wo für gewöhnlich die kleinen Symbole mit Stolz an der Kleidung, der Kopfbedeckung oder in Form von Schmuck getragen wurden, saß nichts.

Irian senkte verblüfft das Fernglas und steckte es weg.

Ausgestoßene?

Er erhob sich geduckt, nahm die Dhòkra-Lanze und bewegte sich im Schatten der Dünen, damit ihn die Wächter nicht entdeckten. *Das könnte die Besorgnis der Thahdrarthi-Familien erklären.*

Üblicherweise endeten jene, die aus der Gemeinschaft ausgeschlossen wurden, sehr rasch als Leiche. Für die verfeindeten Stämme sowie die sonstigen Familien bedeuteten einzelne Thahdrarthi leichte Beute. Es gab keinen Grund, Gnade walten zu lassen. Keiner mochte Ausgeschlossene, die sich schwere Vergehen hatten zuschulden kommen lassen.

Sollten sie sich im Tal zusammengerottet haben, könnten sie eine Gefahr für die Thahdrarthi-Familien in der Umgebung werden.

Irian erreichte den Felsen, schlich sich unterhalb der drei Späher lautlos an der Wand entlang und schob sich in die gewundenen Gänge des Tales. *Euer Geheimnis ist bald keines mehr.*

Da er Kniffe beherrschte, die ihn die Geister gelehrt hatten, erkannte er weitere verborgene Wächter und pirschte sich an ihnen vorbei. Irian sah davon ab, sie zu töten, auch wenn es ihm ein Leichtes gewesen wäre. Sollten die Toten gefunden werden, schlüge man Alarm, und dann würde es für ihn schwieriger, das Tal zu verlassen.

Die Energien, deren Reste sich im Sand abzeichneten, machten ihn stutzig. Es mussten mehr als zwei-, dreitausend Leute hier entlanggegangen sein. *So viele Ausgestoßene gibt es nicht.*

Vor Irian öffnete sich der Talkessel.

In den einst aufgegebenen Kammern in den Felswänden herrschte neues Leben. Überall brannten Lichter und kleine Feuer. Das Murmeln von zahlreichen Menschen hallte auf Irian nieder, Lachen und Musik erklangen. Ganz in der Nähe wurde geschmiedet, jemand gab halblaute militärische Befehle. Allerdings nicht in der Sprache der Thahdrarthi, obwohl die Männer und Frauen, die Irian von seiner Position aus sah, die Gewänder des Wüstenvolks trugen.

Irian überschlug die Menge der versammelten Kriegerschaft. *Mehr als zehntausend!* Er stahl sich weiter in das Tal vor, blickte sich um und nahm die Einzelheiten wahr.

Die Soldaten führten nicht nur Proviant und Brennholz mit sich. An einer Wand lagerten an die hundert Kletterstämme, die sich zusammenstecken ließen, um die Mutigen weit nach oben klettern zu lassen. Es gab Kisten mit zusammensetzbaren Katapulten, Haken und Seile. Hier bereitete sich eine Streitmacht auf einen Angriff vor.

Sie wollen Wédōra attackieren. Trotz der Masse von vielleicht zehntausend Mann mutete es lächerlich an, mit dieser bescheidenen Ausrüstung gegen das Bollwerk in der Wüste zu ziehen. Dazu gab es die Festung Sandwacht. *Sie werden fallen wie die Fliegen. Das müssten sie wissen. Es sei denn, sie führen etwas mit sich, was ihnen einen Vorteil verschafft.* Irian beschloss, sich einen Soldaten aus dem unerklärlichen Heer zu greifen und zu verhören, um zu erfahren, was das mysteriöse Treiben in der Schlucht zu bedeuten hatte.

Er huschte in die nächste Felsennische und fand sich in einer Unterkunft wieder, in der fünfzig Männer und

Frauen in grob zusammengezimmerten Stockbetten lagen und schliefen.

Er glitt neben das erste Bett, legte die Dhòkra-Lanze lautlos ab und zog seinen Dolch, den er an die Kehle der Schlummernden legte.

»Hallo, meine Schöne«, wisperte er in ihr Ohr und gab ihr einen leichten Kuss auf die Stirn.

Die Schwarzhaarige, die ein leichtes Untergewand trug, erwachte von der Berührung und begriff, dass es keine freundlich gemeinte Aufforderung war. Aus großen, verängstigten Augen starrte sie ihn an.

»Bist du lauter als ein Flüstern, schlitze ich dich auf«, warnte Irian. »Wer seid ihr, und was treibt ihr hier?«

Sie wusste offensichtlich nicht, was sie erwidern sollte. Angst rang mit Pflichtgefühl.

»Ihr seid keine Thahdrarthi. Und ihr wollt gegen Wédōra ziehen«, sagte er und las von ihrer Miene ab, dass seine Vermutung stimmte. »Ich habe noch nicht herausgefunden, welcher Wahnsinniger zehntausend seiner Leute in Verkleidung gegen die Stadt schickt.« Er lachte leise. »Ihr werdet abgeschossen wie Dünenhasen. Die Schützen in der Festung und auf den Mauern werden sich einen Wettkampf liefern, wer die meisten von euch spickt. Ist das eure Vorstellung von einem Kampf?«

Da die Soldatin nicht sprechen wollte, verstärkte er den Druck auf die Dolchklinge.

»Berbēk«, hauchte sie. »Wir sind aus dem Berbēk-Reich.«

Die leichten Mandelaugen sagen mir was anderes. »Das ist gelogen.« Irian fügte ihr einen ganz leichten Schnitt zu.

»Nein, warte, warte«, bat sie hastig und hielt seine Hand fest. »Wir sind aus Thoulikon!«

Irian wunderte sich. Kèhán Thoulik der Dreizehnte galt

als besonnen und vor allem als famoser Taktiker. Niemals würde er eine selbstmörderische Unternehmung anordnen, bei der er eine solche Menge an guten Leuten opferte.

Es muss noch etwas geben. Etwas, was ich nicht weiß.

»Wie wollt ihr das schaffen? Weiter als bis in eine Vorstadt gelangt ihr mit eurer Ausrüstung nicht.«

Sie atmete rasch vor Angst. »Ich weiß es nicht. Ich bin nur eine Soldatin.«

Das war eine Begründung, gegen die Irian nichts einzuwenden wusste. »Du würdest auf einen Befehl hin in einen aussichtslosen Sturmangriff übergehen?«

»Er wird nicht aussichtslos sein«, versicherte sie. »Das hat uns einer der Hauptleute gesagt.«

»Weswegen ist er so sicher? Habt ihr noch eine andere Waffe dabei, die Wédōra zu Fall bringt?«

»Ich weiß es nicht. Aber er lügt nie.« Sie verstärkte den Druck auf seine Hand und versuchte, die Klinge von ihrem Hals wegzuschieben. »Bitte, ich bekomme keine Luft.«

Irian nahm die Schneide leicht weg. »Ich warne dich.«

»Danke.« Blitzschnell langte die Soldatin neben sich, um ein Messer aus ihrer Ausrüstung zu ziehen, die neben ihrem Bett griffbereit und ordentlich gestapelt lag.

Heimtückische Oasennatter! Er klemmte ihren zustoßenden Arm am oberen Bettrahmen mit der Schulter ein und schnitt ihre Kehle fast bis zum Rückgrat durch. Irian presste ihren Umhang, der ihr als Laken diente, über die Wunde, damit das Blut nicht herumspritzte.

Nach einem kurzen Zucken lag die Soldatin still, die Arme und Beine verloren die Anspannung.

Trotz der Gefahr einer Entdeckung schnitt er sich flink unterhalb des Sonnengeflechts in ihren Leib und barg mit kundigen Schnitten das Herz aus ihrem Brustkorb. Hastig aß er es auf, frisch und warm empfand er den Geschmack des Lebens, das darin steckte, am besten. Zwischendurch blickte er sich um, ob einer der Schläfer erwachte.

Warm lief das Blut aus den Kammern in seinen Mund, das Muskelfleisch zuckte gelegentlich beim Kauen.

Irian schwelgte und unterdrückte ein glückliches Stöhnen.

Keiner bemerkte, was in der Kammer vorging.

Jetzt die Ablenkung. Er stahl einem Soldaten zuerst das Messer sowie seinen Münzbeutel, den er im Blut der Toten wälzte, um ihn zu seinem Besitzer zurückzulegen. Dessen Klinge rammte er der Leiche gut sichtbar in den Hals. Mit den Händen schöpfte er Blut von der Toten und besprenkelte die Kleidung des Kriegers. Ein Mörder war erschaffen, der nichts von seiner Tat wusste.

Das muss reichen. Irian verließ die Unterkunft. Mochten sich die Hauptleute den Kopf zerbrechen, wie der Streit um ein paar Silberstücke derart ausarten konnte.

Vorerst wollte er sich zurückziehen, das Glück und die Unterstützung der Geister hatte er ausreichend strapaziert.

Irian pirschte sich aus dem Tal, schlich sich an den Wärtern vorbei und befand sich bald in der offenen Wüste.

Er stand nicht mehr im Dienste des Dârèmo-Heeres, doch er fühlte sich der Stadt und seinen Bewohnern verpflichtet. Irian lebte dort. Zusammen mit einer Million Seelen.

Was tue ich, um den Angriff zu verhindern?

Er alleine richtete nichts aus. Gab er den Kommandanten in Wédōra und in Sandwacht Bescheid, wäre wenig gewonnen, denn sie würden nicht ausrücken, um das maskierte Heer aus Thoulikon im Tal zu vernichten. Die Streitmacht des Dârèmo war einzig auf Verteidigung ausgelegt.

Es muss einen Grund geben, weshalb die Kriegerin sicher war, ihr Angriff würde gelingen. Etwas, was zu den zehntausend Soldaten stößt.

Irian würde mit den Geistern über seine Entdeckung sprechen. Sie würden ihm Eingebungen schicken. Immerhin wusste er, warum sich die Thahdrarthi getroffen hatten. *Sie wollten wegen der Fremden in der Schlucht beraten.* Vermutlich war es ein Kriegsrat gewesen, der über die Taktik eines Angriffs auf die Menschen gesprochen hatte.

Irians Füße hatten ihn ohne bewusstes Zutun auf die große Düne zurückgebracht, von der aus er zum einen den Kara Buran, zum anderen die versteckten Felsen sah.

Als er den Kopf weiter drehte, entdeckte Irian darüber hinaus etwas, was ihn zum Lächeln brachte. *Danke, ihr Geister.*

* * *

Baronie Walfor, Königreich Telonia

Fenia von Ibenberg und ihre vier Begleiter sowie Baron Helmar vom Stein ritten auf den Hof, der zwischen den Wirtschaftsgebäuden und dem Haupthaus lag. Die Bediensteten des Kaufmanns wichen den bewaffneten, gepanzerten Reitern des Königs aus, die ihre Pferde zum Stehen brachten und abstiegen.

Ibenberg blickte sich um. »Das ist ein beeindruckendes Anwesen. Ein sehr erfolgreicher Krämer ist Euer Freund, Baron. Er hat verstanden, wie man Geld verdient.«

»Das hat er. Aber ich muss Euch um Zurückhaltung bitten«, sagte Helmar vorauseilend und schwang sich auch aus dem Sattel. »Er ist ein Sonderling. Nicht übel oder boshaft, doch er hat seine Ansichten und seine Marotten.«

»Ich will mir lediglich dieses Waffenfragment ansehen.« Ibenberg gab ihren Mitstreitern ein Zeichen. Einer von ihnen blieb bei den Pferden, die drei Übrigen schritten neben ihnen her und sicherten die Gruppe. »Das wird er verstehen, wenn ich ihn im Namen von König Arcurias Kelean dem Vierten darum bitte.« Sie gingen die wenigen Stufen der Freitreppe hinauf. »Ganz freundlich, versteht sich.«

»Erwähnt nichts von dem Brief, den man dem König sandte«, bat Helmar. *Eine Kiste Rotwein wird nicht ausreichen, um ihn zu besänftigen.*

Ibenberg blieb an der Tür stehen, ihre Hand legte sich an den Klingelzug. »Würdet Ihr wohl mir überlassen, wie ich vorgehe, Baron?«

Helmar nickte und blieb an ihrer Seite. *Das ist so abwegig. Dûrus wird toben. Ich werde diesen Schnitzer in unserer Freundschaft niemals aushobeln können.*

Die Witga schellte, als wollte sie vor einem Feuer oder einem Überfall warnen.

»Verdammt, was soll das?«, schrie Dûrus von drinnen, und seine Schritte näherten sich dem Eingang. Mehrere Riegel wurden laut zurückgeschoben, dann die Tür einen Spalt weit geöffnet. »Baron Efanus? Wie schön, Euch so bald und so gesund wiederzusehen. Was bringt Ihr mir da an, mein Freund? Ich brauche keine Glöcknerin.«

»Dûrus, darf ich Euch bekannt machen: Das ist Fenia von Ibenberg, die Witga Seiner Majestät«, sagte Helmar beschwichtigend warnend. »Zusammen mit ihren Begleitern ist sie auf Geheiß unseres Lehnsherrn aus der Hauptstadt gekommen, um nach dem Rechten zu sehen.«

»Das sollte sie. Dort, wo es nötig ist.« Dûrus blinzelte ungehalten, sein weißes, mit blauen Mustern bedrucktes

Gewand zeigte Falten und schwache Flecken. »Wenn Ihr Proviant braucht, dann …«

»Verzeiht die Störung, Dûrus der Kaufmann«, erhob Ibenberg das Wort. »Es gab vor nicht allzu langer Zeit einen Zwischenfall im Schloss, bei dem der tapfere Baron einen verräterischen Witgo ausschaltete.«

»Ha!«, machte Dûrus triumphierend, und die Furchen in seinem sonnengegerbten Gesicht vertieften sich. »Dann steckte er *doch* dahinter! Was habe ich Euch gesagt, Baron? Dieser kleine Heuchler. Wie alle …« Er brach ab, als sein Blick auf die königliche Hexe fiel.

»Er gestand es vor seinem Tod«, stimmte Helmar zu. »Sämtliche Schandtaten. Die Morde und was es damit auf sich hatte.«

»Oh, das würde ich mir gerne anhören! Bei Gelegenheit und einem guten Tropfen auf der Terrasse, aber ich sitze gerade an der Abrechnung.« Er sah zu den Kriegern und verlor seine Freude. »Was wollt Ihr von mir?«

»Es geht um den Splitter von der unbekannten Waffe«, erklärte Ibenberg sowohl freundlich als auch bestimmend. »Der Baron sagte, dass er das Stück Euch gab.« Sie hielt die behandschuhten Finger hin, die Rüstungsteile rieben leicht und gaben der Bewegung Drohendes. »Ich würde ihn gerne sehen.«

»Ach, *den?*« Dûrus machte ein ertapptes Gesicht. »Das ist mir sehr unangenehm, lieber Freund«, sprach er zum Baron, als gäbe es die Frau gar nicht, »denn ich habe es unterwegs verloren. Ihr könnt es gerne suchen. Ich beschreibe Euch den Weg. Eine Witga« – er sah sie lächelnd an – »versteht sich bestimmt auf Zauber, die Verlorenes finden.«

»Eine Witga versteht sich darauf, Lügen zu erkennen, weil sie Zauber beherrscht, die sie sichtbar machen«, erwiderte Ibenberg höflich. »Dûrus der Kaufmann, ich fordere

Euch im Namen Seiner Majestät ein letztes Mal auf, mir das Fragment zu übergeben. Sonst sehe ich mich gezwungen, Euer Anwesen zu durchsuchen.«

»Da würdet Ihr lange brauchen. Ich habe mehr Zimmer, als Ihr Euch vorstellen könnt«, gab Dûrus zurück. Er blickte vorwurfsvoll zum Baron. »Dürfen die das, lieber Efanus? Auf mein Land kommen und mit mir sprechen, als wäre *ich* es gewesen, der die Morde verübte?«

Ich ahnte, dass es auf mich zurückfällt. Helmar setzte zu einer Antwort an, doch Ibenberg schob ihn zur Seite.

»Da Ihr nicht gefügig seid, Dûrus der Kaufmann, werde ich mit meinen Männern eintreten und mit der Suche beginnen.« Als er nicht von der Schwelle wich, zogen sich ihre hellen Brauen zusammen. »Ihr mögt nicht begreifen, wie schwerwiegend Euer Widerstand gegen mich ist.«

»Ihr seid mir ein wenig zu aufdringlich, das ist alles.« Dûrus betrachtete sie geringschätzig aus seinen Sandaugen. »Aber vielleicht hatte Otros recht und Ihr steckt mit ihm unter einer Decke?«

Erst seine übertriebene Freude über meinen unversehrten Zustand, und jetzt das. Helmar runzelte die Stirn. »Woher wisst Ihr das, Dûrus?«

»Was?«, blaffte er ihn an, ohne die Pupillen von der Witga zu nehmen. »Was soll ich wissen?«

»Was Otros sagte, bevor er starb.«

»Es macht schnell die Runde«, knurrte er. »Ihr wisst, wie es mit den Erzählungen ist. Flugser als eine Schwalbe.« Dûrus gab den Weg frei. »Wenn es Euch Spaß bereitet, meine und Eure Zeit zu vergeuden, Hexe, durchsucht meine bescheidene Bleibe. Ich mache meine Abrechnung weiter, damit ich die Steuern des Königs pünktlich zahlen kann. Ihr müsst Euch selbst zurechtfinden.«

Als Ibenberg eintreten wollte, hielt Helmar sie am Arm

fest, so dass ihre Begleiter vorgingen. »Den genauen Wortlaut der Unterhaltung im Saal kennen nur ich und die beiden Diener, die sich im Raum befanden«, flüsterte er hastig. »Wie kann *er* es wissen?«

Ibenberg schüttelte seine Hand ab und trat ins Haus. »Kommt mit, Baron. Ihr kennt Euch sicherlich besser aus als wir.« Sie warf ihm einen Blick zu. »Ihr hattet recht: Er ist sehr sonderbar.«

Helmar folgte der Anordnung und betrat erstmalig das Haupthaus. Bislang hatte ihn der Kaufmann in einem der Nebengebäude empfangen, meistens trafen sie sich auf dem Schloss.

»Dûrus, noch eine Sache«, hörte er Ibenberg sagen. »Seine Majestät hat einen Brief erhalten, von dem letzten Opfer des Witgos.«

»Was geht mich das an?«, erwiderte Dûrus unwirsch.

»Darin steht, dass ein Einbruch geplant und durchgeführt worden sei. Von Liothan dem Holzfäller. Bei Euch.«

»Davon weiß ich nichts. Und glaubt mir: Ich merke, wenn jemand versucht, mich zu bestehlen.«

Helmar wollte etwas anmerken, als ein leises Klicken und Klacken hinter ihm erklang. Er drehte den Kopf und sah über die Schulter.

Die zahlreichen, dicken Riegel legten sich ohne das Zutun eines Menschen nacheinander und behutsam vor die schwere Eisentür und versperrten sowohl das Hinein als auch das Hinaus.

Ein Mechanismus gegen Einbruch. Das leise Klicken setzte sich in den angrenzenden Zimmern fort. Als Helmar einen Blick hinein wagte, sah er, wie sich die Läden selbständig verschlossen und mit Bolzen in den Wänden arretierten. Das Haus schottete sich ab. Ohne ein Zahnrad oder einen Antriebsriemen.

Das bedeutet … Ihn überlief ein Schauder. *Dûrus ist auch ein Witgo! Er …* Die nächste Folgerung versetzte ihn in so große Angst, so dass Helmar augenblicklich der Schweiß auf der Stirn stand. *Er hat Otros beeinflusst, damit er die Morde auf sich nimmt.* Deswegen wusste er trotz seiner Abwesenheit, was der Witgo zum Baron gesagt hatte.

Er langte ein zweites Mal nach Ibenbergs Arm, würgte die Furcht hinab aus seinem Mund, der trocken wie Salzfleisch war. »Gebt acht. Ich glaube, Dûrus ist auch ein Witgo.«

»Ich bemerkte es«, flüsterte sie zurück und hatte ihr Schwert bereits gezogen. Ihre Krieger hielten ebenso Waffen in den Händen, auf deren Klingen Segenssprüche von Hastus eingraviert waren. »Geht zurück und begebt Euch in Sicherheit.«

»Das geht nicht.« Helmar blieb dicht bei ihr. »Er hat die Türen versperrt.«

»Dann bleibt in meiner Nähe und versteckt Euch, sollte es nötig sein.«

Sie gelangten Treppe um Treppe aufwärts, folgten Dûrus in die oberen Etagen, der sich unentwegt beschwerte, wie ein Lügner behandelt zu werden.

Die Witga ließ sich nicht beeindrucken, sondern bestand darauf, dort mit der Suche zu beginnen, wo er sich mit der Abrechnung beschäftigte.

Schließlich standen sie in einem weitläufigen Raum, der einem kleinen Laboratorium ähnelte, in dem es Kommoden, große Schränke und Tische gab. Ein großes Fernrohr stand am geöffneten Balkonfenster, daneben stapelten sich die Blätter mit Notizen.

Was Helmar nicht sah, waren die angeblichen Unterlagen für die Abrechnung. *Eine Lüge.*

»Nur zu«, forderte Dûrus sie auf. »Öffnet meine

Schränke. Ich berechne dem König jeden Kratzer, den Ihr mir in die Möbel macht, und ziehe es von meiner Steuerschuld ab.« Er setzte sich an sein Fernrohr und schaute hinaus. Dass die Besucher bis auf Helmar ihre Waffen gezogen hatten, ängstigte ihn nicht. »Der Mond sieht wundervoll aus. Selten ist er am hellen Tag so deutlich zu sehen. Als forderte er die Sonne heraus«, redete er mehr mit sich selbst.

Helmar blieb neben der Tür stehen. Ihm war nicht wohl, überhaupt nicht wohl. Er fragte sich, ob er über den Balkon nach unten entkommen konnte.

Einer der drei königlichen Krieger öffnete die vielen kleinen Schubladen der Kommode und stellte Glas um Glas auf der polierten Oberseite ab. Darin gab es Sand, Asche, Blattgold und etliche andere Inhalte, die recht ungewöhnlich für einen Kaufmann anmuteten.

»Ihr sammelt?«, erkundigte sich Fenia von Ibenberg.

»Das sind Andenken an die Länder und Kontinente und die sonstigen Orte, die ich besuchte«, erklärte er, ohne sich umzudrehen. »Ich reise gerne und viel. Weil ich es vermag. An Plätze, die Ihr niemals sehen werdet. Auch wenn Ihr eine Witga seid.«

Ibenberg nahm ein Glas und schüttelte es. Im Innern staubte es, weißlich graue Stückchen stießen gegen die durchsichtigen Wände. »Sind das Gebeinreste?«

»Ja. Gemacht aus den Geschäftspartnern, die mich betrogen haben.« Dûrus lachte laut. »Ein Scherz. Ich könnte keiner Fliege etwas zuleide tun.«

Helmar fand die Ruhe des Krämers auf ungewisse Weise beängstigend. *Gleich wird er losschlagen und sie mit Hexerei gegeneinanderhetzen!* Er schob sich unauffällig in Richtung Balkon.

»Wo wart Ihr schon überall?«, fragte Ibenberg und wies

einen ihrer Krieger an, den schwarzlackierten Schrank zu untersuchen. Der zweite öffnete eine kleinere Anrichte und förderte eine Karte von einer riesigen Stadt zutage, der dritte pochte die Wände ab.

»Dort zum Beispiel«, antwortete Dûrus und wies auf die Karte. »Wédōra.« Er seufzte schwer. »Eine ganz andere Welt. Mit Wüsten und unvorstellbaren Gefahren, aber auch Wundern und Schätzen.«

»Wie seid Ihr dorthin gelangt? Ich halte mich für belesen, doch eine Stadt dieses Ausmaßes und mit diesem Namen begegnete mir noch nie.« Ibenberg zog eine Schublade auf. »Oh. Ja, Ihr kamt herum. Hier sind noch mehr Karten.«

»Weitere Welten, Witga. *Planáomai* lautet die richtige Bezeichnung.« Dûrus tippte gegen das Fernrohr. »Selbst damit kann man sie nicht sehen. Man muss sie auf anderem Wege bereisen.«

Der Krieger hatte endlich das Schloss des hohen Schranks geöffnet und klappte die Doppeltüren auseinander – da schoss eine Klinge heraus und spaltete ihn vom Kopf an abwärts mitsamt der Rüstung, bevor er einen überraschten Schrei auszustoßen vermochte. Blut und zerteilte Innereien fielen auf den Boden und die kostbaren Teppiche. Saftiges Schmatzen von platzendem Gedärm paarte sich mit dem Scheppern der Metallteile.

Helmar kreischte und drückte sich in die Ecke, machte sich klein. *Hastus! Ich bitte dich: Rette mich!*

Aus dem Schrank stieg ein Krieger in einer stumpfschwarzen Panzerung, dessen Helm eine Skorpionform hatte. In der Rechten schwang er sein Schwert gegen den zweiten Krieger der Witga, mit der Linken schleuderte er eine dreiarmiges Wurfgeschoss.

Beim kurzen Flug erklang ein schrilles Pfeifen, dann

schlug es in die Brust des dritten Mannes ein und warf ihn um.

»Dies ist übrigens die Waffe, von der das abgebrochene Stück stammt«, kommentierte Dûrus gehässig. »Ich habe sie repariert.«

Der verbliebene königliche Soldat parierte den Hieb mit seinem Schwert, aber die Wucht war so groß, dass seine eigene Waffe zurückfederte und ihn oberhalb der Augen traf. Angeschlagen torkelte er rückwärts.

Schon trieb ihm der Gegner seine Klinge mit einem geraden Stich bis zum Heft durch den Unterleib und schnitt sich durch die Rüstung, als gäbe es sie gar nicht.

Der Mann schrie und schlug im Fallen nach dem Widersacher. Das Schwert prallte gegen die Schulter und fegte den Helm davon.

Darunter kam ein skelettierter Schädel zum Vorschein.

Helmar machte große Augen und hielt sich die Hand vor den Mund. Nichts anderes als ein Toter steckte darin und kämpfte, als wäre er ein leibhaftiger Streiter.

Ibenberg blieb nicht untätig. Sie hatte einen Zauberspruch geformt und schleuderte eine grellweiße Lohe aus ihren rechten Fingerspitzen gegen die Rüstung. Sie schien zuerst die unmittelbare Bedrohung ausschalten zu wollen, bevor sie sich um den Witgo kümmerte.

Die magisch erzeugten Flammen umschlossen die finstere Panzerung. Ein helles Pfeifen erklang, bevor der fleisch- und hautlose Kopf explodierte und seine Trümmer wie Schrapnelle in alle Richtungen schleuderte.

Ibenberg wurde getroffen und hielt sich das Gesicht.

Auch Helmar bekam etwas ab. *Ich muss hier raus!* Blut lief aus einem Schnitt im Gesicht. *Hastus, lass mich den Sprung vom Balkon überstehen.* Er wollte zum Fenster, aber die Angst nagelte seine Füße am Boden fest.

»Hättet ihr mich doch einfach in Ruhe gelassen«, sagte Dûrus mürrisch und erhob sich von seinem Sessel. Er steckte eine Hand in die Tasche und nahm einfachen, feinen Sand heraus. »Dabei hatte ich euch mit Otros einen so guten Sündenbock geliefert.« Er schleuderte den Sand gegen die königliche Witga.

»Den Sieg gönne ich dir nicht!« Sie riss einen Arm zur Abwehr hoch, stieß einen neuen Zauber aus.

Der feine, helle Sand flirrte, als ihn der Spruch traf, aber er ließ sich nicht beirren und verwandelte sich in eine Wolke, die Ibenberg mit hoher Geschwindigkeit umkreiste.

Helmar hörte sie schreien, dann stampfte sie mit dem Fuß auf.

Die Sandwolke zerstob und verteilte sich auf dem Boden.

»Du wirst hingerichtet«, versprach sie Dûrus. Ihre Züge waren übersät von Schürfwunden, in denen Sandkörnchen hafteten. »Im Namen von Arcurias Kelean dem Vierten, ich verurteile dich hiermit zum Tod durch das Schwert.« Die Klinge ihrer gezogenen Waffe leuchtete dunkelrot und verströmte spürbare Hitze. Ein magischer Spruch brachte sie zum Glühen.

Helmar kauerte in seiner Ecke und betete zu Hastus, dass er ihn aus dem Alptraum hole. *Egal, was ich dir dafür opfern muss.*

Dûrus lachte und langte in die andere Tasche, um graue Asche herauszuholen und in die Höhe zu werfen. »Greift sie euch, meine Freunde. Zerfetzt die Witga!«

Knochenhände formten sich aus dem Pulver und schnellten auf Ibenberg zu, die einsah, dass mit dem Schwert wenig Aussicht auf Erfolg bestand. Zwei Klauen zerschlug sie mit der glühenden Klinge, dann warf sie erneut einen Zauber, dieses Mal gegen Dûrus, der ihn mit einer geschleuderten Prise seiner Sandmagie abwehrte. Das, was den dämonischen Witgo in Fetzen hätte sprengen sollen, jagte in die Mauer neben ihm und schlug ein Loch hinein.

Die Ablenkung hatte Ibenberg genutzt, war an ihm vorbei auf den Balkon gerannt und sprang in die Tiefe.

»Nein!« Helmar schob sich kalkweiß, zitternd in die Höhe. Die Angst, im Haus des Krämers zu enden, brach die Furcht vor dem Mann selbst. »Nein, Witga! Ihr könnt mich doch nicht …«

Dûrus drehte sich zu ihm. »Baron. Treuer Freund. Da seht Ihr, wie die Dinge laufen können, wenn man denkt, man habe alles im Griff.« Er ging auf ihn zu. »Vernehmt meine kleine Geschichte, bevor Ihr vergeht: Ich kam einst nach Walfor, um meine Rache zu planen und eines Tages in meine Heimat zurückzukehren. Eine Stadt« – er zeigte auf die Karte – »sollte durch mich fallen. Aber ich überlegte es mir anders und gedachte, in Walfor den Rest meiner Lebenszeit zu verbringen. Ohne aufregende Geschehnisse, wie in meiner Vergangenheit.« Dûrus lachte bitter auf. »Ich suchte Ruhe. Frieden. Und jetzt muss ich verhindern, dass *ich* falle. Und das nur, weil ein Räuber bei mir einbrach.«

Was tue ich bloß? In völliger Auflösung zog Helmar seinen Dolch. »Zurück mit dir, Witgo!«, sprach er mit allem Mut, den er in sich fand, was angesichts der Leichen, dem Gestank nach Blut und Exkrementen, der schwarzen Rüstung und des Hexers schwer war. Die Spitze der Waffe wackelte wie seine Hand.

»Nein. Ich weiche nicht vor Euch, lieber Efanus. Wenn man mir schon meine Ruhe raubt, soll es sich für mich lohnen. Ich gedenke, in Erwiderung der Ruhestörung das schöne Telonia an mich zu reißen, das ich nach meinem Willen umgestalten werde.« Dûrus sah auf die Körnchen in seiner Hand. »Etwas Wüste stünde dem Königreich sehr gut. Tröstet Euch: Ihr werdet das Ende Eurer Baronie nicht mehr miterleben. Es würde Euch« – er vollführte mit einer Prise Sand zwischen den Fingern eine Bewegung, und Helmars Hand erhielt ein Eigenleben, schob ihm die Klinge langsam in die eigene Brust – »das Herz zerschneiden vor Gram.«

Hastus! Ich … nein. »Nein!« Helmar musste stocksteif dastehen und zusehen, wie er sich den Dolch beinahe zärtlich durch die Rippen drückte, bis ein glühender Schmerz jegliche Pein überlagerte. Sein Herz wurde von der Klinge geteilt.

Tot stürzte Efanus Helmar vom Stein auf den blutgetränkten Teppich.

* * *

Wédōra, Prachtviertel

Das wird nie was. Liothan saß im Garten auf dem Dach des palastartigen Gebäudes und versuchte es noch einmal mit viel Konzentration. Die Worte aus dem Buch, das ihm Kardīr überlassen hatte, forderten seinen Verstand aufs höchste heraus.

Eine Hand lag auf dem Griff des langstieligen schwarzstählernen Beils. Das Licht der aufgestellten Lampen flackerte und brachte die komplizierten Zeilen zum Tanzen, um ihn zusätzlich zu verhöhnen.

Mit Rechnen, Schreiben und Lesen beschäftigte Liothan

sich in Walfor in gemäßigtem Maß. Die Formeln und Beschreibungen, was er in welchen Mondphasen zu tun hatte, wollte er deren Energien nutzen, verlangten ihm viel ab.

Diese Art von Hexerei vermochte wunderlichste Dinge. Er las von Levitation, von schmerzhaften Strahlen, von kaltem Feuer, von Dingen, die er zum Leuchten bringen konnte, und vieles mehr. Alles, was er benötigte, war die rechte Formel sowie das Licht der Monde, mal genügte einer, mal brauchte man alle zusammen.

Da er den dritten Mond sah und ihn nutzen durfte, standen ihm weitaus mehr Hexenkräfte zur Verfügung als anderen Razhiv. Die beschriebenen Wirkungen, die mit dem einzigartigen Nachtgestirn einhergingen, drehten sich um unschöne Dinge. Es ging um Tod, um Manipulation des Geistes, um Vernichtung und Hinterhältigkeit.

Nichts gefunden hatte Liothan über den vierten Mond. Auch Kardīr wusste nichts darüber und betrachtete ihn seither mit allergrößtem Respekt und einem Hauch von Angst. Der Gestrandete, der aus einer anderen Welt stammte, schien in wenigen Tagen mehr Macht erlangen zu können, als der Razhiv in seinem ganzen Leben erreichte. *Ein Saldûn. Verrückt.*

Kardīr hielt sein Versprechen und verschwieg Liothans Gabe vor den anderen.

Der Mond der Bosheit. Liothan betrachtete die drei verschieden großen Kugeln, die über der Stadt und der Wüste hingen. Insekten zirpten leise in den Büschen und dem duftenden Grün um ihn herum. Nachtblumengeruch schwängerte die abkühlende Luft, machte sie schwer und gab ihr etwas Sündiges.

Es stimmte, was in der Einleitung des Buches stand: Liothan fühlte die Strahlung. In jener Nacht, als ihn der

Schwindel vor Kardīrs Haus befallen hatte, musste es durch den ständigen Genuss des smaragdfarbenen Wassers zu einer ersten Reaktion gekommen sein. *Ich habe es für mein Rückenleiden gehalten.*

Tagsüber fiel dieses Gefühl schwach aus. Er sah die beiden Monde kaum, wenn die Sonne herrschte. Laut den Seiten entfaltete sich daher ausschließlich zur Nacht seine größte Kraft als Saldûn. Eine Ausnahme bildete der dritte Mond, den nur wenige und sehr spezielle Menschen sahen. *Zün* befand sich unentwegt am Himmel und ließ sich nutzen, sofern Liothan die Formeln beherrschte.

Für heute gab er es auf. In wenigen Tagen würde er zurückkehren unter einen harmlosen Mond, der nichts weiter tat, als silbriges Licht zu spenden und ihm seine Einbrüche zu erleichtern. In Walfor brauchte er nichts hiervon.

Ein ehrlicher Räuber. Seine Finger tätschelten den Beilkopf. *Darauf verstehe ich mich, und dabei bleibe ich auch besser. Schluss mit der Hexerei.*

Er erhob sich und führte einige Probeschwünge mit dem langstieligen Beil aus, begann ein Scheingefecht gegen mehrere Gegner, bis ihm der Schweiß ausbrach. Er nutzte die Bäume auf der Terrasse, um daran zu klettern und Klimmzüge zu machen. Danach ging er zum Bassin und wusch sich das verschwitzte Gesicht ab.

Seine Augen richteten sich auf das beherrschende, fast drohend aufragende Gebäude des Dârèmo, in dessen Fenstern Licht brannte. Aus drei der seitlichen Rohre drang dichter schwarzer Qualm, aus zwei Öffnungen löste sich gelber Rauch. Als Liothan lauschte, vernahm er ein chorhaftes Singen, das von dort erklang und über das Goldene Viereck schwebte. Die verspiegelte Kuppel auf der Spitze des Turmes glomm, als schlüge ein leuchtendes Herz darin.

Die Vorfreude auf das Fest.

Liothan sah unter die Seerosenblätter, wo die Amphore mit den zurückgehaltenen Blättern lag. Dabei dachte er an die Nachricht, die er Tomeija hinterlassen hatte. Seine Freundin hatte sich nicht bei ihm gemeldet.

Ich sollte noch mal vorbeischauen. Er wollte nicht ausschließen, dass der Zettel verlorengegangen war oder die Tänzerin des *Spaß und Blut* schlicht vergessen hatte, die Nachricht auszuhändigen. Liothan grinste. *Ich hatte dem hübschen Kind gedroht, mir meine Münze zurückzuholen, sollte sie ihrer Aufgabe nicht nachkommen.*

Der leise Applaus brachte ihn zum Zusammenzucken. Veijo trat aus dem Schatten einer vielblättrigen Weißpalme; seine nachtblaue Haut hatte ihn ausgezeichnet getarnt. »Du kannst ja richtig kämpfen«, lobte er spöttisch. »Das werde ich mir merken.« Er deutete nach unten. »Komm. Wir besprechen nach dem Essen, was wir später an der Mauer für Kardīr machen müssen, damit seine Zauber wirken.«

Liothan hörte den Unterton im Lob genau. Veijo schien seine Niederlage nicht verkraftet zu haben und sann auf Rache. *Soll er. Er wird nicht gewinnen.*

»Ich komme gleich«, ließ er ihn mit einem Grinsen wissen, setzte sich in Bewegung und bog auf der Treppe ab. »Ich will mich noch rasch frisch machen. Ach ja: Was machen deine Blessuren?«

»Der Razhiv gab mir etwas dagegen. Aber ich habe ohnehin so gut wie nichts gespürt. Du bist zu schwach, um mich ernsthaft verletzen zu können.« Veijo ging weiter.

Gatimka hatte recht. Ich sollte wachsam bleiben, was Veijo angeht. Liothan begab sich in eines der Bäder, zog sich aus und stellte sich unter den gießkannenartigen

Ausguss, der aus der Wand ragte. Er nutzte den Pumphebel und förderte das warme Wasser, das im Erdgeschoss über Kessel erhitzt wurde, durch das Rohr bis zu ihm hinauf. Nach einem leisen Gurgeln ging ein wohltuend temperierter Schauer auf ihn nieder.

Diesen Luxus kannte er aus Walfor nicht. Es gab bei ihm zu Hause den Zuber, den man umständlich füllen musste, oder den eiskalten Fluss. Im Prachtviertel und Eàkinas Palasthaus war das Waschen bequemer. Das Abwasser wurde in einem Bassin gesammelt und zum Gießen robuster Pflanzen benutzt.

Gesäubert und mit neuer Kleidung ausgestattet, ging Liothan in die Küche zu den Verschwörern und setzte sich an den Tisch, auf dem sich Fleisch, Brot, eingelegte Gemüsesorten und Käse um den Plan mit der Mauer sowie dem Turm stapelten. Jeder nahm sich, was er wollte.

Die Männer und Frauen trugen aufwendige Garderoben, um im Viertel nicht aufzufallen, sobald sie sich im Freien bewegten. Ihre Essmanieren passten nicht dazu. Außer Veijo nickten ihm alle freundlich zu und vermittelten das Gefühl, sie hätten Liothan in ihrer Mitte akzeptiert.

»Dann fangen wir an.« Gatimka lächelte in die Runde. »Kardīr, erkläre uns, was wir machen müssen.«

Es wäre gelegentlich gut, die Macht eines Saldûn zu besitzen. Liothan ließ seinen Blick schweifen, die Linke auf den Beilkopf wie auf einen Stock gestützt. Er würde mitspielen, da er den Razhiv und dessen Wohlwollen und Anstrengung benötigte. *Sollte Tomeija einen anderen Witgo gefunden haben, bin ich verschwunden.*

Kardīr, gekleidet in ein purpurrotes Gewand und mit einer blondgelockten Perücke auf dem kahlen Schädel, kaute hastig zu Ende, schluckte, spülte mit Wasser nach, von dem er Unmengen trank. Er brauchte die darin enthaltene Energie.

»Ich habe einen Spruch ersonnen, der die tödliche Wirkung der Mauer für uns außer Kraft setzt. Weder wird sie uns verbrennen noch festfrieren lassen.« Er hielt eine Karte mit dem Sperrbezirk um den Turm in die Höhe und zeigte auf zehn verschiedene Punkte rings um die Mauer. »Dazu müssen wir unauffällig kleine Säckchen mit Komponenten an diesen Stellen deponieren. Auf meine Formel hin setzen sie auf einen Schlag ihre Wirkung frei und brechen den Bann, den der Dârèmo legte.«

»Ich nehme an, der Zauber wird lautlos und ohne Lichterscheinungen geschehen?«, erkundigte sich Ovan in seiner nuschelnden Weise. »Es nützt uns nichts, wenn es mit Krach, Explosionen oder Ähnlichem einhergeht. Das könnte nicht mal der Kara Buran überdecken.«

Kardīr nickte beruhigend. »Ich rechne mit einem kurzen Flimmern, wenn der Bann von den Steinen abfällt. Danach können wir Kletterhaken einschlagen und sie überwinden.«

»Klettern.« Veijo lehnte sich nach hinten. Er war erkennbar unzufrieden. »Ich dachte, du lässt uns darüber schweben? Wir haben schwere Ausrüstung dabei.«

»Das kann ich nicht. Der Umkehrungsspruch wird mich viel Kraft kosten. Ich klettere mit euch und habe mich hoffentlich anschließend genug erholt, um euch magischen Beistand zu leisten.« Er deutete auf die verbotene Zone. »Gegen was immer uns darin erwartet.« Kardīr hob eine Kiste, in der sich die faustgroßen Säckchen befanden, und verteilte sie mit gut gezielten Würfen.

Jenaia fing und betrachtete es, knautschte den Stoff. Es raschelte leise, und ein merkwürdiger Geruch entstieg, der Liothan an Waldboden erinnerte. »Am einfachsten wird es sein, wenn wir je einen Stein aus dem Kopfsteinpflaster entfernen, den Sand darunter ausschaben und sie einsetzen.« Sie sah zum Razhiv. »Oder?«

»Das wird gehen. Hauptsache, sie werden nicht gefunden und entfernt.« Erneut machte Kardīr auf die zehn Stellen aufmerksam. »Sollte *eines* fehlen, wird mein Zauber misslingen.«

»Damit fiele der Umsturz auf weitere fünfzig Siderim aus«, sagte Keela leise. »Nieder mit dem Despoten!«

»Nieder mit ihm! Und Freiheit für jene, die in seinem Turm gefangen leben. Wir gehen in Zweiergruppen«, befahl Gatimka. »Einer sichert, der andere gräbt.« Sie teilte die Gruppen auf und sah schließlich zu Liothan. »Du und Veijo. Wir nehmen nur ein Säckchen mit, falls jemand geschnappt wird.«

»Dann ist es eh vorbei«, murmelte Ovan und roch am Stoff. »Widerlich. Das stinkt nach Kräutern und Scheiße.«

»Nichts ist vorbei«, herrschte sie ihn an. »Für uns andere wird es mehr Aufwand sein, Kardīr wird Nachschub basteln müssen. Aber ich lasse diese Gelegenheit nicht verstreichen. Der Dârèmo muss weichen, komme, was wolle.«

Die Verschwörer riefen ihre Zustimmung.

Ausgerechnet mit Veijo. Liothan betrachtete die Gesichter der Verschwörer und sah ihre aufrichtige Begeisterung. In den Augen und Stimmen der Männer und Frauen gab es keinen Zweifel daran, das Richtige zu tun, um Wédōra zu befreien.

Gatimka lächelte Liothan warm an. »Dann auf. Es ist dunkel draußen, der Wind hat aufgefrischt und bringt ersten Sand. Das mögen die Reichen nicht und kehren in ihre Häuser zurück, um dort vorzufeiern.« Die Gruppe erhob sich, es wurde noch rasch ein Schluck oder ein Bissen genommen. »Haltet die Augen offen. Tut, was nötig ist, um eine Entdeckung zu vermeiden. Durch wen auch immer.«

Liothan steckte das Säckchen ein und verließ zusammen mit Veijo das Palasthaus der reichen Witwe.

Stumm steuerten sie durch die Böen, die den feinen Sand schmerzhaft gegen die Haut peitschten, durch die Straßen und Gassen, um sich der schwarzen Mauer zu nähern. Veijo stapfte mit eingezogenem Kopf neben seinem vermeintlichen Sklaven her.

Gatimka hatte mit ihrer Voraussage recht behalten. Die Leute im Goldenen Viereck mieden das Wetter. Sie begegneten lediglich einer Patrouille, bestehend aus drei Mann, die grüßte und weiterging. Es gab keinen Anlass, Liothan und Veijo verdächtig zu finden.

»Da rüber«, befahl Veijo und führte sie auf die runde umlaufende Straße, die sich entlang der Mauer zog.

Liothan hatte sich die Stelle eingeprägt, das Haus mit dem Fabelwesen aus Gold und Silber an der Fassadenfront diente als leichte Orientierung. Über ihnen erhob sich der Turm, in den sie gelangen wollten. Drohend. Allwissend. Uneinnehmbar.

Er ist unfassbar hoch. Das Treppensteigen würde die Verschwörer viel Mühe kosten. Als sich Liothan vorstellte, dabei noch gegen Soldaten zu kämpfen, bekam die Zuversicht, den Sturz des Dârèmo einzuleiten, einen herben Dämpfer. »Mit wie vielen Gardisten rechnet ihr im Innern?«

»Wir haben nicht vor, gegen sie zu kämpfen.« Veijo blickte sich um, rieb sich über das dunkle Gesicht. Es machte den Anschein, als würde die Haut langsam das Nachtblau einbüßen. Die Alchemie verlor ihre Wirkung.

»Aber wenn doch?«

»Verlieren wir.« Veijo sagte das mit größter Selbstverständlichkeit. »Hat dir Gatimka nicht berichtet, was man sich erzählt?« Dann lachte er glucksend. »Verstehe. Sie wollte dich nicht verunsichern. Du würdest dir vor Angst in die Hosen scheißen.«

Liothan hasste Wédōra und seine Geheimnisse einmal mehr. »Lass uns das Säckchen vergraben.« Er gab Veijo nicht die Genugtuung, nach den Wachen im Turm zu fragen. *Ich sollte ihm bei Gelegenheit noch eine Lektion erteilen.*

Er nickte. »Du wirst so tun, als würdest du mir die Schuhe binden, *Sklave.* Dabei hebelst du den Stein raus, den ich dir weise. Ich mime den betrunkenen Herrn und achte auf uns.«

Ja, das macht dir Spaß, mich als deinen Sklaven zu sehen. »Es kann losgehen, o ehrwürdiger Herr voller Weisheit und Schläue und dem Gemächt eines Riesenschwanzlurchs.« Liothan feixte. Dass die Tiere kein Gemächt hatten, wusste Veijo sicher nicht.

Sie verließen den Schutz des Hauses und gingen schwankend an der Mauer entlang, bis Veijo auf den Stein vor seinen Schuhen pochte und stehen blieb.

Liothan ließ sich auf ein Knie herab und öffnete die Lederriemen des Schuhs. Heimlich zog er seinen Dolch und lockerte den Pflasterstein, was sich als schwerer denn vermutet herausstellte. Sobald er ihn gelöst hatte, hebelte er ihn heraus und kratzte das Sandbett darunter tiefer, bis er das Säckchen hineingleiten lassen konnte.

»Garde«, zischte Veijo warnend und begann, ein lautes Lied sehr schief zu singen.

»Gleich geschafft.« Liothan passte den Stein ein – doch die Kanten standen über das restliche Pflaster heraus. Er müsste tiefer graben, aber dazu fehlte die Zeit.

»Guten Abend, Herr«, vernahm er die sonore Stimme

eines Gardisten. »Sollen wir Euch nach Hause geleiten, Herr? Ihr wirkt, als habe Euch der Süßwürzwein gut gemundet.«

»Es war das Bernstein-Henket.« Veijo lachte. »Das macht schon mein guter *Sklave* hier«, gab er viel zu laut zurück und versetzte Liothan einen Tritt. Auch sein Gelächter erklang falsch.

Tomeija hätte diesen jämmerlichen Mummenschanz längst durchschaut. Ich hätte den Reichen spielen sollen. Liothan scharrte den Sand um den Stein und trat ihn so unauffällig wie möglich fest. »Ich bin gleich so weit, Herr«, rief er und nestelte an den Riemchen. Der Wind ließ sein kurzes Gewand wehen, was die Gefahr mit sich brachte, dass der Dolch entdeckt wurde.

»Seid Ihr sicher, dass er das bewerkstelligen kann?«

»Das kann er, der verfluchte, dreckige Nichtsnutz«, gab Veijo zurück und trat noch mal zu. »Zieht nur weiter, Nakib. Danke, dass ihr so gut auf mich aufpasst.«

Für die Tritte verpasse ich ihm noch eine Abreibung. Liothan schnürte, sah sich dabei verstohlen um.

Die gerüstete, weißgekleidete Garde bestand aus drei Leuten. Es waren vermutlich die gleichen, die sie eben noch gesehen hatten. *Ohne dass wir so getan haben, als wäre der Herr sturzbetrunken. Das wird ihnen auffallen!*

»Dürfte ich Euch bitten, weniger unflätige Lieder zu singen und dazu noch die Lautstärke zu verringern, Herr? Die Menschen wollen schlafen.«

Veijo lachte. »Sicher, Nakib. Und nun verzieht euch.«

Liothan verzog das Gesicht. Betrunkene vergriffen sich im Ton, das war die Garde gewohnt. Auch im Viertel der Reichsten. Veijo schien es Spaß zu bereiten, in teurer Garderobe den Herrschaftlichen zu mimen. *Wir fliegen auf, wenn er nicht aufhört.* Er richtete sich auf und legte einen

Arm unter dessen Achsel. »Kommt, Herr. Es ist an der Zeit.«

Veijo feixte. »Da habt ihr es: ein feiner Sklave.« Er tätschelte Liothans Wange und senkte das Kinn auf die Brust, täuschte spontanen Halbschlaf vor, den übermäßiger Alkoholgenuss auslösen konnte.

»Du wirst den Weg finden, Bursche?«, erkundigte sich der Nakib, zog den Schal gegen den treibenden Sand vor sein Gesicht.

»Sicher, Herr.« Liothan war erleichtert, dass Veijo schwieg. Es blieb die Angst, dass der lockere Stein bemerkt wurde.

»Wohin musst du ihn bringen?«

»Nach Hause.«

»Das ist sicherlich nicht *dein* Zuhause.« Der Nakib zeigte auf den Sklavenring. »Ich habe nachgesehen, du gehörst zu Eàkina in die Smaragdstraße. Aber das Henket-Fass wohnt *wo?*«

»Ganz recht, Herr. Er ist ein Geschäftsmann aus Iratha und in der Herberge in der Westvorstadt untergekommen«, wusste Liothan Antwort zu geben. »Meine Herrin Eàkina beauftragte mich, ihn wohlbehalten abzuliefern.«

»Die Gute«, antwortete der Nakib lachend; raschelnd rieben die Körnchen über seinen Metallhelm. »Wie geht es denn ...«

Veijo verlor seine vorgetäuschte Starre, zog seinen Dolch und stach ihn dem nächststehenden Gardisten mit einer fließenden Bewegung in den Hals. »Sie haben uns durchschaut«, rief er. »Erledigen wir sie!«

Der Anführer sprang geschickt zurück und entging Veijos zweitem Angriff, zog sein Schwert. »Was treibt Ihr da?«

Der dritte Gardist bemerkte den hervorstehenden Stein. »Sie haben da was vergraben!« Er zückte ein Schwert und einen geschwungenen Dolch. »Im Namen des Dârèmo: Ergebt Euch!«

»Tod dem Tyrannen!« Veijo setzte nach und ließ sich auf einen Kampf mit dem Nakib ein, während sich der zweite Gegner auf Liothan stürzte, der nichts weiter als seinen Dolch besaß.

Dieser Narr. Ich hätte sie beschwatzt. Liothan beschränkte sich aufs Ausweichen und gelegentliches Treten, womit er den Gepanzerten kaum in Bedrängnis brachte. Zwar krümmte der Gegner sich nach jedem Treffer mit der Sohle, doch die Angriffsserie ging mit leichter Verzögerung weiter.

Ich brauche eine bessere Waffe. Liothan schleuderte seinen Dolch, der Gardist wich aus. Die Verzögerung genügte Liothan, um sich das Schwert des Toten zu greifen. *Was gäbe ich, wenn sie Beile und Äxte benutzten.*

Immerhin vermochte er nun, die Hiebe und Stiche des Widersachers abzuwehren, aber seine eigenen Attacken mit der ungewohnten Waffe blieben ungeschickt.

Ich muss es rasch beenden. Je länger das Gefecht dauerte, desto größer wurde die Gefahr einer Entdeckung. Liothan wartete, bis er einen weiteren Schlag des Gardisten mit dem Schwert blockte. Dem Dolchstich wich er aus und klemmte den feindlichen Arm unter seiner Achsel fest, wie er es schon mal bei Tomeija gesehen hatte. Dann versetzte er dem Widersacher einen Kopfstoß gegen das ungeschützte Gesicht. Erst einen und dann noch einen.

Der Gardist schwankte, konnte nicht entkommen, weil sein Arm unter Liothans Achsel festhing. Er versuchte einen Schwerthieb, der an Liothans Parade scheiterte. »Ihr Abschaum!« Unerwartet versuchte er einen Kniestoß und wollte ihn gegen die gefährliche Mauer befördern.

Liothan nutzte den Schwung und ließ sich fallen. Er zog

den Gegner mit zu Boden, der sein Schwert aufgab und stattdessen nach einer Signalpfeife griff, die an einer Kette um den Hals baumelte.

Im Sturz richtete Liothan die Klingenspitze auf den Hals des Gardisten, und noch bevor dieser in die Pfeife blasen konnte, kappte das Schwert seinen Lebensfaden. Tot sank er auf Liothan nieder.

Hastus, ich danke dir! Er schob den schweren Leichnam von sich. *Was macht Veijo?*

Der Verschwörer sank in diesem Moment vor dem Nakib auf die Knie, blutete aus mehreren Wunden an den Armen und am Hals. Scheppernd fiel seine Waffe auf das Pflaster. »Der Dârèmo muss sterben«, brachte er undeutlich über die Lippen, und rote Luftbläschen entstanden vor Mund und Nase. »Wédōra gehört …«

»Lang lebe der Herrscher!« Der Nakib schlug zu und trennte ihm den Kopf ab.

Meine Gelegenheit. Liothan schleuderte sein Schwert.

Dieses Mal gelang der Wurf, die Waffe ließ sich vom Wind nicht abbringen. Der Gardist wurde im Unterleib durchbohrt und plumpste rücklings auf den Boden. Getrieben von der Pflicht, vor seinem Ableben Alarm auszulösen, fummelte er mit zittrigen Fingern am Hals herum, zerrte ebenfalls eine Pfeife heraus.

Liothan hechtete gegen ihn und verschloss ihm den Mund mit seiner Hand. Er riss den Dolch des Mannes aus der Hülle und tötete ihn mit einem Halsschnitt.

Keuchend richtete er sich auf. *Zu viele Leichen. Das kann keiner übersehen.*

Schnell korrigierte er den Sitz des präparierten Pflastersteins, der mit den anderen zu einer ebenen Fläche verschmolz und nicht mehr herausragte. *Geschafft.*

Anschließend zerrte er die Toten weg von der Straße in

einen Hausdurchgang, nutzte das Wasser aus einem Zierbrunnen, um das Blut wegzuspülen. Den Rest sollten Sand und Wind bewerkstelligen.

Verfluchter Idiot! Liothan betrachtete den enthaupteten Veijo. Der Fund der drei ermordeten Gardisten würde die noble Gegend fraglos in Aufruhr versetzen. Es gab wenige Gründe, warum man die Wache des Dârèmo angriff.

Es muss nach einem misslungenen Überfall aussehen.

Liothan zog Veijo die teuren Sachen bis auf die Unterwäsche aus, streifte ihm sein eigenes Sklavenobergewand über und wickelte die edlen, vollgebluteten Fetzen zusammen.

Danach verteilte er die Leichen um den Mann, drückte dem kopflosen Verschwörer einen Dolch sowie ein Schwert in die Hand, trat die Tür in eine der Wohnungen ein und trat danach rasch die Flucht an.

Hoffentlich glauben sie, was sie sehen. Die Reichen sollten annehmen, dass ein armer Schlucker bei seinem Einbruch von der Garde gestellt worden war. Im Verlauf des Gefechts kamen sowohl der Verbrecher als auch die Wächter ums Leben. Das Offensichtliche wurde gerne als wahr betrachtet.

Liothan hastete im Untergewand unbemerkt zurück in das Haus von Eàkina und betrat schwer atmend die Küche, stürzte ein Glas Wasser hinab. Veijos Kleidung ließ er achtlos fallen.

Kardīr saß zusammen mit Gatimka am Tisch, sie starrten ihn und die rotgefärbten Gewänder an. Es war offensichtlich, dass das Vorhaben schiefgelaufen war.

»Das erste Säckchen«, stieß Liothan zwischen den hastigen Schlucken aus, »liegt. Und es wurde mit Blut begossen.« Hastig erzählte er, was geschehen war, und griff sich das nächste Beutelchen. »Ich ziehe mir etwas an und gehe los. Sie müssen heute noch an ihren Platz. Morgen wird es vor Wachen nur so wimmeln. Es ist die letzte Gelegenheit.«

Schon eilte Liothan in eines der oberen Zimmer, um sich ein frisches Sklavengewand anzulegen und das Blut der Gardisten von seinen Händen abzuwaschen.

Nun gehörte er vollends zu den Verschwörern, ob es ihm passte oder nicht.

* * *

Abschrift aus: Die Gottheiten der Wüste

KSIAS, der Erste Gott des Wassers

Seine Gestalt ist menschlich, jedoch muskulöser und breiter. Durch den kahlrasierten Schädel fallen die spitzen Ohren sogleich auf. Seine Haut ist dunkelgrün, die Augen sind smaragdgleich und glühen kalt. Ksias bevorzugt weite, wallende, weißgraue Leinengewänder, darüber einen schimmernden Goldpanzer mit aufwendigen Verzierungen und Gravuren und mit Smaragden besetzt. Im Kampf nutzt er einen dunkelblauen Metallschild und einen mächtigen Krummsäbel. Des Weiteren speit er dicke, stinkende Brackwasserstrahlen und schleudert Angreifer damit zu Boden.

Ksias nimmt das Wasser hauptsächlich, verteilt es hingegen nur sehr spärlich.
Er ist es, der aus Lust und Laune, Zorn oder Wut wertvolle Oasen in der Wüste vertrocknen, Wasser in Fässern schlecht werden lässt und Trinkschläuche während einer Reise porös macht.
Er ist es auch, der Wasser an den Rändern des Sandmeeres in wahren Sturzbächen niedergehen lässt, Siedlungen, Dörfer und Städte wegschwemmt oder Ernten vernichtet. Doch hilft Ksias auch manchem Verdurstenden, indem er ihm ein Wasserloch oder eine versteckte Oase zeigt, indem er an jenen Orten sein Zeichen hinterlässt: ein tönerner Wasserkrug, dessen Boden schwach bedeckt ist. Diese Fälle sind eher selten.

Ksias hasst die Gottheiten des Feuers.
Einen gemeinsamen Tempel wird es nie geben, in einer Stadt werden sie weit entfernt voneinander liegen, und die fanatischen Anhänger der überirdischen Wesen bekriegen sich entweder mit Worten oder Waffen aufs äußerste.

Ksias war zunächst ein grausamer, wilder Gott, der als Waffe einen riesigen Krummsäbel führte und besser zum Kriegsgott gedient hätte.
Inzwischen wurde er weiser, ein wenig ruhiger, aber nicht weniger grausam.
Krieger, die er in der Wüste gerettet hat, berichteten, dass er ihnen so viel Wasser überließ, wie sie ihm von ihrem Blut gaben.
Orte, an dem seine Oasen stehen, haben oft eine dunkle und schreckliche Vergangenheit. Es wird gemunkelt, dass Menschenleben gegen Wasser getauscht und gekauft wurden.

Einige sagenhafte Beduinenstämme der Menschen, die sich angeblich gegen die T'Kashrâ im Sandmeer behaupten können, sollen Ksias als Hauptgott verehren und ihm Blutopfer zollen. Dafür beschützt der Gott ihre Wasserlöcher und hilft ihnen im Gefecht.
Einige Gardisten und Soldaten des Dârèmo tragen unter ihrer Kleidung ein Amulett des Ksias.

Kapitel XVII

Ausserhalb von Wédōra

Tomeija blickte auf die segmentartigen Panzerschuhe, die im Sternenlicht schwarz schimmerten. *Ein Keel-Èru!*

Sie warf sich herum und entging der zustoßenden Speerspitze, die schabend in den Sand fuhr statt in ihre Wirbelsäule, dann sprang sie auf die Beine und brachte mehrere Schritte zwischen sich und den neuen Widersacher.

Die schwarzmatte Rüstung des Gegners kannte sie von ihrer ersten Nacht in dieser Welt, der Helm hatte die bekannte Skorpionform. Doch dieser besaß keine Scheren, lediglich einen Stachel. Es war nicht der Krieger, der sie damals mit einem Schnitt im Nacken markiert hatte. Er hielt einen kurzen Speer in der Hand, ein Schwertgriff ragte über seiner Schulter auf, und am Gürtel steckten zwei Dolche. Die Finger der Linken fassten das dreiarmige Wurfgeschoss, dessen Bohrungen im Flug für Heulen sorgten.

»Du bist hinter das Geheimnis gekommen«, drang eine warme Stimme unter dem Helm hervor. »An diesem Ort braue ich das Iphium, das Wédōra zu Fall bringen wird. Es dauert nicht mehr lange, und sie töten sich in den Mauern gegenseitig, um an ihre Ration zu kommen.«

Tomeija betrachtete den T'Kashrâ-Krieger, um auszuweichen, sobald er den Stern nach ihr schleuderte. »Das ist niederträchtig und eines Kämpfers nicht würdig«, versuchte sie, ihn zu locken. »Nutzt besser gleich Gift.«

»Es *ist* Gift, das sich im Rausch tarnt«, gab er mit einem

Lachen zurück. »Wir erwidern die Niedertracht, die uns angetan wurde. Ihr habt mein Volk vom Smaragdnen Wasser abgeschnitten und verdursten lassen. *Das* ist Niedertracht. *Das* ist verabscheuenswürdig.« Er ließ den Stern langsam in seiner Hand kreisen, ein leises Pfeifen erklang. »Wir rieben uns in verlustreichen Kämpfen gegen die Mauern auf. Dabei ist es viel einfacher, wenn man den Wédōranern gibt, was sie mit Freuden nehmen und an dem sie zugrunde gehen.« Er scharrte Sand auf, der den Toten traf. »Schade, dass du ihn umgebracht hast. Er war der perfekte Bote. Diese Menschen aus Tērland helfen mir, weil sie damit viel Geld verdienen.« Er lachte. »Sie haben nicht begriffen, dass die Stadt fallen und sie dann nichts mehr einnehmen werden. Das Gold blendet sie.«

»Die zerstörerische Wirkung von Iphium ist bekannt. Es wird keiner mehr kaufen.«

»Das schreckt die Städter nicht ab. Das tat es nie.« Der Keel-Èru bewegte den Kopf. »Du hast Cegiuz getötet. Es dauerte lange, bis er lernte, die Wachen und die Keijo zu täuschen. Ich selbst kann die Stadt nicht betreten. Die Bestien würden mich sofort erkennen.« Er zeigte zu den Monden hinauf. »Doch Si'Raati, De'Ipotionti und Tu'Ziinsá werden mich leiten. Es ist ihr Wunsch und Wille, dass Wédōra untergeht.«

Finden wir heraus, was die Gestirne für mich vorgesehen haben. Tomeija täuschte einen Angriff vor, den er mit dem Stern abwehrte. Sie zog dabei einen seiner Dolche geschickt aus der Hülle und stach damit unter die Achsel des Gegners. Die meisten Rüstungen, sofern es keine Kettenhemden waren, besaßen an der Stelle ihren Schwachpunkt.

Die Klingenspitze durchbrach Widerstand, der Keel-Èru schrie und schlug mit dem Speer zu.

Tomeija wurde von dem Schaft getroffen und mehrere

Schritte rückwärtsgeschleudert, der weiche Sand fing den Sturz ab.

»Schnell. Gewieft.« Er entfernte den Dolch, an der Seite sickerte Flüssigkeit heraus, die auf der dunklen Panzerung tintenhaft wirkte. »Aber das rettet dich nicht.« Er schleuderte das Wurfgeschoss nach ihr.

Tomeija rollte sich weg. *Das werden wir sehen.*

Der dreiarmige Stern schlug schräg auf, prallte vom Sand ab wie ein Stein auf Wasser, hüpfte mehrmals und sirrte durch den Felseneingang in die Kammer. Es klirrte mehrmals von drinnen, Funken stoben, als der Stahl gegen Gestein prallte. Plötzlich loderten Flammen auf.

»Nein!«, schrie der Keel-Èru wütend. Ging er eben noch auf die Scīrgerēfa zu, eilte er nun zum Laboratorium, aus dem blauer und grüner Qualm drang. Lilafarbene Lohen fauchten aus den Öffnungen.

Da geht seine Giftküche hin. Tomeija erhob sich und sah zu den Echsen, die sich vom Feuer entfernten, so gut es ging, aber ausharrten. Sie schienen weniger schreckhaft als Pferde zu sein. Schaffte sie es auf ihr Reptil zurück, könnte sie dem Keel-Èru entkommen. Die Stadt musste vor dem Ursprung des Iphiums gewarnt werden. *Anschließend wird es keiner mehr anrühren.*

»Du«, hörte sie den Krieger außer sich vor Zorn. »Du hast meine Pläne durchkreuzt!«

Tomeija ahnte, dass sie um einen Zweikampf nicht herumkam. Sie zog das Henkersschwert und drehte sich zum Wüstenkrieger. *Du wirst dein Blut bekommen.*

Der Keel-Èru schleuderte seinen Speer nach ihr.

Tomeija wich aus und sah den Gegner heranstürmen, das Hakenschwert wirbelte er dabei von rechts nach links vor dem Körper und schuf so eine Wand aus schier zahllosen gekrümmten Klingen, die auf sie zuraste.

Sie sah die Waffe ihres Widersachers nicht, sondern parierte reflexhaft dorthin, wo sie etwas in ihre Richtung zucken sah. Die Kraft des Mannes übertrug sich durch das Schwert auf die Finger, die Hand, den ganzen Arm und brachte ihn zum Kribbeln.

Tomeija wechselte die Führhand und hatte keine Idee, was sie gegen den Krieger ausrichten konnte. Er kämpfte gänzlich anders, als sie es aus Walfor gewohnt war, und sie kam sich vor wie eine Stümperin. Zudem schien er die Wunde unter seiner Achsel nicht zu spüren.

Tomeija wurde Schritt für Schritt rückwärtsgetrieben. Dann hüllte sie der bunte Rauch aus dem Laboratorium unvermittelt ein. Der Gestank biss in ihre Lungen und brachte sie zum Husten.

Fauchend schoss eine gelbgrüne Stichflamme aus dem Fenster, dicht über ihren Kopf hinweg. Der Boden erbebte unter den Explosionen in den vergehenden Räumen im Felsen. Ihr kam die Unterhaltung mit Berizsa im Tempel in den Sinn.

Was sagte die Driochor-Priesterin? Tomeija warf sich flach in den Sand, eine brodelnde Lache verfehlte sie um Haareslänge. Als das Grollen nachließ, robbte sie aus dem Qualm und sah sich nach dem Keel-Èru um. *Es liegt alleine an mir, ob der Fluch der Todbringerin seine Wirkung entfaltet.*

Er stand wartend bei den Echsen und entdeckte sie sogleich. »Da bist du ja«, rief er und eilte auf sie zu. »Du hältst dich nicht schlecht.«

Mag es der siebte Schlag sein oder nicht. Sie erhob sich und griff das Henkersschwert mit beiden Händen, hob es langsam bis auf Brusthöhe. *Er muss tödlich sein.*

Der Krieger hackte von schräg links oben nach ihr.

Tomeija drehte sich einmal um die eigene Achse, um

Schwung aufzunehmen, und führte die breite Klinge in gerader Linie waagrecht gegen den Kopf des Mannes. Dabei schrie sie aus Leibeskräften und spannte sämtliche Muskeln an. *Zeige dich, Fluch!*

Zuerst traf ihre Waffe das gegnerische Hakenschwert – und zersprengte es in etliche Fragmente, die in alle Richtungen trudelten und das Mondlicht reflektierten. Ihre Klinge kappte die Schulterrüstung, fräste sich durch das Fleisch und schlug in den Hals des Keel-Èru.

Getrieben von Tomeijas Kraft und Willen, schnitt es sich seinen Weg durch den Gegner und trat auf Höhe des Unterkiefergelenks mit einem Blutschwall aus, der im Gestirnlicht schwarz spritzte.

Die Arme des Kriegers sanken kraftlos herab. Sein Leichnam fiel in den Sand, Schädel und Helm rollten bis zur Düne.

Es wirkt! Tomeija sank auf die Knie und stützte sich auf der Parierstange ab, küsste den Griff und anschließend das Amulett. *Driochor und Hastus, ich danke euch.* Sie wartete, bis sich ihr pochendes Herz beruhigt hatte, bevor sie aufstand.

Das Feuer in den Felsenkammern hatte sich gelegt, leichter Rauch drang aus den Öffnungen.

Weg von hier. Der Lichtschein muss meilenweit in der stockfinsteren Wüste zu sehen gewesen sein. Tomeija eilte zu der gestohlenen Echse und bestieg das Reptil, das Seil des anderen durchtrennte sie, damit es gehen konnte, wo immer es wollte. Den Weg zurück in die Stadt würde sie dank der eigenen Spuren im Sand finden. Sie schaute auf die zurückgelassenen Leichen. *Ich muss Beweise bringen, sonst glaubt mir niemand.*

Nach kurzem Zögern stieg sie wieder ab, nahm den Beutel von Cegiuz an sich und steckte Helm samt Schädel des Wüstenkriegers ein. *Der Dârèmo kann Soldaten aussenden. Das Laboratorium wird letzte Zweifel an meiner Geschichte beseitigen.*

Tomeija trank das Wasser aus der Flasche. Es tat gut, nach dem Kampf den Durst zu stillen, auch wenn es warm und abgestanden schmeckte.

Sie schwang sich erneut in den Sattel, ließ die Echse antraben und lenkte sie vorbei an den titanischen Dünen.

Tomeija blickte sich nach ihren eigenen Spuren um – und sah in geschätzten dreißig Schritt Entfernung eine große Gruppe aus Keel-Èru. Die meisten saßen auf Reitechsen, drei von ihnen bevorzugten skorpionähnliche Insekten, deren Scheren mit zusätzlichen Klingen versehen waren, ein weiterer nutzte ein schlangengleiches Wesen. Es richtete sich vier Schritte auf, als es Tomeija bemerkte, der schwenkbar gelagerte Sattel hielt den Krieger in einer horizontalen Position. Zischelnd kam die gespaltene Zunge zum Vorschein.

Driochor, verlasse mich nicht. Noch mehr von denen. Eine Flucht erschien ihr aussichtslos. Mit dem abgeschlagenen Kopf eines T'Kashrâ im Beutel würde sie unter den Keel-Èru keine Freunde finden. Sie zog zum zweiten Mal in dieser Nacht ihr Henkersschwert. *Ich werde nicht in diesem Sand verrotten,* schwor sie sich. *Mein Grab soll in Walfor sein. Sonst nirgends.*

Tomeija brachte die Echse zum Traben und spornte sie zum Rennen an. Hoch aufgerichtet saß sie auf dem Rücken des Reptils, das Schwert senkrecht in die Höhe mit beiden Händen gehalten. Bevor sie auf die T'Kashrâ traf, stieß sie einen Kampfschrei aus. *Sei mir zu Willen, Fluch, und lasse mich zur Todbringerin werden.*

Entgegen Tomeijas Hoffnung wichen die Keel-Èru nicht zur Seite.

Ihre Echse raste mit voller Geschwindigkeit in die grauen, mit schwarzen und silbernen Zeichen bemalten Reptilien der Gegner.

Die Tiere verbissen sich sogleich ineinander und brüllten, die Schwänze zischten peitschend herum.

Tomeija schlug mit grimmigen Rufen um sich. Die Rüstungen und entgegengereckten Klingen erzeugten krachendes und klirrendes Dröhnen, das in ihren Ohren schmerzte. Etwas traf sie am Hinterkopf und ließ ihre Sicht verschwimmen. Tomeija setzte ihre Angriffe fort, bis die Echse unter ihr mit einem kläglichen Laut zusammenbrach. Die gegnerischen Reptilien stürzten sich auf das Tier und rissen Fetzen heraus.

Um nicht von den Echsen verschlungen zu werden, sprang sie aus dem Sattel und warf sich mit ihrem Henkersschwert auf den Keel-Èru zu ihrer Linken.

Sie schlug seinen zustoßenden Speer zur Seite, drückte gegen die flache Seite der gegnerischen Klinge und ließ sie an sich vorbeizischen. Ihre rechte Schulter rammte den Gerüsteten aus dem ledernen Sitz, mit einem Fluch fiel er zwischen die wimmelnden Leiber der fressgierigen Echsen.

Tomeija keuchte und schimpfte, schwang ihr Henkersschwert beständig und wich den Waffen der Keel-Èru aus. *Ich finde keine Lücke, durch die ich preschen kann.* Ihre Arme wurden schwerer, die Wunden brannten. Schwindel breitete sich in Tomeijas Kopf aus, die Anstrengung verlangte ihren Tribut. Sie sprang auf die herrenlose Echse, trat ihr die Fersen in die Flanken, aber sie war eingekeilt. Es gab kein Entkommen.

Nicht mal der Fluch will mir …

Unerwartet tauchte der heruntergestoßene Keel-Èru neben ihr auf, packte sie am Fuß und riss sie abwärts.

Tomeija rutschte aus dem ungewohnten Sattel und fälschte seinen Angriff mit dem Schwert ab, gemeinsam gingen sie zu Boden. Sie schlug den schweren Griff schnell und mehrmals gegen das Visier des Helms und rutschte von ihm, als er bewusstlos war.

Es muss mir gelingen! Sie kroch unter den Echsen hindurch, nutzte sie als Deckung gegen die Speere. *Wie entkomme ich diesem …*

Wie aus dem Nichts zischte ein Schweif heran und fegte Tomeijas Beine weg. Sie stürzte in den Sand, ohne ihr Henkersschwert preiszugeben.

Das Letzte, was Tomeija sah, war ein Keel-Èru, der seinen Speer gegen sie schwang.

* * *

AUSSERHALB VON WÉDŌRA

Irian folgte im Schutz der Dünenkämme den Keel-Èru, von denen die meisten auf bemalten Echsen ritten, aber sie führten auch drei Scherenskorpione und eine Sturmviper mit sich. Er hatte sie durch eine Fügung der Geister bemerkt, längere Zeit nachdem er den Rauch gerochen hatte. Was immer dort verbrannt war, es stank grässlich.

Es ist ein Kriegstrupp. Die Keel-Èru bildeten die Minderheit unter den Völkern der T'Kashrâ, dafür beherrschten sie die Kunst des Kampfes, den sie mit allen Mitteln führten. Eine solche Abordnung, wusste der Kundige, war von ihren Familien ausgesandt worden, um auf tödliche Jagd zu gehen.

Jeder Stamm bevorzugte bestimmte Kreaturen, um sich

im Sandmeer fortzubewegen. Nicht immer nutzten die Wüstenvölker übergroße Insekten und Reptilien. Auch Bergwölfe oder Wolkenkatzen wurden besonders groß und widerstandsfähig gezüchtet und abgerichtet, manche griffen auf Esel, Kamele und Pferde zurück. Die Wüste kannte viele Tierarten.

Sie suchen sicher die Thahdrarthi. Irian grinste. Die Keel-Èru ahnten nicht, dass es sich dabei nicht um echte Sandfresser, sondern um verkleidete Soldaten aus Thoulikon handelte. Gnade zeigten sie Menschen gegenüber nicht, die sie in der Wüste fanden, ganz gleich ob sie aus der Stadt oder aus den umliegenden Ländern stammten.

Es sind vierzig. Irian schätzte, dass sie mit dem maskierten Heer aufräumen würden, ohne um Unterstützung zu bitten.

Die Vorgehensweise der Keel-Èru war vorhersehbar: Sie kämen aus dem Hinterhalt, würden sich im engen Tal von Kammer zu Kammer morden, während die Echsen, Sturmvipern und Skorpione jeden töteten, der ihnen im Freien begegnete. Irian lachte leise. Einige der Truppen würden schreiend das Weite suchen und in der unbarmherzigen Sonne umkommen oder vom heranrollenden Kara Buran verschlungen werden. Damit wäre Wédōra sicher, ohne dass die Bedrohung überhaupt in der Stadt bekannt wurde. Jedermann blieb Aufregung und Sorge erspart. Die Feierlichkeiten konnten stattfinden.

Die Böen hatten deutlich aufgefrischt. Der Schwarze Sandsturm schien sich unerwartet zu beeilen, um endlich auf Wédōra zu treffen und seine Glückwünsche zu überbringen. Seine Ausläufer fegten heran, bildeten erste Windhosen, die für wenige Atemzüge bis auf den Grund hinabstießen, mit dem Sand spielten und sich danach auflösten.

Irian verneigte sich zur heranrollenden Front aus meilenhohem Staub, Blitzen und Wind. *Ehrwürdiger, Allmächtiger. Wie schön, dass du zu uns kommst.* Er sah zu den Keel-Èru, denen der Anblick des Unwetters nichts ausmachte. Das Wüstenvolk lebte seit Tausenden Siderim mit diesen Gewalten und fand stets einen Ort, um zu überleben.

Ich beeile mich besser. Irian verließ den Dünenkamm und querte in einem Abstand von einer halben Meile den Rücken des Kriegstrupps.

Er wusste, dass die Sturmviper und die Echsen ihn bemerkten, zum einen wegen der Erschütterung, die seine Sohlen im Sand auslösten, zum anderen durch seinen Geruch. Die schlechten Augen der Scherenskorpione sahen ihn nicht, doch die Tiere nahmen seine Körperwärme wahr. Das gehörte zu seinem Plan.

Irian vergewisserte sich, dass die Keel-Èru ihm folgten. *Da sind sie!*

Nun begann sein Wettlauf gegen den Tod.

Er rannte, so rasch es seine Beine vermochten, auf den Hügelkamm zu, hinter dem es abwärts zum Tal ging. Das Feuer des Rauchs, den er gesehen hatte, musste in dem aufgegebenen Spähposten des vergessenen Volkes ausgebrochen sein. Es lag nicht weit von seinem Ziel entfernt.

Irian blickte über die Schulter, während er sich den Abhang hinuntergleiten ließ. Zuvorderst spurteten ihm die Echsen nach, die langsameren Skorpione bildeten die zweite Welle, während die Sturmviper auf der Düne blieb und den Kopf zum Lager des Heeres drehte. Sie züngelte aufgeregt.

Die Witterung der Thoulikon-Streitmacht ist aufgenommen. Damit war Irians Absicht erfüllt.

Allerdings lagen sehr viele Schritte zwischen dem Felseinschnitt und ihm, während die nachsetzenden Keel-Èru rasend schnell aufschlossen. Er hegte die Hoffnung, dass sich die Späher der Streitmacht in ihrem Ausguck dazu hinreißen ließen, Alarm zu geben, und die Soldaten in ihrer Überheblichkeit einen Ausfall versuchten. *Das könnte die T'Kashrâ beschäftigen.*

Irian rannte.

Die Keel-Èru fächerten hinter ihm auseinander und verringerten die Geschwindigkeit. Sie nahmen eine offene Pfeilformation ein, die Scherenskorpione begaben sich in die Mitte, der Vormarsch ging weiter.

Irians Lunge brannte vor Anstrengung, seine Beine wollten nicht mehr, aber er durfte nicht anhalten. Zwar hatten die Keel-Èru erkannt, dass es ein lohnenswerteres Ziel als einen einzelnen Menschen gab, doch verschonen würden sie ihn deswegen nicht.

Er sah die drei Thoulikon-Wachen in der Felsennische, die sich erhoben hatten und zu ihnen hinabstarrten. Sie dachten sicherlich, die Jagd gälte Irian. Als ihnen klarwurde, dass er die T'Kashrâ genau zum Eingang ins Lager führte, schlugen sie weithin hörbar mit einem Gong Alarm. Dröhnend hallten die Töne durch die Nacht.

Geschafft. Irian hetzte in den schluchtförmigen, ausgewaschenen Gang und warf sich aus vollem Lauf unter einen halben Schritt hohen Steinvorsprung, drückte sich tief hinein ins Dunkel und hielt seinen tarnenden Umhang vor sich.

Einen Atemzug darauf fegten rasche Schritte der Echsen vorüber, aber weitaus weniger als angenommen.

Haben sie flinke Späher vorgeschickt oder … Als er das Klacken von herabfallenden Steinchen vernahm, begriff er die Vorgehensweise der Keel-Èru. *Sie kommen durch den Gang und von oben, über die Düne, die auf dem Felsen liegt.* Echsen waren wie die Scherenskorpione ausgezeichnete Kletterer, die sich die Steilhänge hinaufarbeiteten und überraschend in das Heer der Thoulikon springen würden.

Ein leises Reiben erklang. Die große Sturmviper schob sich durch die Schlucht ins Tal und würde den Angriff komplettieren.

Irian unterdrückte ein fröhliches Lachen. Die Anführer der Streitmacht hatten sicher niemals damit gerechnet, von einem Kriegstrupp der Keel-Èru aufgespürt zu werden.

Bald erklangen die ersten Schreie durch den Zugang, das Echo machte das Sterben noch schauerlicher.

Es möge gelingen. Irian trat aus seinem Versteck und verließ den Eingang zur Schlucht, in deren Kessel ein Gemetzel sondergleichen entbrannte. Auch die Keel-Èru würden von der Menge an Gegnern überrascht sein.

Keiner wird siegen. Irian trabte vorsichtig aus dem Schatten des Felsens und schaute zur Nische empor.

Dort hing eine der Wachen halb mit dem Oberkörper über den Rand, Blut rann an seinem Arm hinab. Sein abgebissener Unterleib lag vor Irians Füßen, teils vom Sturz zerschmettert; Blut und Gedärme waren herausgespritzt.

Keine Gefahr mehr für mich.

Er eilte los, um den Schutz des Sandmeeres zu erreichen. Die Keel-Èru würden eine lange Zeit beschäftigt sein, und wenn die Schlacht im Tal geschlagen war, wollte er im sicheren Wédōra sitzen. Der pfeifende, heftige Wind schob ihn an und verhalf ihm zu größerer Geschwindigkeit.

Als Irian eine Senke durchquerte, in der sich die Körnchen schlangengleich in unendlichen Strömen die Dünen hinaufwanden, entdeckte er etwas, das halb vom Sand verschlungen war.

Ist das ein Zelt?

Die Geister rieten ihm, sich die Sache näher anzusehen.

Also hörte Irian auf sie.

* * *

WĖDŌRA, PRACHTVIERTEL

Liothan, Gatimka, Tronk, Jenaia, Ovan und Keela hatten bis zum Morgengrauen und im Schutz des leichten Vorsturmes die Säckchen ohne neuerliche Störung an die zuvor festgelegten Orte gebracht und vergraben. Bei Sonnenaufgang waren die Leichen der Garde und des vermeintlichen Räubers gefunden worden, wie man sich erzählte. Gatimka hatte zum Schein Besorgungen auf dem Markt gemacht, um sich umzuhören, und anschließend die Truppe in der Küche versammelt. Bis auf Liothan begnügten sie sich mit Tee und Wasser.

»Es werden mehr Wachen eingesetzt«, fasste sie zusammen. »Die Feierlichkeiten verschieben sich nach hinten, das Treffen der Statthalter wird vorgezogen. Der Kara Buran ist bereits zu nahe und würde die Zelte, die Dekorationen und die Menschen davonreißen.« Gatimka blickte ernst in die Runde. »Heute Nacht also.«

Liothan trank einen Schluck schwarzes Henket und betrachtete die Pläne. Nach dem kurzen Schlaf fühlte er sich kaum ausgeruht. *Ganz klar ist mir nicht, wie es ablaufen soll.* »Wir überwinden mit Kardīrs Zauber die Mauer, durchqueren diese Sperrzone und schleichen uns …

geschätzte zwei-, dreihundert Schritte bis in die Kuppel hinauf?« Er wurde den Eindruck nicht los, dass ihm die Verschwörer sehr wichtige Kleinigkeiten vorenthielten.

Die Runde nickte, ohne weitere Erklärungen folgen zu lassen. Sie überließen es Gatimka, die Unterhaltung zu führen, als habe man sich im Vorfeld abgesprochen.

Das ist kein jahrzehntealter Plan. Das ist nicht einmal verzweifelter Mut. Liothan hielt sich mit Mühe zurück. *Nicht mal ich würde auf diese Weise an das Unterfangen herangehen.* »Veijo sagte vor seinem Tod, dass es Wachen gäbe«, versuchte er, sie zum Sprechen zu bringen. »Kardīr wird sie ausschalten, nehme ich an?«

»Wir müssen schleichen, Lio«, sagte Gatimka. »Der Dârèmo hat eine brandgefährliche Leibwache, die im Turm lebt, sagt man. Wir können nicht gegen sie bestehen. Nur mit Lautlosigkeit gelangen wir hinauf bis an die Spitze. Und zum Herrscher.«

Liothan sah sich durch randvolle Mannschaftsquartiere stolpern. *Ich bin nicht sonderlich gut im Leisesein.* Er legte das Langstielbeil über seine Beine, rieb mit dem Daumen über die schwarzstählern gemusterte Schneide. »Wozu haben wir einen Razhiv?«

»Damit er uns gegen den Dârèmo hilft, der sich nicht weniger auf Zauberei versteht«, erwiderte sie. »Aber wir schaffen es. All die Siderim, die Eàkina und ich auf diesen Tag hingearbeitet haben! Jetzt, in dieser Nacht wird es wahr, oder für eine sehr lange Zeit nicht. Freiheit für die Stadt. Und Freiheit für meine Schwester.«

»Mh. Das ist nicht weit bedacht, oder? Für eine solch lange Vorlaufzeit.« *Was mache ich, wenn der Dârèmo den Witgo umbringt oder der sich den Hals bricht? Wer schafft mich zu meiner Familie?* »Müssen wir die Einzigen sein? Was ist mit den Statthaltern, die sich auf eure Seite geschlagen haben? Wieso senden sie uns nicht ihre besten Männer mit, wenn sie doch eine Veränderung ersehnen?«

Tronk, Jenaia, Ovan und Keela schwiegen.

»Warte es ab. Es kann sein, dass wir eine Hundertschaft von ihnen erhalten. Ich bin zuversichtlich.« Gatimka goss ihm Henket nach und legte ihm eine Hand auf die Schulter. Sie versuchte es mit ihrem Charme. »Sei du es auch. Wir werden sehen, was sie uns später versprechen. Nun geh und ruhe dich aus wie wir auch. Es wird eine anstrengende Nacht.«

»Gut. Wir werden sehen.« Liothan nahm den Trunk und erhob sich, durchschritt die Küche und verließ den Raum mit den Verschwörern darin, die Versammlung löste sich ohne ein weiteres Wort auf.

Nach Schlafen war ihm nicht.

In seinem Kopf schwirrten Eindrücke durcheinander, angefangen vom Aufstand über die Sorge um seine Familie und Tomeija bis zu seinen angeblichen Saldûn-Fertigkeiten. Sein Wandeln durch den Stadtpalast, in dem es stets Neues an Bildern, Büsten, Vasen und Kunstgegenständen zu entdecken gab, führte ihn in die ältere Bibliothek, wo er das geschenkte Buch von Kardīr auf den Tisch gelegt hatte. Es roch nach verbrannten Lorbeerblättern, deren Aroma als frischer Hauch in der Luft hing.

Liothan trank das Henket leer und machte es sich auf einer gepolsterten Liege am Fenster bequem, durch das Sonnenlicht hereinfiel, gedämpft von den Lamellen aus Palmblättern.

Er las einige Seiten in dem komplizierten Werk und döste darüber ein.

In seinen Traumwelten mischte er Walfor mit Wédōra. Er sah seine geliebte Cattra mit Fano und Tynia zur Tür des Anwesens hereinkommen und von Gatimka empfangen werden. Gemeinsam feierten sie beim nächsten Blinzeln ein Fest mit den Dorfbewohnern auf einer großen Lichtung, bei dem Dûrus erschien und Tinko-Beeren verteilte, aus denen goldene Maden schlüpften. Jubelnd machten sich die Bewohner über den Reichtum her. Mit dem folgenden Herzschlag lag Liothan mit Cattra im Bett, er las den Kindern eine Geschichte aus Wédōra vor, während sie die dünnen, bestrichenen Fladenbrote aßen und die Laken vollkleckerten. In der Ecke stand die schwarze Rüstung, ab und zu erklang ein hohles Schnauben, bis sie sich langsam in Bewegung setzte und auf das Bett zukam.

Mehrmals schreckte Liothan hoch und sank wieder in die Kissen. Tiefer Schlaf blieb ihm verwehrt. Nach dem dritten Erwachen fühlte er sich ausgeruhter, aber seine Sorgen und Gedanken schienen sich vermehrt zu haben.

Es bleibt ein Scheißplan. Wie kann man so viele Jahre ungenutzt verstreichen lassen? Er betrachtete die vielen Bücherrücken, die sich in zehn Reihen übereinander in Regalen stapelten. *Gatimka verheimlicht mir was. Wer Listen von Wachablösungen und dergleichen führt, steigt nicht einfach einen Turm hinauf.* Die hübsche Frau setzte darauf, dass ihre Schönheit seinen Verstand außer Kraft setzte und er ihr folgte. Fraglos. Doch so einfach setzte er sein Leben nicht aufs Spiel. Nicht für Gatimka. *Und sie? Sie hat angeblich nichts außer einem Spruch, um über die Mauer zu gelangen, und die Beteuerungen einiger Statthalter, um den Herrscher zu stürzen und ihre Schwester zu befreien. Das glaube ich nicht.*

Einige aufgeprägte Schriften auf den Einbänden vermochte er nicht zu lesen, andere trugen gemalte Bildchen.

Das ist doch … Liothan richtete sich auf, erhob sich und eilte zu einem Buch. *Das ist der vierte Mond, den ich sehe!*

Aufgeregt schlug er das Werk auf.

Entsetzt stellte er fest, dass sich die Seiten unter seinen Fingern zersetzten. Das spröde Papier brach und splitterte, die Farbe der Zeichnungen platzte auf und veränderte die Darstellungen. Aber zweifelsfrei erkannte er das besondere Gestirn.

Er ist es. Liothan trug das Buch vorsichtig zum Lesetisch und schlug die Blätter behutsamer um.

Die Schrift ließ sich sehr schwer entziffern. Seinen ungeübten Augen verursachte es Qualen, die Buchstaben einzeln zu erfassen, bis sie sich zu Wörtern formten, die zu einer Erklärung wurden. Nach und nach verstand er, was der Verfasser ihm sagen wollte.

»Das ist kein Mond«, wisperte Liothan. »Es ... ist eine andere Welt!«

Es stand geschrieben, dass jene Menschen, die diesen Planáoma sahen, dorthin reisen konnten, ganz gleich ob sie in Wédōra oder einem der Königreiche oder an einem ganz anderen Ort lebten.

»Zu dieser Welt und an jede andere«, las er halblaut. »Jene sind gesegnet und verpflichtet, dieser Gabe nachzukommen. Alleine oder mit Gefolge.«

Liothan brauchte etwas zu trinken. *Ich ... könnte aus eigener Kraft zurück. Zurück nach Walfor!*

Er rannte in die Küche und nahm sich vom Henket, ohne dass er dem verwundert blickenden Tronk sein Verhalten oder gar seinen Fund erklärte, und kehrte in die Bibliothek zurück.

Sofort nahm er das Lesen auf und schluckte das schwarze Bier schneller als beabsichtigt, so dass sich die berauschende Wirkung spürbar ausbreitete. Liothan fiel so das Studieren der Sätze leichter.

Diese Welt, die ich sehe, hat nichts mit der Legende um

die drei Monde zu tun. Liothan blätterte, um die Geheimnisse zu ergründen.

Die Abhandlungen wurden rasch trocken und verschwurbelt, so dass er trotz großer Begeisterung nicht recht vorankam.

Dann nach diesem Abend. Er musste grinsen. *Nein. Nach diesem Abend brauche ich es nicht mehr. Sobald Tomeija auftaucht, geht es dank Kardīr weg von hier.* Liothan klappte das Buch zu und stellte es zurück ins Regal. *Ich werde weder Witgo noch Saldûn.*

Sein erfahrener Räuberblick bemerkte am Ende der Einbandreihe eine Schleifspur im leichten Wüstenstaub, der sich auf den Holzbrettern abgesetzt hatte. Ohne den Lichteinfall hätte er den Unterschied nicht bemerkt. *Es ist nur an der Stelle.* Es sah aus, als wäre ein ganz bestimmtes Buch mit einem festen Rücken aus gegerbtem Leder sehr oft von Eàkina herausgezogen worden. *Habe ich eine Geheimkammer übersehen?*

Er nahm das Werk heraus.

An der Wand dahinter hatte ein kleiner, nachträglich eingesetzter Stein eine deutlichere Fuge als die anderen.

Noch ein Kabuff. Er drückte darauf. *Ich hätte gründlicher sein sollen.*

Nach einem deutlichen Klicken schwang das Buchregal zur Seite und gab eine Nische frei, in der ein einfacher metallener Panzerschrank stand, dessen Riegelbolzen ausgefahren waren, aber nicht gegriffen hatten. Jemand musste ihn in großer Eile geschlossen haben.

Was hast du in deinem Bauch? Er sah Blätter darin und nahm sie heraus.

Das erste Papier gehörte nicht an diesen Ort, denn eigentlich sollte es in der Amphore liegen, die sich im Bassin auf der Gartenterrasse befand.

Es könnte eine Abschrift sein.

Er setzte sich in Bewegung und ging lesend die Treppen hinauf zum Dach, um sich zu vergewissern, dass das Papier wirklich fehlte.

Seine Augen blieben auf die Zeilen gerichtet. Es waren seitenweise Listen mit Namen, dahinter Anschriften in Wédōra, Waffen, Rüstungen, das Lebensalter und militärische Ränge.

Das sind anderthalbtausend Männer, von zwanzig bis fünfzig Jahren. Im Gehen wurde er langsamer. *Jemand hat eine Armee nach Wédōra geschmuggelt.*

Liothan blätterte weiter.

Ein genauer Ablaufplan folgte, was geschehen sollte, sobald ein bestimmtes Signal gegeben wurde. Offenbar wusste keiner von ihnen vom anderen, jeder wartete einzeln für sich darauf, das zu tun, was er tun sollte. Einfache Soldaten, Offiziere, vereint zu kleinen Gruppen.

Die verschiedenen Aufgaben folgten in exakten Diagrammübersichten.

Besetzung der Brunnenhäuser, Öffnen der Tore, Sturm auf den Turm des Dârèmo.

Liothan verwünschte, dass er sein Bier ausgetrunken hatte. Seine Kehle fühlte sich trocken an. Es gab einen minutiösen Plan zur Eroberung von Wédōra, den Gatimka ihm verschwiegen hatte.

So eine heimtückische Farnratte!

Er überlegte.

Anderthalbtausend Mann reichten niemals aus, um eine Stadt dieses Ausmaßes zu halten, zumal die Festung Sandwacht über Gleiter verfügte, mit denen man durch die Luft über die Mauern gelangte. *Doch was, wenn draußen in der Wüste gut verborgen ein Heer wartet?*

Eàkina war in dem Diagramm durchgestrichen, dahinter

stand ein Symbol. Für Gatimka war festgeschrieben worden: *Gebt im Falle meines Todes das Signal und tötet die Statthalter.* Daran hatte eine weitere Handschrift vermerkt: *Belohnung mit Majestät neu aushandeln wegen größerer Verantwortung.*

Da kann ich mich lange wundern, warum der Plan schlecht ist, den sie mir vorgelogen haben. Liothan fluchte laut und rannte mit dem Langstielbeil die restlichen Stufen hinauf. *Sie verfolgen einen ganz anderen.*

Sie wollten die Stadt nicht befreien, sondern sie für jemanden erobern. Liothan hatten sie im falschen Glauben gelassen, damit er ihnen die wichtigen Blätter überließ und zur Hand ging. Garantiert gab es keine Gatimka-Schwester, die der Dârèmo zu sich in den Turm geholt hatte.

Kaum auf dem Dach angekommen, begab Liothan sich zum Wasserbecken.

Die Amphore lag am Grund.

Es würde mich wundern, wenn noch etwas darin ist.

Als er sie barg und öffnete, gab es darin nichts, außer den Steinen, die er genutzt hatte, um das Gefäß gegen den Auftrieb zu beschweren.

Und ich habe sie mir zurückgeholt. Liothan sah böse lächelnd auf die Papiere aus dem Panzerschrank. Der Wind hatte sich zu seinen Gunsten gedreht: Er besaß die einmaligen Originale der Eàkina. *Bestohlene Diebe.*

Das war seine Lebensversicherung, um aus dem Palasthaus zu gelangen.

Wie es danach weiterging, wusste er noch nicht. Seine Situation hatte sich innerhalb weniger Atemzüge verändert. Sobald die Übernahme begann, steckten er und Tomeija mitten in einem Handstreich und vermutlich einem Krieg.

Liothans Aussichten schwanden, Wédōra zu verlassen.

Seine Vorstellungskraft ließ ihn Belagerungstürme sehen und wie sich aus dem Turm des Dârèmo Tod und Verderben über die Angreifer ergoss: Flammen, Geschosse, Hexerei. Die Viertel wären in Aufruhr, es würde an mehr als einer Stelle brennen und niemand sich für zwei Gestrandete interessieren und ihnen zur Rückkehr verhelfen. Ihm wurde zudem bewusst, dass Kardīr niemals beabsichtigt hatte, ihn nach Walfor zu bringen. Noch ein Betrug mehr, den Gatimka zu verantworten hatte.

Ich muss zu Tomeija. Mit den Listen. Gemeinsam wird uns einfallen, was zu tun ist.

Liothan wandte sich zu den großen Türen um.

Gatimka trat aus dem Haus und kam auf ihn zu. Er vermutete, dass sie ihn beobachtet hatte.

»Ah, hier steckst du.« Weder gab es ein warmes Lächeln noch einen verheißungsvollen Blick wie in den vergangenen Tagen. Die Maskerade war nicht länger nötig. Das Gewand lag geschlossen über ihren Brüsten, auf solche Einblicke musste er verzichten. »Ich wollte gerade mit dir sprechen.«

»Und mich bitten, die hier zurückzugeben, die du oder einer von deinen Freunden geborgen hat?« Liothan hob die Blätter und schulterte das Langbeil. »Ich habe begriffen, was vor sich geht.«

»Hätten wir ihn mal gleich umgebracht.« Ovan kam um eine Weißblattpalme herum, in der rechten Hand hielt er einen breiten Säbel mit gerader Klinge.

»Liothan, gib mir die Blätter«, bat Gatimka angespannt mit kaltem Ausdruck in den Augen.

»Weil es die Beweise für deinen Verrat sind? Und den deiner falschen Tante?« *Das würde dir so passen.* Er steckte sie unter sein Gewand und schwang das Langbeil. »Ich verlasse dieses Haus. Bin ich draußen, lege ich die Papiere an die Straßenecke, und ihr könnt sie euch holen. Versucht euch an einem Wettlauf gegen den Wind.«

Ovan sah zu seiner blonden Anführerin. »Er wird sich an die Garde wenden. Oder den Statthalter«, nuschelte er.

»Niemand glaubt einem Sklaven, der sich aus Langeweile Verleumdungen ausdenkt«, gab Gatimka zurück. »Und außerdem hat er meine arme alte Tante umgebracht.« Sie blickte zu Liothan. »Meine Freunde werden diese schändliche Tat an der wehrlosen, alten Dame bezeugen.« Sie streckte den Arm vor, wackelte mit den Fingern. »Oder du gibst mir die Papiere, und wir sperren dich in den Keller. Sobald die Stadt gefallen ist, magst du tun, was du möchtest. Ich will dich nicht umbringen.« Sie lächelte herablassend. »Denn ich schulde dir meinen Dank. Für dein beherztes Eingreifen und deine Beteiligung am Umsturz.«

Liothan umfasste das Langbeil mit beiden Händen. »Du wirst sie dir holen müssen. Ich zeige euch, wie man in Walfor kämpft.«

»Das hast du uns doch schon gezeigt.« Gatimka machte ein trauriges Gesicht. »Das ist sehr betrüblich. Du hättest in meiner Gunst weit nach oben gelangen können.« Sie löste ihren gewickelten Ledergurt, der sich als schlanke Peitsche entpuppte, die Schließe diente als Griff. »Kommt rauf«, rief sie über die Schulter.

»In meiner Gunst nicht. Wenn dich das beruhigt«, fügte Ovan undeutlich hinzu und hielt seinen Säbel am gestreckten Arm, die Spitze auf Liothan gerichtet. »Ich schneide dich in Stücke!«

Aus der Tür traten die restlichen Verschwörer, abgesehen von Kardīr, der sich in die letzten Studien für den Angriff auf den Turm des Dârèmo vertieft hatte, wie Keela der Anführerin erklärte.

»Wir brauchen den Razhiv nicht. Er ist nur ein Gestrandeter.« Gatimka brachte die Peitsche zum Knallen, das dünne Ende schnalzte laut vor Liothans Gesicht. »Erledigt ihn. Keiner sticht dem Gestrandeten in den Bauch. Da hat er die Pläne.«

»Lasst ihn mir.« Ovan kam ruhig auf ihn zu und begann fast gleichmütig mit Säbelfinten, die Liothan an den lahmen Bewegungen erkannte und sich aufs Ausweichen beschränkte. »Das wird meine Rache für unser erstes Zusammentreffen!«

Er will mich müde machen. Er fischte die breite Klinge mit der unteren Kante des Beilkopfs, verkeilte sie und brach sie mit einer Hebelbewegung ab. *So spiele ich nicht.* Das abgetrennte Stück fiel platschend ins Bassin. Ein kurzer Stoß, und das stumpfe Ende seiner Waffe landete im Gesicht des Gegners.

Ovan gab einen erstickten Laut von sich, bekam weiche Knie und fiel auf alle viere nieder, der zerstörte Säbel entglitt ihm.

»Ich bin ein Gestrandeter, ein Räuber und Halunke, und habe mehr Ehre im Leib als ihr alle zusammen.« Liothan trat Ovan gegen das Kinn und sandte ihn bewusstlos auf die bunten Fliesen der Dachterrasse. »Noch jemand, dem ich zeigen kann, wie man bei uns kämpft? Ich weiß, ihr habt es schon mal gesehen, aber vielleicht war ich zu schnell?«

Die Peitsche zischte heran, schlang sich um den Stiel des Beils.

»Euch verderbe ich den Umsturz.« Liothan kappte das Leder mit einer Klingendrehung und begab sich lachend an den Rand des Dachs, blickte kurz in die Tiefe. *Die Sonnensegel hängen noch.*

»Du wirst bleiben, toter Mann!« Tronk stürmte heran,

reckte ein dünnes Schwert nach vorne, um ihn aufzuspießen. Ihm folgten Keela und Jenaia.

Liothan schwang das Beil und zerschlug den Stahl, die Spitze flog davon und bohrte sich knapp neben Keela in einen Palmenstamm. »Das entscheide ich«, sagte er und streckte den zurückweichenden Widersacher mit einem Hieb gegen den Schädel nieder. Polternd stürzte Tronk zwischen zahlreiche Blumentöpfe und verschwand im Gebüsch.

Hastus, ich danke dir. Liothan ging lässig auf Gatimka zu und schulterte das Langbeil. Keela und Jenaia wichen zurück, reckten ihre Schwerter gegen ihn, die Frauen zögerten jedoch mit dem Angriff. »Damit ist dein Handstreich beendet, nehme ich an.« Er musterte sie. *Aber natürlich! Sie ist meine Rückkehr nach Walfor.* Sein plötzlicher Einfall gefiel ihm. »Wir tun Folgendes: Ich bringe dich zum Dârèmo, lege eure Pläne offen, und dafür werde ich eine Belohnung bekommen: Gold und meine Reise in die Heimat. Der Dârèmo kennt sicher Möglichkeiten.«

Sie ging Schritt für Schritt rückwärts. »Kardīr«, rief sie. »Ich brauche dich hier. Und bring die anderen mit.«

Sie schauspielert mir was vor. »Es gibt keine anderen.« Liothan wollte sie packen.

Sie wich den Fingern aus und riss einen Dolch aus einer verborgenen Rückenhalterung. »Das wirst du gleich selbst sehen.«

Fußschritte erklangen, etliche Menschen drängten die Stufen hinauf.

Verflucht. Liothan sah vermummte Krieger ins sechste Stockwerk drängen. Er musste sie nicht zählen, es waren schlicht zu viele. Sie gehörten zum Kontingent der eingeschmuggelten Soldaten. *Dann der kluge Rückzug.* Liothan rannte bis zur Terrassenkante und hörte das Knistern der Papiere unter seinem Gewand. *Der Dârèmo wird hoffentlich auch ohne Gatimka als Geschenk dankbar genug sein.*

Er sprang auf die Brüstung und drückte sich ab.

Der gewaltige Satz katapultierte ihn auf das darunterliegende Dach, auf dem er sich geschickt mit dem Langbeil zusammen über die Schulter abrollte.

So macht man das.

Mit einem Lachen drehte er sich zu Eàkinas Haus herum und grüßte, die Waffe wieder geschultert. »Was ist? Traut ihr euch nicht? Kommt! Ich erwa…« Seine Worte blieben ihm im Hals stecken, als Kardīr auf der Terrasse erschien.

Ein rot-irisierender Strahl traf Liothan, bevor er sich in Deckung werfen konnte – und er schwebte!

Ohne dass er sich zur Wehr setzen konnte, wurde er angehoben und flog über die Straße zurück auf das höhere Gebäude, genau über die Mitte der Gegner.

Schlagartig setzte die Wirkung des Zaubers aus.

Liothan stürzte aus drei Schritten nieder. Das Abfangen gelang dieses Mal nicht, er drosch im Stürzen um sich, aber traf keinen der Gegner.

Kaum lag er am Boden, hagelte es Tritte von allen Seiten. Eine Sandale stellte sich auf das Langbeil, die Luft schoss aus seinen Lungen, Knochen knackten, und sein Kopf dröhnte. Schützend legte er die Arme um seinen Schädel und krümmte sich, um so wenig Angriffsfläche wie möglich zu bieten.

Plötzlich endeten die Attacken. Hustend spuckte er Blut aus, das Bewegen fiel ihm schwer.

Spitze Finger durchsuchten ihn.

»Ich habe die Blätter«, sagte Gatimka zufrieden. »Nach unten mit ihm.«

Liothan wurde hochgehoben, dann flog er die Stufen im Haus hinab.

Er überschlug sich, sah die Umgebung doppelt und schmeckte mehr Kupfer im Mund. Kaum kam er auf einem Absatz zum Liegen, wurde er angeschoben und auf die nächste Reise geschickt, bis er durch die schwarzen und roten Schleier vor seinen Augen die Eingangshalle erkannte, auf deren Marmorboden er lag.

Das Schleifen einer Klinge erklang. »Das war es für dich, du …«

»Nein, Ovan. Er hat Tronk und dich verschont, da gewähre ich ihm sein Leben«, vernahm er Gatimkas Stimme hallend. »Sperrt ihn ein. Wer weiß, wozu wir ihn brauchen können. Die Kehle haben wir ihm schnell aufgeschlitzt.« Sie befahl Keela, in die Wüste zu reiten und dem Heer Bescheid zu geben. »Die anderen: Besprechung in der Küche.«

Grobe Hände packten Liothan an den langen Haaren und schleiften ihn daran durch den Nebel in eine sehr kühle Kammer.

Eine Tür fiel schwer zu, es klackte mehrmals.

Liothan tastete um sich und fand zuerst ein stark geschmolzenes Eisbett, dann einen Körper darauf. Sie hatten ihn zu Eàkinas Leiche geworfen.

»Hier. Damit du was zu lesen hast«, erklang die gehässige Stimme von Kardīr, der ihm unter dem Lachen von Ovan Bücher durch das Fenster warf. »Es könnte länger dauern, bis wir nach dir sehen. Solltest du Hunger bekommen, friss die Alte.«

Liothan bestand aus heißem Schmerz. Er schob die Tote ächzend zur Seite und wälzte sich auf das kühlende Bett aus Eis. *Ich darf nicht ohnmächtig werden. Muss raus. Den Handstreich verhindern.*

Seine Blicke suchten die Werke, die ihm Kardīr als gemeinen Scherz hineingeworfen hatte.

Aus dem wüsten Stapel ragte eines heraus: Es war das Buch, das die magische Begabung eines Saldûns erklärte.

Der Mond der Bosheit kam Liothan gerade recht.

* * *

Aus den Aufzeichnungen eines Krämers:

Die Reiche um die Wüste, Teil 1

Ephurivé (Meeresreich)
Dreier-Rat, bestehend aus Seeleuten, Bauern und Handwerkern
Waren: Fischprodukte, Algen, Gemüse

Hàmpagor
König, Erbmonarchie, sofern er den Test besteht; bei Versagen: Neuwahl durch die Familien (derzeit: zehn), die Anspruch auf den Titel haben. Ein einziges Durcheinander!
Waren: Bodenschätze, Minenzubehör, Marmor

Tērland (Kleinstreich)
Alleinherrscher, der immunisiert gegen die landeseigenen Gifte ist. Das kann nur ein schwachsinniger oder benebelter Verstand ersonnen haben.
Alle 2 Siderim: Wettbewerb. Wer überlebt, ist der Herrscher
Waren: Drogen, Arzneien, Gifte

Orrigal
Demokratie in Form eines Rates aus allen Berufsständen, wobei jedes Mitglied gewählt wurde. Das erklärt die Friedlichkeit. Die langen Abstimmungsphasen machen einen Krieg unmöglich.
Waren: Wissen (Rezepte, Beschreibungen, Erfindungen, Anleitungen, Spiele), Musikinstrumente, Gaukler und Künstler

Berbēk-Reich
Königtum, das reihum gewechselt wird, so dass jede Baronie ein Siderim an der Reihe ist. Die Barone nutzen ihr Siderim, um die Schatzkammer zu plündern. Trottel.
Waren: Wachs, Honig, Waffen (Fernwaffen), Handwerker, Tiere (Kampf)

Sathoulikon (gehörte einst zu Thoulikon)
Kèhán-System wie Thoulikon
Waren: Arzneizubehör, Gewürze, Heilkräuter

Kapitel XVIII

Baronie Walfor, Königreich Telonia

»Ist das wirklich nötig, Herrin?« Testan, Kommandant der königlichen Garnison, der auf Fenia von Ibenbergs Befehl hin mit seinen Leuten und Gerätschaften angerückt war, verfolgte, wie sich der weite Truppenkreis um das Haupthaus schloss. »Ich könnte mit einer Handvoll …«

»Beginnt«, unterbrach ihn Fenia angespannt und stieg auf ihr schwarzes Pferd. »Und es endet erst, wenn *ich* es sage.« Der rundliche, kräftige Kommandant hatte erst geglaubt, es handele sich um eine Übung, und so hatte es etwas gedauert, bis in der friedlichen Baronie die Soldaten einsatzbereit waren. *Ich bin froh, dass sie ihre Schwerter überhaupt gefunden haben.* Auch die Handvoll Katapulte, die übergroßen Armbrüsten ähnelten, mussten mühevoll zusammengesetzt und gewartet werden, die Eisenteile starrten vor Rost. Die Grenzregion war seit dreißig Jahren keiner Gefahr ausgesetzt gewesen, das hatte die königlichen Krieger gemütlich werden lassen. Die Jagd auf Räuber lag in der Hand des Barons. *Ich hoffe, diese Leute genügen, um den Witgo zu erlegen.*

»Wie Ihr wünscht.« Testan, dessen Rüstung wegen seiner Körperfülle nicht richtig saß, hob den gestreckten Arm, um ihn ruckartig nach unten zu reißen.

Die Unteroffiziere schrien auf sein Zeichen ihre Anweisungen, Fanfaren schmetterten die Befehle zu den entfernt stehenden Einheiten.

Rumpelnd verschossen die schweren Kugelkatapulte

die runden Steine, es regnete Brandpfeile gegen das Dach. Brennende Speere flogen und jagten durch die geschlossenen Fensterläden, um das Feuer in jedes Stockwerk zu tragen. Die behauenen Geschosse durchschlugen unentwegt in hoher Taktung das Fachwerk und beschädigten die Stützbalken, drückten die Mauern ein und droschen Risse in die Wände.

»Weiter!« Fenia bebte vor Anspannung, und das übertrug sich auf den Rappenhengst, ließ ihn nervös tänzeln und schnauben. Sie hatte ihren schweren Harnisch angelegt, der zu einer Vollrüstung gehörte. Darunter schützte sie ein Kettenhemd vor weltlichen Waffen. Auf einen Helm verzichtete sie, die grüne Strähne leuchtete in ihren langen schwarzen Haaren.

»Wir hätten es leicht stürmen können, Herrin«, warf Testan ein. »Damit bekämen wir den Witgo lebend, um ihm den Prozess zu machen.«

»Ich will ihn nicht lebend.« Fenia rechnete damit, dass Dûrus sich zeigte und sie mit seinen Kräften attackierte. Daher hielt sie ihre eigene Macht und verschiedene Zauberformeln parat. Noch mal würde sie sich nicht überraschen lassen. »Seine Schuld ist erwiesen, und seine Sprüche sind gefährlich. Er hätte mich beinahe bezwungen.« Sie sah auf ihn nieder. *Du würdest nicht einmal die Stufen in den ersten Stock bezwingen.* »Ihr wisst, dass ich die letzte Witga im Königreich bin. Das würde bedeuten, er könnte tun, was immer ihm beliebte.«

Testan machte eine zustimmende Handbewegung, aber wirkte nicht überzeugt. Er kraulte sich den dichten, hellen Bart und schien mit sich zu ringen, ob er eine Gegenrede wagen konnte. *Er denkt, seine Männer reichten aus.*

Sie hatte ihm befohlen, mit vierhundert Soldaten aus der Garnison auszurücken und die Katapulte zusammenzusetzen, die zum letzten Mal vor fünfzehn Jahren bei einer Übung zum Einsatz gekommen waren. Es gab gerade mal vier Dutzend behauene Kugeln, danach würde sie Steine aus den Wirtschaftsgebäuden brechen lassen.

Mit solchen behäbig gewordenen Grenzern gewinnt man keine Schlacht. Fenia rettete den Männern gerade das Leben, ohne dass sie es zu schätzen wussten. Stattdessen fühlte sich Testan beleidigt. Für jemanden, der zu fett für seine Rüstung geworden war, fand sie diese Reaktion gewagt. »Lasst es gut sein, Kommandant. Es ist besser so.«

Die Brandpfeile hagelten ununterbrochen auf die hölzernen Schindeln und steckten sie in Brand. Aus manchen Fenstern kräuselte Rauch, das Feuer breitete sich im Innern ebenso aus. Weitere Löcher entstanden in den Wänden, Balken knickten und brachen ein. Die ersten ausgebrochenen, eckigen Steine wurden von den Katapulten verschossen. Sie flogen weniger weit als die Kugeln, dafür wirkten die Kanten verheerend auf das Haus.

»Schneller!«, rief Fenia und verbot sich, Genugtuung zu empfinden. *Solange Dûrus' Leiche nicht vor mir liegt, glaube ich nicht an einen Sieg.*

Der Mann war ein tödlicher Gegner. Er hatte Witgo Otros übernommen und beherrschte womöglich noch stärkere Zauber. Nichts, was sich im Haus befand, durfte bestehen bleiben, angefangen von dem Hexer über seine wandelnde Rüstung bis zu seinen Büchern und den Komponenten für seine unbekannte Magie.

»Wir können nicht schneller, Herrin«, erwiderte Testan, dem man anhörte, dass er es als blanken Unsinn empfand, ein gewöhnliches Haus mit solcher Vernichtung zu bedenken. »Die Katapulte werden so rasch gespannt, wie meine Männer es vermögen.«

Fenias Aufregung steigerte sich mit jedem Schuss, mit

jedem Pfeil, mit jedem Speer, der flog. Der Hexer zeigte sich nicht. *Er plant einen Gegenschlag.* »Ich reite zur Rückseite, Kommandant. Lasst nicht nach.«

»Ja, Herrin.«

Fenia umritt den Kreis, den die Soldaten um das Gutshaus gezogen hatten. Sie blieben auf Abstand, damit sie nicht von verirrten Geschossen getroffen wurden. Dies machte es Dûrus unmöglich, sich ungesehen zu entfernen. Ihre Blicke blieben auf das Gebäude gerichtet, das sich zusehends in eine flammende Ruine verwandelte.

Der Dachstuhl brannte knisternd, lange Lohen fauchten in unregelmäßigen Abständen aus verschiedenen Fenstern. Zwei Wände brachen auf, die verrußten Steine fielen nach vorne und verteilten sich um das Anwesen. Balken stürzten herab und setzten die Vernichtung zügig fort.

Fenia umrundete das Haus auf dem Rappen unentwegt im Trab, ihre langen schwarzen Haare wehten fahnengleich. *Bin ich zu spät? Ist er längst verschwunden?*

Nach ihrer Flucht vor der unbekannten Hexerei hatte sie weniger als einen halben Tag gebraucht, um die lethargischen Soldaten und den gemütlichen Kommandanten samt Ausrüstung zum Anwesen von Dûrus zu bringen. Die erschrockenen Bediensteten hatten geschworen, dass ihr Herr sich nicht hatte blicken lassen.

Er muss einfach noch drin sein. Fenia setzte darauf, dass er seine Sammlung exotischer Zauberzutaten nicht hatte aufgeben wollen. *Ich habe diese Art von Hexerei noch nie erlebt.* Ohne den Sprung vom Balkon, den sie mit Magie abgefangen hatte, wäre sie durch Dûrus' Attacken ums Leben gekommen. *Wie meine Männer.*

Fenia hatte den Belagerungskreis mehrmals umrundet und gesellte sich zu Kommandant Testan. »Dass dieses

Haus noch steht, ist ein Wunder, Herrin«, begrüßte er sie. »Es hat mehr Löcher als Balken, es brennt an allen Ecken, aber es weigert sich einzustürzen.«

»Der Witgo sorgt dafür«, äußerte sie ihre Vermutung. *Er bringt im Innern sicherlich etwas zu Ende. Hätte ich es doch stürmen lassen sollen?*

Am Haupthaus entstand Bewegung. Zuerst erschütterte ein Schlag die Eingangstür, dann flog sie aus den Angeln.

Heraus marschierte die segmenthafte, außergewöhnliche Rüstung mit dem Skorpionhelm, die Fenias Begleiter gespalten hatte; aus ihren Oberschenkeln ragten lange Haken, an denen die dreiarmigen Wurfsterne baumelten.

Wie kann das sein? Ich habe das Skelett ...

»Nehmt das Ding unter Beschuss«, befahl sie. »Mit allem, was ihr habt.«

Testan schrie Anweisungen, seine Hauptleute gaben sie weiter.

Der Krieger mit dem Skorpionhelm wich einer ersten Salve aus und schleuderte die Sterne einen nach dem anderen gegen die Schützen an den nächststehenden Katapulten.

Das grelle, beängstigende Pfeifen erfüllte die Luft, gefolgt von den Todesschreien der Getroffenen. Die Kraft der Einschläge nagelte die Männer an die hölzernen Geschütze, Schnüre wurden durchtrennt und die Maschinen unbrauchbar.

Fenia konzentrierte sich auf den Frostfeuerspruch, mit dem sie schon einmal Erfolg gehabt hatte. Sie murmelte die Formel und richtete die rechte Hand auf den Gegner.

Die Rüstung hatte sämtliche Sterne geschleudert und war von mehreren Speeren durchbohrt worden, die mutige Soldaten nach ihr geworfen hatten. Sie störten den Feind nicht.

Er zog sich die Halterungshaken aus den Beinen und warf sie gegen die Soldaten. Die Eisen trafen, durchschlugen Rüstungen und Leiber, töteten bei ihrem Flug gleich mehrere Männer.

Dann riss der Gegner das Hakenschwert hervor und rannte auf den Kommandanten zu.

»Komm her«, rief Testan und hob seine Waffe und den Schild. »Ich fürchte keinen Zauber!«

Das solltest du. Er würde dich spalten. Mit Schild und Rüstung. Wie einen Flusskrebs. Fenia schleuderte ihren Spruch.

Helle kalte Flammen jagten aus ihren Fingerspitzen, umhüllten den unheimlichen Krieger, drangen durch die Schlitze im Visier und zwangen ihn zum Stehenbleiben.

Die Witga beendete das Frostfeuer, um ihre Kraft nicht an Dûrus' Handlanger zu verschwenden. *Genügte es?*

»Für den König!« Der füllige Testan rannte mit einem Schrei auf den Feind zu, stach ihm das Schwert durch den Hals und ließ einen halbkreisförmigen Schlag mit dem Schild gegen den Kopf folgen, der den Krieger enthauptete.

Der gerüstete Körper fiel um und landete scheppernd auf der Erde.

Es klappte! Fenia richtete sich im Sattel auf. »Was ist im Helm, Kommandant?«

Testan klappte das gegnerische Visier mit der Klingenspitze in die Höhe und fuhr erschrocken zurück. »Ich habe den Baron getötet!«

Er kann demnach jede Leiche nutzen, um die Rüstung auszusenden. Dûrus ist ein Totenflüsterer! »Nein. Er war schon ermordet.« Fenia befahl den Soldaten, die ungewöhnliche Panzerung mitsamt der Leiche darin zu zerschlagen und in Einzelteile zu hacken. »Danach verbrennt alles. Schmelzt es in der Esse ein.« Sie zeigte auf die Werkstatt im Nebengebäude.

Ein Donnern ließ die Soldaten und die Witga zum Haupthaus blicken. Das Gebäude starb krachend und berstend, Gebälk stürzte in sich zusammen und durchschlug die Decken darunter. Funken stoben eine Meile hoch in den Himmel, der Rauch wurde fett und schwarz.

Langsam neigten sich die Außenmauern und lösten sich beim Einschlag auf dem Boden auf, hölzern polternd kullerten und hopsten die Fachwerkbalken umher.

Angestachelt durch die frische Luft, breitete sich der Brand über der Ruine aus und fraß, was er fand. Steine platzten klirrend unter der Hitze.

Dûrus ist nicht aufgetaucht. Fenia starrte in das Inferno und spürte die Wärme, die – befreit von den Wänden – bis zu ihr wallte. Sie wandte das Gesicht ab, ihr Rappe schnaubte und versuchte, der Hitze und den prasselnden Funken zu entfliehen.

»Die intakten Katapulte nachladen, und repariert die beschädigten«, rief sie durch den Gesang der Lohen und das Knistern. »Bereithalten. Niemand verlässt seinen Posten.«

Fenia ließ das scheuende Pferd galoppieren und ritt eine weitere Runde um den Kreis der Soldaten, auf deren Gesichtern sie unverhohlene Erleichterung ablas.

Die Flammen wollten sich nicht beruhigen und verschlangen jeden brennbaren Fetzen, schließlich brach der Boden ein und legte die Kellergewölbe frei. Es schien sich ein gewaltiges Grab aufzutun, ein Loch, in dem Feuerdämonen hausten. Die Lohen änderten stetig ihre Farben, als Schwefel, Phosphor und weitere Substanzen vergingen.

Fenia von Ibenberg gönnte den Männern keine Pause.

Erst als die Sonne versank und nur noch Glut dunkelrot in der Finsternis glomm, erlaubte sie den Truppen, sich zurückzuziehen, und ordnete eine Wache von hundert Mann an. Auch die Katapulte sollten bleiben. Fackeln wurden entzündet.

»Ich halte zusammen mit den Männern Aufsicht«, sagte sie. »Sobald die Glut abgekühlt ist, lasse ich die Überreste durchsuchen, ob sich ein Hinweis auf Dûrus findet. König Arcurias soll einen Beweis bekommen, dass wir erfolgreich waren.« *Ich nicht minder.*

»Wie Ihr wünscht, Herrin.« Testan sah zu den Verwundeten und Toten, die er im rechten Nebengebäude untergebracht hatte. »Aber bei der Hitze ist alles, was kein Stein ist, zu Asche verbrannt. Ihr werdet nichts bergen. Nicht mal Knochen.«

Fenia stieg vom Rappen und reichte einer Magd die Zügel. »Das werden wir sehen.« Sie hatte bei ihrem Besuch einen Ring an Dûrus' Hand bemerkt, der das Siegel eines Skorpions trug. Das wäre ein Beweis, den sie sich gefallen ließe.

Ich brauche Gewissheit. Sonst begänne für die königliche Witga eine umständliche und gefährliche Suche nach dem Hexer, zuerst in Walfor, später womöglich in ganz Telonia. *Dûrus muss vernichtet sein.*

In der Nacht regnete es, zuerst ein paar Tropfen, danach in Strömen.

Aus den Trümmern erklang ein wütendes, lautes Zischen, mit dem sich die Glut gegen das Sterben zur Wehr setzte. Weißer, schwülwarmer Rauch stieg unaufhörlich in den Nachthimmel.

Als der Morgen graute und der Regen aufgegeben hatte, schwelte es noch immer in der Grube.

Fenia wartete.

* * *

AUSSERHALB VON WĒDŌRA

Tomeija erwachte, hielt aber die Augen geschlossen. *Wohin haben sie mich gebracht?*

Sie lag anscheinend in einem kleinen Zelt, die Wände flatterten im starken, rauschenden Wind und streiften sie an verschiedenen Stellen. Es klang, als befand sie sich inmitten eines Wasserfalls.

Tomeija vernahm Geräusche, die von einer zweiten Person rührten. Sie bemühte sich, lautlos nach ihrem Messer zu tasten, doch es gelang nicht ganz. Sie hob die Lider spaltbreit.

Um sie spannten sich Stoffwände aus hellem Tuch, die sich in den Böen wellten. Neben ihr hockte ein Mann mit kurzem Vollbart, der einen schwarzgrauen Dolch ehrfürchtig in den Händen hielt und ihn betrachtete. Über seinen Kopf hatte er eine Kapuze gestreift, das Muster seines Mantels würde ihn in den Dünen unsichtbar machen.

Sehr geschickt.

»Leg ihn weg«, befahl Tomeija. »Und dann sag mir: Wer bist du, und wo bin ich?«

Er grinste. »Die Schlafende ist erwacht.« Er spielte mit der Waffe, die zahlreiche Verzierungen aufwies. »Du liegst mitten in der Wüste, um dich herum jagen die Vorboten des Kara Buran. Und ich« – er legte eine Hand gegen die Brust – »bin Irian Ettras.« Mit dem Daumen schob er den Dolch leicht aus der Hülle, eine schwarze Klinge mit grauem Muster kam zum Vorschein.

Die Stimme! Das ist der Mann aus Liothans Zelle. Tomeija packte ihn am Arm, fand einen Maìluon mit seinen empfindsamen Punkten, drückte sie.

Verwundert schrie er auf, seine Hand gab die Waffe frei.

Sofort ergriff sie ihn seitlich am Hals, die Kuppen trafen die Nervenpunkte. Tomeija begnügte sich damit, sie ansatzweise zu pressen, damit er ahnte, wozu sie fähig war.

Er stieß einen überraschten Schmerzenslaut aus, regte sich nicht.

Sie richtete den Oberkörper auf. »Was ist geschehen?« Sie sah ein Schwert, einen weiteren Dolch, ihre eigene Waffe, einen vollen Wasserschlauch sowie ein verschlossenes Kästchen am Fußende ihres Lagers. Was fehlte, war der abgeschlagene Kopf des Keel-Èru.

Ettras' Körper blieb starr wie eine Statue, lediglich das Sprechen gelang. »Ich weiß es nicht.«

»Hast du die Sachen mitgebracht? Liege ich in deinem Zelt?«

Ettras versuchte wohl zu schlucken, aber ihre Berührung unterband dies. »Es sind Geschenke. Die meisterliche Handwerksarbeit von Keel-Èru.«

Warum sollten sie mir Geschenke überlassen? Tomeija sah in ihrer Erinnerung den Krieger in der mattschwarzen Rüstung über sich stehen. *Und danach ...* Sie berührte sich im Nacken, ertastete unter dem Schal das eingeritzte Zeichen. Es schmerzte leicht, denn darüber befand sich ein frischer Schnitt. *Schon wieder. Ist das der Grund, weswegen ich noch lebe?* Sie lockerte ihren Druck ein wenig, damit er die Arme bewegen konnte. »Öffne das Kästchen.«

Ettras tat es.

Darin lag eine Kette aus schwarzen, in Silber gefassten Steinen. Anbei befand sich das passende Armband und ein Ring.

»Bei den Geistern des Bergs«, stieß Ettras aus.

»Was ist das?« Tomeija senkte die Kuppen wieder fester auf die Punkte.

»Das sind Sitan-Diamanten. Man findet sie an entlegensten Orten des Sandmeeres«, erklärte er und bestaunte den Schmuck. »Das ist … ein Vermögen.« Er sah sie ehrfürchtig und verwundert zugleich an. »Du bist eine sehr reiche Frau. Wenn auch unhöflich und grob.«

Tomeija fühlte die Schwellung an ihrer Stirn, wo sie der Speer getroffen hatte. *Und ich dachte, ich würde sterben.*

»Würdest du mich loslassen?«, bat Ettras. »Ich ersticke bald an meiner eigenen Spucke.«

Tomeija nahm die Finger von seinem Halsmaìluon und klappte das Kästchen zu. »Ich bin Scīr. Kannst du uns zur Stadt führen?«

»Sicherlich. Das sollten wir rasch tun, bevor der Schwarze Sandsturm uns mit seiner Macht trifft.« Er legte eine Hand gegen die wogende Stoffwand. »Gib mir das Zelt als Lohn.«

Tomeija wollte keine Streitereien um Bezahlung. »Von mir aus.« Sie hätte ihm auch den Schmuck überlassen, denn sie hatte keine Verwendung dafür. »Was ist daran besonders?«

»Skorpionseide. Die Keel-Èru weben daraus die besten Zelte. Vermutlich würde es den Sturm überstehen.« Er zeigte auf sich und sie. »Nur wir nicht.«

Tomeija packte die Geschenke in den grauen Beutel, den sie neben sich fand, und verfluchte die Schmerzen im Genick.

»Das kommt von dem Zeichen, das sie dir gegeben haben. Und der Essenz«, erklärte Ettras wie selbstverständlich.

Langsam hob sie den Kopf, ihre türkisfarbenen Augen richteten sich auf ihn. »Du hast es gesehen?«

Er nickte. »Als du dich im Traum hin und her gewälzt hast und den Namen deines Freundes gemurmelt hast. Liothan. Ein netter Kerl. Er saß mit mir in der Zelle.«

»Mal es auf«, bat Tomeija kurzerhand.

»Danach müssen wir wirklich los.« Ettras zog im Sand ein Zeichen. »Das ist die Schrift der Keel-Èru. Es bedeutet laut der Geister: *Treue.* Diese Wunde sah schon älter aus.« Er malte in das Symbol ein ergänzendes zweites. »Das musst du frisch erhalten haben. Es verstärkt die Treue für alle Zeiten. Die Essenz, die sie zum Heilen darüber gaben, verhindert, dass sich dicke Narben bilden. Es wird so fein zu sehen sein, als wäre es ein Siegel in Wachs.« Er legte die Hände auf seine Oberschenkel. »Was immer du getan hast, die Keel-Èru waren so beeindruckt davon, dass sie dich bei einem weiteren Zusammentreffen nicht töten werden.« Er zeigte auf die eingepackten Geschenke. »Das ist die größte Hochachtung, die man erhalten kann, sagen die Geister.«

Das unterscheidet sich von der Deutung, die mir die Priesterin nannte. Tomeija gratulierte sich dazu, den wahnsinnigen Angriff auf die Übermacht überlebt zu haben. Das nächste Mal würde sie ihnen einfach das Symbol zeigen. »Danke. Aber kein Wort zu jemandem.«

»Nein. Du solltest es in der Stadt keinem zeigen. Sie würden dich als Spionin einsperren und vermutlich hinrichten.« Ettras' Blicke blieben hochachtungsvoll. »Dabei haben sie keine Ahnung, *wie* wichtig du bist.« Seine Augen richteten sich auf ihre Körpermitte. Gier flackerte in seinem Blick. »Was hast du in der Wüste gemacht?«

»Ich war spazieren«, erwiderte sie. Sie konnte den Ausdruck in seinem Gesicht nicht deuten. Es ging ihm nicht um ihre Brüste, die Blicke schienen sich in ihren Körper zu bohren. *In mein Herz.* »Und du?«

Er lachte. »Das Gleiche.«

Zwei Geheimniskrämer treffen aufeinander. Sie packte den Beutel. »Beenden wir unsere *Spaziergänge* und kehren zurück nach Wédōra.«

Ettras nahm seinen Speer aus dem Sand, dessen Schaft rabiat gekürzt worden war, und kroch voraus.

Im Freien traf Tomeija die Wucht des Vorsturmes. Sie wurde fast von den Füßen gerissen, ihr geringes Gewicht machte es der Naturgewalt leicht.

In etlichen Meilen Entfernung sah sie eine schwarze Wand aus wirbelndem Staub, über der sich finstere Wolken ballten. Blitze stachen heraus, trafen in den Sturm und in die Wüste. Kleinere Wirbel formten sich, tanzten über die Dünen und vergingen, sobald sie vom Sturm eingeholt wurden.

Bei den Göttern! Tomeija fand den Anblick wunderschön und erschreckend zugleich. Der Sturm war noch gewaltiger als das Unwetter, das sie bei ihrer Ankunft begrüßt hatte.

Die heftige Luft rauschte in ihren Ohren, Sand stach in ihr Gesicht, bis sie endlich den Schal davorgelegt bekam. Sie machte die Augen schmal.

»Nimm meine Hand«, schrie Ettras gegen das Tosen. »Sonst verlierst du mich.«

Sie legte ihre behandschuhten Finger in seine, dann stapften sie los, stemmten sich gegen den Sturm.

Tomeija dankte Hastus und Driochor für das Glück, dass sich Irian Ettras zu ihr verirrt hatte. *Ich werde ihn noch genauer ausfragen, was er draußen zu suchen hatte.* Sollte er in den Handel mit dem Iphium verwickelt sein, fand sie es heraus.

Aber im lauten Heulen und Rauschen des Windes erstarb jegliche Unterhaltung. So folgte sie ihm, eine Hand am Dolch, um sich verteidigen zu können. *Das ist Schwachsinn,* schalt sie sich. *Er hätte mich im Zelt ohne Aufwand umbringen können.*

Die Umgebung bestand aus verschiedenen Gelbtönen

und gelegentlichen Dünen, die sich als Schatten im Gelb abzeichneten. Es war Tomeija unbegreiflich, wie sich Ettras zurechtfand. Die stiebenden Körnchen waren dichter als Nebel.

Sie gingen gebeugt und beständig voran, bis die Umrisse des Eingangstores in eine Vorstadt auftauchten. Die Türme darüber und auch die Mauern rechts und links von ihr lagen im dichten Sandtreiben.

»Den lasse ich dem Kara Buran.« Ettras warf seinen Speer weg. »Er gehörte einem Sandfresser.« Er ging zur kleinen Pforte und schlug mit dem Dolchknauf dagegen.

Nach einer Weile öffnete sich ein Guckloch. Ettras schrie einige Sätze hinein, die Tomeija nicht verstand. Der starke, dunkel ächzende Wind brach sich mit grellem Stöhnen und Sirren an den Kanten der Festung, als würde es ihm Schmerzen bereiten, auf Widerstand zu treffen.

Die winzige Pforte wurde geöffnet, sie huschten hinein.

Im Inneren erwarteten sie zehn schwergerüstete Soldaten mit gezogenen Waffen.

»Danke, dass uns geöffnet wurde, Nagib. Ich bin Irian Ettras«, stellte er sich den Männern vor und nahm einen Brief aus seinem Gewand. »Statthalterin Hamátis sandte mich und Scīr aus, um nach den Sandfressern zu suchen. Und ich wurde fündig. Sie muss sofort meinen Bericht erhalten.«

Der Nagib schüttelte den Sand vom Blatt und nahm das offizielle Papier in Augenschein. »Hier steht nichts von einer Gehilfin.«

Tomeija wies ihre Papiere, die Chucus ihr gegeben hatte, und der Nagib ließ sie nach einem langen Blick auf den Beutel durch die Schleuse, in der sie rasch von einer Iatra untersucht wurden. Nach der Prozedur gelangten sie in die Nordvorstadt.

Der Wind verlor hier an Macht. Die dichtstehenden Kontore und Stallungsgebäude brachen seine Kraft, so dass sie sich unterhalten konnten.

»Hast du seit deiner Freilassung von meinem Freund gehört?«, erkundigte sich Tomeija hoffnungsvoll.

»Nein. Nur dass er verkauft wurde. An eine reiche Witwe im Prunkviertel.« Irian bedeutete ihr, in die Stadt zu eilen. »Geh zu Chucus. Da er dein Herr ist, wirst du ihm berichten, ob dein … Spaziergang erfolgreich war.«

Sie reichte ihm die Hand. »Danke.«

»Mir war es eine Ehre, eine außergewöhnliche Frau wie dich kennenzulernen.« Dabei legte Irian eine Hand in seinen Nacken und tat, als sei er verlegen. Tomeija wusste genau, worauf er anspielte. »Man wird sicher von dir hören.«

In Walfor, ja. Sie rannte durch den leichten Sturm und betrat die Innenstadt, eilte durch die Gassen des Vergnügungsviertels.

Die Dekorationen, Lampions und Laternen waren abgehängt, die Pflanzen und Bäume auf den Dächern mit Netzen und Seilen gesichert. Wédōra hatte Übung im Umgang mit zerstörerischen Winden.

Tomeija erreichte das Theater und ging schnurstracks in Chucus' Gemächer, der sich in seinem Lavatorium auf einer Liege nackt von zwei jungen Männern den Rücken massieren ließ. Es waren andere als beim letzten Mal, er schien sie gerne auszutauschen. Sie trugen Lendenschurze, die Körper waren wie seiner eingeölt. »Ah, da bist du ja, Scīr. Ich habe mir schon Sorgen gemacht.«

»Was eine schmeichlerische Lüge ist«, gab sie zurück.

Mit ruhigen, genauen Worten schilderte sie, wie sie Cegiuz zuerst in der Stadt und danach in die Wüste gefolgt war, wie das Laboratorium in Flammen aufgegangen war und sie sowohl den Lieferanten als auch den Keel-Èru getötet hatte, der für die Iphium-Herstellung verantwortlich gewesen war. Das Zusammentreffen mit den vierzig Keel-Èru sparte sie aus.

»Auf dem Rückweg begegnete ich einem Mann namens Irian Ettras«, kam sie zum Ende ihres Berichts. »Ihm verdanke ich, dass ich den Weg zurück in die Stadt fand.« Die Jünglinge hielten bei der Erwähnung ihres Retters in ihrer Arbeit inne und tauschten verwunderte Blicke. Dann gaben sie neues Öl auf den Rücken des Leno, das über einem Stövchen erwärmt worden war, und massierten weiter. »Die Wachen sahen in der Nacht einen Lichtschein aus der Wüste, den sie sich nicht erklären konnten. Und viel Rauch, der in bunten Farben aufstieg. Da haben wir des Rätsels Lösung.« Chucus lächelte. »Dass Irian Ettras ein Leben bewahrt, ist etwas Neues. Du musst ihm gefallen haben.«

»Wie meinst du das?«

»Irian Ettras ist ein Hakhua, ein Menschenverschlinger und Herzenfresser, gegen den noch kein Richter eine Verurteilung erwirken konnte. Es mag an seiner Herkunft liegen oder an seiner Schläue. Er ist ein gefährlicher Sonderling, der mit Geistern spricht, wie er sagt. Den Geistern aus der Festung Sandwacht, in der er diente.« Chucus lachte leise. »Meinen Glückwunsch. Du hast ihn überlebt. Vielleicht wird er dich besuchen. Nachts. Um nach deinem Herzen zu sehen.« Er richtete sich von der Liege auf und schlang ein Handtuch um seine Hüften.

Tomeija wusste sich nun Irians begehrliche Blicke auf ihren Oberkörper zu erklären.

»Und meinen Glückwunsch, dass du die Gefahr durch Iphium gebannt hast. Der Nachschub wird ausbleiben. Das bedeutet in den kommenden Sonnen einige Leichen mehr in den Straßen und Häusern der Stadt, so traurig es ist.« Chucus rieb sich die Finger am Tuch ab, ging zum Kästchen auf seinem Schreibtisch, öffnete es und warf ihr mehrere silberne Münzen zu, die sie geschickt fing. »Dein Lohn.«

»Danke.«

»Heute Abend findet die Versammlung der Statthalter statt. Es wäre gut, du würdest mich dorthin begleiten, damit du deine Geschichte vor ihnen noch mal erzählen kannst«, eröffnete Chucus, und seine geölte Haut glänzte im Licht. »Sie sollten auf die Toten in den Vierteln vorbereitet sein und wissen, dass es die letzten Iphium-Opfer sind.« Er goss sich Wasser ein. »Itaīna wird mich lieben. Für dich, Scīr, springt noch mehr Geld dabei heraus, vielleicht sogar eine fette Belohnung vom Dârèmo, wer weiß? Immerhin wird seine Botin auch da sein.«

Schaden kann es nicht. Sie würde die Botin nach einer Möglichkeit fragen können, wie Gestrandete in ihre Welt zurückkehrten. *Der Dârèmo kann gewiss helfen.* »Wann geht es los?«

»Wir gehen, nachdem die Theatervorstellung angefangen hat. Du hast Türdienst.« Chucus sah wohl keine Veranlassung, einer Heldin in irgendeiner Weise Sonderbehandlung angedeihen zu lassen.

»Ich denke nicht, dass ich das tun werde.« Tomeija legte eine Hand an den Schwertgriff. »Da ich für dich eine Sonderschicht in der Wüste einlegte, habe ich frei.«

Chucus zeigte grinsend auf die Tür und begab sich an den Schreibtisch. »Gut gemacht.« Er setzte im Stehen einen Brief auf, während seine Massagediener neben der Liege warteten und neues Öl ansetzten. Die zugegebenen Gewürze bildeten eine Duftwolke, die Tomeija das Atmen erschwerte. »Ich setze Leero, den Statthalter des dritten

Viertels, in Kenntnis, damit er den Unterschlupf der Iphium-Bande durchsucht. Geh und lass nach deinen Verletzungen sehen.«

Tomeija verließ das Lavatorium und begab sich in ihre Unterkunft. Sie atmete lange durch, um die Lungen vom schweren Aroma zu befreien. Dann sperrte sie ihren Beutel mit den Geschenken weg und zog die Kleidung aus, um das getrocknete Blut abzuwaschen und die Schnitte zu betrachten, die ihr die Keel-Èru verpasst hatten. *Es wird sich nicht entzündet haben.*

Die Wunden waren mit einer klaren Schicht versiegelt worden, die sogar dem Wasser trotzte, mit dem sie sich reinigte. Darunter wuchs bereits rosafarbene Haut. Dieses Wundermittel hätte sie gerne mit nach Walfor genommen. Ihr fiel auf, dass sie schon lange nicht mehr an die Baronie gedacht hatte. Vielleicht weil es inzwischen in der Fremde mehr gab, was sie bewegte, als in der vermeintlichen Heimat? Sie schob die Überlegungen zur Seite.

Erleichtert, nicht von einem Heiler mit Nadel und Faden malträtiert worden zu sein, der schlecht nähte und wulstige Narben erschuf, schlüpfte Tomeija in frische Kleidung, gürtete das Henkersschwert und den schwarzen Dolch, den ihr die Keel-Èru gegeben hatten.

Und nun zu Pimia. Tomeija wickelte den Schal um die graugefärbten Haare sowie den Nacken, verließ ihr Zimmer und betrat die Gemächer der Tänzerinnen.

Pimia stand in der Mitte und zeigte einer Handvoll neuer Mädchen eine Drehung, die sie für ihren gemeinsamen Auftritt am Abend erlernen sollten. Als die Scīrgerēfa in den Raum platzte, verharrte sie.

»Du hast etwas für mich«, sagte Tomeija verlangend.

»Was soll das sein, liebste Freundin?«, versuchte es Pimia mit Unwissenheit.

»Die Nachricht, die dir ein Sklave für mich gegeben hat.« Sie blieb vor ihr stehen und legte eine Hand auf die Schulter, die Kuppen bohrten sich drohend in die Maìluonpunkte. »Ich nehme an, Sebiana erzählte dir davon, was geschieht, wenn man mich verärgert.« Der Druck nahm zu, und die Tänzerin verzog schmerzhaft das Gesicht. »Solltest du weiterhin auf der Bühne des Theaters stehen wollen, sage mir, wo die Botschaft ist.«

Die übrigen Mädchen tuschelten, griffen aber nicht ein.

Pimia beugte sich dem Schmerz, ließ die Schulter hängen. »Ich habe sie nicht mehr«, rief sie flehend. »Ich habe sie weggeworfen. Aus Wut. Weil … du … wegen Sebiana.«

Es fehlte nicht viel, und ich hätte Liothan gefunden. Tomeija blieb erzwungen ruhig. »Dann kannst du mir sicherlich sagen, wie die Nachricht lautete.«

»Nein«, wimmerte sie.

»Aber du weißt, wo der Sklave sein Zuhause hat, richtig?«

»Er war reich. Sehr reich für einen Sklaven in seiner Aufmachung.«

Das bringt nichts. »Taucht der Sklave noch einmal auf, wirst du ihn bitten zu warten. Gibt er dir wieder eine Nachricht, behältst du sie.« Tomeija verlagerte ihre Finger nach oben und drückte fest zu.

Pimia knickte auf der linken Seite leicht ein.

»Ich kann meinen Fuß nicht mehr spüren!«, rief sie erschrocken.

»Das wird bis heute Abend so bleiben«, versprach Tomeija. »Denk dir eine neue Schrittfolge aus. Oder eine Nummer, bei der du hinken kannst.« Sie versetzte Pimia einen Stoß, so dass sie rücklings in die Kissen fiel, und ging hinaus. Die Mädchen eilten zu ihrer Lehrerin und kümmerten sich sogleich um sie.

Es gab noch jemanden, dem sie einen Besuch abstatten würde.

Tomeija eilte aus dem Theater und durch Wédōras böegepeitschte, leerere Straßen und Gassen, um nach ein wenig Suchen und Orientieren das mehrstöckige Haus mit dem Hof im dritten Viertel wiederzufinden, in dem einerseits die Iphium-Bande Geschäfte machte und andererseits jener Mann lebte, der Dûrus auf erschreckende Weise ähnelte.

Tomeija betrat den Hof, stieg über die Treppen zum fünften Stock und verharrte vor der Tür.

Klopfen oder nicht? Als Scīrgerēfa wusste sie, dass Ähnlichkeiten unter fremden Menschen vorkamen. Da sie lediglich eine Bewohnerin der Stadt war, ohne Sonderbefugnisse wie in Walfor, entschied sie sich fürs höfliche Pochen, um Schwierigkeiten mit der Garde zu vermeiden.

Gedämpfte Schritte näherten sich, der Eingang wurde geöffnet.

Verblüffend. Tomeija starrte den Mann an, der aus der Nähe betrachtet noch mehr wie Dûrus wirkte. *Wie aus dem Gesicht geschnitten. Zwillinge?*

Er betrachtete sie, wartete und entdeckte Chucus' Zeichen auf ihrem Gewand. »Oh, du musst dich in der Tür irren«, sprach er freundlich mit melodischer Stimme, die einem Sänger gut stünde. »Ich besuche das Vergnügungsviertel nicht. Die Schulden musst du woanders eintreiben.«

»Ihr seid …« Tomeija riss sich zusammen. »Darf ich erfahren, ob Ihr einen Doppelgänger habt, der ein Razhiv ist?«

Der Mann musterte sie eindringlich, die sandfarbenen Augen wurden schmal. »Du stellst merkwürdige Fragen.« Er wollte die Tür schließen. »Geh und treibe die Schulden für deinen Herrn ein.«

Sie stellte den Fuß in den Rahmen. »Habt Ihr?«

Er langte neben den Eingang und hielt einen altertümlichen Speer in der Hand, die Spitze zielte auf ihren Stiefel. »Raus!«

»Ich muss es wissen! Sagt die Wahrheit. Wenn ich in meine Heimat zurückkehre, will ich ein Mittel gegen den Hexer haben.«

Nun sah er sie verwundert an. »Du bist eine Gestrandete!« Er stellte den Speer weg, öffnete die Tür und zog sie herein. »Aus welchem Land kommst du?«

Tomeija fand sich in einer kleinen Wohnung wieder, deren Boden mit dicken, bequemen Teppichen ausgelegt war, die filigranen Muster darauf waren Meisterwerke der Webkunst. Auf Schränken und Kommoden präsentierten sich verschiedenartige, unbekannte Gegenstände wie in einer Ausstellung. Es roch nach Gewürzen und gebratenem Essen.

An den Wänden hingen verschiedene Landkarten, mal bildeten sie Wédōra und die Königreiche drum herum ab, andere hatten nichts mit der Wüste zu tun. Dazu gab es Unmengen an Papierstapel, die in den Regalen lagerten, fein säuberlich geschnürt und von Hand beschriftet.

»Setz dich«, bat der Mann sie und holte einen Becher und einen Krug mit Limonade, in der Orangenscheiben und Rosenblüten schwammen. »Erzähle mir von deiner Welt.«

Ich habe mich nicht getrogen. »Ihr kennt den Mann, der sich Dûrus nennt?«, beharrte sie auf einer Antwort.

»Mag sein.« Er presste die Lippen zusammen. »Beschreibe ihn mir.«

Tomeija kostete von der Limonade, die fruchtig und eigen schmeckte. »Er gleicht Euch bis aufs Haar. Nur ist er älter.« Sie sah Beunruhigung als auch Erleichterung auf den Zügen ihres Gegenübers.

»Mehr«, drängte er und lehnte sich gegen das raumhohe Regal. »Wie lebt er dort, wo er ist? Was tut er?«

Er kennt ihn! Er kennt ihn sehr gut! »Er gab sich als Kaufmann aus, aber er ist ein Menschenschinder und betreibt heimlich Hexerei, wie ich am eigenen Leib erfuhr«, sagte sie geradeheraus. »In Walfor bin ich Scīrgerēfa, eine Ordnungshüterin. Als ich Dûrus zur Rede stellen wollte, griff er meinen Freund und mich an.«

»*Wie* griff er dich an?«

Tomeija beschrieb die Wirkung des Zaubers, der sie getroffen hatte.

Daraufhin verschloss sich das Gesicht des alten Mannes. »Das ist nicht gut. Er hat sich … sehr verändert. Ich warnte ihn. Oft.« Er ballte eine Hand zur Faust. »Es tut mir leid, dass es dich und deinen Freund traf.«

»Wer ist dieser Hexer?«

»Mein Bruder. Terimor.« Er seufzte. »Ich bin Irûsath.« Er zeigte auf die Karten und die Papierbündel. »Kartograf, Schriftsteller und Goldschmied. Mein Bruder war ein sehr begabter Razhiv, der sich auf das Reisen durch die Welten verstand. Er kehrte oft von dort zurück, brachte Artefakte und Geschichten mit, die ich aufmalte und aufschrieb, um sie an die Wédōraner und die Kaufleute zu veräußern. Meine Bücher waren hoch angesehen. Und die Artefakte verkauften sich außerordentlich gut.«

Tomeija betrachtete die Einrichtung. Nach überbordendem Reichtum sah die Behausung des Mannes nicht aus. »Ihr habt euch zerstritten?«

»Nein. Mein Bruder lehnte sich offen gegen den Dârèmo auf. Mit einem Zauber konnte er nicht nur andere Welten bereisen, sondern ist auch in den Turm eingedrungen. Behauptete er. In sämtliche Stockwerke«, erzählte Irûsath und ging schleppend hin und her. »Er verkündete lauthals in der Stadt, dass sich nichts darin befände. Es gäbe den Dârèmo nicht.«

Das wird sich der Herrscher nicht gefallen lassen haben. »Ich nehme an …«

»Es wurde die Todesstrafe über ihn verhängt. Terimors Familie, Kinder und Frauen, wurden hingerichtet, da sie ihn unterstützt hatten. Mich verschonte man, weil ich ihm stets abgeraten hatte, seine Behauptungen laut auszusprechen. Ich gelte als Dârèmo-treu.« Er stand auf und kramte in den Karten. »Meine Bücher wurden verboten. Mein Vermögen und mein Ansehen lösten sich auf.« Er fischte eine lose Zeichnung aus einem Stapel im Regal heraus. »Ist das von deiner Welt?«

Leider nein. Tomeija schüttelte den Kopf. »Du erwähntest eine Veränderung bei deinem Bruder.«

»Das Reisen durch die Welten beeinflusste seinen Verstand. Das führte auch dazu, dass er sich gegen den Dârèmo stellte. Er ist …«

»Verrückt.«

»Nach dem, was du beschrieben hast, fürchte ich das Schlimmste.« Irûsath setzte sich zu ihr an den Tisch. »Und eigentlich sollten du und dein Freund tot sein. Er muss sich im Zauber vertan haben. Die Sprüche, die er gegen euch schleuderte, hätten euch vernichten sollen.« Er fuhr sich durch die langen Haare. »Er plante einen Aufstand in Wédōra. Aber bevor man ihn ergreifen konnte, nutzte er seine Gabe als Reisender und verschwand. Bislang wusste niemand, wo er abgeblieben ist.«

Für Tomeija klang es, als lägen die Ereignisse weit in der Vergangenheit. »Wann war das?«

»Vor vierzig Siderim.« Irûsath vergoss leise Tränen und wischte sie verschämt weg. »Ich hätte mir gewünscht, dass er Frieden gefunden hat.«

»Ganz ohne seine Heimat ist er nicht. Ich sah Karten, wahrscheinlich von Wédōra. Mit Markierungen.«

»Bist du sicher? Das könnte bedeuten, dass ...« Er atmete laut aus. »Es könnte bedeuten, dass er seine Pläne nicht aufgegeben hat.«

Tomeija zögerte. »Es ... war nur ein Ausschnitt, den ich bislang nicht zuordnen konnte. Habt Ihr einen Großplan von Wédōra?«

Irûsath nickte und erhob sich wieder, um mit einer tischgroßen Leinwand zurückzukehren, die er auf dem Teppich ausbreitete. »Was hast du gesehen?«

Tomeija betrachtete die Linien der aufgezeichneten Gebäude, Straßen und Gassen. *Wo könnte es gewesen sein?* Sie nahm zwei Nüsse aus einer Schale und plazierte sie nach längerem Nachdenken.

»Bist du sicher?«

»Ich kann es nicht mit absoluter Sicherheit sagen, aber ... Ich sah die Markierungen nur kurz.«

Irûsath wischte sich über die geschlossenen Augen. Er griff langsam in das Behältnis, nahm einige Nüsse und verteilte sie an weiteren Punkten. »Das gehörte zu seinem Plan, nachdem er erfahren hatte, dass der Dârèmo seine Familie auslöschen ließ.« Er zeigte auf die Stellen. »Terimor fand durch Studien und seine verbotenen Ausflüge in die Grotten unter der Stadt heraus, dass die Höhlen an manchen Stellen bis dicht unter die Oberfläche reichen. In seinem steigenden Wahn fasste er den Entschluss, dem Dârèmo das zu rauben, was ihm das Liebste sei.«

»Wédōra«, wisperte Tomeija. *Dieser Witgo muss sterben. Sobald ich in Walfor bin, trenne ich ihm den Kopf vom Hals.* »Er wollte die ganze Stadt auslöschen!«

Irûsath nickte. »Er bereitete Zauber vor, die große Löcher an den dünnen Stellen schlagen sollten. Danach geschähe das, was auch passiert, wenn man die Schlusssteine aus einer Gewölbedecke entfernt.«

»Der Raum bricht ein!«

»Genau. Die Felsbodenkruste verlöre ihren Halt. Wédōra und der Turm würden von den Smaragdenen Wassern verschlungen werden.« Er sammelte die Nüsse ein und warf sie zurück in die Schale. »Ich konnte Terimor davon abbringen, und er verschwand.«

Aufgegeben hat er den Plan nicht. Tomeija glaubte, dass der Witgo im beschaulichen Walfor an seiner Rückkehr nach Wédōra arbeitete, um zu beenden, was er einst beabsichtigte. »Ich muss zurück in meine Heimat. Terimor muss unschädlich gemacht werden.«

Irûsath rollte den Plan zusammen. »Du hast recht. Mein armer, verrückter Bruder. Ich fürchte, sobald er seine Vorbereitungen in deiner Welt abgeschlossen hat« – er strich über die Karte –, »ist Wédōra Geschichte.«

Eine Feier zum zweihundertfünfzigsten Bestehen war sicher eine sehr gute Gelegenheit, die Stadt mit einer Million Menschen darin zu vernichten. *Die Statthalter werden heute Abend staunen.*

* * *

Aus den Aufzeichnungen eines Krämers:

Die Reiche um die Wüste, Teil 2

Burîkland
von einem Gildenrat beherrscht
Waren: Nahkampf-Waffen, Salz, Handwerker, Werkzeuge

Thoulikon (Großreich)
von einem Kèhán geführt, gewählt von seinen Heeresführern
Waren: Sklaven, Holz, Steine, Felle, Getreide, Tiere, Tee

Nolares
Königin (Erbmonarchie)
Waren: Wein, Bier, Spirituosen, Liköre

Gisosz
Demokratie. Das Volk wählt einen Rat. Es ist absurd.
Waren: Tonware, Feinkeramik, Schmuck

Aibylos
König, der vom Volk gewählt wird. Das ist mindestens ebenso absurd.
Waren: Gewürze, Schmuck, Dörrobst, Holz

Nelethion
Herrscherfamilie, Erbmonarchie
Waren: Fleisch, Vieh, Milchprodukte, Leder, Sklaven

Iratha
Herrscherfamilie, Erbmonarchie
Waren: Bodenschätze, Mineralien, Chemikalien, Alabaster

Sungàm Tasai (Wasserreich)
Kaiser, der die Könige im Zweikampf besiegen muss
Waren: –
Sie sind betrügerische Fährleute. Großen Bogen machen!

Volūga
Herrscherfamilie, Erbmonarchie
Waren: Getreide, Getreideprodukte (Stroh, Heu)

Kapitel XIX

Wédōra,
Prachtviertel

Die Kälte des Eises drang in Liothans Körper und kühlte die Prellungen und Blutergüsse, die Schmerzen ließen nach oder wurden betäubt, so dass er sich bewegen konnte, ohne ständig ächzen oder innehalten zu müssen.

Gebrochen scheint nichts. Er betastete seine geschwollene Nase. *Doch. Das büßen sie mir doppelt und dreifach.* Mit steifen Fingern kroch Liothan zum Buchberg und nahm das Werk heraus, in dem vom Saldûn geschrieben wurde. Er blätterte die Seiten um und suchte nach einer Formel, die ihn das Schloss sprengen ließ.

Er hatte mehr vor, als zu fliehen. *Ich muss die Statthalter warnen.*

Liothan hatte im Allgemeinen nicht viel Sinn für die Obrigkeit und Gesetze, und er gehörte nicht an diesen Ort. Aber den Betrug an sich nahm er Gatimka übel. Zudem verringerten sich seine Aussichten auf eine Heimreise, wenn die Stadt ins Chaos stürzte. Die Bewohner hatten es nicht verdient, Opfer eines unbekannten Heeres zu werden. Es war nicht auszuschließen, dass Hunderttausende ermordet werden würden, um an deren Vermögen zu gelangen oder Gegenschläge zu unterbinden.

Liothan lehnte sich mit dem Rücken gegen die Wand, durch deren kleines Fenster ein schwacher Hauch von Mondlicht fiel. Die Ausläufer des Kara Buran vermochten es nicht in Gänze aufzuhalten. Es müsste ausreichen, um ihm Kraft für die Hexerei zu geben. Seine Augen schmerzten und tränten, die Folgen der Stürze die zahllosen Stufen hinab machten ihm zu schaffen. Seine Sicht verschwamm zwischendurch, was ihm zusätzlich erschwerte, die Anweisungen zu verstehen.

Inzwischen nahm Liothan an, dass Kardīr nicht aus vollem Herzen zu den Verschwörern gehörte. Andernfalls hätte er ihm niemals ausgerechnet das Buch an die Hand gegeben, mit dem er sich aus seiner Gefangenschaft befreien konnte. Der Razhiv wollte, dass Liothan überlebte und nicht mehr im Keller lag, wenn Gatimka und ihre Leute zurückkehrten.

Wie man eine Barriere beseitigt. Liothan legte das aufgeschlagene Buch auf seinen Knien ab, hielt eine Hand in das Mondlicht, wie er es bei Kardīr gesehen hatte, die andere richtete er auf die Zellentür. Dann begann er das Murmeln und versuchte sich an den vorgeschriebenen Fingerbewegungen.

Liothans erster Versuch ergab nichts, abgesehen von einem Kribbeln, das sich in den Armen ausbreitete. Entweder kehrte die Lähmung zurück, oder es gelangte magische Energie in ihn.

Nicht aufgeben. Er las die Formal aufmerksam, verinnerlichte die einfachen Bewegungen. Seine Kopfschmerzen wollten seinen Schädel sprengen, doch trotz des getrübten Blicks wagte er einen neuen Anlauf.

Dieses Mal zog es in der Hand, die im schwachen Mondschimmer lag. Es strömte von seinen Fingerspitzen in seinen Leib wie warmes, wohltuendes Wasser. An der Formel verhedderte er sich, stammelte, so dass nichts weiter geschah.

Das wohlige Gefühl hingegen blieb, und die Qualen von seinen Verletzungen linderten sich.

Noch mal. Liothan repetierte unaufhörlich, fing von vorne an, sobald er einen Fehler im Sprechen oder Gestikulieren machte.

Gelegentlich baute sich eine Spannung an den Fingerkuppen der anderen Hand auf, als wollte die Magie herausbrechen und sich gegen die Tür werfen.

»Was mache ich falsch?«, rief er verzweifelt. *Reicht das Mondlicht nicht aus?* »Ich bin ein Räuber, kein Witgo!« Mit einem lauten Fluch am Ende seiner Beschwörung beendete er einen weiteren Versuch.

Ein Funke jagte aus seinem Mittelfinger und fuhr in das Schloss. Es folgte ein leiser Knall, der mit einer Rauchwolke einherging, und das Gehäuse fiel in seine Bestandteile, die Klinken klirrten auf den Boden.

»Na also.« Liothan stemmte sich auf und verließ die Kammer.

Er suchte sich aus dem Bestand der Verschwörer teuerste Kleidung und verbarg seinen Sklavenring darunter. Den Passierschein hatte er im Getümmel verloren, oder er war ihm von Gatimka abgenommen worden. Er erinnerte sich nicht.

Es juckte Liothan in den Fingern, die Formel auf den Zwingtorque anzuwenden, aber er fürchtete, dass er beim Misslingen den eigenen Kopf sprengte wie zuvor das Schloss.

Er versteckte das Buch in der Bibliothek, nahm das Langbeil sowie den Dolch und eilte in der Garderobe eines sehr reichen Bürgers von Wédōra hinaus auf die Straße.

Heftiger Wind wehte und riss an allem, was sich im Freien befand. Er trug den Geruch von Unwetter und Regen mit sich. Die Ausläufer des Kara Buran versetzten die Bewohner in Sorge und raubten ihnen die Feierfreude.

Die Dunkelheit war ungewohnt in den Straßen, die Laternen waren entfernt. Das machte die dünnen Strahlen der Gestirne und Monde umso bedeutsamer.

Liothan hob den Kopf. *Da sind sie. Drei Stück. Und der Planáoma, die andere Welt.*

Er eilte vorwärts, ein Plan der Stadt lagerte dick zusammengefaltet in seiner Tasche.

Sein nächstes Ziel war der nächstgelegene Wachturm. Dort würde man ihm sagen können, wo sich die neun Statthalter zur Versammlung einfanden.

Unterwegs begegnete ihm eine Patrouille. Schnell verbarg er das Langbeil unter seinem leichten Mantel, dann bat er sie um Auskunft. »Ich habe ein dringendes Anliegen, das ich vortragen will.«

»Da werdet Ihr kein Glück haben. Zuhörer und Bittsteller, egal aus welchem Viertel, sind untersagt. Das müsstet Ihr doch wissen«, erwiderte der Nagib laut, um gegen das Heulen des Windes anzukommen.

»Ja. Aber ich bin ein Reisender und will es dennoch versuchen.« Er kämpfte mit dem Schal, damit er nicht davonwehte und den Ring offenbarte. *Ich muss das Ding loswerden.*

»Dann begebt Euch in das achte Viertel. Dort sind sie, im Amtssitz von Statthalter Alitus.«

»Wo ist das?«

»Wenn Ihr durch den zweiten Durchgang kommt, immer geradeaus«, erklärte der Gardist, »und schwenkt bei der vierten Querstraße nach rechts. Ihr erkennt es an den besonderen Verzierungen und den Alabastersteinen, aus denen es gemacht ist.«

»Danke.« Liothan rannte los, auch wenn es sich für einen Reichen sicherlich nicht schickte.

Einige Schritte vor dem Durchgang stellte sich Liothan

in den Schutz einer Häuserecke, presste den Mittelfinger gegen das Schloss an seinem Eisenring, reckte die andere Hand zu den Monden hinauf. *Keinen Fehler. Nicht einen. Sonst findet man mich als sehr hässliche Leiche.*

Nach einmaligem Durchatmen sprach er die Formel, die sich durch das unentwegte Wiederholen in der Kühlkammer in seinem Verstand festgebrannt hatte.

Es gelang beim dritten Versuch: ein Knall, ein Blitzen und starke Wärme an seiner Haut, gefolgt von einem metallischen Klingeln und Klirren, als die Bestandteile des Schlosses zerlegt auf das Kopfsteinpflaster fielen und weggeweht wurden.

»So gefällt mir das!«, jubelte er und musste Sand schlucken. Schnell warf er den verhassten Sklavenring ab und spurtete auf den Durchlass zu. Sein befreiter Hals juckte zum Dank. Sicherlich hatte er gerötete Stellen auf der Haut.

Die Gardisten warteten im schützenden Durchgang, der mit feinstem weißen Marmor verblendet worden war, und verzichteten darauf, ihn zu kontrollieren – entweder weil sie seine teure Garderobe sahen oder weil sie keine Lust hatten, im Sturm zu stehen.

Hastus, dir sei gedankt. Liothan rannte mit einem Gruß weiter, der erwidert wurde. Schnell küsste er seinen Talisman. *Es wäre mir schwergefallen, ihnen zu erklären, warum ich ein Langbeil dabeihabe.*

Hatte sich Wédōra in den vergangenen Tagen quirlig und lebendig gezeigt, verwandelte der Sturm die Straßen in die einer Geisterstadt. Kaum jemand kreuzte seinen Weg.

Das Haus des Statthalters war leicht zu finden. Das wenige, das Liothan im treibenden Sand von der Fassade sah, reichte aus, um das Gebäude zu erkennen. *Blöcke aus geschnitztem Alabaster. Das muss es sein.*

Zu seinem Leidwesen harrten davor vier gerüstete Soldaten aus, deren Rüstung sich von der der Garde unterschied. Sie trugen dicke Plattenpanzer und Streitkolben.

Liothan konnte nicht abschätzen, ob sie zu den Verschwörern gehörten. Bei anderthalbtausend Mann bestünde die Gefahr, dass einer von ihnen auf das Signal von Gatimka wartete, um loszuschlagen. *Versuche ich es zuerst friedlich.*

Er stellte sich vor den Soldaten, der die meisten Abzeichen an der Brust und Schulterpanzerung trug. »Ich muss mit den Statthaltern sprechen«, rief er gegen das Sturmheulen. »Es ist dringend.«

»Wer seid Ihr, Herr?«, kam es durch das Visier.

»Angastan der Edle«, erfand er einen Namen.

»Nein, verzeiht, Herr. Uns wurde nicht aufgetragen, einen Angastan vorzulassen.« Er sah ihn freundlich und unverbindlich an. »Habt Ihr eine Einladung erhalten, die Ihr vorzeigen könntet?«

Dann auf die andere Weise. »Ja.« Er langte mit einer Hand unter den Mantel, griff an den schweren Beilkopf und beugte sich dem Wächter entgegen. »Da. Lies es selbst. Aber du musst näher kommen, sonst weht der Wind mir das Papier weg.«

Der Gerüstete neigte sich nach vorne.

Liothan ruckte das stumpfe obere Ende seiner Waffe gegen dessen ungeschütztes Kinn, und der Mann brach mit einem Ächzen ohnmächtig zusammen. *Eins.* Dann schwang er das klingenlose Ende nach einem Halbkreisschlag von unten in das Gemächt des nächsten Wächters. *Und zwei.*

Die Eisenkapsel der Rüstung bewahrte den Soldaten davor, seine Hoden zu verlieren, aber der Schmerz brachte ihn dazu, sich vornüberzubeugen, woraufhin er das Stielende in den Nacken bekam und niederstürzte.

Damit war die Überraschung dahin.

»Angriff!«, rief ein Gardist zum Amtssitz des Statthalters, doch der Wind überlagerte seine knappe Bitte um Unterstützung. Die Verschwörer um Gatimka hatten einen guten Zeitpunkt gewählt, um ihren Plan umzusetzen. Das Scheppern von Waffen, Befehle, nicht einmal die Signalpfeifen waren weit zu vernehmen.

Die zwei verbliebenen Soldaten attackierten Liothan, den keine Rüstung in seiner Wendigkeit behinderte. Er wehrte den Streitkolben ab und hakte die Beilklinge ein, führte die gegnerische Waffe gegen den zweiten Feind, traf ihn damit gegen die Brust, so dass er rückwärts umfiel. Nach einem beherzten Ruck hatte er den letzten Gardisten entwaffnet und seinen Streitkolben an sich genommen.

»Zur Seite!«, schrie Liothan. »Ich muss die Statthalter sprechen.«

»Du wirst nicht bis zu ihnen gelangen.« Er zog einen armlangen Dolch aus der Beinhalterung.

»Ich muss mit ihnen reden. Es droht …« *Ach, was soll's.* Liothan warf den Streitkolben nach dem Mann und traf ihn am Knie. Das Bein wurde nach hinten gerissen, und er fiel. Sofort stand Liothan über ihm und schlug ihn mit der flachen Beilseite bewusstlos, setzte an den anderen drei vorbei und eilte die Stufen hinauf.

Da legte sich ein Haken an seinen Fußknöchel.

Sein Tritt ging fehl, er stürzte.

Das darf nicht wahr sein! Liothan krachte auf die Treppe und drehte sich herum. *Will diese Stadt denn unbedingt geplündert werden?* Er richtete das Beil zur Abwehr auf die Gestalt. »Ich versuche, den Statthaltern das Leben zu retten, Mann!«, rief er und wusste, wie unsinnig es sich anhörte. Dann riss er die Augen auf. »Du?«

Tomeija hatte die Parierstange ihres Schwertes genutzt, um ihn zu Fall zu bringen, und erkannte ihn. »Liothan!«, rief sie freudig. »Bei Driochor!« Sie hielt ihm die Hand hin. »Hoch mit dir.«

Ich habe sie gefunden! Liothan kam auf die Beine. Einen Herzschlag darauf lagen sich die vermissten Freunde in den Armen und drückten sich innig. *Hastus sei gepriesen! Von nun an wird alles gelingen.*

Über ihre Schulter hinweg sah Liothan einen muskulösen Mann zusammen mit einer gutgekleideten Begleiterin und mehreren Gardisten, die ihre Waffen gezogen hatten. Zum Schutz gegen den Wind trugen sie Schals vor Mund und Nase. »Du hast Freunde gefunden.«

»Du machst dir wie immer keine.« Tomeija ließ ihn los. »Was hast du dir dabei gedacht, die Soldaten des Dârèmo anzugreifen? Darauf steht die Todesstrafe.«

Liothan grinste. »Gib zu, dass du es von mir erwartet hast.« Dann wurde er ernst. »Es soll einen Anschlag auf die Statthalter geben. Ich bin hier, um ihn zu vereiteln.«

»Was sagst du da?« Die gutgekleidete Frau in mittlerem Alter, die äußerst viel Wert auf weithin sichtbare Schminke legte, schob sich durch die Wachen nach vorne. »Was soll das Gefasel von einem Anschlag?« Sie zog das Tuch herab.

»Das ist Statthalterin Itaīna«, stellte Tomeija sie vor. »Sie verwaltet das Vergnügungsviertel.«

»Ich schwöre«, beteuerte Liothan zuerst seiner Freundin, dann Itaīna, »dass ein Umsturz im Gange ist. Die Statthalter sollen in dieser Nacht getötet werden, und danach ist der Dârèmo an der Reihe. Gatimka und Eàkina aus Gisosz steckten dahinter. Die Stadt und ihre Bewohner schweben in größter Bedrohung. Es ist alles geplant. Seit Jahren … Siderim.«

Die Frau lachte ungläubig auf, ihr grellroter Mund wirkte unecht. »Das gelänge niemals.«

Tomeija betrachtete Liothan. »Ich kenne ihn und vertraue ihm.« Sie legte ihm eine Hand auf die Schulter. »Lasst ihn vor der Versammlung sprechen.«

Liothan spürte, dass sie nach seinen Maìluonenpunkten tastete. Das war eine stumme Drohung an ihn, was ihm blühte, sollte er Unsinn erzählt haben. »Mit Verlaub: Uns läuft die Zeit davon.«

Itaīna sah zu dem muskulösen Mann, anschließend auf Liothan. »Du hast Glück, dass du eine Heldin als Fürsprecherin hast. Sonst würde ich dich den Leuten des Dârèmo überlassen.« Sie ging die Stufen hoch. »Erkläre, was dich sicher macht.«

»Es sind eintausendfünfhundert Mann über die letzten ... Siderim nach Wédōra geschmuggelt worden. In alle Viertel«, redete Liothan schnell, während er ihr ins Innere folgte. »Sie haben genaue Anweisungen, was sie bei einem bestimmten Signal tun sollen: die Tore öffnen, die Posten besetzen, die Statthalter töten.«

»So ein Unfug«, merkte Itaīna an. »In jedem Viertel leben Zehntausende. Fünfzehnhundert reichen niemals ...«

»Es wartet ein Heer vor den Toren«, fiel Liothan ihr ins Wort. »Man braucht nicht viele Soldaten, wenn es keine Verteidiger gibt oder sie überrumpelt werden.«

Die kriegerhaft ausstaffierte Hamátis, die Liothan im wirbelnden Sand zunächst für eine Gardistin gehalten hatte, blieb stehen. *Die Statthalterin der Vorstädte.* Er erinnerte sich, mit ihr gesprochen zu haben, als er an Eàkina verkauft worden war.

»Dann hat Ettras nicht übertrieben. Ich dachte, er will sich wichtigmachen«, murmelte sie entsetzt.

»Die Götter sind mir gnädig: Ich traf *zwei* Helden an

einem Tag.« Itaīna beschleunigte ihre Schritte. »Das muss die Botin erfahren. Sie und die anderen.« Sie wandte sich an den Soldaten. »Sind wir vollzählig?«

»Ja, Herrin. Fast. Bis auf Dyar-Corron.«

»Der Leichenfledderer kommt wie immer zu spät, um seine Verachtung für uns zu zeigen.« Itaīna sah zu Tomeija und Liothan. »Das erkauft uns die Zeit, die wir brauchen, um unsere Geschichte zu erzählen. Berichten wir von dem Abgrund, an dem Wédōra steht.«

Sie eilten die Treppen hinauf und gelangten in den gemauerten Saal, in dem Statthalter Alitus zu gesellschaftlichen Anlässen lud, wie Itaīna rasch erklärte.

Im Innern stand eine lange, in Hufeisenform errichtete Tafel aus poliertem, hellgrauem Holz, die gepolsterten Lehnsessel boten den Statthaltern viel Platz, eine Frau saß im Schneidersitz darauf. An den Wänden hingen zwischen verschiedenen Bannern und Bildern die ausgestopften Köpfe von Wüstenraubtieren, gewaltige Skorpionstachel und armlange Giftzähne. Kronleuchter sorgten für genügend Licht, mit Stoff bespannte Schlitze unter der Decke ließen die Luft zirkulieren.

Die Zusammenkunft ist recht gut gesichert. Liothan sah viele Gardisten und Soldaten, die sich anhand ihrer Abzeichen unterschieden. *Aber damit rechnet Gatimka. Sie wird vorbereitet sein.*

Aus dem Rahmen fielen zehn riesige Krieger in Rüstungen aus kunstvoll verbundenen und gravierten Lamellen aus poliertem Stahl, in das schwarze und blaue Muster meisterlich geätzt worden waren. Die Helme waren geschlossen, vor den Gesichtern lagen Puppenmasken. Das beinahe Kindliche täuschte nicht über die martialische Bewaffnung hinweg, die sie mit sich führten. Im Zusammenspiel machte es die unkenntlichen Kämpfer noch unheimlicher. Mit einem ganzen Arsenal aus langen und kurzen Klingen, Wurfgeschossen und kleinen Schilden an den Unterarmen konnten sie womöglich eine Hundertschaft aufhalten.

»Das ist die Garde des Dârèmo. Sie schützen Sarāsh, seine Botin. Ihr wartet hier«, gab Itaīna ihnen Anweisung und eilte auf die Frau zu, die eine identische Rüstung wie die Hünen trug, darüber lag ein blutroter Überwurf. Auf einen Helm verzichtete sie, die langen braunen Haare schmiegten sich glatt nach hinten an den Kopf und betonten das strenge Gesicht. Sie trank aus ihrem Pokal und plauderte mit ihrem Nachbarn.

»Das wird dir eine fette Belohnung bringen«, sagte der muskulöse Mann, über dessen Oberkörper sich Lederriemen mit Dolchen daran spannten, und schob sich neben Tomeija. Geruch von parfümiertem Talkum verbreitete sich um ihn. »Und ich bekomme einen Anteil.«

»Wir werden sehen, Chucus.« Sie richtete ihren Schal.

»Sag mir, dass du diese teuren Gewänder nicht gestohlen hast«, raunte sie zu Liothan.

»Nicht direkt« gab er zurück und grinste. »Hast du meine Nachricht bekommen?«

»Nein. Die Tänzerin hasst mich und hat sie weggeworfen. Aber ich war dir auf der Spur. Ich bin so unglaublich froh, dich zu sehen.« Sie rempelte ihm in die Seite. »Vergessen habe ich nichts. Der Einbruch beim Krämer hat trotzdem ein Nachspiel.«

So kenne ich sie. »Sagt die Scīrgerēfa, die sich als Türsteherin in einem zwielichtigen Laden verdingt«, erwiderte er leise, damit es niemand sonst mitbekam. »Das wird den Baron sicher interessieren.«

»Sagt der Räuber, den ich ertappt habe«, konterte sie. »Ich habe Neuigkeiten zu Dûrus. Sein wahrer Name ist

Terimor.« Sie erzählte, was sie von dessen Bruder erfahren hatte. »Sein Zorn richtet sich nicht gegen Walfor. Er ist auf die Vernichtung von Wédōra aus«, beendete sie ihren Bericht. »Unsere Heimat ist sicher.«

Die Markierungen auf den Karten. Dort befinden sich die Bruchstellen der Felskruste. Aus dem Grund war die Bebauung verboten und beschränkt worden. Verstohlen zeigte er auf die Botin des Dârèmo. »Auf sie zähle ich. Und wir beide kehren noch in dieser Nacht zurück.« Nach ein wenig Zögern fügte er hinzu: »Unter den Verschwörern befindet sich ein Witgo. Ich habe seinen Namen absichtlich ausgespart.« Er nahm ihre Hand und drückte sie. »Ich decke ihn, und er kann uns zurückbringen, sollte der Dârèmo es nicht vermögen.«

»Sei nicht so voreilig. Wir werden sehen, wie diese Nacht endet«, sagte sie und drückte seine Hand, bevor sie die Finger losließ. »Es beginnt.«

Sarāsh hatte sich lange mit der Statthalterin des Vergnügungsviertels besprochen, anschließend erhob sie sich und sandte zwei ihrer Hünen mit den Puppengesichtern durch eine Handbewegung aus dem Saal. »Liothan und Scīr, tretet vor.«

Die Freunde begaben sich an die hufeisenförmig aufgebaute Tafel. Tomeija deutete eine Verbeugung an, Liothan nickte nur. Mehr Achtung gewährte er der Obrigkeit nicht. Ihre Waffen durften sie behalten, man sah sie offenbar nicht als Bedrohung an.

»Die Gestrandeten haben aufschlussreiche Geschichten, die im Zusammenspiel mit weiteren Erkenntnissen ein erschreckendes Szenario für unsere Stadt ergeben.« Sarāsh bedeutete ihnen zu sprechen und nahm auf ihrem Stuhl Platz; sie ergriff Papier und Feder, tauchte die Kielspitze ins Tintenglas. »Sprecht, verschweigt nichts und schont uns nicht.«

Ich werde verschweigen, was mir beliebt. Liothan machte den Anfang. Er erzählte, wie er an seine Informationen gelangt war, wie man ihn getäuscht hatte, was die Verschwörer beabsichtigten, ohne Kardīr dabei zu verraten, und wie viele heimliche Kämpfer sie in die Stadt gebracht hatten.

Danach fügte Tomeija ihre Erlebnisse in der Wüste an und wie sie den Plan der Keel-Èru vereitelte, mehr Todesopfer unter den Bewohnern zu erzeugen. Die Mitschuld sah sie bei der Iphium-Bande aus Tērland, die rücksichtslos Profit mit dem fremden Rauschmittel machten, obwohl sie von dessen tödlicher Wirkung wussten.

Anschließend erhob sich Hamátis und erzählte, was Iri-an Ettras ihr geschildert hatte, nachdem er Tomeija aus der Wüste geführt hatte. »Das Heer, von dem ich dachte, der Hakhua hätte es sich ausgedacht oder übertrieben, gehört zu den Verschwörern. Für diese Streitmacht wären die Tore unserer Stadt geöffnet worden. Ich denke nicht, dass Eàkina und ihre Verbündeten wirklich aus Gisosz stammen. Eher wurden sie gegen viel Geld abtrünnig und begaben sich in die Dienste von Thoulikon.«

»Das wird meine Untersuchung zutage fördern.« Sarāsh sah zu Liothan und Tomeija. »Sei es, wie es will: Es ändert nichts an den fünfzehnhundert Verrätern in unseren Mauern. Vielleicht gibt es noch eine Streitmacht aus Thoulikon vor unseren Mauern, die sich verborgen hält? Wir dürfen nichts ausschließen. Ohne euch beide«, sprach sie bedächtig, »wüssten wir nichts von dem, was uns droht. Ich spreche mit dem Dârèmo, wie eure Belohnung ausfallen soll. Rechnet damit, sehr reich zu werden.« Sie erhob sich von ihrem Platz und rollte die Blätter zusammen. »Die Versammlung ist verschoben. Die Statthalter kehren in ihre Viertel zurück und alarmieren die Garde, ich lasse die Garnison und Sandwacht in Bereitschaft versetzen. Danach beginnen wir die Suche nach Gatimka und ihren Leuten. Ich will diese Liste mit allen Namen darauf.«

Die Männer und Frauen erhoben sich.

Die Suche kann verkürzt werden. »Sie wird am Turm sein«, sagte Liothan. »Gatimka führt die Attacke gegen den Dârèmo selbst. Sobald der Bann der Mauer gebrochen ist, wird sie angreifen.«

»Der Bann kann nicht gebrochen werden«, widersprach Sarāsh.

»Doch. Sie hat die Magie, die darauf liegt, erforscht und einen Gegenzauber vorbereitet.«

»Das weißt du sicher?«

»Ja. Ich würde es so tun.« Liothan legte eine Hand auf den Beilkopf. »Was wichtig ist, sollte man selbst erledigen.« Er machte einen Schritt auf die Botin zu, und unverzüglich schob sich ein Hüne mit Stahlpuppengesicht neben ihn. »Um auf den Lohn für unsere Heldentat zu sprechen zu kommen: Wir wollen zurück. In unsere Heimat. Kann das dein Dârèmo?«

Sarāsh öffnete den Mund, wurde aber von den Geschehnissen an den Türen abgelenkt: Die Soldaten wollten sie öffnen, um die Statthalter hinauszulassen, und scheiterten.

»Sie sind von außen blockiert«, meldete einer der Gardisten.

»Es hat begonnen«, murmelte Sarāsh. »Der Aufstand bricht los.«

Sie ging an Liothan vorbei, ohne auf seine Frage zu antworten, er wollte nachsetzen, doch Tomeija hielt ihn zurück.

»Später«, riet sie.

Vielfaches Klirren erklang, als Brandpfeile durch die Fenster flogen und sich in die aufgehängten Banner bohrten.

Die Flammen schlugen ins Gebälk, ein Feuerteppich

legte sich zugleich über die gesamte Mauer, obwohl es an den Quadern aus massivem Stein nichts gab, was brennen konnte. Die Hitze wallte gegen die Versammlung. Wer von den Wachen zu nahe an den Wänden stand, verwandelte sich in eine wandelnde Lohe. Die Trophäen vergingen in dem Inferno.

»Reiner Fels kann nicht brennen«, rief Liothan und wich vor dem ungewöhnlich heißen Feuer zurück. »Sie haben etwas darüber gestrichen. Ein unsichtbares Mittel, ähnlich Petroleum.«

»Oder den Putz mit alchemistischen Substanzen versehen.« Tomeija folgte ihm in die Mitte des Saales, wo sich die Statthalter und Gardisten um die Botin des Dârèmo drängten. Sobald sich ein Wächter an ein Fenster bewegte, um es einzuschlagen und einen Ausweg zu schaffen, wurde er von mehreren Pfeilen getroffen und stürzte nieder.

Unterdessen warfen sich vier Krieger mit Puppenmasken gemeinsam und ohne Scheu vor dem Brand gegen die schweren Türen. Da sie nicht nachgab, nahmen sie den massivsten Tisch und nutzten ihn als Rammbock. Selbst als die Hünen in Flammen standen, machten sie ohne einen Laut des Klagens weiter.

Die Torflügel zeigten unter den beständigen Einschlägen des Tisches alsbald tiefe Dellen, aber das Metall hielt stand.

»Was sind das für Menschen?«, wunderte sich Liothan.

»Die Dârèmoi, die Garde des Herrschers«, erklärte Chucus. »Sie kennen kein Gefühl, keine Regung. Sie leben in der verbotenen Zone um den Turm.«

Immer mehr Qualm füllte den Saal, das Atmen ging in ein Husten über.

Das werden sie niemals schaffen. Liothan sah die Krieger brennend und unbeirrt ihre Versuche fortsetzen, bis einer nach dem anderen niederfiel und vom Feuer vernichtet wurde. *Die Portale sind höchstens mit Magie … Ich Trottel.* »Tomeija!«

»Was?«

»Sobald wir aus dem Backofen raus sind, hast du meine Erlaubnis, mich zu schlagen.« Er eilte gebückt auf die verriegelte Tür zu. Brennende Holzbalken schlugen um ihn herum auf und zerbrachen, kokelnde Stücke flogen umher.

»Ich lasse dich nicht alleine. Nicht wieder«, vernahm er Tomeijas Stimme, die sich an seiner Seite unter Hitze und Qualm zusammenkauerte. »Was hast du vor? Das Schloss kannst du nicht mit dem Beil einschlagen.«

Liothan hätte es gerne vermieden, sein Können zu zeigen. *Ich hoffe, ich trage einen Rest der Mondkraft noch in mir. Ein einziger Versuch.* »Versprich mir, dass du es keiner Menschenseele erzählst.«

»Was denn?«

»Was du sehen wirst.«

»Also gut: Ich verspreche es.« Sie sah argwöhnisch zur Decke.

Den Moment nutzte er, um den Spruch zu weben, der ihm flüssig von der Hand und den Lippen ging. Die zuvor eingefangene Mondenergie reichte aus, um beim ersten Versuch den Funken zu erzeugen, der ins Schlüsselloch einfuhr und das Gehäuse samt Mechanik zerstörte.

Zugleich spürte Liothan ein schmerzhaftes Reißen, das durch sein Rückgrat fuhr. Sein Vorrat an Energie war erschöpft, und die Monde lagen hinter den Sandschleiern. Damit blieben ihm lediglich Verstand und Kraft, um weiter Schwierigkeiten zu lösen.

Tomeija sah, wie die Teile auf den Boden fielen »Wie hast du das gemacht?«

»Es liegt an Wédōra«, antwortete er.

Ein silbriges Flirren, als huschte das Licht der Monde

über die Türen, legte sich über die Flügel. Von der anderen Seite erklang Poltern und Scheppern.

»Los!« Er und Tomeija warfen sich gegen den Eingang und drückten ihn auf.

Frische Luft strömte herein und fachte die Flammen im Inneren an, vor dem Eingang standen Ovan und Jenaia zusammen mit einem Dutzend Gardisten, die alle voller fremder Blutspritzer waren. Um sie lagen die abgeschlachteten Wachen der Versammlung, von Bolzen und Pfeilen durchbohrt, mit aufgeschlitzten Kehlen.

»Du?«, schrie Ovan hasserfüllt und warf sich auf Liothan. »Driochor soll dich verschlingen! Ich hätte dich auf dem Dach töten sollen!«

»Das wäre dir nicht gelungen.« Liothan parierte das Schwert mit der Beilklinge, die eine große Kerbe in das Metall hackte. »Und es wird dir jetzt auch nicht gelingen.« Er sprang voran und schwang seine Waffe, während Tomeija ihrerseits das Henkersschwert zog und Jenaia angriff, der seinem Freund hatte zu Hilfe kommen wollen.

Noch bevor die gerüsteten übrigen Verschwörer ihre Überzahl nutzen konnten, stürmten die Wachen, Statthalter und die Botin des Dârèmo heraus und stürzten sich in das Scharmützel.

»Euer Handstreich ist gescheitert.« Liothan konzentrierte sich auf seinen Widersacher.

Ovan schwang sein großes, gebogenes Schwert, das sehr leicht sein musste, atemberaubend schnell. »Noch lange nicht.«

Liothan wich aus oder fälschte die Schläge mit dem Beilkopf ab, weil die Schneide das Holz durchschlagen würde.

Als Ovan einen geraden Hieb von oben nach unten führte, fing Liothan das Schwert ab – und schlug abrupt mit dem Beil entlang der gegnerischen Klinge abwärts.

Schleifend rieb die Schneide über den Stahl, kappte die schwache Parierstange und trennte den oberen Teil von Ovans Hand samt Knöchel ab.

Der Mann verlor Schwert und Finger unter gellendem Kreischen, der Daumen allein hielt die Waffe nicht mehr.

Liothan schwang das Beil erneut und ließ es tief in die Brust des Mannes fahren.

Erstickt hustend fiel Ovan vor ihm auf die Knie, öffnete den Mund und würgte, gleich darauf ergoss sich Blut aus seinem Mund.

»Ich sagte es dir: Es wird dir nicht gelingen.«

Liothan stemmte einen Fuß gegen die feindliche Schulter und drückte Ovan zurück, wuchtete das befreite rotfeuchte Langbeil mit dem gewonnenen Schwung in den erhobenen Schild eines anderen Verschwörers.

Die schwarzstählern gemusterte Schneide durchschlug die Deckung und den Arm dahinter. Der Mann stürzte und wand sich unter Schmerzen, während sein Blut aus dem Stumpf sprudelte.

Tod jenen, die mich töten wollten. Liothan sah nach Tomeija, die mit ihrem ungewöhnlichen Schwert um sich drosch. Auch sie hatte zwei Feinde niedergestreckt, die Köpfe lagen abgeschlagen zwischen den Toten und Verwundeten; Jenaia befand sich darunter.

Die Verschwörer fielen unter der Übermacht und dem Grimm derer, die sie hatten elend verbrennen lassen wollen. Doch noch bevor der letzte Verräter stürzte, erklang von draußen ein durchdringendes Heulen, als hätte der Sturm eine eigene Stimme bekommen.

»Ist das ein Rufhorn?«, rief Tomeija zu Chucus, der einen von ihm strangulierten Gegner achtlos fallen ließ. Er hatte keine Waffen benutzt.

»Das ist Logaios, der Sturmwarner«, antwortete Sarāsh

aufgeregt, um die herum die verbliebenen vier Krieger mit Puppenvisieren gleich einer lebendigen Mauer aus Rüstungen und Klingen standen. »Er dürfte noch gar nicht erklingen.« Sie gab einen Befehl, und ihre Leibwächter setzten sich mit ihr in der Mitte in Bewegung.

»Logaios ist eine Art Horn und wird beim Kara Buran genutzt, um die Bewohner daran zu hindern, auf die Straßen zu gehen«, erklärte Chucus.

»*Das* ist das Zeichen!« Liothan sah zu den Statthaltern. »Gatimka lässt die Schläfer erwachen. Die Attacken auf die Tore beginnen.«

»Liothan, folge mir«, befahl Sarăsh. »Du kommst mit mir zum Turm. Ich brauche dich, um mir die Anführer der Aufständischen zu zeigen.« Sie nickte den Statthaltern zu. »Geht und schlagt den Aufstand mit euren Garden nieder.«

Die Versammlung löste sich auf.

Liothan folgte der Botin sowie ihren vier Kriegern durch den Sturm, es ging im Laufschritt über die Plätze, durch Straßen und Gassen. Er hatte sich den durchscheinenden Schal gänzlich vor die Augen gezogen, weil er fürchtete, dass ihm die Körner die Sehkraft raubten.

Tomeija rannte neben ihm. »Wir beide gemeinsam in der Schlacht«, schrie sie. »Hättest du das gedacht?«

»Und dazu in einer Welt, die nicht die unsere ist. Nein, hätte ich niemals.« Liothan würde ihr nach dem Kampf ganz viel berichten, von fremden Welten, von den Reisen und der Magie der Monde. Er lächelte in Vorfreude. *Das werden lange Nächte mit unzähligen Geschichten in Walfor sein. Und einem guten Trunk.* Er prüfte die Schärfe des Beils, die Klinge hatte gelitten und war schartig. *Für Gatimka wird es reichen.*

* * *

Baronie Walfor, Königreich Telonia

Fenia von Ibenberg stand neben der Esse in der Werkstatt des Nebengebäudes und blickte auf die eingeschmolzenen Rüstungsklumpen, in denen die Überreste des Barons verbrannt waren. *Das war weder Eisen noch Stahl.*

Die einzelnen Segmente hatten gestunken und gequalmt, Blasen geworfen und nach schmurgelndem Horn gerochen, obwohl sie zuvor Pfeilen und Schwerthieben getrotzt hatten.

»Es ist kalt genug, Herrin. Wir können beginnen«, rief ihr Testan zu. Der Kommandant der königlichen Garnison war am Morgen wieder zu ihnen gestoßen. Es ging gegen seine Ehre als Soldat, bei dem Ereignis nicht dabei zu sein.

Diesen Verbündeten haben wir Dûrus genommen.

Die königliche Witga wandte sich um, nahm im Vorbeigehen eine dreizinkige Mistgabel und schritt auf die Überreste des Haupthauses zu.

Sie hatte vierzig der hundert Soldaten in der Grube antreten lassen, damit sie – die Speere mit der Spitze nach unten – durch den Schutt wateten und stachen. Sobald sie sicher wäre, dass darin nichts lebte, würde sie das eingebrochene Kellergewölbe ausräumen lassen. *Bis ich den Beweis für Dûrus' Tod habe. Ring, Schädel, Knochen, irgendwas.* »Wir suchen nach den Überresten des Witgos«, sagte Fenia laut und vernehmlich. »Dazu gehen wir in zwei Wellen hintereinander über den Schutt in der Grube, stochern und suchen. Wer Gebeine findet, bleibt stehen und hebt die Hand.« Sie sah zu den wartenden Soldaten am Rand des Lochs. »Danach wird die oberste Schicht abgeräumt, und wir gehen wieder durch. Bis das Loch leer ist und wir die Überreste des Witgos haben.« Sie sprang in die Trümmer, die ein sumpfähnliches Geräusch von sich gaben, und stapfte an die Spitze der Schar. »Fürchtet euch nicht. Ich bin bei euch.«

Fenia stach mit den Zinken in den Untergrund und wühlte.

Heiße, feuchte Luft strömte aus dem Gemisch, das eine breiige Beschaffenheit aufwies. Lange konnte man nicht an einer Stelle stehen, die Glut schien am Boden noch nicht erloschen. Der Regen hatte nicht ausgereicht.

Aber die Witga wollte nicht warten.

Er muss spätestens in diesem Morast erstickt sein. Fenia stach und ging beständig vorwärts, hinter sich die Truppe, von der gelegentliches Fluchen erklang. Die Männer und Frauen husteten, keuchten und würgten, je nachdem, welche Gerüche ihnen entgegenschlugen.

Fenia hatte alsbald das Ende des Gewölbes erreicht, Leitern wurden hinabgelassen, damit sie hinausgelangten. *Nichts.* Sie wandte sich um.

Die Soldatinnen und Soldaten stapften auf den Grubenrand zu.

Plötzlich schrie einer und versank abrupt bis zur Hüfte im Schlamm. »Haltet mich!« Er griff nach den Umstehenden, die ihn an der Rüstung packten, doch schlagartig verschwand der Mann im Sumpf.

Die Schar wich von der Stelle zurück.

»Das war ein Luftloch«, beruhigte Fenia. »Achtet auf den Untergrund.«

Der nächste Soldat sackte mit einem Bein ein und klammerte sich an seinen Nebenmann. »Da packt mich was«, brüllte er. »Jemand hat mich am …« Ruckartig zog es auch ihn unter den Schlick, und er riss den zweiten Soldaten mit ins Verderben.

»Alle raus!«, schrie Fenia. »Das sind keine Luftlöcher!«

Die Truppe drängte zu den Leitern, immer mehr Soldaten wurden von einer unsichtbaren Kraft unter die Oberfläche gerissen, Fontänen aus brackigem Wasser spritzten auf. Bald sammelten sich Blutpfützen. Von den vierzig Soldatinnen und Soldaten schafften es lediglich drei bis auf die Leitern und kletterten kopflos vor Angst aus der Grube.

Wie kann der Witgo noch am Leben sein? Fenia hörte die Truppen aufgeregt reden, Speere wurden in den Schlick geworfen. Die blieben meistens stecken. »Wartet. Wir brauchen ...«

Leise blubbernd kam ein Toter zum Vorschein, trieb mit dem Gesicht nach oben auf dem Morast. Sogleich folgte an anderer Stelle ein Arm, da ein Rücken, hier zwei Beine – quer über die Grube verteilt wurden die versunkenen Soldaten sichtbar wie aufgestiegene Moorleichen.

»Was machen wir?«, fragte Testan angespannt und lockerte die Riemen der Rüstung, damit er besser atmen konnte. »Von meinen Männern wird keiner mehr ...«

Da riss der Soldat, der zuerst aufgetaucht war, die Augen weit auf und stieß einen erstickten Schrei aus. Schlammiges Wasser sprudelte aus seinem Mund, er hustete und reckte die Arme. »Holt mich raus«, brüllte er. »Bei Hastus! Holt mich raus, bevor ich wieder hinabsinke!«

Fenia sah, wie sich die Hände, die Füße, die Körper in dem morastigen Loch bewegten wie Fische in einem abgelassenen Weiher. *Das ist eine List!*

Die Soldaten am Rand warfen bereits Seile und Schlingen, damit sich die Unglücklichen festhalten und hinausgezogen werden konnten. An allen Seiten bargen und retteten die Krieger ihre Kameraden, die sie eben noch als Opfer des Witgos gesehen hatten.

»Zurück mit ihnen!«, schrie Fenia außer sich. »Es ist eine List!« Sie rammte einem Geretteten die Mistgabel in die Brust. »Sie sind tot! Er schickt uns Untote, um uns …«

Der Mann vor ihr sah sie aus vorwurfsvollen Augen an, dann brachen seine Pupillen. Er sank ins Gras, aus den drei Löchern sickerte das Blut.

Erste aufgebrachte Soldaten griffen zu ihren Speeren sowie Pfeil und Bogen, um die aus der Grube befreiten Krieger vor Fenia zu schützen. Böse Worte und Verwünschungen trafen sie.

Testan rannte auf die Witga zu. »Haltet Euch zurück!«, rief er und scheuchte sie weg von der Leiche. »Diesen Toten habt Ihr zu verschulden, Herrin. Nicht der Hexer.«

»Aber ich …« *Dûrus' List richtete sich gegen mich. Er wollte, dass mich die Truppe vor Wut angreift.* Fenia sah die schlammigen Gestalten hustend und verletzt um das Kellerloch sitzen, über dem das Haus das Krämers gestanden hatte. *Er ist immer noch da drin.* »Füllt diese Grube mit Petroleum«, befahl sie. »Lasst es brennen, Tag und Nacht. Stellt Wachen auf. Hier werden so lange Flammen in den Himmel steigen, bis Dûrus nicht mehr lebt.«

Keiner kümmerte sich um ihre Befehle. Die geretteten Männer und Frauen erhielten die gesamte Aufmerksamkeit.

»Kommandant«, rief Fenia den Offizier zu sich. »Im Namen des Königs, ich befehle Euch, dass Ihr dieses Loch mit Petroleum füllt.«

Testan erhob sich schnaufend neben der Leiche des Soldaten, den sie erstochen hatte. »Ich kannte den Mann seit elf Jahren, Herrin.« Er zeigte ihr vorwurfsvoll das Blut an seinen Händen. »Er war ein guter Krieger, der Euch vertraute, als er hinabstieg.« Rasch wischte er es an seinem Mantel ab.

»Ich werde den König bitten, seine Familie …« Fenia wurde vom Stich in die Seite überrascht. Testan hatte den Stoff des Mantels genutzt, um den dünnen, schlanken Dolch vor ihr zu verdecken und aus dem Hinterhalt in die Lücke ihres Harnischs und des Kettenhemds zu stoßen. Er rüttelte am Griff und vergrößerte die innere Wunde.

»Zu Hilfe«, ächzte sie und brach zusammen. Im Niedersinken wollte sie einen Zauber weben, aber der folgende Dolchstich ging an der Halsbeuge vorbei, die Klinge drang senkrecht am Schlüsselbein in ihren Leib. Ihre Konzentration verpuffte.

Die Soldaten bemerkten die Attacke auf die Witga nicht und waren vollauf mit der Versorgung der Geretteten beschäftigt.

»Ein Schwindelanfall«, rief Testan und beugte sich zu ihr. »Es wird gleich wieder besser.« Er lachte leise. »Du hast die Zahl der geretteten Soldaten nicht geprüft. Es ist einer *mehr* herausgekommen, als hineingegangen sind. Irgendwo am Rand der Grube liege ich und lasse mich pflegen.«

Übertölpelt. Fenia verstand, dass Dûrus aus dem Mund des fülligen Kommandanten zu ihr sprach. Wie er zuvor den armen Otros für seine Zwecke eingespannt hatte, nutzte er den Befehlshaber als Mordwerkzeug, nachdem die nichtsahnenden Truppen den Witgo als vermeintlichen Kameraden ins Freie gezogen hatten. Unter der Schicht aus Schlamm und Dreck würden sein Alter und sein Äußeres zunächst nicht auffallen.

Fenia drehte unter Schmerzen den Kopf. *Gib mir einen Hinweis. Ihr Götter, lasst Dûrus selbstverliebt genug sein, um seine Rache auszukosten.*

»Es gibt nun keinen Hexer mehr. Weder in der Baronie noch in Telonia, der sich mit mir messen könnte«, sprach Testan weiter. »Oder gar aufhalten.«

»Woher ... kommst ... du?«

»Aus einer fernen Welt, Fenia. Sie ist so ganz anders als diese«, sagte Dûrus durch den Mund des Kommandanten. »Man hat mir dort schlimme Dinge angetan, die ich vergelten wollte. Doch ich nahm Abstand von meinen Rachepläne. Sie führten zu nichts.«

Fenia betrachtete die Geretteten. Niemand verhielt sich auffällig. Sie bekam kein Ziel für einen letzten Zauber, während sie starb.

»Ich fühlte mich wohl in Telonia. Bis ihr meine Ruhe störtet. Nun störe ich eure Ruhe«, verriet er ihr. »Ich nehme mir die Baronie, ich nehme mir das Königreich. Meine Suche wird mir Dinge bringen, die ich brauche, um meine gewohnte Hexerei zu betreiben. Ich werde experimentieren und improvisieren, aber ich gelange zu alter Stärke.« Testan zog seinen fingerdünnen, blutigen Dolch aus ihrem Körper und setzte ihn an ihrem Hals an. »Es wird keinen schlimmeren Herrscher geben als mich.«

»Mutige Männer werden kommen ...«

»Und sterben, Fenia. Wie du. Wie diese Wichte um mich herum. Sie ahnen nicht, dass sie ihre Heimat gerade eben dem Verfall übergeben haben.« Der Mann drückte ihr die Klingenspitze langsam ins Fleisch. »Ich mache sie zu einer Wüste.«

Fenia schrie schwach auf, ihre Lunge versorgte sie kaum mehr mit Sauerstoff.

»Du kannst nichts dagegen tun«, wisperte Testan gehässig. »Und das alles, weil ihr mir nicht meine Ruhe ließt.«

Ich muss es tun. Sonst ist das Königreich verloren. Fenia grub ihre Finger tief in die Erde, schloss die Augen und bereitete sich für ihren letzten Zauber vor.

Als die Klinge in sie fuhr, murmelte sie sterbend die

Silben und entschuldigte sich stumm bei den tapferen Soldaten.

Kaum waren sie gesprochen, vernahm sie einen lauten, wütenden Männerschrei.

Lächelnd ging sie in den Tod.

* * *

Wédōra, Prachtviertel

Tomeija erreichte mit Liothan, Sarāsh und ihren vier Kriegern das Prachtviertel, von dem sie dank des Sturmes und der Sandschleier, die wie heftiger Regen durch die Straßen fegten, so gut wie nichts sah. Ohne die Führung der Botin des Dârèmo hätten sie sich verlaufen.

Sie waren alleine auf den Straßen. Das unentwegte Dröhnen des Logaios hatte die Bewohner in die Häuser befohlen, so dass die Verschwörer freie Bahn und leichtes Spiel hatten.

»Da vorne ist die Mauer«, machte Liothan Tomeija aufmerksam. »Berühre sie nicht, solange der Schutzspruch auf ihr liegt. Du wirst sonst womöglich festfrieren.«

Sie näherten sich dem Bollwerk, vor dem sie mehrere Schemen erkannten. Die Gestalten bewegten sich hastig, sprangen hin und her. Erst als sie keine zwei Schritte mehr entfernt waren, vernahm man das Klirren der Waffen. Das Gefecht um den Zugang zum Turm war entbrannt.

»Liothan«, rief ihn Sarāsh. »Du wirst mir die Anführer zeigen!«

Tomeija sah weitere Puppengesichtkrieger im Kampf mit mehreren Verschwörern, die Rüstungen und Waffen trugen. Auf Schilde hatten sie wegen des Windes verzichtet, sie würden beim Gefecht mehr schaden als nützen. Einige Verschwörer hingen festgeklebt an den schwarzen Steinen, die Gesichter blau und erfroren. Damit sie sich untereinander erkannten, trugen sie rote Schärpen und Armbinden mit einem Wappen.

»Der Schutzspruch wirkt noch«, machte sie Liothan aufmerksam.

»Gatimka ist nicht unter ihnen«, sagte er und rannte an den Kämpfenden vorbei. Tomeija folgte ihm, Sarāsh und ihre Wache deckten ihren Rücken.

Aus der Menge stürzten sich Angreifer auf sie.

Tomeija hielt sich nicht mit ihnen auf. Sie wich aus und trat zu, parierte mit der Schwerthülle und hielt Anschluss an ihren Freund.

Zwischendurch meinte sie, ein lautes Brüllen zu hören. Der Boden bebte, als würde eine Herde Angitila im Sturm dicht an ihnen vorüberziehen, ohne dass man die gewaltigen Tiere sah.

Liothan verlangsamte seine Schritte. »Da sind sie. Die Blonde ist Gatimka, die anderen sind ihre Gefährten.«

»Gut. Schalten wir sie aus«, befahl Sarāsh und ging mit ihren Begleitern in den Angriff.

Die junge Rädelsführerin des Aufstandes hatte zwanzig Krieger um sich versammelt, die einen Wall bildeten. Die gefährliche Mauer diente ihnen als Rückendeckung.

»Ziemlich viele für …«

Aber Liothan hob bereits sein Langbeil, um Sarāsh und ihren vier Dârèmoi-Leibwachen beizustehen. »Es ist persönlich«, rief er ihr zu. »Der, den sie am Kragen hat, ist der Witgo. Ihm darf nichts geschehen, hörst du? Er bringt uns zurück.«

Sie zog behutsam die tödliche Klinge. Beim letzten

Kampf hatte sie aus alter Gewohnheit mitgezählt. *Doch ich bestimme, wann der tödliche Hieb kommt.* Sie folgte ihrem Freund ins Gefecht, das sie an ein Duell im Nebel erinnerte. Tomeija sah die Gegner stets kurz vor dem Zusammentreffen und musste sofort reagieren. Liothan verlor sie rasch aus den Augen.

Lass jeden meiner Hiebe tödlich sein, Driochor! Sie schlug sich eine Bresche durch die Menge, die Henkersklinge nahm sich die Leben der Gegner, wie es ihr passte. Köpfe rollten, mal ganz, mal zum Teil abgeschlagen. Blutspritzer wurden von Wind und Sand weggewischt, sowie sie in der Luft standen.

Zu ihrer Linken tauchte Liothan aus dem Sandsturm, sie wich seinem ungestümen Beilhieb aus.

»Trottel«, rief sie. »Willst du alleine nach Walfor zurück und meine Stelle haben?«

»Verzeih.« Er deutete auf Gatimka, zu deren Füßen der Witgo lag, dem sie einen Speer an die Kehle gesetzt hatte. »Retten wir ihn, retten wir uns.«

»… endlich den Spruch, du erbärmlicher Feigling«, hörte Tomeija die Anführerin vor Hass laut brüllen. »Sprich ihn!«

»Du hast mich getäuscht«, gab Kardīr mutig zurück. »Niemals hätte ich dir dabei geholfen, wenn du mir …«

Liothan wollte sich gegen Gatimka werfen, doch ihn traf ein Streitkolben gegen die linke Schulter und schleuderte ihn zurück. Der Stoff war zerrissen, Blut sickerte aus den kleinen Löchern, welche die Dornen in die Haut gestanzt hatten. »Rette den Witgo!«, rief er und stellte sich dem aufgetauchten Gegner, der im Sand wie eine Spukgestalt wirkte. »Aber lass mir Gatimka.«

Tomeija näherte sich den beiden mit gezogener Klinge. »Dein Handstreich ist gescheitert«, sagte sie laut zu Gatimka. »Das Heer ist vernichtet, bevor es einen Fuß in die Stadt setzen konnte. Es wurde in der Wüste aufgerieben.«

»Lüge!«

»Wir haben die Statthalter gewarnt. Deine anderthalbtausend Krieger sind bald bezwungen.« Sie steckte das Schwert weg und zog die weißen Lederhandschuhe aus. *Die Todbringerin ist gefragt.* »Gib auf.«

»Weswegen? Ich sterbe ohnehin. Der Dârèmo wird mich hinrichten.« Gatimka reckte den Speer zum Stoß. »Diesen Versager nehme ich mit.«

»Ich kann nichts dafür, dass meine Kräfte erloschen sind«, rief Kardīr. »Ich spüre die Monde nicht in diesem Sturm!«

Tomeija ging unerschrocken auf Gatimka zu. »Lass ihn. Dein Plan hat genug Tote gefordert.«

»Es starben die Falschen. Die Diener dieses Scheusals« – sie zeigte zum Turm –, »sie hätten sterben sollen. Mit ihrem Meister.«

»Damit ein anderer die Macht übernimmt, dessen Wappen die Aufständischen tragen. Das klingt für mich nicht, als würden die Bewohner dadurch etwas gewinnen.« Tomeija täuschte eine rasche Bewegung mit dem Oberkörper an.

Gatimka riss den Speer hoch, um auf den Angriff zu reagieren.

Tomeija wich dem geschliffenen Ende aus, tauchte unter dem zweiten Stich durch, bekam den Speer zu greifen. »Mein Freund Liothan möchte mir dir sprechen. Ich glaube, er hat eine Rechnung mit dir offen.«

»Soll er. Doch zuerst sorge ich dafür, dass er ein Gestrandeter bleibt.« Gatimka ließ den Schaft los und zog den Dolch, um den am Boden liegenden Hexer zu erstechen.

Aber Kardīr war verschwunden.

Gatimka sah wütend zu Tomeija und sprang nach vorne, den Dolch mit der Klinge nach unten haltend. Geschickt wehrte sie damit Tomeijas Speerstöße ab.

Tomeija sah die flinke Frau im dichten Sturm kaum, der erste dunkle Asche mit sich führte. Der Kara Buran walzte auf die Stadt zu.

Schließlich verschwand Gatimka gänzlich im Gestöber.

Tomeija kniete sich ab und reckte den Speer schräg nach oben, um Angreifer aufzuspießen. *Ich hätte sie nur berühren müssen.*

Sie schien in dem heulenden Wind das einzige lebende Wesen zu sein. Die Wand, die Menschen, die Geräusche des Kampfes vergingen im Tosen und der Wand aus fliegenden, kreisenden Körnchen. Einzig das Warnhorn Logaios dröhnte, es schien durch den Sturm angestachelt zu werden.

Sie spürte eine Berührung an ihrer Schulter.

Da ist sie! Tomeija ließ sich fallen und brach dabei absichtlich den Holzschaft ab, drehte sich auf den Rücken und reckte die lange Klinge nach oben.

Ein Schatten stürzte sich aus den Sandwolken – und landete auf der Klingenspitze. Die Gestalt wurde aufgespießt, durchbohrt und rutschte langsam am Stahl abwärts.

Tomeija sah Gatimkas entspanntes Gesicht über sich, die den Dolch in den Händen hielt. Der Stiel eines Langbeils ragte aus ihrem Rücken. *Sie war bereits tot.*

Liothan erschien aus dem Sturm und riss die Schneide aus dem Leib der Verschwörerin. »Sie oder du«, schrie er. »Die Entscheidung fiel mir unerwartet leicht.«

»Das beruhigt mich. Nach all den Jahren.« Tomeija ließ den zerbrochenen Speer los, die Tote fiel neben ihr auf den Boden. »Dein Witgo lebt. Er ist geflüchtet.«

»Wir werden ihn finden.« Liothan half Tomeija hoch, beide machten sich klein.

»Suchen wir uns einen Unterschlupf, bevor wir weggewirbelt werden wie Palmblätter«, sagte Tomeija.

Sie krochen, bis sie einen geschützten Durchgang gefunden hatten, um sich vor der reißenden Luft zu retten.

Dann fielen sie sich zum zweiten Mal in die Arme und hielten sich fest. Lachen und Weinen gingen fließend ineinander über.

»Letztlich werden wir das Abenteuer gemeinsam überstehen.« An den Fältchen um seine Augen sah sie, dass er lächelte.

»Eine Scīrgerēfa und ein Halunke retten eine Stadt«, erwiderte Tomeija und klopfte ihm auf den Rücken.

»Cattra wird stolz auf mich sein«, gab er zurück. »Auf dich natürlich auch.«

Eine Gestalt tauchte neben ihnen auf, und sie griffen nach ihren Waffen.

»Da steckt ihr.« Sarāsh wandelte durch den Sturm, als sei es ein laues Lüftchen, flankiert von zwei ihrer Puppengesichtkrieger. »Der Kampf um den Turm ist gewonnen. Wir haben Dinge zu besprechen.«

* * *

Aus den Aufzeichnungen eines Krämers:

Die Stadt und ihre Geheimnisse

Ja, die Keijo. Bestien. Nichts, was man sich vorstellen kann und möchte.
Aber sie sind keine Wesen, die der Dârèmo erschuf. Glaubt den Gerüchten nicht, die einzig dazu dienen, seine Macht ins Unermessliche zu erhöhen.
Es sind in Wahrheit Kreaturen, die als Gestrandete zu uns kamen. Zu Hunderten erreichten die verschiedensten Geschöpfe unsere Stadt und wurden festgesetzt oder noch im Sandmeer von den Soldaten des Herrschers eingesammelt. Sie sind weder Menschen noch T'Kashrâ, und niemand soll wissen, dass es sie gibt.
Sie werden unterirdisch eingesperrt, wie Vieh, wo sie sich gegenseitig abschlachten oder sich kreuzen und neue Bestien hervorbringen, versehen mit den wundersamsten Kräften. Ich sah sie, als ich mich in den Grotten verlief: von kleinem Wuchs, von großem Wuchs, mit spitzen Ohren, andere haben Schwingen, wieder andere Schweife mit Hornklauen und vieles mehr. Kein Geschichtenerzähler kann sich das ausdenken.

KAPITEL XX

WÉDŌRA, PRACHTVIERTEL

Liothan und Tomeija saßen in der zweiten Bibliothek von Eàkinas Palasthaus, in der er das Buch über die Reisen durch die Welten gefunden hatte. Beide hatten sich bequeme, weite Sachen aus dem Fundus der Bande ausgesucht, die ein Vermögen gekostet haben mussten, passend zur Gegend, in der sie residierten.

Im Gegensatz zu Liothan las die Scīrgerēfa das Werk über das Wandeln zwischen den Planáomai sehr aufmerksam und gespannt, stieß Laute der Überraschung und Freude aus. Zwischendurch erzählte sie ihm, was ihr Irûsath über seinen Bruder Terimor berichtet hatte, der als Dûrus ein zweites Leben in Walfor begonnen hatte.

»Und man wird bei den Wanderungen wahnsinnig?«, hakte Liothan nervös nach und blickte zu den Jalousien. Draußen tobte noch immer der Vorsturm. Der Kara Buran hatte seine Geschwindigkeit verlangsamt, als gestand er Wédōra nach den aufregenden Ereignissen eine Atempause zu. *Hoffentlich werden wir bei der Rückreise von Irrsinn verschont.*

»Leider.« Tomeija trank vom grünen Wasser. »Schmecken tut das Zeug. Ich hoffe, ich bekomme nicht den gleichen magischen Ausschlag wie du.«

Liothan rieb die Hände und wusste nicht, wohin mit sich. Er saß auf glühenden Kohlen. Auch das Henket, von dem er bereits drei Becher getrunken hatte, beruhigte ihn kaum. »Beschwere dich nicht. Mein Zauber hat uns das

Leben gerettet.« Er warf die langen braunen Haare nach hinten.

»Solltest du in Walfor deine Kräfte behalten, warne ich dich bereits als Scīrgerēfa, sie nicht für Einbrüche zu nutzen.« Tomeija sah sein verdutztes Gesicht. »Oh, hervorragend. Ich habe dich erst auf den Gedanken gebracht.« Sie ließ das lange graue Haar offen auf Schultern und Rücken fallen, über ihrem Gewand baumelte die T'Kashrâ-Kette aus schwarzen Diamanten. Um die Augen hatte sie düstere Schminke angelegt, die das Türkis besonders betonte.

Sie sieht ganz anders aus. Liothan fand, dass sie wirkte, als gehörte sie nach Wédōra. Er grinste verhalten. »Vielleicht ist Hexerei gar nicht so schlecht.«

»Du könntest wahnsinnig werden.«

»Wahnsinnig reich. Weil ich in jedes Haus und in jede Scheune gelange.« Er lachte. »Nein, das werde ich nicht.«

»Gut. Denn Hexerei ist in Telonia verboten. Auch wenn diese Hexerei aus einer anderen Welt stammt. Von einem anderen Planáoma.«

Liothan grinste und sah erneut durch das Fenster zum Sturm.

Seine Gedanken kreisten um die Nacht und die Tage nach dem Umsturzversuch, die sie mit Warten verbracht hatten. Dem Dârèmo und den Seinen oblag das Vorgehen gegen die Verräter. Anhand der Liste war es ein Leichtes gewesen, sämtliche Krieger aus Thoulikon ausfindig zu machen, die sich in den zurückliegenden Jahren in Wédōras Viertel eingeschmuggelt hatten. Nach einem Verhör waren sie hingerichtet worden. Der Dârèmo kannte keinerlei Gnade.

Gatimka und Eàkina stammten ebenso aus dem Großreich, das am Ostrand der Wüste lag.

Als Dank für die Hilfe hatte ihnen der Dârèmo den

sechsstöckigen Hauspalast von Eàkina geschenkt, mit allem, was sich darin befand. Dazu gehörte auch die Tote, die Liothan und Tomeija zusammen mit ihren alten Herzen rasch im Verwesungsturm entsorgt hatten. *Sie hatte mein Herz für sich ausgesucht. Aus keinem anderen Grund kaufte sie mich.*

Außerdem gab ihnen der Herrscher je eintausendfünfhundert Silbermünzen und hundertfünfzig Shikar. Ihr Auskommen war für lange Zeit gesichert, auch ohne die Schätze im Palasthaus.

Kardīr hatte ihnen eine Nachricht gesandt, in der er sich dafür entschuldigte, Teil der Verschwörer gewesen zu sein, und kündigte seinen Besuch im Haus an. Er stehe nach wie vor in Liothans Schuld und wisse, dass ihm auch Tomeija das Leben bewahrt habe. Deswegen habe er nicht aufgegeben und eine Formel für die Rückkehr nach Walfor ersonnen.

Sieh, Hastus: Es lohnt sich, Gutes zu tun. Liothan hoffte, dass Kardīrs Name bei den Verhören nicht fiel, sonst wäre das Leben des Razhiv verwirkt. Der engste Kreis um Gatimka war ohne Ausnahme im Gefecht an der Mauer gefallen.

Wo bleibt er? Liothan kam fast um vor Ungeduld. Zwar warnte ihn sein Verstand, zu vertrauensselig zu sein, doch dass ihm Kardīr das Buch in die Zelle geworfen hatte, sprach stark für den Razhiv. *Das Gespräch mit ihm wird es zeigen.*

»Schade«, sagte Tomeija grüblerisch.

»Was ist schade?«

»Ich wollte dem Statthalter des Krankenviertels noch einen Besuch abstatten.« Ihre Augen blieben auf die Zeilen gerichtet.

»Wegen?«

»Der Weggeworfenen und Verlorenen. Und wegen der Kinder und der Experimente, die er macht.« Sie blätterte um. »Wie kann Wédōra bei seinem Treiben wegschauen, wie können sie die Menschen vergessen, die im Verwesungsturm zum qualvollen Tod verdammt sind?«

»Es ist eine andere Welt.« Liothan zeigte mit einem Henket auf das Buch. »Ich finde es auch schrecklich. Aber wir richten dagegen nichts aus.« Die Worte fielen ihm schwer, da sich sein Gerechtigkeitssinn dagegen sträubte. Es hatte ihn schockiert, von den Verlorenen und ihrem Schicksal zu hören.

»Wäre ich zum Bleiben verdammt« – sie sah ihm fest in die Augen –, »würde ich etwas dagegen ausrichten, Liothan. Dyar-Corron könnte sich auf was gefasst machen.«

Liothan hörte, dass viel mehr in ihren Worten mitschwang. »Kann es sein, dass du nicht nach Walfor zurückmöchtest?«

»Ich weiß nicht, woran es liegt, doch ich fühle mich diesem Ort nach wenigen Tagen verbunden. Aus der Abneigung wurde eine Zuneigung, eine Vertrautheit, die ich so nicht erwartete und nirgends sonst empfand«, erklärte sie ihr Zaudern. »Ich weiß, ich habe eine Aufgabe in Walfor, aber … der Baron würde jemanden finden, der ihm ebenso gut dient.«

Liothans Verwunderung stieg. Ihn würden keine hundert Pferde hier halten. Doch seine Freundin hatte objektiv nichts, wofür sich die Rückkehr lohnte, keine Familie, keine Freunde, abgesehen von ihm. »Für dich wäre es ein neues Leben. Ein neuer Anfang.«

»Ja. Aber ich kann dich nicht alleine zurückkehren lassen.«

»Weil du denkst, ich schaffe es nicht, Dûrus zu beseitigen, wie es sich für einen Witgo gehört?« Liothan feixte.

»Ich bin erwachsen und habe einen ganzen Aufstand niedergeschlagen!«

»Du bist älter geworden, nicht erwachsen. Und ich half dir dabei. Danke trotzdem für dein Angebot, alleine nach Walfor zu reisen. In einem anderen Leben wäre ich wohl eine Driochor-Priesterin geworden. Oder was weiß ich.«

Liothan sah seiner Freundin an, dass ihr Hadern nicht gespielt war. »Was ist mit dem Fluch?«

»Welcher Fluch?«

»Von dem Dûrus sprach.«

»Das hat sich erledigt. Dank Wédōra.« Tomeija erhob sich und zog die Handschuhe fester um die Finger. »Gehen wir unsere Geschichte noch mal durch, die wir in Walfor erzählen?«

»Ich habe Merkwürdigkeiten im obersten Stock von Dûrus' Haus bemerkt und zog natürlich sofort dich zu Rate«, erzählte Liothan eingeübt. »Da wir die schreckliche Gefahr für die Bewohner der Baronie erkannten, griffen wir gemeinsam ein. Der entlarvte Witgo leistete bei unserem Eindringen Widerstand und zauberte uns an diesen Ort.«

»Da er vor uns seine Hexenkünste einsetzte, werde ich ihn festnehmen, insofern er noch lebt«, schloss Tomeija ab. »Ausgezeichnet.« Sie versetzte ihm einen leichten Stoß. »Es ist deiner Cattra nichts passiert. Du hast selbst gesehen, dass sie Beeren pflückte.«

Die Bilder, die vor seinem inneren Auge aufstiegen, beschwichtigten und folterten ihn zugleich. »Ja. In der Nähe von Dûrus' Anwesen.«

»Das muss nichts heißen.« Sie legte einen Arm um ihn. »Wir retten sie, Liothan. So, wie du mich vor Gatimka gerettet hast.«

Er gab ihr einen Kuss auf die Stirn. »Du weißt, dass ich dir das immer vorhalten werde?«

»Das dachte ich mir, und schon alleine das wäre ein Grund, besser in Wédōra zu bleiben. Schlage daraus keinen Vorteil, und ich verzichte darauf, dich wegen des Einbruchs zu verhaften. Wir sind quitt.« Tomeija wehrte einen neuerlichen scherzhaft gemeinten zweiten Kuss von ihm ab. »Hör auf damit. Das reicht an Gefühlsduselei. Den Rest lässt du gefälligst an deinem Weib aus.« Sie rieb sich über den Nacken. »Es wird Zeit, dass wir gehen.«

»Das ist es.« Liothan wusste nicht, welches Geheimnis sich in ihrer Haut verbarg. *Sie wird es eines Tages erzählen.* Er würde sie nicht drängen. »Hast du herausgefunden, wer dieser Mann war, dessen Tochter du behandelt hattest?«

»Chucus weigerte sich, es mir zu sagen.« Tomeija lächelte. »Anfangs. Aber nachdem ich ihm eine Massage gab, an die er noch lange denken wird, erfuhr ich immerhin, dass sein Name Kytain Dôol ist. Ein Izozath, der regelmäßig in der Stadt erscheint.«

»Ein was?«

»Izozath sind Händler, die nicht aus einem der Reiche rund um die Wüste stammen. Sie sind bekannt für ihre mechanischen Wunderwerke.«

»Woher kommen sie?«

Tomeija machte ein fragendes Gesicht. »Jedenfalls ist sein Einfluss groß. Aber das ist nicht mehr von Belang.« Ein Schatten legte sich über ihr Gesicht. »Wie das Schicksal der Verlorenen.«

»Oder das Zeichen, das dir der Keel-Èru verpasste.«

Es schellte laut, erst dreimal, dann einmal und wieder viermal.

»Das Zeichen der Verschwörer«, rief Liothan und sprang auf die Füße, nahm das Langbeil.

»Ich wette, es ist Kardīr.« Tomeija legte das Buch zur

Seite und folgte ihm die Treppen abwärts. »Erschlag ihn nicht, wie du es bei mir im Sturm versucht hast.«

»Dafür habe ich dich gerettet.«

Sie grinste. »Andersherum wäre es nicht möglich gewesen.«

Liothan öffnete die Tür. »Kardīr!« Ein schneller Blick ins Freie zeigte ihm, dass der Razhiv ohne Begleitung erschienen war.

»Wie versprochen!« Der Hexer trat durch den Sandsturm herein und schüttelte die Körnchen vom weiß-beigefarbenen Umhang ab. Er umarmte zuerst Liothan, anschließend versuchte er es bei Tomeija, die ihn mit ausgestreckter Hand auf Abstand hielt. »Seid ihr bereit?«

»Bist *du* bereit?«, gab sie die Frage zurück.

»Sicherlich.« Kardīr neigte den Kopf, den eine gewagte blonde Langhaarperücke zierte, in der schwarze, silberne und kupferfarbene Skorpionstachel eingearbeitet saßen. »Ich kenne euren Planáoma, ich habe genug Kraft gesammelt, um euch zurückzusenden. Und: Ich habe eine passende Formel.« Er grinste. »Habt ihr das von der Herde Angitila-Echsen gehört? Sie sind durch die offenen Tore gestürmt, quer durch die Vorstadt und haben einen Wachturm zerstört. Dann blieben sie einfach stehen. Die Garde brachte sie in die Vorstadt zurück. Mag Irtho wissen, was in ihnen vorging.«

»Echsen sind dumm, sagte mir Kasûl. Sie wollten es unter Beweis stellen.« Liothan nahm ihm den Mantel ab, darunter kam ein rote Brokatrobe zum Vorschein; ein schwarzer Gürtel hielt sie zusammen, an dem etliche Beutelchen baumelten.

»Das denken die meisten.« Kardīr machte eine gravitätische Miene. »Wenn ihr mich fragt, sind die Biester schlauer, als wir es erahnen.«

»Sie sind blöd genug, einen Wachturm umzurennen«, sagte Liothan lachend.

»Ich arbeitete einst an einem Zauber, um mir Tiere zu Willen zu machen. Für die Bühne«, erzählte der Razhiv. »Das gelang ganz ordentlich. Aber nun ratet, welche Rasse sich widersetzte?«

»Angitila?«, antwortete Tomeija wenig überraschend.

Kardīr schnipste. »Ganz genau. Und warum?« Dieses Mal wartete er nicht. »Sie besitzen Verstand.«

»Nicht genug, um einem Wachturm auszuweichen.« Liothan grinste und wünschte sich ein Henket zum Abschied.

»Sie hatten einen Plan. Ganz sicher. Sie nutzten den Sturm aus. Womöglich war es ein Angriff auf den Turm, um ihn zu Fall zu bringen? Wir werden es nie erfahren.« Kardīr klatschte in die Hände und rieb sie. »Wollen wir?«

»Was ist mit den Monden?« Tomeija erinnerte sich an die Worte, die der Razhiv vor der Mauer gesagt hatte. »Hattest du nicht davon gesprochen, dass du zu schwach bist?«

»Eine List, auf die Gatimka hereinfiel. Ich hatte vorher oft genug gesagt, dass meine Macht schwindet. Wegen des filtrierten Wassers.« Kardīr zwinkerte ihnen zu. »Ich bin nicht wahnsinnig und überlasse die Stadt den Machtgierigen aus Thoulikon. Als ich die Wahrheit erfuhr, konnte ich nicht länger Teil des Unterfangens sein, das im Plündern und Abschlachten meiner Freunde und Unschuldiger enden sollte. Dafür ist mir die Stadt zu sehr ans Herz gewachsen. Der Dârèmo erschien mir als das kleinere Übel.«

Tomeija bedachte ihn mit einem durchdringenden Blick. »Gut. Ich möchte nicht auf halbem Wege … verhungern oder mich auflösen oder was auch immer geschieht, sofern der Zauber misslänge.«

»Das ist interessant.« Er runzelte die Stirn. »Du klingst, als würdest du bleiben wollen. Als würdest du dich freuen, wenn ich nicht in der Lage wäre, euch nach Walfor zu bringen.«

Tomeija erwiderte nichts, was seine Annahme entkräftete.

»Schön. Gehen wir hinauf.« Liothan eilte die Treppen hoch. »Am besten in die alte Bibliothek. Da herrscht das beste Mondlicht. Sofern man bei dem Sturm von Gestirnen sprechen kann.«

Sie folgten ihm und kehrten in den großen Raum zurück. Tomeija und Liothan legten sich Beutel um, in die sie gepackt hatten, was sie mitnehmen wollten.

Kardīr beobachtete sie dabei. »Ich sehe, dass ihr beide Zweifel habt, was meine Absichten angeht.« Er legte eine Hand auf Herzhöhe gegen den Leib. »Alles, was ich geben kann, ist mein Schwur. Ihr habt mir das Leben erhalten. Eher würde ich das meine geben, als euch zu schaden. Man mag über mich erzählen, was man will, aber niemals hinterging ich jene Menschen, die mir Gutes taten.«

Liothan und Tomeija blickten sich an.

»Ich werde es darauf ankommen lassen«, sagte Liothan.

Sie sah Kardīr an. »Ich kenne dich nicht, doch ich vermag nicht zu ändern, dass du der Einzige bist, der uns in der Kürze nach Walfor bringen kann. Mein Freund fürchtet um seine Frau und um seine Lieben, die in unserer Welt leben. Es ist mehr als die Verantwortung für zwei Menschen.« Tomeija musterte ihn. »Es hängt erneut viel von deinem Tun ab.«

Kardīr verbeugte sich, die Skorpionstacheln rieben aneinander. »Es ist mir bewusst.«

Sie hat sich nicht umentschieden. Liothan atmete auf. Es wäre ihm schwergefallen, seine Freundin zurückzulassen.

Das Unbehagen ob der magischen Reise konnte er nicht gänzlich abschütteln, auch sorgte er sich um den lauernden Wahn. *Cattra und meine Kinder warten.*

»Abgemacht. Du bekommst diesen Palast, mit allem, was du darin findest. Die Abtretung liegt auf dem Tisch«, sagte er drängelnd. »Also? Was sollen wir tun?«

»Legt euch auf den Boden, die Köpfe gegeneinander«, sagte Kardīr und streifte das Oberteil der Robe ab. Darunter kam sein mit Zeichen und Ornamenten versehener Oberkörper zum Vorschein. »Das hilft mir, die Kraft zu verstärken.«

Die Freunde legten sich hin, die Beutel schoben sie auf die Brust. Schädel an Schädel harrten sie aus.

Bald bin ich wieder bei meinen Lieben. Liothan atmete tief ein und aus, seine linke Hand klammerte sich an den Griff des Langbeils. Er wollte es in der Hand haben, falls er nach seiner Heimreise als Erstes auf Dûrus stieß.

»Schließt die Augen, denkt an Walfor. Denkt an die Menschen, die euch erwarten«, sprach Kardīr mit sanfter, beruhigender Stimme und kniete sich neben sie. »Eines noch: In Wédōra vergeht die Zeit für Gestrandete anders. Was hier wenige Körner in der Sanduhr sind, sind bei euch viele Siderim.«

»So etwas stand auch in dem Buch«, stimmte Tomeija zu. »Zu gerne würde ich es mitnehmen.«

»Lass es hier. Du besuchst Wédōra bald wieder. Ich versuche einen Trick, damit ihr nicht ankommt und eure Liebsten und Freunde zu Greisen geworden sind«, versprach Kardīr und bereitete sich mit leisem Murmeln auf den Zauberspruch vor. »Da ihr beide durch das Wasser eine magische Bindung eingegangen seid, kann es sein, dass es euch nach vielen Siderim ohne euer Zutun zurück nach Wédōra tragen wird.«

»Was?« Liothan öffnete die Lider, die sich bereits schwer angefühlt hatten. *Niemals ohne meine Familie.* »Nein, ich werde diesen Ort …«

»Das sind die Gesetze. Aber keine Sorge. Ich kann euch danach wieder in eure Welt schicken.« Kardīr verteilte Sand aus einem Beutel auf ihnen. »Manche werden an der Grenze zu ihrem eigenen Tod zurückgerufen und dürfen in Wédōra ein zweites, erfülltes Leben führen. Seid dankbar, wenn dies geschieht.« Danach rieselte es Knochenstaub aus einem anderen Säckchen. »Schließt die Augen. Es geht gleich los. Konzentriert euch auf eure Welt, auf Walfor, auf eure Liebsten.« Er ließ Goldflitter auf sie regnen und sprach seine magische Formel. »Lebt wohl!«

Ein Leuchten legte sich über die Freunde und hüllte sie ein.

Einen Tag und eine Nacht später kehrte Kardīr in die Bibliothek zurück.

Er hatte Zeit damit verbracht, das sechsstöckige Haus zu erkunden und es sich gutgehen zu lassen, Henket zu trinken, in den seltenen Büchern zu lesen und zu schlafen. Ausgeruht und zufrieden wollte er den zweiten Teil seines Planes umsetzen.

In der Bibliothek lagen Liothan und Tomeija immer noch auf dem Boden, umgeben von dem Flirren, das er veranlasst hatte.

»Dann ans Werk«, murmelte er und zerstrubbelte ihrer beider Haare. Er zog ihnen die Stiefel aus und warf sie aus dem Fenster in den Sturm, der sie mit sich riss. Einige Habseligkeiten nahm er aus den Beuteln, auch Münzen und das Amulett des unbekannten Gottes um Liothans Hals. Die Waffen ließ er ihnen, den Rest übergab er dem tobenden Kara Buran.

Nachdenklich stand er neben ihnen und betrachtete die beiden. *Gut.*

Das Flimmern über den Gestrandeten stammte von dem Trugzauber, den er für sie erschaffen hatte.

Ihre eigene Vorstellungskraft brachte sie im Schlummer nach Walfor, sie erlebten wunderschöne Siderim mit ihren Lieben. Liothan sah gewiss seine Kinder aufwachsen, Tomeija würde eine glänzende Laufbahn als was auch immer haben, sich vielleicht verlieben. In ihren Traumwelten bestimmten die beiden, wie sie leben wollten. Ein Dasein voller Zufriedenheit und Erfüllung.

Denn Kardīr konnte sie nicht ins echte Walfor zaubern. Er hatte Gatimka nicht belogen. Er besaß nicht mehr viel Kraft. Einfache Heilzauber waren kein Problem, aber Reisen von Planáoma zu Planáoma, wie es Terimor vermochte, beherrschte er nicht.

Er richtete seine Robe. *Ich bin ein Bühnenmagier. Trug und Lug sind mein Geschäft.* Seine Fähigkeiten hatten genügt, um Eàkina, Gatimka und die Verschwörer zu täuschen, die ihn für einen gutbezahlten Auftrag angesprochen hatten. Als er begriff, in was er geraten war, konnte er nicht mehr zurück, ohne in Wédōra um sein Leben zu fürchten.

Daher hatte er auf eine Gelegenheit gewartet, eine bessere Lösung zu finden. In den Säckchen mit der angeblichen bannbrechenden Magie, um die Mauer zu erstürmen, war nichts weiter gewesen als Unrat. Kardīr hätte einen einfachen Blitzzauber abgefackelt und die Verschwörer glauben lassen, der gefährliche Bann wäre gebrochen. Er hatte angenommen, dass Gatimka und die Verschwörer bei ihrem Erstürmungsversuch an der Mauer festkleben und umkommen würden. Damit wären sie beseitigt gewesen, und er hätte beruhigt mit seinem Lohn leben können. Niemand hätte erfahren, was geschehen war.

Ich konnte nicht ahnen, wie groß der Plan der Verrückten aus Thoulikon war.

Der Schimmer um die Gestrandeten nahm ab. Die Wirkung neigte sich dem Ende zu.

Nun noch den Zauber manipulieren, so dass sie in ihren Träumen dem eigenen Tod nahe sind. Es wird sie nichts mehr in Walfor halten. Kardīr warf eine Handvoll dunkle Erde über sie. *Das sollte genügen.* Sie würden mit der festen Überzeugung erwachen, gute Siderim in Walfor verbracht zu haben.

Warum sie nicht gealtert waren, hatte er ihnen angedeutet. Zeit verging von Planáoma zu Planáoma unterschiedlich. *Wie gut, dass Tomeija das passende Kapitel im Buch gelesen hat.* Es stützte seine Lüge der Barmherzigkeit.

Ihre Träume würden gewiss nicht gleich verlaufen, die Unregelmäßigkeiten könnten seiner List zum Verhängnis werden. Aber er setzte darauf, dass sie sich ein erfülltes Leben ersonnen hatten und sich hier in Wédōra in ein zweites stürzten.

Sollten sie ihn eines Sonnenaufgangs darauf ansprechen, würde er ihnen von magischen Nebenwirkungen des Reisespruchs erzählen: Sie seien glücklicherweise nicht wahnsinnig geworden, sondern ihr Gedächtnis sei nur leicht verschoben.

Ich bin vorbereitet. Kardīr nahm den Badezusatz, den er von zu Hause mitgebracht hatte, und verteilte ihn über den Schlafenden. Die Phiole übergab er ebenfalls dem Sturm. Liothan und Tomeija rochen nach Weihrauch und Beere, Honig und Mandeln.

Kardīr ging grinsend in die Küche und goss sich ein

schwarzes Henket ein, kehrte zurück und erstarrte auf der Schwelle zur Bibliothek: Tomeija war verschwunden.

»Oh nein …« Er blickte sich entsetzt um. *Das ist viel zu früh! Sie hätte noch nicht wach werden dürfen.* Er zuckte mit einem leisen Schrei zusammen, als er eine Hand auf seiner Schulter fühlte.

»Du hast uns nicht nach Walfor gezaubert und nie versucht«, sagte die Frau hinter ihm und schob ihn in den Raum. »Erkläre mir, was du getan hast.«

»Doch, sicher, du warst in deiner …«

»Ich lag zwei Tage auf dem Boden der Bibliothek, regungslos gemacht durch deine Hexerei«, sagte sie. Tomeija wirkte nicht wütend, sondern neugierig und seltsam erleichtert, die Stadt nicht verlassen zu haben. »Aber meine Sinne haben mich nicht verlassen. Mein Verstand noch weniger.« Sie zeigte auf Liothan. »Er träumt, nehme ich an?«

Kardīr seufzte und trank vom Henket. »Vergib mir den Trick. Es geschah nicht aus Boshaftigkeit, sondern weil ich euch einen Gefallen tun wollte, damit eure Seele Ruhe findet und ihr erleichtert in Wédōra ein vermeintlich zweites Leben verbringen könnt.«

In knappen Worten fasste er seine Absichten zusammen; dabei bemerkte er, dass Tomeijas Amulett durch die Kleidung leuchtete. Das Zeichen Driochors war deutlich zu sehen, und Kardīr verstand, weswegen seine Illusion bei ihr fehlgegangen war. Der Erste Gott der Erde hatte den Zauber beeinflusst. *Das bedeutet,* er konnte den Blick nicht von dem Schmuck wenden, *dass sie jemand Besonderes sein wird.*

Tomeija nickte ihm zu. »Ich verstehe. Und danke, dass du es versucht hast.« Sie sah auf Liothan. »Für meinen Freund ist es wirklich besser, wenn er denkt, er habe sein echtes Leben in Walfor verbracht. Ich hingegen brauche dieses Trugbild nicht. Fortan« – sie blickte Kardīr in die Augen – »ist es unser Geheimnis. Ich spiele das Spiel mit.« Sie begab sich zurück auf den Boden und in die Position, die sie vorher innegehabt hatte. »Was soll ich tun?«

Er war von ihrer Reaktion beeindruckt. »Das ist einfach. Täusche vor, dass du in Walfor gewesen bist. Ich schlage vor, du erwachst als Erste.«

»Was soll die Erde und … dieses Zeug?«

»Nebenwirkungen der Reise durch den magischen Raum. Ich wollte eure Rückkehr … mit Beweisen versehen.« Kardīr setzte sich in den Sessel. »Fangen wir an.« Er nahm das Buch über das magische Reisen, schlug eine beliebige Seite auf und tat, als wäre er eingedöst. Durch schmale Schlitze verfolgte er das Geschehen.

Tomeija schlug wie abgemacht als Erste die Augen auf.

Sie richtete den Oberkörper ruckartig in die Höhe, und die zerzausten grauen Haare rutschten über die Brust. »Was ist denn … Ich war tot«, sprach sie stockend und betrachtete die behandschuhten Finger, falls ihr Freund bereits zusah. Stumm nahm sie das Amulett unter ihrer Kleidung heraus, küsste es. *Driochor, ich danke dir. Ich darf bleiben.* Sie wandte sich um. *Er schläft noch.* »Liothan! Liothan, du faules Stück! Hoch mit dir. Wir haben ein zweites Leben geschenkt bekommen!«

Seine Lider flatterten. Er benötigte deutlich länger, um aus dem Trugtraum zu erwachen.

Tomeija blinzelte gegen die Lampe. »Kardīr? Bist du das?«, betonte sie absichtlich laut.

Der Razhiv schreckte geschauspielert hoch. »Meine Freunde!«, rief er freudig und sprang aus dem Sessel. »Wédōra hat sich euer erinnert!« Er half dem benommenen Liothan auf die Beine. »Das muss begossen werden!« Er nahm sein Henket und trank. »Euren Trunk hole ich gleich.«

»Ist viel Zeit in Wédōra verstrichen?«, erkundigte sich Liothan verschlafen. »Was zum ... Was ist das für ein stinkendes Zeug auf mir?«

»Das sind Nebenwirkungen der Reise. Wie die Benommenheit.« Kardīr umarmte sie nacheinander.

Tomeija war zu überrumpelt, um sich zu wehren. Ihre kühlen Blicke versprachen ihm eine Abreibung für die unverlangte Annäherung.

»Ihr habt den halben Kara Buran verpasst.« Er strahlte sie an. »Ich mache euch was zu essen. Ihr müsst hungrig sein. Und Henket ist auch noch da.«

»Essen ist gut«, stimmte Tomeija zu und berührte Driochors Amulett. »Sterben macht hungrig.«

»Gegen ein Henket habe ich nichts. Es ist mir in bester Erinnerung, als hätte ich es erst gestern getrunken«, fügte Liothan an und drückte seine Freundin. »Wir sind gesegnet. Ein zweites Leben!«

Tomeija freute sich aufrichtig, ihn ausgelassen und erleichtert zugleich zu sehen. Ohne den Trugzauber wäre das niemals gelungen, und er hätte sich daran aufgerieben, nach Walfor zurückzukehren. Sie sandte ein Stoßgebet an Driochor und Hastus, sie mochten sich um Cattra und die Menschen dort kümmern. Mehr vermochten weder sie noch Liothan zu tun.

»Ich weiß, was du denkst«, bremste sie ihn. »Du wirst deine Hexerei nicht einsetzen, um Wédōras bester Räuber zu werden.«

Liothan lachte schallend. »Es heißt Halunke.«

»Dann los, meine Freunde.« Kardīr legte die Arme um sie, und gemeinsam verließen sie die Bibliothek.

Reue, Liothan betrogen zu haben, spürte Tomeija nicht.

Ganz im Gegenteil. Sie hatte ihm die Qualen der Ungewissheit erspart. Liothan konnte fortan ein Dasein in Wédōra führen, ohne ständig an die verlorene Heimat und die zurückgelassenen Menschen zu denken.

Er erhielt ein echtes zweites Leben. Wie sie selbst.

* * *

Epilog

Baronie Walfor, Königreich Telonia

Dûrus schrie vor Wut.

Er lag zwischen zwei Soldaten, die ihn mit einem Strick aus dem Morast gezogen hatten, und spürte den Fluch, den die königliche Witga im Sterben aussandte. *Sie missgönnt mir den Sieg!*

Die Männer in Ibenbergs Nähe traf es zuerst: Sie alterten binnen weniger Herzschläge, starben im Stehen und verrotteten, zerfielen zu Staub, der vom leichten Wind davongetragen wurde.

Immer weiter drang der Zauber vorwärts, erfasste die Truppen, auch wenn der Witgo das eigentliche Ziel des Fluchs war. Ibenberg hatte entschieden, die Unschuldigen zu opfern, um ihn mit in den Tod zu reißen.

Dûrus hörte die erschrockenen Rufe der Soldaten, die es für das Werk des Witgos hielten, den sie im Pfuhl vermuteten. Der Fluch näherte sich, und er war zu schwach zum Entkommen.

Dass die Witga mit schwerem Gerät anrückte, hatte ihn überrumpelt. Er hatte die Destillen in den Gewölben auf voller Kraft brennen lassen, um einen Vorrat anzulegen, mit dem er die Eroberung von Telonia antreten wollte. Wie sonst sollte er in dieser Planáoma seine Magie wirken?

Abgelenkt von seinen Arbeiten, überraschten ihn die Einschläge der Katapulte. Er hatte versucht zu retten, was zu retten war, doch außer der Phiole mit dem grün leuchtenden Fluidum, die er in seiner Tasche trug, verging alles, was er sich aufgebaut hatte, im Feuersturm.

Mit Mühe hatte Dûrus den Schutzzauber weben können. Es stand um ihn nicht gut, er fühlte, dass seine Gesundheit arg gelitten hatte. *Und jetzt noch dieser Fluch.* Wie genau er wirkte, wusste er nicht. Aber das wäre nötig, um ihn restlos abzuwehren.

Mehr und mehr Soldaten lösten sich auf. Der kärgliche Rest versuchte sich in heilloser Flucht vor dem Grauen, das der Witgo vermeintlich aus der Grube heraus verbreitete. Sie hetzten davon und ließen ihn liegen, über und über mit feuchtem Dreck bedeckt. *Wenn ich den Spruch nicht aufhalten kann …* Dûrus langte in die Tasche und nahm die Phiole heraus. *… überlagere ich ihn mit Schlimmerem.*

Die schmerzenden Finger öffneten den versilberten Verschluss, und er wartete auf den richtigen Moment.

Gleich. Gleich werde ich meinen Fluch werfen, und dann werden wir sehen, was ich gegen diese Stümperin ausrichte. Sprach er ihn zu früh, verpuffte die Wirkung. Er entfaltete seine Kraft im Zusammenspiel mit der Magie der Hexe. Dûrus nahm an, dass Ibenberg den Alterungsspruch auf einen kleinen Umkreis begrenzt hatte, um größeren Schaden zu vermeiden.

Schaden zu vermeiden, beabsichtigte er nicht.

Noch wenige Herzschläge, und ich werfe einen Heilschlaf über mich. Er richtete seinen Oberkörper halb auf und stützte sich auf den Ellbogen. Die Zeit würde zeigen, wer sich durchsetzte: das Vernichtende der Witga oder das Bewahrende eines Saldûn. Er verwob damit den Fluch, der sein Leben an das sämtlicher Wesen in Walfor band. Jeder, der einen Fuß auf den Boden der Baronie setzte, musste in einen Schlummer fallen, der so lange anhielt, bis Dûrus sich erholt hatte – oder starb.

Wenn ich vergehe, werden alle anderen ebenso ihre Leben verlieren.

Dûrus sah den kriechenden Soldaten zwei Schritte vor sich dem Spruch der Witga zum Opfer fallen. Alternd, zerfallend und vermodernd löste sich der Mann in nichts auf.

Nun ist es so weit. »Ihr Mächte der Wüste und ihr Planáomai«, begann Dûrus seine Anrufung stockend. Dabei zerdrückte er die Phiole in seiner Hand, damit das wabernde Fluidum träge wie zähes Karamell auf den Boden traf. Aus den Schnitten in der Hand lief sein Blut und mischte sich darunter.

Die grün leuchtende Essenz, gebraut und destilliert aus vielen Zutaten, um etwas von seiner Magie aus den verschiedensten Welten zu retten, absorbierte das Rot und zog in Walfors Erde ein.

»Gewährt mir …« Dûrus starrte auf seine blutenden, zerschnittenen Finger, die zitterten und sich weigerten, die erforderlichen Gesten zu formen. Die Sehnen waren von den Glassplittern durchtrennt worden.

Nein! Es muss gelingen!

»Gewährt mir …« Sein Herz schmerzte, der Brustkorb schien kleiner zu werden.

Dûrus' Stimme versagte, sein Verstand verirrte sich in den Hunderten Formeln, die er einst beherrschte. Seine Gedanken fanden den roten Faden nicht mehr, um den Gegenfluch zu schleudern.

Vorbei. Dûrus kippte mit dem Gesicht nach vorne, vollführte flatternde Bewegungen mit den Händen. Seine Lippen hauchten ersterbende Silben. Mit sich trübendem Blick sah er dem wertvollen Fluidum dabei zu, wie es wirkungslos vom Boden aufgesogen wurde, ohne dass es ihm das Leben bewahrte.

Vorbei …

NACHWORT

Man glaubt es kaum: Eine Wüste und ein Projekt, das mehr als zwanzig Jahre alt ist. Buchstäblich verschüttet und aus dem Sand der Zeit gegraben, um aus den vorhandenen Grundmauern etwas ganz Neues zu erschaffen. Ideen-Archäologie.

Angefangen hatte es in einem kleinen Kreis aus Kumpeln und mir, die eine Stadt in der Wüste errichten wollten. Für jedes beliebige Rollenspiel. Das Vorhaben schlief nach ein paar Bausteinchen recht schnell ein.

Aber die Idee ließ mich nie los, trotz Ulldart, Albae, Zwergen, Vampiren, Justifiers und den anderen Geschichten.

Also schloss ich mich mit den Kumpels von damals kurz, die mir begeistert das Go gaben, und kümmerte mich verstärkt um diese uralte Idee, baute sie um und ging in die Details: Stadtviertel, Strukturen, Statthalter, Freundschaften, Feindschaften, Intrigen, Umfeld, Wüste, Legenden, Zeitrechnung und, und, und ... wie ich es als Rollenspieler gelernt habe.

Nun steht sie, die Königin der Wüste.

Ich hoffe, die Abenteuer von Liothan und Tomeija bereiteten Spaß. Ich habe das gute Gefühl, die Stadt nicht aufgegeben zu haben. Es wäre sträflich gewesen, sie einfach im Sand zu beerdigen. Jetzt kann man sie in all ihrer Pracht bewundern.

Bedanken darf ich mich bei der werten Testleserschaft. Mit dabei waren dieses Mal Heiko Jung, der die phantastischen Karten anfertigte und zu den Kumpels von damals gehört, Yvonne Schöneck und Markus Michalek.

Danke an Lektorin Hanka Jobke, die aufpasste, dass ich mich in der Wüste weder verlaufen noch verrannt habe.

Und natürlich danke an Lektorin Martina Wielenberg stellvertretend für die ganze Mannschaft des Knaur Verlags und Anke Koopmann für das Cover!

Ob es mit Wédōra weitergeht, wird sich zeigen. Unter den Dünen der Sandsee und in den Gassen der immensen Stadt liegen noch manche Geheimnisse verborgen.

Markus Heitz,
Frühjahr 2016